第一三册　大乘經　般若部（一三）

大般若波羅蜜多經

唐三藏法師玄奘奉詔譯

清刻龍藏佛說法變相圖

大般若波羅蜜多經卷第五百五十一

唐三藏法師玄奘奉詔譯

第四分覺魔事品第二十一之二

復次善現若諸菩薩欲證無上正等菩提應審請問諸餘菩薩云何菩薩修習一切菩提分法引發何心能令菩薩習空無相無願無作無生無滅無起無盡無性實際而不作證然修般若波羅蜜多善現當知若餘菩薩得此問時作如是答諸菩薩摩訶薩但應思惟若空若無相乃至若實際不爲顯示應念不捨一切有情攝受殊勝方便善巧當知彼菩薩先未蒙諸佛授與無上正等菩提不退轉記所以者何彼諸菩薩未能開示記别顯了不退轉地諸菩薩衆不共法相不如實知他所請問不退轉地諸行狀相亦不能答爾時

善現便白佛言頗有因緣知諸菩薩不退轉不佛告善現亦有因緣知諸菩薩是不退轉謂有菩薩於深般若波羅蜜多若聞不聞能如實答先所請問能如實行不退轉地諸菩薩行由此因緣知彼菩薩是不退轉具壽善現復白佛言以何因緣有多菩薩求學無上正等菩提少有能作如實答者佛告善現雖多菩薩求學無上正等菩提而少菩薩得受如是不退轉地微妙慧記若有得受如是記者皆能於此作如實答善現當知是諸菩薩善根明淨智慧深廣世間天人阿素洛等不能破壞必證無上正等菩提復次善現若諸菩薩乃至夢中亦不愛樂三界諸法亦不稱讚一切聲聞獨覺地法雖觀諸法如夢所見而於實際不證不取當知是爲不退轉地諸菩薩相復次善現若諸菩薩夢見如來應正等覺坐師子座有無數量百千俱胝苾芻衆等恭敬圍繞而爲說法或見自身有如是事當知是爲不退轉地諸菩薩相復次善現若諸菩薩夢見如來應正等覺三十二相八十隨好圓滿莊嚴常光一尋周帀照曜與無量衆踊在虛空現大神通說正法要化作化士令往他方無邊佛土施作佛事或見自身有如是事當知是爲不退轉地諸菩薩相復次善現若諸菩薩夢見狂賊破壞村城或見火起焚燒聚落或見師子虎狼猛獸毒蛇惡蝎欲來害身或見怨家欲斬其首或見父母妻子眷屬臨當命終或見自身有餘苦事欲相逼迫雖見此等諸怖畏事而不驚懼亦不憂惱從夢覺已即能思惟三界非真皆如夢見

我得無上正等覺時當爲有情說三界法一切虛妄皆如夢境當知是爲不退轉地諸菩薩相復次善現若諸菩薩乃至夢中見有地獄傍生鬼界諸有情類便作是念我當精勤修諸菩薩摩訶薩行速趣無上正等菩提我佛土中得無地獄傍生鬼界惡趣及名從夢覺已亦作是念善現當知是諸菩薩當作佛時國土清淨定無惡趣及惡趣名當知是爲不退轉地諸菩薩相復次善現若諸菩薩夢中見火燒地獄等諸有情類或復見燒城邑聚落便發誓願我若已受不退轉記當證無上正等菩提願此大火即時頓滅變爲清涼若此菩薩作是願已夢中見火即時頓滅當知已受不退轉記若此菩薩作是願已夢中見火不即頓滅當知未受不退轉記復次善現若諸菩薩覺時現見大火卒起燒諸城邑或燒聚落便作是念我在夢中或在覺位曾見自有不退轉地諸行狀相未審虛實若我所見是實有者願此大火即時頓滅變爲清涼善現當知若此菩薩作是誓願發誠諦言爾時大火即爲頓滅當知已受不退轉記若此菩薩作是誓願發誠諦言火不頓滅當知未受不退轉記復次善現若諸菩薩覺時見火燒諸城邑或燒聚落便作是念我在夢中或在覺位曾見自有不退轉地諸行狀相若我所見定是實有必證無上正等菩提願此大火即時頓滅變爲清涼善現當知此諸菩薩發是誓願誠諦言已爾時大火不爲頓滅然燒一家越置一家復燒一家或燒一巷越置一巷復燒一巷如是展轉其火乃滅是諸

菩薩決定已受不退轉記然被燒者由彼有情造作增長壞正法業彼由此業先墮惡趣無量劫中受正苦果今生人趣受彼餘殃或由此業當墮惡趣經無量劫受正苦果今在人趣先現少殃當知是爲不退轉地諸菩薩相復次善現更有所餘諸行狀相知是不退轉菩薩摩訶薩吾當爲汝分別解說汝應諦聽極善思惟善現荅言唯然願說我等樂聞佛告善現若諸菩薩見有男子或有女人或有童男或有童女現爲非人之所魅著受諸苦惱不能遠離便作是念若諸如來應正等覺知我已得清淨意樂授我無上正等菩提不退轉記若我久發清淨意樂求證無上正等菩提遠離聲聞獨覺作意不以聲聞獨覺作意求證無上正等菩提若我當來必得無上正等菩提能盡未來利益安樂諸有情類若十方界現在實有無量如來應正等覺說正法要饒益有情彼諸如來應正等覺無所不見無所不知無所不解無所不證現知見覺一切有情意樂差別願垂照察我心所念及誠諦言若我實能修菩薩行必證無上正等菩提救拔有情生死苦者願是男子或此女人或此童男或此童女不爲非人之所擾惱彼隨我語即當捨去是諸菩薩作此語時若彼非人不爲去者當知未受不退轉記若彼非人即爲去者當知已受不退轉記復次善現有諸菩薩未具修行一切佛法未入菩薩正性離生未免惡魔之所擾亂於諸魔事未能覺知未受菩提不退轉記不能自審善根厚薄於少所修起增上慢學諸菩薩發誠

諦言便爲惡魔之所誑惑謂彼菩薩見有男子或有女人或有童男或有童女現爲非人之所魅著受諸苦惱不能遠離即便輕爾發誠諦言我若已從過去諸佛受得無上正等菩提不退轉記令此男子或女人等不爲非人之所擾惱彼隨我語速當捨去是諸菩薩作此語已爾時惡魔爲誑惑故即便驅迫非人令去所以者何惡魔威力勝彼非人是故非人受魔教勑即便捨去時彼菩薩見此事已歡喜踴躍作是念言非人令去是吾威力所以者何非人隨我所發誓願即便放此諸男女等無別緣故是諸菩薩不能覺知惡魔所作謂是已力妄生歡喜恃此輕弄諸餘菩薩言我已從過去諸佛受得無上正等菩提不退轉記所發誓願皆不唐捐汝等未蒙諸佛授記不應相學發誠諦言設有要期必空無果是諸菩薩輕弄毀蔑餘菩薩故妄恃少能於諸功德生長多種增上慢故遠離無上正等菩提不能證得一切智智是諸菩薩以無方便善巧力故生長多種增上慢故毀呰輕蔑餘菩薩故雖勤精進而墮聲聞或獨覺地是諸菩薩薄福德故所作善業發誠諦言皆動魔事是諸菩薩不能親近供養恭敬尊重讃歎眞善知識不能請問得不退轉菩薩行相不能諮受諸惡魔軍所作事業由斯魔縛轉復堅牢所以者何是諸菩薩不久修行六到彼岸遠離般若波羅蜜多方便善巧故爲惡魔之所誑惑是故菩薩應善覺知諸惡魔事勤修善業復次善現有諸菩薩未久修行六到彼岸遠離般若波羅蜜多方便善巧

故爲惡魔之所誑惑謂有惡魔爲誑惑故方便化作種種形像至菩薩所作如是言咄善男子汝自知耶過去諸佛已曾授汝大菩提記汝於無上正等菩提決定當得不復退轉汝身父母兄弟姊妹親友眷屬乃至七世名字差別我悉善知汝身生在某方某國某城某邑某聚落中汝在某年某月某日某時某宿相王中生如是惡魔若見菩薩禀性柔輭諸根昧鈍便詐記言汝於先世所禀根性已曾如是若見菩薩禀性剛強諸根明利便詐記言汝於先世所禀根性亦曾如是若見菩薩居阿練若或常乞食或受一食或一坐食或一鉢食或居塚間或居露地或居樹下或糞掃衣或但三衣或常坐不卧或如舊敷具或少欲或喜足或樂遠離或樂寂定或具正念或具妙慧或不重利養或不貴名譽或好廉儉不塗其足或省睡眠或離掉舉或好少言或樂輭語如是惡魔見此菩薩種種行已便詐記言汝於先世亦曾如是所以者何汝今成就如是如是殊勝功德世間同見先世定應亦有如是殊勝功德應自慶慰勿得自輕時彼菩薩聞此惡魔說其過去當來功德及說現在親友自身名等功德兼歎種種殊勝善根歡喜踊躍起增上慢凌蔑毀罵諸餘菩薩爾時惡魔知其闇鈍生增上慢凌蔑他人復告之言汝定成就殊勝功德過去如來已授汝記汝於無上正等菩提定當證得不復退轉已有如是瑞相現前爾時惡魔爲擾亂故或矯現作出家形像或矯現作在家形像或矯現作父母兄弟姊妹親友梵志師主

天龍藥叉人非人等種種形像至此菩薩所居之處作如是言過去如來久已授汝大菩提記汝於無上正等菩提決定當得不復退轉所以者何不退轉地菩薩行相汝皆具有應自尊重莫生疑惑時此菩薩聞彼語已增上慢心轉復堅固善現當知如我所說不退轉地諸行狀相是諸菩薩實皆未有善現當知是諸菩薩魔所執持爲魔所嬈不得自在所以者何是諸菩薩於不退轉諸行狀相實皆非有但聞惡魔詐說其德及名字等生增上慢淩蔑毀罵諸餘菩薩是故善現若諸菩薩欲得無上正等菩提應善覺知諸惡魔事

復次善現有諸菩薩魔所執持爲魔所魅但聞名字妄生執著所以者何是諸菩薩未善修行六到彼岸及餘無量無邊佛法由此因緣令魔得便是諸菩薩不能了知四魔行相由此因緣令魔得便是諸菩薩不能了知五取蘊等無量法門亦不了知有情諸法名字實相由此因緣令魔得便方便化作種種形像告菩薩言汝所修行願行已滿當得無上正等菩提汝成佛時當得如是功德名號謂彼惡魔知此菩薩長夜思願我成佛時當得如是功德名號隨其思願而記說之時此菩薩遠離般若波羅蜜多方便善巧聞魔記說作是念言此人奇哉爲我記說當得成佛功德名號與我長夜思願相應由此故知過去諸佛必已授我大菩提記我於無上正等菩提決定當得不復退轉我成佛時必定當得如是功德尊貴名號是諸菩薩如是惡魔或魔眷屬或魔所執諸沙門等記說當來成佛

名號如是如是憍慢轉增我於未來定當作佛獲得如是功德名號諸餘菩薩無與我等善現當知如我所說不退轉地諸行狀相此諸菩薩皆未成就但聞魔說成佛虛名便生憍慢輕弄毀蔑餘菩薩衆由此因緣是諸菩薩遠離無上正等菩提是諸菩薩遠離般若波羅蜜多方便善巧棄捨善友爲惡知識所攝受故當墮聲聞或獨覺地善現當知是諸菩薩或有此身還得正念至誠悔過捨憍慢心親近供養眞淨善友彼雖流轉生死多時而後復依甚深般若波羅蜜多漸次修學當證無上正等菩提善現當知是諸菩薩若有此身不得正念不能悔過不捨慢心不樂親承眞淨善友彼定流轉生死多時後雖精進修諸善業而墮聲聞或獨覺地譬如苾芻求聲聞果於四重罪若隨犯一便非沙門非釋迦子彼於現在定不能得預流等果妄執虛名菩薩亦爾但聞魔說成佛空名便起慢心輕弄毀蔑餘菩薩衆當知此罪過彼苾芻所犯四重無邊倍數置彼苾芻所犯四重此菩薩罪過五無間亦無量倍所以者何是諸菩薩實不成就殊勝功德聞惡魔說成佛虛名便自憍慢輕餘菩薩是故此罪過五無間無量倍數由此當知若諸菩薩欲證無上正等菩提應善覺知如是記說虛名號等微細魔事復次善現有諸菩薩修遠離行謂隱山林空澤曠野居阿練若宴坐思惟時有惡魔來至其所恭敬讚歎遠離功德謂作是言善哉大士能修如是眞遠離行此遠離行一切如來應正等覺共所稱讚天帝釋等諸天神仙

皆共守護供養尊重應常住此勿往餘處善現當知我不稱歎諸菩薩衆常樂寂靜居阿練若曠野山林宴坐思惟修遠離行爾時善現便白佛言諸菩薩衆應修何等眞遠離行而佛世尊今作是說我不稱歎諸菩薩衆常樂寂靜居阿練若曠野山林宴坐思惟修遠離行佛告善現若諸菩薩或居山林空澤曠野阿練若處或住城邑聚落王都喧雜之處但能遠離煩惱惡業及諸聲聞獨覺作意行深般若波羅蜜多方便善巧及修諸餘殊勝功德是名菩薩眞遠離行此遠離行一切如來應正等覺共所稱歎諸佛世尊皆共開許諸菩薩衆常應修學若晝若夜應正思惟精進修行此遠離法是名菩薩修遠離行此遠離行不雜聲聞獨覺作意不雜一切煩惱惡

業離諸喧雜畢竟清淨令諸菩薩疾證無上正等菩提能盡未來度有情衆善現當知魔所稱讚隱於山林空澤曠野阿練若處棄勝卧具宴坐思惟非諸菩薩眞遠離行所以者何彼遠離行猶有喧雜謂彼或雜惡業煩惱或雜聲聞獨覺作意於深般若波羅蜜多方便善巧不能精進信受修學不能圓滿一切智智善現當知有諸菩薩雖樂修行魔所稱讚遠離行法而起憍慢不清淨心輕蔑毀呰諸餘菩薩摩訶薩衆謂有菩薩摩訶薩衆雖居城邑聚落王都而心清淨不雜種種煩惱惡業及諸聲聞獨覺作意精勤修學波羅蜜多及餘無量菩提分法成熟有情嚴淨佛土雖居憒閙而心寂靜常樂修習眞遠離行彼於如是眞淨菩薩摩訶薩衆心生憍慢輕弄

毀呰誹謗凌蔑善現當知是諸菩薩遠離般若波羅蜜多方便善巧雖居曠野百踰繕那其中絕無諸惡禽獸蛇蝎盜賊唯有鬼神羅刹娑等遊止其中彼居如是阿練若處雖經一年或五或十或復乃至百千俱胝若過是數修遠離行而不了知眞遠離行謂諸菩薩雖居憒閙而心寂靜遠離種種煩惱惡業及諸聲聞獨覺作意發趣無上正等菩提善現當知是諸菩薩雖居曠野經歷多時而雜聲聞獨覺作意於彼二地深生樂著依二地法修遠離行復於此行深生耽染彼雖如是修遠離行而不稱順諸佛之心善現當知我所稱歎諸菩薩衆眞遠離行是諸菩薩都不成就彼於眞淨遠離行中亦不見有相似行相所以者何彼於如是眞遠離行不生愛樂但樂勤修聲聞獨覺空遠離行善現當知是諸菩薩修不眞淨遠離行時魔來空中歡喜讚歎告言大士善哉善哉汝能勤修眞遠離行此遠離行一切如來應正等覺共所稱歎汝於此行精勤修學疾證無上正等菩提善現當知是諸菩薩執著如是二乘所修遠離行法以爲最勝輕弄毀蔑住菩薩乘雖居憒閙而心寂靜成調善法諸苾芻等言彼不能修遠離行身居憒閙心不寂靜無調善法善現當知是諸菩薩於佛所讚住眞遠離行菩薩摩訶薩輕弄毀呰謂居憒閙心不寂靜不能勤修眞遠離行於諸如來所不稱讚住眞喧雜行菩薩摩訶薩尊重讚歎謂不喧雜其心寂靜能正修行眞遠離行善現當知是諸菩薩於應親近恭敬供養如世尊者而不親近

供養恭敬反加輕蔑於應遠離不應親近恭敬供養如惡友者而反親近供養恭敬如事世尊善現當知是諸菩薩遠離般若波羅蜜多方便善巧妄起種種分別執著所以者何彼作是念我所修學是眞遠離故爲非人稱讃護念居城邑者身心擾亂誰當護念稱讃敬重是諸菩薩由此因縁心多憍慢輕蔑毀呰諸餘菩薩煩惱惡業晝夜增長善現當知是諸菩薩於餘菩薩爲旃荼羅穢汙菩薩摩訶薩衆雖似菩薩摩訶薩相而是天上人中大賊誑惑天人阿素洛等其身雖服沙門法衣而心常懷盜賊意樂諸有發趣菩薩乘者不應親近供養恭敬尊重讃歎如是惡人所以者何此諸人等懷增上慢外似菩薩内多煩惱是故善現若菩薩摩訶薩眞實不捨一切智智不棄無上正等菩提深心欣求一切智智欲得無上正等菩提普爲利樂諸有情者不應親近供養恭敬尊重讃歎如是惡人善現當知諸菩薩摩訶薩常應精進修自事業厭離生死不著三界於彼惡賊旃荼羅人常應發心慈悲喜捨應作是念我不應起如彼惡人所起過患設當失念如彼暫起即應覺知令速除滅是故善現諸菩薩摩訶薩欲證無上正等菩提當善覺知諸惡魔事應勤精進遠離除滅如彼菩薩所起過患勤求無上正等菩提善現當知如是學者是爲菩薩方便善巧如實覺知諸惡魔事

第四分善友品第二十二之一

爾時世尊復告善現若菩薩摩訶薩深心欲證無上菩提常應親近供養恭敬尊重讃歎

眞淨善友具壽善現便白佛言何等名爲諸菩薩摩訶薩眞淨善友佛告善現一切如來應正等覺是諸菩薩摩訶薩衆眞淨善友一切不退轉菩薩摩訶薩亦是菩薩摩訶薩衆眞淨善友若餘菩薩及諸聲聞并餘善士能爲菩薩宣說開示甚深般若波羅蜜多相應法門教誡教授諸菩薩衆令種善根修菩薩行速圓滿者亦是菩薩摩訶薩衆眞淨善友甚深般若波羅蜜多相應經典亦是菩薩摩訶薩衆眞淨善友復次善現布施淨戒安忍精進靜慮般若波羅蜜多當知亦是諸菩薩衆眞淨善友善現當知如是六種波羅蜜多亦是菩薩摩訶薩師如是六種波羅蜜多亦是菩薩摩訶薩導如是六種波羅蜜多亦是菩薩摩訶薩明如是六種波羅蜜多亦是菩薩摩訶薩照如是六種波羅蜜多亦是菩薩摩訶薩舍如是六種波羅蜜多亦是菩薩摩訶薩護如是六種波羅蜜多亦是菩薩摩訶薩歸如是六種波羅蜜多亦是菩薩摩訶薩趣如是六種波羅蜜多亦是菩薩摩訶薩洲如是六種波羅蜜多亦是菩薩摩訶薩父如是六種波羅蜜多亦是菩薩摩訶薩母如是六種波羅蜜多能令菩薩摩訶薩衆得微妙智生如實覺疾證無上正等菩提所以者何一切菩薩摩訶薩衆皆因六種波羅蜜多修習般若波羅蜜多究竟圓滿善現當知過去如來應正等覺已證無上正等菩提已般涅槃彼佛世尊皆依六種波羅蜜多生一切智未來如來應正等覺當證無上正等菩提當般涅槃彼佛世尊亦依六種波羅蜜多生一

切智現在十方無量無數無邊世界一切如來應正等覺現證無上正等菩提現爲有情宣說正法彼佛世尊亦依六種波羅蜜多生一切智今我如來應正等覺現證無上正等菩提現爲有情宣說正法亦依六種波羅蜜多生一切智何以故如是六種波羅蜜多普能攝受三十七種菩提分法若四梵住若四攝事若餘無量無邊佛法若諸佛智若自然智不思議智無敵對智一切智智悉皆攝在如是六種波羅蜜多是故我說如是六種波羅蜜多是諸菩薩摩訶薩衆眞淨善友與諸菩薩摩訶薩衆爲師爲導爲明爲照爲舍爲護爲歸爲趣爲洲爲父爲母能令菩薩摩訶薩衆得微妙智生如實覺疾證無上正等菩提作諸有情不希報友是故善現諸菩薩摩訶薩應學六種波羅蜜多復次善現諸菩薩摩訶薩欲學六種波羅蜜多應於般若波羅蜜多甚深經典至心聽聞受持讀誦觀察義趣請決所疑所以者何如是般若波羅蜜多能與六種波羅蜜多爲尊爲導能示能轉爲生養母所以者何若離般若波羅蜜多則無前五波羅蜜多雖有布施淨戒安忍精進靜慮而不名爲能到彼岸是故善現諸菩薩摩訶薩欲得不隨他教行欲住不隨他教地欲斷一切有情疑欲滿一切有情願欲嚴淨佛土欲成就有情應學般若波羅蜜多所以者何於此般若波羅蜜多甚深經中廣說菩薩摩訶薩衆所應學法一切菩薩摩訶薩衆皆於其中應勤修學若勤修學甚深般若波羅蜜多方便善巧定證無上正等菩提能盡未

來利樂一切爾時善現便白佛言甚深般若波羅蜜多以何為相佛告善現甚深般若波羅蜜多無著爲相具壽善現復白佛言頗有因緣甚深般若波羅蜜多無著之相餘一切法可說亦有無著相耶佛告善現如是如是有因緣故甚深般若波羅蜜多無著之相餘一切法亦可說有此無著相所以者何以一切法無不皆如甚深般若波羅蜜多是空遠離是故善現甚深般若波羅蜜多由無著相是空遠離餘一切法由無著相亦空遠離具壽善現復白佛言若一切法皆空遠離云何有情可得施設有染有淨世尊非空遠離法可說有染有淨世尊非空遠離能證無上正等菩提非離空遠離有別法可得能證無上正等菩提世尊云何令我解佛所說甚深義趣佛告善現於意云何有情長夜有我我所心執我我所不善現答言如是世尊如是善逝有情長夜有我我所心執著我我所佛告善現於意云何有情所執我及我所空遠離不善現答言如是世尊如是善逝有情所執我及我所皆空遠離佛告善現於意云何豈不有情由我我所執流轉生死善現答言如是世尊如是善逝諸有情類由我我所執流轉生死佛告善現如是有情流轉生死施設雜染及清淨者由諸有情虛妄執著我及我所說有雜染而於其中無雜染者由諸有情不妄執著我及我所說有清淨而於其中無清淨者是故善現雖一切法皆空遠離而諸有情亦可施設有染有淨善現當知若菩薩摩訶薩能如是行名行般若波羅蜜多具壽

善現便白佛言甚奇世尊希有善逝雖一切法皆空遠離而諸有情有染有淨世尊若菩薩摩訶薩能如是行則不行色亦不行受想行識世尊若菩薩摩訶薩能如是行世間天人阿素洛等皆不能伏世尊若菩薩摩訶薩能如是行便勝一切聲聞獨覺所行之行至無勝處所以者何以諸佛性及如來性自然覺性一切智性皆不可勝世尊諸菩薩摩訶薩由此般若波羅蜜多相應作意晝夜安住方便善巧趣向無上正等菩提疾證無上正等菩提佛告善現如是如是如汝所說復次善現於意云何假使於此贍部洲中一切有情非前非後皆得人身得人身已皆發無上正等覺心既發心已修諸菩薩摩訶薩行皆證無上正等菩提有善男子善女人等盡其形壽以諸世間上妙樂具供養恭敬尊重讚歎此諸如來應正等覺復持如是所集善根與諸有情平等共有迴向無上正等菩提是善男子善女人等由此因緣得福多不善現答言甚多世尊甚多善逝佛告善現若善男子善女人等於大衆中宣說如是甚深般若波羅蜜多施設建立分別開示令其易解及住如是甚深般若波羅蜜多相應作意此善男子善女人等由是因緣所獲功德甚多於前無量無數復次善現於意云何假使於此贍部洲中一切有情非前非後皆得人身得人身已皆發無上正等覺心既發心已盡其形壽以諸世間一切樂具恭敬布施一切有情復持如是布施善根與諸有情平等共有迴向無上正等菩提是諸菩薩摩訶薩衆由

此因緣得福多不善現答言甚多世尊甚多善逝佛告善現若菩薩摩訶薩下至一日安住般若波羅蜜多相應作意所獲功德甚多於前無量無數所以者何諸菩薩摩訶薩如是晝夜安住般若波羅蜜多相應作意如是如是堪爲一切有情福田所以者何是菩薩摩訶薩所起慈心諸有情類無能及者唯除如來應正等覺何以故一切如來應正等覺無與等故一切如來應正等覺無譬喻故一切如來應正等覺所成就法不思議故善現云何是菩薩摩訶薩能引爾許殊勝功德善現當知是菩薩摩訶薩成就如是殊勝般若波羅蜜多由此般若波羅蜜多見諸有情受諸苦惱如被刑戮起大悲心復以天眼觀諸世間見有無邊諸有情類成無間業墮無暇處受諸劇苦或爲見網之所覆蔽不得正道或復見有諸有情類墮無暇處離諸有暇見如是等諸有情已生大厭怖普緣一切有情世間起大慈悲相應作意我當普爲一切有情作大依護我當解脫一切有情所受苦惱雖作是念而不住此想亦不住餘想善現當知是名菩薩摩訶薩衆大慧光明能證無上正等菩提善現當知是菩薩摩訶薩由住此住能作一切世間福田雖未證得一切智智而於無上正等菩提得不退轉堪受施主衣服飲食卧具醫藥及餘資具善現當知是菩薩摩訶薩善住般若波羅蜜多故能畢竟報施主恩亦能親近一切智智是故善現若菩薩摩訶薩欲不虛受國王大臣及諸有情所有信施欲示有情眞淨道路欲爲有情作大

明照欲脱有情生死牢獄欲施有情清淨法眼應常安住甚深般若波羅蜜多相應作意善現當知若菩薩摩訶薩常住般若波羅蜜多相應作意是菩薩摩訶薩施此作意恒時憶念不令諸餘作意暫起所有言說亦與般若波羅蜜多理趣相應善現當知是菩薩摩訶薩晝夜精勤恒住般若波羅蜜多相應作意無時暫捨譬如有人先未曾有末尼寶珠後時遇得歡喜自慶遇緣還失生大憂惱常懷歎惜未嘗離念思當何計還得此珠彼人由是相應作意緣此寶珠無時暫捨諸菩薩摩訶薩亦復如是應常安住甚深般若波羅蜜多相應作意若不安住甚深般若波羅蜜多相應作意則為喪失一切智智相應作意是故善現諸菩薩摩訶薩於深般若波羅蜜多相應作意應常安住無得暫捨爾時善現便白佛言若一切法及諸作意皆離自性空無所有云何菩薩摩訶薩不離般若波羅蜜多一切智智相應作意佛告善現若菩薩摩訶薩知一切法及諸作意皆離自性空無所有是菩薩摩訶薩不離般若波羅蜜多一切智智相應作意所以者何甚深般若波羅蜜多一切智智及諸作意皆離自性空無所有此中一切增減俱無若正通達即名不離具壽善現復白佛言若深般若波羅蜜多自性常空無增無減云何菩薩摩訶薩衆修證般若波羅蜜多便得無上正等菩提佛告善現諸菩薩摩訶薩修證般若波羅蜜多於一切法無增無減於菩薩摩訶薩亦無增減如深般若波羅蜜多自性空故無增無減諸佛菩

薩亦復如是若菩薩摩訶薩能如是知是則名爲修證般若波羅蜜多由此因緣能疾證得所求無上正等菩提善現當知若菩薩摩訶薩聞說如是甚深般若波羅蜜多無增減時不驚不怖不沉不没亦不猶豫是菩薩摩訶薩行深般若波羅蜜多已到究竟安住菩薩不退轉地疾證無上正等菩提能盡未來度有情衆

大般若波羅蜜多經卷第五百五十一

音釋

俱胝梵語也此云百億胝張尼切　苾芻苾薄密切芻楚俱切草名具含五義以比丘之德似之故名比丘爲苾芻　蝎許謁切毒蟲也　逼迫逼彼力切迫音伯　魅明祕切老精物也　擾惱擾爾沼切煩也惱乃老切懊惱也　恃音市依也　唐捐捐音緣棄也唐捐謂徒棄也　毀蔑毀虎委切毀訾也蔑莫結切陵蔑也　訾音紫譏也　咄當沒切相謂也　姊蔣兕切女兄也　軟乳兗切柔也　昧鈍昧莫佩切闇也鈍徒困切愚鈍也　阿練若梵語也此云閙靜處若爾者切　塚知隴切壙也　掉舉掉徒弔切搖也舉苟許切動也掉舉謂身心妄搖動也　矯舉夭切詐也　嬈音遶亂也　寘於見切安也　憒閙憒古對切閙女教切憒閙謂憒亂喧閙也　蹁繕那梵語也此云限量如此方一驛地蹁音俞繕時戰切　耽染耽都舍切染而琰切耽染謂耽樂染著也　旃荼羅梵語也此云屠者旃諸延切荼同都切　阿素洛梵語也亦云阿修羅此云無酒又名非天　劇竭戟切甚也

大般若波羅蜜多經卷第五百五十二

唐三藏法師玄奘奉　詔譯

第四分善友品第二十二之二

爾時具壽善現復白佛言世尊爲即般若波羅蜜多能行般若波羅蜜多不不爾善現世尊爲離般若波羅蜜多有法可得能行般若波羅蜜多不不爾善現世尊爲即般若波羅蜜多不不爾善現世尊爲離般若波羅蜜多空能行般若波羅蜜多不不爾善現世尊爲離般若波羅蜜多空有法可得能行般若波羅蜜多不不爾善現世尊爲即空能行般若波羅蜜多不不爾善現世尊爲離空有法可得能行般若波羅蜜多不不爾善現世尊爲即空能行空不不爾善現世尊爲離空有法可得能行空不不爾善現世尊爲即般若波羅蜜多能行空不不爾善現世尊爲離般若波羅蜜多有法可得能行空不不爾善現世尊爲即色能行般若波羅蜜多不不爾善現世尊爲離色有法可得能行般若波羅蜜多不不爾善現世尊爲即受想行識能行般若波羅蜜多不不爾善現世尊爲離受想行識有法可得能行般若波羅蜜多不不爾善現世尊爲即色空能行般若波羅蜜多不不爾善現世尊爲離色空有法可得能行般若波羅蜜多不不爾善現世尊爲即受想行識空能行般若波羅蜜多不不爾善現世尊爲離受想行識空有法可得能行般若波羅蜜多不不爾善現世尊爲即色能行空不不爾善現世尊爲離色有法可得能行空不不爾善現世尊爲即受想行識能行空不不爾善現世尊爲離受想行識有法可得能行空

不不爾善現世尊爲即色空能行空不不爾善現世尊爲離色空有法可得能行空不不爾善現世尊爲即受想行識空能行空不不爾善現世尊爲離受想行識空有法可得能行空不不爾善現世尊爲即一切法能行般若波羅蜜多不不爾善現世尊爲離一切法有法可得能行般若波羅蜜多不不爾善現世尊爲即一切法空能行般若波羅蜜多不不爾善現世尊爲離一切法空有法可得能行般若波羅蜜多不不爾善現世尊爲即一切法能行空不不爾善現世尊爲離一切法有法可得能行空不不爾善現世尊爲即一切法空能行空不不爾善現世尊爲離一切法空有法可得能行空不不爾善現爾時善現便白佛言若爾諸菩薩摩訶薩以何等法能行般若波羅蜜多及能行空佛告善現於意云何汝見有法能行般若波羅蜜多及能行空不善現對曰不也世尊佛告善現於意云何汝見有般若波羅蜜多及見有空是菩薩摩訶薩所行處不善現對曰不也世尊佛告善現於意云何汝所不見法是法可得不善現對曰不也世尊佛告善現於意云何不可得法有生滅不善現對曰不也世尊佛告善現汝所不見所不得法所有實相即是菩薩無生法忍若菩薩摩訶薩成就如是無生法忍便於無上正等菩提堪得受記善現當知是菩薩摩訶薩於佛十力四無所畏四無礙解大慈大悲大喜大捨及十八佛不共法等無量無邊殊勝功德名能精進如實行者若能如是精進修行不得無上正等覺智一

切相智大智妙智一切智智大商主智無有是處具壽善現復白佛言諸菩薩摩訶薩爲以一切法無生法性於佛無上正等菩提得受記不不爾善現世尊諸菩薩摩訶薩爲以一切法有生法性於佛無上正等菩提得受記不不爾善現世尊諸菩薩摩訶薩爲以一切法有生無生法性於佛無上正等菩提得受記不不爾善現世尊諸菩薩摩訶薩爲以一切法非有生非無生法性於佛無上正等菩提得受記不不爾善現爾時善現便白佛言若爾云何諸菩薩摩訶薩於佛無上正等菩提堪得受記佛告善現於意云何汝見有法於佛無上正等菩提得受記不善現對曰不也世尊我不見法於佛無上正等菩提堪得受記亦不見法於佛無上正等菩提有能證者證時證處及由此證若所證法皆亦不見何以故以一切法皆無所得於一切法無所得中能證所證證時證處及由此證不可得故佛告善現如是如是如汝所說善現當知若菩薩摩訶薩於一切法無所得時不作是念我於無上正等菩提當能證得我用是法於如是時於如是處證得無上正等菩提

第四分天主品第二十三

爾時天帝釋白佛言世尊如是般若波羅蜜多最爲甚深難見難覺爾時佛告天帝釋言如是如是如汝所說憍尸迦如是般若波羅蜜多最爲甚深如是般若波羅蜜多難見難覺憍尸迦虛空甚深故如是般若波羅蜜多最爲甚深虛空難見難覺故如是般若波羅蜜多難見難覺何以故憍尸迦如是般若波

羅蜜多自性遠離都無所有如虛空故時天帝釋復白佛言非少善根諸有情類能於如是甚深難見難覺般若波羅蜜多至心聽聞受持讀誦精勤修學如理思惟廣爲有情分別解說爾時佛告天帝釋言如是如是如汝所說憍尸迦非少善根諸有情類能於如是甚深難見難覺般若波羅蜜多至心聽聞受持讀誦精勤修學如理思惟廣爲有情分別解說或能書寫廣令流布是諸有情功德無量憍尸迦假使於此贍部洲中一切有情悉皆成就十善業道於意云何是諸有情功德多不天帝釋曰甚多世尊甚多善逝佛言憍尸迦有善男子善女人等於此般若波羅蜜多甚深經典至心聽聞受持讀誦精勤修學如理思惟廣爲有情分別解說或能書寫廣令流布是善男子善女人等所獲福聚於前功德百倍爲勝千倍爲勝乃至鄔波尼殺曇倍亦復爲勝爾時會中有一苾芻告天帝釋憍尸迦若善男子善女人等於此般若波羅蜜多甚深經典至心聽聞受持讀誦精勤修學如理思惟廣爲有情分別解說或復書寫廣令流布是善男子善女人等所獲福聚勝於仁者天帝釋言是善男子善女人等初一發心尚勝於我況於般若波羅蜜多甚深經典至心聽聞受持讀誦精勤修學如理思惟廣爲有情分別解說或復書寫廣令流布苾芻當知是菩薩摩訶薩所獲福聚亦勝一切世間天人阿素洛等所有功德苾芻當知是菩薩摩訶薩所獲福聚非唯普勝世間天人阿素洛等所有功德亦勝一切預流一來不

還阿羅漢獨覺所有功德苾芻當知是菩薩摩訶薩所獲福聚非唯普勝一切預流一來不還阿羅漢獨覺所有功德亦勝一切菩薩摩訶薩遠離般若波羅蜜多方便善巧爲大施主修行布施苾芻當知是菩薩摩訶薩所獲福聚亦勝一切菩薩摩訶薩遠離般若波羅蜜多方便善巧常所修學清淨尸羅無缺尸羅無隙尸羅無雜尸羅無穢尸羅圓滿戒蘊苾芻當知是菩薩摩訶薩所獲福聚亦勝一切菩薩摩訶薩遠離般若波羅蜜多方便善巧常所修學圓滿安忍圓滿寂靜無瞋無恨乃至燋木亦無害心究竟安忍苾芻當知是菩薩摩訶薩所獲福聚亦勝一切菩薩摩訶薩遠離般若波羅蜜多方便善巧常所修學勇猛精進不捨善軛無怠無下身語意業圓滿精進苾芻當知是菩薩摩訶薩所獲福聚亦勝一切菩薩摩訶薩遠離般若波羅蜜多方便善巧常所修學可愛靜慮可樂靜慮勇猛靜慮安住靜慮自在靜慮圓滿靜慮苾芻當知是菩薩摩訶薩所獲福聚亦勝一切菩薩摩訶薩遠離般若波羅蜜多方便善巧常所修學諸餘善根苾芻當知是菩薩摩訶薩如說修行甚深般若波羅蜜多有方便善巧故皆勝一切世間天人阿素洛等亦勝一切聲聞獨覺亦勝一切遠離般若波羅蜜多方便善巧諸菩薩衆所以者何是菩薩摩訶薩如說修行甚深般若波羅蜜多於深般若波羅蜜多究竟隨轉是菩薩摩訶薩能紹一切智智種性令不斷絶常不遠離諸佛菩薩眞淨善友是菩薩摩訶薩如是修行殊勝淨

行常不遠離妙菩提座降伏衆魔制諸外道是菩薩摩訶薩如是學時方便善巧常能濟拔溺煩惱泥諸有情類是菩薩摩訶薩如是學時方便善巧常學菩薩摩訶薩衆所應學法不學聲聞獨覺乘等所應學法苾芻當知是菩薩摩訶薩於深般若波羅蜜多如是學時諸天神衆皆大歡喜護世四王各領天衆來至其所供養恭敬尊重讚歎咸作是言善哉大士當勤精進學諸菩薩摩訶薩衆所應學法勿學聲聞獨覺乘等所應學法若如是學疾當安坐妙菩提座速證無上正等菩提如先如來應正等覺受四天王所奉四鉢汝亦當受如昔護世四大天王奉上四鉢我亦當奉苾芻當知是菩薩摩訶薩如是學時我等天帝尚領天衆來至其所供養恭敬尊重讚歎況餘天神不詣其所苾芻當知是菩薩摩訶薩如是學時一切如來應正等覺及諸菩薩摩訶薩衆并諸天龍阿素洛等常隨護念由此因緣是菩薩摩訶薩一切世間險難危厄身心憂苦皆不侵害世間所有四大相違種種疾病皆於身中永無所有唯除重業轉現輕受苾芻當知是菩薩摩訶薩如說修行甚深般若波羅蜜多方便善巧獲如是等現世功德後世功德無量無邊時阿難陀竊作是念天主帝釋爲自辯才讚説如是甚深般若波羅蜜多及諸菩薩功德勝利爲是如來威神之力時天帝釋承佛威神知阿難陀心之所念白言大德我所讚説甚深般若波羅蜜多及諸菩薩功德勝利皆是如來威神之力爾時佛告阿難陀言如是如是今天帝

釋讚說如是甚深般若波羅蜜多及諸菩薩功德勝利當知皆是如來神力非自辯才所以者何甚深般若波羅蜜多及諸菩薩摩訶薩衆功德勝利定非一切世間天人阿素洛等所能讚說

第四分無雜無異品第二十四

爾時佛告阿難陀言若時菩薩摩訶薩思惟般若波羅蜜多習學般若波羅蜜多修行般若波羅蜜多是時三千大千世界一切惡魔皆生猶豫咸作是念此菩薩摩訶薩爲於中間證於實際退墮聲聞或獨覺地爲趣無上正等菩提能盡未來利樂一切復次慶喜若時菩薩摩訶薩安住般若波羅蜜多是時惡魔生大憂苦身心戰慄如中毒箭復次慶喜若時菩薩摩訶薩修行般若波羅蜜多是時惡魔來到其所化作種種可怖畏事所謂刀劒惡獸毒蛇猛火熾然四方俱發欲令菩薩身心驚懼迷失無上正等覺心於所修行心生退屈乃至發起一念亂意障礙無上正等菩提是彼惡魔深心所願爾時慶喜便白佛言爲諸菩薩摩訶薩修行般若波羅蜜多時皆爲惡魔之所擾亂爲有擾亂不擾亂者佛告慶喜非諸菩薩摩訶薩修行般若波羅蜜多時皆爲惡魔之所擾亂然有擾亂不擾亂者具壽慶喜復白佛言何等菩薩摩訶薩修行般若波羅蜜多時爲諸惡魔之所擾亂何等菩薩摩訶薩修行般若波羅蜜多時不爲惡魔之所擾亂佛告慶喜若菩薩摩訶薩先世聞說甚深般若波羅蜜多無信解心毀呰誹謗是菩薩摩訶薩修行般若波羅蜜多時

便爲惡魔之所擾亂若菩薩摩訶薩先世聞說甚深般若波羅蜜多有信解心不起毁謗是菩薩摩訶薩修行般若波羅蜜多時不爲惡魔之所擾亂復次慶喜若菩薩摩訶薩聞說如是甚深般若波羅蜜多疑惑猶豫爲有爲無爲實不實是菩薩摩訶薩修行般若波羅蜜多時便爲惡魔之所擾亂若菩薩摩訶薩聞說如是甚深般若波羅蜜多其心都無疑惑猶豫信定實有是菩薩摩訶薩修行般若波羅蜜多時不爲惡魔之所擾亂復次慶喜若菩薩摩訶薩遠離善友爲諸惡友之所攝持不聞般若波羅蜜多甚深義處由不聞故不能解了不解了故不能修習不修習故不能請問云何應修甚深般若波羅蜜多云何應學甚深般若波羅蜜多是菩薩摩訶薩修行般若波羅蜜多時便爲惡魔之所擾亂若菩薩摩訶薩親近善友不爲惡友之所攝持得聞般若波羅蜜多甚深義處由得聞故便能解了由解了故即能修習由修習故便能請問云何應修甚深般若波羅蜜多云何應學甚深般若波羅蜜多是菩薩摩訶薩修行般若波羅蜜多時不爲惡魔之所擾亂復次慶喜若菩薩摩訶薩遠離般若波羅蜜多攝受讚歎非眞妙法是菩薩摩訶薩修行般若波羅蜜多時便爲惡魔之所擾亂若菩薩摩訶薩親近般若波羅蜜多不攝不讚非眞妙法是菩薩摩訶薩修行般若波羅蜜多時不爲惡魔之所擾亂復次善現若菩薩摩訶薩遠離般若波羅蜜多於眞妙法毁呰誹謗爾時惡魔便作是念今此菩薩與我爲伴由

彼毀謗眞妙法故便有無量初學大乘諸菩薩衆於眞妙法亦生毀謗由此因緣我願圓滿雖有無量新學大乘諸菩薩衆與我爲伴然不能令我願滿足今此菩薩與我爲伴令我所願一切滿足故此菩薩是我眞伴我應攝受令增勢力是菩薩摩訶薩修行般若波羅蜜多時便爲惡魔之所擾亂若菩薩摩訶薩親近般若波羅蜜多於眞妙法讃歎信受亦令無量新學大乘諸菩薩衆於眞妙法讃歎信受由此惡魔愁憂驚怖是菩薩摩訶薩修行般若波羅蜜多時不爲惡魔之所擾亂復次慶喜若菩薩摩訶薩聞說般若波羅蜜多甚深經時作如是語如是般若波羅蜜多理趣甚深難見難覺何用宣說聽聞受持讀誦思惟精勤修學書寫流布此經典爲我尚不能得其源底況餘薄福淺智者哉時有無量新學大乘諸菩薩等聞其所說心皆驚怖便退無上正等覺心墮於聲聞或獨覺地是菩薩摩訶薩修行般若波羅蜜多時便爲惡魔之所擾亂若菩薩摩訶薩聞說般若波羅蜜多甚深經時作如是語如是般若波羅蜜多理趣甚深難見難覺若不宣說聽聞受持讀誦思惟精勤修學書寫流布能證無上正等菩提必無是處時有無量新學大乘諸菩薩等聞其所說歡喜踴躍便於般若波羅蜜多常樂聽聞受持讀誦令善通利如理思惟精進修行爲他演說書寫流布求趣無上正等菩提是菩薩摩訶薩修行般若波羅蜜多時不爲惡魔之所擾亂復次慶喜若菩薩摩訶薩恃已所有功德善根輕餘菩薩摩訶薩

衆謂作是言我能安住眞遠離行汝等皆無我能修習眞遠離行汝等不能爾時惡魔歡喜踊躍言此菩薩是吾伴侶流轉生死未有出期所以者何是諸菩薩恃已所有功德善根輕餘菩薩摩訶薩衆便遠無上正等菩提不能精勤空我境界是菩薩摩訶薩修行般若波羅蜜多時便爲惡魔之所擾亂若菩薩摩訶薩不恃已有功德善根輕餘菩薩摩訶薩衆雖常精進修諸善法而不執著諸善法相是菩薩摩訶薩修行般若波羅蜜多時不爲惡魔之所擾亂復次慶喜若菩薩摩訶薩自恃名姓及所修習杜多功德輕蔑諸餘修勝善法諸菩薩衆常自讚歎毀訾他人實無不退轉菩薩摩訶薩諸行狀相而謂實有起諸煩惱言汝等無菩薩名姓唯我獨有由增

上慢輕餘菩薩爾時惡魔便大歡喜作如是念今此菩薩令我國土宫殿不空增益地獄傍生鬼界是時惡魔助其神力令轉增益威勢辯才由此多人信受其語因斯勸發同彼惡見同惡見已隨彼邪學隨邪學已煩惱熾盛心顚倒故諸所發起身語意業皆能感得不可愛樂衰損苦果由此因緣增長地獄傍生鬼界令魔宫殿國土充滿由此惡魔歡喜踊躍諸有所作隨意自在是菩薩摩訶薩修行般若波羅蜜多時便爲惡魔之所擾亂若菩薩摩訶薩不恃已有虚妄姓名及所修習杜多功德輕蔑諸餘修勝善法諸菩薩衆於諸功德離增上慢常不自讚亦不毀他能善覺知諸惡魔事是菩薩摩訶薩修行般若波羅蜜多時不爲惡魔之所擾亂復次慶喜若

時菩薩摩訶薩與求聲聞獨覺乘者更相毀蔑鬬諍誹謗是時惡魔見此事已便作是念今此菩薩雖遠無上正等菩提而不極遠雖近地獄傍生鬼界而不甚近作是念已雖生歡喜而不踊躍若時菩薩摩訶薩與諸菩薩摩訶薩衆更生毀蔑鬬諍誹謗是時惡魔見此事已便作是念此二菩薩極遠無上正等菩提甚近地獄傍生鬼界作是念已歡喜踊躍增其威勢令二朋黨鬬諍不息使餘無量無邊有情皆於大乘深心厭離是菩薩摩訶薩修行般若波羅蜜多時便爲惡魔之所擾亂若菩薩摩訶薩與求聲聞獨覺乘者不相毀蔑鬬諍誹謗方便化導令趣大乘或令勤修自乘勝善與求無上正等菩提善男子等不相毀蔑鬬諍誹謗更相教誨修勝善法速趣無上正等菩提轉妙法輪度有情衆是菩薩摩訶薩修行般若波羅蜜多時不爲惡魔之所擾亂復次慶喜若菩薩摩訶薩未得無上正等菩提不退轉記於得無上正等菩提不退轉記諸菩薩摩訶薩起損害心鬬諍輕蔑罵辱誹謗是菩薩摩訶薩隨起爾所念不饒益心還退爾所刧曾修勝行經爾所時遠離善友還受爾所生死繫縛若不棄捨大菩提心還爾所刧被弘誓鎧勤修勝行時無間斷然後乃補所退功德爾時慶喜便白佛言是菩薩摩訶薩所起惡心生死罪苦爲要流轉經爾所時爲於中間亦得出離是菩薩摩訶薩所退勝行爲要精勤經爾所刧被弘誓鎧修諸勝行時無間斷然後乃補所退功德爲於中間有復本義佛告慶喜我爲菩薩獨

覺聲聞說有出罪還補善法慶喜當知若菩薩摩訶薩未得無上正等菩提不退轉記於得無上正等菩提不退轉記諸菩薩摩訶薩起損害心鬬諍輕蔑毀辱誹謗後無慙愧懷惡不捨不能如法發露悔過我說彼類於其中間無有出罪還補善義要爾所劫流轉生死遠離善友衆苦所縛若不棄捨大菩提心要爾所劫被弘誓鎧勤修勝行時無間斷然後乃補所退功德若菩薩摩訶薩未得無上正等菩提不退轉記於得無上正等菩提不退轉記諸菩薩摩訶薩起損害心鬬諍輕蔑毀辱誹謗後生慙愧心不繫惡尋能如法發露悔過作如是念我今已得難得人身何容復起如是過惡失大善利我應饒益一切有情何容於中反作衰損我應恭敬一切有情如僕事主何容於中反生憍慢毀辱淩蔑我應忍受一切有情捶打訶罵何容於彼反以暴惡身語加報我應和解一切有情令相敬愛何容復起勃惡語言與彼乖爭我應堪耐一切有情長時履踐猶如道路亦如橋梁何容於彼反加淩辱我求無上正等菩提爲拔有情生死大苦令得究竟安樂涅槃何容反欲加之以苦我應從今盡未來際如癡如瘂如聾如盲於諸有情無所分別假使斬截頭足手臂挑目割耳劓鼻截舌鋸解一切身分支體於彼有情終不起惡若我起惡則便退壞所發無上正等覺心障礙所求一切智智不能利益安樂有情慶喜當知是菩薩摩訶薩我說中間亦有出罪還補善義非要經於爾所劫數流轉生死惡魔於彼不能擾亂疾

證無上正等菩提復次慶喜諸菩薩摩訶薩與求聲聞獨覺乘者不應交涉設與交涉不應共住設與共住不應與彼論義決擇所以者何若與彼類論義決擇或當發起忿恚等心或復令生麤惡言說然諸菩薩於有情類不應發起忿恚等心亦不應生麤惡言說設被斬斫首足身分亦不應起忿恚惡言所以者何諸菩薩摩訶薩應作是念我求無上正等菩提爲拔有情生死衆苦令得究竟利益安樂何容於彼翻爲惡事慶喜當知若菩薩摩訶薩於有情類起忿恚心發麤惡言便礙無上正等菩提亦壞無邊菩薩行法是故菩薩摩訶薩衆欲得無上正等菩提於諸有情不應忿恚亦不應起麤惡言說爾時慶喜便白佛言諸菩薩摩訶薩與菩薩摩訶薩云何共住佛告慶喜諸菩薩摩訶薩與菩薩摩訶薩共住相視應如大師所以者何諸菩薩摩訶薩與菩薩摩訶薩展轉相視應作是念彼是我等眞善知識與我爲伴同乘一船同行一道同一所趣同一事業我等與彼學時學處及所學法若由此學皆無有異復作是念彼諸菩薩爲我等說大菩提道即我良伴亦我導師若彼菩薩摩訶薩住雜作意遠離一切智智相應作意我當於中不同彼學若彼菩薩摩訶薩離雜作意不離一切智智相應作意我當於中常同彼學慶喜當知若菩薩摩訶薩能如是學菩提資粮疾得圓滿速證無上正等菩提於其中間無障無難

第四分迅速品第二十五之一

爾時具壽善現便白佛言世尊若菩薩摩訶

薩爲盡故學是學一切智智不若菩薩摩訶薩爲不生故學是學一切智智不若菩薩摩訶薩爲滅故學是學一切智智不若菩薩摩訶薩爲不起故學是學一切智智不若菩薩摩訶薩爲非有故學是學一切智智不若菩薩摩訶薩爲遠離故學是學一切智智不若菩薩摩訶薩爲離染故學是學一切智智不若菩薩摩訶薩爲虛空故學是學一切智智不若菩薩摩訶薩爲法界故學是學一切智智不若菩薩摩訶薩爲涅槃故學是學一切智智不佛告善現若菩薩摩訶薩如是學時非學一切智智具壽善現復白佛言何緣菩薩摩訶薩如是學時非學一切智智佛告善現於意云何佛證眞如極圓滿故說名如來應正等覺如是眞如可說爲盡乃至可說爲涅槃不善現對曰不也世尊所以者何眞如離相不可說盡乃至不可說爲涅槃佛告善現是故菩薩摩訶薩如是學時非學一切智智善現當知若菩薩摩訶薩不爲盡故學是學一切智智乃至不爲涅槃故學是學一切智智所以者何佛證眞如極圓滿故說名如來應正等覺爾時證得一切智智眞如非盡乃至涅槃是故菩薩摩訶薩如是學時是學一切智智善現當知若菩薩摩訶薩如是學時是學般若波羅蜜多方便善巧是學佛地是學十力四無所畏四無礙解大慈大悲大喜大捨十八佛不共法及餘無量無邊佛法即爲已學一切智智善現當知若菩薩摩訶薩如是學時至一切學究竟彼岸善現當知若菩薩摩訶薩如是學時一切天魔及諸外

道皆不能伏善現當知若菩薩摩訶薩如是學時速得菩薩不退法性善現當知若菩薩摩訶薩如是學時速住菩薩不退轉地善現當知若菩薩摩訶薩如是學時速當安坐妙菩提座善現當知若菩薩摩訶薩如是學時行自祖父如來行處善現當知若菩薩摩訶薩如是學時即爲已學與諸有情爲依護法是學大慈大悲性故善現當知若菩薩摩訶薩如是學時是學三轉十二行相無上法輪善現當知若菩薩摩訶薩如是學時是學安處百千俱胝諸有情界令住涅槃畢竟安樂善現當知若菩薩摩訶薩如是學時是學不斷如來種姓善現當知若菩薩摩訶薩如是學時是學諸佛開甘露門善現當知若菩薩摩訶薩如是學時是學安立無量無數無邊有情住三乘法善現當知若菩薩摩訶薩如是學時是學示現一切有情究竟寂滅眞無爲界是爲修學一切智智善現當知如是學者下劣有情所不能學所以者何如是學者欲善拔濟一切有情生死大苦欲善安立一切有情廣大勝事欲與有情同受畢竟利益安樂欲與有情同證無上正等菩提欲與有情同學自利利他妙行如太虛空無斷無盡

復次善現若菩薩摩訶薩如是學時決定不墮一切地獄傍生鬼界阿素洛中決定不生邊地達絮蔑戾車中決定不生旃荼羅家補羯娑家及餘種種貧窮下賤不律儀家決定不生種種工巧伎樂商賈雜穢之家復次善現若菩薩摩訶薩如是學時隨所生處終不盲聾瘖瘂攣躄根支殘缺背僂癲癇癰疽疥

癩疥漏惡瘡不長不短亦不黧黑及無種種穢惡瘡病復次善現若菩薩摩訶薩如是學時生生常得眷屬圓滿諸根圓滿支體圓滿音聲清亮形貌端嚴言辭威肅衆人愛敬復次善現若菩薩摩訶薩如是學時所生之處離害生命離不與取離欲邪行離虚誑語離麤惡語離離間語離穢惡語亦離貪欲瞋恚邪見終不攝受虚妄邪法不以邪法而自活命亦不攝受破戒惡見謗法有情以爲親友復次善現若菩薩摩訶薩如是學時終不生於虓樂少慧長壽天處所以者何是菩薩摩訶薩成就方便善巧勢力由此方便善巧勢力雖能數入靜慮無量及無色定而不隨彼勢力受生甚深般若波羅蜜多所攝受故成就如是方便善巧於諸定中雖常獲得入出自在而不隨彼諸定勢力生長壽天廢修菩薩摩訶薩行復次善現若菩薩摩訶薩如是學時得清淨力清淨無畏清淨佛法具壽善現便白佛言若一切法本性清淨云何菩薩摩訶薩衆如是學時復能證得清淨諸力清淨無畏清淨佛法佛告善現如是如是如汝所說諸法本來自性清淨是菩薩摩訶薩於一切法本性淨中精勤修學甚深般若波羅蜜多方便善巧如實通達心不沉沒亦無滯礙遠離一切煩惱染著故說菩薩如是學時於一切法復得清淨由此因緣得清淨力清淨無畏清淨佛法復次善現雖一切法本性清淨而諸異生不知見覺是菩薩摩訶薩爲欲令彼知見覺故發勤精進修行般若波羅蜜多方便善巧作如是念我於諸法本性清

淨知見覺已如實開悟一切有情令於諸法本性清淨亦知見覺是菩薩摩訶薩如是學時得清淨力清淨無畏清淨佛法復次善現若菩薩摩訶薩如是學時於諸有情心行差別皆能通達至極彼岸方便善巧令諸有情知一切法本性清淨證得畢竟清淨涅槃

大般若波羅蜜多經卷第五百五十二

音釋

鄔波尼殺曇　梵語也此謂數之極鄔安古切曇徒南切
隙　乞逆切罅隙也
燋木　燋兹消切燋枯也
軛　音尼
溺　乃歷切没溺也
戰慄　慄力質切戰慄恐懼也
誹謗　誹敷尾切非議也謗補曠切毀也
杜多　梵語也亦云頭陀此云修治謂修治淨行杜徒古切
鬭諍　鬭丁候切競也諍側迸切鬭諍謂以言相爭也
鎧　可亥切甲也
捶打　捶主蘂切打音頂謂以扶擊也
勃　蒲妹切逆也
耐　乃代切忍也
踐　在演切蹋也
聾　盧東切耳無聞也
盲　眉庚切目無童子也
劓　疑器切刑鼻也
鋸解　鋸音據刀鋸也解佳買切分判也
達絜　梵語也此謂徼信佛法之人也絜息據切
蔑戾車　梵語也亦云彌離車此云惡見蔑彌列切戾力霽切
補羯娑　梵語也此謂舁死屍等之賤類也羯居謁切
商賈　商尸羊切行賣曰商賈公土切坐販曰賈
瘖瘂　瘖於金切瘂么下切瘖瘂謂口不能言也
攣躄　攣閭員切手拘攣也躄必益切足不能行也
僂　隴主切謂背曲也
瘨癇　癲音顛癇音閑謂癲狂癇病也
癰疽　癰於容切腫也疽千余切癰也
疥癩　疥居隘切瘡疥也癩落蓋切惡疾也
痔漏　痔丈里切痔漏後病也
黧　音黎黑色也

大般若波羅蜜多經卷第五百五十三

唐三藏法師玄奘奉　詔譯

第四分迅速品第二十五之二

善現當知譬如大地少處出生金銀等寶多處出生鹹鹵等物諸有情類亦復如是少學般若波羅蜜多多學聲聞獨覺地法善現當知譬如人趣少分能作轉輪王業多分能作諸小王業諸有情類亦復如是少分能修一切智智道多分能修聲聞獨覺道善現當知譬如欲界地居天中少分能造天帝釋業多分能造餘天衆業諸有情類亦復如是少求無上正等菩提多求聲聞獨覺乘果善現當知譬如色界初靜慮中少分能修大梵王業多分能修梵天衆業諸有情類亦復如是少於無上正等菩提得不退轉多於無上正等菩提猶有退轉是故善現諸有情類少分能發大菩提心於中轉少能修菩薩摩訶薩行於中轉少能學般若波羅蜜多於中轉少能於般若波羅蜜多方便善巧於中極少能於無上正等菩提得不退轉是故善現若菩薩摩訶薩欲墮極少有情數者當勤修學甚深般若波羅蜜多方便善巧令於無上正等菩提得不退轉疾證無上正等菩提復次善現若菩薩摩訶薩如是修學甚深般若波羅蜜多方便善巧不起栽櫱俱行之心不起疑惑俱行之心不起慳悋俱行之心不起犯戒俱行之心不起忿恚俱行之心不起懈怠俱行之心不起散亂俱行之心不起惡慧俱行之心復次善現若菩薩摩訶薩如是修學甚深般若波羅蜜多方便善巧能攝一切波羅蜜

多能集一切波羅蜜多能導一切波羅蜜多所以者何甚深般若波羅蜜多中含容一切波羅蜜多故善現當知如僞身見普能攝受六十二見甚深般若波羅蜜多亦復如是含容一切波羅蜜多若菩薩摩訶薩能正修學甚深般若波羅蜜多方便善巧能引一切波羅蜜多令漸增長善現當知譬如命根能持諸根甚深般若波羅蜜多亦復如是能持一切殊勝善法所以者何若菩薩摩訶薩能正修學甚深般若波羅蜜多普能攝持一切善法善現當知如命根滅諸根隨滅甚深般若波羅蜜多亦復如是若菩薩摩訶薩退失如是甚深般若波羅蜜多則爲退失一切善法若菩薩摩訶薩能正修學甚深般若波羅蜜多普能滅除諸不善法是故善現若菩薩摩訶薩欲至一切波羅蜜多究竟彼岸應勤修學甚深般若波羅蜜多復次善現若菩薩摩訶薩能勤修學甚深般若波羅蜜多於諸有情最上最勝所以者何是菩薩摩訶薩能勤修學甚深般若波羅蜜多無上法故復次善現於意云何於此三千大千世界諸有情類寧爲多不善現對曰贍部洲中諸有情類尚多無數何況三千大千世界諸有情類寧不爲多佛告善現如是如是如汝所說善現當知假使三千大千世界諸有情類非前非後皆得人身得人身已非前非後皆發無上正等覺心修諸菩薩摩訶薩行修行滿已非前非後皆得無上正等菩提有菩薩摩訶薩盡其形壽能以上妙衣服飲食房舍卧具病緣醫藥及諸資財供養恭敬尊重讚歎此諸如

來應正等覺於意云何是菩薩摩訶薩由此因緣得福多不善現對曰甚多世尊甚多善逝佛告善現若菩薩摩訶薩能修如是甚深般若波羅蜜多經彈指頃所獲功德甚多於前無量無數所以者何甚深般若波羅蜜多具大義用能令菩薩摩訶薩衆疾證無上正等菩提是故善現若菩薩摩訶薩欲證無上正等菩提欲爲一切有情上首欲普饒益一切有情無救護者爲作救護無歸依者爲作歸依無投趣者爲作投趣無眼目者爲作眼目無光明者爲作光明失正路者示以正路未涅槃者令得涅槃當學如是甚深般若波羅蜜多復次善現若菩薩摩訶薩欲行諸佛所行境界欲居諸佛大仙尊位欲遊戲佛所遊戲處欲作諸佛大師子吼欲擊諸佛無上

法鼓欲扣諸佛無上法鐘欲吹諸佛無上法螺欲昇諸佛無上法座欲演諸佛無上法義欲決一切有情疑網欲入諸佛甘露法界欲受諸佛微妙法樂欲證諸佛圓淨功德欲以一音爲三千界一切有情宣說正法普令一切獲大饒益當學如是甚深般若波羅蜜多復次善現若菩薩摩訶薩修學如是甚深般若波羅蜜多無有一切世出世間功德勝利而不能得所以者何甚深般若波羅蜜多是一切種功德善根所依處故善現當知我曾不見有菩薩摩訶薩勤修如是甚深般若波羅蜜多而不能得世出世間功德勝利爾時善現便白佛言諸菩薩摩訶薩修學如是甚深般若波羅蜜多豈亦能得聲聞獨覺功德善根佛告善現聲聞獨覺功德善根此諸菩

薩摩訶薩衆亦皆能得但於其中無住無著以勝智見正觀察已超過聲聞及獨覺地趣入菩薩正性離生故此菩薩摩訶薩衆無有一切功德善根而不能得復次善現諸菩薩摩訶薩於一切種聲聞獨覺功德善根皆應修學雖於其中不求作證而於一切欲善通達爲彼有情宣說開示復次善現若菩薩摩訶薩如是學時則爲隣近一切智智速證無上正等菩提能盡未來利樂一切復次善現若菩薩摩訶薩如是學時則爲一切世間天人阿素洛等眞淨福田超諸世間沙門梵志聲聞獨覺福田之上疾能證得一切智智復次善現若菩薩摩訶薩如是學時隨所生處不捨如是甚深般若波羅蜜多不離如是甚深般若波羅蜜多常行如是甚深般若波羅蜜多復次善現若菩薩摩訶薩能行如是甚深般若波羅蜜多當知已於一切智智得不退轉於一切法能正覺知遠離聲聞獨覺等地親近無上正等菩提復次善現若菩薩摩訶薩行深般若波羅蜜多時作如是念此是般若波羅蜜多此是修時此是修處我能修此甚深般若波羅蜜多我由如是甚深般若波羅蜜多棄捨如是所應捨法當能引發一切智智是菩薩摩訶薩非行般若波羅蜜多亦於般若波羅蜜多不能解了所以者何甚深般若波羅蜜多不作是念我是般若波羅蜜多此是修時此是修處此是修者此是般若波羅蜜多所遠離法此是般若波羅蜜多所照了法此是般若波羅蜜多所證無上正等菩提若如是知是行般若波羅蜜多復次

善現若菩薩摩訶薩行深般若波羅蜜多時作如是念此非般若波羅蜜多此非修時此非修處此非修者非由般若波羅蜜多遠離一切所應捨法非由般若波羅蜜多能證無上正等菩提所以者何以一切法皆住眞如無差别故善現當知若菩薩摩訶薩於一切法都無分别無所覺了是行般若波羅蜜多

第四分幻喻品第二十六

時天帝釋作是念言若菩薩摩訶薩修行般若波羅蜜多尚勝一切有情之類況得無上正等菩提若諸有情聞説一切智智名字深生信解尚爲獲得人中善利及得世間最勝壽命況發無上正等覺心或能聽聞甚深般若波羅蜜多若諸有情能發無上正等覺心聽聞般若波羅蜜多甚深經典諸餘有情皆應願樂所獲功德世間天人阿素洛等皆不能及爾時世尊知天帝釋心之所念便告之言如是如是如汝所念時天帝釋踊躍歡喜化作天上微妙香花奉散如來及諸菩薩既散花已作是願言若菩薩乘善男子等求趣無上正等菩提以我所生善根功德令彼所願殊勝功德速得圓滿令彼所求無上佛法速得圓滿令彼所求一切智智相應諸法速得圓滿令彼所求自然人法速得圓滿令彼所求無漏聖法速得圓滿令彼一切所欲聞法皆得如意若求聲聞獨覺乘者亦令所願疾得滿足作是願已便白佛言若菩薩乘善男子等已發無上正等覺心我終不生一念異意令其退轉大菩提心我終不生一念異意令諸菩薩摩訶薩衆猒離無上正等菩提

退墮聲聞獨覺等地我終不起一念異心令諸菩薩摩訶薩衆退失大悲相應作意若菩薩摩訶薩已於無上正等菩提深心樂欲我願彼心倍復增進速證無上正等菩提願彼菩薩摩訶薩衆見生死中種種苦已爲欲利樂世間天人阿素洛等發起種種堅固大願我既自度生死大海亦當精勤度未度者我既自解生死繫縛亦當精勤解未解者我於種種生死恐怖既自安隱亦當精勤安未安者我既自證究竟涅槃亦當精勤令未證者皆同證得世尊若有情類於初發心菩薩功德深心隨喜得幾許福於久發心修諸勝行菩薩功德深心隨喜得幾許福於不退轉地菩薩功德深心隨喜得幾許福於一生所繫菩薩功德深心隨喜得幾許福爾時佛告天帝釋言憍尸迦妙高山王可知兩數此有情類隨喜俱心所生福德不可知量憍尸迦四大洲界可知兩數此有情類隨喜俱心所生福德不可知量憍尸迦小千世界可知兩數此有情類隨喜俱心所生福德不可知量憍尸迦中千世界可知兩數此有情類隨喜俱心所生福德不可知量憍尸迦我此三千大千世界可知兩數此有情類隨喜俱心所生福德不可知量憍尸迦假使三千大千世界合爲一海有取一毛析爲百分持一分端沾彼海盡可知滴數此有情類隨喜俱心所生福德不可知量時天帝釋復白佛言若諸有情於諸菩薩從初發心乃至證得所求無上正等菩提無量無邊殊勝功德不生隨喜或復於彼隨喜俱心所生福德不聞不知不起

憶念不生隨喜當知皆是魔所執持魔所魅著魔之朋黨魔天界没來生此間所以者何若菩薩摩訶薩求趣無上正等菩提修諸菩薩摩訶薩行若有發心於彼功德深生隨喜若有於彼隨喜功德深心憶念生隨喜者皆能破壞一切魔軍宫殿眷屬疾證無上正等菩提能盡未來利樂一切世尊若諸有情深心敬愛佛法僧寶隨所生處常欲見佛聞法遇僧於諸菩薩摩訶薩衆功德善根應深隨喜既隨喜已迴向無上正等菩提而不應生二不二想若能如是疾證無上正等菩提饒益有情破魔軍衆爾時佛告天帝釋言如是如是如汝所説憍尸迦若諸有情於諸菩薩摩訶薩衆功德善根深心隨喜迴向無上正等菩提是諸有情速能圓滿諸菩薩行疾證無上正等菩提若諸有情於諸菩薩摩訶薩衆功德善根深心隨喜迴向無上正等菩提是諸有情具大威力常能奉事一切如來應正等覺及善知識恒聞般若波羅蜜多甚深經典善知義趣是諸有情成就如是隨喜迴向功德善根隨所生處常爲一切世間天人阿素洛等供養恭敬尊重讚歎不見惡色不聞惡聲不齅惡香不嘗惡味不覺惡觸不思惡法不墮惡趣生天人中恒受種種無染勝樂常不遠離諸佛世尊從一佛國趣一佛國親近諸佛種諸善根成熟有情嚴淨佛土何以故憍尸迦是諸有情能於無量諸菩薩衆功德善根深心隨喜迴向無上正等菩提由此因緣善根增進疾證無上正等菩提既得無上正等菩提能盡未來如實饒益無量無

數無邊有情令住無餘般涅槃界以是故憍尸迦住菩薩乘善男子等於菩薩眾功德善根皆應隨喜迴向無上正等菩提於生隨喜及迴向時不應執著即心離心隨喜迴向不應執著即心修行離心修行若能如是無所執著隨喜迴向修諸菩薩摩訶薩行速證無上正等菩提度諸天人阿素洛等令脫生死得般涅槃由此因緣諸有情類於諸菩薩功德善根皆應發生隨喜迴向能令無量無邊有情種諸善根獲大利樂爾時善現便白佛言心皆如幻云何菩薩摩訶薩能證無上正等菩提佛告善現於意云何汝爲見有如幻心不善現對曰不也世尊佛告善現於意云何汝見幻不善現對曰不也世尊我不見幻亦不見有如幻之心佛告善現於意云何若汝不見幻不見如幻心若處無幻無如幻心汝見有是心能得無上正等菩提不善現對曰不也世尊我都不見有處無幻無如幻心更有是心能得無上正等菩提佛告善現於意云何若處離幻離如幻心汝見有是法能得無上正等菩提不善現對曰不也世尊我都不見有處離幻離如幻心更有是法能得無上正等菩提世尊我都不見即離心法說何等法是有是無以一切法畢竟離故若一切法畢竟離者不可施設是有是無若法不可施設有無則不可說能得無上正等菩提非無所有法能得菩提故所以者何以一切法皆無所有性不可得無染無淨畢竟離法無所有故不得無上正等菩提是故般若波羅蜜多亦畢竟離若法畢竟離是法不應修

亦不應遣亦復不應有所引發世尊甚深般若波羅蜜多既畢竟離云何可説諸菩薩摩訶薩依深般若波羅蜜多證得無上正等菩提世尊諸佛無上正等菩提亦畢竟離云何畢竟離法能得畢竟離故是故般若波羅蜜多應不可説證得無上正等菩提佛告善現善哉善哉如是如是如汝所説甚深般若波羅蜜多既畢竟離諸佛無上正等菩提亦畢竟離善現當知甚深般若波羅蜜多畢竟離故得畢竟離諸佛無上正等菩提善現當知若深般若波羅蜜多非畢竟離應非般若波羅蜜多以深般若波羅蜜多畢竟離故得名般若波羅蜜多是故善現諸菩薩摩訶薩非不依止甚深般若波羅蜜多證得無上正等菩提善現當知雖非離法能得離法而得無上正等菩提非不依止甚深般若波羅蜜多是故菩薩摩訶薩衆欲得無上正等菩提應勤修學甚深般若波羅蜜多具壽善現便白佛言諸菩薩摩訶薩所行義趣極爲甚深佛告善現如是如是諸菩薩摩訶薩所行義趣極爲甚深善現當知諸菩薩摩訶薩能爲難事雖行如是甚深義趣而於聲聞獨覺地法能不作證爾時善現復白佛言如我解佛所説義者諸菩薩摩訶薩所作不難不應説彼能爲難事所以者何諸菩薩摩訶薩所證義趣都不可得能證般若波羅蜜多亦不可得證法證者證處證時亦不可得世尊若菩薩摩訶薩聞如是語心不沉没亦不憂悔不驚不怖是行般若波羅蜜多世尊是菩薩摩訶薩如是行時不見衆相不見我行不見不行

不見般若波羅蜜多是我所行不見無上正等菩提是我所證亦復不見證處時等世尊是菩薩摩訶薩於如是事亦復不見是行般若波羅蜜多便近無上正等菩提世尊是菩薩摩訶薩於如是事亦復不見是行般若波羅蜜多便遠聲聞獨覺等地世尊是菩薩摩訶薩於如是事亦不分別雖行般若波羅蜜多不作是念我行般若波羅蜜多親近無上正等菩提遠離聲聞獨覺等地世尊譬如虛空不作是念我去彼事若遠若近所以者何虛空無動亦無分別無分別故諸菩薩摩訶薩亦復如是行深般若波羅蜜多不作是念我遠聲聞獨覺等地我近無上正等菩提所以者何甚深般若波羅蜜多於一切法無分別故世尊譬如幻士不作是念幻質幻師去我爲近傍觀衆等去我爲遠所以者何所幻化者無分別故諸菩薩摩訶薩亦復如是行深般若波羅蜜多不作是念我遠聲聞獨覺等地我近無上正等菩提所以者何甚深般若波羅蜜多於一切法無分別故世尊譬如影像不作是念我因彼現去我爲近鏡水等法去我爲遠所以者何所現影像無分別故諸菩薩摩訶薩亦復如是行深般若波羅蜜多不作是念我遠聲聞獨覺等地我近無上正等菩提所以者何甚深般若波羅蜜多於一切法無分別故世尊如諸如來應正等覺於一切法無愛無憎所以者何如來永斷一切分別愛憎等故諸菩薩摩訶薩亦復如是行深般若波羅蜜多於一切法無愛無憎所以者何如諸如來應正等覺所得般若波羅

蜜多永斷一切妄想分别故於諸法無愛無憎諸菩薩摩訶薩所行般若波羅蜜多永伏一切妄想分别故於諸法無愛無憎世尊如諸如來應正等覺所變化者不作是念我遠聲聞獨覺等地我近無上正等菩提所以者何所變化者無分别故行深般若波羅蜜多諸菩薩摩訶薩亦復如是不作是念我遠聲聞獨覺等地我近無上正等菩提所以者何甚深般若波羅蜜多於一切法無分别故世尊如諸如來應正等覺欲有所作化作化者令作彼事然所化者不作是念我能造作如是事業所以者何諸所化者於所作業無分别故行深般若波羅蜜多諸菩薩摩訶薩亦復如是有所爲故而勤修學既修學已雖能成辦所作事業而於所作無所分别所以者何甚深般若波羅蜜多於一切法無分别故世尊譬如巧匠或彼弟子有所爲故造作機關或男或女或象馬等此諸機關雖有所作而於彼事都無分别所以者何機關法爾無分别故行深般若波羅蜜多諸菩薩摩訶薩亦復如是有所爲故而成立之既成立已雖能成辦種種事業而於其中都無分别所以者何甚深般若波羅蜜多法爾於法無分别故

第四分堅固品第二十七之一

時舍利子問善現言諸菩薩摩訶薩行深般若波羅蜜多時爲行堅固法爲行不堅固法善現答言諸菩薩摩訶薩行深般若波羅蜜多時行不堅固法不行堅固法何以故舍利子甚深般若波羅蜜多及一切法畢竟皆無

堅固性故所以者何諸菩薩摩訶薩行深般若波羅蜜多時於深般若波羅蜜多及一切法尚不見有非堅固法可得況見有堅固法可得時有無量欲界天子色界天子咸作是念若菩薩乘善男子等能發無上正等覺心雖行般若波羅蜜多甚深義趣而於實際能不作證不墮聲聞及獨覺地由此因緣是有情類是爲希有能爲難事應當敬禮所以者何是菩薩乘善男子等雖行法性而於其中能不作證爾時善現知諸天子心之所念便告之言此菩薩乘善男子等不證實際不墮聲聞及獨覺地非甚希有亦未爲難若菩薩摩訶薩知一切法及諸有情畢竟非有皆不可得而發無上正等覺心被精進甲誓度無量無邊有情令入無餘般涅槃界是菩薩摩訶薩乃甚希有能爲難事天子當知若菩薩摩訶薩雖知有情畢竟非有都不可得而發無上正等覺心被精進甲爲欲調伏諸有情類如有爲欲調伏虛空何以故諸天子虛空離故當知一切有情亦離虛空空故當知一切有情亦空虛空不堅實故當知一切有情亦不堅實虛空無所有故當知一切有情亦無所有由此因緣是菩薩摩訶薩乃甚希有能爲難事天子當知是菩薩摩訶薩被大願鎧爲欲調伏一切有情而諸有情畢竟非有都不可得如有被鎧與虛空戰天子當知是菩薩摩訶薩被大願鎧爲欲饒益一切有情而諸有情及大願鎧畢竟非有俱不可得何以故諸天子有情離故此大願鎧當知亦離有情空故此大願鎧當知亦空有情不堅實

故此大頞鍡當知亦不堅實有情無所有故此大頞鍡當知亦無所有天子當知是菩薩摩訶薩調伏饒益諸有情事亦不可得何以故諸天子有情離故此調伏饒益事當知亦離有情空故此調伏饒益事當知亦空有情不堅實故此調伏饒益事當知亦不堅實有情無所有故此調伏饒益事當知亦無所有天子當知諸菩薩摩訶薩亦無所有何以故諸天子有情離故諸菩薩摩訶薩當知亦離有情空故諸菩薩摩訶薩當知亦空有情不堅實故諸菩薩摩訶薩當知亦不堅實有情無所有故諸菩薩摩訶薩當知亦無所有天子當知若菩薩摩訶薩聞如是語心不沉没亦不憂悔不驚不怖當知是菩薩摩訶薩行深般若波羅蜜多何以故諸天子有情離故

當知色蘊亦離有情離故當知受想行識蘊亦離有情離故當知眼處亦離有情離故當知耳鼻舌身意處亦離有情離故當知色處亦離有情離故當知聲香味觸法處亦離有情離故當知眼界亦離有情離故當知耳鼻舌身意界亦離有情離故當知色界亦離有情離故當知聲香味觸法界亦離有情離故當知眼識界亦離有情離故當知耳鼻舌身意識界亦離有情離故當知眼觸亦離有情離故當知耳鼻舌身意觸亦離有情離故當知眼觸爲緣所生諸受亦離有情離故當知耳鼻舌身意觸爲緣所生諸受亦離有情離故當知地界亦離有情離故當知水火風空識界亦離有情離故當知因緣亦離有情離故當知等無間緣所緣緣增上緣亦離有情

離故當知無明亦離有情離故當知行識名色六處觸受愛取有生老死亦離有情離故當知布施波羅蜜多乃至般若波羅蜜多亦離有情離故當知内空乃至無性自性空亦離有情離故當知真如乃至不思議界亦離有情離故當知苦聖諦乃至道聖諦亦離有情離故當知四念住乃至八聖道支亦離有情離故當知四靜慮四無量四無色定亦離有情離故當知空無相無願解脫門亦離有情離故當知八解脫乃至十遍處亦離有情離故當知淨觀地乃至如來地亦離有情離故當知極喜地乃至法雲地亦離有情離故當知一切陀羅尼門三摩地門亦離有情離故當知五眼六神通亦離有情離故當知如來十力乃至十八佛不共法亦離有情離故當知大慈大悲大喜大捨亦離有情離故當知三十二相八十隨好亦離有情離故當知無忘失法恒住捨性亦離有情離故當知一切智道相智一切相智亦離有情離故當知預流果乃至獨覺菩提亦離有情離故當知一切菩薩摩訶薩行諸佛無上正等菩提亦離有情離故當知一切智智亦離有情離故當知一切法亦離天子當知若菩薩摩訶薩聞說一切法無不離時其心不驚不恐不怖不沉不没當知是菩薩摩訶薩行深般若波羅蜜多爾時世尊告善現曰何因緣故諸菩薩摩訶薩聞說一切法無不離時其心不驚不恐不怖不沉不没具壽善現白言世尊以一切法皆遠離故諸菩薩摩訶薩聞說一切法無不離時其心不驚不恐不怖不沉不没

所以者何諸菩薩摩訶薩於一切法若能驚等若所驚等若驚等處若驚等時若驚等者由此驚等皆無所得以一切法不可得故世尊若菩薩摩訶薩聞説是事心不沉没亦不驚怖不憂不悔當知是菩薩摩訶薩行深般若波羅蜜多所以者何是菩薩摩訶薩觀一切法皆不可得不可施設是能沉等是所沉等是沉等處是沉等時是沉等者由此沉等以是因緣諸菩薩摩訶薩聞如是事心不沉没亦不驚怖不憂不悔世尊若菩薩摩訶薩能如是行甚深般若波羅蜜多諸天帝釋大梵天王世界主等皆共敬禮供養恭敬尊重讃歎佛告善現若菩薩摩訶薩能如是行甚深般若波羅蜜多非但恒爲諸天帝釋大梵天王世界主等皆共敬禮供養恭敬尊重讃歎是菩薩摩訶薩亦爲過此極光淨天若遍淨天若廣果天若淨居天及餘天龍阿素洛等皆共敬禮供養恭敬尊重讃歎是菩薩摩訶薩能如是行甚深般若波羅蜜多亦爲十方無量無數無邊世界一切如來應正等覺及諸菩薩摩訶薩衆常共護念善現當知是菩薩摩訶薩能如是行甚深般若波羅蜜多即令一切功德善根疾得圓滿善現當知若菩薩摩訶薩能如是行甚深般若波羅蜜多常爲諸佛及諸菩薩并諸天龍阿素洛等守護憶念當知行佛所應行處亦正修行佛所行行速證無上正等菩提善現當知是菩薩摩訶薩已於無上正等菩提得不退轉一切魔軍及諸外道惡知識等不能留難所以者何是菩薩摩訶薩其心堅固踰於金剛假使

三千大千世界諸有情類皆變爲魔是一一魔各復化作爾所惡魔此惡魔衆皆有無量無數神力是諸惡魔盡其神力不能留難是菩薩摩訶薩令不能行甚深般若波羅蜜多及於無上正等菩提或有退轉所以者何是菩薩摩訶薩已得般若波羅蜜多方便善巧知一切法不可得故復次善現置一三千大千世界諸有情類皆變爲魔假使十方殑伽沙等諸佛世界一切有情皆變爲魔是諸魔衆各復化作爾所惡魔此諸惡魔皆有無量無數神力是諸惡魔盡其神力不能留難是菩薩摩訶薩令不能行甚深般若波羅蜜多及於無上正等菩提或有退轉所以者何是菩薩摩訶薩已得般若波羅蜜多方便善巧知一切法不可得故善現當知若菩薩摩訶薩成就二法一切惡魔不能留難令不能行甚深般若波羅蜜多及於無上正等菩提或有退轉何等爲二一者不捨一切有情二者觀察諸法皆空復次善現若菩薩摩訶薩成就二法一切惡魔不能障礙令不能行甚深般若波羅蜜多及於無上正等菩提或有退轉何等爲二一者如說悉皆能作二者常爲諸佛護念善現當知若菩薩摩訶薩能如是行甚深般若波羅蜜多諸天神等常來禮敬親近供養請問勸發作如是言善哉大士汝能如是行深般若波羅蜜多方便善巧疾證無上正等菩提一切有情無依怙者能作依怙無歸依者能作歸依無救護者能作救護無投趣者能作投趣無舍宅者能作舍宅無洲渚者能作洲渚與闇冥者能作光明與聾

盲者能作耳目何以故善男子若能安住其
深般若波羅蜜多方便善巧疾證無上正等
菩提一切惡魔不能留難

大般若波羅蜜多經卷第五百五十三

音釋

鹹鹵 鹹音咸塩味也鹵籠五切西方鹹地也 **栽蘖** 栽音哉種蒔也蘖牙葛切與栟同伐木餘栟也 **慳恪** 慳丘閑切恪良刃切慳恪慚惜也 **偽** 危睡切假也 **螺** 盧戈切螺貝也 **析** 先擊切分析也 **齅** 許救切以鼻擥氣也 **殑伽** 梵語也此云天堂來河名也殑其陵切伽求迦切 **依怙** 依怙音戶依怙謂依倚怙也

大般若波羅蜜多經卷第五百五十四

唐三藏法師玄奘奉　詔譯

第四分堅固品第二十七之二

善現當知若菩薩摩訶薩能如是住甚深般若波羅蜜多則爲十方無量無數無邊世界現在如來應正等覺苾芻等衆前後圍繞宣說般若波羅蜜多處大衆中自然歡喜稱揚讚歎是菩薩摩訶薩名字種姓色相功德所謂安住甚深般若波羅蜜多眞淨功德善現當知如我今者爲衆宣說甚深般若波羅蜜多在大衆中自然歡喜稱揚讚歎寶幢菩薩摩訶薩等諸菩薩摩訶薩及餘現住不動佛所淨修梵行住深般若波羅蜜多諸菩薩摩訶薩名字種姓色相功德所謂安住甚深般若波羅蜜多眞淨功德現在十方無量無數無邊世界一切如來應正等覺爲衆宣說甚深般若波羅蜜多於彼亦有諸菩薩摩訶薩淨修梵行不離般若波羅蜜多彼諸如來應正等覺各於衆中自然歡喜稱揚讚歎彼善薩摩訶薩名字種姓色相功德所謂不離甚深般若波羅蜜多眞淨功德爾時善現便白佛言一切如來應正等覺爲衆宣說甚深般若波羅蜜多時皆在衆中自然歡喜稱揚讚歎一切菩薩摩訶薩衆名字種姓色相功德耶佛言不也非諸如來應正等覺爲衆宣說甚深般若波羅蜜多時皆在衆中自然歡喜稱揚讚歎一切菩薩摩訶薩衆名字種姓色相功德善現當知有菩薩摩訶薩已於無上正等菩提得不退轉行深般若波羅蜜多方便善巧是菩薩摩訶薩蒙諸如來應正等覺

爲衆宣説甚深般若波羅蜜多時在大衆中自然歡喜稱揚讃歎名字種姓色相功德具壽善現復白佛言頗有菩薩摩訶薩衆未於無上正等菩提得不退轉而蒙如來應正等覺爲衆宣説甚深般若波羅蜜多時在大衆中自然歡喜稱揚讃歎名字種姓色相功德耶佛言亦有謂有菩薩摩訶薩衆雖於無上正等菩提未得不退而修般若波羅蜜多方便善巧是菩薩摩訶薩亦蒙如來應正等覺爲衆宣説甚深般若波羅蜜多時在大衆中自然歡喜稱揚讃歎名字種姓色相功德具壽善現復白佛言此所説者是何菩薩摩訶薩耶佛告善現有諸菩薩摩訶薩衆隨不動佛爲菩薩時所修而學所行而住修行般若波羅蜜多方便善巧是菩薩摩訶薩雖於無上正等菩提未得不退而蒙如來應正等覺爲衆宣説甚深般若波羅蜜多時在大衆中自然歡喜稱揚讃歎名字種姓色相功德復有菩薩摩訶薩衆隨寶幢菩薩摩訶薩等所修而學所行而住修行般若波羅蜜多方便善巧是菩薩摩訶薩雖於無上正等菩提未得不退而蒙如來應正等覺爲衆宣説甚深般若波羅蜜多時在大衆中自然歡喜稱揚讃歎名字種姓色相功德復次善現有菩薩摩訶薩行深般若波羅蜜多於一切法無生性中雖深信解而未證得無生法忍於一切法皆寂靜性雖深信解而未得入不退轉地是菩薩摩訶薩已住般若波羅蜜多方便善巧亦蒙如來應正等覺爲衆宣説甚深般若波羅蜜多時在大衆中自然歡喜稱揚讃歎

名字種姓色相功德善現當知若菩薩摩訶薩蒙諸如來應正等覺爲衆宣說甚深般若波羅蜜多時在大衆中自然歡喜稱揚讃歎名字種姓色相功德是菩薩摩訶薩超諸聲聞及獨覺地近得無上正等菩提不退轉記所以者何是菩薩摩訶薩修行般若波羅蜜多方便善巧必當安住不退轉地疾證無上正等菩提復次善現若菩薩摩訶薩聞說如是甚深般若波羅蜜多所有義趣深心信解無惑無疑不迷不悶但作是念如佛所說甚深般若波羅蜜多理趣必然定非顛倒是菩薩摩訶薩應作是念我於般若波羅蜜多甚深義趣深生信解決定已於或復當於不動如來應正等覺及諸菩薩摩訶薩所廣聞般若波羅蜜多於深義趣深生信解生信解已勤修梵行當得住於不退轉地住是地已疾證無上正等菩提善現當知若菩薩摩訶薩但聞如是甚深般若波羅蜜多尚獲無邊功德勝利況深信解如說修行繫念思惟甚深義趣是菩薩摩訶薩安住眞如近一切智疾證無上正等菩提爲諸有情宣說法要爾時善現便白佛言法離眞如無別可得爲說何法安住眞如復說誰能近一切智疾證無上正等菩提誰復爲誰說何法要佛告善現汝所問言法離眞如無別可得爲說何法安住眞如復說誰能近一切智疾證無上正等菩提誰復爲誰說何法者如是如是如汝所說法離眞如都不可得如何可說法住眞如善現眞如尚不可得況別有法能住眞如豈復有能近一切智疾證無上正等菩提寧復有

能爲他說法善現當知眞如不可自住眞如此中都無能所住故眞如不能近一切智此中都無能所近故眞如不能證得無上正等菩提此中都無能得所得差別性故眞如不能爲他說法此中都無能所說故隨世俗故說有菩薩行深般若波羅蜜多安住眞如近一切智疾證無上正等菩提爲諸有情宣說法要時天帝釋便白佛言如是般若波羅蜜多理趣甚深極難信解諸菩薩摩訶薩行深般若波羅蜜多雖知諸法皆不可得而求無上正等菩提欲爲有情宣說法要甚爲難事所以者何定無有法能住眞如亦無有能近一切智疾證無上正等菩提亦無有能宣說法要然諸菩薩聞如是事心不沉沒無惑無疑不驚不恐亦不迷悶如是等事甚爲希有

爾時善現謂帝釋言憍尸迦如汝所說諸菩薩衆聞甚深法心不沉沒無惑無疑不驚不恐亦不迷悶而求無上正等菩提欲爲有情宣說法要極爲難事甚希有者憍尸迦諸菩薩摩訶薩行深般若波羅蜜多觀法皆空都無所有誰沉誰沒誰惑誰疑誰驚誰恐誰迷誰悶是故此事未爲希有然爲有情愚癡顛倒不能通達諸法皆空故求菩提欲爲宣說方便善巧非極爲難天帝釋言尊者善現諸有所說無不依空是故所言常無滯礙如有以箭仰射虛空若遠若近俱無滯礙尊者所說亦復如是若深若淺一切依空誰能於中敢作留難時天帝釋便白佛言我與尊者善現所說爲順如來實語法語於法隨法爲正說耶爾時世尊告天帝釋汝與善現諸有所

言皆順如來實語法語於法隨法無顛倒說何以故憍尸迦具壽善現所有辯才無不依空而施設故所以者何具壽善現觀一切法皆畢竟空尚不得甚深般若波羅蜜多況有能行甚深般若波羅蜜多者尚不得諸佛無上正等菩提況有能證諸佛無上正等菩提者尚不得一切智況有能得一切智者尚不得眞如況有能得眞如成如來者尚不得無生性況有能證無生性者尚不得菩提況有能證佛菩提者尚不得十力況有能成十力者尚不得四無所畏況有能成四無所畏者尚不得諸法況有能說法者何以故憍尸迦具壽善現於一切法住遠離住於一切法住無所得住觀一切法畢竟皆空所能行等不可得故憍尸迦具壽善現於一切法住遠離住無所得住比諸菩薩摩訶薩衆所住般若波羅蜜多微妙行住百分不及一千分不及一百千分不及一乃至鄔波尼殺曇分亦不及一何以故憍尸迦是諸菩薩摩訶薩衆所住般若波羅蜜多微妙行住除如來住於餘菩薩及諸聲聞獨覺等住爲最爲勝爲尊爲高爲妙爲微妙爲上爲無上以是故憍尸迦若菩薩摩訶薩欲於一切有情衆中爲最爲勝爲尊爲高爲妙爲微妙爲上爲無上者當住般若波羅蜜多微妙行住無得暫捨

第四分散花品第二十八

爾時會中無量無數三十三天歡喜踊躍各取天上微妙香花奉散如來及諸菩薩是時衆內六千苾芻俱從座起頂禮佛足偏覆左肩右膝著地向薄伽梵曲躬合掌佛神力故

各於掌中微妙香花自然盈滿是苾芻衆踊躍歡喜得未曾有各以此花奉散佛上及諸菩薩既散花已同發願言我等用斯勝善根力願常安住甚深般若波羅蜜多微妙行住速趣無上正等菩提爾時世尊即便微笑如佛常法從其面門放種種光青黃赤白紅紫碧緑金銀頗胝傍照無邊諸佛國土上至梵世下徹風輪漸復還來繞佛右轉經三帀已從頂上入時阿難陀即從座起禮佛合掌白言世尊何因何緣現此微笑諸佛現笑非無因緣惟願如來哀愍爲説爾時佛告阿難陀言此諸苾芻於當來世星喻劫中皆得作佛同名散花十號具足聲聞僧數一切皆等壽量亦等二十千劫彼一一佛所演言教理趣深廣流布天人正法住世俱二萬劫彼諸佛土廣博嚴淨人物熾盛安隱豐樂彼諸如來各於自土將諸弟子循環遊歷村城聚落國邑王都轉妙法輪度天人衆令獲殊勝利益安樂彼諸世尊往來住處晝夜常雨五色妙花由此因緣故我微笑是故慶喜若菩薩摩訶薩欲得安住最勝住者當住般若波羅蜜多微妙行住若菩薩摩訶薩欲得安住如來住者當住般若波羅蜜多微妙行住慶喜當知若菩薩摩訶薩精勤修學甚深般若波羅蜜多令得究竟是菩薩摩訶薩先世或從人中没已還生此處或從覩史多天上没來生人間所以者何彼於先世或在人中或居天上由曾廣聞甚深般若波羅蜜多故於今生能勤修學甚深般若波羅蜜多慶喜當知如來現見若菩薩摩訶薩能勤修學甚深般若

波羅蜜多於身命財無所顧者定於無上正等菩提得不退轉復次慶喜若有情類愛樂聽聞甚深般若波羅蜜多聞已受持讀誦書寫精勤修學如理思惟爲菩薩乘善男子等宣說開示教誡教授當知彼人是大菩薩曾於過去親從如來應正等覺聞說如是甚深般若波羅蜜多聞已受持讀誦書寫精勤修學如理思惟亦曾爲他宣說開示教誡教授甚深般若波羅蜜多故於今生能辦是事慶喜當知是有情類曾於過去無量佛所種諸善根故於今生能作是事此有情類應作是思我先非唯從聲聞等聞說如是甚深般若波羅蜜多定從如來應正等覺聞說如是甚深般若波羅蜜多我先非唯於聲聞等親近供養種諸善根定於如來應正等覺親近供養種諸善根由是因緣今得聞此甚深般若波羅蜜多愛樂受持讀誦書寫精勤修學如理思惟廣爲有情宣說無倦復次慶喜若有情類不驚不怖愛樂聽聞甚深般若波羅蜜多聞已受持讀誦書寫精勤修學如理思惟若法若義若文若意皆善通達隨順修行是諸有情則爲現見我等如來應正等覺慶喜當知若有情類聞說如是甚深般若波羅蜜多所有義趣深心信解不生毀謗不可沮壞是諸有情已曾供養無量諸佛於諸佛所多種善根亦爲無量善友攝受復次慶喜若諸有情能於如來應正等覺勝福田所種諸善根雖定當得或聲聞果或獨覺果或如來果而證無上正等菩提要於般若波羅蜜多甚深義趣善達無礙精進修行諸菩薩行令極

圓滿慶喜當知若菩薩摩訶薩能於般若波羅蜜多甚深義趣善達無礙精進修行諸菩薩行令極圓滿是菩薩摩訶薩不證無上正等菩提而住聲聞獨覺地者必無是處是故菩薩摩訶薩衆欲得無上正等菩提應於般若波羅蜜多甚深義趣善達無礙精進修行諸菩薩行令極圓滿是故慶喜我以般若波羅蜜多甚深經典付囑於汝應正受持讀誦通利莫令忘失慶喜當知除此般若波羅蜜多甚深經典受持諸餘我所說法設有忘失其罪尚輕若於般若波羅蜜多甚深經典不善受持下至一句有所忘失其罪甚重慶喜當知若於般若波羅蜜多甚深經典下至一句能善受持不忘失者獲福無量若於般若波羅蜜多甚深經典不善受持下至一句有忘失者所獲重罪同前福量是故慶喜我以般若波羅蜜多甚深經典慇勤付汝當正受持讀誦通利如理思惟廣爲他說分別開示令受持者究竟解了文義意趣慶喜當知若菩薩摩訶薩於深般若波羅蜜多受持讀誦究竟通利如理思惟廣爲他說分別開示令其解了是菩薩摩訶薩則爲受持攝取過去未來現在諸佛世尊所證無上正等菩提生長之處慶喜當知若有情類起慇淨心現於我所欲持種種上妙花鬘乃至燈明供養恭敬尊重讚歎無懈倦者當於般若波羅蜜多至心聽聞受持讀誦究竟通利如理思惟廣爲他說分別開示令其解了或復書寫衆寶莊嚴恒以種種上妙花鬘乃至燈明供養恭敬尊重讚歎不應懈息慶喜當知若菩薩摩

訶薩供養恭敬尊重讃歎甚深般若波羅蜜多則爲現前供養恭敬尊重讃歎我及十方三世諸佛慶喜當知若菩薩摩訶薩聞深般若波羅蜜多起殷淨心恭敬愛樂即於過去未來現在一切如來應正等覺所證無上正等菩提起殷淨心恭敬愛樂慶喜汝若愛樂於我不捨於我亦當愛樂不捨般若波羅蜜多甚深經典下至一句勿令忘失慶喜我說如是般若波羅蜜多甚深經典付囑因緣雖經無量百千大劫亦不可盡舉要言之如我既是汝等大師甚深般若波羅蜜多當知亦是汝等大師汝等天人阿素洛等敬重於我亦當敬重甚深般若波羅蜜多是故慶喜我以無量善巧方便付汝般若波羅蜜多甚深經典汝當受持無令忘失我今持此甚深般若波羅蜜多對諸天人阿素洛等無量大衆付囑於汝應正受持勿令忘失慶喜我今實言告汝諸有淨信欲不捨佛欲不捨法欲不捨僧復欲不捨三世諸佛所證無上正等菩提定不應捨甚深般若波羅蜜多如是名爲我等諸佛教誡教授諸弟子法慶喜當知若善男子善女人等愛樂聽聞甚深般若波羅蜜多受持讀誦究竟通利如理思惟以無量門廣爲他說分別開示施設建立令其解了精進修行是善男子善女人等疾證無上正等菩提能速圓滿一切智智所以者何諸佛無上正等菩提一切智智皆依如是甚深般若波羅蜜多而得生故慶喜當知三世諸佛皆依如是甚深般若波羅蜜多出生無上正等菩提是故慶喜若菩薩摩訶薩欲得無上

正等菩提當勤精進修學如是甚深般若波羅蜜多所以者何甚深般若波羅蜜多是諸菩薩摩訶薩母生諸菩薩摩訶薩故慶喜當知若菩薩摩訶薩勤學六種波羅蜜多速證無上正等菩提是故慶喜我以此六波羅蜜多更付囑汝當正受持無令忘失所以者何如是六種波羅蜜多是諸如來應正等覺無盡法藏一切佛法從此生故慶喜當知十方三世諸佛世尊所說法要皆是六種波羅蜜多無盡法藏之所流出慶喜當知十方三世諸佛世尊皆依六種波羅蜜多無盡法藏精勤修學證得無上正等菩提慶喜當知十方三世諸佛世尊聲聞弟子皆依六種波羅蜜多無盡法藏精勤修學已正當入無餘涅槃復次慶喜假使汝為聲聞乘人說聲聞法由此法故三千大千世界有情一切皆得阿羅漢果猶未為我作佛弟子所應作事汝若能為菩薩乘人宣說一句甚深般若波羅蜜多相應之法即名為我作佛弟子所應作事我於此事深生隨喜勝汝教化三千大千世界有情一切皆得阿羅漢果復次慶喜假使三千大千世界一切有情由他教力非前非後皆得人身俱時證得阿羅漢果是諸阿羅漢所有施性戒性修性諸福業事於汝意云何彼福業事寧為多不慶喜答言甚多世尊甚多善逝彼福業事無量無邊佛告慶喜若有聲聞能為菩薩宣說般若波羅蜜多相應之法經一日夜所獲福聚甚多於彼慶喜當知置一日夜但經一日復置一日但經半日復置半日但經一時復置一時但經食頃復置

食頃但經須臾復置須臾但經俄爾復置俄爾經彈指頃是聲聞人能爲菩薩宣說般若波羅蜜多相應之法所獲福聚甚多於前何以故此聲聞人所獲福聚超過一切聲聞獨覺諸善根故復次慶喜若菩薩摩訶薩爲聲聞人宣說種種聲聞乘法假使三千大千世界一切有情由此法故悉皆證得阿羅漢果皆具種種殊勝功德於意云何是菩薩摩訶薩由此因緣所獲福聚寧爲多不慶喜答言甚多世尊甚多善逝是菩薩摩訶薩所獲福聚無量無邊佛告慶喜若菩薩摩訶薩爲聲聞乘善男子等或獨覺乘善男子等或無上乘善男子等宣說般若波羅蜜多相應之法經一日夜所獲福聚甚多於前慶喜當知置一日夜但經一日復置一日但經半日復置半日但經一時復置一時但經食頃復置食頃但經須臾復置須臾但經俄爾復置俄爾經彈指頃是菩薩摩訶薩能爲三乘善男子等宣說般若波羅蜜多相應之法所獲福聚甚多於前無量無數何以故甚深般若波羅蜜多相應法施超過一切聲聞獨覺相應法施及彼二乘諸善根故所以者何是菩薩摩訶薩自求無上正等菩提亦以大乘相應之法示現勸導讚勵慶喜他諸有情令於無上正等菩提得不退轉慶喜當知是菩薩摩訶薩自修布施波羅蜜多乃至般若波羅蜜多亦教他修布施波羅蜜多乃至般若波羅蜜多自住內空乃至無性自性空亦教他住內空乃至無性自性空自住真如乃至不思議界亦教他住真如乃至不思議界自住苦集

滅道聖諦亦教他住苦集滅道聖諦自修四念住乃至八聖道支亦教他修四念住乃至八聖道支自修四靜慮四無量四無色定亦教他修四靜慮四無量四無色定自修空無相無願解脫門亦教他修空無相無願解脫門自修八解脫乃至十遍處亦教他修八解脫乃至十遍處自修極喜地乃至法雲地亦教他修極喜地乃至法雲地自修一切陀羅尼門三摩地門亦教他修一切陀羅尼門三摩地門自修五眼六神通亦教他修五眼六神通自修如來十力乃至十八佛不共法亦教他修如來十力乃至十八佛不共法自修三十二相八十隨好亦教他修三十二相八十隨好自修無忘失法恒住捨性亦教他修無忘失法恒住捨性自修一切智道相智一切相智亦教他修一切智道相智一切相智自修菩薩摩訶薩行亦教他修菩薩摩訶薩行自修無上正等菩提亦教他修無上正等菩提自修一切智智亦教他修一切智智由此因緣善眼增長疾證無上正等菩提慶喜當知是菩薩摩訶薩成就如是殊勝善根憶念如是殊勝善根若於無上正等菩提有退轉者無有是處爾時世尊四衆圍繞讚說般若波羅蜜多付阿難陀令受持已復於一切天龍藥叉健達縛阿素洛揭路荼緊捺洛莫呼洛伽人非人等大衆會前現神通力令衆皆見不動如來應正等覺聲聞菩薩大衆圍繞爲海喻會宣說妙法及見彼土嚴淨之相其聲聞僧皆阿羅漢諸漏已盡無復煩惱得眞自在心善解脫慧善解脫如調慧馬亦如

大龍已作所作已辦所辦棄諸重擔逮得已利盡諸有結正知解脫至心自在第一究竟其菩薩僧一切皆是衆望所識得陀羅尼及無礙辯成就無量不可思議不可稱量微妙功德佛攝神力令此衆會天龍藥叉健達縛等不復見彼不動如來應正等覺聲聞菩薩及餘大衆幷彼佛土嚴淨之相彼佛衆會及嚴淨土皆非此土眼根所對所以者何佛攝神力於彼遠境無見緣故爾時佛告阿難陀言不動如來應正等覺國土衆會汝更見不阿難陀言我不復見彼事非此眼所行故佛告具壽阿難陀言如彼如來衆會國土非此土眼所行境界當知諸法亦復如是非眼根等所行境界慶喜當知法不行法法不見法法不知法法不證法慶喜當知一切法性無能行者無能見者無能知者無能證者無動無作所以者何以一切法皆無作用能取所取俱如虛空性遠離故以一切法不可思議能所思議皆如幻士性遠離故以一切法無作受者如光影等不堅實故慶喜當知若菩薩摩訶薩能如是行能如是見能如是知能如是證是行般若波羅蜜多亦不執著此諸法相慶喜當知若菩薩摩訶薩如是學時是學般若波羅蜜多慶喜當知若菩薩摩訶薩欲得一切波羅蜜多速疾圓滿至一切法究竟彼岸應學般若波羅蜜多所以者何如是學者於諸學中爲最爲勝爲尊爲高爲妙爲微妙爲上爲無上利益安樂一切世間無依護者爲作依護諸佛世尊開許稱讚修學般若波羅蜜多慶喜當知諸佛菩薩學此學已

住此學中能以右手若右足指舉取三千大千世界擲置他方或還本處其中有情不知不覺無損無怖所以者何甚深般若波羅蜜多功德威力不可思議過去未來現在諸佛及諸菩薩學此般若波羅蜜多於未來今及無爲法悉皆獲得無礙智見是故慶喜我說能學甚深般若波羅蜜多於諸學中爲最爲勝爲尊爲高爲妙爲微妙爲上爲無上慶喜當知諸有欲取甚深般若波羅蜜多量邊際者如愚癡者欲取虛空量及邊際何以故甚深般若波羅蜜多功德無量無邊際故慶喜當知我終不說甚深般若波羅蜜多功德勝利如名身等有量邊際所以者何名句文身是有量法甚深般若波羅蜜多功德勝利非有量法非名身等能量般若波羅蜜多功德勝利亦非般若波羅蜜多功德勝利是彼所量爾時慶喜便白佛言何因緣故甚深般若波羅蜜多說爲無量佛告慶喜甚深般若波羅蜜多性無盡故說爲無量性遠離故說爲無量性寂靜故說爲無量如實際故說爲無量如虛空故說爲無量功德多故說爲無量無邊際故說爲無量不可量故說爲無量慶喜當知三世諸佛皆學般若波羅蜜多究竟圓滿證得無上正等菩提爲諸有情宣說開示而此般若波羅蜜多常無滅盡所以者何甚深般若波羅蜜多如太虛空不可盡故慶喜當知諸有欲盡甚深般若波羅蜜多則爲欲盡虛空邊際是故慶喜甚深般若波羅蜜多說爲無盡由無盡故說爲無量爾時善現作是念言此處甚深我當問佛作是念已便

白佛言甚深般若波羅蜜多何故如來說爲無盡佛告善現甚深般若波羅蜜多如太虛空不可盡故說爲無盡具壽善現復白佛言云何菩薩摩訶薩應引發般若波羅蜜多佛告善現諸菩薩摩訶薩應觀色無盡故引發般若波羅蜜多應觀受想行識無盡故引發般若波羅蜜多應觀眼處無盡故引發般若波羅蜜多應觀耳鼻舌身意處無盡故引發般若波羅蜜多應觀色處無盡故引發般若波羅蜜多應觀聲香味觸法處無盡故引發般若波羅蜜多應觀眼界無盡故引發般若波羅蜜多應觀耳鼻舌身意界無盡故引發般若波羅蜜多應觀色界無盡故引發般若波羅蜜多應觀聲香味觸法界無盡故引發般若波羅蜜多應觀眼識界無盡故引發般若波羅蜜多應觀耳鼻舌身意識界無盡故引發般若波羅蜜多應觀眼觸無盡故引發般若波羅蜜多應觀耳鼻舌身意觸無盡故引發般若波羅蜜多應觀眼觸爲緣所生諸受無盡故引發般若波羅蜜多應觀耳鼻舌身意觸爲緣所生諸受無盡故引發般若波羅蜜多應觀地界無盡故引發般若波羅蜜多應觀水火風空識界無盡故引發般若波羅蜜多應觀因緣無盡故引發般若波羅蜜多應觀等無間緣所緣緣增上緣無盡故引發般若波羅蜜多應觀無明無盡故引發般若波羅蜜多應觀行識名色六處觸受愛取有生老死愁歎苦憂惱無盡故引發般若波羅蜜多復次善現諸菩薩摩訶薩應觀色如虛空無盡故引發般若波羅蜜多應觀受想

行識如虛空無盡故引發般若波羅蜜多應觀眼處如虛空無盡故引發般若波羅蜜多應觀耳鼻舌身意處如虛空無盡故引發般若波羅蜜多應觀色處如虛空無盡故引發般若波羅蜜多應觀聲香味觸法處如虛空無盡故引發般若波羅蜜多應觀眼界如虛空無盡故引發般若波羅蜜多應觀耳鼻舌身意界如虛空無盡故引發般若波羅蜜多應觀色界如虛空無盡故引發般若波羅蜜多應觀聲香味觸法界如虛空無盡故引發般若波羅蜜多應觀眼識界如虛空無盡故引發般若波羅蜜多應觀耳鼻舌身意識界如虛空無盡故引發般若波羅蜜多應觀眼觸如虛空無盡故引發般若波羅蜜多應觀耳鼻舌身意觸如虛空無盡故引發般若波

羅蜜多應觀眼觸爲緣所生諸受如虛空無盡故引發般若波羅蜜多應觀耳鼻舌身意觸爲緣所生諸受如虛空無盡故引發般若波羅蜜多應觀地界如虛空無盡故引發般若波羅蜜多應觀水火風空識界如虛空無盡故引發般若波羅蜜多應觀因緣如虛空無盡故引發般若波羅蜜多應觀等無間緣所緣緣增上緣如虛空無盡故引發般若波羅蜜多應觀無明如虛空無盡故引發般若波羅蜜多應觀行識名色六處觸受愛取有生老死愁歎苦憂惱如虛空無盡故引發般若波羅蜜多善現諸菩薩摩訶薩應作如是引發般若波羅蜜多善現當知諸菩薩摩訶薩如是觀察十二緣起遠離二邊諸菩薩摩訶薩如是觀察十二緣起無中無邊是諸菩

薩摩訶薩衆不共妙觀謂要安坐妙菩提座方能如是如實觀察十二緣起理趣甚深如太虛空不可盡故便能證得一切智智善現當知若菩薩摩訶薩以如虛空無盡行相行深般若波羅蜜多如實觀察十二緣起不墮聲聞及獨覺地疾證無上正等菩提善現當知諸菩薩摩訶薩若於無上正等菩提有退轉者皆由不依如是作意方便善巧不如實知諸菩薩摩訶薩行深般若波羅蜜多云何應以無盡行相引發般若波羅蜜多云何應以無盡行相如實觀察十二緣起善現當知諸菩薩摩訶薩若於無上正等菩提有退轉者皆由遠離引發般若波羅蜜多方便善巧善現當知諸菩薩摩訶薩若於無上正等菩提不退轉者一切皆依引發般若波羅蜜多

方便善巧是菩薩摩訶薩由依如是方便善巧行深般若波羅蜜多以如虛空無盡行相如實觀察十二緣起由此因緣速能圓滿甚深般若波羅蜜多疾能證得一切智智善現當知諸菩薩摩訶薩如是觀察緣起法時不見有法無因而生不見有法性相常住不見有法有作受者善現當知諸菩薩摩訶薩行深般若波羅蜜多以如虛空無盡行相如實觀察十二緣起引發般若波羅蜜多修諸菩薩摩訶薩行疾證無上正等菩提善現當知若時菩薩摩訶薩行深般若波羅蜜多以如虛空無盡行相引發般若波羅蜜多如實觀察十二緣起是時菩薩摩訶薩不見色蘊不見受想行識蘊不見眼處不見耳鼻舌身意處不見色處不見聲香味觸法處不見眼界

不見耳鼻舌身意界不見色界不見聲香味觸法界不見眼識界不見耳鼻舌身意識界不見眼觸不見耳鼻舌身意觸不見眼觸爲緣所生諸受不見耳鼻舌身意觸爲緣所生諸受不見地界不見水火風空識界不見因緣不見等無間緣所緣緣增上緣不見無明不見行識名色六處觸受愛取有生老死愁歎苦憂惱不見布施波羅蜜多不見淨戒安忍精進靜慮般若波羅蜜多不見内空乃至無性自性空不見眞如乃至不思議界不見苦集滅道聖諦不見四念住乃至八聖道支不見四靜慮四無量四無色定不見空無相無願解脱門不見八解脱乃至十遍處不見淨觀地乃至如來地不見極喜地乃至法雲地不見一切陀羅尼門三摩地門不見五眼六神通不見如來十力乃至十八佛不共法不見三十二相八十隨好不見無忘失法恒住捨性不見一切智道相智一切相智不見預流果乃至獨覺菩提不見一切菩薩摩訶薩行不見諸佛無上正等菩提不見一切智智不見此佛世界不見彼佛世界不見有法能見此佛彼佛世界善現若菩薩摩訶薩能如是行是行般若波羅蜜多善現當知若時菩薩摩訶薩行深般若波羅蜜多是時惡魔極生憂惱如中毒箭譬如有人父母卒喪身心苦痛惡魔亦爾具壽善現便白佛言爲一惡魔見諸菩薩行深般若波羅蜜多極生憂惱如中毒箭爲多惡魔爲遍三千大千世界一切惡魔皆亦如是佛告善現遍滿三千大千世界一切惡魔見諸菩薩行深般若波羅

蜜多極生憂惱如中毒箭各於本座不能自安所以者何若菩薩摩訶薩住深般若波羅蜜多微妙行住世間天人阿素洛等伺求其短皆不能得亦復不能擾亂障礙是故善現若菩薩摩訶薩欲證無上正等菩提當勤安住甚深般若波羅蜜多微妙行住善現當知若菩薩摩訶薩能勤安住甚深般若波羅蜜多微妙行住則能修滿布施淨戒安忍精進靜慮般若波羅蜜多善現當知若菩薩摩訶薩能正修行甚深般若波羅蜜多方便善巧便能具足修滿一切波羅蜜多留難事起皆能如實覺知遠離善現當知若菩薩摩訶薩欲正攝受方便善巧應行般若波羅蜜多應修般若波羅蜜多善現當知若時菩薩摩訶薩修行般若波羅蜜多引發般若波羅蜜多是時無量無數世界諸佛世尊現說法者皆悉護念是菩薩摩訶薩應作是念彼諸如來應正等覺亦從般若波羅蜜多生一切智是菩薩摩訶薩作此念已復應思惟如諸如來應正等覺所應證法我亦當證如是善現若菩薩摩訶薩修行般若波羅蜜多引發般若波羅蜜多作是思惟經彈指頃所生福聚勝有所得諸菩薩衆經如殑伽沙數大劫修行布施所獲功德何況能經一日半日修行般若波羅蜜多引發般若波羅蜜多憶念思惟諸佛功德善現當知若菩薩摩訶薩能經一日或復乃至經彈指頃修行般若波羅蜜多引發般若波羅蜜多憶念思惟諸佛功德是菩薩摩訶薩不久當住不退轉地是菩薩摩訶薩常爲如來應正等覺共所護念善現當

知若菩薩摩訶薩常爲如來應正等覺所護念者定證無上正等菩提不墮聲聞獨覺等地是菩薩摩訶薩決定不復墮諸惡趣決定不生諸無暇處常生善趣不離諸佛善現當知若菩薩摩訶薩修行般若波羅蜜多引發般若波羅蜜多憶念思惟諸佛功德經彈指頃尚獲無邊功德勝利況經一日若過一日修行般若波羅蜜多引發般若波羅蜜多憶念思惟諸佛功德如香象菩薩摩訶薩常能修行般若波羅蜜多引發般若波羅蜜多憶念思惟諸佛功德常不捨離是菩薩摩訶薩今在不動如來應正等覺所修行梵行

大般若波羅蜜多經卷第五百五十四

音釋

薄伽梵 梵語也亦云婆伽婆多含不翻具六義爲一自在二熾盛三端嚴四名稱五吉祥六尊貴乃總衆德至尚之名也

頞胝 梵語具云塞頞胝迦亦云頗黎此云水精頗普禾切胝張尼切

循環 循音旬環音還循環謂旋轉往來無窮也

沮壞 沮在呂切止也壞古瞶切毀也

讚勵 讚則盰切稱美也勵音例勉勵也

健達縛 梵語也亦云乾闥婆此云香陰帝釋樂神也健渠建切

揭路荼 梵語也亦云迦樓羅此云金翅鳥揭居謁切荼同都切

緊捺洛 梵語也亦云緊那羅此云疑神又云人非人捺乃八切

莫呼洛伽 梵語也亦云摩睺羅伽正言牟呼洛迦此云大蟒神

逮 音代及也

大般若波羅蜜多經卷第五百五十五

唐三藏法師玄奘奉　詔譯

第四分隨順品第二十九

復次善現諸菩薩摩訶薩應觀諸法不和合故隨順般若波羅蜜多應觀諸法無分別故隨順般若波羅蜜多應觀諸法無雜壞故隨順般若波羅蜜多應觀諸法無變異故隨順般若波羅蜜多應觀諸法無表示故隨順般若波羅蜜多應觀諸法隨覺慧故隨順般若波羅蜜多應觀諸法唯有假名所詮表故隨順般若波羅蜜多應觀諸法唯有言說假施設故隨順般若波羅蜜多應觀諸法唯假建立無處無時亦無實事可宣說故隨順般若波羅蜜多應觀諸法但有虛假性相用故隨順般若波羅蜜多應觀諸法無限礙故隨順般若波羅蜜多應觀色蘊無限量故隨順般若波羅蜜多應觀受想行識蘊無限量故隨順般若波羅蜜多應觀眼處無限量故隨順般若波羅蜜多應觀耳鼻舌身意處無限量故隨順般若波羅蜜多應觀色處無限量故隨順般若波羅蜜多應觀聲香味觸法處無限量故隨順般若波羅蜜多應觀眼界無限量故隨順般若波羅蜜多應觀耳鼻舌身意界無限量故隨順般若波羅蜜多應觀色界無限量故隨順般若波羅蜜多應觀聲香味觸法界無限量故隨順般若波羅蜜多應觀眼識界無限量故隨順般若波羅蜜多應觀耳鼻舌身意識界無限量故隨順般若波羅蜜多應觀眼觸無限量故隨順般若波羅蜜多應觀耳鼻舌身意觸無限量故隨順般若

波羅蜜多應觀眼觸爲緣所生諸受無限量故隨順般若波羅蜜多應觀耳鼻舌身意觸爲緣所生諸受無限量故隨順般若波羅蜜多應觀地界無限量故隨順般若波羅蜜多應觀水火風空識界無限量故隨順般若波羅蜜多應觀因緣無限量故隨順般若波羅蜜多應觀等無間緣所緣緣增上緣無限量故隨順般若波羅蜜多應觀無明無限量故隨順般若波羅蜜多應觀行識名色六處觸受愛取有生老死愁歎苦憂惱無限量故隨順般若波羅蜜多應觀諸法無相狀故隨順般若波羅蜜多應觀諸法通達相故隨順般若波羅蜜多應觀諸法本性淨故隨順般若波羅蜜多應觀諸法無言說故隨順般若波羅蜜多應觀諸法無生等故隨順般若波羅蜜多應觀諸法無滅等故隨順般若波羅蜜多應觀諸法涅槃等故隨順般若波羅蜜多應觀諸法眞如等故隨順般若波羅蜜多應觀諸法無去來故隨順般若波羅蜜多應觀諸法無自他故隨順般若波羅蜜多應觀諸法自他等故隨順般若波羅蜜多應觀諸法異生聖者本性淨故隨順般若波羅蜜多應觀諸法棄捨重擔無增益故隨順般若波羅蜜多應觀諸法無方處故隨順般若波羅蜜多所以者何色蘊本性無方無處受想行識蘊本性無方無處眼處本性無方無處耳鼻舌身意處本性無方無處色處本性無方無處聲香味觸法處本性無方無處眼界本性無方無處耳鼻舌身意界本性無方無處色界本性無方無處聲香味觸法界本性無方

無處眼識界本性無方無處耳鼻舌身意識界本性無方無處眼觸本性無方無處耳鼻舌身意觸本性無方無處眼觸爲緣所生諸受本性無方無處耳鼻舌身意觸爲緣所生諸受本性無方無處地界本性無方無處水火風空識界本性無方無處因緣本性無方無處等無間緣所緣緣增上緣本性無方無處無明本性無方無處行識名色六處觸受愛取有生老死愁歎苦憂惱本性無方無處

復次善現應觀諸法寂滅安樂故隨順般若波羅蜜多應觀諸法無愛無離愛故隨順般若波羅蜜多應觀諸法無染無離染故隨順般若波羅蜜多所以者何色蘊眞性無染無離染受想行識蘊眞性無染無離染眼處眞性無染無離染耳鼻舌身意處眞性無染無離染色處眞性無染無離染聲香味觸法處眞性無染無離染眼界眞性無染無離染耳鼻舌身意界眞性無染無離染色界眞性無染無離染聲香味觸法界眞性無染無離染眼識界眞性無染無離染耳鼻舌身意識界眞性無染無離染眼觸眞性無染無離染耳鼻舌身意觸眞性無染無離染眼觸爲緣所生諸受眞性無染無離染耳鼻舌身意觸爲緣所生諸受眞性無染無離染地界眞性無染無離染水火風空識界眞性無染無離染因緣眞性無染無離染等無間緣所緣緣增上緣眞性無染無離染無明眞性無染無離染行識名色六處觸受愛取有生老死愁歎苦憂惱眞性無染無離染

復次善現應觀諸法畢竟清淨故隨順般若波羅蜜多應觀諸

法無著離著故隨順般若波羅蜜多應觀諸法覺悟菩提及佛智故隨順般若波羅蜜多應觀諸法空無相無願故隨順般若波羅蜜多應觀諸法良藥慈悲爲上首故隨順般若波羅蜜多應觀諸法慈住梵住無過無取故隨順般若波羅蜜多應觀諸法於諸有情無瞋無忿故隨順般若波羅蜜多應觀大海無邊際故隨順般若波羅蜜多應觀虛空無邊際故隨順般若波羅蜜多應觀色蘊離諸相故隨順般若波羅蜜多應觀受想行識蘊離諸相故隨順般若波羅蜜多應觀眼處離諸相故隨順般若波羅蜜多應觀耳鼻舌身意處離諸相故隨順般若波羅蜜多應觀色處離諸相故隨順般若波羅蜜多應觀聲香味觸法處離諸相故隨順般若波羅蜜多應觀眼界離諸相故隨順般若波羅蜜多應觀耳鼻舌身意界離諸相故隨順般若波羅蜜多應觀色界離諸相故隨順般若波羅蜜多應觀聲香味觸法界離諸相故隨順般若波羅蜜多應觀眼識界離諸相故隨順般若波羅蜜多應觀耳鼻舌身意識界離諸相故隨順般若波羅蜜多應觀眼觸離諸相故隨順般若波羅蜜多應觀耳鼻舌身意觸離諸相故隨順般若波羅蜜多應觀眼觸爲緣所生諸受離諸相故隨順般若波羅蜜多應觀耳鼻舌身意觸爲緣所生諸受離諸相故隨順般若波羅蜜多應觀地界離諸相故隨順般若波羅蜜多應觀水火風空識界離諸相故隨順般若波羅蜜多應觀因緣離諸相故隨順般若波羅蜜多應觀等無間緣所緣緣增上

緣離諸相故隨順般若波羅蜜多應觀無明離諸相故隨順般若波羅蜜多應觀行識名色六處觸受愛取有生老死愁歎苦憂惱離諸相故隨順般若波羅蜜多應觀色蘊無邊際故隨順般若波羅蜜多應觀受想行識蘊無邊際故隨順般若波羅蜜多應觀眼處無邊際故隨順般若波羅蜜多應觀耳鼻舌身意處無邊際故隨順般若波羅蜜多應觀色處無邊際故隨順般若波羅蜜多應觀聲香味觸法處無邊際故隨順般若波羅蜜多應觀眼界無邊際故隨順般若波羅蜜多應觀耳鼻舌身意界無邊際故隨順般若波羅蜜多應觀色界無邊際故隨順般若波羅蜜多應觀聲香味觸法界無邊際故隨順般若波羅蜜多應觀眼識界無邊際故隨順般若波羅蜜多應觀耳鼻舌身意識界無邊際故隨順般若波羅蜜多應觀眼觸無邊際故隨順般若波羅蜜多應觀耳鼻舌身意觸無邊際故隨順般若波羅蜜多應觀眼觸爲緣所生諸受無邊際故隨順般若波羅蜜多應觀耳鼻舌身意觸爲緣所生諸受無邊際故隨順般若波羅蜜多應觀地界無邊際故隨順般若波羅蜜多應觀水火風空識界無邊際故隨順般若波羅蜜多應觀因緣無邊際故隨順般若波羅蜜多應觀等無間緣所緣緣增上緣無邊際故隨順般若波羅蜜多應觀無明無邊際故隨順般若波羅蜜多應觀行識名色六處觸受愛取有生老死愁歎苦憂惱無邊際故隨順般若波羅蜜多應觀日光輪照無邊際故隨順般若波羅蜜多應觀一切

音聲無邊際故隨順般若波羅蜜多應觀一切有情無邊際故隨順般若波羅蜜多應觀積集善法無邊際故隨順般若波羅蜜多應觀諸法得定無邊際故隨順般若波羅蜜多應觀一切佛法無邊際故隨順般若波羅蜜多應觀諸法無邊際故隨順般若波羅蜜多應觀空性無邊際故隨順般若波羅蜜多應觀一切心及心所無邊際故隨順般若波羅蜜多應觀心行無邊際故隨順般若波羅蜜多應觀善法無轉變故隨順般若波羅蜜多應觀不善法無量故隨順般若波羅蜜多應觀一切法如師子吼故隨順般若波羅蜜多所以者何色蘊如大海受想行識蘊如大海眼處如大海耳鼻舌身意處如大海色處如大海聲香味觸法處如大海眼界如大海耳鼻舌身意界如大海色界如大海聲香味觸法界如大海眼識界如大海耳鼻舌身意識界如大海眼觸如大海耳鼻舌身意觸如大海眼觸爲緣所生諸受如大海耳鼻舌身意觸爲緣所生諸受如大海地界如大海水火風空識界如大海因緣如大海等無間緣所緣緣增上緣如大海無明如大海行識名色六處觸受愛取有生老死愁歎苦憂惱如大海復次善現色蘊如虛空受想行識蘊如虛空眼處如虛空耳鼻舌身意處如虛空色處如虛空聲香味觸法處如虛空眼界如虛空耳鼻舌身意界如虛空色界如虛空聲香味觸法界如虛空眼識界如虛空耳鼻舌身意識界如虛空眼觸如虛空耳鼻舌身意觸如虛空眼觸爲緣所生諸受如虛空耳鼻舌身

意觸爲緣所生諸受如虛空地界如虛空水火風空識界如虛空因緣如虛空等無間緣所緣緣增上緣如虛空無明如虛空行識名色六處觸受愛取有生老死愁歎苦憂惱如虛空復次善現色如妙高山種種嚴飾受想行識如妙高山種種嚴飾眼處如妙高山種種嚴飾耳鼻舌身意處如妙高山種種嚴飾色處如妙高山種種嚴飾聲香味觸法處如妙高山種種嚴飾眼界如妙高山種種嚴飾耳鼻舌身意界如妙高山種種嚴飾色界如妙高山種種嚴飾聲香味觸法界如妙高山種種嚴飾眼識界如妙高山種種嚴飾耳鼻舌身意識界如妙高山種種嚴飾眼觸如妙高山種種嚴飾耳鼻舌身意觸如妙高山種種嚴飾眼觸爲緣所生諸受如妙高山種種嚴飾耳鼻舌身意觸爲緣所生諸受如妙高山種種嚴飾地界如妙高山種種嚴飾水火風空識界如妙高山種種嚴飾因緣如妙高山種種嚴飾等無間緣所緣緣增上緣如妙高山種種嚴飾無明如妙高山種種嚴飾行識名色六處觸受愛取有生老死愁歎苦憂惱如妙高山種種嚴飾復次善現色蘊如日輪生光受想行識蘊如日輪生光眼處如日輪生光耳鼻舌身意處如日輪生光色處如日輪生光聲香味觸法處如日輪生光眼界如日輪生光耳鼻舌身意界如日輪生光色界如日輪生光聲香味觸法界如日輪生光眼識界如日輪生光耳鼻舌身意識界如日輪生光眼觸如日輪生光耳鼻舌身意觸如日輪生光眼觸爲緣所生諸受如日輪生光

耳鼻舌身意觸爲緣所生諸受如日輪生光地界如日輪生光水火風空識界如日輪生光因緣如日輪生光等無間緣所緣緣增上緣如日輪生光無明如日輪生光行識名色六處觸受愛取有生老死愁歎苦憂惱如日輪生光復次善現色蘊如聲無邊際受想行識蘊如聲無邊際眼處如聲無邊際耳鼻舌身意處如聲無邊際色處如聲無邊際聲香味觸法處如聲無邊際眼界如聲無邊際耳鼻舌身意界如聲無邊際色界如聲無邊際聲香味觸法界如聲無邊際眼識界如聲無邊際耳鼻舌身意識界如聲無邊際眼觸如聲無邊際耳鼻舌身意觸如聲無邊際眼觸爲緣所生諸受如聲無邊際耳鼻舌身意觸爲緣所生諸受如聲無邊際地界如聲無邊際水火風空識界如聲無邊際因緣如聲無邊際等無間緣所緣緣增上緣如聲無邊際無明如聲無邊際行識名色六處觸受愛取有生老死愁歎苦憂惱如聲無邊際復次善現色蘊如有情界無邊際受想行識蘊如有情界無邊際眼處如有情界無邊際耳鼻舌身意處如有情界無邊際色處如有情界無邊際聲香味觸法處如有情界無邊際眼界如有情界無邊際耳鼻舌身意界如有情界無邊際色界如有情界無邊際聲香味觸法界如有情界無邊際眼識界如有情界無邊際耳鼻舌身意識界如有情界無邊際眼觸如有情界無邊際耳鼻舌身意觸如有情界無邊際眼觸爲緣所生諸受如有情界無邊際耳鼻舌身意觸爲緣所生諸受如有情界

無邊際地界如有情界無邊際水火風空識界如有情界無邊際因緣如有情界無邊際等無間緣所緣緣增上緣如有情界無邊際無明如有情界無邊際行識名色六處觸受愛取有生老死愁歎苦憂惱如有情界無邊際復次善現色蘊如地無邊際受想行識蘊如地無邊際眼處如地無邊際耳鼻舌身意處如地無邊際色處如地無邊際聲香味觸法處如地無邊際眼界如地無邊際耳鼻舌身意界如地無邊際色界如地無邊際聲香味觸法界如地無邊際眼識界如地無邊際耳鼻舌身意識界如地無邊際眼觸如地無邊際耳鼻舌身意觸如地無邊際眼觸爲緣所生諸受如地無邊際耳鼻舌身意觸爲緣所生諸受如地無邊際地界如地無邊際水火風空識界如地無邊際因緣如地無邊際等無間緣所緣緣增上緣如地無邊際無明如地無邊際行識名色六處觸受愛取有生老死愁歎苦憂惱如地無邊際復次善現色蘊如水無邊際受想行識蘊如水無邊際眼處如水無邊際耳鼻舌身意處如水無邊際色處如水無邊際聲香味觸法處如水無邊際眼界如水無邊際耳鼻舌身意界如水無邊際色界如水無邊際聲香味觸法界如水無邊際眼識界如水無邊際耳鼻舌身意識界如水無邊際眼觸如水無邊際耳鼻舌身意觸如水無邊際眼觸爲緣所生諸受如水無邊際耳鼻舌身意觸爲緣所生諸受如水無邊際地界如水無邊際水火風空識界如水無邊際因緣如水無邊際等無間緣所緣

緣增上緣如水無邊際無明如水無邊際行識名色六處觸受愛取有生老死愁歎苦憂惱如水無邊際復次善現色蘊如火無邊際受想行識蘊如火無邊際眼處如火無邊際耳鼻舌身意處如火無邊際色處如火無邊際聲香味觸法處如火無邊際眼界如火無邊際耳鼻舌身意界如火無邊際色界如火無邊際聲香味觸法界如火無邊際眼識界如火無邊際耳鼻舌身意識界如火無邊際眼觸如火無邊際耳鼻舌身意觸如火無邊際眼觸爲緣所生諸受如火無邊際耳鼻舌身意觸爲緣所生諸受如火無邊際地界如火無邊際水火風空識界如火無邊際因緣如火無邊際等無間緣所緣緣增上緣如火無邊際無明如火無邊際行識名色六處觸受愛取有生老死愁歎苦憂惱如火無邊際復次善現色蘊如風無邊際受想行識蘊如風無邊際眼處如風無邊際耳鼻舌身意處如風無邊際色處如風無邊際聲香味觸法處如風無邊際眼界如風無邊際耳鼻舌身意界如風無邊際色界如風無邊際聲香味觸法界如風無邊際眼識界如風無邊際耳鼻舌身意識界如風無邊際眼觸如風無邊際耳鼻舌身意觸如風無邊際眼觸爲緣所生諸受如風無邊際耳鼻舌身意觸爲緣所生諸受如風無邊際地界如風無邊際水火風空識界如風無邊際因緣如風無邊際等無間緣所緣緣增上緣如風無邊際無明如風無邊際行識名色六處觸受愛取有生老死愁歎苦憂惱如風無邊際復次善現色蘊

如虛空無邊際受想行識蘊如虛空無邊際眼處如虛空無邊際耳鼻舌身意處如虛空無邊際色處如虛空無邊際聲香味觸法處如虛空無邊際眼界如虛空無邊際耳鼻舌身意界如虛空無邊際色界如虛空無邊際聲香味觸法界如虛空無邊際眼識界如虛空無邊際耳鼻舌身意識界如虛空無邊際眼觸如虛空無邊際耳鼻舌身意觸如虛空無邊際眼觸爲緣所生諸受如虛空無邊際耳鼻舌身意觸爲緣所生諸受如虛空無邊際地界如虛空無邊際水火風空識界如虛空無邊際因緣如虛空無邊際等無間緣所緣緣增上緣如虛空無邊際無明如虛空無邊際行識名色六處觸受愛取有生老死愁歎苦憂惱如虛空無邊際復次善現色蘊離集善相受想行識蘊離集善相眼處離集善相耳鼻舌身意處離集善相色處離集善相聲香味觸法處離集善相眼界離集善相耳鼻舌身意界離集善相色界離集善相聲香味觸法界離集善相眼識界離集善相耳鼻舌身意識界離集善相眼觸離集善相耳鼻舌身意觸離集善相眼觸爲緣所生諸受離集善相耳鼻舌身意觸爲緣所生諸受離集善相地界離集善相水火風空識界離集善相因緣離集善相等無間緣所緣緣增上緣離集善相無明離集善相行識名色六處觸受愛取有生老死愁歎苦憂惱離集善相復次善現色蘊離集法相受想行識蘊離集法相眼處離集法相耳鼻舌身意處離集法相色處離集法相聲香味觸法處離集法相眼

界離集法相耳鼻舌身意界離集法相色界離集法相聲香味觸法界離集法相眼識界離集法相耳鼻舌身意識界離集法相眼觸離集法相耳鼻舌身意觸離集法相眼觸爲緣所生諸受離集法相耳鼻舌身意觸爲緣所生諸受離集法相地界離集法相水火風空識界離集法相因緣離集法相等無間緣所緣緣增上緣離集法相無明離集法相行識名色六處觸受愛取有生老死愁歎苦憂惱離集法相復次善現色蘊如定無邊際受想行識蘊如定無邊際眼處如定無邊際耳鼻舌身意處如定無邊際色處如定無邊際聲香味觸法處如定無邊際眼界如定無邊際耳鼻舌身意界如定無邊際色界如定無邊際聲香味觸法界如定無邊際眼識界如

定無邊際耳鼻舌身意識界如定無邊際眼觸如定無邊際耳鼻舌身意觸如定無邊際眼觸爲緣所生諸受如定無邊際耳鼻舌身意觸爲緣所生諸受如定無邊際地界如定無邊際水火風空識界如定無邊際因緣如定無邊際等無間緣所緣緣增上緣如定無邊際無明如定無邊際行識名色六處觸受愛取有生老死愁歎苦憂惱如定無邊際復次善現色蘊離色蘊自性色蘊眞如是佛法受想行識蘊離受蘊等自性受蘊等眞如是佛法眼處離眼處自性眼處眞如是佛法耳鼻舌身意處離耳處等自性耳處等眞如是佛法色處離色處自性色處眞如是佛法聲香味觸法處離聲處等自性聲處等眞如是佛法眼界離眼界自性眼界眞如是佛法耳

鼻舌身意界離耳界等自性耳界等眞如是佛法色界離色界自性色界眞如是佛法聲香味觸法界離聲界等自性聲界等眞如是佛法眼識界離眼識界自性眼識界眞如是佛法耳鼻舌身意識界離耳識界等自性耳識界等眞如是佛法眼觸離眼觸自性眼觸眞如是佛法耳鼻舌身意觸離耳觸等自性耳觸等眞如是佛法眼觸爲緣所生諸受離眼觸爲緣所生諸受自性眼觸爲緣所生諸受眞如是佛法耳鼻舌身意觸爲緣所生諸受離耳觸爲緣所生諸受等自性耳觸爲緣所生諸受等眞如是佛法地界離地界自性地界眞如是佛法水火風空識界離水界等自性水界等眞如是佛法因緣離因緣自性因緣眞如是佛法等無間緣所緣緣增上緣離等無間緣等自性等無間緣等眞如是佛法無明離無明自性無明眞如是佛法行識名色六處觸受愛取有生老死愁歎苦憂惱離行等自性行等眞如是佛法復次善現色蘊法性無邊際受想行識蘊法性無邊際眼處法性無邊際耳鼻舌身意處法性無邊際色處法性無邊際聲香味觸法處法性無邊際眼界法性無邊際耳鼻舌身意界法性無邊際色界法性無邊際聲香味觸法界法性無邊際眼識界法性無邊際耳鼻舌身意識界法性無邊際眼觸法性無邊際耳鼻舌身意觸法性無邊際眼觸爲緣所生諸受法性無邊際耳鼻舌身意觸爲緣所生諸受法性無邊際地界法性無邊際水火風空識界法性無邊際因緣法性無邊際等無間緣所緣

緣增上緣法性無邊際無明法性無邊際行識名色六處觸受愛取有生老死愁歎苦憂惱法性無邊際復次善現色蘊空法性無邊際受想行識蘊空法性無邊際眼處空法性無邊際耳鼻舌身意處空法性無邊際色處空法性無邊際聲香味觸法處空法性無邊際眼界空法性無邊際耳鼻舌身意界空法性無邊際色界空法性無邊際聲香味觸法界空法性無邊際眼識界空法性無邊際耳鼻舌身意識界空法性無邊際眼觸空法性無邊際耳鼻舌身意觸空法性無邊際眼觸爲緣所生諸受空法性無邊際耳鼻舌身意觸爲緣所生諸受空法性無邊際地界空法性無邊際水火風空識界空法性無邊際因緣空法性無邊際等無間緣所緣緣增上緣空法性無邊際無明空法性無邊際行識名色六處觸受愛取有生老死愁歎苦憂惱空法性無邊際復次善現色蘊心無邊際色蘊心行生故受想行識蘊心無邊際受蘊等心行生故眼處心無邊際眼處心行生故耳鼻舌身意處心無邊際耳處等心行生故色處心無邊際色處心行生故聲香味觸法處心無邊際聲處等心行生故眼界心無邊際眼界心行生故耳鼻舌身意界心無邊際耳界等心行生故色界心無邊際色界心行生故聲香味觸法界心無邊際聲界等心行生故眼識界心無邊際眼識界心行生故耳鼻舌身意識界心無邊際耳識界等心行生故眼觸心無邊際眼觸心行生故耳鼻舌身意觸心無邊際耳觸等心行生故眼觸爲緣所生

諸受心無邊際眼觸爲緣所生諸受心行生故耳鼻舌身意觸爲緣所生諸受心無邊際耳觸爲緣所生諸受等心行生故地界心無邊際地界心行生故水火風空識界心無邊際水界等心行生故因緣心無邊際因緣心行生故等無間緣所緣緣增上緣心無邊際等無間緣等心行生故無明心無邊際無明心行生故行識名色六處觸受愛取有生老死愁歎苦憂惱心無邊際行等心行生故復次善現色蘊善不善乃至不可得受想行識蘊善不善乃至不可得眼處善不善乃至不可得耳鼻舌身意處善不善乃至不可得色處善不善乃至不可得聲香味觸法處善不善乃至不可得眼界善不善乃至不可得耳鼻舌身意界善不善乃至不可得色界善不善乃至不可得聲香味觸法界善不善乃至不可得眼識界善不善乃至不可得耳鼻舌身意識界善不善乃至不可得眼觸善不善乃至不可得耳鼻舌身意觸善不善乃至不可得眼觸爲緣所生諸受善不善乃至不可得耳鼻舌身意觸爲緣所生諸受善不善乃至不可得地界善不善乃至不可得水火風空識界善不善乃至不可得因緣善不善乃至不可得等無間緣所緣緣增上緣善不善乃至不可得無明善不善乃至不可得行識名色六處觸受愛取有生老死愁歎苦憂惱善不善乃至不可得復次善現色蘊無動受想行識蘊無動眼處無動耳鼻舌身意處無動色處無動聲香味觸法處無動眼界無動耳鼻舌身意界無動色界無動聲香味觸法

界無動眼識界無動耳鼻舌身意識界無動眼觸無動耳鼻舌身意觸無動眼觸爲縁所生諸受無動耳鼻舌身意觸爲縁所生諸受無動地界無動水火風空識界無動因縁無動等無間縁所縁縁增上縁無動無明無動行識名色六處觸受愛取有生老死愁歎苦憂惱無動復次善現色蘊如師子吼受想行識蘊如師子吼眼處如師子吼耳鼻舌身意處如師子吼色處如師子吼聲香味觸法處如師子吼眼界如師子吼耳鼻舌身意界如師子吼色界如師子吼聲香味觸法界如師子吼眼識界如師子吼耳鼻舌身意識界如師子吼眼觸如師子吼耳鼻舌身意觸如師子吼眼觸爲縁所生諸受如師子吼耳鼻舌身意觸爲縁所生諸受如師子吼地界如師子吼水火風空識界如師子吼因縁如師子吼等無間縁所縁縁增上縁如師子吼無明如師子吼行識名色六處觸受愛取有生老死愁歎苦憂惱如師子吼善現當知諸菩薩摩訶薩若能如是思惟觀察覺悟蘊等隨順般若波羅蜜多便能遠離誑諂作意亦能遠離憍慢作意亦能遠離自讚作意亦能遠離毀他作意亦能遠離我想作意亦能遠離名利作意亦能遠離五蓋作意亦能遠離嫉慳作意由此亦能圓滿一切難得希有眞淨功德亦能圓滿嚴淨佛土亦能圓滿無上佛法所謂無上正等菩提時薄伽梵說是經已無量菩薩摩訶薩衆慈氏菩薩而爲上首具壽善現及舍利子阿難陀等諸大聲聞并諸天龍阿素洛等一切大衆聞佛所說皆大歡喜

信受奉行

大般若波羅蜜多經卷第五百五十五

大般若經第五會序

唐西明寺沙門　玄則　製

蓋聞申申夭夭宴居而欲流誨憤憤悱悱離座而思請益況深慈之遠鞠偏知之委照妙感之潛通玄機之crossorigin扣其於說也何能已乎神運之來亟諧景集靈山之上復動希聲良由心塗易蕪情霧難拂滯識象之爲識昧空色之即空豈知夫法體法如不一不二性相唯寂言慮莫尋既無一在而可舒又無不在而可卷諒非兆眹之可導又非塵躅之可隨斯則行不行矣住不住矣觀無二之性與二不二則非一之名在一恒一故紛之則萬舛澄之則一如一如未限而義區之一義未易而名異之一名未改而想貿之一想未泒而取亂之過此已往其不涯矣故正乘之與大心迴向之與隨喜忘之則戒定慧蘊存之則想心見倒夫見生死者三有著涅槃者二乘是故知生死空斯出三界矣知涅槃空斯過二地矣釋五花之授記乃證菩提㩦七寶之校量方深福德天供天護加頂讀而徒殷神呪神珠語靈祥而不極鋪惟此會未傳茲壤凡二十四品今譯充十卷其亹亹通韻新新渴奉者固當不以抵羽而輕積珍矣

大般若波羅蜜多經卷第五百五十六

唐三藏法師玄奘奉　詔譯

第五分善現品第一

如是我聞一時薄伽梵住王舍城鷲峯山頂與大苾芻衆萬二千人俱皆阿羅漢具壽善現舍利子等而爲上首除阿難陀獨居學地復有無量無數菩薩摩訶薩得無礙辯慈氏菩薩妙吉祥菩薩等而爲上首爾時世尊告善現曰汝以辯才應爲菩薩摩訶薩衆宣示般若波羅蜜多令諸菩薩摩訶薩衆修行般若波羅蜜多速得成辦時舍利子作是念言具壽善現爲以自力爲諸菩薩摩訶薩衆宣示般若波羅蜜多爲是如來威神之力爾時善現知舍利子心之所念便告之言諸佛弟子有所宣示皆是如來威神之力何以故舍利子佛爲弟子宣示法要彼依佛教精勤修學乃至證得諸法實性證已爲他有所宣示若與法性能不相違皆是如來威神所致亦是所證法性等流是故我當爲諸菩薩宣示般若波羅蜜多皆是如來威神之力爾時善現便白佛言世尊使我爲諸菩薩摩訶薩衆宣示般若波羅蜜多令諸菩薩摩訶薩衆修行般若波羅蜜多速得成辦世尊所言諸菩薩者何法增語謂爲菩薩世尊我不見有法可名菩薩摩訶薩亦不見有法可名般若波羅蜜多世尊我於菩薩及菩薩法不見不得亦復不見不得般若波羅蜜多云何使我爲諸菩薩摩訶薩衆宣示般若波羅蜜多世尊我教何等菩薩摩訶薩修行何等般若波羅蜜多令速成辦世尊若菩薩摩訶薩聞說是

語心不沉沒亦不退屈不驚不怖如說而住修行般若波羅蜜多是菩薩摩訶薩應教般若波羅蜜多令速成辦若無所執即是般若波羅蜜多復次世尊若菩薩摩訶薩修行般若波羅蜜多應如是學謂不執著是菩薩心何以故是心非心本性淨故時舍利子問善現言爲有是心非心性不善現反問舍利子言心非心性若有若無爲可得不舍利子言不也善現善現便語舍利子言心非心性若有若無既不可得如何可問爲有是心非心性不時舍利子問善現言何等名爲心非心性善現荅言若無變壞亦無分別是則名爲心非心性時舍利子讚善現言善哉善哉誠如所說佛說仁者住無諍定最爲第一實如聖言若菩薩摩訶薩聞說是語心不沉沒亦無退屈不驚不怖如說而住修行般若波羅蜜多是菩薩摩訶薩已於無上正等菩提得不退轉若菩薩摩訶薩如是觀察心非心性是菩薩摩訶薩不離般若波羅蜜多若諸有情欲勤修學或聲聞地或獨覺地或菩薩地皆於般若波羅蜜多應常聽聞受持讀誦令善通利如說修行所以者何於此般若波羅蜜多甚深教中廣說一切所應學法諸菩薩摩訶薩於此般若波羅蜜多精勤修學於一切處皆得善巧爾時善現復白佛言我於菩薩心不知亦不得我於菩薩摩訶薩眾及於般若波羅蜜多俱不見有實事可得云何令我爲諸菩薩摩訶薩眾宣示般若波羅蜜多世尊我觀一切若生若滅若染若淨都不可得而於其中說有菩薩般若名等便有疑悔

世尊菩薩等名俱無決定亦無住處所以者何菩薩名等都無所有無所有法無定無住若菩薩摩訶薩聞說是事心不沉沒亦無退屈不驚不怖當知是菩薩摩訶薩決定安住不退轉地以無所住而為方便住無所住復次世尊諸菩薩摩訶薩行深般若波羅蜜多不應住色亦不應住受想行識所以者何若住於色便作色行非行深般若波羅蜜多若住受想行識便作受想行識行非行深般若波羅蜜多所以者何非作行者能攝受般若波羅蜜多若不能攝受般若波羅蜜多則不能修習般若波羅蜜多若不能修習般若波羅蜜多則不能圓滿般若波羅蜜多若不能圓滿般若波羅蜜多則不能成辦一切智智若不能成辦一切智智便不能益所益有情

所以者何色不應攝受受想行識亦不應攝受般若波羅蜜多亦不應攝受色不可攝受故即非色受想行識亦不可攝受故即非受想行識般若波羅蜜多亦不可攝受故便非般若波羅蜜多諸菩薩摩訶薩應如是學甚深般若波羅蜜多若如是學甚深般若波羅蜜多是名菩薩無所攝受三摩地輪廣大資具無量無出不為一切聲聞獨覺之所引奪亦不攝受一切智智所以者何是一切智智非取相修得諸取相者皆是煩惱若取修得一切智智者則勝軍梵志於一切智智不應信解是勝軍梵志雖由信解力歸趣佛法名隨信行而能以少分智觀一切法性空悟入一切智智既悟入已不取色相亦不取受想行識相不以喜樂觀見此智不以得聞觀見

此智不以內色觀見此智不以外色觀見此智不以內外色觀見此智亦不離色觀見此智不以內受想行識觀見此智不以外受想行識觀見此智不以內外受想行識觀見此智亦不離受想行識觀見此智勝軍梵志以如是等諸離相門於一切智智深生信解名隨信行於一切法皆無取著如是梵志以離相門於一切智智得信解已於一切法皆不取相亦不思惟無相諸法如是梵志由勝解力於一切法不取不捨無得無證時彼梵志於自信解乃至涅槃亦不取著以眞法性爲定量故世尊是菩薩摩訶薩甚深般若波羅蜜多不攝受色亦不攝受受想行識雖於諸法無所攝受若未圓滿如來十力四無所畏四無礙解及十八佛不共法等終不中道入

般涅槃當知如是諸菩薩摩訶薩甚深般若波羅蜜多雖無取著而能成辦一切智智利益安樂一切有情復次世尊諸菩薩摩訶薩行深般若波羅蜜多應如是觀何謂般若波羅蜜多是誰般若波羅蜜多若法無所有不可得是般若波羅蜜多耶無所有中無彼無此何所繫屬世尊若菩薩摩訶薩於如是事審觀察時心不沉没亦無退屈不驚不怖當知是菩薩摩訶薩不離般若波羅蜜多時舍利子問善現言何因緣故色離色性受想行識離受想行識性般若波羅蜜多離般若波羅蜜多性而說菩薩摩訶薩不離般若波羅蜜多善現荅言如是如是色離色性受想行識離受想行識性般若波羅蜜多離般若波羅蜜多性如是諸法相亦離性性亦離相相

亦離相性亦離性能相所相俱不可得若菩薩摩訶薩能如實知如是義者不離般若波羅蜜多時舍利子問善現言若菩薩摩訶薩於此中學速能成辦一切智智耶善現答言如是如是若菩薩摩訶薩於此中學速能成辦一切智智何以故舍利子是菩薩摩訶薩知一切法無生滅故舍利子若菩薩摩訶薩能如是行則爲隣近一切智智復次舍利子諸菩薩摩訶薩若行色爲行相若行色生爲行相若行色壞爲行相若行色滅爲行相若行色空爲行相若謂我能行是行有所得若行受想行識爲行相若行受想行識生爲行相若行受想行識壞爲行相若行受想行識滅爲行相若行受想行識空爲行相若謂我能行是行有所得若菩薩摩訶薩作如是念我是菩薩能行般若波羅蜜多是爲行相若菩薩摩訶薩作如是念能如是行者是修行般若波羅蜜多亦爲行相當知是菩薩無方便善巧時舍利子問善現言諸菩薩摩訶薩當云何行名行般若波羅蜜多善現答言諸菩薩摩訶薩若不行色不行色相不行色生不行色壞不行色滅不行色空是行般若波羅蜜多諸菩薩摩訶薩若不行受想行識不行受想行識相不行受想行識生不行受想行識壞不行受想行識滅不行受想行識空是行般若波羅蜜多若菩薩摩訶薩不取行不取不行不取亦行亦不行不取非行非不行於不取亦不取是行般若波羅蜜多何以故舍利子以一切法皆不可取不可隨行不可執受離性相故如是名爲諸菩薩摩訶薩

於一切法無生定輪廣大資具無量無出不共一切聲聞獨覺若菩薩摩訶薩安住此定疾證無上正等菩提爾時善現承佛神力復告大德舍利子言若菩薩摩訶薩雖安住此定而不見此定亦不著此定亦不念言我於此定已正當入彼如是等思惟分別由此定力一切不起當知已爲過去如來應正等覺授與無上正等菩提不退轉記時舍利子問善現言若菩薩摩訶薩由住此定已爲過去諸佛世尊現前授記是菩薩摩訶薩爲能顯示如是定不善現荅言不也舍利子何以故是善男子於如是定無知無想舍利子言具壽說彼諸善男子於如是定無知無想耶善現報言我定說彼諸善男子於如是定無知無想所以者何如是諸定無所有故彼善男子於如是定無知無想如是諸定於一切法亦無知無想所以者何以一切法無所有故時薄伽梵讃善現言善哉善哉如汝所說故我說汝住無諍定最爲第一諸菩薩摩訶薩欲學般若波羅蜜多應如是學若如是學名學般若波羅蜜多時舍利子便白佛言若菩薩摩訶薩能如是學名眞學般若波羅蜜多耶佛告舍利子若菩薩摩訶薩能如是學名真學般若波羅蜜多時舍利子復白佛言諸菩薩摩訶薩如是學時於何法學佛告舍利子諸菩薩摩訶薩如是學時非於法學何以故舍利子如諸愚夫異生所執非一切法如是有故時舍利子復白佛言若爾諸法如何而有佛告舍利子如無所有如是而有若於如是無所有法不能了達說爲無明愚夫異

生於一切法無所有性無明貪愛增上勢力分別執著斷常二邊由此不知不見諸法無所有性分別諸法由分別故便生執著由執著故分別諸法無所有性由此於法不見不知以於諸法不見不知分別過去未來現在由分別故貪著名色著名色故分別執著無所有法於無所有法分別執著故於如實道不知不見不能出離三界生死不信諦法不覺實際是故墮在愚夫數中由斯菩薩摩訶薩衆於法性相都無執著時舍利子復白佛言諸菩薩摩訶薩如是學時豈不求學一切智智佛告舍利子諸菩薩摩訶薩如是學時亦不求學一切智智然諸菩薩如是學時雖無所學而名真學一切智智速能成辦一切智智爾時具壽善現便白佛言世尊設有人來作如是問幻士若學一切智智彼亦能成辦一切智智不我得此問當云何荅佛告善現我還問汝隨汝意荅於意云何幻異色受想行識不善現荅言幻不異色色不異幻幻即是色色即是幻受想行識亦復如是佛告善現於意云何五取蘊中起想等想施設言說假名菩薩摩訶薩不善現對曰如是世尊佛告善現諸菩薩摩訶薩求趣無上正等菩提修學般若波羅蜜多一切皆如幻士修學何以故幻士即是五取蘊故所以者何我說五蘊眼等六根皆如幻化都非實有具壽善現復白佛言若菩薩摩訶薩新學大乘聞如是說其心將無驚怖退屈佛告善現若菩薩摩訶薩新學大乘親近惡友聞如是說心便驚怖則生退屈若近善友雖聞此說而不驚

怖亦無退屈具壽善現復白佛言何等名爲菩薩惡友佛告善現諸菩薩惡友者謂教菩薩猒離般若波羅蜜多捨菩提心取諸法相令學取相世俗書典令學聲聞相應經法又令習近衆魔事業此等名爲菩薩惡友具壽善現復白佛言何等名爲菩薩善友佛告善現諸菩薩善友者謂教菩薩勤修般若波羅蜜多乃至爲說魔事魔過令其覺知方便棄捨此菩薩名爲新學菩薩大誓莊嚴眞淨善友具壽善現復白佛言菩薩者是何句義佛告善現學一切法無著無礙覺一切法無著無礙求證菩提故名菩薩具壽善現復白佛言此復何緣名摩訶薩佛告善現以諸菩薩於大有情衆中當爲上首故復名摩訶薩時舍利子便白佛言我今樂說摩訶薩義惟願聽許佛告舍利子隨汝意說舍利子言以諸菩薩方便善巧爲諸有情宣說法要令斷我見有情見命者見補特伽羅見有見無見斷常見等依如是義名摩訶薩爾時善現亦白佛言我今樂說摩訶薩義惟願聽許佛告善現隨汝意說善現白言以諸菩薩發菩提心無等等心聲聞獨覺不能引心於如是心亦不執著所以者何一切智心是眞無漏不墮三界不應於中而生執著依如是義名摩訶薩時舍利子問善現言何因緣故於如是心亦不執著善現荅言如是諸心無心性故不應執著時滿慈子亦白佛言我今樂說摩訶薩義惟願聽許佛告滿慈子隨汝意說滿慈子言以諸菩薩普爲利樂一切有情被大願鎧故發趣大乘故乘大乘故名摩訶薩爾時

善現便白佛言如世尊說諸菩薩摩訶薩被大願鎧齊何言諸菩薩摩訶薩被大願鎧佛告善現諸菩薩摩訶薩作如是念我應度脫無量無數無邊有情入無餘依般涅槃界雖作是事而無有法及諸有情得涅槃者何以故諸法實性法應爾故譬如幻師或彼弟子於四衢道化作大衆互相加害於意云何此中有實相害事不善現對曰不也世尊佛告善現諸菩薩摩訶薩亦復如是雖現度脫無量無數無邊有情入無餘依般涅槃界而無有法及諸有情得涅槃者若菩薩摩訶薩聞如是事不驚不怖亦無退屈當知是菩薩摩訶薩被大願鎧爾時善現便白佛言如我解佛所說義者諸菩薩摩訶薩不被大願鎧當知是爲被大願鎧佛告善現如是如是所以者何一切智智無造無作一切有情亦無造無作諸菩薩摩訶薩爲欲饒益彼有情故被大願鎧所以者何色非造非不造非作非不作受想行識亦非造非不造非作非不作何以故色乃至識不可得故具壽善現便白佛言如我解佛所說義者色乃至識無涤無淨所以者何色無縛無脫受想行識亦無縛無脫時滿慈子問善現言尊者說色無縛無脫說受想行識亦無縛無脫耶善現荅言如是如是滿慈子言說何等色無縛無脫說何等受想行識亦無縛無脫耶善現荅言說如幻士色無縛無脫說如幻士受想行識亦無縛無脫所以者何色乃至識無所有故無縛無脫遠離故無縛無脫寂靜故無縛無脫無生滅故無縛無脫是名菩薩發趣大乘被大願

鎧時慈滿子聞如是說歡喜信受默然而住
爾時善現便白佛言諸菩薩摩訶薩發趣大
乘云何大乘云何菩薩發趣大乘如是大乘
從何處出至何處住誰復乘是大乘而出佛
告善現言大乘者即是無量無數增語無邊
功德共所成故云何菩薩發趣大乘者謂諸
菩薩勤修六種波羅蜜多能從一地進趣一
地是名菩薩發趣大乘如是大乘從何處出
至何處住者謂此大乘從三界中出至一切
智智中住然以無二爲方便故無出無住誰
復乘是大乘出者都無乘是大乘出者所以
者何能乘所乘如是二法俱無所有無所有
中誰乘何法可名乘者具壽善現復白佛言
如是大乘普勝一切世間天人阿素洛等如
是大乘與虛空等譬如虛空普能容受無量
無數無邊有情大乘亦爾普能容受無量無
數無邊有情又如虛空無來無去無住可見
大乘亦爾無來無去無住可見又如虛空前
後中際皆不可得大乘亦爾前後中際皆不
可得三世平等故名大乘佛告善現善哉善
哉如是如是如汝所說時滿慈子便白佛言
世尊先教大德善現爲諸菩薩摩訶薩衆宣
示般若波羅蜜多而今何故乃說大乘爾時
善現即白佛言我說大乘將無違越所說般
若波羅蜜多佛告善現汝說大乘皆順般若
波羅蜜多無所違越具壽善現復白佛言我
都不得前際後際中際菩薩色無邊故菩薩
亦無邊受想行識無邊故菩薩亦無邊即色
離色菩薩無所有不可得即受想行識離受
想行識菩薩亦無所有不可得如是世尊我

於此等一切法以一切種一切處一切時求諸菩薩都無所見竟不可得云何令我爲諸菩薩宣示般若波羅蜜多復次世尊言菩薩者但有假名都無自性如說我等畢竟不生但有假名都無自性諸法亦爾畢竟不生但有假名都無自性此中何等是色畢竟不生若畢竟不生則不名色何等是受想行識畢竟不生若畢竟不生則不名受想行識世尊色是菩薩不可得受想行識是菩薩亦不可得此不可得亦不可得我於如是一切法以一切種一切處一切時求諸菩薩皆不可得當教何等法修何等法於何等處時證何等法復次世尊諸佛菩薩甚深般若波羅蜜多但有假名都無自性如說我等畢竟不生但有假名都無自性諸法亦爾但有假名都無自性何等是色既不可取亦不可生何等是受想行識既不可取亦不可生諸法自性既不可取亦不可生若法無性亦不可生此無生法亦不可生我豈能以畢竟不生甚深般若波羅蜜多教畢竟不生菩薩摩訶薩世尊離不生法無法可得亦無菩薩能行無上正等菩提世尊若菩薩摩訶薩聞說是語不驚不怖當知是菩薩摩訶薩能行深般若波羅蜜多所以者何若時菩薩摩訶薩行深般若波羅蜜多觀察諸法是時菩薩摩訶薩即不取色所以者何色無生即非色色無滅亦非色既無生無滅即無二無別若說色即入無二法數若時菩薩摩訶薩行深般若波羅蜜多觀察諸法是時菩薩摩訶薩即不取受想行識所以者何受想行識無生即非受想行

識受想行識無滅亦非受想行識既無生無滅即無二無别若説受想行識即入無二法數時舍利子謂善現言如我領解仁所説義諸菩薩等畢竟不生若爾何緣有諸菩薩爲度無量無數有情修多百千難行苦行備受無量生死大苦善現報言非我於彼無生法中許有菩薩爲度無量無數有情修多百千難行苦行備受無量生死大苦然諸菩薩雖爲此事而於其中無苦行想何以故舍利子若於苦行作苦行想不能饒益無邊有情是故菩薩於諸苦行作樂行想於難行行作易行想於諸有情作父母及己身想爲度彼故發菩提心由此乃能作大饒益爾時菩薩作是思惟如我自性於一切法以一切種一切處時求不可得内外諸法亦復如是都無所有皆不可得若住此想便不見有難行苦行由此能爲無邊有情修多百千難行苦行與有情類作大饒益時舍利子問善現言是諸菩薩實無生不善現答言如是如是一切菩薩皆實無生舍利子言爲但菩薩實是無生爲一切智亦實無生善現答言此一切智亦實無生舍利子言爲但一切智實是無生爲諸異生類亦實無生善現答言諸異生類亦實無生舍利子言若諸菩薩皆實無生諸菩薩法亦應無生若一切智實是無生一切智法亦應無生若異生類實是無生異生類法亦應無生若爾菩薩得一切智應無生法能證無生善現答言我意不許無生法中有得有證何以故無生法中證得無故舍利子言爲許生法證生法爲許無生法證無生法耶

善現答言我意不許生法證生法亦不許無生法證無生法舍利子言爲許生法證無生法爲許無生法證生法耶善現答言我意不許生法證無生法亦不許無生法證生法舍利子言若如是者應無得證善現答言雖有得證而非實有舍利子言爲許未生法生爲許已生法生耶善現答言我意不許未生法生亦不許已生法生舍利子言爲許生生爲許不生生耶善現答言我意不許生生亦不許不生生舍利子言仁者於所說無生法樂辯說無生相耶善現答言我於所說無生法亦不樂辯說無生相舍利子言於無生法起無生言此無生言亦無生不善現答言於無生法起無生言此法及言俱無生義而隨世俗說無生相時舍利子讃善現言說法人中仁爲第一除佛世尊無能及者所以者何隨所問詰種種法門皆能酬答善現報言諸佛弟子於一切法無依著者法爾皆能隨所問詰一一酬答自在無畏所以者何以一切法無所依故時舍利子謂善現言善哉善哉若諸菩薩能作如是隨問而答爲由何等波羅蜜多威力所辦善現報言此是般若波羅蜜多威力所辦所以者何說一切法無所依止要由般若波羅蜜多達一切法無所依故舍利子若菩薩摩訶薩聞如是語心不迷悶亦無疑惑當知是菩薩能住如是住恒不捨離亦常不離大悲作意時舍利子謂善現言若諸菩薩住如是住恒不捨離亦常不離如是作意者則一切有情應是菩薩所以者何以一切有情亦於此住及此作意常不捨離般

若大悲性平等故則諸菩薩與諸有情應無差別善現報曰善哉善哉雖似難我而成我義何以故舍利子一切有情無自性故當知如是住及作意亦無自性一切有情性遠離故當知如是住及作意性亦遠離一切有情無覺知故當知如是住及作意亦無覺知由此因緣是諸菩薩於如是住及此作意常不捨離與諸有情亦無差別若諸菩薩能如是知無所滯礙是行般若波羅蜜多我意欲令一切菩薩以此作意行深般若波羅蜜多

第五分天帝品第二

爾時天帝釋與四萬天子俱來集會護世四天王與二萬天子俱來集會索訶界主大梵天王與萬梵衆俱來集會復有五千淨居天衆俱來集會是諸天衆業果身光對佛威光皆悉不現時天帝釋白善現言今有無量諸天子等欲聞大德宣示般若波羅蜜多唯願大德哀愍爲說云何菩薩應住般若波羅蜜多爾時善現告帝釋言吾承佛力爲諸天衆宣示般若波羅蜜多如諸菩薩所應安住汝諸天等未發無上菩提心者今皆應發諸有已入聲聞獨覺正性離生不復能發大菩提心何以故憍尸迦彼於生死有限礙故其中若有能發無上正等覺心我亦隨喜何以故憍尸迦諸有勝人應求勝法我終不礙他勝善品爾時世尊讚善現曰善哉善哉汝今善能勸諸菩薩具壽善現便白佛言我既知恩云何不報謂過去佛及諸弟子教諸菩薩種種法要方便趣入波羅蜜多如來爾時亦於中學今證無上正等菩提轉妙法輪饒益我

等故我今者應隨佛教攝受護念此諸菩薩令疾證得無上菩提轉妙法輪利樂一切是則名爲報彼恩德爾時善現語帝釋言汝等諸天皆應諦聽當爲汝說諸菩薩衆於深般若波羅蜜多所應住相憍尸迦諸菩薩衆大誓莊嚴發趣大乘應以空相安住般若波羅蜜多不應住色亦不應住受想行識不應住預流果亦不應住一來不還阿羅漢果獨覺菩提不應住此是色亦不應住此是受想行識不應住此是預流果亦不應住此是一來不還阿羅漢果獨覺菩提不應住色受想行識若常若無常若樂若苦若我若無我若淨若不淨若空若不空不應住預流果乃至獨覺菩提皆是無爲所顯是真福田應受供養不應住預流果極七返有必入涅槃不應住一來果未至究竟一來此間定盡衆苦不應住不還果往彼滅度不復還來不應住阿羅漢果今世定入無餘涅槃不應住獨覺果超聲聞地不至佛地而般涅槃不應住佛無爲所顯是真福田應受供養超諸聲聞獨覺等地利樂無量無數有情令入無餘般涅槃界假使一切有情界盡亦入無餘般涅槃界時舍利子作是念言若爾菩薩當云何住爾時善現知舍利子心之所念便謂之曰於意云何如來之心爲何所住時舍利子語善現言如來之心都無所住以無所住故名如來謂不住有爲界亦不住無爲界亦非不住善現報言菩薩亦爾如諸如來於一切法心無所住亦非不住謂諸菩薩於深般若波羅蜜多以無所得而爲方便應如是住應如是學爾

時衆中有諸天子竊作是念諸藥叉等言詞呪句種種差別雖復隱密而我等輩猶可了知大德善現於深般若波羅蜜多雖以種種言詞顯示而我等輩竟不能解具壽善現知諸天子心之所念便告彼言我於此中無說無示汝亦不聞當何所解時諸天子復作是念尊者善現於此義中欲令易解而轉深細難可測量具壽善現知彼天子心之所念復告之言諸有欲證欲住預流一來不還阿羅漢果獨覺菩提諸佛無上正等菩提要依此忍乃能證住時諸天子作是念言大德善現於今欲為何等有情說何等法具壽善現知諸天子心之所念而告彼言吾今欲為如幻有情說如幻法彼於所說無聞無解無所證故時諸天子復作是念為聽法者及法如幻為餘有情預流果等亦皆如幻善現知彼心之所念便告之言餘有情類若預流果若一來果若不還果若阿羅漢果若獨覺菩提若佛無上正等菩提亦皆如幻時諸天子問善現言豈諸如來應正等覺所證無上正等菩提亦皆如幻善現答言如是如是乃至涅槃亦復如幻時諸天子問善現言豈可涅槃亦復如幻善現答言設更有法勝涅槃者亦復如幻何況涅槃何以故諸天子幻與有情及一切法乃至涅槃無二無別皆不可得不可說故時舍利子執大藏滿慈子大飲光等問慶喜言所說般若波羅蜜多如是甚深誰能信受慶喜答言有不退轉諸菩薩衆於此所說甚深般若波羅蜜多能深信受復有無量具足正見補特伽羅及願圓滿諸阿羅漢於

此所說甚深般若波羅蜜多亦能信受爾時善現作如是言如是所說甚深般若波羅蜜多無能信受所以者何此中無法可顯可示故信受者亦不可得時天帝釋作是念言尊者善現雨大法雨我應化作微妙香華奉散供養作是念已即便化作微妙香華散善現上爾時善現作是念言今所散華於諸天處未曾見有是華微妙定非水陸草木所生應是諸天從心化出時天帝釋既知善現心之所念謂善現言此所散華實非水陸草木所生亦非諸天從心化出以所散華無生性故具壽善現語帝釋言此華不生便無華性時天帝釋作是念言尊者善現覺慧深廣不壞假名而說實義作是念已白善現言如是如是誠如尊教諸菩薩衆於諸法中應隨尊者所說而學爾時善現語帝釋言如是如汝所說諸菩薩衆於諸法中皆應隨我所說而學憍尸迦諸菩薩衆隨我所說於深般若波羅蜜多如是學時不依預流果學不依一來不還阿羅漢果學不依獨覺菩提學若不依此諸地而學便學諸佛一切智智若學諸佛一切智智則學無量無邊佛法若學無量無邊佛法則不學色受想行識有增有減若不學色受想行識有增有減則不學色受想行識有取有捨若不學色受想行識有取有捨則不學一切法有可攝受及可滅壞若不學一切法有可攝受及可滅壞則不學一切智智有可攝受及可滅壞諸菩薩衆如是學時名爲真學一切智智速能證得一切智智時舍利子問善現言若諸菩薩不學一切智

智有可攝受及可滅壞是諸菩薩如是學時名爲真學一切智智速能證得一切智智耶善現荅言如是如是以無所得爲方便故爾時天帝釋問舍利子言菩薩所學甚深般若波羅蜜多當於何求舍利子言菩薩所學甚深般若波羅蜜多當於善現所說中求時天帝釋問善現言是誰神力爲依持故令舍利子作如是說善現荅言如來神力爲依持故令舍利子作如是說天帝釋言復誰神力爲依持故尊者能說甚深般若波羅蜜多善現報言如來神力爲依持故令我能說甚深般若波羅蜜多憍尸迦汝之所問菩薩所學甚深般若波羅蜜多當於何求者憍尸迦菩薩所學甚深般若波羅蜜多不應即色求不應離色求不應即受想行識求不應離受想行

識求何以故色非般若波羅蜜多亦非離色別有般若波羅蜜多受想行識非般若波羅蜜多亦非離受想行識別有般若波羅蜜多時天帝釋白善現言甚深般若波羅蜜多是大波羅蜜多是無量波羅蜜多是無邊波羅蜜多善現報言如是如是何以故憍尸迦色無邊故當知般若波羅蜜多亦無邊受想行識無邊故當知般若波羅蜜多亦無邊復次憍尸迦所緣無邊故當知般若波羅蜜多亦無邊憍尸迦云何所緣無邊故當知般若波羅蜜多亦無邊謂一切法前中後際皆不可得說爲無邊法無邊故所緣無邊由此般若波羅蜜多亦說無邊復次憍尸迦一切法無邊故當知般若波羅蜜多亦無邊憍尸迦云何一切法無邊故當知般若波羅蜜多亦無

邊謂一切法邊不可得所以者何色乃至識前中後邊皆不可得由此般若波羅蜜多前中後邊亦不可得故說無邊復次憍尸迦有情無邊故當知般若波羅蜜多亦無邊憍尸迦云何有情無邊故當知般若波羅蜜多亦無邊憍尸迦非有情類其數甚多計筭其邊不可得故說爲無邊天帝釋言爲何義故作如是說善現答言我今問汝隨汝意荅於意云何言有情者何法增語天帝釋言言有情者非法增語但是假立客名所攝無事名所攝無緣名所攝善現復告天帝釋言於意云何此中頗有真實有情可顯示不天帝釋言不也大德善現告言無實有情可顯示故說爲無邊憍尸迦於意云何假使如來應正等覺經如殑伽沙數大劫以無邊音說有情類無量名字此中頗有真實有情有生滅不天帝釋言不也大德何以故以諸有情本性淨故善現告言由此故說有情無邊故當知般若波羅蜜多亦無邊無性甚深俱無邊故

大般若波羅蜜多經卷第五百五十六

音釋

五會序

夭夭 於喬切夭夭和舒貌 憤憤 房吻切心欲求通之意 悱悱 敷尾切口欲言也 鞠 音菊育也 亟 去吏切數也 靄 倚亥切雲集貌 眹 直忍切幾微动兆謂之眹 躅 厨玉切迹也 舛 尺兖切差錯也 貿 莫候切易也 沠 普卦切水分流也 搋 丑皆切 壤 汝兩切地也 亹亹 音尾不倦之意 抵 典禮切擲也

經

鷲峰 鷲音就鷲峰山名 詰 音乞問也

大般若波羅蜜多經卷第五百五十七

唐三藏法師玄奘奉詔譯

第五分窣堵波品第三

爾時衆中天帝釋等欲界諸天大梵王等色界諸天及餘神仙歡喜踊躍同時三返高聲唱言奇哉奇哉法性深妙如來出世以神通力加善現等宣說開示若諸菩薩不離般若波羅蜜多我等於彼恭敬供養如佛世尊爾時佛告諸天等言如是如是若諸菩薩不離般若波羅蜜多汝諸天等皆應供養如佛世尊天等當知我於往昔然燈佛時蓮花王都四衢道首見然燈佛獻五莖花布髮掩泥聞正法要不離般若波羅蜜多時彼如來與我授記汝於來世過無數劫當成如來號爲能寂宣說般若波羅蜜多與諸有情作大饒益時諸天等俱白佛言甚奇世尊希有善逝如是般若波羅蜜多具大威神令諸菩薩速能引攝一切智智爾時世尊知諸天等四衆雲集同爲明證即便顧命天帝釋言憍尸迦若善男子善女人等能於般若波羅蜜多至心聽聞受持讀誦精勤修學如理思惟或復爲他書寫解說魔及眷屬人非人等伺求其短終不能得灾橫疾疫皆不能害若諸天子已發無上正等覺心未善聽聞受持讀誦甚深般若波羅蜜多皆應來至是善男子善女人所至心聽聞受持讀誦令極通利轉爲他說復次憍尸迦若善男子善女人等能於般若波羅蜜多至心聽聞受持讀誦精勤修學如理思惟或復爲他書寫解說若在空宅曠野險道及危難處諸天善神常來擁護令無驚

恐時四天王及天帝釋梵天王等合掌恭敬俱白佛言若善男子善女人等能於般若波羅蜜多至心聽聞受持讀誦精勤修學如理思惟或復爲他書寫解説我等眷屬常隨守護不令一切災横侵惱時天帝釋復白佛言甚奇世尊希有善逝是善男子善女人等奉事般若波羅蜜多攝受如是現法功德世尊若善男子善女人等攝受般若波羅蜜多則具攝受布施淨戒安忍精進靜慮般若波羅蜜多爾時佛告天帝釋言如是如是如汝所説復次憍尸迦若善男子善女人等能於般若波羅蜜多至心聽聞受持讀誦精勤修學如理思惟或復爲他書寫解説所獲功德汝應諦聽極善作意當爲汝説天帝釋言唯然願説我等樂聞佛言憍尸迦若有諸惡外道梵志若諸惡魔或魔眷屬若餘暴惡增上慢者欲作種種不饒益事彼適興心自遭殃禍漸當殄滅不果所願何以故憍尸迦是善男子善女人等能於般若波羅蜜多至心聽聞受持讀誦精勤修學如理思惟或復爲他書寫解説法爾能令起惡心者自遭殃禍不果所願憍尸迦是善男子善女人等奉事般若波羅蜜多獲如是等功德勝利如有妙藥名曰莫耆是藥威勢能銷衆毒如是妙藥隨所在處諸毒蟲類不能逼近有大毒蛇飢行求食遇見生類欲螫噉之其生怖死奔趣妙藥蛇聞藥氣尋便退走何以故憍尸迦如是妙藥具大威勢能益身命銷伏衆毒當知般若波羅蜜多具大威勢亦復如是若善男子善女人等至心聽聞受持讀誦精勤修學如理

思惟或復爲他書寫解說諸惡人等欲於其所作不饒益必當殄滅無所能爲般若威神能摧彼故憍尸迦是善男子善女人等四大天王及餘天衆并諸神仙常來擁護不令一刀災橫侵惱諸佛菩薩亦常護念如法所求無不滿足言詞威肅聞皆敬受發言稱量語不喧雜堅事善友深知恩報不爲慳嫉忿恨覆惱諂誑憍等隱蔽其心何以故憍尸迦是善男子善女人等般若威力調伏身心令其遠離貪嗔癡等隨眠纏結是善男子善女人等具念正知慈悲喜捨常作是念我不應隨慳貪破戒忿恚懈怠散亂愚癡勢力而轉若隨彼轉則我布施淨戒安忍精進靜慮妙慧不成嚴淨色身尚不能得況得無上正等菩提故我不應隨彼力轉是善男子善女人等由此思惟常得正念諸惡煩惱不蔽其心憍尸迦若善男子善女人等能於般若波羅蜜多至心聽聞受持讀誦精勤修學如理思惟或復爲他書寫解說獲如是等功德勝利時天帝釋復白佛言如是般若波羅蜜多甚爲希有能調菩薩令離高心迴向所求一切智智爾時佛告天帝釋言云何般若波羅蜜多甚爲希有能調菩薩令離高心迴向所求一切智智天帝釋言若諸菩薩不依般若波羅蜜多無方便善巧故雖修諸善而起高心不能迴向所求一切智智若諸菩薩能依般若波羅蜜多有方便善巧故所修諸善能伏高心迴向所求一切智智爾時佛告天帝釋言如是如是如汝所說憍尸迦若善男子善女人等能於般若波羅蜜多至心聽聞受持讀

誦不爲一切災横侵惱若在軍旅交戰陣時至心念誦如是般若波羅蜜多於諸有情慈悲護念不爲刀仗之所傷殺所對怨敵皆起慈心設起惡心自然退敗是善男子善女人等若在軍陣刀箭所傷失命喪身終無是處何以故憍尸迦如是般若波羅蜜多是大神呪是無上呪若能於此精勤修學不爲自害不爲他害不爲俱害疾證無上正等菩提由斯獲得一切智智觀有情類心行差別隨宜爲轉無上法輪令如說行得大饒益復次憍尸迦若善男子善女人等書此般若波羅蜜多置清淨處供養恭敬或復精勤受持讀誦人非人等欲求其短終不能得唯除宿世惡業應受憍尸迦譬如有人或傍生類入菩提樹院或至彼院邊人非人等不能傷害何以故憍尸迦三世諸佛皆坐此處得大菩提施諸有情無恐無怖無怨無害身心安樂當知般若波羅蜜多隨所住處亦復如是一切天龍阿素洛等常來守護當知是處即真制多一切有情皆應敬禮恭敬供養尊重讚歎不應暫捨何以故憍尸迦是諸有情歸依處故時天帝釋復白佛言若善男子善女人等書此般若波羅蜜多種種莊嚴供養恭敬尊重讚歎復以種種上妙花鬘乃至燈明而爲供養有善男子善女人等佛涅槃後起窣堵波七寶嚴飾寶函盛貯佛設利羅安置其中供養恭敬尊重讚歎復以種種上妙花鬘乃至燈明而爲供養二所獲福何者爲多爾時佛告天帝釋言我還問汝當隨意荅於意云何如來所得一切智智所證無上正等菩提及

所依身依何等道修學而得天帝釋言皆依般若波羅蜜多修學而得爾時佛告天帝釋言如是如是如汝所說憍尸迦非但獲得相好身故說名如來應正等覺要由證得一切智智乃名如來應正等覺憍尸迦如來所得一切智智要由般若波羅蜜多爲因故起佛相好身但爲依處若不依止佛相好身無由而起是故般若波羅蜜多正爲因生一切智智欲令此智現前相續故復修集佛相好身由此緣故我涅槃後諸天龍神人非人等供養恭敬我設利羅憍尸迦若善男子善女人等書此般若波羅蜜多種種莊嚴受持讀誦復以種種上妙花鬘乃至燈明供養恭敬尊重讚歎則爲供養一切智智及所依止佛相好身并涅槃後佛設利羅何以故憍尸迦一切智智及相好身并設利羅皆以般若波羅蜜多爲根本故以是故憍尸迦書此般若波羅蜜多種種莊嚴供養恭敬所獲福聚勝以七寶起窣堵波供養如來設利羅福何以故憍尸迦供養般若波羅蜜多則爲供養一切智智佛相好身設利羅故時天帝釋便白佛言贍部洲人於此般若波羅蜜多不能書寫受持讀誦恭敬供養彼豈不知如是所說功德勝利爾時佛告天帝釋言我還問汝當隨意荅於意云何贍部洲内有幾許人成佛證淨成法證淨成僧證淨有幾許人得預流果乃至阿羅漢果有幾許人發心定趣獨覺菩提有幾許人發心定趣無上菩提天帝釋言贍部洲内有少許人成三證淨轉少許人得預流果乃至阿羅漢果轉少許人發心定趣

獨覺菩提轉少許人發心定趣無上菩提佛言憍尸迦如是如是如汝所說憍尸迦贍部洲內極少分人發心定趣無上菩提於中少分既發心已精勤修學趣菩提行於中少分精勤修學菩提行時於此般若波羅蜜多深心信受於中少分深信受已修行般若波羅蜜多於中少分既修行已漸次安住不退轉地於中少分住此地已疾證無上正等菩提憍尸迦若諸菩薩已得安住不退轉地求證無上正等菩提乃能深心信受般若受持讀誦恭敬供養書寫解說憍尸迦無量無邊諸有情類發菩提心於中若一若二若三得住菩薩不退轉地多分退住聲聞獨覺是故當知善男子等發菩提心修菩薩行欲住菩薩不退轉地疾證無上正等菩提無留難者應於般若波羅蜜多書寫聽聞受持讀誦供養恭敬爲他演說何以故憍尸迦是諸菩薩應作是念如來昔住菩薩位時常勤修學如是般若波羅蜜多我等亦應精勤修學如是般若波羅蜜多是我大師我隨彼學所願當滿憍尸迦一切菩薩若佛住世若涅槃後常應依止甚深般若波羅蜜多精勤修學憍尸迦若善男子善女人等於諸如來般涅槃後爲供養佛設利羅故以妙七寶起窣堵波種種珍奇間雜嚴飾復持種種天妙花鬘乃至燈明盡其形壽供養恭敬尊重讚歎於意云何是善男子善女人等由此因緣獲福多不天帝釋言甚多世尊甚多善逝佛言憍尸迦有善男子善女人等書此般若波羅蜜多衆寶莊嚴受持讀誦復持種種上妙花鬘乃至燈

明供養恭敬尊重讚歎是善男子善女人等所獲功德甚多於前無量無數憍尸迦置此一事若善男子善女人等於諸如來般涅槃後爲供養佛設利羅故以妙七寶起窣堵波種種珍奇間雜嚴飾如是充滿一贍部洲或四大洲或小千界或中千界或復三千大千世界皆持種種天妙花鬘乃至燈明盡其形壽供養恭敬尊重讚歎於意云何是善男子善女人等由此因緣獲福多不天帝釋言甚多世尊甚多善逝佛言憍尸迦有善男子善女人等書此般若波羅蜜多衆寶莊嚴受持讀誦復持種種上妙花鬘乃至燈明供養恭敬尊重讚歎是善男子善女人等所獲福聚甚多於前無量無數憍尸迦置如是事假使三千大千世界諸有情類非前非後皆得人身此一一人爲供養佛設利羅故於諸如來般涅槃後以妙七寶起窣堵波種種珍奇間雜嚴飾如是一一各滿三千大千世界復持種種天妙花鬘乃至燈明盡其形壽供養恭敬尊重讚歎於意云何是諸有情由此因緣獲福多不天帝釋言甚多世尊甚多善逝佛言憍尸迦有善男子善女人等書此般若波羅蜜多衆寶莊嚴受持讀誦復持種種上妙花鬘乃至燈明供養恭敬尊重讚歎是善男子善女人等所獲功德甚多於前無量無數時天帝釋便白佛言如是世尊如是善逝若善男子善女人等供養恭敬尊重讚歎甚深般若波羅蜜多當知則爲供養恭敬尊重讚歎過去未來現在諸佛一切智智世尊且置是事假使十方各如殑伽沙數世界一切有

情非前非後皆得人身此一一人爲供養佛設利羅故各於如來般涅槃後以妙七寶起窣堵波種種珍奇間雜嚴飾如是一一各滿十方殑伽沙數諸佛世界復持種種天妙花鬘乃至燈明或經一劫或一劫餘供養恭敬尊重讃歎是諸有情由此因緣所獲福聚雖復無量而復有餘善男子等書此般若波羅蜜多衆寶莊嚴受持讀誦復持種種上妙花鬘乃至燈明供養恭敬尊重讃歎所獲功德甚多於前無量無數爾時佛告天帝釋言如是如是如汝所說憍尸迦是善男子善女人等供養般若波羅蜜多功德善根無量無數不可稱計不可思議所以者何甚深般若波羅蜜多能生如來應正等覺一切智智一切如來應正等覺一切智智能生諸佛設利羅故是故憍尸迦若善男子善女人等能書般若波羅蜜多衆寶莊嚴受持讀誦復持種種上妙花鬘乃至燈明供養恭敬尊重讃歎所獲功德於前所造諸窣堵波及供養福百倍爲勝千倍爲勝乃至鄔波尼殺曇倍亦復爲勝

第五分神咒品第四

爾時衆中四萬天子同聲共白天帝釋言大僊於此甚深般若波羅蜜多常應聽聞受持讀誦供養恭敬尊重讃歎所以者何若能於此甚深般若波羅蜜多至心聽聞受持讀誦供養恭敬尊重讃歎則令一切惡法損減善法增益爾時佛告天帝釋言汝應於此甚深般若波羅蜜多至心聽聞受持讀誦供養恭敬尊重讃歎所以者何若阿素洛及惡朋黨

起如是念我等當與三十三天共興戰諍爾時汝等應各至誠誦念如是甚深般若波羅蜜多供養恭敬尊重讚歎時阿素洛及彼朋黨所起惡心自然息滅時天帝釋便白佛言若如是者甚深般若波羅蜜多是大神呪是大明呪是無上呪是無等等呪爾時佛告天帝釋言如是如是如汝所說何以故憍尸迦三世諸佛皆依如是甚深般若波羅蜜多大神呪王證得無上正等菩提爲諸有情說微妙法憍尸迦依深般若波羅蜜多世間便有十善業道若四靜慮若四無量若四無色定若五神通若餘無量無邊佛法皆得出現憍尸迦依深般若波羅蜜多大神呪王世間便有菩薩出現依菩薩故世間便有十善業道若四靜慮若四無量若四無色定若五神通若餘無量無邊佛法皆得出現憍尸迦若諸如來應正等覺不出世時唯有菩薩由先所聞甚深般若波羅蜜多增上勢力爲諸有情方便施設十善業道四靜慮等令勤修學憍尸迦譬如夜分因滿月輪光明照燭星宿藥等隨其勢力皆得增盛如是如來應正等覺前已滅度正法隱沒後未出時世間所有善行正行一切皆依菩薩出現菩薩所有方便善巧皆依般若波羅蜜多而得成辦是故般若波羅蜜多是諸殊勝善法根本復次憍尸迦若善男子善女人等能於般若波羅蜜多至心聽聞受持讀誦當得現世種種饒益謂諸毒藥水火刀兵災橫疾疫皆不能害若遭官事怨賊逼迫至心誦念甚深般若波羅蜜多若至其所終不爲彼譴罰加害欲求其短

皆不能得何以故憍尸迦甚深般若波羅蜜多威神勢力法令爾故憍尸迦是善男子善女人等若有欲至國王王子大臣等處至心誦念甚深般若波羅蜜多定爲王等歡喜問訊供養恭敬尊重讃歎何以故憍尸迦甚深般若波羅蜜多常於有情引發種種慈悲事故由此因緣諸求短者種種方便皆不能得時有衆多外道梵志欲求佛過來詣佛所時天帝釋見已念言今此衆多外道梵志來趣法會伺求佛短將非般若留難事耶我當誦念從佛所受甚深般若波羅蜜多令彼邪徒復道而去念已便誦甚深般若波羅蜜多於是衆多外道梵志遥申敬禮右繞世尊復道而去時舍利子見已念言彼有何緣適來還去佛知其意告舍利子彼諸外道來求我失由天帝釋誦念般若波羅蜜多令彼還去舍利子我都不見彼諸外道有少白法唯懷惡心爲求我過來至我所舍利子我都不見一切世間有諸天魔及外道等有情之類説般若時懷勃惡心來求其便般若威力無能壞故爾時惡魔竊作是念今佛四衆恭敬圍繞欲色界天皆來集會宣説般若波羅蜜多此中必有諸大菩薩親於佛前受菩提記當得無上正等菩提轉妙法輪空我境界我當往至破壞其朋作是念已化作四軍奮威勇鋭來詣佛所時天帝釋見已念言將非惡魔化作斯事欲來惱佛并與般若波羅蜜多而作留難何以故如是四軍嚴飾殊麗諸王軍衆皆不能及定是惡魔之所化作惡魔長夜伺求佛短壞諸有情所修善業我當誦念從佛

所受甚深般若波羅蜜多令彼惡魔復道而去時天帝釋念已便誦甚深般若波羅蜜多於是惡魔漸退而去甚深般若波羅蜜多大神呪王威力逼故時有無量三十三天俱時化作天妙香華踊身空中而散佛上合掌恭敬同白佛言願此般若波羅蜜多在贍部洲人人中久住乃至般若波羅蜜多在贍部洲人間流布當知是處佛法僧寶常不滅沒饒益世間令獲殊勝利益安樂時彼諸天復各化作天妙香華而散佛上重白佛言若諸有情修行般若波羅蜜多一切惡魔及彼眷屬伺求其短不能得便時天帝釋便白佛言若諸有情但聞般若波羅蜜多功德名字當知如是諸有情類已曾供養無量諸佛於諸佛所發弘誓願多集善根能成是事非從少小善根中來況能聽聞受持讀誦精勤修學如理思惟轉爲有情書寫解說供養恭敬尊重讚歎所以者何欲求諸佛一切智智應於般若波羅蜜多理趣中求如有情類欲求大寶應於大海方便勤求爾時佛告天帝釋言如是如是如汝所說諸佛所得一切智智皆依般若波羅蜜多而得成辦爾時慶喜便白佛言如來何緣不讚布施乃至靜慮波羅蜜多唯讚般若波羅蜜多佛告慶喜由此般若波羅蜜多能與前五波羅蜜多爲尊爲導故我偏讚復次慶喜於意云何若不迴向一切智智而修布施乃至般若此可名爲真修布施乃至般若波羅蜜多不慶喜對曰不也世尊佛告慶喜於意云何若離般若波羅蜜多爲能真迴向一切智智不慶喜對曰不也世尊佛

告慶喜由此因緣我說般若波羅蜜多能與前五波羅蜜多爲尊爲導故我偏讃慶喜當知譬如大地以種散中衆緣和合便得生長應知大地與種生長爲所依止爲能建立如是般若波羅蜜多及所迴向一切智智與布施等波羅蜜多爲所依止爲能建立令得生長故說般若波羅蜜多能與前五波羅蜜多爲尊爲導故我偏讃慶喜當知甚深般若波羅蜜多亦能攝受一切智智故偏讃說時天帝釋便白佛言今者如來應正等覺於深般若波羅蜜多功德勝利說猶未盡何以故我從世尊所受般若波羅蜜多功德勝利甚深甚廣量無邊際善男子等於深般若波羅蜜多至心聽聞受持讀誦精勤修學如理思惟復轉爲他書寫解說或持種種上妙花鬘乃至燈明而爲供養所獲功德亦無邊際爾時佛告天帝釋言我不說此甚深般若波羅蜜多但有前說功德勝利甚深般若波羅蜜多具足無邊功德勝利分別演說不可盡故我亦不說於深般若波羅蜜多至心聽聞乃至供養善男子等但有如前所說功德彼所獲福無邊際故時天帝釋即白佛言我等諸天常隨守護是善男子善女人等不令一切人非人等種種惡緣之所損害爾時佛告天帝釋言若善男子善女人等受持讀誦甚深般若波羅蜜多及廣爲他宣說開示時有無量百千天子爲聽法故皆來集會歡喜踊躍敬受如是甚深般若波羅蜜多是諸天子以天威力令說法師增益辯才宣揚無盡不樂說者令其樂說身心疲極令得康强憍尸迦是

善男子善女人等受持讀誦甚深般若波羅蜜多及廣爲他宣說開示得如是等現法勝利復次憍尸迦若善男子善女人等於四衆中宣說如是甚深般若波羅蜜多心無怯怖不爲一切論難所伏所以者何彼由如是甚深般若波羅蜜多大神呪王所護持故彼住法空都不見有能難所難及所說故亦不見有於深般若波羅蜜多能求短故亦復不見甚深般若波羅蜜多有過失故憍尸迦是善男子善女人等爲衆宣說甚深般若波羅蜜多得如是等現法勝利復次憍尸迦若善男子善女人等於深般若波羅蜜多至心聽聞受持讀誦精勤修學如理思惟及廣爲他書寫解說是善男子善女人等心不沉沒亦不憂悔不恐不怖所以者何是善男子善女人等不見有法可令沉沒憂悔恐怖於諸法中無所執著憍尸迦是善男子善女人等由於般若波羅蜜多至心聽聞乃至解說得如是等現法勝利復次憍尸迦若善男子善女人等能於般若波羅蜜多至心聽聞受持讀誦精勤修學如理思惟亦轉爲他書寫解說復持種種上妙花鬘乃至燈明而爲供養是善男子善女人等恒爲父母師長親友國王大臣及諸沙門婆羅門等之所敬愛亦爲十方諸佛菩薩聲聞獨覺之所護念復爲世間諸天魔梵人及非人之所守衛一切災横皆自消滅外道異論皆不能伏憍尸迦是善男子善女人等由於般若波羅蜜多至心聽聞乃至供養得如是等現法勝利復次憍尸迦若善男子善女人等書寫如是甚深般若波羅

蜜多種種莊嚴置清淨處供養恭敬尊重讚歎時此三千大千國土及餘十方無邊世界所有四大王衆天乃至廣果天已發無上菩提心者常來此處觀禮讀誦供養恭敬尊重讃歎右遶禮拜合掌而去諸淨居天亦常來此觀禮讀誦供養恭敬尊重讃歎右繞禮拜合掌而去有大威德諸龍藥叉廣說乃至人非人等亦常來此觀禮讀誦供養恭敬尊重讃歎右繞禮拜合掌而去憍尸迦是善男子善女人等應作是念今此三千大千國土及餘十方無邊世界一切天龍廣說乃至人非人等常來至此觀禮讀誦我所書寫甚深般若波羅蜜多供養恭敬尊重讃歎右繞禮拜合掌而去此我則爲已設法施作是念已歡喜踊躍令所獲福倍復增長憍尸迦是善男子善女人等由無邊界天龍藥叉阿素洛等常隨擁護所住之處人非人等不能損害唯除宿世定惡業因現在應熟或轉重惡現世輕受憍尸迦是善男子善女人等由深般若波羅蜜多大威神力獲如是等現法勝利時天帝釋便白佛言是善男子善女人等以何驗知有此三千大千國土及餘十方無邊世界天龍藥叉阿素洛等來至其處觀禮讀誦彼所書持甚深般若波羅蜜多供養恭敬尊重讃歎合掌右繞歡喜護念爾時佛告天帝釋言是善男子善女人等若見如是甚深般若波羅蜜多所在之處有妙光明或聞其處異香氛郁或復聞有微細樂音當知爾時有大神力威德熾盛諸天龍等來至其處觀禮讀誦彼所書持甚深般若波羅蜜多供養恭

敬尊重讚歎合掌右繞歡喜護念復次憍尸迦是善男子善女人等修鮮淨行嚴麗其處至心供養甚深般若波羅蜜多當知爾時有大神力威德熾盛諸天龍等來至其處觀禮讀誦彼所書持甚深般若波羅蜜多供養恭敬尊重讚歎合掌右繞歡喜護念憍尸迦隨有如是具大神力威德熾盛諸天龍等來至其處此中所有惡鬼邪神驚怖退散無敢住者由此因緣是善男子善女人等心便廣大起淨勝解所修善業倍復增明諸有所爲皆無障礙以是故憍尸迦甚深般若波羅蜜多隨所在處應當周帀除去糞穢掃拭塗治香水散灑敷設寶座而安置之燒香散華而爲供養復次憍尸迦是善男子善女人等若能如是供養恭敬尊重讚歎甚深般若波羅蜜多決定當得身心無倦身心安樂身心調柔身心輕利繫心般若波羅蜜多夜寢息時無諸惡夢唯得善夢謂見如來應正等覺身真金色相好莊嚴放大光明普照一切聲聞菩薩恭敬圍繞身處衆中聞佛爲說布施等六波羅蜜多及餘善根相應法義或於夢中見菩提樹其量高廣衆寶莊嚴有大菩薩往詣樹下結跏趺坐證得無上正等菩提轉妙法輪度有情衆或於夢中見有無量無數菩薩論義決擇種種法義或於夢中見有無量無數菩薩修行六種波羅蜜多成熟有情嚴淨佛土迴向攝受一切智智或於夢中見十方界各有無量那庾多佛亦聞其聲謂某世界有某如來應正等覺若干百千聲聞菩薩恭敬圍繞說如是法或於夢中見十方界各有

無量那庾多佛入般涅槃彼一一佛般涅槃後各有施主爲供養佛設利羅故以妙七寶各起無量大窣堵波復於一一窣堵波所各持無量上妙花鬘乃至燈明經無量劫供養恭敬尊重讃歎憍尸迦是善男子善女人等見如是類諸善夢相若睡若覺身心安樂諸天神等益其精氣令彼自覺身體輕便由此因緣不多貪著飲食醫藥衣服卧具於四供養其心輕微如瑜伽師入勝妙定由彼定力滋潤身心從定出已雖遇美膳而心輕微此亦如是何以故憍尸迦是善男子善女人等由此三千大千國土及餘十方無邊世界諸佛菩薩獨覺聲聞天龍藥叉阿素洛等慈悲護念以妙精氣冥𣵀身心令其志勇體充盛故憍尸迦若善男子善女人等欲得如是現法勝利於深般若波羅蜜多應常聽聞受持讀誦精勤修學如理思惟廣爲有情宣說開示憍尸迦若善男子善女人等雖於般若波羅蜜多不能聽聞受持讀誦精勤修學如理思惟廣爲有情宣說開示而爲正法久住世間利樂有情不滅沒故書寫如是甚深般若波羅蜜多衆寶嚴飾復持無量上妙花鬘乃至燈明供養恭敬尊重讃歎亦得如前所說勝利

大般若波羅蜜多經卷第五百五十七

音釋

窣堵波（梵語也此云方墳又云圓塚窣蘇沒切堵音覩）伺（息利切察也）殄（徒典切絶也）螫（施隻切蟲行毒也）噉（徒濫切食也）銳（俞芮切利也）怯（乞業切畏懦也）怖（普故切惶懼也）那庾多（梵語也此云萬億庾弋渚切）瑜伽（梵語也此云相應瑜羊朱切）膳（時戰切具食曰膳）

大般若波羅蜜多經卷第五百五十八

唐三藏法師玄奘奉詔譯

第五分設利羅品第五

復次憍尸迦假使充滿此贍部洲佛設利羅以爲一分有書般若波羅蜜多深妙法門復爲一分於斯二分汝取何者天帝釋言我意寧取深妙般若波羅蜜多所以者何我於諸佛設利羅所非不信受供養恭敬然諸佛身及設利羅皆因般若波羅蜜多深妙法門而出生故皆由般若波羅蜜多深妙法門功德威力所熏修故乃爲一切世間天人阿素洛等供養恭敬世尊如我坐在三十三天善法殿中天帝座上爲諸天衆宣說正法時有無量諸天子等來至我所聽我所說供養恭敬右繞而去我若不在彼法座時諸天子等亦來其處雖不見我如我在時供養恭敬咸言此處是天帝釋爲諸天等說法之座我等皆應如天主在供養恭敬右繞而去佛設利羅亦復如是深妙般若波羅蜜多爲因引生一切智智之所依止故爲一切世間天人阿素洛等供養恭敬是故我說於二分中我意寧取深妙般若波羅蜜多世尊假使充滿三千世界佛設利羅以爲一分有書般若波羅蜜多深妙法門復爲一分於斯二分我意寧取深妙般若波羅蜜多所以者何我於諸佛設利羅所非不信受供養恭敬然諸佛身及設利羅皆因般若波羅蜜多深妙法門而出生故皆由般若波羅蜜多深妙法門功德威力所熏修故乃爲一切世間天人阿素洛等供養恭敬世尊如負債人怖畏債主即便親近

奉事國王依王勢力得免怖畏反爲債主怖畏供養所以者何彼人依附國王勢力王所攝受具威勢故王喻般若波羅蜜多佛說利羅喻依王者由依般若波羅蜜多故得世間供養恭敬諸佛所得一切智智亦依般若波羅蜜多而得成辦故我寧取深妙般若波羅蜜多世尊譬如無價大寶神珠具無量種勝妙威德隨所住處有此神珠人非人等不能爲害設有男子或復女人爲鬼所執身心苦惱若有持此神珠示之由珠威力鬼便捨去諸有熱病或風或痰或二或三和合爲病若有繫此神珠著身如是諸病無不除愈此珠在闇能作照明熱時能涼寒時能暖隨地方所有此神珠時節調和不寒不熱若地方所有此神珠蛇蝎等毒無敢停止設有男子或復女人爲毒所中楚痛難忍若有持此神珠令見珠威勢故毒即消滅若諸有情身嬰癩疾惡瘡腫疱目眩翳等眼病耳病鼻病舌病喉病身病諸支節病帶此神珠衆病皆愈若諸池沼泉井等中其水濁穢或將枯涸以珠投之水便盈滿香潔澄淨具八功德若以青黃赤白紅紫碧綠雜綺種種色衣裹此神珠投之於水水隨衣彩作種種色如是無價大寶神珠威德無邊說不能盡若置箱篋亦令其器具足成就無邊威德設空箱篋由曾置珠其器仍爲衆人愛重爾時慶喜問帝釋言如是神珠爲天獨有人亦有耶天帝釋言人中天上俱有此珠若在人中形小而重若在天上形大而輕又人中珠相不具足在天上者其相周圓天上神珠威德殊勝無量倍數

過人所有時天帝釋復白佛言深妙般若波羅蜜多亦復如是爲衆德本能滅無量惡不善法隨所在處滅諸有情身心苦惱人非人等不能爲害如來所得一切智智及餘無量無邊功德皆因般若波羅蜜多佛設利羅由諸功德所熏修故是諸功德所依器故佛涅槃後堪受一切世間天人阿素洛等供養恭敬是故我說於二分中我意寧取深妙般若波羅蜜多世尊假使充滿十方各如殑伽沙界佛設利羅以爲一分有書般若波羅蜜多深妙法門復爲一分於斯二分我意寧取深妙般若波羅蜜多所以者何我於諸佛設利羅所非不信受供養恭敬然諸佛身及設利羅皆因般若波羅蜜多深妙法門而出生故皆由般若波羅蜜多深妙法門功德威力所熏修故乃爲一切世間天人阿素洛等供養恭敬復次世尊深妙般若波羅蜜多能生如來一切智智如來所得一切智智能生佛身及設利羅是故供養如是般若波羅蜜多則爲供養三世諸佛一切智智及設利羅復次世尊若善男子善女人等欲得常見十方諸佛當行當修甚深般若波羅蜜多爾時佛告天帝釋言如是如是如汝所說憍尸迦過去未來現在諸佛皆依般若波羅蜜多證得無上正等菩提是故如來供養恭敬天帝釋言如是般若波羅蜜多是大無上波羅蜜多一切如來皆依般若波羅蜜多知諸有情心行差別爾時佛告天帝釋言如是如是如汝所說憍尸迦是故菩薩摩訶薩衆長夜修行甚深般若波羅蜜多爲如實知諸有情類心行

差别時天帝釋復白佛言諸菩薩衆爲但應行般若波羅蜜多爲亦應行餘五波羅蜜多爾時佛告天帝釋言諸菩薩衆應具行六波羅蜜多然行布施淨戒安忍精進靜慮觀諸法時皆以般若波羅蜜多而爲上首憍尸迦如贍部洲所有諸樹枝條莖幹花葉果實雖有種種形類不同而其蔭影都無差别如是六種波羅蜜多雖各有異而由般若波羅蜜多方便善巧攝受迴向一切智智諸相差别都不可得時天帝釋復白佛言甚深般若波羅蜜多成就廣大圓滿無量無邊功德若有書持如是般若波羅蜜多衆寶嚴飾復持種種上妙花鬘乃至燈明供養恭敬尊重讚歎守護不捨復有書持如是般若波羅蜜多衆寶嚴飾轉施他人受持讀誦此二福聚何者爲多爾時佛告天帝釋言我還問汝隨汝意答若諸有情從他請得佛設利羅盛以寶函置清淨處復持種種上妙花鬘乃至燈明供養恭敬尊重讚歎守護不捨若復有人從他請得佛設利羅分施與他令其供養於意云何此二福聚何者爲勝天帝釋言如我解佛所說義者此二福聚後者爲勝爾時佛讚天帝釋言善哉善哉如汝所說憍尸迦書持般若波羅蜜多若自供養若轉施他受持讀誦此二福聚後者爲多復次憍尸迦若善男子善女人等能以般若波羅蜜多甚深義趣如實爲他分别解說所獲福聚復勝施他多百千倍敬此法師應如敬佛

第五分經典品第六

復次憍尸迦若善男子善女人等教贍部洲

諸有情類皆令安住十善業道展轉乃至普教十方殑伽沙等諸佛世界諸有情類皆令安住十善業道於意云何是善男子善女人等由此因緣得福多不天帝釋言甚多世尊甚多善逝佛言憍尸迦若善男子善女人等書持般若波羅蜜多衆寶莊嚴施他讀誦所獲福聚甚多於前復次憍尸迦若善男子善女人等教贍部洲諸有情類皆令安住四靜慮四無量四無色定五神通展轉乃至普教十方殑伽沙等諸佛世界諸有情類皆令安住四靜慮四無量四無色定五神通於意云何是善男子善女人等由此因緣得福多不天帝釋言甚多世尊甚多善逝佛言憍尸迦若善男子善女人等書持般若波羅蜜多衆寶莊嚴施他讀誦所獲福聚甚多於前復次憍尸迦若善男子善女人等書持般若波羅蜜多衆寶莊嚴自恒讀誦不如有人書持般若波羅蜜多衆寶莊嚴施他讀誦復次憍尸迦若善男子善女人等書持般若波羅蜜多衆寶莊嚴施他讀誦不如有人於深般若波羅蜜多善知義趣爲他解說時天帝釋便白佛言應爲何等諸有情類解說般若波羅蜜多甚深義趣佛言憍尸迦若善男子善女人等不知般若波羅蜜多甚深義趣應爲解說何以故憍尸迦於當來世有善男子善女人等求趣無上正等菩提聞他宣說相似般若波羅蜜多心便迷謬退失中道時天帝釋復白佛言何等名爲相似般若波羅蜜多佛言憍尸迦於當來世有諸苾芻愚癡顛倒雖欲宣說真實般若波羅蜜多而顛倒說相似般

若波羅蜜多云何苾芻顛倒宣說相似般若波羅蜜多謂彼苾芻爲發無上菩提心者說色壞故名爲無常非常無故名爲無常說受想行識壞故名爲無常非常無故名爲無常復作是說若如是求是行般若波羅蜜多憍尸迦如是名爲顛倒宣說相似般若波羅蜜多憍尸迦不應以色壞故觀色無常不應以受想行識壞故觀受想行識無常但應以常無故觀色乃至識爲無常以是故憍尸迦若善男子善女人等於深般若波羅蜜多善知義趣爲他解說其福甚多復次憍尸迦若善男子善女人等教贍部洲一切有情皆令住預流果或一來果或不還果或阿羅漢果或獨覺菩提展轉乃至普教十方各如殑伽沙數世界一切有情皆令住預流果乃至獨覺菩提於意云何是善男子善女人等由此因緣得福多不天帝釋言甚多世尊甚多善逝佛言憍尸迦有善男子善女人等書持般若波羅蜜多衆寶莊嚴施他讀誦教授教誡彼有情言汝應精勤修學般若波羅蜜多相應佛法定當證得一切智智是善男子善女人等所獲福聚甚多於前何以故憍尸迦一切預流一來不還阿羅漢果獨覺菩提皆是般若波羅蜜多所流出故謂彼證得一切智智教化無量無邊有情令成預流乃至獨覺無邊際故復次憍尸迦若贍部洲諸有情類皆發無上正等覺心展轉乃至十方各如殑伽沙界一切有情皆發無上正等覺心有善男子善女人等書持般若波羅蜜多衆寶莊嚴施令讀誦於意云何是善男子善女人等由

此因緣得福多不天帝釋言甚多世尊甚多善逝佛言憍尸迦若善男子善女人等書持般若波羅蜜多衆寶莊嚴轉施與一已於無上正等菩提不退轉者令勤修學是善男子善女人等所獲福聚甚多於前何以故憍尸迦如是菩薩修行般若波羅蜜多疾得圓滿令深般若波羅蜜多廣行流布復次憍尸迦若贍部洲諸有情類皆發無上正等覺心展轉乃至十方各如殑伽沙界一切有情皆發無上正等覺心有善男子善女人等書持般若波羅蜜多衆寶莊嚴施令讀誦復以巧妙文義解釋於意云何是善男子善女人等由此因緣得福多不天帝釋言甚多世尊甚多善逝佛言憍尸迦若善男子善女人等書持般若波羅蜜多轉施與一已於無上正等菩提不退轉者令其讀誦復以巧妙文義解釋是善男子善女人等所獲福聚甚多於前復次憍尸迦若贍部洲諸有情類皆於無上正等菩提得不退轉展轉乃至十方各如殑伽沙界一切有情皆於無上正等菩提得不退轉有善男子善女人等書持般若波羅蜜多衆寶莊嚴施令讀誦於意云何是善男子善女人等由此因緣得福多不天帝釋言甚多世尊甚多善逝佛言憍尸迦已於無上正等菩提得不退轉諸菩薩中有一菩薩作如是言我今欣樂疾證無上正等菩提濟拔有情生死衆苦若善男子善女人等爲成彼事書持般若波羅蜜多衆寶莊嚴施令讀誦是善男子善女人等所獲福聚甚多於前無量無數復次憍尸迦若贍部洲諸有情類皆於無

上正等菩提得不退轉展轉乃至十方各如殑伽沙界一切有情皆於無上正等菩提得不退轉有善男子善女人等書持般若波羅蜜多衆寶莊嚴施令讀誦復以巧妙文義解釋於意云何是善男子善女人等由此因緣得福多不天帝釋言甚多世尊甚多善逝佛言憍尸迦已於無上正等菩提得不退轉諸菩薩中有一菩薩作如是言我今欣樂疾證無上正等菩提濟拔有情生死衆苦若善男子善女人等爲成彼事書持般若波羅蜜多衆寶莊嚴施令讀誦復以巧妙文義解釋是善男子善女人等所獲福聚甚多於前無量無數時天帝釋便白佛言如是世尊如是善逝世尊如是菩薩摩訶薩轉近無上正等菩提如是如是應以般若波羅蜜多轉更殷勤

教授教誡應以上妙飲食衣服卧具醫藥及餘資具供養恭敬令無乏少若善男子善女人等能以如是法施財施攝受供養彼菩薩摩訶薩是善男子善女人等由此因緣獲福無量所以者何彼菩薩摩訶薩要由如是法施財施攝受供養疾證無上正等菩提爲諸有情作大饒益爾時善現讃帝釋言善哉善哉善能攝受勸勵護助諸菩薩摩訶薩令疾證得所求無上正等菩提憍尸迦汝今已作佛聖弟子所應作事何以故憍尸迦一切如來諸聖弟子爲欲饒益諸有情故法爾攝受勸勵護助諸菩薩摩訶薩令疾證得所求無上正等菩提所以者何一切如來聲聞獨覺世間勝事皆由菩薩摩訶薩衆而得出現何以故憍尸迦若無菩薩摩訶薩發菩提心則

無菩薩摩訶薩能學六種波羅蜜多若無菩薩摩訶薩修學六種波羅蜜多則無菩薩摩訶薩能證無上正等菩提若無菩薩摩訶薩證得無上正等菩提則無如來聲聞獨覺世間勝事是故如來諸聖弟子爲欲利樂諸有情故法應攝受勸勵護助諸菩薩衆令學六種波羅蜜多能疾證得一切智智盡未來際利樂有情

第五分迴向品第七

爾時慈氏菩薩謂善現言菩薩隨喜迴向俱行諸福業事於餘有情施戒修等諸福業事爲最爲勝爲尊爲高爲妙爲微妙爲上爲無上爾時善現問慈氏菩薩言若諸菩薩所起隨喜迴向之心普緣無量無數世界一一世界無量無數已入涅槃諸佛世尊從初發心乃至成佛展轉乃至入般涅槃如是乃至法將滅盡於其中間所有六種波羅蜜多相應善根若諸弟子施戒修等諸福業事及學無學無漏善根若佛戒蘊定蘊慧蘊解脫蘊解脫知見蘊若爲利樂一切有情大慈大悲及餘無量無邊佛法若說法要若依法要學諸善根若佛世尊般涅槃後諸有情類所種善根合集稱量現前發起最尊最勝最上最妙隨喜之心復以如是隨喜俱行諸福業事與諸有情平等共有迴向無上正等菩提願此善根共有情類引發無上正等菩提於意云何彼諸菩薩緣如是事起如是行相隨喜迴向心爲有如是所緣可得如彼菩薩所取相不慈氏菩薩答善現言彼諸菩薩緣如是事起如是行相隨喜迴向心實無如是所緣可

得如彼菩薩所取之相具壽善現謂慈氏菩薩言若無如是所緣諸事如彼菩薩所取相者彼諸菩薩隨喜迴向豈不皆成想心見倒所以者何如有執著無所有事無常謂常實苦謂樂無我謂我不淨謂淨由斯發起想心見倒如所緣事實無所有菩提及心亦應如是若爾一切應無差别此中何等是所緣事何等是隨喜心何等是菩提何等是迴向云何菩薩緣如是事起隨喜心迴向無上正等菩提慈氏菩薩報善現言如是所起隨喜迴向不應對彼新學大乘菩薩前說所以者何彼聞如是隨喜迴向所有信樂恭敬之心皆當滅没如是隨喜迴向之法應爲不退轉菩薩摩訶薩或曾供養無量諸佛久發大願多植善根爲多善友所攝受者分别開示所以者何彼聞如是隨喜迴向不驚不怖不退不没諸菩薩衆應以如是隨喜俱行諸福業事迴向所求一切智智當於爾時應作是念所可用心隨喜迴向此所用心盡滅離變此所緣事及諸善根皆亦如心盡滅離變此中何等是所用心復以何等爲所緣事及諸善根而說隨喜迴向無上正等菩提是心於心理不應有隨喜迴向以無二心俱時起故心亦不可隨喜迴向心自性故是故隨喜迴向之心及所緣事皆不可得時天帝釋白善現言新學大乘諸菩薩衆聞如是事其心將無驚怖退没云何菩薩於所緣事起隨喜心云何攝受隨喜俱行諸福業事迴向無上正等菩提爾時具壽善現依慈氏菩薩作如是言諸菩薩衆普緣十方一切如來應正等覺斷諸

有路絕戲論道殄諸雲霧摧諸棘刺捨諸重擔逮得已利盡諸有結正智解脫到心自在第一究竟入無餘依涅槃界者從初發心乃至成佛展轉乃至入般涅槃如是乃至法將滅沒於其中間所有功德及諸弟子所種善根合集稱量現前發起最尊最勝最上最妙隨喜之心復持如是隨喜俱行諸福業事迴向無上正等菩提是諸菩薩云何不墮想心見倒慈氏菩薩謂善現言若諸菩薩於自所起隨喜迴向心等諸法無心等想則不墮於想心見倒若諸菩薩於自所起隨喜迴向心等諸法有心等想則便墮於想心見倒又諸菩薩以如是心念佛弟子功德善根而生隨喜正知此心盡滅離變非能隨喜正知彼法其性亦然非所隨喜又正了達能迴向心法性亦爾非能迴向及正了知所迴向法其性亦爾非所迴向若有能依如是所說隨喜迴向是正非邪諸菩薩衆皆應發起如是隨喜迴向無上正等菩提又諸菩薩普緣過去未來現在諸佛世尊所有功德若諸弟子所有善根若異生類所有善根若傍生趣聽聞正法所有善根若餘天龍廣說乃至人非人等聽聞正法發菩提心如是一切合集稱量現前發起最尊最勝最上最妙隨喜之心既隨喜已迴向無上正等菩提於如是時若正解了諸能隨喜迴向之法盡滅離變諸所隨喜迴向之法其性亦然雖如是知而能隨喜迴向無上正等菩提復於是時若正解了都無有法可能隨喜迴向於法雖如是知而能隨喜迴向無上正等菩提便不墮於想心見倒

所以者何是諸菩薩於能隨喜迴向之心及所隨喜迴向之法不生執著是名無上隨喜迴向若諸菩薩於能隨喜迴向之法起能隨喜迴向法想於所隨喜迴向之法起所隨喜迴向法想而起隨喜迴向無上正等菩提則便墮於想心見倒所起隨喜迴向皆邪菩薩應知方便遠離若諸菩薩於所修作諸福業事如實了知遠離寂靜於能隨喜迴向之心亦如實知遠離寂靜如實知已行深般若波羅蜜多於諸法中都無取著而起隨喜迴向無上正等菩提則不墮於想心見倒若諸菩薩於所修作諸福業事不如實知遠離寂靜於能隨喜迴向之心亦不能知遠離寂靜於一切法執著諸相而起隨喜迴向無上正等菩提則便墮於想心見倒若諸菩薩於已滅度諸佛世尊及諸弟子功德善根欲正發起隨喜迴向應作是念如佛世尊及諸弟子皆已滅度自性非有功德善根亦復如是我所發起隨喜迴向及所迴向無上菩提性相亦爾都不可得如實知已於諸善根發生隨喜迴向無上正等菩提便能不生想心見倒不取相故佛所聽許名正隨喜迴向菩提若諸菩薩以取相爲方便行深般若波羅蜜多於已滅度佛及弟子功德善根取相隨喜迴向菩提是爲非善隨喜迴向若諸菩薩不取相爲方便行深般若波羅蜜多於已滅度佛及弟子功德善根離相隨喜迴向菩提是名爲善隨喜迴向慈氏菩薩問善現言云何菩薩於佛及弟子功德善根等皆不取相而能隨喜迴向菩提善現荅言應知菩薩所學般若

波羅蜜多方便善巧雖不取相而所作成非離般若波羅蜜多有能正起隨喜迴向是故菩薩欲成所作應學般若波羅蜜多慈氏菩薩謂善現言莫作是說所以者何以甚深般若波羅蜜多中佛及弟子功德善根都不可得所起隨喜迴向菩提亦不可得此中菩薩應作是觀過去如來及諸弟子功德善根性皆已滅所起隨喜迴向之心及大菩提性皆寂滅我若於彼取相分別發生隨喜迴向之心諸佛世尊皆所不許所以者何於已滅度佛弟子等取相分別隨喜迴向是則名爲大有所得過去已滅無所有故未來現在佛弟子等未至不住亦不可得若不可得非取相境若取其相發生隨喜迴向菩提便墮顛倒是故菩薩欲於如來及諸弟子功德善根正

發隨喜迴向菩提不應於中起有所得取相分別隨喜迴向若於其中起有所得取相分別隨喜迴向佛不說彼有大義利所以者何如是隨喜迴向之心妄想分別名雜毒故如有飲食雖具上妙色香美味而雜毒藥愚夫淺識貪取噉之初雖適意後便大苦如是一類補特伽羅不善受持不善觀察甚深般若波羅蜜多不善通達甚深義趣而告大乘種姓者曰來善男子汝於三世諸佛世尊戒等五蘊及餘無量無邊功德若佛弟子所種善根若佛世尊授諸菩薩聲聞獨覺三菩提記彼有情類所種善根若諸天人阿素洛等所種善根如是一切合集稱量現前隨喜迴向菩提如是所說隨喜迴向以有所得爲方便故譬如世間雜毒飲食菩薩種姓補特伽羅

不應隨彼所說而學是故大德應說云何住菩薩乘善男子等應於三世十方諸佛及弟子等功德善根隨喜迴向可名無毒善現答言若諸菩薩欲不謗佛而發隨喜迴向心者應作是念如諸如來應正等覺如實通達功德善根有如是性有如是相有如是法而可隨喜我今亦應如是隨喜如諸如來應正等覺如實通達應以如是諸福業事迴向菩提我今亦應如是迴向若作如是隨喜迴向則不謗佛不雜衆毒離諸過咎善順佛教復次菩薩應作如是隨喜迴向如戒蘊等不墮三界非三世攝隨喜迴向亦應如是所以者何如彼諸法自性空故不墮三界非三世攝隨喜迴向亦復如是若能如是隨喜迴向不雜衆毒無所失壞若不如是隨喜迴向當知是邪隨喜迴向若諸菩薩作如是念如諸如來應正等覺如實通達諸功德等有如是法可依此法發生無倒隨喜迴向我今亦應依如是法發生隨喜迴向之心是爲正發隨喜迴向爾時世尊讚善現曰善哉善哉汝今乃能爲諸菩薩作大佛事善現當知假使三千大千世界諸有情類一切皆得四靜慮四無量四無色定五神通等世出世間有相功德是一菩薩所起無倒隨喜迴向於彼功德爲最爲勝爲尊爲高爲妙爲微妙爲上爲無上復次善現假使三千大千世界一切有情皆發無上正等覺心一一住如殑伽沙劫以有所得而爲方便皆持上妙衣服飲食卧具醫藥及餘樂具恭敬供養如殑伽沙世界有情常無間斷於意云何是諸菩薩由此因緣得福

多不善現對曰甚多世尊如是福聚若有形色十方各如殑伽沙界不能容受佛言善現如是如是如汝所說若一菩薩由深般若波羅蜜多所攝受故發起無倒隨喜迴向所獲功德於前菩薩有相福聚百倍爲勝千倍爲勝乃至鄔波尼殺曇倍亦復爲勝爾時四大天王各與眷屬二萬天子俱頂禮佛足合掌恭敬白言世尊是諸菩薩所起無倒隨喜迴向甚深般若波羅蜜多方便善巧所攝受故威力廣大勝前所說有所得施多百千倍時天帝釋乃至他化自在天王各與眷屬十萬天子俱皆持種種天妙花鬘塗散等香衣服瓔珞寶幢旛蓋衆妙珍奇奏天樂音而供養佛頂禮佛足合掌白言是諸菩薩所起無倒隨喜迴向甚深般若波羅蜜多方便善巧所攝受故威力廣大勝前所說有所得施多百千倍時大梵王廣說乃至色究竟天各與無量百千天衆前詣佛所頂禮佛足合掌恭敬俱發聲言希有世尊是諸菩薩所起無倒隨喜迴向甚深般若波羅蜜多方便善巧所攝受故威力廣大勝前所說有所得施多百千倍爾時佛告淨居天等諸天衆言且置三千大千世界一切有情皆發無上正等覺心假使十方殑伽沙等諸佛世界一切有情皆發無上正等覺心一一住如殑伽沙劫以有所得而爲方便皆持上妙衣服飲食卧具醫藥及餘樂具恭敬供養如殑伽沙世界有情常無間斷若有菩薩普緣三世諸佛世尊所有戒蘊定蘊慧蘊解脫蘊解脫知見蘊及餘無量無邊佛法若諸弟子所有善根若餘有情

所修善法如是一切合集稱量現前發起冣尊冣勝冣上冣妙隨喜俱行諸福業事復持如是隨喜俱行諸福業事迴向無上正等菩提如是所起隨喜迴向所獲功德勝前所說有相福聚無量無邊不可稱計爾時善現便白佛言如世尊說現前發起冣尊冣勝冣上冣妙隨喜俱行諸福業事云何名爲冣尊冣勝冣上冣妙隨喜俱行諸福業事佛告善現若諸菩薩於三世法不取不捨不念不得知無有法已正當生知無有法已正當滅如法實性發生隨喜迴向無上正等菩提如是名爲冣尊冣勝冣上冣妙隨喜俱行諸福業事

復次善現若諸菩薩欲於三世諸佛世尊及弟子等布施淨戒安忍精進靜慮般若及正解脫解脫智見相應善根發生無倒隨喜迴向應作是念如真解脫布施淨戒安忍精進靜慮般若相應善根亦復如是如真解脫戒蘊定蘊慧蘊解脫蘊解脫智見蘊相應善根亦復如是如真解脫所有勝解亦復如是如真解脫隨喜迴向亦復如是如真解脫一切過去已滅諸法亦復如是如真解脫一切未來未生諸法亦復如是如真解脫一切現在現轉諸法亦復如是如真解脫過去無量無數世界諸佛世尊及弟子等亦復如是如真解脫未來無量無數世界諸佛世尊及弟子等亦復如是如真解脫現在無量無數世界諸佛世尊及弟子等亦復如是如是諸法真如法性無向無背無縛無脫無染無淨我於如是功德善根現前隨喜以無移轉及無失壞無相無得而爲方便迴向無上正等菩提

如是名爲冣尊冣勝冣上冣妙隨喜迴向善現當知如是無倒隨喜迴向所獲功德於十方面各如殑伽沙數世界一切有情皆發無上正等覺心一一住如殑伽沙劫以有所得而爲方便皆持上妙衣服飲食卧具醫藥及餘樂具恭敬供養十方各如殑伽沙界一切有情常無間斷所獲施福及於十方殑伽沙等諸佛世界一切有情一一住如殑伽沙劫以有所得而爲方便所修淨戒安忍精進靜慮般若相應善根百倍爲勝千倍爲勝乃至鄔波尼殺曇倍亦復爲勝

大般若波羅蜜多經卷第五百五十八

音釋

痰 音談病液也 嬰 一盈切縈也 腫疱 腫主勇切脹也疱疋貌切瘡疱也 眩翳 眩熒絹切目無常主也翳於計切障也 涸 音鶴水竭也 箱篋 箱思將切竹器也篋詰叶切箱屬 莖幹 莖何耕切枝柱也幹居案切區幹木身也 謬 苗幼切誤也

大般若波羅蜜多經卷第五百五十九

唐三藏法師玄奘奉　詔譯

第五分地獄品第八

時舍利子便白佛言如是無倒隨喜迴向皆由般若波羅蜜多威力成辦爾時佛告舍利子言如是如是時舍利子復白佛言如是般若波羅蜜多能作照明皆應敬禮世間諸法不能染汙能除翳闇能發光明能施利安能為導首與諸盲者作淨眼目與涉闇徒作明燈炬引失道者令入正路顯諸法性即薩婆若示一切法無滅無生是諸菩薩摩訶薩母能令諸佛具轉三轉十二行相無上法輪無依護者為作依護能除一切生死苦惱開示諸法無性為性世尊諸菩薩摩訶薩於深般若波羅蜜多應云何住佛告舍利子諸菩薩摩訶薩於深般若波羅蜜多應如佛住敬事般若波羅蜜多應如敬事諸佛世尊時天帝釋作是念言今舍利子何因何緣問佛斯事念已便問舍利子言以何因緣而作是問時舍利子報帝釋言前佛世尊說諸菩薩甚深般若波羅蜜多所攝受故所起隨喜迴向俱行諸福業事疾能證得一切智智勝有所得菩薩所修布施淨戒安忍精進靜慮般若相應善根是故我今作如是問憍尸迦如生盲衆若百若千無淨眼者方便引導近尚不能趣入正道況能遠達豐樂大城如是前五波羅蜜多諸生盲衆若無般若波羅蜜多淨眼者導尚不能趣菩薩正道況能證入一切智城憍尸迦布施等五波羅蜜多要由般若波羅蜜多名有目者復由般若波羅蜜多之所

攝受名到彼岸時舍利子復白佛言云何菩薩引發般若波羅蜜多佛告舍利子若諸菩薩不引發色受想行識亦不見色受想行識是即名爲引發般若波羅蜜多時舍利子復白佛言若諸菩薩引發般若波羅蜜多爲成何法佛告舍利子若諸菩薩引發般若波羅蜜多於一切法都無所成無所成故得名般若波羅蜜多時天帝釋便白佛言如是般若波羅蜜多豈不能成一切智智佛言憍尸迦如是般若波羅蜜多亦不能成一切智智何以故憍尸迦如有所得如有名想如有造立不能成故時天帝釋復白佛言若爾般若波羅蜜多云何說成一切智智佛言憍尸迦如是般若波羅蜜多於所引發一切智智無所成故說名爲成時天帝釋便白佛言甚奇世尊如是般若波羅蜜多不爲生滅一切法故不爲成壞一切法故出現世間而與世間作饒益事爾時善現便白佛言若諸菩薩起如是想則便捨遠甚深般若波羅蜜多佛告善現如是如是復有因緣捨遠般若波羅蜜多謂生是想甚深般若波羅蜜多空無所有即便捨遠甚深般若波羅蜜多所以者何菩薩般若波羅蜜多非空非有無所分别具壽善現復白佛言佛說般若波羅蜜多爲顯何法佛告善現我說般若波羅蜜多不爲顯色亦不爲顯受想行識不爲顯預流果亦不爲顯一來不還阿羅漢果獨覺菩提具壽善現復白佛言甚深般若波羅蜜多即是廣大波羅蜜多佛告善現何緣汝說甚深般若波羅蜜多即是廣大波羅蜜多善現荅言甚深般若

波羅蜜多於色不作大不作小不作集不作散於受想行識亦不作大不作小不作集不作散於佛十力不作大不作小不作集不作散於佛十力不作强不作弱於一切智不作廣不作狹若諸菩薩起如是想非行般若波羅蜜多何以故如是諸想非深般若波羅蜜多等流果故甚深般若波羅蜜多若起是想我當度脫若干有情入無餘依般涅槃界是則名為大有所得非有所得能有所辦何以故世尊有情無生故當知般若波羅蜜多亦無生有情無自性故遠離故不可思議故無滅壞故無覺知故當知般若波羅蜜多亦無自性廣說乃至亦無覺知世尊有情力積集故當知如來力亦積集時舍利子便白佛言若諸菩薩於深般若波羅蜜多能生信解無疑無惑亦不迷謬是諸菩薩從何處沒來生此間積行久如於深法義能隨覺了佛言舍利子是諸菩薩從他方界所事諸佛法會中沒來生此間舍利子是諸菩薩已多親近諸佛世尊曾聞此中甚深法義已經無量無數大劫修集百千難行苦行乘大願力來生此土於深般若波羅蜜多若見若聞生大歡喜便作是念我今見佛聞佛所說由此因緣恭敬信受爾時善現便白佛言甚深般若波羅蜜多可見聞耶佛言不也具壽善現復白佛言若諸菩薩於深般若波羅蜜多能勤修學是諸菩薩積行久如佛言善現此應分別有諸菩薩從初發心遇真善友方便攝受即能修學甚深般若波羅蜜多於深法門能生信解有諸菩薩雖曾值遇多百千佛於諸佛所勤修梵行而有所得為方便故於深般若

波羅蜜多不能修學聞說般若波羅蜜多不生信解即便捨去善現當知是諸菩薩過去佛所聞說般若波羅蜜多無信敬心捨衆而去今聞般若波羅蜜多無信敬心還復捨去彼於般若波羅蜜多若身若心皆不和合不和合故造作增長感惡慧業由此業故聞深般若波羅蜜多毀謗猒捨善現當知若諸菩薩毀謗猒捨甚深般若波羅蜜多當知則爲毀謗猒捨一切智智若毀謗猒捨一切智智即毀謗猒捨三世諸佛由此因緣造作增長害正法罪由此罪故經歷多時受諸重苦謂彼所造罪極重故多百千歲墮大地獄此界他方往還輪轉受諸重苦不得解脫此界火水風劫起時移置他方大地獄內他方火水風劫起時移置此界大地獄中如是輪迴經無數劫受大地獄極難忍苦彼害法罪業勢稍微從地獄出墮傍生趣如前展轉此界他方多劫輪迴受諸劇苦彼害法罪業勢漸薄脫傍生趣墮鬼趣中此界他方輪迴展轉受諸重苦經無量劫彼害法業餘勢將盡免餓鬼趣來生人中具受人間貧窮下賤頑愚疾病醜陋等苦尚不聞有佛法僧名況能精勤修諸善業以諸惡業害正法故受如是類圓滿苦果時舍利子便白佛言害正法業與五無間此二惡行爲相似不爾時佛告舍利子言勿謂此業似五無間所以者何五無間業雖感重苦而不可比毀謗正法謂彼聞說甚深般若波羅蜜多毀謗拒逆言此般若波羅蜜多非眞佛語不應修學非法非律非大師敎由此因緣其罪極重不可以比五無間業

舍利子此害法人自謗正法亦教他謗自壞其身亦令他壞自飲毒藥亦令他飲自失生天解脫樂果亦令他失自持其身足地獄火亦令他足自沉苦海亦令他溺自不信解甚深般若波羅蜜多亦教他人令不信解迷謬顛倒舍利子我於般若波羅蜜多尚不欲令害正法者聞其名字況當爲說舍利子害正法者我尚不聽住菩薩乘善男子等舉目觀視況當共住舍利子害正法者我尚不聽被服袈裟況受供養何以故舍利子害正法者墮黑闇類如臭爛糞如穢蝸螺如癩病人甚可猒惡諸有信用害法者言亦受如前所說大苦時舍利子復白佛言何緣不說害正法者當來所受惡趣身量爾時佛告舍利子言止不須說彼趣身量忽害法者聞已驚惶心頓憂愁如中毒箭身漸枯顇如被截苗彼或聞之當嘔熱血喪失身命或近死苦故我不說彼趣身量時舍利子復重請言惟願爲說作後明誡爾時佛告舍利子言我先說彼受苦多劫足與後人作大明誡當來自類善男子等聞我前說害正法報寧捨身命終不謗法勿我當來長時受苦爾時善現便白佛言諸有聰明善男子等應善守護身語意業彼豈不由語惡業故惡趣人中長時受苦佛言善現如是如是於我正法毗柰耶中當有愚癡諸出家者彼雖稱我爲其大師而於我說甚深般若波羅蜜多毀謗拒逆善現當知若有毀謗甚深般若則爲毀謗無上菩提若有毀謗無上菩提則爲毀謗三世諸佛若有毀謗三世諸佛則爲毀謗一切智智若有毀謗

一切智智則毀謗法若毀謗法則毀謗僧若毀謗僧則便造作無量罪業若有造作無量罪業則便攝受無邊苦報具壽善現復白佛言彼愚癡人幾因緣故毀謗拒逆甚深般若佛告善現由二因緣一爲邪魔之所扇惑二於深法不能信解復次善現由四因緣毀謗拒逆甚深般若一爲惡友之所誘誑二爲不能勤修善法三爲懷惡喜求他過四爲嫉妬自讃毀他由具如是諸因緣故彼愚癡人毀謗拒逆甚深般若波羅蜜多發起無邊極重惡業爾時善現復白佛言彼愚癡人不勤精進於佛所説甚深般若波羅蜜多實難信解佛告善現如是如是具壽善現復白佛言如是般若波羅蜜多云何甚深極難信解佛告善現色非縛非脱何以故色以無性爲自性故受想行識非縛非脱何以故受想行識以無性爲自性故復次善現色前後中際非縛非脱何以故色前後中際皆以無性爲自性故受想行識前後中際非縛非脱何以故受想行識前後中際皆以無性爲自性故具壽善現復白佛言甚深般若波羅蜜多若不精勤甚難信解佛言善現如是如是所以者何色清淨即果清淨色清淨故果亦清淨受想行識清淨即果清淨受想行識清淨故果亦清淨復次善現色清淨即一切智清淨一切智清淨故色亦清淨是色清淨與一切智清淨從本已來無二無别無斷無壞受想行識清淨即一切智清淨一切智清淨故受想行識亦清淨是受想行識清淨與一切智清淨從本已來無二無别無斷無壞

第五分清淨品第九

爾時舍利子白佛言世尊如是清淨㝡為甚深佛言如是極清淨故舍利子言如是清淨是大光明佛言如是極清淨故舍利子言如是清淨無得無現觀佛言如是極清淨故舍利子言如是清淨無所生起佛言如是極清淨故舍利子言如是清淨不生三界佛言如是極清淨故舍利子言如是清淨無知無解佛言如是極清淨故舍利子言如是清淨於色無知於受想行識亦無知佛言如是極清淨故舍利子言甚深般若波羅蜜多極清淨故於一切智無損無益佛言如是極清淨故舍利子言甚深般若波羅蜜多極清淨故於一切法無取無捨佛言如是極清淨故爾時善現便白佛言我清淨故色受想行識亦清淨佛言如是畢竟淨故善現復言我清淨故果亦清淨佛言如是畢竟淨故善現復言我清淨故一切智亦清淨佛言如是畢竟淨故善現復言我清淨故無得無現觀佛言如是畢竟淨故善現復言我無邊故色受想行識亦無邊佛言如是畢竟淨故善現復言若諸菩薩能如是覺是為般若波羅蜜多佛言如是畢竟淨故善現復言如是般若波羅蜜多非此岸非彼岸非中間佛言如是畢竟淨故善現復言若諸菩薩起如是想捨遠般若波羅蜜多佛言善哉善哉善現是諸菩薩著名著相具壽善現便白佛言希有世尊善為菩薩於深般若波羅蜜多開示分別究竟著相時舍利子問善現言云何菩薩於深般若波羅蜜多所起著相善現荅言若諸菩薩於色

謂空是名爲著於受想行識謂空是名爲著於三世法謂三世法是名爲著謂諸菩薩初發心時無量福生是名爲著時天帝釋問善現言何緣如是亦名爲著善現答言執有心故謂執此心能正迴向無上菩提故名爲著憍尸迦心本性空不能迴向若諸菩薩欲教他人趣大菩提應隨實相示現勸導讃勵慶喜於自無損亦不損他諸佛世尊同所開許遠離一切分別執著爾時世尊讃善現曰善哉善哉汝善能爲諸菩薩説分別著相令諸菩薩覺知遠離復有此餘微細執著當爲汝説汝應諦聽善現白言唯然願説佛告善現若善薩乘善男子等於諸佛所取相憶念隨所取相皆名執著若於三世諸佛世尊無漏法中深生隨喜既隨喜已共諸有情迴向善提亦名執著諸法實性非三世攝不可取相不可攀緣亦無見聞覺知事故於無上覺不可迴向爾時善現便白佛言諸法實性寂爲甚深佛言如是本性離故善現復言如是般若波羅蜜多皆應敬禮佛言如是法性無作無覺知故善現復言諸法本性無所造作無覺知耶佛言如是諸法本性唯一無二無造無作不可覺知不可分別若諸菩薩能如是知即能遠離一切執著善現復言如是般若波羅蜜多難可覺知佛言如是無知者故善現復言如是般若波羅蜜多不可思議佛言如是非心心所能了知故善現復言如是般若波羅蜜多無所造作佛言如是以諸作者不可得故善現復言云何菩薩應行般若波羅蜜多佛言菩薩若不行色亦復不行受想

行識是行般若波羅蜜多若不行色空亦復不行受想行識空是行般若波羅蜜多若不行色不圓滿相亦復不行受想行識不圓滿相是行般若波羅蜜多所以者何色不圓滿即非色受想行識不圓滿即非受想行識若不如是行是行般若波羅蜜多爾時善現便白佛言甚奇世尊希有善逝能於執著說無著相佛告善現若不行色受想行識無執著相是行般若波羅蜜多若諸菩薩能如是行便於諸色受想行識不生執著於預流果乃至無上正等菩提不生執著所以者何超一切著無障礙覺名薩婆若如是善現若諸菩薩欲超諸著應行般若波羅蜜多具壽善現復白佛言希有世尊甚深法性若說不說俱無增減佛告善現如是如是譬如虛空假使

諸佛盡其壽量或讚或毀而彼虛空無增無減甚深法性亦復如是若說不說俱無增減譬如幻士於讚毀時無喜無憂不增不減甚深法性亦復如是若說不說如本無異具壽善現復白佛言諸菩薩衆行深般若波羅蜜多甚爲難事謂深般若波羅蜜多若修不修無增無減無進無退諸菩薩衆修行般若波羅蜜多如修虛空都無所有諸菩薩衆我等有情皆應敬禮尊重讚歎所以者何諸菩薩衆爲度有情被功德鎧如有欲與虛空戰諍被堅固鎧諸菩薩衆爲度有情被功德鎧如有健者欲扳虛空置髙勝處諸菩薩衆爲如虛空諸有情類求趣無上正等菩提名大勇猛得大精進波羅蜜多時有苾芻作如是念應禮般若波羅蜜多此中都無諸法生滅時

天帝釋問善現言菩薩欲學甚深般若波羅蜜多當如何學善現答言菩薩欲學甚深般若波羅蜜多當如虛空精勤修學時天帝釋便白佛言若諸有情能學般若波羅蜜多云何守護爾時善現語帝釋言汝見是法可守護不天帝釋言不也大德善現語言若諸菩薩如大般若波羅蜜多所說而行即爲守護若離般若波羅蜜多人非人等皆得其便憍尸迦若欲守護行深般若波羅蜜多諸菩薩者不異有人發勤精進守護虛空唐設劬勞都無所益憍尸迦有能守護響聲等不天帝釋言不也大德善現語言若欲守護行深般若波羅蜜多諸菩薩者亦復如是唐設劬勞都無所益憍尸迦諸菩薩衆行深般若波羅蜜多雖知諸法皆如響等而不觀見亦不顯示能如是住是行般若波羅蜜多爾時世尊威神力故令此三千大千世界四大天王及天帝釋大梵王等一切天衆來詣佛所頂禮雙足却住一面以佛神力於十方界各見千佛宣說般若波羅蜜多名字相狀皆同於此請說般若波羅蜜多苾芻衆首皆名善現問難般若波羅蜜多諸天衆首皆名帝釋爾時世尊告善現曰慈氏菩薩當證無上正等覺時即以此名亦於此處宣說般若波羅蜜多爾時善現便白佛言慈氏菩薩當證無上正等覺時以何等名即於此處宣說般若波羅蜜多佛告善現慈氏菩薩當證無上正等覺時不說色空法不說受想行識空法不說色縛脫法不說受想行識縛脫法具壽善現復白佛言甚深般若波羅蜜多最爲清淨佛告

善現色清淨故甚深般若波羅蜜多最爲清淨受想行識清淨故甚深般若波羅蜜多最爲清淨虛空清淨故甚深般若波羅蜜多最爲清淨色無染故甚深般若波羅蜜多最爲清淨受想行識無染故甚深般若波羅蜜多最爲清淨虛空無染故甚深般若波羅蜜多最爲清淨具壽善現復白佛言若諸有情受持讀誦甚深般若波羅蜜多終不橫死亦無橫病及橫殃禍常爲無量百千天神恭敬圍繞隨逐守護若善男子善女人等於黑白月各第八日第十四日第十五日在在處處讀誦講說甚深般若波羅蜜多當獲無邊功德勝利佛告善現如是如是如汝所說善現當知甚深般若波羅蜜多說聽等時多有留難所以者何甚深般若波羅蜜多是大珍寶多

諸怨賊於一切法無著無取何以故以一切法都無所有不可得故善現當知甚深般若波羅蜜多於一切法無所得故非能染汙非所染汙何以故無法不能染無法故以無染故說名無染波羅蜜多由此般若波羅蜜多無染汙故餘一切法亦無染汙若於如是亦不分別是行般若波羅蜜多善現當知甚深般若波羅蜜多無分別故於一切法無見不見無取無捨時有無量百千天子住虛空中歡喜踊躍互相慶慰同聲唱言我等今者於贍部洲見佛第二轉妙法輪爾時世尊告善現曰如是法輪非第一轉亦非第二甚深般若波羅蜜多無轉還故爾時善現便白佛言甚深般若波羅蜜多是爲廣大波羅蜜多於一切法無縛無著雖證菩提而無所證雖轉

法輪而無所轉無法可示無法可顯無法可得無法可轉無法可還以一切法畢竟不生亦復不滅不生滅故無轉無還爾時世尊告善現曰如是如是所以者何以空無相無願無作無生無滅無性法中若轉若還俱不可得若能如是宣説開示是名善淨宣説般若波羅蜜多此中都無説者受者亦無作證得涅槃者亦無説法作福田者福田無故福性亦空表亦名言皆不可得故名廣大波羅蜜多爾時善現復白佛言甚深般若波羅蜜多是爲無邊波羅蜜多如太虛空無邊際故是爲正等波羅蜜多以一切法性平等故是爲遠離波羅蜜多以一切法畢竟空故是爲難伏波羅蜜多以一切法不可得故是爲無跡波羅蜜多以一切法無名體故是爲無行波羅蜜多以一切法無往來故是爲無奪波羅蜜多以一切法不可取故是爲無盡波羅蜜多以一切法不可盡故是爲無生波羅蜜多以一切法不可生故是爲無作波羅蜜多以諸作者不可得故是爲無知波羅蜜多以諸知者不可得故是爲無轉波羅蜜多諸死生者不可得故是爲無垢波羅蜜多煩惱淨故是爲無染波羅蜜多以所依處不可得故是爲無壞波羅蜜多離前際故是爲如幻波羅蜜多以一切法皆不生故是爲如夢波羅蜜多是諸意識平等性故是無戲論波羅蜜多覺諸戲論平等性故是無思慮波羅蜜多諸思慮法畢竟無故是無動轉波羅蜜多住法界故是爲離染波羅蜜多以一切法不虛妄故是無作用波羅蜜多於一切法無分別故

是爲寂靜波羅蜜多一切法相不可得故是無煩惱波羅蜜多離過失故是無有情波羅蜜多有情實際不可得故是爲無斷波羅蜜多以一切法無等起故是無二邊波羅蜜多於一切法無執著故是無取著波羅蜜多於二乘地無分別故是無分別波羅蜜多覺諸分別平等性故是爲無量波羅蜜多無量法故是爲無起波羅蜜多離我法故是爲虛空波羅蜜多於一切法皆無礙故是爲不生波羅蜜多以一切法皆不起故是爲無常波羅蜜多以一切法常無性故是名爲苦波羅蜜多是逼惱法平等性故是爲無我波羅蜜多於一切法無執著故是名爲空波羅蜜多以一切法不可得故是爲無相波羅蜜多以一切法離諸相故是爲無願波羅蜜多以一切法無所成故是名爲力波羅蜜多以一切法不可屈故是無量佛法波羅蜜多過數量故是無所畏波羅蜜多心無怯故是爲眞如波羅蜜多以一切法不虛妄故是爲自然波羅蜜多以一切法無自性故佛告善現如是如是如汝所說

第五分不思議品第十之一

時天帝釋作是念言若有但聞甚深般若波羅蜜多當知已曾供養諸佛發弘誓願況能受持讀誦書寫爲他演說如教修行當知是人已於過去無量佛所親近供養多種善根曾聞般若波羅蜜多聞已受持讀誦書寫爲他演說如教修行或於此經能問能答由先福力今辦此事若諸有情已曾供養無量諸佛功德純淨聞深般若波羅蜜多其心不驚

不恐不怖時舍利子知天帝釋心之所念便白佛言若諸菩薩於深般若波羅蜜多能生信解當知是人如不退轉諸大菩薩所以者何如是般若波羅蜜多理趣甚深極難信解若於前世不久修行甚深般若波羅蜜多不於佛前請問聽受不於佛所多種善根豈暫得聞即能信解若有聞說甚深般若波羅蜜多毀謗拒逆當知是人先世已於甚深般若波羅蜜多毀謗拒逆所以者何如是愚人善根少故於深般若波羅蜜多不生淨信未曾請問佛及弟子甚深義故聞說般若波羅蜜多甚深義趣毀謗拒逆爾時天帝釋謂舍利子言如是般若波羅蜜多理趣甚深極難信解諸有未久信樂修行甚深般若波羅蜜多聞說此中甚深義趣不生信解未爲希有若人禮敬甚深般若波羅蜜多即爲禮敬一切智智舍利子言如是如是如汝所說何以故憍尸迦如來所得一切智智皆從般若波羅蜜多而得生故甚深般若波羅蜜多復由如來一切智智而得有故憍尸迦諸菩薩衆應如是行應如是住應如是學甚深般若波羅蜜多時天帝釋便白佛言諸菩薩衆云何行深般若波羅蜜多名住深般若波羅蜜多名學深般若波羅蜜多爾時佛讚天帝釋言善哉善哉汝承佛力能問如來如是深義憍尸迦諸菩薩衆行深般若波羅蜜多若不住色亦不住此是色是爲學色若不住受想行識亦不住此是受想行識是爲學受想行識復次憍尸迦諸菩薩衆行深般若波羅蜜多若不學色亦不學此是色是不住色若不學受

想行識亦不學此是受想行識是不住受想行識憍尸迦是名菩薩行深般若波羅蜜多亦名住深般若波羅蜜多亦名學深般若波羅蜜多時舍利子便白佛言如是般若波羅蜜多最爲甚深難可測量難可執取無有限量爾時佛告舍利子言如是如是如汝所説舍利子諸菩薩衆行深般若波羅蜜多若不住色甚深性亦不住此是色甚深性是爲學色甚深性若不住受想行識甚深性亦不住此是受想行識甚深性是爲學受想行識甚深性復次舍利子諸菩薩衆行深般若波羅蜜多若不學色甚深性亦不學此是色甚深性是爲不住色甚深性若不學受想行識甚深性亦不學此是受想行識甚深性是爲不住受想行識甚深性時舍利子復白佛言如是般若波羅蜜多既最甚深難可測量難可執取無有限量則難信解但應爲彼不退轉位諸菩薩説彼於此中無疑無惑不迷謬故時天帝釋問舍利子言若爲未受記諸菩薩説當有何咎舍利子言彼聞驚怖或生毀謗由此因緣久受大苦難得無上正等菩提天帝釋言頗有菩薩未得受記聞深般若波羅蜜多心不驚怖不生毀謗深信解耶舍利子言有是菩薩久發無上正等覺心久修菩薩摩訶薩行雖未得受大菩提記不過一佛或二佛所定當得受大菩提記爾時佛告舍利子言如是如是如汝所説舍利子若諸菩薩未得受記聞深般若波羅蜜多心不驚怖深生信解當知久發大菩提心多種善根事多善友時舍利子便白佛言我今樂説少分譬

喻惟願聽許爾時佛告舍利子言隨汝意說
時舍利子白言世尊如菩薩乘善男子等自
夢見坐妙菩提座當知是人近證無上正等
菩提若有得聞甚深般若波羅蜜多心不驚
怖深生信解亦復如是當知是人久發無上
正等覺心善根成熟或已得受大菩提記或
近當受大菩提記疾證無上正等菩提世尊
譬如有人遊行曠野經過險道百踰繕那或
二或三乃至五百見諸城邑王都前相謂放
牧人園林田等見是相已便作是念城邑王
都去此非遠作是念已身意泰然不畏惡獸
惡賊飢渴如是菩薩得聞般若波羅蜜多深
心信敬當知不久受菩提記疾證無上正等
菩提無墮聲聞獨覺地畏何以故已得見聞
恭敬信受甚深般若波羅蜜多無上菩提之
前相故世尊譬如有人欲觀大海漸次往趣
經歷多時不見山林便作是念今觀此相大
海非遠所以者何近大海岸地必漸下無諸
山林彼人爾時雖未見海而見近相歡喜踊
躍如是菩薩得聞般若波羅蜜多深心信敬
當知不久受菩提記疾證無上正等菩提何
以故已得見聞甚深般若波羅蜜多無上菩
提之前相故世尊譬如春時花果樹等故葉
已墮枝條滋潤衆人見之咸作是念新花果
葉當出非久所以者何此諸樹等新花果葉
先相現故如是菩薩得聞般若波羅蜜多深
心信敬當知不久受菩提記疾證無上正等
菩提時衆會中有諸天子見已歡喜作是念
言先諸菩薩得此相已不久便受大菩提記
今此菩薩亦得是相不久當受大菩提記世

尊譬如女人懷妊漸久其身轉重動止不安飲食睡眠悉皆減少不喜多語猒常所作受苦痛故衆事頓息有異母人見是相已即知此女不久產生如是菩薩得聞般若波羅蜜多深心信敬當知不久受菩提記疾證無上正等菩提能盡未來利樂一切爾時佛讚舍利子言善哉善哉汝今善說菩薩譬喻皆是如來威神之力

大般若波羅蜜多經卷第五百五十九

音釋

薩婆若（梵語也此二一切智若爾者切）狹（侯夾切隘也）蝸螺（蝸公蛙切螺盧戈切蝸螺亦名蝸牛即負殼蜒蚰也）顇（秦醉切顦顇也）嘔（於口切吐也）橫死（橫戶孟切橫死謂不以理而死也）懷妊（妊如鴆切謂懷孕也）

大般若波羅蜜多經卷第五百六十

唐三藏法師玄奘奉　詔譯

第五分不思議品第十之二

爾時善現便白佛言甚奇世尊於諸菩薩善能付囑善能護念佛言善現如是如是所以者何諸菩薩衆爲欲長夜利樂多生哀愍世間諸衆生故欲令天人獲大義利安樂事故求證無上正等菩提爲諸有情宣說法要具壽善現復白佛言諸菩薩衆行深般若波羅蜜多云何修習甚深般若波羅蜜多令速圓滿佛告善現若諸菩薩依深般若波羅蜜多不見色增不見色減而行般若波羅蜜多不見受想行識增不見受想行識減而行般若波羅蜜多不見是法不見非法而行般若波羅蜜多是諸菩薩修習般若波羅蜜多速得圓滿具壽善現復白佛言如來所說不可思議佛告善現如是如是色亦不可思議受想行識亦不可思議若諸菩薩行深般若波羅蜜多於色不起不思議想而行般若波羅蜜多於受想行識亦復不起不思議想而行般若波羅蜜多是諸菩薩修習般若波羅蜜多速得圓滿具壽善現復白佛言如是般若波羅蜜多義趣甚深誰能信解佛告善現若諸菩薩久修勝行於深般若波羅蜜多能生信解具壽善現復白佛言諸菩薩衆云何得名久修勝行佛告善現若諸菩薩行深般若波羅蜜多不分別如來十力不分別四無所畏不分別十八佛不共法不分別一切智所以者何如來十力不可思議乃至一切智亦不可思議色亦不可思議受想行識亦不可思

議一切法亦不可思議若諸菩薩如是行者都無行處是行般若波羅蜜多是諸菩薩乃可名為久修勝行具壽善現復白佛言甚深般若波羅蜜多是珍寶聚是清淨聚如淨虛空離雲煙等奇哉般若波羅蜜多義趣甚深多諸留難而今廣說留難不生佛告善現如是如是佛神力故留難不生是故大乘善男子等於深般若波羅蜜多若欲書持讀誦演說乃至一歲必令總了所以者何甚深般若波羅蜜多大寶神珠多諸障礙具壽善現復白佛言奇哉惡魔常於如是甚深般若波羅蜜多大寶神珠欲作留難佛告善現一切惡魔雖於般若波羅蜜多常欲留難令諸菩薩所作不成而願不遂時舍利子便白佛言是誰神力令彼惡魔於深般若不能留難爾時佛告舍利子言是佛神力亦是十方一切世界諸佛神力舍利子一切如來應正等覺皆共護念行深般若波羅蜜多諸菩薩衆令諸惡魔不能留難何以故舍利子若諸菩薩行深般若波羅蜜多法爾皆蒙十方無量無邊世界一切如來應正等覺共所護念若蒙如來應正等覺所護念者惡魔法爾不能留難又舍利子若有淨信善男子等於深般若波羅蜜多書寫受持讀誦修習思惟演說無障礙者應作是念我今書寫受持讀誦修習思惟演說般若波羅蜜多皆是十方一切世界諸佛世尊神力護念令得成辦時舍利子便白佛言若菩薩乘善男子等於深般若波羅蜜多書寫受持讀誦修習思惟演說皆是十方諸佛神力慈悲護念令彼所作殊勝善業

一切惡魔不能留難爾時佛告舍利子言如是如是如汝所說時舍利子復白佛言若菩薩乘善男子等於深般若波羅蜜多書寫受持讀誦修習思惟演說十方世界諸佛世尊皆共識知歡喜護念十方世界諸佛世尊常以佛眼皆共觀見慈悲護念令彼所修無不成辦爾時佛告舍利子言如是如是如汝所說若菩薩乘善男子等於深般若波羅蜜多書寫受持讀誦修習思惟演說常爲十方一切世界諸佛世尊佛眼觀見識知護念令諸惡魔不能嬈惱所作善業皆速成辦若菩薩乘善男子等能於般若波羅蜜多書寫受持讀誦修習思惟演說當知已近無上菩提惡魔眷屬不能留難若菩薩乘善男子等能書般若波羅蜜多種種莊嚴受持讀誦供養恭敬常爲諸佛之所護念由此因緣獲大饒益復次舍利子如是般若波羅蜜多甚深經典佛涅槃後流至南方漸當興盛後從南方流至北方漸當興盛非佛所得法毗柰耶無上正法有滅沒相如來所得法毗柰耶無上正法即是般若波羅蜜多甚深經典如是經典住菩薩乘善男子等書寫受持讀誦修習思惟演說恭敬供養一切如來應正等覺常以佛眼觀見護念稱揚讚歎令無憂苦時舍利子便白佛言如是般若波羅蜜多甚深經典後時後分於東北方廣行流布爾時佛告舍利子言如是如是舍利子後時後分彼東北方住菩薩乘善男子等聞此般若波羅蜜多甚深經典若能信樂書寫受持讀誦修習思惟演說恭敬供養當知彼人久發無上正等

覺心久修菩薩摩訶薩行時舍利子復白佛言彼東北方後時後分當有幾許住菩薩乘善男子等得聞般若波羅蜜多甚深經典能生信樂書寫受持讀誦修習思惟演說恭敬供養爾時佛告舍利子言彼東北方後時後分雖有無量住菩薩乘善男子等而少得聞甚深般若波羅蜜多深心信樂書寫受持讀誦供養雖有無量住菩薩乘善男子等聞深般若波羅蜜多深心信樂書寫受持讀誦供養而有少分修習思惟若能爲他宣說開示甚深義趣甚爲難得舍利子若菩薩乘善男子等聞說般若波羅蜜多心不沉沒不驚不怖深生信樂書寫受持讀誦修習思惟演說當知是人已曾親近供養恭敬無量如來應正等覺及諸菩薩請問般若波羅蜜多甚深義趣是菩薩乘善男子等定當圓滿諸菩薩行疾證無上正等菩提與諸有情作大饒益何以故舍利子我常爲彼住菩薩乘善男子等說一切智相應之法是人轉身常能修集諸菩薩行速趣無上正等菩提爲諸有情說微妙法令趣無上正等菩提是菩薩乘善男子等身心安定諸惡魔王及彼眷屬尚不能壞求趣無上正等覺心何況其餘樂行惡者舍利子住菩薩乘善男子等聞深般若波羅蜜多心得廣大清淨喜樂亦能安立無量有情無上菩提相應善法舍利子是菩薩乘善男子等今於我所發弘誓願定當安立無量百千諸有情類令發無上正等覺心修菩薩行示現勸導讚勵慶喜令於無上正等菩提乃至得受不退轉記我於彼類深生隨喜何

以故舍利子我觀彼人所發弘願心語相稱彼於當來定能安立無量百千諸有情類令發無上正等覺心修菩薩行示現勸導讚勵慶喜令於無上正等菩提乃至得受不退轉記是菩薩乘善男子等亦於過去無量佛所發如是願過去如來應正等覺亦於彼願深生隨喜觀彼心語定相稱故是菩薩乘善男子等信解廣大修廣大行願生他方諸佛國土現有如來應正等覺宣說般若波羅蜜多甚深法處彼聞般若波羅蜜多甚深法已復能安立彼佛土中無量百千諸有情類令發無上正等覺心修菩薩行示現勸導讚勵慶喜令於無上正等菩提得不退轉時舍利子便白佛言甚奇世尊佛於過去未來現在所有諸法及諸有情心行差別佛菩薩等無不證知無不覺了世尊若諸菩薩能於般若波羅蜜多至心聽聞受持讀誦精勤修學如理思惟書寫解說廣令流布是諸菩薩於當來世求深般若波羅蜜多精勤不息彼於般若波羅蜜多爲有得時不得時不爾時佛告舍利子言是諸菩薩於深般若波羅蜜多常求不息一切時得無不得時或有不求自然而得諸佛菩薩常護念故時舍利子復白佛言是諸菩薩爲於般若波羅蜜多相應經典一切時得無不得時爲於六種波羅蜜多相應經典亦能常得爾時佛告舍利子言若諸菩薩常於般若波羅蜜多相應經典勇猛信求不顧身命有時不得諸餘經典無有是處何以故舍利子是諸菩薩爲趣無上正等菩提示現勸導讚勵慶喜諸有情類令於般若波

羅蜜多相應經典及餘經典受持讀誦亦自於中精勤修學由斯福力隨所生處法爾常遇甚深般若波羅蜜多相應經典及餘六種波羅蜜多相應經典恒不捨離

第五分魔事品第十一

爾時具壽善現便白佛言世尊所說住菩薩乘善男子等修善法時有諸魔事云何名為菩薩魔事佛告善現若諸菩薩欲說法要辯久乃生菩薩當知是為魔事或說法要辯乃卒生菩薩當知是為魔事或說法要辯過量生菩薩當知是為魔事或所欲說未盡便止菩薩當知是為魔事或說法要言詞亂雜菩薩當知是為魔事或說法要言詞間斷菩薩當知是為魔事或說法時諸橫事起令所欲說不遂本心菩薩當知是為魔事復次善現若諸菩薩於深般若波羅蜜多相應經典書寫等時或頻申欠呿或更相嗤笑或互相輕凌或身心躁擾或失念散亂或文句顛倒或迷惑義理或不得滋味心生猒捨或橫事卒起或互相乖諍由斯等事所作不成菩薩當知是為魔事復次善現若諸菩薩聞說般若波羅蜜多相應經時或作是念我於此中不得受記何用聽為或作是念此中不說我等名字何用聽為或作是念此中不說我等生處城邑聚落何用聽為由此等緣心不清淨即從座起猒捨而去無顧戀心菩薩當知是為魔事善現當知若諸菩薩聞說般若波羅蜜多相應經時心不清淨猒捨去者隨彼所起不清淨心猒捨此經舉步多少便減爾所劫數功德獲爾所劫障菩提罪受彼罪已更

爾所時發勤精進修菩薩行方可復本是故名爲菩薩魔事復次善現若諸菩薩棄捨能引一切智智甚深般若波羅蜜多相應經典學不能引一切智智隨順二乘諸餘經典棄捨根本而攀枝葉菩薩當知是爲魔事何以故甚深般若波羅蜜多相應經典能生菩薩世出世間殊勝功德由斯能引一切智智若學般若波羅蜜多相應經典即學菩薩世出世間殊勝功德速能引發一切智智善現當知如癡餓狗棄捨主食反從僕使而求覔之如是當來有諸菩薩棄深般若波羅蜜多求學二乘相應經典是愚癡類棄本求末終不能得一切智智復次善現譬如有人欲觀香象身量大小形類勝劣得而不觀反尋其跡當知彼類甚爲愚癡如是當來有諸菩薩棄深般若波羅蜜多求學二乘相應經典是愚癡類棄本尋末終不能得一切智智復次善現譬如有人爲珍寶故求趣大海既至海岸不入大海反觀牛跡作是念言大海中水其量深廣豈及此耶此中亦應有諸珍寶當知彼類甚爲愚癡如是當來有諸菩薩棄深般若波羅蜜多求學二乘相應經典是愚癡類棄本求末終不能得一切智智復次善現如有工匠或彼弟子欲造大殿如天帝釋殊勝殿量見彼殿已而反規模日月宫殿當知彼類甚爲愚癡如是當來有諸菩薩棄深般若波羅蜜多求學二乘相應經典是愚癡類棄大求小終不能得一切智智復次善現如有欲見轉輪聖王見已不識捨至餘處見小國王觀其形相作如是念轉輪聖王形相威德

豈勝於此當知彼類甚爲愚癡如是當來有諸菩薩棄深般若波羅蜜多求學二乘相應經典是愚癡類棄勝求劣終不能得一切智智復次善現如有飢人得百味美食棄而求噉六十日穀飯當知彼類甚爲愚癡如是當來有諸菩薩棄深般若波羅蜜多求學二乘相應經典是愚癡類棄勝求劣終不能得一切智智復次善現如有貧人得無價寶棄而翻取迦遮末尼當知彼類甚爲愚癡如是當來有諸菩薩棄深般若波羅蜜多求學二乘相應經典是愚癡類捨勝取劣終不能得一切智智復次善現有諸菩薩若正書寫受持讀誦思惟修習甚深般若波羅蜜多相應經時衆辯卒起樂說種種差別法門令書寫等不得究竟菩薩當知是爲魔事爾時善現便

白佛言甚深般若波羅蜜多可書寫不世尊告曰不也善現若菩薩乘善男子等書寫般若波羅蜜多相應經時作如是念我以文字書寫般若波羅蜜多如是文字即是般若波羅蜜多或依文字執有般若波羅蜜多菩薩當知是爲魔事爾時應誡彼菩薩言汝今不應執有文字能書般若波羅蜜多若作是執是爲魔事若捨此執便捨魔事復次善現若諸菩薩書寫受持讀誦修習思惟演說甚深般若波羅蜜多相應經時或念國土城邑王都方處師友或念父母妻子眷屬伴侶王臣或念盜賊諸惡禽獸惡人惡鬼或念衆集妓樂遊戲報恩報怨或念飲食衣服卧具及餘資財或念製造文頌書論或念時節寒熱豐儉或念象馬水火等事或念諸餘所作事業

菩薩當知皆是魔事復次善現若諸菩薩書寫受持讀誦修習思惟演說甚深般若波羅蜜多相應經時得大名利恭敬供養彼由此緣廢所作業菩薩當知是爲魔事復次善現若諸菩薩書寫受持讀誦修習思惟演說甚深般若波羅蜜多相應經時惡魔方便執持種種世俗書論或復二乘相應經典授與菩薩作如是言如是書典義味深奥應勤修學捨所習經若此菩薩方便善巧不應受著彼不能引一切智智若此菩薩受著惡魔所授書典捨所習經菩薩當知是爲魔事復次善現能聽法者樂聞般若波羅蜜多能說法者著樂懈怠不欲爲說或上相違兩不和合不獲說受菩薩當知是爲魔事復次善現能聽法者具念慧力樂聞般若波羅蜜多能說法者欲往他方不獲爲說或上相違兩不和合不獲說受菩薩當知是爲魔事復次善現能說法者愛重名利能聽法者不欲惠施或上相違兩不和合不獲說受菩薩當知是爲魔事復次善現能聽法者有信樂心欲聞般若波羅蜜多能說法者習誦不利不能爲說或能說者習誦通利樂爲他說能聽法者疑不通利不欲聽受兩不和合不獲說聽菩薩當知是爲魔事復次善現能說法者樂爲他說甚深般若波羅蜜多能聽法者不欲聽受或上相違兩不和合不獲說聽菩薩當知是爲魔事復次善現能聽法者樂聞般若波羅蜜多能說法者身重疲極眠睡所覆不能爲說或上相違兩不和合不獲說聽菩薩當知是爲魔事復次善現若諸菩薩書寫受持讀誦

修習思惟演說甚深般若波羅蜜多相應經時或有人來說三惡趣種種苦事勸捨菩提或有人來說人天趣種種樂事皆是無常苦空非我勸入圓寂彼由此言書寫等事不得究竟心懷愁惱菩薩當知是爲魔事復次善現能說法者好領徒衆樂營他事不憂自業能聽法者一身無累專修己事不憂他業或上相違兩不和合不獲說聽菩薩當知是爲魔事復次善現能說法者樂處喧雜能聽法者不樂喧雜或上相違兩不和合不獲說聽菩薩當知是爲魔事復次善現能說法者欲往他方危身命處能聽法者恐失身命不欲共往或上相違兩不和合不獲說聽菩薩當知是爲魔事復次善現能說法者欲往他方多賊疾疫飢渴國土能聽法者慮彼艱辛不肯共往或上相違兩不和合不獲說聽菩薩當知是爲魔事復次善現能說法者欲往他方所經道路曠野險阻多諸賊難及旃荼羅惡獸獵師毒蛇等怖能聽法者欲隨其去能說法者方便試言汝今何故無事隨我欲往如是諸險難處宜善審思勿後憂悔能聽法者聞已念言師應不欲令我隨往設固隨往何必聞法由此因緣不隨其去兩不和合不獲說聽菩薩當知是爲魔事復次善現能說法者多有施主數相追隨聽法者來請說般若波羅蜜多或請書寫受持讀誦如說修行彼多緣礙無暇教授能聽法者起嫌恨心後雖教授而不聽受兩不和合不獲教授聽受書持讀誦修習甚深般若波羅蜜多菩薩當知是爲魔事復次善現有諸惡魔作種種形

至菩薩所方便破壞令於般若波羅蜜多相應經典不得書寫受持讀誦修習思惟爲他演說是故善現住菩薩乘善男子等於深般若波羅蜜多書寫等時所有障礙菩薩當知皆是魔事具壽善現便白佛言何緣惡魔作諸形像至菩薩所方便破壞令於般若波羅蜜多相應經典不得書寫乃至演說佛告善現甚深般若波羅蜜多能生如來一切智智如來所有一切智智能生佛教佛教能生有情妙慧有情妙慧能證無邊諸煩惱斷煩惱斷者一切惡魔不得其便彼諸惡魔不得便故多生憂苦如箭入心勿我由斯甚深般若波羅蜜多境界空缺是故惡魔作諸形像至菩薩所方便破壞令於般若波羅蜜多相應經典不得書寫乃至演說具壽善現復白佛言云何惡魔作諸形像至菩薩所方便破壞佛告善現有諸惡魔作種種形至菩薩所方便破壞令其毀猒甚深般若波羅蜜多謂作是言汝所習誦無相經典非真般若波羅蜜多我所習誦有相經典是真般若波羅蜜多作是語時有諸菩薩未得受記便於般若波羅蜜多甚深經典心生疑惑由疑惑故便於般若波羅蜜多而生毀猒由毀猒故遂不書寫乃至演說菩薩當知是爲魔事復次善現有諸惡魔作種種形至菩薩所謂菩薩曰諸菩薩衆行深般若波羅蜜多唯證實際得聲聞果或能證得獨覺菩提決定不能證得佛果何緣於此唐設劬勞菩薩當知是爲魔事

第五分真如品第十二

復次善現甚深般若波羅蜜多書寫等時多

諸魔事爲作留難菩薩應覺覺已精勤正念正知方便遠離爾時善現便白佛言如是世尊如是善逝甚深般若波羅蜜多書寫等時多諸留難譬如無價大寶神珠難得具能多諸怨賊如是般若波羅蜜多理趣甚深具勝功德諸菩薩衆書寫等時多有惡魔爲作留難雖有樂欲而不能成所以者何有愚癡者爲魔所魅新學大乘善男子等於深般若波羅蜜多書寫等時爲作留難佛告善現如是如是有愚癡者福慧薄劣於廣大法心不信樂新學大乘善男子等於深般若波羅蜜多書寫等時爲作留難於當來世有愚癡者福慧薄劣自於般若波羅蜜多不能信樂見他於彼書寫等時承魔威力爲作障礙當知彼類獲罪無邊多劫輪迴受諸劇苦復次善現若諸菩薩於深般若波羅蜜多書寫等時無魔事者當知皆是佛威神力所以者何惡魔眷屬雖勤方便欲障般若波羅蜜多而諸如來應正等覺亦勤方便護念攝受令書寫等無諸留難復次善現譬如女人多有諸子或五或十乃至百千其母得病諸子各別勤求醫藥咸作是念云何令我母病除愈命無障難身名不滅久住安樂苦受不生諸妙樂具咸歸我母所以者何生育我等示世間事甚大艱辛作是念已競設方便求安隱事覆護母身勿爲蚊寅蛇蝎風雨人非人等非愛所觸勤加修飾令離衆病六根清淨無諸憂苦復以種種上妙樂具供養恭敬而作是言我母慈悲生育我等誨示一切世間事業我等豈得不報母恩如是如來應正等覺常以種

種善巧方便護念般若波羅蜜多若有受持讀誦修習思惟演說或書寫者如來亦以種種方便勤加護念令無損惱十方現在餘世界中一切如來應正等覺哀愍利樂諸有情者亦以種種善巧方便護念般若波羅蜜多令諸惡魔不能毀滅久住利樂一切世間所以者何甚深般若波羅蜜多能生如來應正等覺能正顯了一切智智能示世間諸法實相一切智智亦從彼生善現當知三世諸佛皆依如是甚深般若波羅蜜多精勤修學證得無上正等菩提是故般若波羅蜜多能生如來應正等覺能正顯了一切智智能示世間諸法實相爾時善現便白佛言云何般若波羅蜜多能示世間諸法實相佛說何法名爲世間佛告善現佛說五蘊名爲世間甚深般若波羅蜜多能示世間色等五蘊無變壞相故說般若波羅蜜多能示世間諸法實相所以者何色等五蘊無自性故說名爲空無相無願即眞法界非空等法可有變壞故說般若波羅蜜多能示世間諸法實相復次善現一切如來應正等覺皆依般若波羅蜜多普能證知無量無數無邊有情施設心行種種差別故說般若波羅蜜多能示世間諸法實相復次善現一切如來應正等覺皆依般若波羅蜜多如實證知無量無數無邊有情所有散心由法性故無散心性所有略心盡故離故無略心性諸有貪心由如實性非有貪心諸有瞋心由如實性非有瞋心諸有癡心由如實性非有癡心諸離貪心離中非有諸離瞋心離中非有諸離癡心離中非有所

有廣心無增無減亦非遠離已遠離故無廣心性所有大心無來無去亦無所住無大心性諸無量心無生無滅無住無異無所依止如太虛空非無量心諸無見心無相可得故離種種境故非無見心不可見心非三眼境故無心性故非不可見心由此等義故說般若波羅蜜多能示世間諸法實相復次善現一切如來應正等覺皆依般若波羅蜜多如實證知無量無數無邊有情若出若沒謂如實知彼有情類心心所法若出若沒皆依色受想行識生謂諸有情心心所法或有依色受想行識執如來死後或有或非有或亦有亦非有或非有非非有此是諦實餘皆愚妄或有依色受想行識執我及世間或常或無常或亦常亦無常或非常非無常此是諦實餘皆愚妄或有依色受想行識執我及世間或有邊或無邊或亦有邊亦無邊或非有邊非無邊此是諦實餘皆愚妄或有依色受想行識執命者即身或復異身此是諦實餘皆愚妄如是善現一切如來應正等覺皆依般若波羅蜜多如實證知無量無數無邊有情若出若沒復次善現一切如來應正等覺皆依般若波羅蜜多如實證知無量無數無邊有情若出若沒謂如實知諸所有色受想行識皆如真如無二無別善現當知如來真如即五蘊真如五蘊真如即世間真如世間真如即一切法真如一切法真如即預流果真如預流果真如即一來果真如一來果真如即不還果真如不還果真如即阿羅漢果真如阿羅漢果真如即獨覺菩提真如獨覺菩

提眞如即一切菩薩摩訶薩行眞如一切菩薩摩訶薩行眞如即諸佛無上正等菩提眞如諸佛無上正等菩提眞如即一切如來應正等覺眞如一切如來應正等覺眞如即一切有情眞如善現當知如是眞如皆不相離非一非異無盡無二亦無二分不可分別善現當知一切如來應正等覺皆依般若波羅蜜多證一切法眞如究竟方得無上正等菩提由斯故說甚深般若波羅蜜多能生如來應正等覺是如來母能示如來應正等覺世間實相善現當知一切如來應正等覺皆依般若波羅蜜多能如實覺諸法眞如不虛妄性不變異性由如實覺眞如相故說名如來應正等覺具壽善現便白佛言甚深般若波羅蜜多所證眞如不虛妄性不變異性極爲甚深難見難覺一切如來應正等覺皆用如是諸法眞如不虛妄性不變異性宣說開示分別顯了一切菩薩摩訶薩行諸佛無上正等菩提如是眞如不虛妄性不變異性誰能信解唯有不退轉菩薩摩訶薩及諸願滿大阿羅漢并具正見善男子等聞佛說此甚深眞如不虛妄性不變異性能生信解如來爲彼依自所證眞如之相顯示分別佛告善現如是如是所以者何眞如無盡是故甚深唯有如來現等正覺無盡眞如甚深之相爲諸菩薩摩訶薩衆宣說開示令生信解善現當知色無盡故眞如無盡色甚深故眞如甚深色與眞如無差別故受想行識無盡故眞如無盡受想行識甚深故眞如甚深受想行識與眞如無差別故善現當知眼處無盡故眞

如無盡眼處甚深故眞如甚深眼處與眞如無差別故耳鼻舌身意處無盡故眞如無盡耳鼻舌身意處甚深故眞如甚深耳鼻舌身意處與眞如無差別故善現當知色處無盡故眞如無盡色處甚深故眞如甚深色處與眞如無差別故聲香味觸法處無盡故眞如無盡聲香味觸法處甚深故眞如甚深聲香味觸法處與眞如無差別故善現當知眼界無盡故眞如無盡眼界甚深故眞如甚深眼界與眞如無差別故耳鼻舌身意界無盡故眞如無盡耳鼻舌身意界甚深故眞如甚深耳鼻舌身意界與眞如無差別故善現當知色界無盡故眞如無盡色界甚深故眞如甚深色界與眞如無差別故聲香味觸法界無盡故眞如無盡聲香味觸法界甚深故眞如甚深聲香味觸法界與眞如無差別故善現當知眼識界無盡故眞如無盡眼識界甚深故眞如甚深眼識界與眞如無差別故耳鼻舌身意識界無盡故眞如無盡耳鼻舌身意識界甚深故眞如甚深耳鼻舌身意識界與眞如無差別故善現當知一切法無盡故眞如無盡一切法甚深故眞如甚深一切法與眞如無差別故是故眞如極難信解

大般若波羅蜜多經卷第五百六十

音釋

欠呿 欠去劒切呿丘加切欠呿謂氣擁滯欠呿而解也 嗤 尺之切笑也 躁擾 躁則到切不安靜也擾爾沼切煩也 蚊䖟 蚊音文䖟莫庚切並齧人飛蟲也

大般若波羅蜜多經卷第五百六十一

唐三藏法師玄奘奉詔譯

第五分甚深相品第十三

爾時欲界十千天子天主帝釋而爲上首復有梵世二萬天子大梵天王而爲上首俱詣佛所頂禮雙足却住一面同白佛言世尊所說諸甚深法以何爲相爾時佛告諸天衆言我所宣說諸甚深法以空無相無願無作無生無滅無所依止無性爲相時諸天衆復白佛言佛所說法無所依止譬如虛空不可表示如來所說甚深法相世間天人阿素洛等不能安立亦不能壞何以故世間天人阿素洛等皆是相故諸有相者於無相相不能安立亦不能壞如來所說甚深法相不墮色數亦不墮受想行識數亦復不墮人非人數人非人等不能成壞爾時佛告諸天衆言設有人來作如是問虛空誰作誰能壞耶汝謂彼人爲正問不諸天衆曰不也世尊所以者何虛空無體無爲無相寧可問言有成壞者爾時佛告諸天衆言如是如是如汝所說天衆當知我所宣說甚深法相亦復如是不可安立不可破壞有佛無佛法爾常住佛於此相如實覺知故名如來應正等覺時諸天衆復白佛言如來所覺如是諸相極爲甚深難見難覺如來現覺如是相故於一切法智無滯礙一切如來應正等覺住如是相分別開示甚深般若波羅蜜多爲諸有情集諸法相方便開示令於般若波羅蜜多得無礙智甚深般若波羅蜜多是諸如來常所行處佛行是處證薩婆若爲諸有情分別開示爾時佛告

諸天衆言如是如是如汝所說天衆當知一切法相如來如實覺爲無相由此因緣我說諸佛得無礙智無能及者爾時世尊告善現曰甚深般若波羅蜜多是諸佛母能示世間諸法實相是故諸佛依法而住供養恭敬尊重讚歎攝受護持所依住法此法即是甚深般若波羅蜜多一切如來應正等覺無不依止甚深般若波羅蜜多供養恭敬尊重讚歎攝受護持所以者何甚深般若波羅蜜多能生諸佛能與諸佛作依止處能示世間諸法實相復次善現一切如來應正等覺是知恩者能報恩者若有問言誰是知恩能報恩者應正答言佛是知恩能報恩者何以故一切世間知恩報恩無過佛故具壽善現便白佛言云何如來應正等覺知恩報恩佛告善現一切如來應正等覺乘如是乘行如是道來至無上正等菩提得菩提已於一切時供養恭敬尊重讚歎攝受護持是乘是道無時暫廢此乘此道當知即是甚深般若波羅蜜多是名如來應正等覺知恩報恩復次善現一切如來應正等覺無不皆依甚深般若波羅蜜多覺一切法無實作用以能作者無所有故一切如來應正等覺無不皆依甚深般若波羅蜜多覺一切法無所成辦以諸形質不可得故善現當知以諸如來應正等覺知依如是甚深般若波羅蜜多覺一切法皆無作用無所成辦於一切時供養恭敬尊重讚歎攝受護持曾無間斷故名眞實知恩報恩復次善現一切如來應正等覺無不皆依甚深般若波羅蜜多於一切法無作無成無生智

轉復能知此無轉因緣是故應知甚深般若波羅蜜多能生如來應正等覺亦能如實示世間相爾時善現便白佛言如來常說一切法性無生無起無知無見如何可說甚深般若波羅蜜多能生如來應正等覺亦能如實示世間相佛告善現如是如是如汝所說一切法性無生無起無知無見云何法性無生無起無知無見以一切法空無所有無所依止無所繫屬由此因緣無生無起無知無見善現當知甚深般若波羅蜜多雖能生佛示世間相而無所生亦無所示善現當知甚深般若波羅蜜多不見色受想行識故名示色受想行識相具壽善現便白佛言云何般若波羅蜜多不見色受想行識故名示色受想行識相佛告善現由此般若波羅蜜多不緣諸色受想行識而起於識名不見色受想行識由不見故名示色受想行識相由如是義甚深般若波羅蜜多能示世間諸法實相復次善現甚深般若波羅蜜多能示如來應正等覺世間空故離淨寂故說名能示世間實相以諸世間無不皆以空離淨寂爲實相故爾時善現便白佛言甚深般若波羅蜜多爲大事故出現世間爲不可思議事故不可稱量事故無數量事故無等等事故出現世間佛告善現如是如是如汝所說善現云何甚深般若波羅蜜多爲大事故出現世間謂諸如來應正等覺皆以濟拔一切有情無時暫捨而爲大事甚深般若波羅蜜多爲此事故出現世間善現云何甚深般若波羅蜜多爲不可思議事故不可稱量事故無數量事故

無等等事故出現世間謂諸如來應正等覺所有佛性如來性自然覺性一切智性皆不可思議不可稱量無數量無等等甚深般若波羅蜜多爲此事故出現世間具壽善現復白佛言爲但如來應正等覺所有佛性如來性自然覺性一切智性不可思議不可稱量無數量無等等爲色受想行識乃至一切法亦不可思議不可稱量無數量無等等佛告善現非但如來應正等覺所有佛性如來性自然覺性一切智性不可思議不可稱量無數量無等等色受想行識乃至一切法亦不可思議不可稱量無數量無等等所以者何於一切法眞實性中心及心所皆不可得善現當知諸所有色受想行識及一切法皆不可施設故不可思議不可稱量無數量無等等何以故如是諸法無自性故不可得故自性空故復次善現諸所有色受想行識及一切法皆不可得故不可思議不可稱量無數量無等等何以故如是諸法無限量故無所有故自性空故復次善現諸所有色受想行識及一切法皆無限量故不可思議不可稱量無數量無等等具壽善現便白佛言何因緣故諸所有色受想行識及一切法皆無限量佛告善現於意云何虛空爲有心心所法能限量不善現對曰不也世尊佛告善現諸所有色受想行識及一切法亦復如是自性空故心心所法不能限量由此因緣諸所有色受想行識及一切法無限量故皆不可思議不可稱量無數量無等等善現當知以一切法皆不可思議不可稱量無數量無等等

故一切如來應正等覺所有佛法如來法自然覺法一切智法亦不可思議不可稱量無數量無等等善現當知如是諸法皆不可思議思議滅故不可稱量稱量滅故無數量數量滅故無等等等等滅故善現當知如是諸法皆不可思議過思議故不可稱量過稱量故無數量過數量故無等等過等等故善現當知不可思議不可稱量無數量無等等者但有增語都無真實善現當知不可思議不可稱量無數量無等等者皆如虛空都無所有由此因緣一切如來應正等覺所有佛法如來法自然覺法一切智法皆不可思議不可稱量無數量無等等聲聞獨覺世間天人阿素洛等皆悉不能思議稱量數量等等此諸法故如來說此不可思議不可稱量無數量無等等法時會中有五百苾芻二十苾芻尼諸漏未盡心得解脫復有六萬鄔波索迦三萬鄔波斯迦於諸法中遠離塵垢生淨法眼復有二十菩薩摩訶薩得無生法忍世尊記彼於賢劫中當得作佛度有情衆爾時善現復白佛言甚深般若波羅蜜多實爲大事出世間不佛告善現如是如是甚深般若波羅蜜多實爲大事出於世間所以者何甚深般若波羅蜜多具能成辦一切智地若聲聞地若獨覺地皆在此攝善現當知如刹帝利灌頂大王威德自在降伏一切以諸國事付囑大臣端拱無爲安隱受樂如來亦爾爲大法王威德自在降伏一切以諸佛法若獨覺法若聲聞法悉皆付囑甚深般若波羅蜜多普令成辦是故善現甚深般若波羅蜜多實

爲大事出於世間善現當知甚深般若波羅蜜多不爲攝受執著色故乃至識故出於世間不爲攝受執著預流果故乃至一切智智故出於世間具壽善現便白佛言云何般若波羅蜜多亦不爲攝受執著一切智智故出於世間佛言善現於意云何汝頗見有阿羅漢果可攝受執著不善現對曰不也世尊我不見有阿羅漢果可於其中攝受執著佛言善現善哉善哉我亦不見有如來法可於其中攝受執著是故善現甚深般若波羅蜜多亦不爲攝受執著一切智智故出於世間爾時欲界梵世天子俱白佛言如是般若波羅蜜多最爲甚深難見難覺極難信解若諸有情曾於過去無量佛所發弘誓願多種善根乃能信解假使三千大千世界諸有情類一切皆成隨信行等彼有情類若經一劫若一劫餘修自地行不如有人一日於此甚深般若波羅蜜多忍樂思惟稱量觀察所獲功德勝彼無量爾時佛告諸天子言如是如是如汝所說天子當知若善男子善女人等聞甚深般若波羅蜜多疾得涅槃勝前所說隨信行等若經一劫若一劫餘修自地行況忍樂等時諸天子聞佛所說歡喜踴躍頂禮如來右遶三帀辭退還宫去衆未遠忽然不現隨所屬界各住本宫勸進諸天修殊勝行具壽善現便白佛言若諸菩薩能於般若波羅蜜多深生信解從何處没來生此間佛告善現若諸菩薩聞深般若波羅蜜多能生信解不疑不悶樂見樂聞憶念思惟甚深義趣常樂隨逐能說法者如犢隨母曾無暫離乃至未

得甚深般若波羅蜜多相應義趣究竟通利能為他說終不遠離甚深般若波羅蜜多及說法師經須臾頃是諸菩薩從人中沒來生此間依宿勝因能成是事爾時善現復白佛言頗有菩薩成就如是殊勝功德承事供養他方佛已從彼處沒來生此耶佛告善現有諸菩薩成就如是殊勝功德承事供養他方佛已從彼處沒來生此間復次善現有諸菩薩成就如是殊勝功德先世已於喜足天上承事供養慈氏菩薩聞深般若波羅蜜多請問其中甚深義趣從彼處沒來生此間復次善現有諸菩薩先世雖聞甚深般若波羅蜜多而於其中不能請問甚深義趣今生人中聞說般若波羅蜜多疑惑迷悶難可開悟所以者何不了義者心多疑惑迷悶難喻復次善現有諸菩薩先世雖聞甚深般若波羅蜜多亦曾請問其中義趣或經一日乃至五日而不精進如說修行今生人中聞說如是甚深般若波羅蜜多雖經少時其心堅固無能壞者若離般若波羅蜜多及說法師請問深義尋便退失所以者何此諸菩薩雖於前世得聞般若波羅蜜多亦能請問甚深義趣而不精進如說修行故於今生於深般若波羅蜜多或時樂聞或時不樂或時堅固或時退失其心輕動進退非恒如堵羅綿隨風飄轉如是菩薩新學大乘雖有信心而不堅淨於深般若波羅蜜多不能長時信樂隨轉於二乘地或當墮一

第五分船等喻品第十四

復次善現譬如商侶遊泛大海其船卒破於

中諸人若能取木器物浮囊板片死屍爲所依附當知彼類終不没死得至安隱大海彼岸無損無害受諸快樂諸菩薩衆亦復如是若於大乘有信有忍有樂有欲有精進有勝解有不放逸有勝意樂有捨有敬有清淨心有於無上正等菩提不捨善軛復能攝受甚深般若波羅蜜多爲所依附當知此類終不中道退入聲聞或獨覺地定證無上正等菩提復次善現如有男子或諸女人持燒熟缾詣河取水若池若井若泉若渠當知此缾終不爛壞何以故是缾善熟堪任盛水極堅牢故諸菩薩衆亦復如是若於大乘有信有忍有樂有欲有精進有勝解有不放逸有勝意樂有捨有敬有清淨心有於無上正等菩提不捨善軛復能攝受甚深般若波羅蜜多方便善巧當知此類終不中道退入聲聞或獨覺地定證無上正等菩提復次善現如有商人具善巧智先在海邊固修船已方牽入水知無穿穴後持財物置上而行當知彼船必不壞没人物安隱達所至處諸菩薩衆亦復如是若於大乘有信有忍有樂有欲有精進有勝解有不放逸有勝意樂有捨有敬有清淨心有於無上正等菩提不捨善軛復能攝受甚深般若波羅蜜多方便善巧當知此類終不中道退入聲聞或獨覺地定證無上正等菩提復次善現譬如有人年百二十老耄衰朽復加衆病謂風熱痰或三焦病是老病人欲從牀座起往他處而自不能有二健人各扶一腋徐策令起而告之言莫有所難隨意欲往令我二人終不相棄必達所趣安隱

無損諸菩薩衆亦復如是若於大乘有信有忍有樂有欲有精進有勝解有不放逸有勝意樂有捨有敬有清淨心有於無上正等菩提不捨善軛復能攝受甚深般若波羅蜜多方便善巧當知此類終不中道退入聲聞或獨覺地定證無上正等菩提與上相違是名黑品

第五分如來品第十五之一

爾時善現便白佛言新學菩薩云何應學甚深般若波羅蜜多佛告善現新學菩薩欲學般若波羅蜜多先應親近承事善友若能宣說甚深般若波羅蜜多教誡教授諸菩薩者是名善友謂作是言來善男子汝應勤修布施淨戒安忍精進靜慮般若波羅蜜多汝勤修時應無所得而爲方便迴向無上正等菩提汝回向時勿以色受想行識故而取菩提所以者何一切智智性非所取汝善男子於諸聲聞獨覺等地勿生貪著若能如是教誡教授新學菩薩令其漸入甚深般若波羅蜜多當知是爲菩薩善友具壽善現復白佛言是諸菩薩發菩提心欲趣菩提甚爲難事佛告善現如是如是諸菩薩衆所作甚難謂爲利樂諸世間故發趣無上正等菩提作是誓言我爲濟拔諸世間故爲諸世間作舍宅故爲諸世間作歸依故爲諸世間作洲渚故示諸世間究竟道故爲諸世間作導師故爲諸世間作所趣故發勤精進趣大菩提善現云何諸菩薩衆誓爲濟拔諸世間故發勤精進趣大菩提謂諸菩薩見諸世間沒生死苦不能出離發勤精進趣大菩提爲拔彼苦說正

法要善現云何諸菩薩衆爲諸世間作舍宅故發勤精進趣大菩提謂諸菩薩欲爲世間說一切法皆不和合發勤精進趣大菩提善現白言云何菩薩欲爲世間說一切法皆不和合佛言善現諸菩薩衆欲爲世間宣說五蘊及一切法皆不和合無縛無解無生無滅由此便能覆護一切猶如舍宅善現云何諸菩薩衆爲諸世間作歸依故發勤精進趣大菩提謂諸菩薩欲令世間解脫一切生老病死愁歎憂苦發勤精進趣大菩提方便善巧說正法要善現云何諸菩薩衆爲諸世間作洲渚故發勤精進趣大菩提謂諸菩薩趣大菩提欲爲世間說五取蘊前後際斷由此斷故一切法斷此一切斷即是寂滅微妙涅槃亦是如實無顛倒性譬如小大海河池中高地可居說爲洲渚涅槃亦爾安隱處故善現云何諸菩薩衆示諸世間究竟道故發勤精進趣大菩提謂諸菩薩趣大菩提欲爲世間說色究竟不名爲色受想行識餘法亦爾究竟法性非色等故具壽善現白言世尊若色等法究竟法性不名色等應諸菩薩已得菩提究竟性中無分別故佛告善現如是如是究竟性中都無分別而諸菩薩甚爲難事雖能如是觀一切法而不作證亦不沉沒作是念言我於此法現等覺已爲諸世間宣說開示令知如是究竟道相善現云何諸菩薩衆爲諸世間作導師故發勤精進趣大菩提謂諸菩薩趣大菩提欲爲世間說色本性無生無滅受想行識亦復如是欲爲世間說預流果乃至無上正等菩提諸法本性無生無滅

善現云何諸菩薩衆爲諸世間作所趣故發勤精進趣大菩提謂諸菩薩趣大菩提欲爲世間宣說開示色以虛空爲所趣受想行識及一切法亦以虛空爲所趣欲爲世間宣說開示色無所趣與虛空等受想行識及一切法亦無所趣與虛空等如太虛空無來無去無作無住無生無滅諸法亦爾皆如虛空無所分別何以故諸色空故無來無去受想行識及一切法亦皆空故無來無去所以者何以一切法無不用空無相無願無造無作無生無性如夢如幻無我無邊寂靜涅槃無取無捨無來無去最極寂滅而爲所趣彼於是趣不可超越爾時善現便白佛言誰能信解如是深法佛告善現若諸菩薩久修大行已曾供養無量諸佛於諸佛所發弘誓願所種善根皆已成熟無量善友攝受護念於此深法能生信解具壽善現復白佛言是諸菩薩以何爲性佛告善現是諸菩薩調伏遠離而爲其性由此性故能知能了甚深般若波羅蜜多具壽善現復白佛言是諸菩薩能知能了甚深般若波羅蜜多當何所趣佛告善現是諸菩薩趣一切智具壽善現復白佛言若諸菩薩證是趣已能爲無量無邊有情作所歸趣佛告善現如是如是若諸菩薩證得無上正等菩提能爲無量無邊有情作所歸趣具壽善現復白佛言是諸菩薩能爲難事謂著如是堅固甲胄欲度無量無邊有情令入涅槃而有情類都不可得佛告善現如是如是如汝所說復次善現是諸菩薩所著甲胄不屬諸色受想行識不屬聲聞獨覺菩薩一

切智智及一切法所以者何以一切法皆無所屬具壽善現復白佛言若諸菩薩行深般若波羅蜜多不住聲聞獨覺等地佛告善現汝觀何義作如是說善現答言甚深般若波羅蜜多無所住著若修般若波羅蜜多於一切法都無所修亦無修者修時修處及由此修皆不可得世尊甚深般若波羅蜜多無決定法若修虛空修一切法修無邊際修無攝受是修般若波羅蜜多佛告善現如是如是如汝所說復次善現應依如是甚深般若波羅蜜多觀察不退轉菩薩摩訶薩謂諸菩薩若不貪著甚深般若波羅蜜多不執他語及他教勑以爲眞要非但信他而有所作聞說如是甚深般若波羅蜜多其心不驚不恐不怖不沉不没無疑無悔亦不迷悶歡喜樂聞深心信受是諸菩薩定不退轉如是菩薩先世已聞甚深般若波羅蜜多所有義趣故今得聞心無驚等具壽善現復白佛言若諸菩薩聞深般若波羅蜜多心無驚等是諸菩薩云何觀察甚深般若波羅蜜多佛告善現是諸菩薩應以隨順一切智心觀察般若波羅蜜多具壽善現復白佛言云何隨順一切智心觀察般若波羅蜜多佛告善現若諸菩薩隨順虛空觀察般若波羅蜜多是爲隨順一切智心觀察般若波羅蜜多所以者何以一切智無量無邊若無量無邊即非色亦非受想行識無得無現觀無智無識無生無滅無修無作無所從來亦無所去無方無域亦無所住唯可說爲無量無邊善現當知虛空無量無邊故一切智亦無量無邊一切智無量

無邊故無能證者非色能證乃至非識能證非布施波羅蜜多能證乃至非般若波羅蜜多能證所以者何色乃至識即一切智無二無別布施波羅蜜多乃至般若波羅蜜多即一切智無二無別爾時欲界梵世天子俱詣佛所同白佛言如是般若波羅蜜多極爲甚深難見難覺爾時佛告諸天子言如是如是如汝所說我觀此義初成佛時宴坐思惟不樂說法謂作是念我法甚深非諸世間卒能信受我所證法即是般若波羅蜜多此法甚深非能證非所證無證處無證時由此而證亦不可得天子當知虛空甚深故此法甚深我甚深故此法甚深一切法性無來去故此法甚深時諸天子復白佛言甚奇世尊佛所說法一切世間極難信解佛所說法無取無捨世間有情行取捨故爾時佛告諸天子言如是如是如汝所說具壽善現便白佛言佛所說法微妙甚深於一切法皆能隨順無所障礙與虛空等佛所說法畢竟不生一切生法不可得故佛所說法都無處所一切處所不可得故佛言善現如是如是時諸天子便白佛言大德善現是真佛子隨如來生諸有所說一切皆與空相應故爾時善現語諸天子汝等說我隨如來生云何善現隨如來生謂隨如來真如生故一切生法不可得故如來真如無來無去本性不生善現真如亦無來去本性不生故說善現隨如來生如來真如即一切法真如一切法真如即如來真如如來真如無真如性亦無不真如性善現真如亦復如是故說善現隨如來生如來真如

無變異無分别遍一切處善現眞如亦復如是故説善現隨如來生如來眞如常住爲相而無所住善現眞如亦復如是故説善現隨如來生如來眞如無所罣礙一切法眞如亦無所罣礙善現眞如亦復如是故説善現隨如來生如來眞如與一切法眞如同一眞如無二無别無造無作如來眞如常眞如相無時非眞如相是故眞如無二無别善現眞如亦復如是故説善現隨如來生如來眞如於一切處無憶念無分别一切法眞如於一切處亦無憶念無分别善現眞如亦復如是故説善現隨如來生如來眞如無别異不可得一切法眞如亦無别異不可得善現眞如亦復如是故説善現隨如來生如來眞如不離諸法眞如諸法眞如不離如來眞如如來眞如常眞如相無時非眞如相善現眞如亦復如是故説善現隨如來生雖説隨生而無所隨生以善現眞如不異佛故如來眞如非去來今一切法眞如亦非去來今善現眞如亦復如是故説善現隨如來生如來即是如來眞如如來眞如隨過去眞如過去眞如隨如來眞如如來眞如隨未來眞如未來眞如隨如來眞如如來眞如隨現在眞如現在眞如隨如來眞如如來眞如隨三世眞如三世眞如隨如來眞如如來眞如與三世眞如無二無别一切法眞如善現眞如亦無二無别故説善現隨如來生菩薩眞如即佛眞如諸菩薩衆由眞如故得菩提時説名如來應正等覺如來證得此眞如時三千世界六種變動我於如是諸法眞如深生信解故説善現隨

如來生天子當知然我善現不由色故乃知識故隨如來生亦不由預流果故乃至獨覺菩提故隨如來生亦不由一切智故隨如來生但由真如故隨如來生天子當知然我善現不隨色受想行識生不隨預流果乃至獨覺菩提生故我善現隨如來生時舍利子便白佛言如是如來甚深微妙爾時佛告舍利子言如是如是如汝所說如是如來甚深微妙當說如是如來相時三千苾芻諸漏永盡心得解脫成阿羅漢五百苾芻尼遠離塵垢生淨法眼五千天人得無生法忍六千菩薩諸漏永盡心得解脫爾時佛告舍利子言令此衆中六千菩薩曾於過去五百佛所親近供養雖修布施淨戒安忍精進靜慮而不攝受甚深般若波羅蜜多方便善巧起別異想修別異行故於今時雖聞大法而盡諸漏心得解脫故舍利子諸菩薩衆雖有菩薩道空無相無願而不攝受甚深般若波羅蜜多方便善巧便證實際墮於聲聞或獨覺地舍利子譬如有鳥其身廣大百踰繕那乃至五百翅羽未成或已衰朽是鳥從彼三十三天投身而下趣贍部洲於其中道欻作是念我今還上三十三天於汝意云何是鳥能還三十三天不舍利子曰不也世尊佛告舍利子是鳥中路或作是願至贍部洲當令我身無損無苦於意云何是鳥所願可得遂不舍利子曰不也世尊是鳥至此贍部洲時其身決定有損有苦或復近死或致命終何以故是鳥身大從遠而墮翅羽未成或衰朽故佛告舍利子有菩薩乘善男子等亦復如是雖發無

上正等覺心已經殑伽沙數大劫勤修布施
淨戒安忍精進靜慮亦修空無相無願解脫
門而不攝受甚深般若波羅蜜多方便善巧
便證實際墮於聲聞或獨覺地舍利子是諸
菩薩雖念三世諸佛戒蘊乃至解脫知見蘊
而心取相不如實知如是五蘊真實功德但
聞空聲取相執著回向菩提便墮聲聞或獨
覺地何以故舍利子是諸菩薩遠離般若波
羅蜜多方便善巧法應爾故時舍利子便白
佛言如我解佛所說義者若諸菩薩遠離般
若波羅蜜多方便善巧雖具無量福德資糧
而於菩提或得不得是故菩薩欲得菩提決
定不應遠離般若波羅蜜多方便善巧爾時
佛告舍利子言如是如是如汝所說

大般若波羅蜜多經卷第五百六十一

音釋

薩婆若梵語也此云一切智若爾者切　苾芻苾蒲密切芻楚俱切草名具含五義以比丘之德似之故名比丘爲苾芻　鄔波索迦梵語也此云近事男　鄔波斯迦梵語也此云近事女　須臾臾音俞須臾不久貌　軛音厄　盛音成貯也　耄音帽八十曰耄　腋音亦左右肘脅之間曰腋　策測革切扶持使進也

大般若波羅蜜多經卷第五百六十二

唐三藏法師玄奘奉詔譯

第五分如來品第十五之二

爾時欲界梵世天子恭敬合掌俱白佛言如是般若波羅蜜多最爲甚深極難信解諸佛無上正等菩提亦最甚深極難信解爾時佛告諸天子言如是如是如汝所說具壽善現便白佛言如我解佛所說義者無上菩提非難信得何以故以一切法畢竟空故空中無法信證餘法所以者何以一切法自性皆空若爲未斷如是法故說如是法此法亦空由此因緣於佛無上正等菩提能證所證能知所知一切空寂是故無上正等菩提非難信解非難證得以一切法無不皆空如是信知便證得故佛告善現無上菩提能信證者不可得故無上菩提非實有故無積集故說難信得時舍利子語善現言以一切法畢竟空故無上菩提極難信得所以者何以一切法都無自性皆如虛空譬如虛空不作是念我當信得無上菩提諸法亦爾是故無上正等菩提極難信得復次善現若佛菩提非難信得則不應有如殑伽沙諸菩薩衆發趣無上正等菩提後還退轉故佛菩提極難信得善現對曰於意云何色於菩提有退轉不舍利子言不也善現受想行識於菩提有退轉不舍利子言不也善現離色有法於菩提有退轉不舍利子言不也善現離受想行識有法於菩提有退轉不舍利子言不也善現色眞如於菩提有退轉不舍利子言不也善現受想行識眞如於菩提有退轉不舍利子言不

也善現離色真如有法於菩提有退轉不舍利子言不也善現離受想行識真如有法於菩提有退轉不舍利子言不也善現真如於菩提有退轉不舍利子言不也善現離真如於菩提有退轉不舍利子言不也善現時具壽善現謂舍利子言若一切法諦故住故都無所有皆不可得說何等法可於無上正等菩提而有退轉舍利子言如汝所說實無有法亦無有情可於菩提說有退轉若爾何故佛說三種住菩薩乘但應說一又不應立三乘有異唯應有一正等覺乘時滿慈子便白具壽舍利子言應問善現為許有一菩薩乘不然後可難應無三乘建立差別唯應有一正等覺乘時舍利子問善現言為許有一菩薩乘不善現報言真如頗有二種菩薩及三乘耶舍利子言不也善現真如頗有一菩薩乘一佛乘不舍利子言不也善現真如頗有一法可見名一菩薩及一乘耶舍利子言不也善現時具壽善現謂舍利子言若一切法諦故住故都無所有皆不可得菩薩三乘亦復如是如何可責有一有三若諸菩薩聞說真如無差別相不驚不怖亦不沉沒是諸菩薩疾證菩提定無退轉爾時世尊讚善現曰善哉善哉汝今乃能為諸菩薩善說法要汝之所說承佛威神一切如來隨喜汝說若諸菩薩於法真如無差別相深生信解聞說如是諸法真如不驚不怖亦不沉沒是諸菩薩疾證無上正等菩提定無退轉時舍利子便白佛言若諸菩薩成就此法定證無上正等覺耶爾時佛告舍利子言如是如是是諸菩

薩決定不墮聲聞等地爾時善現便白佛言若諸菩薩欲證菩提應云何住應云何學佛告善現若諸菩薩欲證菩提於諸有情應平等住謂於彼類應起等心慈心悲心喜心捨心不異心謙下心利益心安樂心無瞋惱心如父母心亦以此心應與其語善現當知若諸菩薩欲證菩提應如是住應如是學

第五分不退品第十六

爾時善現便白佛言我等當以何行狀相知是不退轉菩薩摩訶薩佛告善現若諸菩薩能如實知異生聲聞獨覺菩薩及如來地雖說有異而於諸法真如性中無變異無分別無二無二分是諸菩薩雖實悟入諸法真如而於真如無所分別雖聞真如與一切法無二無別而無疑滯雖聞諸法種種異相而於其中無所執著是諸菩薩終不輕爾而發語言諸有所說皆引義利終不觀他好惡長短平等憐愍而為說法若諸菩薩成就如是諸行狀相定於無上正等菩提不復退轉復次善現是諸菩薩不觀外道沙門梵志形相言說謂彼於法實知實見或能施設正見法門無有是處終不禮敬外道天神亦不供養而求勝福復次善現是諸菩薩不墮惡趣不受女身亦不生於卑賤種族除為度脫彼有情類示同類生方便攝受復次善現是諸菩薩常樂受行十善業道亦能方便勸他受行乃至夢中亦無所犯復次善現是諸菩薩諸所受持思惟讀誦種種經典令極通利皆為利樂一切有情恒作是念我以此法為諸有情宣說開示當令一切法願滿足復持如是法

施善根與諸有情平等共有回向所求一切智智復次善現是諸菩薩於佛所說甚深法門決定不生疑惑猶豫亦不迷悶歡喜信受諸所發言皆爲饒益知量而説言詞柔軟寢寐輕少煩惱不行入出往來心不迷謬恒時安住正念正知進止威儀亦復如是諸所遊履必觀其地安詳繫念正視而行運動語言常無卒暴諸所受用卧具衣服皆常香潔無諸臭穢亦無垢膩蟣虱等蟲恒樂清閑常無疾病身中無有八萬戸蟲所以者何是諸善薩善根增上出過世間如如善根漸漸增長如是如是身心清淨爾時善現便白佛言是菩薩心云何清淨佛告善現是諸善薩如如善根漸漸增長如是如是心中一切諂曲矯誑皆永不行由此因緣一切煩惱及餘不善皆永息滅亦超聲聞及獨覺地疾趣無上正等菩提由此應知心常清淨復次善現是諸菩薩不重利養不徇名譽心離嫉慳身無慾失聞甚深法心不迷謬智慧深固恭敬信受隨所聽聞皆能會入甚深般若波羅蜜多諸所造作世間事業亦依般若波羅蜜多方便善巧會入法性不見一事出法性者設有不與法性相應亦能方便會入般若波羅蜜多甚深理趣由斯不見出法性者復次善現是諸菩薩設有惡魔現前化作八大地獄一一獄中化作無量百千菩薩皆被猛焰交徹燒然告菩薩言此諸菩薩皆由受得不退轉記故墮如是大地獄中恒受如斯猛利大苦汝等既受不退轉記當如此類受斯大苦是故汝等應疾捨棄大菩提心可脱斯苦當生天

上或生人中富貴自在受諸快樂時諸菩薩見聞此事其心不動亦不驚疑但作是念若諸菩薩已受菩提不退轉記更墮惡趣受諸苦惱如愚異生必無是處今見聞者定是惡魔所作所說皆非實有復次善現是諸菩薩設有惡魔作沙門像來至其所說如是言汝先所聞受持讀誦甚深般若波羅蜜多相應經典皆是邪說應疾捨棄勿謂為真汝等若能速疾捨棄我當教汝真淨佛法令汝速證無上菩提汝先所聞非真佛語是諸文頌者虛誑撰集我之所說是真佛語善現當知若諸菩薩聞如是語心動驚疑應知未受不退轉記若諸菩薩聞如是語心不驚疑但隨無作無相無生法性而住應知已受不退轉記是諸菩薩諸有所作不信他語不隨他教而便動轉如阿羅漢諸有所為不信他語現證法性無惑無疑一切惡魔不能傾動不退菩薩亦復如是一切聲聞獨覺外道諸惡魔等不能破壞令於菩提而生退屈復次善現是諸菩薩設有惡魔來詣其所詐現親友作如是言汝等所行是生死法非菩提行汝等今應修盡苦道速盡衆苦得般涅槃現在苦身尚應猒捨況更樂受當來苦身宜自審思捨先所信是諸菩薩聞彼語時心不驚疑但作是念如是說者定是惡魔時彼惡魔復語菩薩欲聞菩薩無益行耶謂諸菩薩經如殑伽沙數大劫以無量種上妙供具供養諸佛復於殑伽沙等佛所修無量種難行梵行親近承事如殑伽沙諸佛世尊請問無量無邊菩薩所應修道云何應住云何應行云何應學

諸菩薩道殑伽沙等諸佛世尊如所請問次第爲說彼諸菩薩如教而住如教而行如教而學經無量劫尚不能證所求無上正等菩提況今汝等可能證得是時菩薩雖聞其言而心不動亦無疑惑時彼惡魔復於是處化作無量苾芻形像告菩薩曰此諸苾芻皆於過去經無數劫修無量種難行梵行而不能得無上菩提今皆退住阿羅漢果云何汝等能證菩提是諸菩薩見聞此已即作是念定是惡魔爲擾亂我作如是事定無菩薩修行般若波羅蜜多至圓滿位不證無上正等菩提退住聲聞獨覺等地復作是念若諸菩薩如佛所說修菩提行不證無上正等菩提必無是處當知今者所見所聞定是惡魔所作所說復次善現是諸菩薩設有惡魔作苾芻像來至其所作如是言一切智智與虛空等無性爲性自相本空諸法亦然都無所有此中無法可名能證亦無有法可名所證證處證時及由此證皆不可得既一切法與虛空等無性爲性自相本空汝等何緣唐受勤苦求證無上正等菩提汝先所聞諸菩薩衆應求無上正等菩提皆是魔說非眞佛語汝等應捨大菩提心勿妄爲他虛受勤苦是諸菩薩聞彼語時能如實知是惡魔事欲退敗我大菩提心我今更應堅固其志不應信受惡魔所說復次善現是諸菩薩若欲調心入四靜慮隨意能入遊觀自在爲度有情還生欲界雖生欲界而不染欲亦不退失所修靜慮復次善現是諸菩薩不貴名聲不著稱譽於有情類無恚恨心常欲令其得勝利樂往來

入出無散亂心進止威儀恒住正念爲有情故雖處居家而於其中不生貪著雖現受欲而常厭怖如涉險路心恒驚恐雖有所食惶懼不安但念何時出斯險難雖現受用種種珍財而於其中不起貪愛不以邪命非法自活寧自殞殁不損於人所以者何是諸菩薩行深般若波羅蜜多是人中尊人中善士人中龍象人中蓮華人中調御人中勇健本爲利樂一切有情現處居家方便饒益豈爲自活侵損於人所以者何是諸菩薩甚深般若波羅蜜多方便善巧力所持故復次善現是諸菩薩有執金剛藥义神王常隨左右密爲守護不爲一切人非人等邪魅威力損害身心由此因緣是諸菩薩乃至無上正等菩提身意泰然常不狂亂具丈夫相諸根圓滿心

行調善恒修淨命不行幻術占相吉凶呪禁鬼神合和湯藥誘誑卑末結好貴人侮傲聖賢親昵男女不爲名利自讃毀他不以染心瞻顧戲笑戒見清淨志性淳質復次善現是諸菩薩於諸世間文章技藝雖得善巧而不愛著達一切法不可得故皆雜穢語邪命攝故於諸世俗外道書論雖亦善知而不樂著達一切法本性空故又諸世俗外道書論所說理事多有增減於菩薩道非隨順故復次善現是諸菩薩復有所餘諸行狀相吾當爲汝分別解說謂彼菩薩行深般若波羅蜜多達諸法空不樂觀察論說衆事王事賊事軍事戰事城邑聚落象馬車乘衣服飲食卧具華香男女好醜園林池沼山海等事不樂觀察論說藥义羅刹娑等諸鬼神事不樂觀察

論說街衢市肆樓閣商賈等事不樂觀察論說歌舞妓樂俳優戲謔等事不樂觀察論說洲渚船栰橋梁珠寶等事不樂觀察論說星辰寒熱風雨吉凶等事不樂觀察論說種種法義相違文頌等事不樂觀察論說異生獨覺聲聞相應之事但樂觀察論說般若波羅蜜多相應之事是諸菩薩常不遠離甚深般若波羅蜜多相應作意常不遠離一切智心不好乖違樂和諍訟常悕正法不愛非法恒慕善友不樂惡友好出法言離非法言樂見如來欣出家衆十方國土有佛世尊宣說法要願往生彼親近供養聽聞正法是諸菩薩多從欲界色界天歿生贍部洲中國人趣善於技藝呪術經書地理天文及諸法義或生邊地大國大城與諸有情作大饒益復次善現是諸菩薩終不自疑我爲退轉爲不退轉於自地法亦不生疑爲有爲無於諸魔事善能覺了如預流者於自地法終不生疑設有惡魔種種惑亂不能傾動如有造作無間業者彼無間心恒常隨逐乃至命盡不能捨離設起餘心不能遮伏此諸菩薩亦復如是不退轉心恒常隨逐安住菩薩不退轉地世間天人阿素洛等不能動壞自所得法於諸魔業善能覺知所證法中常無疑惑雖生他世亦不發起聲聞獨覺相應之心亦不自疑我於來世能證無上佛菩提不安住自地不隨他緣於自地法無能壞者所以者何是諸菩薩成就無動無退轉智一切惡緣不能傾動其心堅固踰於金剛設有惡魔作佛形像來至其所作如是言汝今應求阿羅漢果永盡

諸漏入般涅槃汝未堪受大菩提記亦未證得無生法忍汝今未有不退轉地諸行狀相如來不應授汝無上大菩提記是諸菩薩聞彼語時心無變動亦不退沒無驚無怖但作是念此定惡魔或魔眷屬化作佛像來至我所作如是說若真佛說不應有異若諸菩薩聞彼語時能作如是觀察憶念定是惡魔化爲佛像令我遠離甚深般若令我棄捨無上菩提是故不應隨彼所說時魔驚怖即便隱沒是諸菩薩定已安住不退轉地過去諸佛久已授彼大菩提記所以者何是諸菩薩具不退地諸行狀相故能覺知惡魔事業令彼隱沒更不復現復次善現是諸菩薩攝護正法不惜身命況餘珍財朋友眷屬爲護正法勇猛精進恒作是念如是正法即是諸佛清淨法身一切如來恭敬供養我今攝護如是正法即爲攝護諸佛法身復作是念如是正法通屬三世諸佛世尊我亦墮在未來佛數佛已授我大菩提記諸佛正法即我所有我今即爲護自正法我未來世得作佛時亦爲有情宣說此法是諸菩薩見斯義利攝護如來所說正法不惜身命親屬珍財乃至菩提常無懈倦復次善現是諸菩薩聞佛說法無惑無疑聞已受持常不忘失爾時善現便白佛言是諸菩薩但聞佛語無惑無疑常不忘失爲聞菩薩及聲聞等所說正法亦能如是佛告善現是諸菩薩普聞一切有情言音文字義理皆能通達無惑無疑常不忘失所以者何是諸菩薩於諸法中得無生忍已善通達諸法實性聞皆耳順並無疑惑又得聞持

陀羅尼故常能憶念終不忘失善現當知是爲不退轉菩薩摩訶薩諸行狀相

第五分貪行品第十七之一

爾時善現便白佛言希有世尊是諸菩薩成就如是大功德聚世尊能如殑伽沙劫說不退轉諸行狀相惟願如來應正等覺復爲宣說甚深般若波羅蜜多相應義處令諸菩薩安住其中修菩提行疾得圓滿佛告善現善哉善哉汝今乃能問如是事諦聽諦聽當爲汝說善現當知甚深般若波羅蜜多相應義處謂空無相無願無作無生無滅非有寂靜離染涅槃增語所顯具壽善現復白佛言爲但此法名深般若波羅蜜多相應義處爲一切法皆得名爲甚深般若波羅蜜多相應義處佛告善現餘一切法亦得名爲甚深般若波羅蜜多相應義處所以者何謂一切色受想行識亦名甚深善現云何色乃至識亦名甚深謂眞如甚深故色乃至識亦名甚深復次善現若處無色名色甚深廣說乃至若處無識名識甚深爾時善現復白佛言希有世尊微妙方便遮遣五蘊顯示涅槃佛告善現如是如是若諸菩薩能於如是甚深般若波羅蜜多相應義處審諦觀察作如是念我今應如甚深般若波羅蜜多所教而住我今應如甚深般若波羅蜜多所說而學是諸菩薩由能如此依深般若波羅蜜多相應義處審諦觀察精進修行乃至一日所獲福聚無量無邊如貪行人復多尋伺與他美女共爲邀契彼女限礙不獲赴期此人欲心熾盛流注善現於意云何其人欲心於何處轉世尊此

人欲心於女處轉謂作是念彼何當來共會於此歡娛戲樂善現於意云何其人晝夜幾欲念生世尊此人晝夜欲念甚多佛告善現若諸菩薩依深般若波羅蜜多相應義處審諦觀察精進修行乃至一日所超生死流轉劫數與貪行人經一晝夜所起欲念其數量等善現當知是諸菩薩隨依如是甚深般若波羅蜜多相應義處審諦觀察精進修行隨能解脱能礙無上正等菩提所有過失是故菩薩依深般若波羅蜜多相應義處審諦觀察精進修行無懈倦者疾證無上正等菩提善現當知若諸菩薩依深般若波羅蜜多相應義處審諦觀察精勤修行經一晝夜所獲功德勝諸菩薩離深般若波羅蜜多經如殑伽沙數大劫布施功德無量無邊復次善現若諸菩薩依深般若波羅蜜多相應義處審諦觀察精進修行經一晝夜所獲功德勝諸菩薩離深般若波羅蜜多經如殑伽沙數大劫以諸供具供養預流一來不還阿羅漢獨覺菩薩如來布施功德無量無邊復次善現若諸菩薩依深般若波羅蜜多所說而住經一晝夜精勤修學布施淨戒安忍精進靜慮般若所獲功德勝諸菩薩離深般若波羅蜜多經如殑伽沙數大劫精勤修學布施淨戒安忍精進靜慮般若所獲功德無量無邊復次善現若諸菩薩依深般若波羅蜜多所說而住經一晝夜以微妙法施諸有情所獲功德勝諸菩薩離深般若波羅蜜多經如殑伽沙數大劫以微妙法施諸有情所獲功德無量無邊復次善現若諸菩薩依深般若波羅

蜜多所說而住經一晝夜修三十七菩提分法及餘善根所獲功德勝諸菩薩離深般若波羅蜜多經如殑伽沙數大劫修三十七菩提分法及餘善根所獲功德無量無邊復次善現若諸菩薩依深般若波羅蜜多所說而住經一晝夜修行種種財施法施住空閑處繫念思惟先所修行種種福業回向無上正等菩提所獲功德勝諸菩薩離深般若波羅蜜多經如殑伽沙數大劫修行種種財施法施住空閑處繫念思惟先所修行種種福業回向無上正等菩提所獲功德無量無邊復次善現若諸菩薩依深般若波羅蜜多所說而住經一晝夜普緣三世佛及弟子功德善根和合稱量現前隨喜回向無上正等菩提所獲功德勝諸菩薩離深般若波羅蜜多經如殑伽沙數大劫普緣三世佛及弟子功德善根和合稱量現前隨喜回向無上正等菩提所獲功德無量無邊爾時善現便白佛言如來常說諸行皆是分別所作都非實有以何因緣此諸菩薩所獲功德無量無邊佛告善現是諸菩薩行深般若波羅蜜多亦常觀察所作善事空無所有虛妄不實如如觀察所作善事空無所有虛妄不實如是如是便能不離甚深般若波羅蜜多如如不離甚深般若波羅蜜多如是如是所獲功德無量無邊具壽善現便白佛言無量無邊義有何別佛告善現言無量者謂於此中其量未息言無邊者謂於是處數不可盡具壽善現復白佛言頗有因緣色乃至識亦無量無邊耶佛告善現亦有因緣色乃至識無量無邊具壽

善現復白佛言何因緣故色乃至識無量無邊佛告善現色乃至識皆性空故無量無邊具壽善現復白佛言爲但色受想行識空爲一切法皆悉空耶佛告善現我說諸法無不皆空具壽善現復白佛言無量無邊是何增語佛告善現無量無邊是空無相無願增語具壽善現復白佛言無量無邊爲但是空無相無願爲更有餘義耶佛告善現於意云何我豈不說一切法門無不皆空善現答言如來常說一切法門無不皆空佛告善現空即無盡空即無量空即無邊空即餘義是故善現一切法門雖有種種言說差別而義無異善現當知諸法空理皆不可說如來方便說爲無盡或說無量或說無邊或說爲空或說無相或說無願或說無作或說無生或說無滅或說非有或說寂靜或說離染或說涅槃諸如是等無量法門義實無異皆是如來方便演說爾時善現便白佛言希有世尊方便善巧諸法實性皆不可說而爲有情方便顯示如我解佛所說義者諸法實性皆不可說佛告善現如是如是所以者何一切法性皆畢竟空無能宣說畢竟空者具壽善現復白佛言不可說義有增減不佛告善現不可說義無增無減具壽善現復白佛言若不可說義無增無減者即應布施乃至般若波羅蜜多亦無增減若此六種波羅蜜多亦無增減云何菩薩以無增減波羅蜜多求證無上正等菩提能近無上正等菩提若諸菩薩增減六種波羅蜜多便不能近無上菩提佛告善現如是如是不可說義波羅蜜多皆無增減

然諸菩薩行深般若波羅蜜多方便善巧不作是念如是六種波羅蜜多有增有減但作是念唯有名相謂爲布施乃至般若波羅蜜多是諸菩薩修行布施乃至般若波羅蜜多持此六種俱行作意并依此起心及善根與諸有情平等共有回向無上正等菩提如佛無上正等菩提微妙甚深而起回向由此回向方便善巧增上勢力能證無上正等菩提爾時善現便白佛言何謂無上正等菩提佛告善現諸法眞如是謂無上正等菩提善現當知諸法眞如無增減故諸佛無上正等菩提亦無增減若諸菩薩數多安住如是眞如相應作意便近無上正等菩提如是善現不可說義雖無增減而不退失眞如作意波羅蜜多雖無增減而不退失所求無上正等菩提若諸菩薩安住如是眞如作意修行六種波羅蜜多便近無上正等菩提具壽善現便白佛言是諸菩薩爲初心起能近菩提爲後心起能近菩提若初心起能近菩提初心起時後心未起無和合義若後心起能近菩提後心起時前心已滅無和合義如是前後心心所法進退推徵無和合義如何可得積集善根若諸善根不可積集云何菩薩能近菩提佛告善現於意云何如然燈時爲初焰能燋炷爲後焰能燋炷善現答言如我意解非初焰能燋炷亦不離初焰非後焰能燋炷亦不離後焰佛告善現於意云何炷爲燋不善現答言世間現見其炷實燋佛告善現菩薩亦爾非初心起能近菩提亦不離初心非後心起能近菩提亦不離後心而諸菩薩行深

般若波羅蜜多方便善巧令諸善根增長圓滿能近菩提具壽善現便白佛言如是緣起理趣甚深非即前後諸心起故能近菩提非離前後諸心起故能近菩提而諸菩薩能近菩提佛告善現於意云何若心滅已更可生不善現對曰不也世尊是心已滅不可更生於意云何若心已生有滅法不如是世尊若心已生定有滅法於意云何有滅法心非當滅不不也世尊有滅法心決定當滅於意云何無滅法心爲可生不不也世尊無滅法心無可生義於意云何無生法心爲可滅不不也世尊無生法心無可滅義於意云何無生滅法心爲可生滅不不也世尊無生滅法心無可生滅義於意云何若法已滅更可滅不不也世尊若法已滅不可更滅於意云何若法已生更可生不不也世尊若法已生不可更生於意云何諸法實性有生滅不不也世尊諸法實性無生無滅於意云何心住爲如心眞如不如是世尊如心眞如心如是住於意云何若心住如眞如是心爲如眞如實際性常住不不也世尊是心非如眞如實際其性常住於意云何諸法眞如極甚深不如是世尊諸法眞如極爲甚深於意云何即眞如是心不不也世尊於意云何離眞如有心不不也世尊於意云何即心是眞如不不也世尊於意云何離心有眞如不不也世尊於意云何眞如爲能見眞如不不也世尊於意云何汝爲見有實眞如不不也世尊於意云何若諸菩薩能如是行是行深般若波羅蜜多不如是世尊若諸菩薩能如是行是行深般

若波羅蜜多

大般若波羅蜜多經卷第五百六十二

音釋

殑伽梵語也此云天堂來河名也殑其陵切伽具牙切　寢寐寢七稔切卧也寐密二切息也　垢膩垢擧后切塵垢也膩女利切肥膩也　蟣虱蟣擧豈切虱音瑟　諂丑琰切佞言也　矯誑矯擧夭切詐也誑古況切欺也　徇松閏切從也　撰雛綰切述也　殞羽敏切歿也　傲疑到切倨也　眤尼質切近也　技藝技奇寄切方術也藝倪祭切技能也　商賈賈音古行賣曰商坐販曰賈　俳優俳音排優音憂俳優倡也又調戲也　戲謔戲香義切戲弄也謔迄卻切調謔也　栰音伐簰栰也

大般若波羅蜜多經卷第五百六十三

唐三藏法師玄奘奉　詔譯

第五分貪行品第十七之二

佛告善現若諸菩薩能如是行爲行何處善現白言若諸菩薩能如是行都無行處所以者何諸現行法皆不轉故佛告善現若諸菩薩行深般若波羅蜜多爲行何義諦善現白言若諸菩薩行深般若波羅蜜多行勝義諦佛告善現於意云何若諸菩薩行勝義諦於勝義諦爲取相不善現對曰不也世尊佛告善現於意云何是諸菩薩於勝義諦雖不取相而行相不善現對曰不也世尊佛告善現於意云何是諸菩薩於勝義諦既不行相爲壞相不善現對曰不也世尊佛告善現於意云何是諸菩薩於勝義諦雖不壞相而遣相不善現對曰不也世尊佛告善現是諸菩薩於勝義相若不壞遣云何能斷取相想耶善現白言是諸菩薩不作是念我今壞相遣相斷想亦未修學斷想之道若諸菩薩精進修行斷想道者未具佛法應墮聲聞或獨覺地是諸菩薩方便善巧雖於諸相及取相想深知過失而不壞遣速斷此想證於無相何以故一切佛法未圓滿故佛告善現如是如是時舍利子語善現言若諸菩薩夢中修行三解脫門於深般若波羅蜜多有增益不若諸菩薩覺時修行三解脫門於深般若波羅蜜多既有增益彼夢中修亦應增益何以故佛說夢覺無差別故善現報言若諸菩薩覺時修行甚深般若波羅蜜多既名安住甚深般若波羅蜜多是諸菩薩夢中修行甚深般若

波羅蜜多亦名安住甚深般若波羅蜜多三解脱門於深般若波羅蜜多能爲增益亦復如是若夢若覺義無别故舍利子言夢中造業有增益不佛説諸法不實如夢故於夢中所造諸業應無增益要至覺時憶想分别乃有增益善現報曰若諸有情夢斷他命未至覺位憶想分别便自慶幸彼所造業不增益耶舍利子言無所緣事若思若業俱不得生要有所緣思業方起夢中思業緣何而生善現報言如是如是若夢若覺無所緣事思業不生要有所緣思業方起何以故舍利子要於見聞覺知諸相有覺慧轉由斯起染或復起淨若無見聞覺知諸相無覺慧轉亦無染淨由此故知若夢若覺有所緣事思業乃生若無所緣思業不起時舍利子問善現言佛説所緣皆離自性如何可説有所緣事思業乃生若無所緣思業不起善現答言雖諸思業及所緣事皆離自性而由自心取相分别世俗施設説有所緣起諸思業非此所緣離心别有時舍利子問善現言若諸菩薩夢中行施施已回向無上菩提是諸菩薩爲實以施回向無上佛菩提不善現報言慈氏菩薩久已受得大菩提記宜可請問定當爲答時舍利子如善現言恭敬請問慈氏菩薩時慈氏菩薩語舍利子言何等名爲慈氏菩薩而謂能答尊者所問爲色耶爲受想行識耶爲色空耶爲受想行識空耶且色非慈氏菩薩亦不能答尊者所問受想行識非慈氏菩薩亦不能答尊者所問色空非慈氏菩薩亦不能答尊者所問受想行識空非慈氏菩薩亦

不能答尊者所問我都不見有法可名慈氏菩薩亦都不見有法能答有法所答答處答時及由此答皆亦不見我都不見有法能記有法所記記處記時及由此記皆亦不見何以故舍利子以一切法本性皆空畢竟推徵不可得故時舍利子問慈氏言仁者所說法爲如所證不慈氏答言我所說法非如所證所以者何我所證法不可說故時舍利子作是念言慈氏菩薩覺慧甚深長夜修行甚深般若波羅蜜多能作是說爾時世尊知舍利子心之所念即便告曰於意云何汝由是法成阿羅漢爲見此法是可說不舍利子曰不也世尊佛言菩薩行深般若波羅蜜多所證法性亦復如是不可宣說是諸菩薩方便善巧不作是念我由此法於大菩提已得授記今得授記當得授記不作是念我由此法當證菩提若諸菩薩能如是行是行般若波羅蜜多於得菩提亦無怖畏決定自知我當證故是諸菩薩行深般若波羅蜜多聞甚深法不驚不怖亦不沉没是諸菩薩若在曠野有惡獸處亦無怖畏所以者何是諸菩薩爲欲饒益諸有情故能捨一切内外所有恒作是念諸惡獸等欲噉我身我當施與令其充足由此善根令我布施波羅蜜多速得圓滿疾證無上正等菩提我當如是勤修正行證得無上正等覺時我佛土中得無一切傍生餓鬼是諸菩薩若在曠野有惡賊處亦無怖畏所以者何是諸菩薩爲欲饒益諸有情故能捨一切内外所有樂修諸善於身命財無所顧恪恒作是念若諸有情競來劫奪我諸資

具或有因斯害我身命我當於彼不生瞋恨由此因緣令我安忍波羅蜜多速得圓滿疾證無上正等菩提我當如是勤修正行證得無上正等覺時我佛土中得無一切劫害怨賊由我佛土極清淨故亦無餘惡是諸菩薩若在曠野無水之處亦無怖畏作是念言我當宣說無上妙法斷諸有情渴愛之病設我由此渴乏命終於諸有情必不捨離大悲作意施妙法水奇哉薄福是諸有情居在如斯無水世界我當如是勤修正行證得無上正等覺時我佛土中得無如是一切燋渴之水曠野我當方便勸諸有情修勝福業隨所在處皆令具足八功德水是諸菩薩處饑饉土亦無怖畏作是念言我當精進嚴淨佛土當證無上正等覺時我佛土中得無如是一切饑饉諸有情類具足快樂隨意所須應念即至如諸天上所念皆得我當發起堅猛精進令諸有情諸願滿足一切時處一切有情於一切種資緣無乏若諸菩薩無斯怖畏定證無上正等菩提是諸菩薩遇疾疫時亦無怖畏何以故是諸菩薩恒審思惟無法名病亦無病者一切皆空不應怖畏我當如是勤修正行證得無上正等覺時我佛土中諸有情類等無三病精進修行殊勝善法如佛所說常無懈廢是諸菩薩若念菩提經久乃得亦無怖畏所以者何前際劫數雖有無量而一念頃憶念分別積集所成後際劫數應知亦爾是故菩薩不應於中作久遠想而生怖畏何以故前際後際劫數短長皆一剎那心相應故如是菩薩於可畏事能審思惟不生怖

者疾證無上正等菩提

第五分姊妹品第十八

爾時會中有一天女從座而起頂禮佛足偏覆左肩右膝著地合掌恭敬白言世尊我於此中亦無怖畏願當來世得作佛時亦爲有情說如斯法作是語已取妙金花恭敬至誠散如來上佛神力故令此金花上涌虛空繽紛而住爾時世尊即便微笑從面門出金色光明普照十方還從頂入時阿難陀見聞是已恭敬合掌白言世尊何因何緣現此微笑諸佛現笑非無因緣爾時世尊告慶喜曰今此天女於未來世當成如來應正等覺劫名星喻佛號金花慶喜當知今此天女即是最後所受女身捨此身已便受男身盡未來際不復爲女從此歿已生於東方不動佛國勤修梵行此女彼界便字金花從不動佛世界歿已復生他方有佛世界隨所生處常不離佛如轉輪王從一臺殿至一臺殿歡娛受樂乃至命終足不履地此女亦爾從一佛國至一佛國隨所生處常不遠離諸佛世尊乃至菩提恒修梵行時阿難陀竊作是念今此姊妹當作佛時亦應如今菩薩衆會佛知其念告慶喜言如是如是如汝所念金華菩薩當作佛時亦爲衆會宣說如是甚深般若波羅蜜多彼會菩薩其數多少亦如我今菩薩衆會聲聞弟子其數難知但可總說無量無數彼佛世界惡獸惡賊飢渴病等一切皆無亦無諸餘煩惱怖畏爾時慶喜復白佛言今此姊妹先於何佛初發無上正等覺心種諸善根回向發願佛告慶喜此女過去然燈佛所

初發大心亦以金華散彼佛上回向發願令得值我慶喜當知我於過去然燈佛所以五莖花奉散彼佛回向發願然燈如來應正等覺知我根熟與我授記汝於來世當得作佛號爲能寂界名堪忍劫號爲賢天女爾時聞佛授我大菩提記歡喜踊躍即以金花散彼佛上回向發願使我來世於此菩薩得作佛時亦如今佛現前授我大菩提記故我今者與彼授記爾時慶喜聞佛所說歡喜踊躍白言世尊今此姊妹久已修習大菩提心回向發願今得成熟佛告慶喜如是如是如汝所說爾時善現便白佛言云何菩薩行深般若波羅蜜多現入空定佛告善現若諸菩薩行深般若波羅蜜多觀諸色受想行識空作此觀時不令心亂若心不亂則如實見法雖如實見法而不作證具壽善現復白佛言云何菩薩雖見空法而不作證佛告善現是諸菩薩觀法空時先作是念我應觀法諸相皆空而於其中不應作證我爲學故觀諸法空不爲證故觀諸法空今是學時非爲證時是諸菩薩未入定位攝心於境非入定時菩薩爾時雖不退失菩提分法而不盡漏所以者何是諸菩薩成就廣大智慧善根能自審思我於空法今時應學不應作證我應攝受甚深般若波羅蜜多觀諸法空圓滿一切菩提分法不應今時證於實際墮二乘地不得菩提譬如有人勇健威猛所立堅固形貌端嚴六十四能無不具足於餘技術學至究竟具多最勝功德尸羅聰慧巧言善能酬對具慈具義有大勢力諸有所爲皆能成辦善事業故

功少利多由此衆人無不敬愛有因緣故將其父母妻子眷屬發趣他方中路經過險難曠野其中多有惡獸怨賊眷屬小大無不驚惶其人自恃多諸技術威猛勇健身意泰然安慰父母妻子眷屬勿有憂懼必令無苦疾度曠野至安隱處彼人爾時化作種種勇銳兵仗遇諸怨敵令彼見之自然退散故彼壯士於曠野中惡獸怨賊無傷害意善權方便將諸眷屬疾度曠野至安樂處諸菩薩衆亦復如是愍生死苦諸有情類繫念安住慈悲喜捨攝受般若波羅蜜多殊勝善根方便善巧如佛所許持諸功德回向無上正等菩提雖具修空而不作證深心愍念一切有情緣諸有情欲施安樂是諸菩薩超煩惱品亦超魔品及二乘地雖住空定而不盡漏雖善習空而不作證爾時菩薩住空定中雖於相不執而不證無相如堅翅鳥飛騰虛空自在翱翔久不墮落雖依空戲而不住空亦不爲空之所拘礙諸菩薩衆亦復如是雖學空無相無願解脫門而不住空無相無願乃至佛法未極圓滿終不依彼永盡諸漏如有壯夫善閑射術欲顯己技仰射虛空爲令空中箭不墮地復以後箭射前箭筈如是展轉經於多時箭箭相承不令其墮若欲令墮便止後箭爾時諸箭方頓墮落此諸菩薩亦復如是行深般若波羅蜜多攝受殊勝方便善巧乃至善根未極成熟終不中道證於實際若時善根已極成熟便證實際得大菩提是故菩薩行深般若波羅蜜多方便善巧皆應如是於深法性審諦觀察若諸佛法未極圓滿不應

作證爾時善現便白佛言甚奇世尊希有善逝是諸菩薩能爲難事雖學深法而不作證佛告善現如是如是此諸菩薩誓不棄捨一切有情能辦斯事謂諸菩薩發廣大心爲脱有情生死苦故雖數引發三解脱門而於中道不證實際所以者何所欲度脱不應捨故方便善巧所護持故不應中間證於實際復次善現若諸菩薩於甚深處欲以般若波羅蜜多審諦觀察謂空無相無願等持三解脱門所行之處是諸菩薩應作是念有情長夜起有情想執有所得引生種種邪惡見趣輪回生死受苦無窮我爲斷彼邪惡見趣應求無上正等菩提爲諸有情説深空法令斷彼執出生死苦是故雖學空解脱門而於中間不證實際是諸菩薩由起此念方便善巧雖於中間不證實際而不退失慈悲喜捨四種勝定所以者何是諸菩薩甚深般若波羅蜜多方便善巧所攝受故倍增白法諸根漸利力覺道支轉復增益復次善現是諸菩薩應作是念有情長夜行諸相中起種種執由斯輪轉受苦無窮我爲斷彼諸相執故應求無上正等菩提爲諸有情説無相法令斷相執出生死苦由斯數入無相等持是諸菩薩由先成就方便善巧及所起念雖數現入無相等持而於中間不證實際雖於中間不證實際而不退失四無量定所以者何是諸菩薩甚深般若波羅蜜多方便善巧所攝受故倍增白法諸根漸利力覺道支轉復增益復次善現是諸菩薩應作是念有情長夜其心常起常想樂想我想淨想由此引生顛倒執著

輪轉生死受苦無窮我爲斷彼四顛倒故應求無上正等菩提爲諸有情說無倒法謂說生死無常無樂無我無淨唯有涅槃微妙寂靜具足種種眞實功德由斯數入無願等持是諸菩薩由先成就方便善巧及所起念雖數現入無願等持而諸佛法未極圓滿終不中間證於實際雖於中間不證實際而不退失四無量定所以者何是諸菩薩甚深般若波羅蜜多方便善巧所攝受故倍增白法諸根漸利力覺道支轉復增益復次善現是諸菩薩應作是念有情長夜先已行有所得今亦行有所得先已行有相今亦行有相先已行顛倒今亦行顛倒先已行和合想今亦行和合想先已行虛妄想今亦行虛妄想先已行邪見今亦行邪見由斯輪轉受苦無窮我爲斷彼如是過失應求無上正等菩提爲諸有情說甚深法令彼過失皆永斷除不復輪回受生死苦速證常樂眞淨涅槃是諸菩薩由深愍念一切有情成就殊勝方便善巧甚深般若波羅蜜多所攝受故於深法性常樂觀察謂空無相無願無作無生無滅無性實際是諸菩薩成就如是殊勝智見若墮無相無作之法或住三界俱無是處是諸菩薩成就如是殊勝功德捨諸有情而趣圓寂不證無上正等菩提饒益有情亦無是處復次善現若諸菩薩欲得無上正等菩提應當請問諸餘菩薩云何菩薩修習一切菩提分法引發何心能令菩薩學空無相無願無作無生無滅無性實際而不作證然修般若波羅蜜多若餘菩薩得此問時作如是答諸菩薩衆

但應思惟空無相等不爲顯示應念不捨一切有情攝受殊勝方便善巧當知彼菩薩先未蒙諸佛授與無上正等菩提不退轉記所以者何彼諸菩薩未能開示分别顯了不退轉地諸菩薩衆不共法相不如實知他所請問不退轉地諸行狀相亦不能答爾時善現便白佛言頗有因緣知諸菩薩不退轉不佛告善現亦有因緣知諸菩薩是不退轉謂有菩薩於深般若波羅蜜多若聞不聞能如實答先所請問能如實行不退轉地諸菩薩行由此因緣知彼菩薩是不退轉具壽善現復白佛言以何因緣有多菩薩行菩提行少有能作如實答者佛告善現雖多菩薩行菩提行而少菩薩得受如是不退轉地微妙慧記若有得受如是記者皆於此中能如實答善現當知是諸菩薩善根明利智慧深廣世間天人阿素洛等皆不能壞大菩提心

第五分夢行品第十九

復次善現若諸菩薩乃至夢中不著三界及二乘地亦不稱譽雖觀諸法如夢所見而於實際能不證受是不退轉諸菩薩相復次善現若諸菩薩夢中見佛無量百千大衆圍繞而爲說法或見自身有如是事是不退轉諸菩薩相復次善現若諸菩薩夢中見佛具諸相好常光一尋周匝照曜與無量衆涌在虚空現大神通說正法要化作化士令往他方無邊佛國作諸佛事或見自身有如是事是不退轉諸菩薩相復次善現若諸菩薩夢見狂賊破壞村城或見火起焚燒聚落或見惡獸欲來害身或見怨家欲斬其首或見父母

臨當命終或見自身衆苦來逼雖見此等諸怖畏事而不驚懼亦無憂惱從夢覺已能正思惟三界非眞皆如夢見我得無上正等覺時當爲有情說三界法一切虛妄皆如夢境是不退轉諸菩薩相復次善現若諸菩薩乃至夢中見有地獄傍生鬼界諸有情類便作是念我當精勤修菩薩行速趣無上正等菩提我佛土中得無地獄傍生鬼界惡趣及名從夢覺已亦作是念善現當知是諸菩薩當作佛時國土清淨定無惡趣及彼名聲是不退轉諸菩薩相復次善現若諸菩薩夢中見火燒地獄等諸有情類或復見燒城邑聚落便發願言我若已受不退轉記願此大火變爲清凉若此菩薩作是願時夢中見火即爲頓滅當知已受不退轉記若此菩薩作是願時夢中見火不爲頓滅當知未受不退轉記覺時見火燒諸城邑火隨願滅不滅亦然復次善現若諸菩薩覺時見火燒諸城邑便作是念我若實有不退轉相願此大火即爲頓滅變作清凉念已發言火不頓滅然燒一里越置一里復燒一里或燒一家越置一家復燒一家如是展轉其火乃滅是諸菩薩當知亦已受不退記然被燒者謗法餘殃或表當來謗法苦相復次善現若諸菩薩見有男子或有女人現爲非人之所魅著受諸苦惱不能遠離便作是念若諸如來知我已得清淨意樂知我已受不退轉記已離聲聞獨覺等地必得無上正等菩提願垂照察我心所念我若實能修菩薩行疾證無上正等菩提濟拔有情生死苦者願是男子或此女人不爲

非人之所擾惱彼隨我語即當捨去是諸善薩作此語時若彼非人不爲去者當知未受不退轉記若彼非人即爲去者當知已受不退轉記復次善現有諸菩薩實未受得不退轉記見有男子或有女人現爲非人之所魅著受諸苦惱不能遠離即便輕爾發誠諦言若我已得不退轉記令此男子或此女人不爲非人之所擾惱彼隨我語速當捨去爾時惡魔爲誑惑彼即便驅逼非人令去所以者何惡魔威力勝彼非人是故非人受魔教勑即便捨去時彼菩薩作是念言非人令去是吾威力所以者何非人隨我所發誓願即便放捨男子女人無别緣故是諸菩薩既不覺知惡魔所作謂是自力輕餘菩薩起增上慢雖勤精進終不能得無上菩提墮二乘地數爲惡魔之所誑惑是故菩薩應善覺知諸惡魔事修諸善業復次善現有諸菩薩實未受得不退轉記遠離般若波羅蜜多方便善巧未免魔惑謂有惡魔爲誑惑故方便化作種種形像至菩薩所作如是言汝自知耶過去諸佛已曾授汝大菩提記汝身眷屬乃至七世名字差别我悉善知汝身生在某方某國某城某邑某聚落中汝在某年某月某日某時某宿相王中生如是惡魔若見菩薩稟性柔輭諸根暗鈍便詐記言汝於先世所稟根性已曾如是若見菩薩稟性剛強諸根明利便詐記言汝於先世亦曾如是若見菩薩具足種種杜多功德及餘勝行便詐記言汝於先世亦曾如是具諸功德應自慶慰勿得自輕時彼菩薩聞此惡魔說其過現名等功德

歡喜踊躍起增上慢陵蔑毁駡諸餘善薩惡魔知已復告之言汝定成就殊勝功德佛已授汝大菩提記已有殊勝瑞相現前爾時惡魔爲擾亂故復矯化作種種形像至菩薩所現親愛言汝今已具不退轉德應自敬重勿輙尊人時此菩薩聞彼語已增上慢心轉復堅固令一切智遠而更遠是故菩薩欲得善提應善覺知諸惡魔事復次善現有諸菩薩不善了知名字實相但聞名字妄生執著謂有惡魔方便化作種種形像來告之言汝所修行願行已滿不久當證無上菩提汝成佛時當得如是殊勝功德尊貴名號謂彼惡魔知此菩薩長夜思願我成佛時當得如是尊貴名號隨其思願而記說之時此菩薩遠離般若波羅蜜多方便善巧聞魔記說作是念言此人奇哉爲我記說當得成佛尊貴名號與我長夜思願相應由此故知我定當得成佛名號勝過餘人如如惡魔記彼名號如是憍慢轉增輕蔑諸餘實德菩薩由斯轉遠無上菩提當墮聲聞或獨覺地是諸菩薩或有此身親近善友至誠悔過雖經多時流轉生死而後當證無上菩提若有此身不遇善友至誠悔過彼定流轉生死多時愚癡顛倒後雖精進修諸善業而墮聲聞或獨覺地如是憍慢輕餘菩薩罪過四重及五無間無量倍數是故菩薩應善覺知如是記說虚名號等微細魔事不應憍慢輕餘菩薩復次善現有諸菩薩或居曠野修遠離行時有惡魔來至其所恭敬讚歎作如是言大士能修真遠離行此遠離行賢聖稱譽諸天龍神皆共

守護善現當知我不稱讚此遠離行以爲眞實善現白言此遠離行若非眞實餘復是何佛告善現若諸菩薩或居城邑或居山野但離煩惱二乘作意行深般若波羅蜜多是名菩薩眞遠離行此遠離行諸佛世尊稱讚開許菩薩應學令諸菩薩疾證菩提善現當知魔所稱讚常居山野宴坐思惟猶雜煩惱二乘作意離深般若波羅蜜多不能圓滿一切智智有諸菩薩雖樂修行魔所稱讚遠離行法而心輕蔑恒居村城修眞遠離諸餘菩薩善現當知是諸菩薩遠離般若波羅蜜多雖經多時居深山野修遠離行而不了知眞遠離法增長憍慢於二乘地深生樂著終不能得無上菩提非佛世尊稱讚開許亦非菩薩所應修行善現當知我所稱讚諸菩薩衆眞淨遠離法是諸菩薩都不成就彼於眞淨遠離行中亦不見有相似行相而諸惡魔爲誑惑彼令生憍慢輕餘菩薩來至空中慇懃讚歎言是眞淨遠離行法善現當知是諸菩薩雖居山野而心喧雜不能修學眞遠離行有諸菩薩雖居村城而心寂靜常能修學眞遠離行善現當知是諸菩薩於常修學眞遠離行諸菩薩衆輕弄毀呰如旃荼羅於不能修眞遠離行諸菩薩衆供養尊重如佛世尊善現當知是諸菩薩遠離般若波羅蜜多發起種種分別執著作是念言我所修學是眞遠離故爲非人來至我所稱讚護念居城邑者身心擾亂誰當護念稱讚敬重是諸菩薩心多憍慢煩惱惡業晝夜增長善現當知是諸菩薩於菩薩衆爲旃荼羅穢汙菩薩摩訶薩

衆亦是天上人中大賊誑惑天人阿素洛等其身雖服沙門法衣而心常懷怨賊意樂諸有發趣菩薩乘者不應親近供養恭敬所以者何此諸人等懷增上慢外似菩薩內多煩惱惡業增盛是故善現若諸菩薩眞實不捨一切智智求證無上正等菩提普爲利樂諸有情者不應親近如是惡人善現當知諸菩薩衆常應精進修眞事業猒離生死不著三界於彼惡賊旃荼羅人常應發生慈悲喜捨應作是念我不應起如彼惡人所起過患設當失念如彼暫起即應覺知令速除滅是故菩薩欲證無上正等菩提當善覺知諸惡魔事應勤精進遠離除滅如彼菩薩所起過患勤求無上正等菩提若諸菩薩如是學者是爲善巧覺知魔事

大般若波羅蜜多經卷第五百六十三

音釋

噉徒濫切食也　刼奪刼訖業切剽掠也奪徒活切攘取也　饑饉饑居希切穀不熟也饉貝吝切菜不熟也　繽紛繽紕民切繽紛雜亂貌　竊千結切私也　莖何庚切小枝也　勇銳銳于芮切勇謂勇猛銳謂銳利也　翱翔翱音遨翔音祥翱翔回飛也　筈古活切箭本受弦處　鈍徒困切頑鈍也　杜多梵語也亦云頭陀此云修治謂修治淨行也　陵蔑蔑彌列切陵蔑謂陵侮輕慢也

大般若波羅蜜多經卷第五百六十四

唐三藏法師玄奘奉詔譯

第五分勝意樂品第二十

復次善現若諸菩薩以勝意樂欲證無上正等菩提常應親近供養恭敬尊重讚歎眞淨善友爾時善現便白佛言何等名爲菩薩善友佛告善現諸佛皆名菩薩善友若能宣說甚深般若波羅蜜多教誡教授諸菩薩衆令於般若波羅蜜多甚深法門能悟入者亦得名爲菩薩善友布施淨戒安忍精進靜慮般若波羅蜜多當知亦名菩薩善友如是六種波羅蜜多與諸菩薩爲師爲導爲明爲炬爲光爲照爲舍爲護爲歸爲趣爲洲爲渚爲父爲母過去未來現在諸佛皆依六種波羅蜜多而得成辦功德事業所以者何如是六種波羅蜜多普能攝受一切佛法是故善現若諸菩薩欲證無上正等菩提應學六種波羅蜜多復次善現若諸菩薩欲學六種波羅蜜多應於般若波羅蜜多甚深經典至心聽聞受持讀誦觀察義趣請決所疑所以者何如是般若波羅蜜多甚深經典能與六種波羅蜜多爲尊爲導爲生養母善現當知若諸菩薩欲得不隨他教行欲住不隨他教地欲斷一切有情疑欲滿一切有情願應學如是甚深般若波羅蜜多具壽善現便白佛言甚深般若波羅蜜多以何爲相佛告善現甚深般若波羅蜜多無礙爲相爾時善現復白佛言頗有因緣甚深般若波羅蜜多無礙之相餘一切法亦得有耶佛告善現有因緣故甚深般若波羅蜜多無礙之相餘一切法亦可說

有所以者何以一切法無不皆如甚深般若波羅蜜多是空遠離具壽善現復白佛言若一切法皆空遠離云何有情有染有淨所以者何非空遠離法可說有染淨非空遠離能證菩提非離空遠離有別法可得云何令我解如是義佛告善現於意云何有情長夜有我等心執我等不善現對曰如是世尊佛告善現於意云何有情所執我及我所空遠離不善現對曰如是世尊佛告善現於意云何豈不有情由我我所流轉生死善現對曰如是世尊佛告善現如是有情流轉生死施設雜染及清淨者由諸有情虛妄執著我及我所說有雜染而於其中無雜染者由諸有情不妄執著我及我所說有清淨而於其中無清淨者是故善現雖一切法皆空遠離而諸有情亦可施設有染有淨若諸菩薩能如是行名行般若波羅蜜多具壽善現便白佛言希有世尊雖一切法皆空遠離而諸有情有染有淨若諸菩薩能如是行則不行色受想行識世間天人阿素洛等皆不能伏普勝一切聲聞獨覺所行之行至無勝處是諸菩薩由此般若波羅蜜多相應作意晝夜安住方便善巧趣向無上正等菩提疾證無上正等菩提佛告善現如是如是復次善現於意云何假使於此贍部洲中一切有情非前非後皆得人身發菩提心盡壽布施持此布施回向菩提由此因緣得福多不善現對曰甚多世尊佛告善現若有菩薩下至一日安住般若波羅蜜多相應作意所獲功德甚多於前無量無數所以者何如是菩薩如如安住甚

深般若波羅蜜多相應作意如是如是堪爲一切有情福田由此菩薩所起慈心諸有情類無能及者唯除如來應正等覺如是菩薩具勝妙慧由勝妙慧見諸有情受大苦惱如被刑戮起大悲心復以天眼見有情類成無間業墮無暇處受諸苦惱或爲見網之所覆蔽不得正道見已悲愍生大猒怖普緣一切有情世間起大慈悲相應作意我當普爲一切有情作大導師令脫衆苦雖作是念而不住此想亦不住餘想是名菩薩大慧光明由住此住能作一切世間福田雖未證得一切智智而於菩提已不退轉堪受施主一切供養如是菩薩善住般若波羅蜜多既能畢竟報施主恩亦能親近一切智智是故菩薩欲不虛受世間信施欲示有情眞淨道路欲爲有情作大饒益欲爲世間作大明照欲脫有情生死牢獄欲施有情清淨法眼應常安住甚深般若波羅蜜多相應作意由此作意所有言說皆與般若波羅蜜多理趣相應諸餘作意無容暫起所以者何如是菩薩甚深般若波羅蜜多相應作意流注相續譬如有人先未曾有末尼寶珠後時遇得歡喜自慶遇緣還失生大憂惱常懷歎惜未曾離念思當何計還得此珠彼人由是相應作意緣此寶珠無時暫捨菩薩亦爾應常安住甚深般若波羅蜜多相應作意若不安住如是作意則爲喪失一切智智相應作意爾時善現便白佛言若一切法及諸作意皆離自性云何菩薩不離般若一切智智相應作意佛告善現若諸菩薩知一切法及諸作意皆離自性是

諸菩薩不離般若一切智智所以者何甚深般若一切智智及諸作意自性皆空無增無減具壽善現復白佛言若深般若波羅蜜多自性常空無增無減云何菩薩增長般若波羅蜜多能近菩提佛告善現若諸菩薩行深般若波羅蜜多知一切法無增無減於深般若波羅蜜多亦無增減若諸菩薩能如是知聞一切法無增無減不驚不怖亦不沉没是諸菩薩行深般若波羅蜜多已到究竟安住菩薩不退轉地疾證無上正等菩提具壽善現白言世尊爲即般若波羅蜜多能行般若波羅蜜多不不爾善現世尊爲離般若波羅蜜多有法可得能行般若波羅蜜多不不爾善現世尊爲即般若波羅蜜多空能行般若波羅蜜多不不爾善現世尊爲離般若波羅蜜多空有法可得能行般若波羅蜜多不不爾善現世尊爲即空能行般若波羅蜜多不不爾善現世尊爲離空有法可得能行般若波羅蜜多不不爾善現世尊爲離空有法可得能行空不不爾善現世尊爲即般若波羅蜜多能行不不爾善現世尊爲離般若波羅蜜多有空不不爾善現世尊爲即色受法可得能行空不不爾善現世尊爲即色受想行識等能行般若波羅蜜多及行空不不爾善現世尊爲離色受想行識等有法可得能行般若波羅蜜多及行空不不爾善現世尊爲即色受想行識等空能行般若波羅蜜多及行空不不爾善現世尊爲離色受想行識等空能行般若波羅蜜多及行空不不爾善現爾時善現便白佛言若爾菩薩以何等

法能行般若波羅蜜多及能行空佛告善現於意云何汝見有法能行般若波羅蜜多及行空不善現對曰不也世尊佛告善現於意云何汝見有般若波羅蜜多及見有空是諸菩薩所行處不善現對曰不也世尊佛告善現於意云何汝所不見法是法可得不善現對曰不也世尊佛告善現於意云何不可得法頗有生不善現對曰不也世尊佛告善現汝所不見所不得法所有實相即是菩薩無生法忍菩薩成就如是忍者便於無上正等菩提堪得受記亦名如來無所畏道若諸菩薩勤行此道不得無上正等覺智大智妙智自然智一切智智及如來智無有是處具壽善現復白佛言菩薩爲以諸法無生於佛菩提得受記不不爾善現世尊若爾菩薩云何

受菩提記佛告善現於意云何汝見有法於佛菩提得受記不善現對曰不也世尊我不見法於佛菩提堪得受記亦不見法於佛菩提有能證者證時證處及由此證若所證法皆亦不見佛告善現以一切法不可得故不應念言於佛菩提此是能證此是所證時天帝釋便白佛言如是般若波羅蜜多最爲甚深難見難覺畢竟離故非少善根諸有情類能於如是甚深般若波羅蜜多書寫聽聞受持讀誦爾時佛告天帝釋言如是如是如汝所說憍尸迦假使於此贍部洲中一切有情悉皆成就十善業道如是福聚於能書寫聽聞受持讀誦般若波羅蜜多甚深經典所獲功德百分不及一千分不及一乃至鄔波尼殺曇分亦不及一時有苾芻告天帝釋有於

般若波羅蜜多書寫聽聞受持讀誦所獲功德勝於仁者天帝釋言彼有情類初發心時尚勝於我況於般若波羅蜜多書寫聽聞受持讀誦精勤修學如理思惟苾芻當知彼有情類即是菩薩如是菩薩所獲福聚普勝一切世間天人阿素洛等如是菩薩所獲福聚亦勝預流一來不還應果獨覺亦勝菩薩遠離般若波羅蜜多方便善巧修行布施淨戒安忍精進靜慮波羅蜜多及餘功德苾芻當知若諸菩薩如說修行甚深般若波羅蜜多方便善巧是諸菩薩普勝一切世間天人阿素洛等世間天人阿素洛等皆應供養所以者何是諸菩薩於深般若波羅蜜多能如說行究竟隨轉是諸菩薩能紹一切智智種性令不斷絶常不遠離諸佛世尊常不遠離妙菩提座常能濟拔溺生死泥諸有情類是諸菩薩如是學時常學菩薩所應學法不學二乘所應學法諸天神等常隨擁護四大天王來至其所供養恭敬咸作是言善哉大士當勤精進學菩薩衆所應學法疾當安坐妙菩提座速證無上正等菩提如昔天王所奉四鉢我亦當奉苾芻當知是諸菩薩我等天帝尚往其所供養恭敬況餘天神苾芻當知是諸菩薩如是學時一切如來及諸菩薩諸天龍等常隨守護由此因緣世間危厄身心憂苦皆不侵害所有疾病亦復不起苾芻當知是諸菩薩獲如是等現法勝利後世功德無量無邊時阿難陀竊作是念天主帝釋爲自辯才讚說如是菩薩功德爲是如來威神加被時天帝釋承佛威神知阿難陀心之所念

白言大德非我辯才皆是如來威神加被爾時佛告阿難陀言如是如是令天帝釋承佛威神能如是說慶喜當知若時菩薩於深般若波羅蜜多思惟修學三千世界一切惡魔皆生疑怖咸作是念此諸菩薩爲於中間便證實際墮二乘地爲趣無上正等菩提轉妙法輪空我境界

第五分修學品第二十一

復次慶喜若時菩薩修學般若波羅蜜多晝夜精勤常不捨離時魔眷屬如箭入心怖戰憂惶不任自處復次慶喜若時菩薩修學般若波羅蜜多晝夜精勤將至究竟時魔眷屬來至其所化作種種可怖畏事欲令菩薩身心驚惶於大菩提暫退便足復次慶喜非諸菩薩修學般若波羅蜜多皆爲惡魔之所擾亂若諸菩薩先世聞此甚深般若波羅蜜多無信解心毀呰誹謗是諸菩薩修學般若波羅蜜多便爲惡魔之所擾亂復次慶喜若諸菩薩聞深般若波羅蜜多疑惑猶豫爲有爲無是諸菩薩修學般若波羅蜜多便爲惡魔之所擾亂復次慶喜若諸菩薩遠離善友惡友攝持不聞般若波羅蜜多甚深義處由不聞故不知不見云何修學甚深般若波羅蜜多是諸菩薩修學般若波羅蜜多便爲惡魔之所擾亂復次慶喜若諸菩薩攝受邪法爾時惡魔便作是念今此菩薩與我爲伴令無量人棄捨正法滿我所願是諸菩薩修學般若波羅蜜多便爲惡魔之所擾亂復次慶喜若諸菩薩聞說般若波羅蜜多甚深經時告餘菩薩如是般若波羅蜜多理趣甚深難信

難解何用書寫受持讀誦我尚不能得其源底況餘薄福淺智者哉是諸菩薩修學般若波羅蜜多便爲惡魔之所擾亂復次慶喜若諸菩薩輕餘菩薩謂作是言我能安住眞遠離行汝等皆無爾時惡魔歡喜慶快是諸菩薩修學般若波羅蜜多便爲惡魔之所擾亂復次慶喜若時菩薩自恃名姓及所修行杜多功德輕懱諸餘修勝善法諸菩薩衆常自稱讚毁呰他人無不退轉諸行狀相而謂自在起煩惱業爾時惡魔便大歡喜作如是念今此菩薩令我境土宫殿不空增益地獄傍生鬼界是時惡魔助其神力令轉增益威力辯才由此多人信受其語因斯勸發同彼惡見同惡見已隨彼邪學隨邪學已煩惱熾盛心顛倒故所起三業皆能感得不可愛果由此因縁增長惡趣令魔宫殿轉更充滿由此惡魔歡喜踊躍諸有所作隨意自在是諸菩薩修學般若波羅蜜多便爲惡魔之所擾亂復次慶喜若時菩薩與求聲聞獨覺乘者更相毁懱鬬諍誹謗爾時惡魔便作是念今此菩薩雖遠菩提而不極遠雖近惡趣而不甚近若時菩薩與菩薩乘善男子等更相毁懱鬬諍誹謗爾時惡魔便作是念此二菩薩極遠菩提甚近惡趣作是念已歡喜踊躍增其威勢令二朋黨鬬諍不息使餘無量無邊有情皆於大乘深心猒離是諸菩薩修學般若波羅蜜多便爲惡魔之所擾亂復次慶喜若諸菩薩未得菩提不退轉記於得菩提不退轉記諸菩薩所起損害心鬬諍輕懱罵辱誹謗是諸菩薩隨起爾所念不饒益心還退爾

所劫曾修勝行經爾所時遠離善友還受爾所生死繫縛若不棄捨大菩提心還爾所劫被弘誓鎧勤修勝行時無間斷然後乃補爾所功德爾時慶喜便白佛言是諸菩薩所起惡心生死罪苦爲要流轉經爾所時爲於中間亦得出離是諸菩薩所退勝行爲要精勤經爾所劫時無間斷然後乃補爲於中間有復本義佛告慶喜我爲菩薩獨覺聲聞說有出罪還補善法慶喜當知若諸菩薩造此罪後心無慚愧懷惡不捨不能如法發露悔過我說彼類於其中間無出罪苦還補善義若諸菩薩造此罪後深生慚愧心不繫惡尋能如法發露悔過作如是念我今已得難得人身何容復起如是過惡失大善利我應饒益一切有情何乃於中反作衰損我應恭敬一切有情如僕事主何乃於中返生憍慢毀辱陵懱我應忍受一切有情捶打訶罵何容於彼返以暴惡身語加報我應和解一切有情令相敬愛何容復起悖惡語言與彼乖諍我應堪耐一切有情長時履踐猶如道路亦如橋梁何容於彼返加陵辱我求無上正等菩提爲拔有情生死大苦令得究竟安樂涅槃何容返欲加之以苦我應從今盡未來際如愚如啞如聾如盲於諸有情無所分別假使斬截頭足手臂挑目割耳劓鼻截舌鋸解一切身分肢體於彼有情終不起惡若我起惡即便退壞所發無上正等覺心障礙所求一切智智不能利益安樂有情慶喜當知是諸菩薩我說中間有出罪苦還補善義非要經於爾所劫數惡魔於彼不能擾亂疾證無上

正等菩提復次慶喜諸菩薩衆與求聲聞獨
覺乘者不應交涉設與交涉不應共住設與
共住不應與彼論義決擇勿因此故起忿恚
心或復令生麤惡言說便礙無上正等菩提
亦壞無邊菩薩行法若諸菩薩與菩薩乘善
男子等共住相視尊重敬事應如大師復作
是念彼是我等眞淨善友同載一船同一所
趣同行一道同一事業學時學處及所學法
若由此學皆無有異復作是念若彼菩薩住
雜作意我當於中不同彼學若彼菩薩離雜
作意我當於中常同彼學若諸菩薩如是學
時疾證所求一切智智爾時善現便白佛言
若諸菩薩爲盡故學爲不生故學爲離故學
爲滅故學是學一切智智不佛告善現若諸
菩薩如是學時非學一切智智具壽善現復
白佛言何緣菩薩如是學時非學一切智智
佛告善現於意云何佛證眞如極圓滿故說
名如來應正等覺如是眞如可說爲盡乃至
滅不善現對曰不也世尊何以故眞如無相
不可說盡乃至滅故佛告善現是故菩薩如
是學時非學一切智智若諸菩薩不爲盡故
學乃至不爲滅故學如是學時是學一切智
智亦學般若波羅蜜多亦學佛地力無畏等
無邊佛法善現當知若諸菩薩如是學時至
一切學究竟彼岸天魔外道皆不能伏息除
諸惡衆善圓滿少分有情能如是學是故菩
薩欲墮極少有情數者當勤修學甚深般若
波羅蜜多方便善巧

第五分根栽品第二十二之一

復次善現若諸菩薩如是修學甚深般若波

羅蜜多方便善巧不起根栽俱行之心不起慳悋犯戒瞋忿懈怠散動惡慧猶豫俱行之心復次善現若諸菩薩如是修學甚深般若波羅蜜多方便善巧能攝一切波羅蜜多譬如身見能具攝受六十二見如是般若波羅蜜多攝受一切波羅蜜多譬如命根遍能攝受所餘諸根命根滅時諸根隨滅如是般若波羅蜜多攝受一切波羅蜜多若失般若波羅蜜多則失一切波羅蜜多所以者何甚深般若波羅蜜多能持一切殊勝善法能滅一切惡不善法是故善現若諸菩薩欲攝一切波羅蜜多應學般若波羅蜜多若諸菩薩能學般若波羅蜜多於諸有情最尊最勝復次善現於意云何於此三千大千世界諸有情類寧爲多不善現對曰甚多世尊贍部洲中諸有情類其數尚多況三千界佛告善現假使三千大千世界一切有情皆成菩薩一一皆以上妙樂具盡壽供養一切有情於意云何是諸菩薩由此因緣得福多不善現對曰甚多世尊佛告善現若有菩薩修學般若波羅蜜多如彈指頃其福勝彼無量無邊所以者何甚深般若波羅蜜多具大義用能攝無上正等菩提是故善現若諸菩薩欲證無上正等菩提欲爲一切有情上首欲普饒益一切有情欲爲一切有情依怙欲證一切圓滿佛法欲行諸佛所行境界欲遊戲佛所遊戲處欲作諸佛大師子吼欲以一音爲三千界一切有情宣說正法普令一切獲大饒益當學般若波羅蜜多善現當知我曾不見有諸菩薩修學般若波羅蜜多而不能得世出世

間功德勝利爾時善現便白佛言菩薩修學甚深般若波羅蜜多豈亦能得聲聞獨覺功德善根佛告善現聲聞獨覺功德善根此菩薩衆亦皆能得但於其中心不樂住以勝智見無倒觀察超過聲聞及獨覺地爲彼開示令皆證得復次善現若諸菩薩如是學時則爲一切世間天人阿素洛等眞淨福田超諸世間聲聞獨覺福田之上疾能證得一切智智常不捨離甚深般若波羅蜜多菩薩若能修行般若波羅蜜多當知已於一切智智得不退轉遠離聲聞獨覺等地親近無上正等菩提善現當知若諸菩薩作如是念此是般若波羅蜜多我由般若波羅蜜多當能引發一切智智是諸菩薩非行般若波羅蜜多亦於般若波羅蜜多不知不見若諸菩薩不作是念此是般若波羅蜜多我由般若波羅蜜多當能引發一切智智是諸菩薩是行般若波羅蜜多亦於般若波羅蜜多能知能見復次善現若諸菩薩不見般若波羅蜜多不聞不覺不知般若波羅蜜多於不見聞覺知諸法亦不分別是行般若波羅蜜多時天帝釋作是念言若諸菩薩修行般若波羅蜜多尚勝一切有情之類況得無上正等菩提若諸有情聞說一切智智名字深生信解尚爲獲得人中善利及得世間最勝壽命況發無上正等覺心或能聽聞甚深般若波羅蜜多是諸有情世間敬愛當能調御一切有情作是念已即便化作微妙香華捧散如來及諸菩薩既散華已作是願言若諸菩薩求趣無上正等菩提以我所生善根功德願彼佛法速

得圓滿願彼所求一切智法及無漏法速得圓滿作是願已便白佛言若善薩乘善男子等已發無上正等覺心我終不生一念異意令其退轉大菩提心我終不生一念異意令諸菩薩猒大菩提退住聲聞獨覺等地我終不起一念異心令諸菩薩退失大悲相應作意若諸菩薩已發大心我願彼心倍復增進願彼菩薩見生死中種種苦已爲欲利樂世間天人阿素洛等發起種種堅固大願我既自度亦當精勤度未度者我既自脫亦當精勤脫未脫者我既自安亦當精勤安未安者我既自證究竟涅槃亦當精勤令未證者皆同證得究竟涅槃世尊若有情類於初發心菩薩功德深心隨喜得幾所福於久發心修諸勝行菩薩功德於不退轉地菩薩功德於一生所繫菩薩功德深心隨喜得幾所福爾時佛告天帝釋言妙高山王可知兩數此有情類隨喜俱心所生福德不可知量乃至三千大千世界可知兩數此有情類隨喜俱心所生福德不可知量時天帝釋復白佛言若諸有情於諸菩薩從初發心乃至得佛功德善根不生隨喜或復於彼隨喜功德不聞不知當知皆是魔所執持魔所魅著魔之朋黨魔天界歿來生此間所以者何若諸菩薩發菩提心修菩薩行得不退轉至究竟位有能於彼起隨喜心定能破壞衆魔眷屬疾能證得一切智智若諸有情深心敬愛佛法僧寶隨所生處常欲見佛聞法遇僧於諸菩薩功德善根應深隨喜回向菩提不生執著若能如是疾證無上正等菩提利樂有情破魔軍

衆爾時佛告天帝釋言如是如是如汝所説憍尸迦若諸有情於諸菩薩功德善根深心隨喜回向菩提速能圓滿諸菩薩行疾證無上正等菩提若諸有情於諸菩薩功德善根深心隨喜回向菩提是諸有情具大勢力常能奉事諸佛世尊於深經典善知義趣隨所生處一切世間恭敬供養不見惡色不聞惡聲不齅惡香不甞惡味不覺惡觸不思惡法不墮惡趣生人天中恒受勝樂何以故憍尸迦是諸有情能於無量菩薩功德深心隨喜回向菩提善根增進疾能證得一切智智饒益無量無數有情令住無餘般涅槃界以是故憍尸迦住菩薩乘善男子等於諸菩薩功德善根皆應隨喜回向菩提利樂無邊諸有情類爾時善現便白佛言心既如幻云何菩薩能證無上正等菩提佛告善現於意云何汝爲見有如幻心不善現對曰不也世尊佛告善現於意云何汝見幻不善現對曰不也世尊佛告善現於意云何若汝不見幻不見如幻心若處無幻無如幻心汝見有是心能得菩提不善現對曰不也世尊佛告善現於意云何若處離幻離如幻心汝見有是法能得菩提不善現對曰不也世尊我都不見即離心法説何等法若有若無以一切法畢竟離故不可施設是有是無若法不可施設有無則不可説能得菩提非無所有法能得菩提故由此般若波羅蜜多亦畢竟離不應修遣亦復不應有所引發無上菩提亦畢竟離云何可説諸菩薩衆依深般若波羅蜜多能證菩提是故般若波羅蜜多應不可説能證

無上正等菩提離法不得離法故佛告善現
善哉善哉如是如是甚深般若波羅蜜多無
上菩提俱畢竟離甚深般若波羅蜜多畢竟
離故得畢竟離無上菩提若深般若波羅蜜
多非畢竟離應非般若波羅蜜多是故善現
非不依止甚深般若波羅蜜多得大菩提雖
非離法能得離法而得菩提非不依止甚深
般若波羅蜜多是故菩薩欲得無上正等菩
提應勤修學甚深般若波羅蜜多

大般若波羅蜜多經卷第五百六十四

音釋

戮力竹切殺也　拔溺拔蒲八切抽拔也溺女力切沒溺也　毀呰毀虎委切謗也呰音紫譏也　誹謗誹數尾切非議也謗補曠切毀也　懱彌列切輕易　鬭諍鬭丁候切爭也諍與爭同　捶打捶主藥切打音頂捶打杖擊也　悖蒲昧切逆也　堪耐耐乃代切忍也　啞倚下切口不能言也　聾盧紅切耳無聞也　挑他凋切抉目也　劓音誼刑鼻也　鋸解鋸音句刀鋸也解古駭切分判也　慳悋慳丘閑切悋良刃切慳悋靳惜也　齅許救切以鼻攬香氣也

大般若波羅蜜多經卷第五百六十五

唐三藏法師玄奘奉詔譯

第五分根栽品第二十二之二

爾時善現便白佛言此諸菩薩行甚深義佛告善現如是如是此諸菩薩行甚深義善現當知此諸菩薩能爲難事謂所行義雖復甚深而於聲聞獨覺地法能不作證具壽善現復白佛言如我解佛所說義者此諸菩薩所作不難不應說彼能爲難事所以者何此諸菩薩所證深義既不可得能證般若波羅蜜多亦不可得證法證者證處證時亦不可得若諸菩薩聞如是語心不沉沒亦不憂悔不驚不怖是行般若波羅蜜多此諸菩薩如是行時不見衆相亦復不見我行般若波羅蜜多而近無上正等菩提遠離聲聞獨覺等地此諸菩薩於如是事亦不分別譬如虛空不作是念我去彼事若遠若近所以者何虛空無動無分別故甚深般若波羅蜜多亦復如是不作是念聲聞獨覺去我爲遠無上菩提去我爲近所以者何甚深般若波羅蜜多於一切法無分別故譬如幻士不作是念幻質幻師去我爲近傍觀衆等去我爲遠所以者何所幻化者無分別故甚深般若波羅蜜多亦復如是不作是念聲聞獨覺去我爲遠無上菩提去我爲近所以者何甚深般若波羅蜜多於一切法無分別故影像等喻應知亦然譬如如來應正等覺於一切法無愛無憎所以者何如來永斷一切分別愛憎等故甚深般若波羅蜜多亦復如是於一切法無愛無憎所以者何甚深般若波羅蜜多一切分

別皆永斷故譬如如來所變化者雖有所作而無分別甚深般若波羅蜜多亦復如是雖能成辦所作事業而無分別譬如巧匠造男女等種種機關此諸機關雖有動作而無分別甚深般若波羅蜜多亦復如是雖作種種所應作事而無分別時舍利子謂善現言若諸菩薩行深般若波羅蜜多爲行堅固法爲行不堅固法善現報言若諸菩薩行深般若波羅蜜多行不堅固法不行堅固法時有無量欲界天子作是念言若諸菩薩能發無上正等覺心雖行般若波羅蜜多甚深義趣而於實際能不作證不墮聲聞及獨覺地由此因緣甚爲希有能爲難事一切世間皆應敬禮具壽善現知諸天子心之所念便告之言若諸菩薩行深般若波羅蜜多不證實際不墮聲聞及獨覺地非甚希有未爲難事若諸菩薩知一切法及諸有情畢竟非有皆不可得而發無上正等覺心被精進甲誓度無量無邊有情令入無餘般涅槃界乃甚希有能爲難事天子當知若諸菩薩雖知諸法及諸有情皆不可得而發無上正等覺心被精進甲爲欲調伏諸有情類如有爲欲調伏虛空被堅固鎧與虛空戰何以故諸天子虛空離故有情亦離有情離故鎧甲亦離有情離故饒益事亦離有情離故五蘊亦離有情離故一切法亦離若諸菩薩聞如是語心不沉沒亦不憂悔不驚不怖是行般若波羅蜜多爾時世尊告善現曰何因緣故是諸菩薩聞如是語心不沉沒亦不憂悔不驚不怖具壽善現白言世尊以一切法皆遠離故無所有故

所以者何是諸菩薩於一切法若能沉等若所沉等若沉等處若沉等時若沉等者由此沉等皆無所得以一切法不可得故若諸菩薩聞如是事心不沉沒亦不憂悔不驚不怖是行般若波羅蜜多若諸菩薩如是行時諸天帝釋大梵天王世界主等皆共敬禮佛告善現若諸菩薩能如是行甚深般若波羅蜜多非但恒爲諸天帝釋大梵天王世界主等皆共敬禮是諸菩薩亦爲過此極光淨天若遍淨天若廣果天若淨居天及餘天龍阿素洛等皆共敬禮亦爲十方無量無數無邊世界諸佛菩薩皆共護念善現當知是諸菩薩常爲諸佛諸菩薩衆及諸天龍阿素洛等憶念守護功德善根念念增長疾證無上正等菩提善現當知是諸菩薩已住菩薩不退轉位假使十方殑伽沙等諸佛世界一切有情皆變爲魔是諸魔衆各復化作爾所惡魔此諸惡魔皆有無量無數神力是諸惡魔盡其神力不能留難此諸菩薩令其不行甚深般若波羅蜜多及於菩提或有退轉善現當知若諸菩薩成就二法一切惡魔不能留難何等爲二一者觀察一切法空二者不捨一切有情復次善現若諸菩薩成就二法一切惡魔不能障礙何等爲二一者如說皆悉能行二者常爲諸佛護念善現當知若諸菩薩成就如是二種勝法諸天神等常來禮敬親近供養請問勸發作如是言善哉大士汝能如實行深般若波羅蜜多方便善巧疾能安住諸佛智地一切有情無依怙者能作依怙無救護者能作救護無舍宅者能作舍宅無投

趣者能作投趣無洲渚者能作洲渚無歸依者爲作歸依與闇冥者能作光明與聾盲者能作耳目何以故善男子若能安住甚深般若波羅蜜多方便善巧疾證無上正等菩提一切惡魔不能留難善現當知若諸菩薩能善安住甚深般若波羅蜜多則爲十方無量無數無邊世界諸佛世尊處大衆中自然歡喜稱揚讚歎名字種姓色相功德如我今者在大衆中自然歡喜稱揚讚歎寶幢菩薩及餘現住不動佛所淨修梵行住深般若波羅蜜多諸菩薩等名字種姓色相功德爾時善現便白佛言一切如來應正等覺皆於衆中自然歡喜稱揚讚歎一切菩薩名字種姓色相功德不佛言不也若諸菩薩已於無上正等菩提得不退轉行深般若波羅蜜多方便

善巧是諸菩薩蒙諸如來應正等覺在大衆中自然歡喜稱揚讚歎名字種姓色相功德具壽善現復白佛言頗有菩薩未於無上正等菩提得不退轉而蒙如來應正等覺在大衆中自然歡喜稱揚讚歎名字種姓色相功德不佛言亦有謂諸菩薩雖於無上正等菩提未得不退而修般若波羅蜜多方便善巧是諸菩薩亦蒙如來應正等覺在大衆中自然歡喜稱揚讚歎名字種姓色相功德如有菩薩隨不動佛爲菩薩時所修而學所行而住修行般若波羅蜜多方便善巧復有菩薩隨寶幢菩薩等所修而學所行而住修行般若波羅蜜多方便善巧是諸菩薩雖於無上正等菩提未得不退而蒙如來應正等覺在大衆中自然歡喜稱揚讚歎名字種姓色相

功德復次善現有諸菩薩行深般若波羅蜜多於一切法無生法中雖深信解而未證得無生法忍於一切法畢竟空性雖深信解而於菩薩不退轉地未得自在雖住諸法皆寂靜性而未得入不退轉地是諸菩薩亦蒙如來應正等覺在大衆中自然歡喜稱揚讚歎名字種姓色相功德善現當知若諸菩薩蒙諸如來應正等覺在大衆中自然歡喜稱揚讚歎名字種姓色相功德是諸菩薩超二乘地近大菩提或已得受不退轉記或近當受不退轉記

第五分付囑品第二十三

復次善現若諸菩薩聞説般若波羅蜜多所有義趣深生信解無惑無疑不迷不悶但作是念如佛所説理趣必然定非顛倒是諸菩薩決定當於不動佛所及諸菩薩摩訶薩所廣聞般若波羅蜜多於深義趣能生信解既信解已勤修梵行當得住於不退轉地住是地已疾證菩提善現當知若諸菩薩但聞般若波羅蜜多尚獲無邊功德勝利況深信解如説修行是諸菩薩近一切智安住眞如疾證菩提宣説法要爾時善現便白佛言法離眞如無別可得為説何法近一切智安住眞如誰證菩提誰説法要佛告善現如是如是法離眞如都不可得説何等法近一切智能住眞如疾證菩提宣説法要眞如自性尚不可得況有餘法能有所作隨世俗故作如是説時天帝釋便白佛言如是般若波羅蜜多理趣甚深極難信解若諸菩薩行深般若波羅蜜多雖知諸法皆不可得而求無上正等

菩提欲爲有情宣說法要甚爲難事諸菩薩衆聞說此語心不沉没無惑無疑不迷不悶如是等事甚爲希有爾時善現謂帝釋言如汝所說諸菩薩衆聞如是語心不沉没無惑無疑不迷不悶如是等事甚希有者憍尸迦諸菩薩衆行深般若波羅蜜多觀法皆空都無所有誰沉誰没誰惑誰疑誰迷誰悶是故此事未爲希有然爲有情愚癡顛倒不能通達諸法皆空故求菩提欲爲宣說方便善巧非極爲難天帝釋言尊者善現諸有所說無不依空是故所言常無滯礙如有以箭仰射虛空若近若遠俱無滯礙時天帝釋便白佛言我與尊者善現所說爲順如來實語法語於法隨法爲正說耶爾時世尊告天帝釋汝與善現諸有所言皆順如來實語法語於法隨法皆爲正說何以故憍尸迦具壽善現所有辯才無不依空而施設故所以者何具壽善現觀一切法皆畢竟空尚不得般若波羅蜜多況得能行般若波羅蜜多者尚不得無上正等菩提況得能證無上正等菩提者尚不得一切智智況得能證一切智智者尚不得眞如況得能證眞如成如來者尚不得無生性況得能證無生性者尚不得菩薩況得能證佛菩提者尚不得十力四無所畏況得能成十力四無所畏者尚不得法況得能說法者憍尸迦具壽善現於一切法住遠離住無所得住比諸菩薩所住般若波羅蜜多微妙行住百分不及一千分不及一乃至鄔波尼殺曇分亦不及一憍尸迦是諸菩薩所住般若波羅蜜多微妙行住除如來住於餘菩

薩及諸聲聞獨覺等住爲最爲勝爲尊爲高
爲妙爲微妙爲上爲無上以是故憍尸迦若
諸菩薩欲於一切有情衆中爲最爲勝爲尊
爲高爲妙爲微妙爲上爲無上者當住般若
波羅蜜多爾時衆中無量無數三十三天聞
法歡喜各取天上微妙香花奉散世尊及諸
菩薩六百苾芻俱從座起右膝著地向佛合
掌佛神力故各於掌中微妙香花自然盈滿
是苾芻衆踊躍歡喜各以此花奉散佛上既
散花已同發願言我等用斯勝善根力願常
安住甚深般若波羅蜜多微妙行住速趣無
上正等菩提爾時世尊即便微笑如佛常法
從其面門放種種光青黃赤白紅紫碧緑金
銀頗胝傍照無邊諸佛國土上至梵世下徹
風輪漸復還來遶佛右轉經三帀已從頂上
入時阿難陀即從座起禮佛合掌白言世尊
何因何緣現此微笑爾時佛告阿難陀言此
諸苾芻於當來世星喻劫中皆得作佛同名
散花具足十號聲聞僧數一切皆等佛壽亦
等二十千劫隨所住處雨五色花由此因緣
故我微笑若諸菩薩欲得安住最勝住者當
住般若波羅蜜多若諸菩薩欲得安住如來
住者當住般若波羅蜜多慶喜當知若諸菩
薩精進修行甚深般若波羅蜜多令究竟者
是諸菩薩先世或從人中沒已還生此處或
從覩史多天上沒來生人間所以者何如是
二處易行般若波羅蜜多非餘處故慶喜當
知如來現見若諸菩薩精進修行甚深般若
波羅蜜多於身命財無所顧者定於無上正
等菩提得不退轉復次慶喜若諸菩薩聽聞

受持讀誦書寫甚深般若波羅蜜多示現勸導讚勵慶喜住菩薩乘善男子等是諸菩薩曾於過去無量佛所種諸善根非唯聲聞獨覺等所復次慶喜若諸菩薩修學般若波羅蜜多不驚不怖受持讀誦繫念思惟若法若義若文若意皆善通達隨順修行是諸菩薩則爲現見我等如來應正等覺復次慶喜若諸菩薩聞說如是甚深般若波羅蜜多所有義趣深生信解不生毀謗不可沮壞是諸菩薩已曾供養無量諸佛於諸佛所多種善根亦爲無量善友所攝復次慶喜若諸有情能於如來應正等覺勝福田所種諸善根雖定當得或聲聞果或獨覺果或如來果而證無上正等菩提要於般若波羅蜜多甚深義趣善達無礙精進修行諸菩薩行令極圓滿是故慶喜我以般若波羅蜜多甚深經典付囑於汝應正受持讀誦通利莫令忘失慶喜當知除此般若波羅蜜多甚深經典受持諸餘我所說法設有忘失其罪尚輕若於般若波羅蜜多甚深經典不善受持下至一句有所忘失其罪甚重慶喜當知若於般若波羅蜜多甚深經典下至一句能善受持不忘失者獲福無量若於般若波羅蜜多甚深經典不善受持下至一句有忘失者所獲重罪同前福量是故慶喜我以般若波羅蜜多甚深經典慇懃付汝當正受持讀誦通利如理思惟廣爲他說分別開示令受持者究竟解了文義意趣所以者何若諸菩薩於深般若波羅蜜多受持讀誦究竟通利如理思惟廣爲他說分別開示令其易了是諸菩薩則爲受持

過去未來現在諸佛甚深法藏廣爲有情宣說開示慶喜當知若有情類起殷淨心現於我所欲持種種上妙供具供養恭敬無懈倦者當於般若波羅蜜多至心聽聞受持讀誦精勤修學如理思惟廣爲有情分別解說或復書寫種種莊嚴供養恭敬勿得暫捨慶喜當知若諸菩薩供養恭敬尊重讚歎甚深般若波羅蜜多則爲現前供養恭敬尊重讚歎我及十方三世諸佛慶喜當知若諸菩薩聞深般若波羅蜜多起殷淨心恭敬愛樂即於過去未來現在諸佛無上正等菩提起殷淨心恭敬愛樂慶喜汝若愛樂於我不捨於我亦當愛樂不捨般若波羅蜜多甚深經典下至一句勿令忘失慶喜我說如是般若波羅蜜多甚深經典付囑因緣設經一劫乃至殑伽沙數大劫亦不能盡舉要言之如我既是汝等大師甚深般若波羅蜜多當知亦是汝等大師如三世佛是諸天人阿素洛等無上大師甚深般若波羅蜜多當知亦是世間天人阿素洛等無上大師汝等天人阿素洛等敬重於我亦當敬重甚深般若波羅蜜多是故慶喜我以無量善巧方便付汝般若波羅蜜多甚深經典汝當受持無令忘失我今持此甚深般若波羅蜜多對諸天人阿素洛等無量大衆付囑於汝應正受持勿令忘失慶喜我今實言告汝諸有淨信善男子等若欲不捨佛法僧寶三世諸佛無上菩提定不應捨甚深般若波羅蜜多如是名爲我等諸佛教誡教授諸弟子法慶喜當知若有愛樂聽聞般若波羅蜜多受持讀誦究竟通利如理

思惟書寫解說疾證無上正等菩提所以者何諸佛無上正等菩提皆依般若波羅蜜多而得生故是故慶喜若諸菩薩欲得無上正等菩提當勤精進修學般若波羅蜜多所以者何甚深般若波羅蜜多是諸菩薩摩訶薩母能令菩薩疾證菩提慶喜當知若諸菩薩法欲滅時護持般若波羅蜜多則為護持三世諸佛一切智智亦為護持三世諸佛無上法藏慶喜當知若諸菩薩勤學六種波羅蜜多疾證無上正等菩提是故慶喜我以六種波羅蜜多更付囑汝當正受持勿令忘失所以者何如是六種波羅蜜多是三世佛無盡法藏慶喜當知十方三世諸佛世尊所說法要皆是六種波羅蜜多無盡法藏之所流出十方三世佛及弟子皆依如是無盡法藏精勤修學已正當證無上菩提已正當入無餘涅槃復次慶喜假使汝為聲聞乘人說聲聞法由此法故三千大千世界有情一切皆得阿羅漢果猶未為我作弟子事我於汝事未甚隨喜汝若能為菩薩乘人宣說一句甚深般若波羅蜜多相應之法即名為我作弟子事我於此事深生隨喜復次慶喜假使三千大千世界一切有情俱時證得阿羅漢果彼所成就施戒修性諸福業事於意云何寧為多不慶喜對曰甚多世尊佛告慶喜若有聲聞能為菩薩宣說般若波羅蜜多相應之法經一晝夜展轉乃至經彈指頃是聲聞人所獲福聚甚多於前何以故此聲聞人所獲福聚超過一切聲聞獨覺諸善根故復次慶喜若有菩薩為聲聞人說聲聞法假使三千大

千世界一切有情由此法故悉皆證得阿羅漢果於意云何如是菩薩所獲福聚寧爲多不慶喜對曰甚多世尊佛告慶喜若有菩薩爲諸有情宣說般若波羅蜜多相應之法經一晝夜展轉乃至經彈指頃如是菩薩所獲福聚甚多於前何以故甚深般若波羅蜜多相應法施超過一切聲聞獨覺相應法施及彼二乘諸善根故慶喜當知若諸菩薩成就憶念如是善根復於無上正等菩提有退轉者無有是處

第五分見不動佛品第二十四

爾時如來四衆圍遶讚說般若波羅蜜多付阿難陀令受持已復於一切苾芻苾芻尼鄔波索迦鄔波斯迦天龍藥叉健達縛等大衆會中現神通力令衆皆見不動如來應正等覺聲聞菩薩大衆圍遶爲如大海不可動會宣說正法及見彼土嚴淨之相其聲聞僧皆阿羅漢諸漏已盡無復煩惱得真自在心善解脱慧善解脱如調慧馬亦如大龍已作所作已辦所辦棄諸重擔逮得已利盡諸有結正知解脱至心自在第一究竟其菩薩僧一切皆是衆望所識得陀羅尼及無礙辯成就無量不可思議不可稱量微妙功德佛攝神力令此四衆天龍藥叉健達縛等不復見彼不動如來應正等覺聲聞菩薩及餘大衆并彼佛土嚴淨之相彼佛衆會及嚴淨土皆非此土眼根所照所以者何佛攝神力於彼遠境無見緣故爾時佛告阿難陀言不動如來應正等覺國土衆會汝更見不阿難陀言我不復見彼事非此眼所行境故時佛復告阿

難陀言如彼如來衆會國土非此土眼所行境界當知諸法亦復如是非眼根等所行境界慶喜當知法不行法法不見法法不知法法不證法慶喜當知一切法性無能行者無能見者無能知者無能證者無動無作所以者何以一切法皆無作用能取所取俱如虛空性遠離故以一切法不可思議能所思議皆如幻士性遠離故以一切法無作受者如光影等不堅實故慶喜當知若諸菩薩能如是行名行般若波羅蜜多於諸法相無所執著若諸菩薩能如是學名學般若波羅蜜多於一切法無所取捨慶喜當知若諸菩薩欲得一切波羅蜜多速疾圓滿至一切法究竟彼岸應學般若波羅蜜多所以者何如是學者於諸學中為最為勝為尊為高為妙為微妙為上為無上利益安樂一切世間慶喜當知若諸菩薩能如是學無依怙者為作依怙諸佛世尊開許稱讚修學般若波羅蜜多慶喜當知諸佛菩薩學此學已安住此中能以右手若右足指舉取三千大千世界擲置他方或還本處其中有情不知不覺無損無怖所以者何甚深般若波羅蜜多功德威力不可思議過去未來現在諸佛及諸菩薩學此般若波羅蜜多於去來今及無為法悉皆獲得無礙智見是故慶喜我說能學甚深般若波羅蜜多於諸學中為最為勝為尊為高為妙為微妙為上為無上慶喜當知諸有欲取甚深般若波羅蜜多量邊際者如愚癡者欲取虛空量及邊際何以故甚深般若波羅蜜多功德無量無邊際故慶喜當知我終不說

甚深般若波羅蜜多如名身等有量邊際所以者何名句文身是有量法甚深般若波羅蜜多功德勝利非有量法非名身等能量般若波羅蜜多功德勝利亦非般若波羅蜜多功德勝利是彼所量具壽慶喜便白佛言何因緣故甚深般若波羅蜜多說爲無量佛告慶喜甚深般若波羅蜜多性無盡故性遠離故說爲無量慶喜當知三世諸佛皆學般若波羅蜜多究竟圓滿證得無上正等菩提爲諸有情宣說開示而此般若波羅蜜多常無滅盡所以者何甚深般若波羅蜜多如太虛空不可盡故諸有欲盡甚深般若波羅蜜多則爲欲盡虛空邊際是故慶喜甚深般若波羅蜜多說爲無盡由無盡故說爲無量爾時善現作是念言此處甚深我當問佛作是念已便白佛言甚深般若波羅蜜多如來何故說爲無盡佛告善現甚深般若波羅蜜多猶如虛空不可盡故具壽善現復白佛言云何菩薩引發般若波羅蜜多佛告善現諸菩薩衆應觀諸色受想行識皆無盡故引發般若波羅蜜多應觀無明乃至老死皆無盡故引發般若波羅蜜多如是善現諸菩薩衆應作如是引發般若波羅蜜多善現當知諸菩薩衆如是觀察十二緣起遠離二邊如是觀察十二緣起無中無邊是諸菩薩不共妙觀謂要安坐妙菩提座方能如是如實觀察十二緣起理趣甚深如太虛空不可盡故便能證得一切智智善現當知若諸菩薩以如虛空無盡行相行深般若波羅蜜多如實觀察十二緣起不墮聲聞及獨覺地疾證無上正等

菩提善現當知諸菩薩衆若於無上正等菩提有退轉者皆由不依如是作意方便善巧不如實知諸菩薩衆行深般若波羅蜜多云何應以無盡行相引發般若波羅蜜多如實觀察十二緣起善現當知諸菩薩衆若於無上正等菩提有退轉者皆由遠離引發般若波羅蜜多方便善巧善現當知諸菩薩衆若於無上正等菩提不退轉者一切皆依引發般若波羅蜜多方便善巧是諸菩薩由依如是方便善巧行深般若波羅蜜多以如虛空無盡行相如實觀察十二緣起如是觀察緣起法時不見有法無因而生不見有法性相常住不見有法有作受者是諸菩薩行深般若波羅蜜多以如虛空無盡行相如實觀察十二緣起引發般若波羅蜜多能疾證得一切智智善現當知若時菩薩如實觀察十二緣起引發般若波羅蜜多是時菩薩都不見色受想行識不見此佛世界不見彼佛世界不見有法能見此彼諸佛世界若諸菩薩能如是行甚深般若波羅蜜多是時惡魔極生憂惱如中毒箭譬如有人父母卒喪身心苦痛惡魔亦爾具壽善現便白佛言爲一惡魔見諸菩薩行深般若波羅蜜多極生憂惱如中毒箭爲遍三千大千世界一切惡魔皆亦如是佛告善現遍滿三千大千世界一切惡魔見諸菩薩行深般若波羅蜜多極生憂惱如中毒箭各於本座不能自安所以者何若諸菩薩住深般若波羅蜜多世間天人阿素洛等伺求其短皆不能得亦復不能擾亂退壞是故善現若諸菩薩欲證無上正等菩提

當勤安住甚深般若波羅蜜多若諸菩薩能勤安住甚深般若波羅蜜多則能修滿布施淨戒安忍精進靜慮般若波羅蜜多若諸菩薩能正修行甚深般若波羅蜜多便能具足修滿一切波羅蜜多方便善巧諸魔事起皆能如實覺知遠離是故善現若諸菩薩欲正攝受方便善巧應正修行甚深般若波羅蜜多若時菩薩修行引發甚深般若波羅蜜多是時無量無邊世界諸佛世尊皆共護念是諸菩薩應作是念彼諸如來應正等覺亦從般若波羅蜜多生一切智作是念已復應思惟如諸如來應正等覺所應證法我亦當證如是善現若諸菩薩修行引發甚深般若波羅蜜多作是思惟經彈指頃所生福聚勝有所得諸菩薩衆經如殑伽沙數大劫修行布施所獲功德何况能於一日半日是諸菩薩不久當住不退轉地常爲如來應正等覺共所護念諸菩薩衆若爲諸佛所護念者定證無上正等菩提不墮聲聞獨覺等地於諸惡趣決定不生常生天人不離諸佛若諸菩薩修行引發甚深般若波羅蜜多憶念思惟諸佛功德經彈指頃尚獲無邊功德勝利况經一日若過一日勇猛精進修行引發甚深般若波羅蜜多憶念思惟諸佛功德如香象等諸菩薩衆不動佛所常修梵行不離般若波羅蜜多時薄伽梵説是經已無量菩薩摩訶薩衆慈氏菩薩而爲上首具壽善現舍利子等諸大聲聞并諸天龍健達縛等一切大衆聞佛所説皆大歡喜信受奉行

大般若波羅蜜多經卷第五百六十五

音釋

鎧 可改切甲也 **盲** 眉庚切目無童子也 **悶** 莫困切煩悶也 **頗胝** 梵語具云塞頗胝迦亦云頗黎比云水精頗普禾切胝張尼切 **沮壞** 沮慈呂切止遏也壞古膭切毀也 **逮** 音代及也 **擲** 直隻切抛也

大般若波羅蜜多經第六會序

唐西明寺沙門玄則製

原夫控歸塗以彌綸踐要極而端務莫若警十度於一施拔六蔽於三檀矧般若之大猷固總領而高視誠庶心之扃牖積行之樞軸故能範圍真際充塞塵區汎之則無緣綏之則無動大悲抗其首大捨維其末恬五痛之苦修倏三祇之遥序頗無近遠遇物成資善靡鴻纖觸塗必行憑無象而求日輟有輪於長夜窮幽盡妙其般若之致乎粤有天王是爲最勝捐樂宮而下拜汎嘉名而上表念茲在茲爰究爰度然以位懸道隔非目擊之能存所以執衆諧辰寄言提而取悟即舊勝天王般若今譯成八卷一十七品其發明弘旨敞拔幽關固巳法寶駢映義林交積自性三種鬱無性以芊眠果德萬區殷不德而輝煥凡鼓篋之士猶希取質況秉杯之客如何勿思

大般若波羅蜜多經卷第五百六十六

唐三藏法師玄奘奉　詔譯

第六分緣起品第一

如是我聞一時薄伽梵住王舍城鷲峯山頂與大苾芻衆四萬二千人俱皆阿羅漢諸漏已盡無復煩惱得眞自在心善解脫慧善解脫如調慧馬亦如大龍已作所作已辦所辦棄諸重擔逮得己利盡諸有結正知解脫到心自在第一究竟除阿難陀獨居學地得預流果所謂具壽解憍陳那大迦葉波笈防鉢底褐麗筏多大採菽氏大迦多衍那畢藺陀筏蹉舍利子滿慈子薄矩羅鄔波離羅怙羅無滅善現而爲上首復有七萬二千菩薩摩訶薩皆已通達甚深法性調順易化妙行平等得無礙辯陀羅尼門一切有情眞淨善友能轉不退微妙法輪哀愍世間護持法藏已曾供養無量如來紹隆三寶能使不絕通達諸佛甚深境界一生所繫法王眞子常能紹佛轉正法輪雖處世間而無所染具如是等無量功德從此佛國或從他方爲聽法故來詣佛所所謂寶相菩薩寶手菩薩寶印菩薩寶髻菩薩寶冠菩薩寶峯菩薩寶海菩薩寶焰菩薩寶幢菩薩寶藏菩薩金藏菩薩淨藏菩薩德藏菩薩定藏菩薩智藏菩薩日藏菩薩月藏菩薩如來藏菩薩蓮華藏菩薩金剛藏菩薩解脫月菩薩普賢菩薩普音菩薩普戒菩薩普行菩薩普眼菩薩廣眼菩薩蓮華眼菩薩智慧菩薩上慧菩薩勝慧菩薩蓮華慧菩薩金剛慧菩薩日光菩薩月光菩薩智光菩薩智德菩薩賢德菩薩華德菩薩日觀

菩薩月觀菩薩無染菩薩妙音菩薩大音王菩薩師子吼菩薩師子遊戲菩薩賢首菩薩等十六賢菩薩慈氏菩薩等賢劫諸菩薩觀自在菩薩妙吉祥菩薩而爲上首復有無量四大王衆天四大天王而爲上首復有無量三十三天帝釋天王而爲上首復有無量夜摩天蘇夜摩天王而爲上首復有無量覩史多天珊覩史多天王而爲上首復有無量樂變化天善化天王而爲上首復有無量他化自在天自在天王而爲上首復有無量梵衆等天大梵天王而爲上首復有無量淨居天大自在天而爲上首如是天王將諸眷屬爲聽法故來詣佛所復有無量阿素洛王所謂具力阿素洛王堅蘊阿素洛王雜威阿素洛王暴執阿素洛王而爲上首各領無量百千眷屬爲聽法故來詣佛所復有無量大力龍王所謂無熱龍王猛意龍王海住龍王工巧龍王而爲上首各領無量百千眷屬爲聽法故來詣佛所復有無量藥叉大神人非人等并諸眷屬爲聽法故來詣佛所時鷲峯山縱廣四十踰繕那量大衆充滿地及虛空靡有間隙爾時世尊處師子座無量大衆前後圍遶供養尊重恭敬讃歎一心合掌瞻仰尊顏於是如來現神通力從面門出種種色光普照十方無邊世界現希有事還至佛所右遶三帀歸於面門是時東方去此佛土過十殑伽沙數世界有佛世界名曰莊嚴佛號普光如來應正等覺明行圓滿善逝世間解無上丈夫調御士天人師佛薄伽梵時現在彼安隱住持爲諸菩薩摩訶薩衆宣說一乘相應

正法彼佛世界尚不聞有二乘之名況有精勤修其法者彼諸菩薩皆於無上正等菩提得不退轉彼諸有情不假段食但資解脫靜慮等至彼界不待日月等光唯佛身光晝夜常照其土無有毒刺礫石磎谷山陵地平如掌彼有菩薩名曰離障既見此光心懷猶豫與諸菩薩摩訶薩衆前詣佛所頂禮雙足偏覆左肩右膝著地合掌恭敬白言世尊何因何緣而有此瑞時普光佛告離障言西方去此過十殑伽沙數世界有佛世界名曰堪忍佛號釋迦牟尼如來十號具足現爲菩薩摩訶薩衆說大般若波羅蜜多由彼因緣故現斯瑞離障菩薩聞已白言我今請往堪忍世界觀禮供養釋迦如來聽受正法惟願聽許時普光佛告離障言今正是時汝宜速往離障蒙許歡喜踊躍即與無量菩薩衆俱來至鷲峯山頂禮佛足右遶三帀退坐一面南方去此過十殑伽沙數世界有佛世界名清淨華佛號日光十號具足彼有菩薩名曰日藏西方去此過十殑伽沙數世界有佛世界名曰寶華佛號功德光明十號具足彼有菩薩名功德藏北方去此過十殑伽沙數世界有佛世界名曰清淨佛號自在王彼有菩薩名曰廣聞東南方去此過十殑伽沙數世界有佛世界名曰火焰佛號甘露王十號具足彼有菩薩名不退轉西南方去此過十殑伽沙數世界有佛世界名清淨功德佛號智炬十號具足彼有菩薩名曰大慧西北方去此過十殑伽沙數世界有佛世界名曰悅意佛號妙音王十號具足彼有菩薩名功德聚東北

方去此過十殑伽沙數世界有佛世界名慧莊嚴佛號智上十號具足彼有菩薩名曰常喜上方去此過十殑伽沙數世界有佛世界名曰不動佛號金剛相十號具足彼有菩薩名曰寶幢下方去此過十殑伽沙數世界有佛世界名月光明佛號金剛寶莊嚴王十號具足彼有菩薩名曰寶信如是一切皆如東方

第六分通達品第二

時有天王名曰最勝從座而起頂禮佛足偏覆左肩右膝著地合掌恭敬白言世尊我有少疑今欲問佛若蒙開許乃敢陳請於是佛告最勝天言天王如來應正等覺隨所疑問當爲決之時最勝天既蒙佛許踊躍歡喜便白佛言世尊云何諸菩薩摩訶薩修學一法能通達一切法佛告最勝善哉善哉能問如來如是深義諦聽諦聽善思念之如汝所疑當爲開釋最勝天曰唯然願聞爾時世尊告最勝曰天王當知諸菩薩摩訶薩修學一法能通達一切法者所謂般若波羅蜜多若菩薩摩訶薩修學般若波羅蜜多則能通達布施淨戒安忍精進靜慮般若方便善巧妙願力智波羅蜜多天王云何諸菩薩摩訶薩修學般若波羅蜜多能通達布施波羅蜜多天王當知若菩薩摩訶薩修學般若波羅蜜多則能行妙法施波羅蜜多謂以淨心無所希願爲他說法不求名利但爲滅苦不見我能爲彼說法不見彼聽無二無別自性離故若菩薩摩訶薩修學般若波羅蜜多則能行無畏施波羅蜜多謂觀有情猶如父母兄弟親

戚令一切衆咸親附我何以故無始時來流轉六趣皆爲親戚若諸有情在怖畏難尚以身命而救拔之況應於彼而加惱害不見我能施彼無畏不見彼受無二無別自性離故若菩薩摩訶薩修學般若波羅蜜多則能行資生施波羅蜜多謂隨有情所須資具種種布施令其受行十善業道不見我能施彼資具不見彼受無二無別自性離故若菩薩摩訶薩修學般若波羅蜜多則能行亡報施波羅蜜多謂行施時不望果報菩薩法爾自應布施不見我能行亡報施不見施報無二無別自性離故若菩薩摩訶薩修學般若波羅蜜多則能行大悲施波羅蜜多謂見有情貧窮老病無救濟者起大悲心而發誓願我得無上正等覺時爲諸有情作歸依處爲有情故以少善根迴向菩提亦不分別我能救濟受救濟者無二無別自性離故若菩薩摩訶薩修學般若波羅蜜多則能行恭敬施波羅蜜多謂隨有情所須之物尋自敬奉不令疲倦不見我能行恭敬施不見彼受無二無別自性離故若菩薩摩訶薩修學般若波羅蜜多則能行尊重施波羅蜜多謂於有情起師僧想或父母想尊重心施若無財物惠以善言不見我能行尊重施不見彼受無二無別自性離故若菩薩摩訶薩修學般若波羅蜜多則能行供養施波羅蜜多謂見制多若僧住處則應掃灑以諸華香及燈明等而爲供養若見尊像正法毀缺即應精勤修治供養若見僧衆應以飲食卧具醫藥而供養之不見我能行供養施不見彼受無二無別自性

離故若菩薩摩訶薩修學般若波羅蜜多則能行無依施波羅蜜多謂行施時不作是念願以此施得生天人作天人王富貴受樂乃至無上正等菩提亦不取求無所得故天王是名諸菩薩摩訶薩修學般若波羅蜜多能通達布施波羅蜜多天王云何諸菩薩摩訶薩修學般若波羅蜜多能通達淨戒波羅蜜多天王當知若菩薩摩訶薩修學般若波羅蜜多則能行淨戒波羅蜜多謂諸菩薩作是思惟佛於淨教毗柰耶中說別解脫相應戒經菩薩應學不見戒相及能受持不著戒見亦不著我無二無別自性離故若菩薩摩訶薩修學般若波羅蜜多則能行淨戒波羅蜜多謂諸菩薩作是思惟諸佛無上正等菩提非唯受持淨戒便得要應遍學菩薩戒行戒性清涼寂靜不起無二無別自性離故若菩薩摩訶薩修學般若波羅蜜多則能行淨戒波羅蜜多謂諸菩薩作是思惟云何持戒能斷煩惱煩惱三種謂貪嗔癡此又各三即上中下斷此煩惱應知對治貪增上者修不淨觀具足觀身三十六物嗔增上者修慈悲觀癡增上者修緣起觀不見能觀及所觀法無二無別自性離故若菩薩摩訶薩修學般若波羅蜜多則能行淨戒波羅蜜多謂諸菩薩作是思惟云何菩薩應正遠離不正思惟謂諸菩薩不起是心我行寂靜行離行空諸餘沙門婆羅門等皆處喧雜不樂空行見無二無別知自性離即能遠離不正思惟若菩薩摩訶薩修學般若波羅蜜多則能行淨戒波羅蜜多謂諸菩薩雖知諸法離而深畏衆罪

如佛所說應持淨戒修諸福業乃至般若波羅蜜多於少罪中應懷大懼不與同止以世尊說譬如毒藥多少俱害若菩薩摩訶薩修學般若波羅蜜多則能行淨戒波羅蜜多謂諸菩薩常生怖畏信行相應設空閑處獨守無侶有沙門等齎持金銀及吠琉璃真珠等寶以寄菩薩於中不起貪著取心作是思惟世尊常說寧當自割身肉噉之而於他財不與弗取若菩薩摩訶薩修學般若波羅蜜多則能行淨戒波羅蜜多謂諸菩薩持戒堅固若諸惡魔及魔眷屬以妙色形逼試菩薩菩薩於彼心不動搖作是思惟世尊常說色等諸法如夢幻化無二無別自性離故若菩薩摩訶薩修學般若波羅蜜多則能行淨戒波羅蜜多謂諸菩薩雖勤持戒而不希求人天王位身離三過語無四失意免三愆如是持戒不見我持不見戒相無二無別自性離故天王是名諸菩薩摩訶薩修學般若波羅蜜多能通達淨戒波羅蜜多天王云何諸菩薩摩訶薩修學般若波羅蜜多能通達安忍波羅蜜多天王當知若菩薩摩訶薩修學般若波羅蜜多則能行安忍波羅蜜多謂諸菩薩常學內忍憂悲苦惱皆悉不隨亦學外忍若他打罵欺奪陵辱終不生嗔亦學法忍如世尊說甚深實性無法無我無生寂靜即是涅槃聞如是說心不驚怖作是思惟不學是法云何能得所求無上正等菩提能盡未來利益安樂諸有情類審諦思惟貪嗔癡毒如是一一於何處起何因緣生何因緣滅如實觀察都不見有能生所生能滅所滅如是忍心

相續不斷晝夜諸位常無間隙於所忍境無
揀擇心謂於國王父母師長我應修忍餘可
如惡菩薩行忍不為報恩名利仁義怖畏慚
恥菩薩法爾應行忍故若他加害撾打罵辱
侵奪欺陵心不傾動菩薩若處王臣等位有
貧賤人毀罵恥辱終不卒暴輙示威形謂我
居尊法應訶罰但作是念我於往昔佛世尊
所發弘誓願一切有情我皆濟拔令得無上
正等菩提今若起嗔便違本願譬如良醫發
如是誓世間盲瞎我悉療之若自失明豈愈
他疾如是菩薩為除他暗自起嗔恚安能救
彼不見我能忍及可忍無二無別自性離故
天王是名諸菩薩摩訶薩修學般若波羅蜜
多能通達安忍波羅蜜多天王云何諸菩薩
摩訶薩修學般若波羅蜜多能通達精進波
羅蜜多天王當知若菩薩摩訶薩修學般若
波羅蜜多則能行精進波羅蜜多謂諸菩薩
未滅令滅未度令度未脫令脫未安令安未
覺令覺菩薩如是行精進時有諸惡魔為作
留難謂菩薩曰汝善男子莫修此行空受勤
苦何以故我於往昔曾修此行未滅令滅未
度令度未脫令脫未安令安未覺令覺空受
勤苦都無實利我從昔來多見菩薩修學此
行並皆退轉汝可回心修二乘道取二乘果
而自滅度菩薩聞已即便覺知告惡魔言汝
復道去我心堅固猶若金剛非汝謬言所能
退壞汝固留難長夜自苦魔聞此言便沒不
現若餘菩薩未得般若波羅蜜多修前五種
波羅蜜多經百千劫菩薩如是行精進時尚
能超過況二乘地如是菩薩修行般若波羅

蜜多成就佛法衆惡皆離雖行精進不速不遲而能發起殊勝大願使我感身與如來等頂上肉髻眉間白毫佛轉法輪我亦如是譬如眞金衆寶瑩飾則爲嚴淨菩薩精進亦復如是離諸垢穢謂離懶惰懈怠疲極不自知覺不正思惟由此便能獲勝清淨福德智慧而共莊嚴身不疲勞心無猒怠一切障道惡不善法皆使滅除所有助道向涅槃法悉令增長少惡不起何況其多假使十方殑伽沙界滿中大火如無間獄此世界外但一有情應可度者菩薩爲彼尚從中過況多有情此諸菩薩不作是念無上菩提不易可得菩薩修行如救頭然要經百千那庾多劫如斯重擔實難荷負但作是思過現諸佛皆修此行證大菩提我亦如是正應修習寧百千劫處

地獄中使諸有情皆得度脱終不棄捨速趣涅槃菩薩如是行精進時心不自高於他不下不見能行及所行法無二無别自性離故天王是名諸菩薩摩訶薩修學般若波羅蜜多能通達精進波羅蜜多天王云何諸菩薩摩訶薩修學般若波羅蜜多能通達靜慮波羅蜜多天王當知若菩薩摩訶薩修學般若波羅蜜多則能行靜慮波羅蜜多謂諸菩薩於大乘中深種善根生生世世多修妙行親近善友不生貧賤邪見等家常生婆羅門刹帝利大姓正信三寶增長善法因宿善根作如是念有情長夜諸趣流轉苦輪不息皆由貪愛菩薩念已起猒離心知從虛妄分别而有世尊經中種種方便說欲過患如稍如穫如刀如蛇如泡如沫臭穢不淨轉變無常云

何智人貪著此法即剃鬚髮出家修道未見爲見未得爲得未證爲證聞說受持若世俗諦若勝義諦如實修行如法觀察謂正見正思惟正語正業正命正精進正念正定遠離喧雜不徇名譽亦復不求供養恭敬身心精進常無懈息思惟此心多行何境爲善爲惡爲無記耶若行惡境速便止息若行無記亦應捨之若行善境即勤精進策令增長殊勝善根爲欲對治惡不善法引三十七妙菩提分惡不善者謂貪瞋癡貪復有三謂上中下上品貪者聞欲境名舉身踊躍深心歡喜不觀欲過猒離不生非理追求無有慚愧無慚愧者謂若獨行諸所經遊恒思欲境心心相續曾無暫捨唯見妙好不知過患父母師尊訶彼所欲都無愧恥不覺起爭如是名爲無慚愧者此類命終當墮惡趣中品貪者離欲境時欲心不起下品貪者但共言笑欲情便歇瞋亦有三上品瞋者憤恚若發心惛目亂或造無間或謗正法或復造餘諸重罪業過五無間多百千倍中品瞋者以瞋恚故雖造諸惡尋即生悔下品瞋者心無嫌恨但口訶毀即便追悔癡亦三品如理應知雖作是觀而知諸法皆如幻夢響像光影陽焰變化及尋香城虛妄不實顛倒故見滅外境界內心寂靜不見能行及所行法無二無別自性離故天王是名諸菩薩摩訶薩修學般若波羅蜜多能通達靜慮波羅蜜多天王云何諸菩薩摩訶薩修學般若波羅蜜多能通達般若波羅蜜多天王當知若菩薩摩訶薩修學般若波羅蜜多則能行般若波羅蜜多謂諸菩

薩正智觀色受想行識不見色生不見色集不見色滅受想行識亦復如是何以故自性皆空無有真實但有虛假施設名字而行般若波羅蜜多化諸有情終不爲說無業無果雖知諸法皆如幻夢響像光影陽焰變化及尋香城虛妄無我有情命者生者養者士夫補特伽羅而常宣說有業有果菩薩如是修行般若波羅蜜多惡魔眷屬不能得便何以故是諸菩薩親近善友成助菩提離世間法於諸如來甚深正法歡喜讚歎諸天魔梵及餘沙門婆羅門等除佛正智無能及者不見能行及所行法無二無別自性離故天王是名諸菩薩摩訶薩修學般若波羅蜜多能通達般若波羅蜜多天王云何諸菩薩摩訶薩修學般若波羅蜜多能通達方便善巧波羅蜜多天王當知若菩薩摩訶薩修學般若波羅蜜多則能行方便善巧波羅蜜多謂諸菩薩方便善巧回向無上正等菩提若見世間勝妙花果常持供養諸佛菩薩日夜六時曾無暫廢以斯勝善回向菩提見花果樹亦復如是若聞如來契經中說甚深法義歡喜信受愛樂誦持轉爲他說以斯妙善回向菩提若見如來制多形像即持種種香花供養願有情類離破戒香得淨戒香猶如諸佛掃灑塗地願諸有情威儀齊整花蓋覆罩願諸有情皆離熱惱入僧住處願諸有情皆入圓寂出僧住處願諸有情皆出魔境見開僧門便作是願以出世智爲諸有情啓未開門皆令悟入若見關閉願爲有情關閉三有或四惡趣若得安坐願諸有情坐菩提座若右脅卧

願諸有情皆證圓寂從坐卧起願諸有情離諸起惑若時洗足願諸有情遠離塵垢若時禮佛右遶制多願諸有情皆當作佛天人恭敬不以爲喜若有外道邪見難化便作是念我爲彼師彼慢所持必不肯信且作同學或爲弟子雖處彼衆戒行多聞勝諸外道因以降伏尊事爲師言必信受毀其邪法說正涅槃令入如來清淨法教精修梵行靜慮等持得勝神通廣修妙善見多欲者化作女人第一端正令其愛著倏忽之頃示現無常色變膖脹爛壞臭處令深憎惡起猒離心即復本形爲菩薩像因而爲說甚深法要令發無上正等覺心修行大乘成無上果見大乘者離善知識雖勤精進學二乘道而於其果不能證得失於大乘無上法利觀彼根性爲說大乘令其回心入無上道未發心者化令發心若已發心勸令堅固見持戒人犯少輕罪不解陳悔懈退愁憂由此不能進修勝道便爲說法令速悔除心離愁憂進修勝道是諸菩薩摩訶薩衆少欲喜足專求法利爲有情說供養如來由此便成六到彼岸說法供養是爲布施波羅蜜多行不違言是爲淨戒波羅蜜多諸天魔等不能壞亂是爲安忍波羅蜜多心心相續不覺勞倦是爲精進波羅蜜多專心一念不緣異境是爲靜慮波羅蜜多說法供養離我我所是爲般若波羅蜜多不見能行及所行法無二無别自性離故天王是名諸菩薩摩訶薩修學般若波羅蜜多能通達方便善巧波羅蜜多天王云何諸菩薩摩訶薩修學般若波羅蜜多能通達妙願波羅

蜜多天王當知若菩薩摩訶薩修學般若波羅蜜多則能行妙願波羅蜜多謂諸菩薩諸有所願不爲世間所受快樂亦不爲已求出三界修二乘道證涅槃樂但作是願一切有情皆入無餘般涅槃界我身最後乃成正覺未發心者化令發心若已發心令修大行已修大行令得菩提已得菩提勸請說法展轉乃至般涅槃後以妙七寶起窣堵波置設利羅而興供養令無量衆獲福無邊復發願言諸有世界佛成正覺悉無天魔及諸外道而爲擾亂願由自智發無上心不假外縁雖發而退又當願我常處世間成熟有情令獲利樂願新發意諸菩薩等若聞如來說甚深法如實悟入心無驚怖願諸有情得大智慧皆善通達無邊佛道無邊佛境無邊大悲饒益無邊諸有情類是諸菩薩多願自身恒處穢國不生淨土何以故如有病者乃假醫藥若無其疾醫藥無用菩薩如是發妙願時不見能行及所行法無二無別自性離故天王是名諸菩薩摩訶薩修學般若波羅蜜多能通達妙願波羅蜜多天王云何諸菩薩摩訶薩修學般若波羅蜜多能通達力波羅蜜多天王當知若菩薩摩訶薩修學般若波羅蜜多則能行力波羅蜜多謂諸菩薩能伏天魔摧諸外道具足福德智慧力故一切佛法無不修行一切佛境無不證見以神通力用一毛端舉贍部洲或四洲界或大千界乃至十方無量殑伽沙等世界還置本處而無所損或以神力於虛空中取種種寶施有情類能於十方無邊世界諸佛說法無不聞持不見能

行及所行法無二無別自性離故天王是名諸菩薩摩訶薩修學般若波羅蜜多能通達力波羅蜜多天王云何諸菩薩摩訶薩修學般若波羅蜜多能通達智波羅蜜多天王當知若菩薩摩訶薩修學般若波羅蜜多則能行智波羅蜜多謂諸菩薩觀察五蘊生非實生滅非實滅思惟五蘊皆畢竟空無我有情命者生者養者士夫補特伽羅愚夫顛倒虛妄執著不如實知諸蘊非我蘊中無我不如實知我非諸蘊我中無蘊由斯諸趣生死輪回如旋火輪愚夫妄執然一切法自性本空無生無滅緣合謂生緣離謂滅實無生滅性非無故不可說生性非有故不可說滅是諸菩薩於一切境無有一法不通達者修行此智波羅蜜多二乘外道不能掩蔽以智觀察從初發心乃至涅槃皆悉明了能以一法知一切境達一切境不離一法所以者何真如一故是諸菩薩修此智時不見能修及所修法無二無別自性離故天王是名諸菩薩摩訶薩修學般若波羅蜜多能通達智波羅蜜多是名菩薩修學一法能通達一切法

大般若波羅蜜多經卷第五百六十六

音釋

六會序

控（苦貢切制也）　踐（在演切履也）　矧（矢忍切況也）　扃牖（扃涓熒切外戶也牖音酉穿壁以木為交窻也）　樞軸（樞春朱切樞機也軸音逐輪軸也）　汎（孚梵切浮也）　綏（宣唯切安也）　抗（口浪切舉也）　恬（徒兼切安也）

倏 式竹切倏忽也
鴻纖 鴻音洪大也纖思廉切細也
輟 株劣切止也
粤 音曰發語辭
捐 于專切棄也
敞 昌兩切開也
駢映 駢蒲眠切駢映謂駢聯照映也
煥 音喚明也
篋 詰叶切箱篋也

經

鷲峯 鷲音就鷲峯山名也
笈防鉢底 梵語也亦云憍梵鉢提此云牛呞笈極瞱切
禓麗筏多 梵語也亦云離婆多正言頡隸伐多此云星宿禓音曷筏音伐
採菽 菽音叔大採菽氏目乾連姓也
畢蘭陀筏蹉 梵語也亦云畢陵伽婆蹉此云餘習蘭良刃切蹉倉何切
薄矩羅 梵語也亦云薄拘羅此云善容矩俱禹切
鄔波離 梵語也此云上首鄔安古切
羅怙羅 梵語也亦云羅侯羅此云執日怙音户
珊覩史多 梵語也亦云兜率陀此云知足珊蘇于切
礫石 礫音歷小石也
磎谷 磎牽奚切磎谷有水曰磎無水曰谷
撾打 撾陟瓜切打音頂並擊也
盲⿰目壹 ⿰目壹正作瞖烏計切目障也
瑩飾 瑩烏定切絜也飾音式粧飾也
重擔 重直隴切擔都濫切
稍 音朔矛屬
穜 昌容切短矛也
泡 音抛水漚也
嫌 胡兼切疑也
覆罩 覆敷救切罩陟教切謂蓋覆籠罩也
脅 虛業切腋下也
膖脹 膖匹江匹

降二切脹知亮切
窣堵波 梵語也此云方墳又云圓塚窣蘇沒切堵音覩

大般若波羅蜜多經卷第五百六十七

唐三藏法師玄奘奉　詔譯

第六分顯相品第三

爾時最勝復從座起偏覆左肩右膝著地合掌向佛白言世尊甚深般若波羅蜜多以何爲相於是世尊告最勝曰天王當知如地水火風空等相甚深般若波羅蜜多亦復如是時最勝便白佛言世尊云何甚深般若波羅蜜多如地水火風空等相佛告最勝天王當知普遍廣大難可度量是爲地相甚深般若波羅蜜多亦復如是何以故諸法眞如普遍廣大難測量故天王當知一切藥草依地生長甚深般若波羅蜜多亦復如是普能生長一切善法天王當知譬如大地增之不喜減之不憂離我我所無二相故甚深般若波羅蜜多亦復如是讚歎不增毀呰不減離我我所無二相故又如大地世間往來舉足下足無不依之甚深般若波羅蜜多亦復如是若求善趣若向涅槃無不依止又如大地出種種寶甚深般若波羅蜜多亦復如是出生世間種種功德又如大地蟲蟻蚊虻種種苦事不能傾動甚深般若波羅蜜多亦復如是離我我所都無分別不可傾動又如大地若聞師子龍象等聲終無驚怖甚深般若波羅蜜多亦復如是一切天魔及外道等不能恐懼何以故不見有我不見有法自性空故天王當知譬如水大從高赴下水族所歸甚深般若波羅蜜多亦復如是從眞法界流趣世間一切善法之所依止又如水大能潤草木生於花果甚深般若波羅蜜多亦復如是潤

諸等持生助道法成一切智得佛法果利益安樂一切有情又如水大漬草木根能使傾拔隨流而去甚深般若波羅蜜多亦復如是能滅一切見趣煩惱習氣根本永不復生又如水大性本清潔無垢無濁甚深般若波羅蜜多亦復如是體無煩惱故名清潔能離諸惑故名無垢一相非異故名無濁如人夏熱遇水清涼熱惱有情得聞如是甚深般若波羅蜜多必獲清涼離諸熱惱如人患渴得水乃止求出世法得深般若波羅蜜多思願便止又如泉池甚深難入如是般若波羅蜜多諸佛境界甚深難入又如世間坑埳之處水皆平等甚深般若波羅蜜多亦復如是於諸獨覺聲聞異生皆悉平等又如淨水洗除垢穢令得清淨如是菩薩通達般若波羅蜜多離諸煩惱即得清淨何以故甚深般若波羅蜜多自性清淨離諸惑故天王當知譬如火大雖燒一切樹木藥草而不念言我能燒物甚深般若波羅蜜多亦復如是雖能永滅一切煩惱及諸習氣而不念言我能永滅又如火大悉能成熟一切物類甚深般若波羅蜜多亦復如是皆能成熟一切佛法又如火大悉能枯竭諸濕物類甚深般若波羅蜜多亦復如是皆能枯竭諸漏暴流令永不起又如火聚在雪山頂雖能遠照一踰繕那乃至能照十踰繕那而無是念我能照遠甚深般若波羅蜜多亦復如是雖照聲聞獨覺菩薩而亦不念我能照彼又如禽獸夜見火光恐怖遠避薄福異生聲聞獨覺若聞般若波羅蜜多恐懼捨離甚深般若波羅蜜多聞名尚難

況能修學如夜遠涉迷失正路若見火光生大歡喜知有聚落疾往趣之至便安隱永無怖畏生死曠夜有福德人若聞般若波羅蜜多生大歡喜受持讀誦永離煩惱心得安樂如世間火貴賤皆同甚深般若波羅蜜多亦復如是聖者異生平等皆有如婆羅門及剎帝利咸供養火諸佛菩薩咸皆供養甚深般若波羅蜜多又如小火能燒三千大千世界甚深般若波羅蜜多亦復如是若聞一句則能焚燒無量煩惱天王當知譬如風大能令一切物類增長甚深般若波羅蜜多亦復如是能令一切世出世間善法增長又如風大若增盛時普能摧滅一切物類甚深般若波羅蜜多亦復如是若修增盛遍能摧滅生死煩惱又如風大能令熨熱皆得清涼甚深般若波羅蜜多亦復如是能令煩惱熨熱有情證得清涼涅槃常樂又如風大飄颺不停甚深般若波羅蜜多亦復如是於一切法都無所住天王當知甚深般若波羅蜜多離垢無著寂靜無量無邊智慧平等通達諸法實性如太虛空性無所住離境界相超尋伺等心及心所都無分別無生無滅自性離故天王當知諸菩薩摩訶薩行深般若波羅蜜多利樂有情世間希有猶如日月一切受用謂如涼月能除熱惱甚深般若波羅蜜多亦復如是能除一切煩惱熱毒又如明月世間樂見甚深般若波羅蜜多亦復如是一切聖賢之所樂見又如白月日日增長諸菩薩衆行深般若波羅蜜多從初發心乃至證得所求無上正等菩提漸漸增長又如黑月日日減盡

諸菩薩衆行深般若波羅蜜多煩惱隨眠漸漸減盡又如滿月諸婆羅門刹帝利等咸所讃歎若善男子善女人等行深般若波羅蜜多世間天人阿素洛等皆所讃歎又如月行遍四洲界甚深般若波羅蜜多亦復如是於色心等無處不遍又如淨月常自莊嚴甚深般若波羅蜜多亦復如是性本清淨恒自莊嚴何以故本性離染無生無滅遍一切法自性離故譬如盛日雖破衆闇而不念言我能破彼甚深般若波羅蜜多亦復如是雖破無始一切隨眠而不念言我能破彼又如烈日雖開蓮華而不念言我能開彼甚深般若波羅蜜多亦復如是雖開菩薩摩訶薩心而不念言我能開彼又如麗日雖照十方而不念言我能遍照甚深般若波羅蜜多亦復如是雖照無邊而無照相如見東方赤明相現則知不久日輪當出若聞般若波羅蜜多當知是人去佛不遠如贍部洲諸善士女若見日出生大忻慶若時世間有深般若波羅蜜多名字出現一切聖賢皆大歡喜又如日出月及星光皆悉不現若諸菩薩行深般若波羅蜜多外道二乘所有功德皆悉不現又如日出方見坑坎高下之處若諸菩薩行深般若波羅蜜多世間乃知邪正之道何以故甚深般若波羅蜜多自相平等無生無滅性遠離故天王當知諸菩薩摩訶薩行深般若波羅蜜多多修空行無所住著修習明道滅除闇障遠離惡友親近諸佛心心相續念佛無斷通達平等隨順法界雖神通遊戲遍十方國而身住本土都不動揺觀諸佛法猶如現見

雖在世間世法不染猶淤泥處所出蓮花如是菩薩雖處生死甚深般若波羅蜜多巧便力故而不染著何以故甚深般若波羅蜜多無生無滅自相平等不見不著性遠離故又如蓮華不停水滴如是菩薩行深般若波羅蜜多乃至少惡亦不暫住又如蓮花隨所在處香氣芬馥如是菩薩行深般若波羅蜜多若在人間或居天上城邑聚落悉具戒香又如蓮華稟性清潔婆羅門等咸所寶愛如是菩薩行深般若波羅蜜多天龍藥叉健達縛等菩薩諸佛咸所愛敬又如蓮花初欲開發能悅衆心如是菩薩行深般若波羅蜜多含笑先言遠離嚬蹙令衆歡喜又如蓮花夢中見者亦是吉相諸人天等乃至夢中聞見菩薩行深般若波羅蜜多亦是吉祥況真聞見

又如蓮花初始生位人非人等咸所愛護如是菩薩始學般若波羅蜜多諸佛菩薩釋梵天等共所衛護天王當知諸菩薩摩訶薩行深般若波羅蜜多興如是心我當如理通達一切波羅蜜多教化有情圓滿佛法菩提樹下坐金剛座證得無上正等菩提轉妙法輪具十二種微妙行相世間沙門婆羅門等天魔釋梵所不能轉化度十方無量無數無邊世界一切有情從生死海平等濟拔安置般若波羅蜜多無歸依者爲作歸依無救護者爲作救護欲見佛者令得見佛作師子吼遊戲神通歎佛功德令衆渴仰其心清淨終不動揺意無諂曲遠離邪念所謂不念二乘之法盡諸隨眠無復煩惱身無僞行離邪威儀口無詭言如實而說受恩常感輕恩重報心

不懷慽口恒輭語如是修習清淨之心不見能行及所行法無二無別自性離故天王當知諸菩薩摩訶薩行深般若波羅蜜多信解如來三種清淨謂諸菩薩作是思惟契經中說如來身淨所謂法身最寂靜身無等等身無量身不共身金剛身於此決定心無疑惑是名信解如來身淨復次思惟契經中說如來語淨如爲異生受記作佛亦爲菩薩受作佛記信如是語理不相違所以者何如來永離一切過失盡諸隨眠無復煩惱寂靜清淨若天魔梵及諸沙門婆羅門等能得如來語業失者無有是處是名信解如來語淨復次思惟契經中說如來意淨諸佛世尊心所思法聲聞獨覺菩薩天人及餘有情無能知者何以故如來之心甚深難入離諸尋伺非思量境無量無邊同虛空界如是信知心不疑惑是名信解如來意淨天王當知諸菩薩摩訶薩行深般若波羅蜜多作是思惟如佛所說諸菩薩摩訶薩爲諸有情荷負重擔堅固無退不怖不疲次第修行布施淨戒安忍精進靜慮般若方便善巧妙願力智波羅蜜多成就佛法無障無礙無邊無等不共之法所言決定其性勇猛成就如來廣大事業是諸菩薩於彼事中無惑無疑深心信受天王當知諸菩薩摩訶薩行深般若波羅蜜多作是思惟如佛所說諸菩薩摩訶薩行深般若波羅蜜多究竟安坐妙菩提座能得無礙清淨天眼天耳他心宿住隨念漏盡智通於一念頃以平等智通達三世如實觀察一切世間如是有情具身惡行語惡行意惡行毀謗聖

賢由邪見造邪業身壞命終當墮惡趣如是有情具身妙行語妙行意妙行稱讚聖賢由正見造正業身壞命終當生善趣如實觀察有情界已作是念言我昔發願行菩薩道自覺覺他此願應滿是諸菩薩於彼事中無惑無疑如實信受天王當知諸菩薩摩訶薩成佛之所名爲覺處能自覺故名爲正覺能覺有情名正遍覺天王當知是諸菩薩行深般若波羅蜜多信知如來出興于世利益安樂一切有情天王當知諸菩薩摩訶薩行深般若波羅蜜多聞說一乘能深信受何以故諸佛所說眞實不虛種種餘乘皆佛乘出如贍部洲雖有種種城邑聚落並屬此洲如是諸乘雖有種種名相差別皆屬佛乘此諸菩薩復作是念諸佛世尊方便善巧種種說法皆實不虛何以故諸佛說法隨衆根性雖說三乘而實一道此諸菩薩復作是念諸佛世尊凡所說法音聲深遠眞實不虛何以故釋梵天等有少功德尚復能出深遠音聲何況如來無量億劫積集功德聲不深遠此諸菩薩復作是念如來說法不違衆根上中下品皆使成就有情各謂獨爲我說而佛本來無說無示此諸菩薩於如是事無惑無疑深心信解天王當知諸菩薩摩訶薩行深般若波羅蜜多得微細心作如是念世間常有大大熾然謂貪瞋癡爲火煙闇云何當使一切有情從此世間皆得出離若能通達諸法平等無染著心名爲出離如實知法如幻夢等善觀因緣而不分別天王當知諸菩薩摩訶薩行深般若波羅蜜多作是思惟諸法無本而有

業果諸佛菩薩凡所發言我應知意既知意已即思量義思量義已即見眞實見眞實已濟度有情天王當知諸菩薩摩訶薩行深般若波羅蜜多方便善巧爲衆說法謂說諸法無我有情命者生者養者士夫補特伽羅意生儒童作者受者知者見者如是諸法空無所有非自在性虛妄分別因緣合故無生似生天王當知若說諸法無我有情乃至見者爲稱理說若說諸法空無所有乃至似生亦稱理說天王當知夫其說法隨順法相是名稱理若諸所說不違法相與法相應能入平等顯現義理名巧便說天王當知諸菩薩摩訶薩行深般若波羅蜜多得無礙辯謂若無著辯若無盡辯若相續辯若不斷辯不怯弱辯不驚怖辯不共餘辯無邊際辯一切天人所愛重辯天王當知諸菩薩摩訶薩行深般若波羅蜜多得清淨辯謂不嘶喝辯不迷亂辯不怖畏辯不憍慢辯義具足辯味具足辯不拙澀辯應時分辯天王當知是菩薩摩訶薩行深般若波羅蜜多遠離大衆威德畏故辯不嘶喝堅住明了不怯智故辯不迷亂菩薩處衆如師子王無恐懼故辯不怖畏離煩惱故辯不憍慢不說無義契法相故辯義具足善解書論知文字故辯味具足多劫積習巧便語故辯不拙澀如是說法善順三時謂熱雨寒說無差亂亦順三分謂初中後說不交雜由斯故說辯應時分天王當知是菩薩摩訶薩行深般若波羅蜜多所得諸辯令衆歡悅謂隨所化多爲愛語含笑先言遠離嚬蹙發詞有義能稱如實諸有所說不欺侮人

所言決定種種樂說以柔軟語令衆歡悅容色寬和使他親附隨義而說聞者悟解爲利益故稱法相說平等爲說心無偏黨離虛妄言作決定說種種樂說隨衆根性由此因緣令衆歡悅天王當知是菩薩摩訶薩行深般若波羅蜜多成大威德所以者何非法器者不得聞故爾時最勝便白佛言是諸菩薩其心平等云何不爲非器者說佛言天王甚深般若波羅蜜多本性平等不見是器不見非器不見能說不見所說有情虛妄見器非器見說不說所以者何甚深般若波羅蜜多無生無滅無分別相猶如虛空一切遍滿有情亦爾無生無滅聲聞獨覺菩薩如來亦復如是無名字法假立名字謂是有情謂是般若謂有能說謂有所說謂有聽者及所聽法勝義諦中皆同一相所謂無相都無差別是諸菩薩行深般若波羅蜜多威德重故雖常樂說非器不聞天王當知甚深般若波羅蜜多不爲非器諸有情說不爲外道惡見者說不爲憍慢不信者說不爲求法貿易者說不爲貪愛名利者說不爲嫉妬祕悋者說不爲生盲聾瘂者說所以者何諸菩薩摩訶薩行深般若波羅蜜多心無慳悋不祕深法於有情類非無慈悲亦不棄捨諸有情類然有情類宿植善根得見如來及聞正法如來於法本無說心亦不作意爲此爲彼但障重者雖近如來而不見聞菩薩亦爾爾時最勝復白佛言何等有情堪聞諸佛菩薩說法佛言天王若具正信根性純熟堪爲法器於過去佛曾種善根心無諂曲威儀齊整不求名利親近

善友利根聰明說文知義爲法精進不違聖旨此等有情堪聞諸佛菩薩說法天王當知諸菩薩摩訶薩能作法師善巧說法云何巧說謂爲饒益諸有情故雖說佛法而說佛法竟不可得雖說一切波羅蜜多而說一切波羅蜜多竟不可得雖說菩提而說菩提竟不可得雖說斷煩惱而說煩惱竟不可得雖說證涅槃而說涅槃竟不可得雖說聲聞四向四果而說聲聞四向四果竟不可得雖說獨覺若向若果而說獨覺若向若果竟不可得雖說斷我見而說我見竟不可得雖說有業果而說業果竟不可得所以者何名字所得皆非實法法非名字非言境界法不可思議非心所量故名字非法法非名字但以世俗虛妄假名而有所說無名字法說爲名字名字是空空無所有無所有者非眞勝義非勝義者即是虛妄愚夫之法天王當知是名菩薩善巧說法諸菩薩摩訶薩行深般若波羅蜜多以方便力得無礙辯隨衆根性宣說如是甚深般若波羅蜜多令諸有情如實悟入

第六分法界品第四之一

爾時最勝復從座起偏覆左肩右膝著地合掌恭敬而白佛言世尊云何諸菩薩摩訶薩學深般若波羅蜜多通達法界於是佛告最勝天言善哉善哉諦聽諦聽極善作意吾當爲汝分別解說最勝天言唯然願說我等樂聞佛告最勝天王當知諸菩薩摩訶薩學深般若波羅蜜多有妙慧故親近善友發勤精進離諸障惑心得清淨恭敬尊重樂習空行遠離諸見修如實道通達法界天王當知是

諸菩薩有妙慧故親近善友歡喜敬事如眞佛想以親近故離諸懈怠滅除一切惡不善法生長善根既滅煩惱遠離障法身語意業皆得清淨由清淨故便生敬重以敬重心修習空行修空行故遠離諸見離諸見故修行正道修正道故能見法界爾時最勝復白佛言世尊云何名爲法界佛告最勝天王當知法界即是不虛妄性世尊云何不虛妄性天王即是不變異性世尊云何不變異性天王即是諸法眞如世尊何謂諸法眞如天王當知眞如深妙但可智知非言能說何以故諸法眞如過諸文字離語言境一切語業不能行故離諸戲論絕諸分別無此無彼離相無相遠離尋伺過尋伺境無想無相超過二境遠離愚夫過愚夫境超諸魔事離諸障惑非識所了住無所住寂靜聖智及無分別後得智境無我我所求不可得無取無捨無染無著清淨離垢最勝第一性常不變若佛出世若不出世性相常住天王當知是爲法界諸菩薩摩訶薩行深般若波羅蜜多修證法界多百千種難行苦行令諸有情皆得通達天王是名實相般若波羅蜜多眞如實際無分別相不思議界亦名眞空及一切智一切相智不二法界爾時最勝便白佛言世尊云何能證能得如是法界佛告最勝天王當知出世般若波羅蜜多及後所得無分別智能證能得世尊證得義有何異天王當知出世般若波羅蜜多能如實見故名爲證後智通達故名爲得爾時最勝復白佛言如佛所說聞思修慧豈不通達實相般若波羅蜜多而復

說有出世般若波羅蜜多及後所得無分別智能證能得佛言不爾所以者何實相般若波羅蜜多甚深微妙聞慧麤淺不能得見是勝義故思不能量出世法故修不能行天王當知實相般若波羅蜜多甚深微妙異生二乘所不能見何以故彼如生盲不見衆色嬰兒七日不見日輪尚不能見況能證得天王譬如夏熱有人西行在於曠野復有一人從西而至問前人曰我今熱渴知何處有清水樹蔭可見憂濟彼人荅曰從此東行當有二路一左二右宜從右路漸次前行有清泉池及涼蔭樹天王於意云何彼熱渴者雖聞如是泉及樹名思惟往趣即除熱渴得清涼不不也世尊彼至入池洗飲息樹方離熱渴乃得清涼佛言天王如是如是聞思修慧不能通達實相般若波羅蜜多天王當知所言曠野即喻生死人喻有情熱喻衆惑渴喻貪愛東來人者喻諸菩薩左路即喻非正直道右路喻於一切智道諸菩薩衆行深般若波羅蜜多善知生死正直之路泉喻般若波羅蜜多樹喻大悲諸菩薩摩訶薩行二法故遠離異生及二乘道天王當知甚深般若波羅蜜多雖無形相而巧說故令諸有情能證能得天王當知諸菩薩摩訶薩行深般若波羅蜜多能如實知力無所畏不共法空亦如實知諸戒定慧解脫解脫知見蘊空亦如實知內空外空及內外空空空大空勝義等空雖知諸法無不皆空而知空相亦不可得不取空相不起空見不執空相不依止空菩薩如是不取著故於空不墮天王當知諸菩薩摩訶

薩行深般若波羅蜜多遠離諸相謂都不見內外諸相離戲論相離分別相離尋求相離貪著相離境界相離攀緣相離諸能知及所知相爾時最勝便白佛言若諸菩薩摩訶薩衆行深般若波羅蜜多能如是觀諸法無相佛薄伽梵復云何觀佛言天王諸佛境界不可思議何以故離境界故一切有情思量佛境心則狂亂不知此彼何以故同虛空性不可思量求不可得離尋伺境諸菩薩衆行深般若波羅蜜多尚不見有異生境等可得思量況佛境界亦不依止一切妙願雖行種種布施淨戒安忍精進靜慮般若波羅蜜多而於彼果都無所著於諸功德乃至涅槃亦不依著何以故離我我所無二無別自性離故佛說如是甚深般若波羅蜜多大法門時令此三千大千世界六種變動妙高山王目眞隣陀山大目眞隣陀山金剛輪圍山大金剛輪圍山香山寶山黑山大黑山皆悉震動無量百千諸菩薩衆皆脫上服爲佛敷座其座高廣如妙高山無量百千釋梵護世諸天王等合掌恭敬散衆妙花謂妙音花大妙音花及吉祥花大吉祥花青黃赤白紅紫蓮花時鷲峯山縱廣四十踰繕那量積花遍滿至如來膝無量天子住虛空中奏諸天樂唱如是言再覩佛興世再聞轉法輪善哉贍部洲一切有情類勤修功德多種善根得聞如是甚深般若波羅蜜多況復當來有能信者當知如是一切有情悉行諸佛如來境界復有無量百千龍王即以神力普興大雲降澍香雨灑鷲峯山遍及三千大千世界諸聽法者唯

覺香潤不見霑濡無量龍女悉於佛前合掌讚歎復有無量健達縛神以妙樂音而供養佛諸藥叉衆散諸妙花阿素洛等供養恭敬十方無量無邊佛土無數如來應正等覺眉間毫相皆放光明照此三千大千世界幽暗之處無不大明遍鷲峯山其光赫奕作斯事已各還本界右遶三帀入佛頂中無量百千婆羅門衆及刹帝利長者居士各以種種塗香末香幢蓋旛花而供養佛爾時會中七十二億菩薩摩訶薩得無生法忍無量百千諸有情類遠塵離垢生淨法眼無量百千諸有情類皆發無上正等覺心爾時最勝復白佛言甚深般若波羅蜜多既絕語言離諸文字云何菩薩摩訶薩行深般若波羅蜜多爲諸有情說如是法佛告最勝天王當知諸菩薩摩訶薩行深般若波羅蜜多爲諸有情說如是法爲修習佛法而諸佛法畢竟不可得爲成熟諸波羅蜜多而諸波羅蜜多畢竟不可得爲清淨佛菩提而佛菩提畢竟不可得爲離滅涅槃而離滅涅槃畢竟不可得爲四沙門果而四沙門果畢竟不可得爲獨覺菩提而獨覺菩提畢竟不可得爲斷除我取而我及取畢竟不可得是菩薩摩訶薩行深般若波羅蜜多心不分別一切法相我能分別及所分別皆不可得隨順般若波羅蜜多不違生死雖在生死不違般若波羅蜜多隨順法相爾時最勝便白佛言諸菩薩摩訶薩云何隨順甚深法相不違世俗佛言天王菩薩隨順甚深般若波羅蜜多不遠離色受想行識不遠離欲界色界無色界不遠離法而無取

著隨順般若波羅蜜多不遠離道何以故具大方便善巧力故於是最勝復白佛言何謂菩薩方便善巧佛言天王謂四無量諸菩薩摩訶薩具大慈悲喜捨心故常能利樂所化有情是爲菩薩方便善巧世尊云何此四名大天王當知諸菩薩摩訶薩行深般若波羅蜜多具無邊慈無分別慈諸法性慈不休息慈無惱害慈廣饒益慈平等性慈遍利樂慈出世間慈如是等類名爲大慈天王當知諸菩薩摩訶薩行深般若波羅蜜多見諸有情具種種苦無歸依處爲欲濟拔發菩提心勤求正法既自得已爲有情說諸慳貪者教行布施無戒破戒教受持戒性暴惡者教行忍辱懶惰懈怠教行精進散亂心者教行靜慮諸愚癡者教學妙慧爲度有情雖遭種種極苦難事終不捨離大菩提心如是等類名爲大悲天王當知諸菩薩摩訶薩行深般若波羅蜜多作是思惟三界熾火我已出離故生歡喜久相纏繫生死之繩我已斷截故生歡喜於生死海尋伺取相我已永出故生歡喜無始所豎憍慢之幢我已摧折故生歡喜以金剛智破煩惱山令永散滅故生歡喜我自安隱復安隱他愚癡黒暗貪瞋慢等煩惱繫縛久寐世間令始得覺故生歡喜我令已免一切惡趣復能濟拔惡趣有情令得出離故生歡喜有情久於生死迷亂不知出道我令濟拔開示正路皆令得至一切智城畢竟安樂故生歡喜如是等類名爲大喜天王當知諸菩薩摩訶薩行深般若波羅蜜多普於一切眼所見色耳所聞聲鼻所齅香舌所甞味

身所覺觸意所了法不著不離而起捨心如是等類名爲大捨天王當知諸菩薩摩訶薩行深般若波羅蜜多成就如是四大無量由此名爲方便善巧

大般若波羅蜜多經卷第五百六十七

音釋

蚊虻（蚊音文虻眉庚切皆齧人飛蟲也）漬（資四切浸漬也）坑埳（坑丘庚切塹也埳音坎陷也又阱也）熨（正作鬱鬱蒸也）淤泥（淤依據切淤泥濁泥也）紛馥（紛音分馥音伏紛馥香氣也）嚬蹙（嚬正作顰音頻蹙子六切顰蹙愁貌）嘶喝（嘶音西聲破也喝於邁切噎聲也）拙澀（拙朱劣切不巧也澀色入切不滑也）貿（音茂易財也）降澍（澍音注霖霔也）霑濡（霑音占濡音儒霑濡漬濕也）赫奕（赫呼格切奕音弋赫奕明盛貌）

大般若波羅蜜多經卷第五百六十八

唐三藏法師玄奘奉詔譯

第六分法界品第四之二

爾時最勝復白佛言世尊云何諸菩薩摩訶薩行深般若波羅蜜多爲度有情示現諸相佛告最勝天王當知甚深般若波羅蜜多相不可得諸菩薩相亦不可得但由方便善巧威力爲有情類示現入胎乃至涅槃種種化相何以故諸天計常謂無墮落是故菩薩行深般若波羅蜜多方便善巧爲破彼執示現入胎因令彼天起無常念世間最勝最高無等於欲不染尚有墮落況餘天衆而得常耶是故皆應勿復放逸勤加精進繫念修道如見日輪尚有隱没即知螢火不得久住復有諸天放逸著樂不修正法恣情遊戲雖與菩薩同處天宫不往禮拜不諮受法各作是念令且受樂明詣菩薩當受法要共相謂言我與菩薩常此同住修行何晚是故菩薩行深般若波羅蜜多勤修精進如救頭然破放逸行示現墮落如是示現有二因緣一令諸天離放逸故二令有情咸得見故世間復有下劣有情善根少故不堪見佛成無上覺轉妙法輪菩薩爲彼示現嬰兒及作童子後宫遊戲菩薩若作餘像說法後宫女人則不信樂是故示現嬰兒童子有高行人常能離俗菩薩爲彼示現出家復有天人作如是念端坐受樂不得聖道菩薩爲彼示現苦行亦爲降伏苦行外道示現種種難行苦行復有天人長夜發願菩薩行詣菩提座時我等天人常獻供養菩薩爲彼詣菩提座無量天人既供

養已一切獲得菩提因緣復有天人作如是念惡魔外道障礙正法願得菩薩坐菩提座降伏惡魔及諸外道有正信者皆令見法是故菩薩成正覺已三千世界遍虛空中種種音聲而讚歎曰佛日出世螢光隱没諸天人等咸作是言願我未來成無上覺如今菩薩所證菩提爲此有情坐菩提座有天人等作如是言願見大師成一切智一切相智無師智自然智是諸有情雖不求出離而根性純熟是深法器爲是有情示現三轉十二行相無上法輪復有天人樂聞圓寂菩薩爲彼示現涅槃天王當知諸菩薩摩訶薩行深般若波羅蜜多能現如是種種化相天王當知諸菩薩摩訶薩行深般若波羅蜜多終不生於無暇之處何以故無福德人不聞般若波羅蜜多勝名字故是諸菩薩又復常離一切惡業終不毀犯佛所說戒心無嫉妬身語無失已於過去無量佛所多種善根具勝福德智慧方便成就大願心樂寂靜勤行精進離諸懈怠天王當知是諸菩薩無有惡業墮地獄趣十善業道常現行故是諸菩薩無有破戒墮傍生趣常能護持所受戒故是諸菩薩無有嫉妬不墮餓鬼趣不生邪見家常值善友遠離惡友何以故已於過去無量佛所深種善根是故生處富貴自在皆具正見是諸菩薩隨所受身不缺諸根成佛法器何以故於過去世供養諸佛聽聞正法禮敬大衆是故生處常具諸根形相端嚴成佛法器是諸菩薩不生邊地根鈍愚癡不知善惡語言義趣非佛法器不識沙門婆羅門等何以故菩薩

受生必在中國利根智慧言辭辯了善知語義是佛法器善知沙門婆羅門等何以故善薩宿世具勝福德智慧力故菩薩終不生長壽天不能利他不見佛故是諸菩薩多生欲界示現出世利樂有情何以故具勝方便善巧力故菩薩不生無佛世界此處無佛無説法者不聞正法不供養僧所以者何菩薩生處必具三寶宿願强故是諸菩薩聞惡世界深生厭離修行寂靜心不懈怠精進熾然以一切善滅諸惡法天王當知諸菩薩摩訶薩行深般若波羅蜜多以如是等種種因緣終不生於無暇之處天王當知諸菩薩摩訶薩行深般若波羅蜜多乃至夢中尚不忘失大菩提心況於覺時當有忘失何以故一切善法生於此心即是無上正等覺心若無此心則無有佛無佛無法無法無僧由此心故得有三寶及有人天修善受樂是諸菩薩常離諂詐質直柔和其心清淨於諸佛法不生猶豫欲聽受者不祕深義離諸嫉妬遠三塗業於初中後無變易相行不違言護大乘法見同學者深生恭敬勸勤修習稱讚大乘於説法師常生佛想親近善友遠離惡友是諸菩薩行深般若波羅蜜多方便善巧成就如是菩提之心依因此心得宿住智何以故已曾供養無量諸佛護持正法修清淨戒遠離惡業障礙永無心常歡喜心勤修學心不散亂心智不失所以者何是諸菩薩由曾供養無量諸佛則重正法由重法故廣爲他説爲護正法不惜身命身語意業悉皆清淨業清淨已得離障礙離障礙故心常歡喜心歡喜故

則勤精進心性正直念智圓滿由念智故知過去生一十百千乃至無數是諸菩薩行深般若波羅蜜多如實了知過去生處既了宿世親近善友由善友故於諸佛所三事不失謂聞見念常樂聽法供養僧寶於一切時曾無空過佛菩薩所常深恭敬禮拜供養時無暫捨行住坐卧不離多聞天王當知是諸菩薩持淨戒故常聞般若波羅蜜多功德名字常勤修習助菩提分曾不遠離三解脫門於一切時修四無量常聞無上一切智名天王當知諸菩薩摩訶薩行深般若波羅蜜多由此因緣親近善友天王當知諸菩薩摩訶薩行深般若波羅蜜多乃至夢中不近惡友況於覺時而親近彼所以者何諸菩薩摩訶薩於破戒人著邪見人不律儀人行邪命人無義語人住懶惰人樂生死人背菩提人愛俗務人雖常憐愍而不共住天王當知諸菩薩摩訶薩行深般若波羅蜜多由如是法遠離惡友天王當知諸菩薩摩訶薩行深般若波羅蜜多能得如來十身差別云何爲十一平等身二清淨身三無盡身四善修身五法性身六離尋伺身七不思議身八寂靜身九虛空身十妙智身爾時最勝便白佛言諸菩薩摩訶薩行深般若波羅蜜多何位能得如來十身佛告最勝天王當知諸菩薩摩訶薩行深般若波羅蜜多於初地中得平等身何以故通達法性離諸邪曲見平等故第二地中得清淨身何以故離犯戒失戒清淨故第三地中得無盡身何以故離欲貪瞋得勝定故第四地中得善修身何以故常勤修習菩提

分故第五地中得法性身何以故觀諸諦理證法性故第六地中得離尋伺身何以故觀緣起理離尋伺故第七地中得不思議身何以故方便善巧智行滿故第八地中得寂靜身何以故離諸煩惱戲論事故第九地中得虛空身何以故身相無盡遍一切故第十地中得妙智身何以故一切種智修圓滿故於是最勝復白佛言佛菩薩身豈無差別佛告最勝天王當知身無差別功德有異其義云何謂佛菩薩身無差別所以者何以一切法同一性相功德異者謂如來身具諸功德菩薩不爾吾當爲汝略說譬喻譬如寶珠若具莊飾不具莊飾其珠無異佛菩薩身亦復如是功德有異法性無別所以者何如來功德一切圓滿盡于十方遍有情界清淨離垢障

礙永無菩薩之身功德未滿有餘障故譬如月輪有滿未滿月性無異二身亦然如是諸身悉皆堅固不可破壞猶若金剛所以者何三毒不破世法不染惡趣人天苦不能逼悉皆遠離生老病死能伏外道超魔境界不趣獨覺及聲聞乘以是因緣不可破壞天王當知諸菩薩摩訶薩行深般若波羅蜜多善能將導世間天人阿素洛等咸皆信用譬如有人善爲將導若諸國王若與王等長者居士咸信用之此諸菩薩亦復如是聲聞獨覺菩薩如來皆悉共許爲善將導如善將導國王大臣婆羅門等咸共尊敬此諸菩薩亦復如是天龍藥叉阿素洛等有學無學之所供養如險曠野行人疲倦遇善將導能令安隱此諸菩薩亦復如是以巧便力將導有情令於

生死安隱得出如諸商人依富長者方出險難一切外道及婆羅門於生死中依此菩薩乃得出離如大長者無量資財爲一切人之所受用此諸菩薩亦復如是生死有情共所受用如大長者欲過險難必假多伴飲食資粮皆悉具足爾乃能度此諸菩薩亦復如是欲出世間生死險難必以福慧攝諸有情方度世間至一切智如人遠行多齎寶物爲得利故此諸菩薩亦復如是從生死海趣一切智要廣修集福慧珍財爲速證得一切智故如世間人求財無厭此諸菩薩亦復如是樂求勝法曾無厭心如將導者四事勝他財富位高技能言信此諸菩薩亦復如是富諸功德處位尊高於法自在所言無異如人善導至於大城此諸菩薩亦復如是將導有情至一切智天王當知諸菩薩摩訶薩行深般若波羅蜜多善知可行不可行路所謂邪正曲直安危有水無水若有留難或出離道皆善通達是諸菩薩知無倒路凡所示導不違衆根爲大乘人說無上道不說獨覺及聲聞道爲獨覺人說獨覺道不說菩薩及聲聞道爲聲聞人說聲聞道不說獨覺及菩薩道爲著我者說無我道爲著法者說法空道著二邊者爲說中道爲迷亂者說止觀道令不迷亂爲戲論者說眞如道令不戲論著生死者說涅槃道令出世間爲迷塗者說正直道令遠邪路天王是名諸菩薩摩訶薩行深般若波羅蜜多知邪正路將導有情令得出離

第六分念住品第五

爾時最勝復從座起偏覆左肩右膝著地合

掌恭敬而白佛言諸菩薩摩訶薩行深般若波羅蜜多能如是知路非路者心緣何住佛告最勝天王當知諸菩薩摩訶薩行深般若波羅蜜多心正無亂所以者何是諸菩薩善修身受心法念住凡所遊行城邑聚落聞說利養心不貪染如佛世尊戒經中說善自憶念離諸煩惱天王云何諸菩薩摩訶薩行深般若波羅蜜多修身念住謂此菩薩以如實智遠離一切與身相應惡不善法觀察此身從足至頂唯有種種不淨過失無我無樂無常敗壞腥臊臭穢筋脉連持如斯惡色誰當喜見如是觀已身中貪欲執身我見皆不復生由此便能順諸善法天王云何諸菩薩摩訶薩行深般若波羅蜜多修受念住謂此菩薩作是思惟諸受皆苦有情顛倒妄起樂想異生愚癡謂苦爲樂聖者但說一切皆苦爲斷滅苦應修精進亦當勸餘勤修此法作是觀已恒住受念不隨受行修行斷受亦令他學天王云何諸菩薩摩訶薩行深般若波羅蜜多修心念住謂此菩薩作是思惟此心無常愚謂常住實苦謂樂無我謂我不淨謂淨此心不住速疾轉易隨眠根本諸惡趣門煩惱因緣壞滅善趣是不可信貪瞋癡生於一切法心爲前導若善知心悉解衆法種種世法皆由心造心不自見種種過失若善若惡皆由心起心性速轉如旋火輪飄忽不停如風野馬如水暴起如火能燒作如是觀令念不動令心隨已不隨心行若能伏心則伏衆法天王云何諸菩薩摩訶薩行深般若波羅蜜多修法念住謂此菩薩能如實知世間所

有惡不善法謂貪瞋癡及餘煩惱於諸煩惱應修對治謂修貪欲瞋恚愚癡及餘煩惱對治差别如實知已即迴起念不行彼法亦令他離天王云何諸菩薩摩訶薩行深般若波羅蜜多於境起念謂此菩薩若遇色聲香味觸境便作是念云何於此不真實法而生貪愛此乃異生愚癡所著即是不善如世尊說愛即生著著即迷謬由此不知善法惡法以是因縁墮於惡趣菩薩如是自不漏失不著境界令他亦爾天王當知諸菩薩摩訶薩行深般若波羅蜜多念阿練若謂此菩薩作是思惟阿練若處是無諍人之所居止寂靜住處天龍藥叉他心智者悉能知我心心所法不應住此起邪思惟由此思惟即得捨離於法正念勤修行之天王當知諸菩薩摩訶薩

行深般若波羅蜜多作是思惟城邑聚落多諸喧雜非出家人所可行處則不應往所謂酤酒婬女王宮博弈歌儛如是等處皆遠離之天王當知諸菩薩摩訶薩行深般若波羅蜜多聞利養名起正憶念謂作是念爲生彼福應受此財不由貪愛受已悋惜養育妻子不言我有如是財物而普周給一切貧窮如是行者人所讚歎終不計著我及我所復作是念人皆稱我惠施名聞世間無常須臾磨滅云何智人無常無實不恒無主隨彼而行執我我所天王當知諸菩薩摩訶薩行深般若波羅蜜多念佛世尊所說禁戒謂作是念三世諸佛皆學此戒成無上覺證大涅槃如是知已精勤修學天王當知諸菩薩摩訶薩行深般若波羅蜜多爲化有情及自修習少

欲喜足著糞掃衣心常清潔信力堅固寧失身命於戒不犯心離憍慢遊行城邑雖服弊衣而不生恥遠離懈怠常修精進所作未辦終不中止於糞掃衣不見過患朽故弊壞終無輕鄙但取其德夫離欲者乃服此衣如來所讚息慳貪著亦不自讚我能服此於他不服終無毀言如此行人諸天禮敬佛所讚歎菩薩護持婆羅門等恭敬供養天王當知諸菩薩摩訶薩行深般若波羅蜜多能修如是清淨妙行爾時最勝便白佛言高行菩薩行深般若波羅蜜多何用著此糞掃衣耶佛言天王諸大菩薩護世間故著糞掃衣所以者何世間若見著此衣服滅惡生善天王於意云何菩薩高行何如世尊最勝白言百千萬億乃至鄔波尼殺曇分亦不及一何以故佛是法王具一切智無有一法不能照故天王於意云何佛對一切天龍藥叉人非人等示現苦行及常讚歎杜多功德此何所爲最勝白言世尊爲欲教化可度諸有情類及初發心諸菩薩等未斷煩惱爲說對治佛言如是如是天王高行菩薩著糞掃衣亦復如是是故菩薩行深般若波羅蜜多方便善巧饒益有情天王當知諸菩薩摩訶薩行深般若波羅蜜多爲世間故但畜三衣何以故心喜足故更不多求即是少欲不求乞故無所聚積不聚積故則無喪失無喪失故則不憂苦無憂苦故則離煩惱離煩惱故則無所著無所著故則爲漏盡天王當知諸菩薩摩訶薩行深般若波羅蜜多爲欲饒益諸有情故入諸城邑持鉢乞食何以故是諸菩薩大悲熏心

觀諸有情多有窮苦欲令富樂受彼供養入城邑時威儀齊整心正不亂善攝諸根徐步而行前視六肘不顧左右如法乞食次第而往不越貧家稱量取食終不長受於所得中更開一分擬施貧乏供養福田何以故信施難消爲生福故天王當知諸菩薩摩訶薩行深般若波羅蜜多但一坐食而不移動何以故菩薩一坐妙菩提座魔來嬈亂亦不移動於出世定慧智法空實際真如如理聖道一切種智皆不移動何以故一切智法一坐得故是故菩薩行深般若波羅蜜多但一坐食天王當知諸菩薩摩訶薩行深般若波羅蜜多方便善巧爲諸有情示現乞食天王當知諸菩薩摩訶薩行深般若波羅蜜多常勤修學阿練若行謂修梵行於諸根中不起過失樂多聞力堪修正行離我怖畏不計著身常行寂靜是諸菩薩於正法中常樂出家持三輪戒善知法相如來所說爲少壯老三種人戒悉能了達不緣外境專念自心訶毀世法讚歎出世調伏諸根不取惡境於阿練若居無難處城邑乞食不遠不近有清泉水盥洗便易豐花果林無惡禽獸巖穴寂靜空閑罕人如是勝處而爲居止所曾聞法晝夜三時勤加讚誦聲離高下心不緣外專念憶持婆羅門等來至其處顧命令坐歡喜慰問觀其根性爲說正法令得歡喜信受修行如是具足方便善巧遠離我心以無我故於阿練若不生怖畏離怖畏故樂行寂靜菩薩如是巧方便力示現修行阿練若行天王當知諸菩薩摩訶薩行深般若波羅蜜多善觀諸行作

是思惟一切飲食清淨香潔身火觸之即成不淨爛壞臭處愚夫無智愛著此身及諸飲食若依聖智如實觀察即生猒惡不起樂著天王當知諸菩薩摩訶薩行深般若波羅蜜多作是思惟多行瞋忿便起惡業我今當離嗔心趣道眞實思惟非徒口說天王當知諸菩薩摩訶薩行深般若波羅蜜多作如是念若法有生即是因緣因緣之法又從緣起云何智者於此虛妄因緣生法而作罪愆菩薩身中有障善法即自除斷若不能斷他障善法心便生捨不起無明云何名爲障善之法謂不恭敬佛法僧寶及清淨戒不敬同學老少幼小自高陵彼趣向五欲背捨涅槃而起我見或有情見乃至知者見見者見執空起斷見執有起常見遠離賢聖親近愚夫捨持戒人依破戒者親附惡友遠離善友聞甚深法便生毀謗身惡律儀語無善說心具諂曲煩惱所覆貪著利養五慢具生一姓貴慢二種族慢三見勝慢四國土慢五徒衆慢見惡便助遇善而捨讃美女人童稚外道不樂修習阿練若行不解節食遠離師長雖復讀誦不知時節見善不重見惡不怖如象無鉤馬無轡勒放逸不制喜生瞋忿心無慈念見苦不愍遇疾不瞻於死不怖處大火聚都不求出懲作不作非作反作不思而思應思不思非望而求不出謂出非路謂路未得謂得樂習重惡遠離大善毀呰大乘及大乘人讃歎小道及學小者多樂鬪亂好麤惡言心無慈悲令他怖畏出言麤鄙理無一實樂著戲論而不能捨如是等事名障善法天王當知諸

菩薩摩訶薩行深般若波羅蜜多修習空行滅戲論法作是思惟所觀境界皆悉空無能觀之心亦復非有無能所觀二種差別諸法一相所謂無相如是思惟遣內外相不見身心亦不見法次第相續修學止觀觀謂如實見法止謂一心不亂菩薩如是修觀行已即得淨戒戒清淨故行亦清淨是名菩薩行深般若波羅蜜多觀行清淨天王當知諸菩薩摩訶薩行深般若波羅蜜多護持如來無上法藏聽受正法爲護法故不爲利養爲三寶種不斷絶故不爲恭敬爲欲守護大乘行故不爲名譽無歸依者令得歸依無救濟者令得救濟無安樂者令得安樂無慧眼者令得慧眼修小乘者示聲聞道學中乘者示獨覺道行大乘者示無上道如是聽法爲無上智終不爲得下劣之乘天王當知諸菩薩摩訶薩行深般若波羅蜜多善知種種毗柰耶法謂毗柰耶毗柰耶行毗柰耶甚深毗柰耶微細淨與不淨有失無失別解脫本聲聞毗柰耶菩薩毗柰耶是諸菩薩行深般若波羅蜜多於如是等毗柰耶法皆悉善知天王當知諸菩薩摩訶薩行深般若波羅蜜多善知一切威儀戒行善學聲聞獨覺菩薩所受持戒既修戒行若見威儀不稱衆意則應捨離非處不行若有沙門威儀戒行具足清白即親近之若婆羅門異學餘行則勸捨離修毗柰耶修習如是戒行成滿心無巧僞嫉妬便滅自行布施亦勸他行讚歎布施令他修學見他布施心生隨喜不作是念施我非餘但應思惟諸有情類多有貧乏飢寒困苦願彼得

財現世安樂聞正法故後世安樂我應令世精勤修道願與有情同得出離是名菩薩無嫉妬心於諸有情皆得平等若行布施淨戒安忍精進靜慮般若乃至一切相智普爲有情其心無二何以故所修之法與有情共念爲境界令速得道於生死火自既得出亦願有情同得出離天王譬如長者六子幼稚並皆愛念無偏黨心長者在外其宅火起於意云何爾時長者頗有是念於其六子先後救不不也世尊何以故其父於子心平等故天王當知菩薩亦爾愚夫貪著處在六趣生死火宅不知出離是諸菩薩以平等心種種方便誘化令出皆悉安置圓寂界中天王當知諸菩薩摩訶薩行深般若波羅蜜多於法亦等爲護正法供養如來種種供具供養如來如實修行供養如來利益安樂一切有情守護一切有情善法隨順有情善能化導行菩薩道行不違言心無疲倦求無上覺若能如是乃得名爲供養諸佛不以資財而爲供養何以故法是佛身若供養法即供養佛諸佛世尊皆從如實修行而來悉爲利益安樂有情護其善法隨順有情若不爾者違本誓願懶惰懈怠不能成就菩提之心何以故菩薩所趣無上菩提與有情共若無有情云何能得無上菩提天王當知諸菩薩摩訶薩行深般若波羅蜜多修行正法供養如來名眞供養如是供養拔除我慢遠離俗務剃落鬚髮於其父母兄弟親戚不相關預猶如已死形狀衣服並異於常執持應器遊入城邑若至親里旃荼羅家亦摧我慢下意乞食謂作是

念我命屬他由彼施食我命存濟以是因緣能除我慢復作是念我今應取師友等意令生歡喜昔未聞法爲得聞故若見他人瞋忿鬪諍即應忍辱下意避之菩薩如是拔除我慢天王當知諸菩薩摩訶薩行深般若波羅蜜多生堅正信何以故多諸功德宿世所種善根力強善因具足正見成就不信外緣內心清淨不依餘師心行調直遠離諂詐諸根聰利具足般若波羅蜜多離諸蓋障其心清淨遠離惡友親近善友尋求善言不生懈怠聞所說法知佛功德爾時最勝便白佛言惟願大慈哀愍爲說如來功德大威神相佛告最勝天王汝今諦聽善思吾當爲汝說佛功德威神少分最勝白言唯然願說我等樂聞佛言天王如來具足無邊大慈遍照有情有情界攝乃至十方盡虛空界亦皆遍照不可測量如來大悲聲聞獨覺及諸菩薩皆所無有何以故不共法故十方世界無一有情如來大悲所不能照如來說法究竟無盡普爲十方諸有情類經無量劫種種因緣說諸法要亦不可盡若有情界種種言辭一切句義難問如來一彈指頃一一有情各爲分別無能壞者如來所得無礙靜慮境界甚深無測量者假使一切世界有情皆得住於菩薩十地多百千劫入勝等持不能測量如來定境如來之身量無邊際何以故隨所樂見於一念頃能現無邊異類身故如來天眼最勝清淨一切世界一切有情色相差別及餘物類種種不同如來皆見如觀掌中阿摩洛果諸人天眼所不能及如來天耳最勝清淨一切

有情音聲差別及餘物類所有音聲一念悉聞解了其義如來復有淨他心智一切世界一切有情一一思惟作業受果無邊差別佛四威儀於一念頃皆悉了知何以故佛常在定無散亂故天王當知佛無失念心不散亂根無異緣何以故離煩惱習最爲清淨寂靜無垢有煩惱者失念散亂根有異緣如來世尊無漏離垢得一切法自在平等常在等持及等至故如來但住一種威儀遊一等持乃至圓寂諸人天等尚不能知況復如來經無量劫修習無量無邊等持而有人天能了知者何以故如來功德不可度量不可思議不可觀故爾時最勝便白佛言我聞如來三無數劫修行成佛云何今說無量劫修佛言天王其義不爾何以故菩薩所趣無上菩提無量功德乃得成辦非不經於爾許劫數而能證入法平等理修至究竟乃稱成佛於是最勝白言世尊善哉善哉快說法要善能勸發一切有情種植善根遠離業障欣樂佛果修菩薩行若有情類得聞如來功德威神心生歡喜信受讚歎當知不久成佛功德威神法器況復有能受持讀誦書寫供養爲他解說彼所獲福不可思議佛言天王如是如是彼有情類如來護持已種善根經多劫數若於過去供養多佛乃得聞佛功德威神天王當知若善男子善女人等心無疑惑於七日中澡浴清淨著新淨衣花香供養一心正念如前所說如來功德及大威神爾時如來慈悲護念現身令見使願滿足若有闕少花香等事但一心念功德威神將命終時必得見佛

爾時最勝復白佛言頗有有情聞說如是如來功德及大威神不起信心而毀謗不佛言亦有謂有有情聞說如是如來功德威神法門起不善心瞋忿毀謗於說法師生惡友想彼後捨命必墮地獄多劫受苦若諸有情聞說如是如來功德及大威神歡喜信受讚歎憶念於說法師生善友想彼後捨命定昇人天展轉勝進乃至成佛爾時世尊出廣長舌相自覆面輪次覆頭頂次覆遍身次覆師子座次覆菩薩衆次覆聲聞衆然後乃覆釋梵護世人非人等一切大衆還收舌相告大衆言如來世尊有是舌相豈當妄語汝等大衆於我所說皆應信受長夜獲安說是法時衆中八萬四千菩薩得無生忍無量有情遠塵離垢生淨法眼無數有情皆發無上正等覺心

大般若波羅蜜多經卷第五百六十八

音釋

諮 津私切訪問於善曰諮 齋 戲西切持也 腥臊 腥音星魚臭也臊蘇曹切豕膏臭也 臭穢 臭尺救切穢烏廢切 筋脉 筋音斤脉音麥 阿練若 梵語也此云寂靜處若爾者切 酤 音孤賣酒也 博奕 博伯各切局戲也奕音亦圍棋也 嬈 爾紹切亂也 盥 音貫澡手也

大般若波羅蜜多經卷第五百六十九

唐三藏法師玄奘奉　詔譯

第六分法性品第六

爾時最勝復從座起偏覆左肩右膝著地合掌恭敬而白佛言希有世尊善說諸佛微妙功德及大威神諸佛如來因何得此微妙功德及大威神惟願世尊分別解說佛告最勝天王當知如來所行及所得果甚深微妙不可思議最勝白言佛行何法說爲深妙不可思議佛言如來法性因果甚深微妙不可思議功德威神及所說法利樂他事亦復如是最勝復言云何法性甚深微妙不可思議佛言天王如來法性在有情類蘊界處中從無始來展轉相續煩惱不染本性清淨諸心意識不能緣起餘尋伺等不能分別邪念思惟不能緣慮遠離邪念無明不生是故不從十二緣起說名無相非所作法無生無滅無邊無盡自相常住天王當知諸菩薩摩訶薩行深般若波羅蜜多能知法性清淨如是無染無著遠離垢穢從諸煩惱超然解脫此性即名諸佛法本福德智慧因之而起本性明淨不可思議天王我今當說譬喻汝應諦聽善思念之王言世尊唯然願說佛告最勝天王當知譬如無價如意寶珠裝飾瑩治皎潔可愛體極圓淨無有垢濁墮在淤泥經時已久有人拾得歡喜取之勤加守護不令墮落法性亦然雖在煩惱不爲所染後復顯現天王諸佛悉知有情本性清淨客塵煩惱之所覆蔽不能悟入是故菩薩行深般若波羅蜜多應作是念我當精勤爲有情說甚深般若波

羅蜜多除其煩惱令得悟入一切有情本性皆淨當起尊敬不應輕陵應同大師如法供養此諸菩薩由作是念便能生起般若大悲菩薩如是行深般若波羅蜜多即能證入不退轉地是諸菩薩行深般若波羅蜜多復作是念此諸煩惱無力無能自體虛妄違清淨法何以故背一切智順生死故清淨法性爲諸法本自性本無虛妄煩惱皆從邪念顛倒而生天王當知譬如四大依虛空立虛空無依煩惱亦爾依於法性法性無依是諸菩薩行深般若波羅蜜多如實觀知不起違逆以隨順故煩惱不生是諸菩薩觀察煩惱不生染著謂作是念若自染著云何說法令他出離是故菩薩斷滅著心如實說教解有情縛是諸菩薩復作是念若生死中有一煩惱能益有情我則攝受然無是事故應斷滅是諸菩薩復作是念如昔諸佛行深般若波羅蜜多斷諸煩惱我亦應爾何以故諸佛如來昔在因地亦如是學成菩提故是諸菩薩由此二緣方便善巧觀知法性如是法性無量無邊爲諸煩惱之所隱覆隨生死流沉沒六趣長夜輪轉隨有情故名有情性天王當知諸菩薩摩訶薩行深般若波羅蜜多起猒離心除五境欲滅諸分別修無上道是時此性名爲出離超一切苦故名寂靜是究竟法世所樂求一切種智常住微妙因此法性能得自在受法王位天王當知諸菩薩摩訶薩行深般若波羅蜜多初中後位觀察法性一切平等本來寂靜不爲諸法之所罣礙猶如虛空不爲色礙是諸菩薩行深般若波羅蜜多如

實觀知諸佛所說一切妙行如量修行法性功德不可具說無有二相過一異境平等一相尋伺不行菩薩如是行深般若波羅蜜多能除二相我相法相一切異生爲執所縛不識不見不得法性是諸菩薩行深般若波羅蜜多則能通達如是法性在諸有情無二無別何以故諸法眞如無異相故天王當知諸菩薩摩訶薩行深般若波羅蜜多依此法性修習善根來入三有饒益有情雖現無常而非眞實何以故是諸菩薩行深般若波羅蜜多如實觀知眞法性故具足方便大悲願力不捨有情二乘異生既無如是大悲願力是故不見圓淨法性不能如實饒益有情天王當知諸菩薩摩訶薩行深般若波羅蜜多能如是觀眞淨法性一切聖者如實悟入無能修者無所修法無能行者無所行法無心無心所無業無異熟無苦無樂如是觀者名得平等無異遠離隨順廣大無我我所無高無下眞實無盡常住明淨所以者何一切聖法由此成熟因是性故顯現聖者諸佛如來無邊功德不共之法從此性生由是性出一切聖者戒定慧品從此性生諸佛菩薩甚深般若波羅蜜多從此性出是性寂靜過諸名相性是眞實遠離顛倒性不變異故稱眞如是聖智境故名勝義非有非無非常非斷非生死非涅槃非染非淨離一離異無相無名天王當知此諸菩薩復作是念法性離相諸法離相無二無別何以故諸法離相即法性離相法性離相即有情離相有情離相即法界離相法界離相即諸法離相如是離相求不

可得法性眞如有情眞如無二無別有情眞如法性眞如無二無別法性眞如諸法眞如無二無別諸法眞如諸佛眞如無二無別法性眞如三世眞如不相違過去眞如未來眞如不相違逆未來眞如現在眞如不相違逆現在眞如過去眞如不相違逆三世眞如即蘊界處眞如蘊界處眞如即染淨眞如染淨眞如即生死涅槃眞如生死涅槃眞如即一切法眞如天王當知眞如名爲無異無變無生無滅自性眞實以無諍故說名眞如如實知見諸法不生諸法雖生眞如不動眞如雖生諸法而眞如不生是名法身清淨不變如虛空無等等一切三界無有一法所能及者遍有情身無與等者清淨離垢本來不染自性明淨自性不生自性不起在心意識非心意識性即是空無相無願遍虛空界諸有情處一切平等無量無邊不異不別非色受想行識不離色受想行識非地水火風大不離地水火風大無生不離生雖逆生死不順涅槃眼不能見耳不能聞鼻不能嗅舌不能嘗身不能覺意不能知不在心意識不離心意識天王當知是名法性諸菩薩摩訶薩行深般若波羅蜜多以能通達此法性故修行清淨能於三千大千世界諸贍部洲城邑聚落示現色身所現身者非色非相而現色相雖非六根所行境界而化有情常無休息爲說此身無常無我是苦非淨知諸有情有寂靜性故爲示現無量種身方便善巧令彼受化知一切身都無作者亦無受者如木石等而爲有情說清淨行菩薩如是行深般若波

羅蜜多通達法性即得自在無有移動而起智業遊戲神通種種示現安住自在而能示現種種威儀自在能趣一切相智皆悉通達一切法性天王當知甚深般若波羅蜜多如是自在是無盡相遍一切處無色現色自在遍觀諸有情心見如實心性自在憶念無邊無數劫相續不斷自在變化住解脫相自在漏盡爲有情故不證漏盡自在出世是聖智境自在甚深聲聞獨覺不能測量自在堅牢魔不能壞坐菩提座成就佛法最爲第一自在隨順轉妙法輪自在調化一切有情自在受位得法自在天王當知諸菩薩摩訶薩行深般若波羅蜜多如實通達甚深法性得是自在修是自在即得一切靜慮解脫等持等至不繫三界所以者何遠離一切虛妄分別煩惱繫縛顛倒執相若欲受生於生自在遠離繫縛若欲現滅於滅自在隨其生處恒攝大乘成熟佛法能於十方推求佛法竟不可得知一切法同一佛法非常非斷何以故推求此法不可得故以如實理求不可得此法不可說有說無亦無名相過此境界若離名相即是平等若法平等即無執著無可執著是法真實若著真實即是虛妄以不著故即非虛妄無所滯著心即無礙無礙即無障無障即無諍若法無諍即同虛空不繫三界若一切處無所繫屬是法無色無相無形若法無色無相無形應知是法隨彼境界而離能知亦離所知何以故是中無有少法可覺少法能覺是名菩薩行深般若波羅蜜多通達平等天王當知諸菩薩摩訶薩行深般若波

羅蜜多觀察發起大慈大悲大喜大捨都不見我不見有情乃至不見知者見者雖行布施而無所捨雖持淨戒而離戒相雖修安忍而心無盡雖修精進而離其相雖修靜慮而無所寂雖修般若而無所緣雖修念住而無所取雖修正斷而心平等雖修神足而離戲論雖修根力而不分別有情諸根及離惑失雖修覺支而無分別雖修道支而無功用雖修淨信而無所著自然智慧憶念諸法平等智心修諸妙定無分別心觀察妙慧無止息心修奢摩他無所見心修毗鉢舍那無所念心修佛隨念通達法界平等之心修法隨念無所住心修僧隨念本心清淨教化有情不起分別法界之心攝一切法如虛空心嚴淨佛土無所得心得無生忍無進退心得不退轉遠離相心不見有相三界平等心莊嚴菩提座無所覺心知一切法雖轉法輪不見說聽雖現涅槃而知生死本性平等天王當知諸菩薩摩訶薩行深般若波羅蜜多如是觀法不見能觀不見所觀即時能得遊戲自在何以故自心清淨能見一切有情淨故天王當知譬如虛空遍滿一切是諸菩薩行深般若波羅蜜多心亦如是說此法時眾中八萬四千天人俱發無上正等覺心三萬二千菩薩得無生法忍八萬四千有情遠塵離垢生淨法眼一萬二千苾芻諸漏永盡爾時佛告最勝天言天王當知諸菩薩摩訶薩行深般若波羅蜜多心得清淨深如大海福德智慧不可測量能現出世諸功德寶有情用之乃至菩提無有竭盡菩薩福德亦復不減猶如

大海多出衆寶菩薩智慧甚深難入聲聞獨覺無能涉者亦如大海小獸不入菩薩智慧廣大無邊何以故無著無住無色無相菩薩智慧從初至後次第轉深初菩提心後一切智菩薩法爾不與煩惱惡友共住世間智慧若入菩薩智慧海中一相一味所謂無相趣一切智無分別味菩薩智慧觀一切法不見增減何以故通達平等深法性故菩薩所有大慈悲力不違本願一切聖者之所依處爲諸有情求劫說法無有窮盡天王菩薩行深般若波羅蜜多通達如是甚深法性天王菩薩善能通達世俗諦法雖說諸色而非實有推求此色終不取著受想行識亦復如是雖說地界而非實有推求地界終不取著水火風空識界亦復如是雖說眼處而非實有推求眼處終不取著耳鼻舌身意處亦復如是雖說色處而非實有推求色處終不取著聲香味觸法處亦復如是雖復說我而非實有推求此我終不取著有情乃至知者見者亦復如是雖說世間而非實有推求世間終不取著雖說世法而非實有推求世法終不取著雖說佛法而非實有推求佛法終不取著雖說菩提而非實有推求菩提終不取著天王當知凡有言說名世俗諦此非真實若無世俗即不可說有勝義諦是諸菩薩通達世俗諦不違勝義諦由通達故知一切法無生無滅無成無壞無此無彼遠離語言文字戲論天王當知勝義諦者離言寂靜聖智境界無變壞法若佛出世若不出世性相常住是名菩薩通達勝義爾時最勝便白佛言若一

切法無生無滅自性空離云何有佛出現世間及轉法輪云何菩薩於無生法而見有生佛告最勝天王當知諸法無滅是故無生何以故性不變故但由世俗見有生滅皆是虛妄非眞實有若諸菩薩行深般若波羅蜜多方便善巧見因緣法知世俗諦空無所有不見堅實非有似有如幻如夢如響如像如光影如陽焰如變化事如尋香城搖動不安從因緣起是諸菩薩以妙般若觀諸法空廣說乃至從因緣起作是思惟此等諸法令見有生有住有滅何因緣生何因緣滅既思惟已即如實知無明因緣故生諸行依行生識廣說乃至由有故生生即有老老故有死及愁歎苦憂惱是故修行為斷無明無明若斷餘十一支展轉隨滅如身若斷命等隨滅天王當知邪見外道為求解脫但欲斷死不知斷生若法不生即無有滅譬如有人塊擲師子師子逐人而塊自息菩薩亦爾但斷其生而死自滅犬唯逐塊不知逐人塊終不息外道亦爾不知斷生終不離死菩薩如是行深般若波羅蜜多善知因緣諸法生滅天王當知諸菩薩摩訶薩行深般若波羅蜜多知緣生法空無所有不起我慢生富貴家不起豪富尊貴二慢生貧賤家自知宿業不甚清淨得果下劣心起猒離便求出家作如是念如我此身雜業所得更修淨業令自清淨使他亦爾自既求度亦復度他自求出離亦解他縛以是因緣便起精進遠離懈怠障道惡法皆應斷除助道善法皆應增長勤修精進作是思惟我負重擔應當自滅一切煩惱度脫有

情不應懈怠是諸菩薩親近師長多聞少聞有智無智持戒破戒俱生佛想恭敬同學思惟我今依師學習修善未滿應令滿足煩惱未盡應斷令盡守護善法捨離不善具一切智憐愍世間大悲福田煩惱寂靜天人師者是我大師善得勝利一切天人皆事法主以爲大師是諸菩薩作是思惟佛說淨戒設爲身命亦不毀犯如世尊說隨順佛教即供養佛婆羅門等種種飲食信心施與如法受用不令彼人空無果報食者施者俱得利益婆羅門等以沙門名而於菩薩作福田想菩薩應當如理如量修行正法即令顯現沙門功德福田功德菩薩如是自行化他未嘗休廢是諸菩薩行深般若波羅蜜多如是修行則能隨順一切世間見瞋忿者生下劣心見憍慢者起無我想見邪曲者起正直想見誑語者起如實言於惡言者常說愛語見剛强者示現柔和見躁毒者則生慈忍見邪法者則生大慈見苦惱者則生大悲見慳嫉者則行布施此諸菩薩行深般若波羅蜜多如是隨順世間智故生淨佛土何以故持戒無缺離諸雜穢修平等心於有情所具大善根不著名利有清淨信無所希望勤行精進不生懈怠修諸靜慮離散亂法以微妙慧而習多聞諸根無缺具足利智常修大慈遠離瞋惱以是因緣生淨佛土爾時最勝便白佛言如佛所說修戒等法生淨佛土爲要備修爲隨修一生淨佛土佛告最勝天王當知若有菩薩於前所說種種法中淨修一行即備衆法如是一行亦生淨土何以故一一行中具衆行

故是諸菩薩生淨佛土不爲胎汙何以故是諸菩薩造作佛像修營僧園佛制多前香泥塗地燒香供養或布妙花或以香湯灌洗佛像於僧園內掃灑泥塗父母師僧慈心供侍同學善友及諸沙門以平等心恭敬供養持此善根與諸有情共迴向無上正等菩提令諸有情皆得清淨菩薩如是即得離欲何以故心無取著不染朋黨背諸境界遠離愛緣於妙欲境心不愛染佛所說戒如實修行於四供養少欲喜足趣得支身心常怖畏恒樂寂靜遠離之法如是菩薩不著俗事即得淨命無僞威儀欺詐語意謂施主前終不僞現安庠徐步視前六肘不顧左右邪命威儀無施主時即便縱誕又對施主不爲利養出順彼意細語美言無施主時語便麤鄙見他行施心實起貪而言不須不得便惱語現少欲心多貪利是諸菩薩無如是等求利之相若見施主終不發言三衣弊壞什物闕少或須醫藥又對施主終不發言某甲施主施我此物彼人謂我持戒多聞大悲心淨雖爾讚歎我無此德唯勤修善報施主恩是諸菩薩不對白衣自讚毀他而求名利見施餘人不生瞋惱終不諂曲而以取財不詐親善害他取物不希他辱戲弄取財施主擬施若所讚人或說法者或復大衆或未別擬或施未決菩薩終不入中取分若受施財終不執著此是我物此是我有尋當回施諸餘沙門或婆羅門師僧父母及餘貧乏平等受用若財物盡不以爲憂少曰不得心無苦惱是諸菩薩若受他施若回施他二俱清淨行清淨故心不

疲勞何以故是諸菩薩爲利有情久處生死而不猒患若有魔事衆苦逼切心無退轉若人欲行二乘之道即爲說法不憚劬勞菩薩自修菩提分法終無猒倦此諸菩薩如是精進則能隨順佛正教行何以故此諸菩薩遠離放逸心常謹慎善自攝身不造諸惡語意亦爾雖處現在恒懼未來斷諸惡法令永不起言必附理常說法教非法不言棄雜穢業修純淨行不毀佛教遠離煩惱不淨之法是則護持如來正教諸惡不善皆斷離之此諸菩薩如是隨順清淨佛教若見有情舒顏含笑遠離顰蹙所以者何心離穢濁諸根清淨離瞋恚垢内無恨結菩薩如是即得多聞觀察生死能如實知貪瞋癡火燒然迷亂亦如實覺有爲無常一切行苦諸法無我世間有情躭著戲論又如實覺一切法中唯有涅槃最爲寂靜聞他說法即能思義傳以授人發大慈悲起堅固念若不聞法即無思修是故聞慧如衆字本一切智慧因之而生既得多聞則護正法若未來世正法滅時有諸有情樂勤修行不值法炬無人爲說甚深法要菩薩爾時即爲宣暢甚深般若波羅蜜多令諸有情修戒定慧因而讚曰汝善男子能於如是正法滅時發菩提心求無上覺爲欲利樂一切有情如是般若波羅蜜多甚深經典三世諸佛之所行處汝若勤修大覺非遠何以故甚深般若波羅蜜多與大菩提不相離故如人種穀其苗已秀當知是人獲果不久菩薩亦爾求大菩提得聞般若波羅蜜多當知去佛決定非遠善男子等若有捨離甚深般

若波羅蜜多更依餘經求無上覺若能證得必無是處譬如王子捨其父王更就餘人求爲太子決不可得菩薩亦爾求一切智必因般若波羅蜜多若依餘經定不能得譬如犢子若欲須乳必依其毋若就餘牛則不可得菩薩亦爾求大菩提要依般若波羅蜜多若依餘法必不能證天王當知諸菩薩摩訶薩親近般若波羅蜜多爲法王子相好嚴身諸根無缺行佛行處覺佛所覺救護一切苦惱有情善能通達佛所說教常修梵行遠離染濁守護諸佛一切智城是諸菩薩爲法王子釋梵護世皆共尊重何以故行菩薩道已得不退一切惡魔不能傾動安住佛法通達一切空平等理不信外緣如是安住佛法智慧不與聲聞獨覺等共超過世間住無生忍是

諸菩薩能如實知一切有情貪瞋癡品上中下異亦如實知善及堅固心品差別如實知已各各爲說諸對治門如是善能化有情類是諸菩薩若有有情應見佛身而得度者即現佛身而爲說法見菩薩身而得度者現菩薩身而爲說法見獨覺身而得度者現獨覺身而爲說法見聲聞身而得度者現聲聞身而爲說法若見釋梵婆羅門刹帝利長者居士等身而得度者即皆現之而爲說法菩薩如是行深般若波羅蜜多方便善巧化諸有情令得度脫是諸菩薩心性慈和正直軟善無諸諂曲嫉妬垢穢心常清淨離麤惡語多行忍辱親狎有情菩薩如是行深般若波羅蜜多在處安樂所以者何具足正見及清淨見清淨之行所行境界與心相應若心相違

惡不善法境界穢處斯則不行是諸菩薩見同學人深心歡喜若財若法皆共受用唯行佛道唯佛爲師菩薩如是在處安樂具諸攝法而攝有情以利益施若安樂施若無盡施攝諸有情以利益語若有義語若如法語若不異語攝諸有情以財利益平等若身利益平等若命利益平等若資具利益平等攝諸有情天王當知利益施者即是法施安樂施者即是財施無盡施者即示正道利益語者令生善法有義語者令見正理如法語者隨順佛教不異語者說如實法財利益平等者謂可飲食及衣服等身利益平等者如以攝衛利益己身令他亦爾命利益平等者謂諸珍寶名爲外命資具利益平等者謂象馬等一切淨財是諸菩薩行深般若波羅蜜多自

行與他皆悉同等是諸菩薩受生端正常能修習寂靜威儀不僞威儀清淨威儀衆所樂見内外温善觀者無猒能悦人意一切有情咸所愛重其有見者皆發善心瞋忿者見心則和解此諸菩薩如是端正堪爲依止等護有情令煩惱滅能引有情出離生死無邊曠野能度有情世間險難無眷屬者爲作親友煩惱病者爲作良醫無救護者爲作救護無歸依者爲作歸依無明有情爲作法炬如是菩薩爲諸有情作所依止善療衆病如藥樹王如有樹王名爲善見根莖枝葉及諸花果色香味觸皆能療病此諸菩薩亦復如是從初發心乃至究竟常爲有情療煩惱疾菩薩多有福德智慧諸有見聞衆病皆愈是諸菩薩功德相應隨力所堪供養三寶有疾病者

皆施醫藥若見飢渴即施飲食若寒凍者即施衣服親教軌範盡心承事同學法人合掌恭敬造僧住處給施園田隨有資財時時施與所有僕隸如法料理閒有名德梵志沙門修正行者時時諮覲此諸菩薩能生衆善有巧方便化度有情住此佛土身不動摇而遊無邊諸佛世界佛菩薩所諮受正法或現供養無量如來或現修習助菩提分或現供養初成佛者或現自身成等正覺或現爲衆轉妙法輪或現涅槃作大饒益或應度者爲現化身皆令得見獲得利樂雖作如是種種佛事而不作意亦無分別爾時最勝便白佛言世尊云何此諸菩薩作種種化無分別心佛言天王譬如日月雖照一切而不分別我發光明能有所照然有情類自業勢力感得日月晝夜巡照此諸菩薩亦復如是雖現化身而無分別何以故有情各有宿世善業菩薩昔發度有情願由此願力隨彼所念即現化身故無分別此諸菩薩方便善巧能作如是化有情事速趣無上正等菩提何以故此諸菩薩布施圓滿持戒清淨無穿缺雜戒品清淨過諸聲聞及獨覺等具足安忍精進靜慮般若巧便妙願力智及諸如來不共功德超諸聲聞獨覺地故天王當知菩薩初地乃至十地行深般若波羅蜜多修如是行能證無上正等菩提說是法時二萬天子遠塵離垢生淨法眼三萬菩薩得無生忍八萬四千諸天及人俱發無上正等覺心無量百千諸健達縛及緊捺洛遶鷲峯山歡喜合掌讚歎如來無量百千諸藥叉衆遶鷲峯山歡喜合掌

雨衆妙花而供養佛十方無量殑伽沙等諸佛世界各有無量菩薩來集讚歎如來世尊善爲諸菩薩説甚深般若波羅蜜多因是般若波羅蜜多得有人天四向四果及有獨覺道與菩提亦有菩薩十地十度如來十力四無所畏四無礙解大慈大悲大喜大捨十八佛不共法一切相智一切智等無邊佛法皆由般若波羅蜜多而得成辦如世間事皆依虛空虛空無依甚深般若波羅蜜多亦復如是爲衆法本而自無依願令我等於當來世爲諸菩薩摩訶薩等宣説般若波羅蜜多如今世尊所説無異作是語已持諸香花奉散如來及諸衆會時有無量鷲峯山中舊住天神及餘集者空中讚曰希有世尊我等憶念無量諸佛已曾於此鷲峯山中爲諸大衆宣説般若波羅蜜多如今無異爾時最勝便白佛言空中天神寧有智慧知佛境界久近差別言無量佛已曾於此宣説般若波羅蜜多佛言天王此天神衆皆是安住不可思議解脱菩薩是故能知過去佛境久近差別天王我昔爲菩薩時亦曾生彼天神趣中見無量佛證得無上正等菩提爲諸衆會宣説妙法乃至涅槃我常敬禮合掌讚歎何以故彼天神趣壽量長遠見聞往昔無邊事故爾時衆中有一天子名曰光德即從座起偏覆左肩右膝著地合掌向佛白言世尊諸佛菩薩應居淨土云何世尊出現於此穢惡充滿堪忍世界佛告光德天子當知諸佛如來所居之處皆無雜穢即是淨土於是如來以神通力令此三千大千世界地平如掌瑠璃所成無

諸山陵塠阜荊棘處處皆有寶聚香花輭草泉池八功德水七寶階陛花果草木咸說菩薩不退法輪無諸異生聲聞獨覺雖有菩薩從十方來不聞餘聲唯常聞說甚深般若波羅蜜多處處蓮花如車輪量青黃赤白衆寶莊嚴諸花臺中皆有菩薩結跏趺坐思惟大乘見此如來處大集會爲菩薩衆說甚深法無量百千釋梵護世供養讚歎恭敬圍遶爾時光德見斯事已踊躍歡喜讚歎佛言甚奇世尊希有善逝如來所說眞實不虛諸佛如來所居之處皆無雜穢即是淨土如佛所說其義無二有情薄福見淨爲穢世尊若善男子善女人等得聞般若波羅蜜多功德名字甚爲希有況能書寫受持讀誦爲他演說佛告光德天子當知若善男子善女人等無量大劫以無礙心施諸有情種種財物有善男子善女人等以清淨信書寫此經轉施他人受持讀誦所獲功德甚多於前何以故財施有竭法施無窮何以故財施但能得世間果人天樂果曾得還失今雖暫得而後必退若以法施得未曾得所謂涅槃定無退義設有教化三千大千世界有情皆令安住十善業道若善男子善女人等以淨信心受持讀誦甚深般若波羅蜜多爲他演說功德勝彼無量無邊何以故一切善法皆由般若波羅蜜多而得生故設有教化三千大千世界有情皆令證得四向四果獨覺菩提若善男子善女人等以淨信心受持讀誦書寫般若波羅蜜多功德勝前無量無數何以故聲聞獨覺皆由般若波羅蜜多而得生故諸菩薩法皆

從般若波羅蜜多而得出現因此般若波羅蜜多有佛出世是故般若波羅蜜多隨所在處當知即是妙菩提座亦是如來轉法輪處善男子等應念此處常有如來應正等覺何以故一切諸佛皆由般若波羅蜜多而得生故若人供養如來形像所獲功德不如供養甚深般若波羅蜜多何以故三世諸佛皆因般若波羅蜜多而得有故

大般若波羅蜜多經卷第五百六十九

音釋

塊（苦對切土塊也）躁（則到切疾也）憚（徒案切畏難也）犢（音讀牛子也）狎（胡夾切親近也）療（力照切治也）軌範（軌音鬼範音犯謂軌則範模也）緊捺洛（梵語也亦云緊那羅此云疑神又云人非人捺乃八切）塠阜（塠音堆聚土也阜扶缶切土山曰阜）荊棘（荊音京棘紀力切）陛（部禮切升堂之階也）

大般若波羅蜜多經卷第五百七十

唐三藏法師玄奘奉　詔譯

第六分平等品第七

爾時最勝復從座起偏覆左肩右膝著地合掌恭敬而白佛言如世尊說法性平等何謂平等等何法故名爲平等佛告最勝天王當知等觀諸法自性寂靜不生不滅故名平等一切煩惱虛妄分別自性寂靜不生不滅故名平等名相分別自性寂靜不生不滅故名平等滅諸顛倒不起攀緣故名平等能緣心滅無明有愛即俱寂靜癡愛滅故不復執著我及我所故名平等我我所執永滅除故名色寂靜故名平等名色滅故邊見不生故名平等斷常滅故身見寂靜故名平等天王當知能執所執一切煩惱障善法者依身見生若諸菩薩行深般若波羅蜜多方便善巧能滅身見一切隨眠及諸煩惱皆永寂靜作願亦息譬如大樹拔除根株枝條葉等無不枯死如人無首命根等絕隨眠煩惱亦復如是若斷身見餘皆永滅若人能觀諸法無我能執所執皆永寂滅爾時最勝便白佛言云何我見起障眞理佛告最勝天王當知於五取蘊妄謂有我即起我見眞實之法自性平等無能所執我見相違是故爲障天王當知如是我見不在內不在外不在兩間都無所住名爲寂靜即是平等遠離我見通達平等名眞實空觀察此空無相無願自性寂靜不生不滅不取不著遠離我見故名平等天王當知所言我者無來無去無有眞實虛妄分別法從妄生亦是虛妄若諸菩薩行深般若波

羅蜜多方便善巧觀如是法遠離虛妄是故名爲寂靜平等天王當知能執所執名爲熾然離名寂靜諸煩惱障名爲熾然離名寂靜若諸菩薩行深般若波羅蜜多方便善巧能如實知能執所執諸煩惱滅爲增善法斷能所執及諸煩惱不見可生不見可滅故名平等修一切種波羅蜜多遠離魔障不見可修不見可離故名平等菩薩常緣菩提分法不起聲聞獨覺作意於菩提分聲聞獨覺不見異相故名平等緣一切智心不休息常修空行由大悲力不捨有情故名平等天王當知若諸菩薩行深般若波羅蜜多方便善巧於一切法心緣自在心緣無相而修菩提不見無相及菩提異故名平等心緣無願不捨三界不見無願及三界異故名平等觀身不淨心住清淨觀行無常心緣生死而不猒捨觀有情苦住涅槃樂觀法無我於有情類起大悲心常爲有情說不淨藥不見貪病常說大慈不見瞋病常說緣起不見癡病爲等病者說無常藥不見等病及無常異如是菩薩行深般若波羅蜜多方便善巧於一切法心緣自在緣離貪法爲化聲聞緣離瞋法爲化獨覺緣離癡法爲化菩薩緣一切色願得如來清淨妙色無所得故緣一切聲爲得諸佛微妙音聲無所得故緣一切香願得諸佛清淨戒香無所得故緣一切味願得如來味中第一大士夫相無所得故緣一切觸願得如來柔軟手掌無所得故緣一切法願得如來寂靜之心無所得故緣諸布施爲得成就佛相好身緣諸淨戒爲得圓滿嚴淨佛土緣諸安

忍願得諸佛大梵音聲及得諸佛淨光明身緣諸精進爲度有情常無間斷緣諸靜慮爲欲成就廣大神通緣諸般若爲斷一切妄見煩惱緣諸大慈平等無礙爲諸有情皆得安樂緣諸大悲爲護正法救拔有情生死大苦緣諸大喜爲得說法無礙自在悅樂有情緣諸大捨爲不執見有情煩惱結縛隨眠天王當知若諸菩薩行深般若波羅蜜多方便善巧不見二事名平等行緣四攝法爲化有情緣慳嫉過爲捨資財修行布施緣破戒失爲住淨戒緣瞋忿失爲得安忍緣懈怠失爲成如來大精進力緣散亂失爲得如來寂靜勝定緣惡慧失爲成如來無礙智慧緣二乘法爲欲成就無上大乘緣諸惡趣爲欲濟拔一切有情緣諸善趣爲欲令知諸人天果皆當敗壞緣諸有情爲令了達都無堅實唯有虛妄緣佛隨念爲得成就助道勝定緣法隨念爲得通達諸法秘藏緣僧隨念爲和合衆心無退轉緣捨隨念爲無愛著緣戒隨念爲得淨戒緣天隨念爲成菩提諸天讚歎緣自身相爲得佛身緣自語相爲得佛語緣自意相爲得諸佛平等之心緣有爲法爲成佛智緣無爲法爲得寂靜天王當知若諸菩薩行深般若波羅蜜多方便善巧無有一心一行空過而不回向一切智者如是菩薩行深般若波羅蜜多方便善巧雖遍緣法而能不著是故名爲方便善巧觀一切法無不趣向大菩提者譬如三千大千世界所出諸物無不皆爲有情受用如是菩薩行深般若波羅蜜多方便善巧所緣境界無不饒益趣向菩提譬

如衆色無有不因四大種者如是菩薩所緣境界無有一法不趣菩提何以故菩薩修行皆因外緣而得成立謂諸菩薩因慳嫉者成就布施波羅蜜多因背恩者成就淨戒波羅蜜多因惡性者成就安忍波羅蜜多因懈怠者成就精進波羅蜜多因散亂者成就靜慮波羅蜜多因愚癡者成就般若波羅蜜多若諸有情損惱菩薩菩薩因彼伏斷瞋恚菩薩若見修行善法向菩提者生已子心如是菩薩讃不生喜毁不生瞋見無樂者起大慈心見有苦者起大悲心見有樂者起大喜心見無苦者起大捨心因難化者發奢摩他因易化者發毗鉢舍那因信行者起知恩智若見有情外惡緣勝外善緣劣則勤守護若見因力有强勝者種種方便令受教法若見智慧開悟有情則爲宣説甚深法要若見有情廣説乃悟則爲次第宣説諸法若諸有情執著文字爲説句義令得開曉若已學止爲説妙觀若已學觀爲説寂止若執持戒爲説地獄持戒無執則不説之若執聞慧爲説思修若執等持爲説般若若有愛樂阿練若者即爲彼説心遠離法若有樂聞佛功德者即爲彼説無上聖智爲貪欲者説不淨法爲瞋恚者説慈悲法爲愚癡者説緣起法爲等分者説種種法或説不淨或説慈悲或説緣起已調伏者爲説淨戒勝定妙慧應入佛乘而受化者爲次第説波羅蜜多應以抑挫而受化者先折其辭後爲説法應種種言而受化者即爲彼説因緣譬喻令得開解應以深法而受化者爲説般若波羅蜜多方便善巧無我無

法著諸見者爲說法空多尋伺者爲說無相著有爲者爲說無願著諸蘊者爲說如幻著諸界者爲說無性著諸處者爲說如夢著欲界者爲說熾然著色界者爲說行苦著無色界者爲說諸行無常難化有情爲讃聖種易化有情爲說靜慮及無量心若聞生天而受化者爲說快樂因聲聞法而受化者爲說聖諦因獨覺法而受化者爲說緣起因菩薩法而受化者爲說淨心大慈悲法修行菩薩爲說福慧不退菩薩爲說淨土一生所繫菩薩爲說嚴菩提座應以佛說而受化者爲其相續次第而說天王當知如是菩薩修行清淨甚深般若波羅蜜多方便善巧得諸自在說法利益無有空過說是菩薩自在法時三萬天人俱發無上正等覺心五千菩薩得無生忍爾時世尊即便微笑諸佛法爾現微笑時種種色光從面門出青黃赤白紫頗胝迦普照十方無邊世界現希有事還至佛所右遶三帀入佛頂中時舍利子覩斯瑞相心懷猶豫即從座起偏覆左肩右膝著地合掌恭敬而白佛言世尊以何因緣現此瑞相爾時佛告舍利子言此最勝天巳曾過去無量無數無邊大劫於諸佛所修行一切波羅蜜多爲諸菩薩守護般若波羅蜜多由此因緣令得值我諮受般若波羅蜜多於未來世復經無量無數大劫修習無上菩提資粮然後證得所求無上正等菩提十號具足佛名功德莊嚴土名最極嚴淨劫名清淨其土豐樂人衆熾盛純菩薩僧無聲聞衆彼土大地七寶合成衆寶莊嚴平坦如掌香花軟草而嚴飾之

無諸山陵塠阜荆棘幢旛花蓋種種莊嚴有大都城名爲難伏七寶羅網彌覆其上金繩交絡角懸金鈴晝夜六時空天奏樂及散種種天妙香花其土人衆歡娛受樂勝妙超彼他化天宫人天往來不相隔礙無三惡趣及二乘名彼土有情唯求佛智其佛恒爲諸大菩薩宣説種種清淨法要無量無邊菩薩眷屬無邪見執破戒邪命亦無盲聾瘖瘂背僂及根缺等諸醜惡事三十二相八十種好莊嚴其身彼土如來壽八小劫諸人天衆無中夭者佛有如是無量功德若欲説法先放光明諸菩薩衆遇斯光已即知世尊將欲説法我等今者宜應往聽時天爲佛敷師子座其量高廣百踰繕那種種莊嚴無量供養世尊昇座爲衆説法彼諸菩薩聰明利根一聞領悟離我我所資具飲食應念即至佛説最勝受記法時五萬天人深心歡喜俱發無上正等覺心皆願未來生彼佛土爾時最勝聞佛所説歡喜踊躍得未曾有上昇虛空七多羅樹時三千界六種變動諸天妓樂不鼓自鳴散衆天花以供養佛及大菩薩最勝天王時彼天王從空而下禮佛雙足退坐一面

第六分現相品第八

時舍利子問最勝言菩薩修行甚深般若波羅蜜多方便善巧通達法性爾時即應坐菩提座證得無上正等菩提轉妙法輪度有情衆何緣先現苦行六年降伏天魔後成正覺最勝答曰大德當知菩薩修行甚深般若波羅蜜多方便善巧通達法性實無苦行爲伏外道故示現之而彼天魔是欲界主禀性調

善實不應壞爲化有情故示降伏謂諸外道自稱能修苦行第一是故菩薩示現能修過彼苦行謂諸有情或見菩薩屈一膝立或見菩薩舉兩手立或見菩薩視日而立或見菩薩五熱炙身或見菩薩倒懸其身或見菩薩卧於棘刺或卧牛糞或卧於石或復卧地或卧其板或卧杵上或卧灰土或見菩薩唯著板衣或著芒衣或著草衣或著樹皮或著茅衣或復露形或面向日隨日而轉或見菩薩唯食稗子或復食麥或食草根或食樹葉或花或果或食薯蕷或芋或藕或豆或穀或麻或米或六日一食或飲水度日或於一日食一滴酥或一滴蜜或一滴乳或無所食或恒熟眠現如是等種種苦行經於六年一無虧失然實菩薩無斯苦行應度有情而自見有菩薩如是現苦行時有六十那庾多諸天人衆因見此事安住三乘復有天人宿善根力深樂大乘則見菩薩坐七寶臺身心不動舒顔含笑入勝等持時經六年方從定起有天人衆深樂大乘欲聽聞者則見菩薩端坐說法經於六年大德當知如是菩薩方便善巧行深般若波羅蜜多能降天魔伏諸外道大悲化度一切有情既經六年從定而起隨順世法詣無垢河洗浴出已於河邊立有牧牛女聲百乳牛以飲一牛聲此牛乳用作乳糜奉獻菩薩復有六億天龍藥义健達縛等各持種種香美飲食而來奉獻咸作是言大士正士惟願受我飲食供養菩薩愍之皆悉爲受時牧牛女天龍藥义健達縛等互不相見各見菩薩獨受其供時有無量諸天人等因

見受供咸得悟道是故菩薩爲示現之菩薩爾時實不洗浴亦不受彼人天等供大德當知如是菩薩行深般若波羅蜜多方便善巧示現行詣菩提座時有地居天名曰妙地與天神衆周遍掃飾灑以香水散以妙花時此三千大千世界四大天王領自天衆雨天妙花供養菩薩天主帝釋時分天王領自天衆住虛空中奏天樂音讚歎菩薩喜足天王領自天衆持七寶網彌覆世界其網四角懸紫金鈴皆雨衆寶供養菩薩善化天王領自天衆持紫金網彌覆世界作諸天樂雨種種花供養菩薩自在天王領自天衆諸龍藥叉健達縛等各持種種上妙供具供養菩薩堪忍界主大梵天王既見菩薩詣菩提座即告一切梵天衆言汝等當知今此菩薩堅固甲冑而自莊嚴不違本誓心無猒怠諸菩薩行皆已滿足通達無量化有情法諸菩薩地皆得自在於諸有情其心清淨善知一切根性差別通達如來甚深秘藏超覺一切魔之事業集諸善本不待外緣一切如來共所護念普爲含識開解脫門大將導師摧魔軍敵於大千界獨稱勇猛善施法藥爲大醫王解脫灌頂受法王位放智慧光普照一切八法不染譬如蓮花諸總持門無不通達深廣難測猶若大海安固不動如妙高山智慧清淨無諸垢濁內外皎潔如末尼珠於諸法相皆得自在梵行清白已到究竟如是菩薩行深般若波羅蜜多方便善巧爲度有情詣菩提座結跏趺坐降伏魔怨爲成十力四無所畏四無礙解及十八佛不共法等無量無邊諸佛功

德轉大法輪作師子吼以法普施一切有情各隨所宜皆令滿足爲諸有情法眼清淨以無上法降伏外道欲示諸佛本願成就於一切法而得自在汝等可往供養菩薩大德當知如是菩薩行深般若波羅蜜多方便善巧示現行詣菩提座時於雙足下千輻輪相各放無量微妙光明普照地獄傍生鬼界其中有情遇斯光者即皆離苦身心安樂時龍宮内有大龍王名迦履迦遇斯光已生大歡喜告諸龍言此妙光明來照我等令我等輩身心安樂我於往昔曾見此光時有如來出興于世今既有此微妙光明定知世間有佛出現宜共嚴辦種種香花衆妙珍財幢旛花蓋作諸伎樂往詣供養於是龍王將諸眷屬齎持供具普興大雲降灑香雨往詣菩薩作諸伎樂施設供養右遶菩薩而讚歎言微妙光明普令歡樂決定最勝佛出無疑種種奇珍莊嚴大地所生草木悉變成寶江河皆靜無風浪聲准此定知佛出於世釋梵日月光明不現惡趣清淨佛出無疑譬如有人少失父母年旣長大忽然還得歡喜踊躍不能自勝一切世間覩佛出現各共歡喜亦復如是我等過去曾供養諸佛今值法王人中師子是則我等生不空過大德當知如是菩薩行深般若波羅蜜多方便善巧菩提樹下受草敷座右遶七帀正念端坐下劣有情見如是相諸大菩薩見有八萬四千天子各别敷一大師子座諸師子座衆寶合成七寶羅網彌覆其上各於四角懸妙金鈴幢旛繒蓋處處羅列菩薩遍此八萬四千師子座上俱各安坐

而諸天子互不相見各謂菩薩獨坐我座證得無上正等菩提以是因緣深生歡喜於無上覺皆得不退大德當知如是菩薩行深般若波羅蜜多方便善巧眉間毫相放大光明普照三千大千世界諸魔宮殿皆失威光時諸魔王咸作是念以何緣故有此光明映蔽我等威光宮殿詎非菩薩坐菩提座將證無上正等菩提念已共觀方見菩薩菩提樹下坐金剛座見已驚怖召集魔軍無量百千種種形貌持種種仗種種幢旛出種種聲能令聞者竅穴毛孔普皆流血菩薩爾時以大悲力令魔軍衆不能出聲是名菩薩行深般若波羅蜜多方便善巧大德當知如是菩薩行深般若波羅蜜多方便善巧憶念過去無量億劫精進修行布施淨戒安忍精進靜慮般若慈悲喜捨念住正斷神足根力覺支道支寂止妙觀三明八解皆悉圓滿念已即伸金色右手自摩其頂乃至遍身作如是言我欲濟拔有情衆苦而起大悲時諸魔王及彼眷屬聞菩薩語即皆顛仆菩薩爾時以大悲力令諸魔衆聞空中聲汝可歸依能施無畏救護一切淨戒大仙魔及眷屬聞此聲已猶伏在地作如是言惟願大仙救濟我命是時菩薩依深般若波羅蜜多方便善巧放大光明其有遇者皆離怖畏魔及眷屬覩斯神變恐怖歡喜二事交懷大德當知如是菩薩行深般若波羅蜜多方便善巧令諸有情所見各別謂或有見如是降魔或有有情不見斯事或見菩薩但居草座或見菩薩處師子臺或見菩薩在地而坐或見空中坐師子座見菩

提樹其相亦别謂或見是樺鉢羅樹或有見是天圓彩樹或見此樹衆寶合成或見此樹高七多羅或見此樹八萬四千踰繕那量有師子座四萬二千踰繕那量在此樹下菩薩坐之或見菩薩遊戲空中或見坐於菩提樹下如是菩薩行深般若波羅蜜多方便善巧示現種種神通變化度諸有情大德當知如是菩薩行深般若波羅蜜多方便善巧坐菩提座十方各如殑伽沙界無量無數無邊菩薩皆悉來集住虛空中發種種聲安慰菩薩令身安樂心生歡喜善哉大士勇猛精進速疾成辦廣大吉祥心如金剛勿生怖懼神通遊戲利樂有情能一刹那證一切智如是菩薩處菩提座魔來擾亂都不生瞋一刹那心方便善巧能與般若波羅蜜多理趣相應已至究竟通達一切所知見覺大德當知如是菩薩行深般若波羅蜜多方便善巧坐菩提座十方各如殑伽沙界所有諸佛異口同音讚言善哉善哉大士乃能通達自然智無礙智平等智無師智大悲莊嚴大德當知如是菩薩行深般若波羅蜜多方便善巧能作如是種種示現諸有情類或見菩薩令得菩提或見菩薩久已成佛或有但見一世界中四大天王各奉獻鉢或復有見十方各如殑伽沙界四大天王各奉獻鉢爾時菩薩爲有情故總受衆鉢重疊掌中以手按之令合成一諸四天王各不相見皆謂世尊獨受我鉢爾時便有六萬天子乘宿願力先來獻供彼於過去作是願言若此菩薩當成佛時願受我等最初供養說是法時三萬菩薩得無生忍

復有三萬六千菩薩皆於無上正等菩提得不退轉八萬人天遠塵離垢生淨法眼無量無邊諸有情類俱發無上正等覺心大德當知爾時菩薩依深般若波羅蜜多方便善巧將欲示現轉大法輪堪忍界主持髻梵王應時便與六十八萬諸梵天衆來至佛所頂禮雙足合掌恭敬右遶七帀而三請言惟願大悲哀愍我等轉大法輪唯願大悲哀愍我等轉大法輪唯願大悲哀愍我等轉大法輪既三請已即便化作大師子座其座高廣四萬二千踰繕那量種種莊嚴堅固安隱時十方界各有無量天主帝釋皆爲如來敷師子座量及莊嚴亦復如是菩薩爾時現神通力令彼諸天各見菩薩坐其座上而轉法輪菩薩既坐此師子座入無邊境三摩地門放大光明照十方面各如殑伽沙等世界復令彼界六種變動其中有情衆苦暫息身心安樂亦暫遠離貪瞋癡等惡不善法慈心相向猶如母子時此三千大千世界靡有間隙如一毛孔天龍藥叉健達縛阿素洛揭路荼緊捺洛莫呼洛伽人非人等充滿其中若諸有情應聞苦法而受化者聞佛說苦應聞無我寂靜遠離無常空法而受化者亦復如是應聞如幻而受化者聞說如幻應聞如夢響像光影陽焰變化尋香城法而受化者亦復如是應聞空無相無願解脫門而受化者聞佛說空無相無願時有情類或聞如來說一切法從因緣生或聞說蘊或聞說界或聞說處或聞說苦或聞說集或聞說滅或聞說道或有聞說念住正斷神足根力覺支道支或有聞說

寂止妙觀或有聞説諸聲聞法或有聞説諸獨覺法或有聞説諸菩薩法如是菩薩行深般若波羅蜜多方便善巧示現種種轉法輪相隨諸有情根性差别各得利樂深心歡喜時舍利子謂最勝言天王菩薩行深般若波羅蜜多方便善巧所有境界極爲甚深難思難議難知難入最勝報言大德菩薩行深般若波羅蜜多方便善巧功德勝事無量無邊我今所説百分千分乃至鄔波尼殺曇分不得其一唯有如來乃能盡説我今所説彼少分者皆承如來威神之力何以故諸佛境界不可思議一生所繫諸菩薩衆説其功德尚不能盡況餘菩薩大德當知諸佛境界寂靜離説無分别智及後所得之所能了大德當知若菩薩摩訶薩欲得證入諸佛境界應學般若波羅蜜多方便善巧究竟通達健行三摩地如幻三摩地金剛喻三摩地金剛輪三摩地無動慧三摩地遍通達三摩地不緣境界三摩地師子自在三摩地三摩地王三摩地功德莊嚴三摩地寂靜慧三摩地普超越三摩地無染著三摩地慧莊嚴王三摩地無等等三摩地等覺三摩地正覺三摩地悦意三摩地歡喜三摩地清淨三摩地火焰三摩地光明三摩地難勝三摩地常現前三摩地不合和三摩地無生三摩地通達三摩地最勝三摩地超過魔境三摩地一切智慧三摩地幢相三摩地大悲三摩地安樂三摩地愛念三摩地及不見法三摩地等大德當知若菩薩摩訶薩能學般若波羅蜜多方便善巧便能究竟通達此等無量無邊殑伽沙數三

摩地門乃能證入諸佛境界其心安隱無所怖畏如師子王不畏禽獸何以故若菩薩摩訶薩修如是等諸三摩地凡有所行皆無怖畏不見其前有一怨敵何以故舍利子是菩薩摩訶薩行深般若波羅蜜多方便善巧心無所緣亦無所住譬如有人生無色界八萬大劫唯有一識無有住處亦無所緣如是菩薩行深般若波羅蜜多方便善巧心無所緣亦無所住何以故是諸菩薩心不行無行處心不想無想處心不緣無緣處心不著無著處心不亂無亂處心無高下心無違順無憂無喜無分别離分别離奢摩他毗鉢舍那心不隨智心不自住亦不住他不依眼住不依耳鼻舌身意住不依色住不依聲香味觸法住心不在内亦不在外不在兩間心不緣法亦不緣智不住三世不住離三世大德當知是諸菩薩行深般若波羅蜜多方便善巧不取一法而於諸法智見無礙心行淨故見一切法皆悉無垢不取見相見無分别離諸戲論大德當知是諸菩薩行深般若波羅蜜多方便善巧不與一切肉眼天眼慧眼法眼佛眼相應非不相應亦復不與一切天耳他心宿住神境漏盡諸智相應非不相應大德當知甚深般若波羅蜜多方便善巧與一切法皆非相應非不相應諸菩薩摩訶薩行深般若波羅蜜多方便善巧於一切法得平等智能觀一切有情心行一切染淨皆如實知於佛十力四無所畏四無礙解及十八佛不共法等無量無邊諸佛功德皆不失念是諸菩薩行深般若波羅蜜多方便善巧無功用心

達一切法無心意識常在寂定不起寂定教化有情施作佛事常不休息於諸佛法得無礙智心無染著譬如化佛化作如來所化如來無心意識無身無身業無語無語業無意無意業而能施作一切佛事饒益有情何以故佛神力故如是菩薩行深般若波羅蜜多方便善巧之所化作無身無身業無語無語業無意無意業無功用心常作佛事饒益有情何以故舍利子諸菩薩摩訶薩行深般若波羅蜜多方便善巧通達諸法皆如幻等心無分别而諸有情恒聞佛法大德當知是諸菩薩所有智慧不住有爲不住無爲不住諸蘊及諸界處不住内外及兩中間不住善惡及世出世不住染淨有漏無漏有爲無爲不住三世及離三世不住虚空擇非擇滅是諸菩薩行深般若波羅蜜多方便善巧雖常如是心無所住而能通達諸法性相以無礙智無功用心爲諸有情宣説諸法常在寂靜而教化事無有休息是諸菩薩宿願力强無功用心爲他説法是諸菩薩由深般若波羅蜜多方便善巧常無怖畏何以故執金剛神若行若立若坐若卧恒常隨逐而守衛故大德當知若菩薩摩訶薩聞説如是甚深般若波羅蜜多心不驚怖無惑無疑當知已得受菩提記何以故信受般若波羅蜜多方便善巧近佛境界以此一心即能通達一切佛法達佛法故利樂有情不見有情與佛法異何以故有情佛法理無二故

大般若波羅蜜多經卷第五百七十

音釋

抑挫 抑伊昔切遏也挫寸卧切摧也 僂 朧主切背傴也 夭 於兆切少殁也

稗 音敗稊稗也草似穀曰稗 著蕷 著常恕切蕷音豫著蕷山藥也 㲄 音搆取牛羊乳也

乳糜 乳蘂主切湩也糜忙皮切粥也 輻 音福輪中木之直指者

竅穴 竅詰弔切空也穴胡決切窟也 顛仆 仆敷救切顛仆謂顛頓僵仆也

𣟄鉢羅 梵語也樹名佛坐其下成道故又稱菩提樹𣟄音必 重疊 重傳容切複也疊音牒累也

間隙 間居莧切隙乞逆切間隙空閑也

大般若波羅蜜多經卷第五百七十一

唐三藏法師玄奘奉　詔譯

第六分無所得品第九

爾時會中有菩薩摩訶薩名爲善思問最勝曰佛授天王菩提記耶最勝答曰我雖受記而猶夢等爾時善思復問最勝天王受記爲何所得最勝答言我雖受記而無所得善思復言無所得者不得何法最勝報言無所得者謂不得我不得有情乃至不得知者見者不得諸蘊及諸界處若善非善若雜染若清淨若有漏若無漏若世間若出世間若有爲若無爲若生死若涅槃於如是等皆無所得善思又問若無所得用授記爲最勝答言以無所得故得授記善思復問若如天王所説義者便有二智一無所得二得授記最勝答言若有二者則無授記所以者何佛智無二諸佛世尊以不二智授菩薩記善思又言若智不二云何而有授記受記最勝答言授記受記其際無二善思復言無二際者云何有記最勝答言達無二際即爲有記善思復問天王今者住何際中而得授記最勝答言我住我際住有情際乃至知者見者際中而得授記善思復問此我際等當於何求最勝答言當於諸佛解脱際求善思又問佛解脱際復於何求最勝答曰當於無明有愛際求善思又問無明有愛復於何求最勝答曰當於畢竟不生際求善思又問此不生際復於何求最勝答曰此際當於無知際求善思又問無知際者即無所知云何此際當於彼求最勝答曰若有所知求不可得以無知故於彼

際求善思又問此際離言云何可求最勝答曰以語言斷是故可求善思又問此語言云何斷最勝答曰諸法依義不依語故善思又問云何依義最勝答曰不見義相善思又問云何不見最勝答曰不起分別義是所依我爲能依無此二事故名不見善思又問若不見義此何所求最勝答曰無見無取故名爲求善思又問法可求者即爲有求最勝答曰是義不然夫求法者實無所求何以故若實可求即爲非法善思又問何者是法最勝答曰法無文字亦離語言善思又問離文言中何者是法最勝答曰性離文言心行處滅是名爲法一切法性皆不可說其不可說亦不可說若有所說即是虛妄虛妄法中都無實法善思又問諸佛菩薩常有言說皆虛妄耶最勝答曰諸佛菩薩從始至終不說一字云何虛妄善思又問若有所說當有何咎最勝答曰有語言咎善思又問語言何咎最勝答曰有思議咎善思又問何法無咎最勝答曰有說無說不見二相是則無咎善思又問咎何爲本最勝答曰能執爲本善思又問執何爲本最勝答曰著心爲本善思又問著何爲本最勝答曰虛妄分別爲本善思又問虛妄分別以何爲本最勝答曰攀緣爲本善思又問何所攀緣最勝答曰攀緣色聲香味觸法善思又問云何無緣最勝答曰若離愛取則無所緣以是義故如來常說諸法平等不可攀緣說此法時五千苾芻遠塵離垢生淨法眼復有一萬二千菩薩得無生忍無量無邊諸有情類俱發無上正等覺心爾時最勝即

從座起偏覆左肩右膝著地合掌恭敬而白佛言諸善男子善女人等聞深般若波羅蜜多云何未發菩提心者即能發心皆悉成就得不退轉行常勝進而無退墮佛言天王諦聽諦聽極善作意當爲汝說最勝白言善哉大聖唯然願說我等樂聞佛告最勝天王當知若善男子善女人等聞深般若波羅蜜多以純淨意發菩提心正信具足親近賢聖樂聞正法遠離嫉慳常修寂靜好行惠施心無限礙離諸穢濁正信業果心不猶豫如實了知黑白業果設爲身命終不作惡是善男子善女人等如是修行甚深般若波羅蜜多則能遠離十惡業道心常繫念十善業道是善男子善女人等行深般若波羅蜜多方便善巧若見沙門婆羅門等正行精進戒品清潔多聞解義常起正念心性調柔寂靜無亂恒爲愛語勤修諸善遠離衆惡於自不高於他不蔑離麤惡語遠無義言不捨念住其心調直能斷暴流善拔毒箭於諸重擔悉能棄捨超出無眼越度後有是善男子善女人等行深般若波羅蜜多方便善巧見此菩薩則應親附依爲善友時此菩薩方便善巧隨其所宜而爲說法汝等當知能行施者當得富樂受持淨戒尊貴生天聽聞正法獲大智慧復告之言此是布施此布施果此是慳悋此慳悋果此是淨戒此淨戒果此是犯戒此犯戒果此是安忍此安忍果此是忿恚此忿恚果此是精進此精進果此是懈怠此懈怠果此是靜慮此靜慮果此是散亂此散亂果此是妙慧此妙慧果此是愚癡此愚癡果此身善

業此身善業果此身惡業此身惡業果此語善業此語善業果此語惡業此語惡業果此意善業此意善業果此意惡業此意惡業果此法應作此法不應作若如是修感長夜樂不如是修獲長夜苦是善男子善女人等行深般若波羅蜜多方便善巧親近善友得聞如是次第說法時此菩薩知是法器則爲宣說甚深般若波羅蜜多謂空無相無願無作無生無滅無我有情廣說乃至知者見者復爲宣說甚深緣起謂因此法有彼法生此法滅時彼法隨滅所謂無明緣行行緣識識緣名色名色緣六處六處緣觸觸緣受受緣愛愛緣取取緣有有緣生生緣老死愁歎苦憂惱若無明滅則行滅乃至生滅則老死愁歎苦憂惱滅時此菩薩行深般若波羅蜜多方便善巧復作是說眞實理中無有一法可生可滅何以故世間諸法皆因緣生無我有情作者受者因緣和合說諸法生因緣離散說諸法滅無一實法受生滅者虛妄分別於三界中但有假名隨業煩惱受果異熟若以般若波羅蜜多如實觀察則一切法無生無滅無作無受若法無作是亦無行則於諸法心無所著謂不著色受想行識不著眼處乃至意處不著色處乃至法處不著眼界乃至意界不著色界乃至法界不著眼識界乃至意識界時此菩薩復作是說諸法自性皆畢竟空寂靜遠離無取無著是善男子善女人等因如是說行常勝進而無退墮天王當知諸菩薩摩訶薩行深般若波羅蜜多方便善巧樂見諸佛樂聞正法不墮卑賤在所生處不

離見佛聽受正法供養衆僧常見諸佛勇猛精進志求正法不著有爲妻子僕使於資生具亦不貪著不染諸欲常依正教修佛隨念捨俗出家如教修行轉爲他説雖爲他説而不求報見聽法衆常起大慈於有情類恒起大悲廣學多聞不惜身命常樂遠離少欲喜足但採義理不滯言詞説法修行不專爲巳爲有情類得無上樂謂佛菩提大涅槃界天王當知諸菩薩摩訶薩行深般若波羅蜜多方便善巧如是修行遠離放逸勇猛精進攝護諸根若眼見色不著色相如實觀察此色過患耳聲鼻香舌味身觸意法亦爾若縱諸根名爲放逸若能攝護名不放逸是菩薩摩訶薩行深般若波羅蜜多方便善巧調伏自心將護他意名不放逸遠離貪欲心順善法尋伺嗔癡不善根本身語惡業及二邪命一切不善皆悉遠離名不放逸是菩薩摩訶薩行深般若波羅蜜多心常正念名不放逸是菩薩摩訶薩知一切法信爲上首正信之人不墮惡趣心不行惡賢聖所讚天王當知諸菩薩摩訶薩行深般若波羅蜜多方便善巧如法修行隨所生處常得値佛遠離二乘安住正道得大自在成就大事謂諸如來正智解脱是菩薩摩訶薩行深般若波羅蜜多方便善巧欲求安樂常勤隨順一切智道天王當知今此大衆得聞如是甚深般若波羅蜜多巳於過去無量大劫供養諸佛修集善根是故應當勤加精進勿令退失若天人等能制諸根不著五欲遠離世間常修出世三業清淨習助道法名不放逸諸菩薩摩訶薩行

深般若波羅蜜多方便善巧正信具足心不放逸勤修精進令得勝法名不放逸諸菩薩摩訶薩欲具正信心不放逸精進正念當學般若波羅蜜多因是念智能疾證得所求無上正等菩提諸菩薩摩訶薩行深般若波羅蜜多方便善巧具足正信心不放逸勤修精進即得正念用是念智知有知無云何有無若修正行得正解脱是名爲有若修邪行得正解脱是名爲無眼等六根色等六境世俗爲有勝義爲無精進菩薩能得菩提是名爲有懈怠菩薩得菩提者是名爲無說五取蘊皆從虛妄分别而生是名爲有說世俗法不由因緣自然而起是名爲無說色無常苦敗壞法是名爲有若言常樂非敗壞法是名爲無受想行識亦復如是無明緣行是名爲有

若離無明而行生者是名爲無乃至生緣老死愁歎苦憂惱亦復如是施得大富是名爲有得貧窮者是名爲無受持淨戒得生善趣是名爲有生惡趣者是名爲無乃至修慧能得成聖是名爲有作愚夫者是名爲無若修多聞能得大智是名爲有得愚癡者是名爲無若修正念能得出離是名爲有不得爲無若行邪念不得出離是名爲有能得爲無離我我所能得解脱是名爲有執我我所能得解脱是名爲無若言虛空徧一切處是名爲有言五蘊中有真實我是名爲無如實修智能得解脱是名爲有若著邪智能得解脱是名爲無離我等見能得空智是名爲有著我等見能得空智是名爲無天王當知諸菩薩摩訶薩行深般若波羅蜜多方便善巧知世

有無能修平等了達諸法從因緣生世俗故有不起常見知因緣法本性皆空不生斷見於諸佛教如實通達天王當知佛爲菩薩略說四法謂世沙門婆羅門等及長壽天多起常見爲破彼執說行無常有諸天人多貪著樂爲破彼故說一切苦外道邪見執身有我爲破彼執說身無我增上慢者謗眞涅槃是故爲說涅槃寂靜說無常者令其志求究竟之法爲說苦者令於生死遠離願求說無我者爲顯空門令其了達說寂靜者令達無相離諸相執天王當知諸菩薩摩訶薩行深般若波羅蜜多方便善巧如是修學於諸善法終無退墮速成無上正等菩提爾時最勝復白佛言諸菩薩摩訶薩行深般若波羅蜜多修何等行護持正法佛告最勝天王當知若菩薩摩訶薩行深般若波羅蜜多行不違言尊重師長隨順正法心行調柔志性純質諸根寂靜遠離一切惡不善法修勝善根名護正法天王當知若菩薩摩訶薩行深般若波羅蜜多修身語意三業慈悲不徇利譽持戒清淨遠離諸見名護正法天王當知若菩薩摩訶薩行深般若波羅蜜多心不隨愛恚癡怖行名護正法修習慚愧名護正法說法修行皆如所聞名護正法天王當知三世諸佛爲護正法說陀羅尼擁護天王及人王等令護正法久住世間與諸有情作大饒益陀羅尼曰

怛姪他　阿虎洛　屈洛罰底(丁履切下悉同)虎剌拏莎(去聲呼下悉同)窶荼者遮　者遮折(支熱切)尼阿奔(去聲呼)若剎多　剎多　剎筵多　剎也莎

訶 陜末尼 羯洛 鄔魯 鄔魯罰 底
迦邏 跛底迦 阿鞞耆底尼 莎剌尼
祛闍祛 闍末底 阿罰始尼 罰尸罰多
罰多奴婆理尼 部多奴悉没栗底 提罰
多奴悉 没栗底 莎訶九十七字
天王當知此大神呪能令一切天龍藥叉揵
達縛阿素洛揭路荼緊捺洛莫呼洛伽人非
人等一切有情皆得安樂此大神呪三世諸
佛爲護正法及護天王并人王等令得安樂
以方便力而宣説之是故天王及人王等爲
令正法久住世故自身眷屬得安樂故國土
有情無災難故各應精勤至誠誦念如是則
令怨敵災難魔事法障皆悉銷滅由斯正法
久住世間與諸有情作大饒益説是般若波
羅蜜多大神呪時諸天宮殿山海大地皆悉
震動有八十千諸有情類俱發無上正等覺
心時最勝天王踊躍歡喜以七寶網彌覆佛
上合掌恭敬復白佛言諸菩薩摩訶薩行深
般若波羅蜜多修何等法能於無上正等菩
提心不移動佛告最勝天王當知若菩薩摩
訶薩行深般若波羅蜜多精勤修習無礙大
慈無猒大悲成辦大事勤加精進學空等持
亦能精勤修平等智方便善巧如實通達清
淨大智明了三世平等妙理無有障礙履三
世佛所行正道天王當知是菩薩摩訶薩行
深般若波羅蜜多修如是法能於無上正等
菩提心不移動爾時最勝復白佛言諸菩薩
摩訶薩行深般若波羅蜜多修何等法聞諸
如來不思議事不驚不怖亦不憂惱佛告最
勝天王當知若菩薩摩訶薩具足修行妙慧

妙智親近善友樂聞深法了知諸法皆如幻等悟世無常生必歸滅心無住著猶若虛空天王當知是菩薩摩訶薩行深般若波羅蜜多修如是法聞諸如來不思議事不驚不怖亦不憂惱爾時最勝復白佛言諸菩薩摩訶薩行深般若波羅蜜多修何等法於一切處能得自在佛告最勝天王當知若菩薩摩訶薩行深般若波羅蜜多修五神通具足無礙諸解脫門靜慮無量方便般若波羅蜜多於一切處能得自在爾時最勝復白佛言諸菩薩摩訶薩行深般若波羅蜜多得何等門佛告最勝天王當知若菩薩摩訶薩行深般若波羅蜜多得妙智門則能悟入一切有情諸根利鈍得妙慧門則能分別諸法句義得總持門了達一切語言音聲得無礙門能說諸法畢竟無盡天王當知是菩薩摩訶薩行深般若波羅蜜多得如是門爾時最勝復白佛言諸菩薩摩訶薩行深般若波羅蜜多得何等力佛告最勝天王當知若菩薩摩訶薩行深般若波羅蜜多得寂靜力成就大悲故得精進力成就不退故得多聞力成就大智故得信樂力成就解脫故得修行力成就出離故得安忍力愛護有情故得菩提心力斷除我見故得大悲力化導有情故得無生忍力成就十力故天王當知是菩薩摩訶薩行深般若波羅蜜多得如是等種種勝力說是法時五百菩薩得無生忍八千天子得不退轉一萬二千諸天子衆遠塵離垢生淨法眼四萬天人俱發無上正等覺心

第六分證勸品第十

佛告最勝天王當知過去無量不可思議無數大劫有佛名曰功德寶王十號圓滿國名寶嚴劫名善觀其土豐樂無諸疾惱人天往來不相限礙地平如掌無諸山陵堆阜瓦礫荆棘毒刺徧生細草柔軟紺青如孔雀毛量纔四指下足便靡舉步隨昇瞻博迦華悦意華等及餘軟草周徧莊嚴不暑不寒四序調適吠瑠璃寶以成其地時諸有情心性調善三毒煩惱制伏不行彼佛世尊聲聞弟子一萬二千那庾多數菩薩弟子六十二億時人極壽三十六億那庾多歲無復中夭有城名曰無垢莊嚴其城南北百二十八踰繕那量東西八十踰繕那量城厚十六踰繕那量門堞樓觀皆七寶成十千園苑以爲嚴飾十千小城周帀圍繞有四園苑妙華莊嚴悦意功德孔雀遊戲於四時中歡娛適樂有四大池七寶爲岸縱廣正等半踰繕那純以紫金而爲階道其底徧布妙好金沙池中有水具八功德寶華氛馥間列其中鳧鴈鴛鴦衆鳥遊集岸列諸樹白檀赤檀尸利沙等上有鸚鵡舍利衆鳥翔集遊戲有轉輪王名曰治世七寶具足王四大洲已曾供養無量諸佛於諸佛所深植善根大菩提心得不退轉内宫眷屬七十千人形貌端嚴承事寶女咸發無上正等覺心彼轉輪王具有千子大力勇健能摧怨敵具二十八大丈夫相亦發無上正等覺心爾時功德寶王如來將諸聲聞及菩薩衆復與無量天龍藥叉揵達縛阿素洛揭路荼緊捺洛莫呼洛伽人非人等前後圍繞將入無垢莊嚴大城時彼輪王七寶導從與其

千子内宫眷屬出城奉迎禮敬請入施設種種微妙供養爾時世尊及諸眷屬受供養已欲還本處治世輪王與七寶等出城奉送尋即還宫時轉輪王忽自歎曰人身無常富貴如夢諸根不缺正信尚難況值如來得聞妙法不爲希有如優曇華時彼千子知其父王戀仰世尊樂聞正法即爲營造牛頭栴檀廣大妙臺七寶嚴飾其檀一兩直贍部洲此臺南北長十三踰繕那東西復廣十踰繕那衆寶莊嚴四角大柱於其臺下有千寶輪成已共持奉獻其父時王受已而讃之言善哉善哉快知我意欲詣佛所聽受正法千子爾時復於臺内造師子座安處父王令諸宫人前後圍繞其臺周帀垂妙金鈴懸繒旛蓋覆七寶網復散種種珍異香華燒無價香香泥塗

飾時王千子各捧一輪猶若鵝王騰空詣佛安詳置地往如來所到已頂禮世尊雙足右繞七帀退立一面時彼輪王内宫眷屬從寶臺下王去寶冠及内眷屬皆脱寶履前詣佛所頂禮雙足右繞七帀退坐一面爾時功德寶王如來告治世言大王今者爲聞正法來至此耶時轉輪王即從座起整理裳服白言世尊何等名爲所聞正法佛讃王曰善哉善哉汝今乃能爲天人衆得利樂故問深正法諦聽諦聽善思念之當爲大王分别解説治世白佛唯然願聞爾時世尊告彼王曰大王當知諸菩薩摩訶薩行深般若波羅蜜多方便善巧所達一切平等法性名爲正法謂四念住四正斷四神足五根五力七等覺支八聖道支空無相無願等所達一切平等法性

名爲正法爾時治世復白佛言世尊云何諸菩薩摩訶薩行深般若波羅蜜多方便善巧於大乘中恒得勝進而不退墮佛告治世大王當知諸菩薩摩訶薩行深般若波羅蜜多方便善巧因正信力而得勝進何者正信謂知諸法不生不滅本性寂靜常能親近正行之人不應作法終不造作心離散亂聽受正法不見彼説不見我聽勤修正行疾得神通有所堪能化有情類而終不見我有神通能化有情彼受我化何以故諸菩薩摩訶薩行深般若波羅蜜多方便善巧都不見我不見有情二處平等則得勝進而不退墮大王當知諸菩薩摩訶薩行深般若波羅蜜多方便善巧攝護諸根不令取著於資生具起無常想知法寂靜命如假借大王當知如是菩薩

行深般若波羅蜜多於大乘中心不放逸大王當知諸菩薩摩訶薩行深般若波羅蜜多方便善巧於其夢中尚不忘失菩提之心化諸有情令修佛道持諸善根施有情類迴向無上正等菩提見佛神力歡喜讃歎大王當知如是菩薩行深般若波羅蜜多方便善巧速成無上正等菩提是故大王當勤精進處尊貴位莫生放逸若菩薩摩訶薩欲求法者勿著五欲何以故一切異生於欲無厭得聖智者則能捨之人身無常壽量短促大王今者應善了知厭離世間求出世道大王應以供養如來所獲善根迴向四事一者自在無盡二者正法無盡三者妙智無盡四者辯才無盡此四迴向與深般若波羅蜜多同皆無盡大王當知諸菩薩摩訶薩行深般若波羅

蜜多方便善巧應淨修持身語意戒何以故爲欲引發聞思修故以方便力化諸有情以般若力降伏衆魔成就願力行不違言時轉輪王聞佛所説甚深般若波羅蜜多歡喜踊躍得未曾有即取寶冠自解瓔珞長跪擎捧供養如來捨四大洲皆以奉佛願以此福常修梵行學深般若波羅蜜多以決定心爲有情類趣向無上正等菩提王宮女人聞佛説法皆生歡喜發菩提心各脱上衣解寶瓔珞奉施功德寶王如來王以寶臺師子座等又奉上佛而求出家時彼如來讚治世曰王能如是甚爲善哉今者所行不違昔願應勤修習布施淨戒安忍精進靜慮般若過去諸佛修此法故得成無上正等菩提未來諸佛亦復如是爾時治世復白佛言諸菩薩摩訶薩修行布施與深般若波羅蜜多爲異不異佛告治世夫布施者若無般若波羅蜜多但得施名非到彼岸要由般若波羅蜜多乃得名爲施到彼岸淨戒忍辱精進靜慮般若亦爾何以故甚深般若波羅蜜多性平等故彼佛説此甚深法時王便證得無生法忍佛告最勝天王當知諸菩薩摩訶薩行深般若波羅蜜多應如彼王勤求正法時彼輪王即然燈佛千子即是賢劫千佛爾時最勝便白佛言世尊云何諸菩薩摩訶薩行深般若波羅蜜多修行速成大菩提道佛告最勝天王當知諸菩薩摩訶薩行深般若波羅蜜多方便善巧修慈等心於諸有情不爲損惱勤行一切波羅蜜多及四攝事四無量心菩提分法修學神通方便善巧一切善法無不修滿若諸

菩薩如是修行則能速成大菩提道菩提道者所謂信心及清淨心離謟曲心行平等心施無畏心令諸有情咸悉親附勤行布施果報無盡受持淨戒而無障礙修行安忍離諸忿恚勤加精進修行易成有勝靜慮不起散亂具足般若能善通達有大慈故饒益有情有大悲故終無退轉有大喜故能悅彼心有大捨故不起分別無三毒故離諸荊棘不著色聲香味觸故滅諸戲論無煩惱故遠離怨敵捨二乘念其心廣大具一切智能出衆寶天王當知諸菩薩摩訶薩行深般若波羅蜜多方便善巧如是修行則能速成大菩提道

爾時最勝復白佛言諸菩薩摩訶薩行深般若波羅蜜多現何色像化有情類佛告最勝天王當知諸菩薩摩訶薩行深般若波羅蜜多方便善巧所現色像無決定相何以故隨諸有情心之所樂菩薩即現如是色像或現金色或現銀色或現頗胝迦色或現吠瑠璃色或現石藏色或現杵藏色或現眞珠色或現青黃赤白色或現日月火焰色或現帝釋色或現梵王色或現霜雪色或現雌黃色或現朱丹色或現雨華色或現瞻博迦華色或現蘇末那華色或現嗢鉢羅華色或現鉢特摩華色或現拘某陀華色或現奔荼利華色或現功德天色或現鵝孔雀色或現珊瑚寶色或現如意珠色或現虛空界色隨人天等色各現彼類天王當知是菩薩摩訶薩隨十方面殑伽沙等諸世界中一切有情色像差別悉能示現何以故是菩薩摩訶薩行深般若波羅蜜多方便善巧徧能攝化一切有情

乃至不捨一切有情故何以故一切有情心行各别是故菩薩種種示現所以者何是菩薩摩訶薩於過去世有大願力隨諸有情樂見受化即爲示現所欲見身如明鏡中本無影像隨質好醜種種悉現然此明鏡亦不分别我體明淨能現衆色如是菩薩行深般若波羅蜜多方便善巧無功用心隨樂示現而不分别我能現身天王當知諸菩薩摩訶薩行深般若波羅蜜多方便善巧於一座中隨諸聽衆心所樂見説法之身菩薩即能示現爲説謂或見佛或見菩薩或見獨覺或見聲聞或見梵王或見帝釋或見大自在或見毗瑟笯或見護世或見輪王或見沙門或見異道或見婆羅門或見刹帝利或見吠舍或見戍達羅或見長者或見居士或見坐寶臺中或見坐蓮華上或見在地或見騰空或見説法或見寂定天王當知是菩薩摩訶薩行深般若波羅蜜多方便善巧爲度有情無一形類及一威儀而不能現甚深般若波羅蜜多猶如虚空無形無相徧十方界無處不有又如虚空離諸戲論甚深般若波羅蜜多亦復如是過諸語言又如虚空世所受用甚深般若波羅蜜多一切聖凡皆共受用又如虚空離諸分别甚深般若波羅蜜多亦復如是無分别心又如虚空容受衆色甚深般若波羅蜜多亦能容受一切佛法又如虚空能現衆色甚深般若波羅蜜多亦復能現一切佛法又如虚空一切草木衆藥華實依之增長甚深般若波羅蜜多一切善根依之增長又如虚空非常非斷非語言法甚深般若波羅蜜

多亦復如是非常非斷離諸語言世間沙門婆羅門等乃至釋梵不能思測甚深般若波羅蜜多天王當知甚深般若波羅蜜多無有一法可爲譬喻若善男子善女人等信受般若波羅蜜多所獲功德不可思議若此功德有色形者太虛空界所不能容何以故甚深般若波羅蜜多生世出世一切善法若天人衆若天人王四向四果及諸獨覺菩薩十地波羅蜜多諸佛無上正等菩提一切種智力無所畏并十八佛不共法等無不皆依甚深般若波羅蜜多而得成辦說是法時五萬菩薩得不退轉一萬五千諸天子衆得無生忍一萬二千諸天人衆遠塵離垢生淨法眼殑伽沙等諸有情類俱發無上正等覺心諸天空中作衆妓樂復散種種天妙香華供養如來及深般若復有無量天龍藥叉健達縛阿素洛揭路荼緊捺洛莫呼洛伽人非人等亦散種種華及寶物供養如來及深般若時天龍等異口同音合掌恭敬俱讚佛曰善哉善哉快說如是甚深般若波羅蜜多

大般若波羅蜜多經卷第五百七十一

音釋

門堞 堞達協切雉堞城上女垣也

氛馥 氛敷文切馥房六切氛馥謂香氣氤氳也

鳧鴈 鳧音扶野鶩也

翔 音祥回飛也

王四 王于放切長也保有天下曰王

頗胝 梵語具云塞頗胝迦亦云頗梨此云水精頗普禾切胝張尼切

嗢鉢羅 梵語也亦云優鉢羅此云青蓮華嗢烏骨切

毗瑟

拏梵語也亦云婆叟此云徧勝

戍達羅梵語也亦云首陀此云農田種

戍 春遇切

大般若波羅蜜多經卷第五百七十二

唐三藏法師玄奘奉詔譯

第六分顯德品第十一

爾時曼殊室利菩薩摩訶薩從座而起頂禮佛足偏覆左肩右膝著地合掌恭敬白言世尊諸菩薩摩訶薩經幾劫數行深般若波羅蜜多供養幾佛而能對揚如來所說甚深般若波羅蜜多如最勝天王者佛告曼殊室利菩薩摩訶薩言善男子如此之事不可思議若非無量百千大劫修集衆行種諸善根則不得聞甚深般若波羅蜜多功德名字善男子十方各如殑伽沙界其中所有諸殑伽沙尚可知數是菩薩摩訶薩行深般若波羅蜜多所經劫數供養幾佛俱不可知善男子過去無量無數無邊難思議劫有佛出世名曰多聞十號具足劫名增上國名日光名聞如來爲諸菩薩摩訶薩說清淨法門言善男子汝應精勤修諸善法勿顧身命時彼會中有一菩薩名精進力即從座起頂禮佛足偏覆左肩右膝著地合掌恭敬而白佛言世尊所說汝應精勤修諸善法勿顧身命如我解佛所說義者諸菩薩摩訶薩宜應懈怠不修善法乃能速證無上菩提所以者何若諸菩薩勤修衆善是則不能久住生死利樂有情然諸菩薩行深般若波羅蜜多伏斷煩惱久住生死終不自爲速證涅槃但爲利樂諸有情故菩薩以處生死爲樂不以涅槃而爲樂也何以故諸菩薩摩訶薩以化有情而爲樂故謂隨所樂方便善巧說授法門令得安樂若勤修善便速盡漏不能利樂一切有情是故

菩薩觀察生死多諸苦惱起大悲心不捨有情成就本願世尊諸菩薩摩訶薩具方便力久住生死得見無量無邊如來聽受無量無邊正法化導無量無邊有情是故菩薩爲如是事不猒生死不樂涅槃世尊諸菩薩摩訶薩若觀生死而起厭怖欣樂涅槃則墮非道不能利樂一切有情通達如來甚深境界云何非道謂樂聲聞及獨覺地於有情類無大悲心所以者何聲聞獨覺所行之道非諸菩薩摩訶薩道何以故聲聞獨覺厭怖生死欣樂涅槃不能具足福德智慧以是義故非菩薩道時多聞佛即便讃歎精進力言善哉善哉如汝所說諸菩薩摩訶薩應修自行勿習非道時精進力白言世尊何謂菩薩自所行道多聞佛言菩薩成就一切福慧以大悲力不捨有情遠離聲聞及獨覺地得無生忍不捨三界無所希望生長善根方便善巧修行一切波羅蜜多以智慧力無分別心生長善根成就盡智無量功德雖知諸法無一可生而方便現生雖知有情無一實有而方便化導知一切法皆離自性觀諸佛土猶如虛空而能巧便嚴淨佛土知一切佛法身無像方便示現相好莊嚴隨諸有情心所好樂即能方便而授與之菩薩身心雖常寂靜而說諸法化導有情亦以巧便遠離喧雜修諸寂定知自性空悉能通達甚深智慧能以方便爲他說法不證聲聞獨覺乘果勤求如來所證解脫不捨菩薩一切道行善男子是名菩薩自所行道曼殊室利時精進力從彼如來聞說菩薩所行境界得未曾有尋即復白多聞

佛言希有世尊如我解佛所說義者菩薩具足方便善巧觀一切法無非是道譬如虛空含容衆色如是菩薩具大方便所行之道稱一切法又如虛空一切草木華果香樹因之生長如是諸物於虛空界不能染淨不令嗔喜如是菩薩具大方便甚深般若波羅蜜多觀一切法皆悉是道謂異生法若聲聞法若獨覺法若菩薩法若如來法何以故是諸菩薩所通達故譬如大火若遇草木必無退還是諸草木皆順益火發其光明如是諸法無不皆順菩薩道故名菩薩道譬如金剛自體堅密刀不能斫火不能燒水不能爛毒不能害如是菩薩方便智慧獨覺聲聞及諸外道一切煩惱所不能壞如水清珠能清濁水如是菩薩甚深般若波羅蜜多能使有情一切煩惱悉得清淨譬如良藥妙寶神珠毒不共居能消衆毒如是菩薩行深般若波羅蜜多方便善巧不與一切煩惱共居而能斷滅一切煩惱以是因緣所有諸法皆是菩薩摩訶薩道曼殊室利彼精進力說是法時八千菩薩俱發無上正等覺心二百菩薩得無生忍曼殊室利彼精進力即是今者最勝天王爾時曼殊室利菩薩復白佛言世尊云何諸菩薩摩訶薩行深般若波羅蜜多得堅固力護持正法佛告曼殊室利菩薩言善男子若菩薩摩訶薩寧棄身命不捨正法於他謙下不起憍慢卑賤耻辱其心能忍飢渴有情施好飲食在危難者能施無畏於諸疾病如法療治貧匱有情令豐財寶諸佛靈廟修建嚴飾惡事掩遏善事光揚憂苦有情則施安樂是

菩薩摩訶薩行深般若波羅蜜多得堅固力護持正法曼殊室利復白佛言世尊云何諸菩薩摩訶薩行深般若波羅蜜多能調伏心佛告曼殊室利菩薩言善男子若菩薩摩訶薩行深般若波羅蜜多不預他事先思後行心性調直離諂曲行不自矜高意常柔輭是菩薩摩訶薩能調伏心曼殊室利復白佛言若菩薩摩訶薩行深般若波羅蜜多能調伏心當生何趣佛告曼殊室利菩薩言善男子若菩薩摩訶薩行深般若波羅蜜多能調伏心或生天上或生人中若生天上則爲帝釋或作梵王堪忍界主若生人趣作轉輪王或作餘王長者居士天上人中常得值佛是菩薩摩訶薩行深般若波羅蜜多能調伏心生如是趣曼殊室利復白佛言世尊正信流出何法佛告曼殊室利菩薩正信流出得眞善友世尊多聞流出何法佛言多聞流出妙慧世尊布施流出何法佛言布施流出大富世尊淨戒流出何法佛言淨戒流出善趣世尊安忍流出何法佛言安忍流出容受一切有情世尊精進流出何法佛言精進流出能辦一切佛法世尊靜慮流出何法佛言靜慮流出遠離一切散動世尊般若流出何法佛言般若流出遠離一切煩惱世尊聽法流出何法佛言聽法流出遠離一切疑網世尊正問流出何法佛言正問流出於法決定妙智世尊居靜流出何法佛言居靜流出勝定及諸神通世尊正修流出何法佛言正修流出厭道世尊無常聲流出何法佛言無常聲流出於境無所攝護世尊苦聲流出何法佛言苦

聲流出無生世尊無我聲流出何法佛言無我聲流出滅除我我所執世尊空聲流出何法佛言空聲流出寂靜世尊正念流出何佛言正念流出聖見世尊身心遠離流出何法佛言身心遠離流出一切妙定神通世尊聖道流出何法佛言聖道流出聖果世尊勝解流出何法佛言勝解流出成就一切解脱世尊佛生流出何法佛言佛生流出一切菩提分法爾時最勝前白佛言云何佛生佛告最勝如發無上正等覺心世尊云何而發無上正等覺心佛言天王如生大悲世尊云何而生大悲佛言不捨一切有情世尊云何不捨有情佛言應如不捨三寶世尊誰能不捨三寶佛言一切無煩惱者爾時最勝便白佛言甚奇世尊希有善逝諸佛祕密甚深微妙

雖説法空無生無滅本來寂靜而不破壞善惡業果遠離斷常世尊頗有有情聞如是法不起敬信生毀謗不佛言亦有世尊如是有情因過去世修行善業得受人身由近惡友於是深法不能敬信生毀謗心則爲辜負過去善業諸佛恩德實爲深重假使有人以己肉血供養諸佛亦不能報以佛恩故我等今者增長善根得大法樂住大自在天人恭敬世尊諸菩薩摩訶薩行深般若波羅蜜多應知佛恩親近善友當修佛行證佛菩提説是法時衆中二萬五千菩薩得無生忍四萬五千諸人天衆俱發無上正等覺心一萬二千諸天子衆遠塵離垢生淨法眼

第六分現化品第十二

爾時善思菩薩白最勝天王言佛所化身更

能化不最勝答曰今對世尊以爲明證佛所化身更能化作殑伽沙數無量化佛種種色像神通說法利樂有情所以者何諸佛往昔願力清淨故能如是善思菩薩復作是言天王善能說甚深法謂佛往昔願力清淨惟願天王請佛神力令深般若波羅蜜多久住世間常無隱滅最勝報曰善思當知甚深般若波羅蜜多一切如來常共守護何以故文字宣說甚深般若波羅蜜多如是文字不起不盡常無隱滅其所顯義亦不起盡常無隱滅由此諸佛甚深般若波羅蜜多亦無隱滅何以故法不生故若法無生亦則無滅即是諸佛祕密之教如是妙理如來出世若不出世性相湛然名曰眞如亦名法界亦名實際隨順因緣而不違逆是爲正法其性常住永無隱滅善思菩薩復問天王更何等人能護正法最勝答言若不違逆一切法者能護正法所以者何不違正理常無諍論名護正法善思復問云何名爲不違正理常無諍論名護正法最勝答曰若順文字不違正理常無諍論名護正法何以故世間愚夫皆著諸見順正理者則常說空是故世間共興諍論如是愚夫愛重有法順正理者於有則輕世間說有常樂我淨順正理者說無常苦無我不淨是故世間共興諍論諸愚夫類順世間流順正理者逆世間流是故世間共興諍論世間愚夫著蘊界處順正理者都無所著是故世間共興諍論順世愚夫不行正理順正理者與世相違故常無諍名護正法善思菩薩復問最勝今者天王爲何所取最勝答曰善思

當知我不取我亦不取法善思又問云何不取最勝答言我自性離有情及法自性亦離如是諸離亦不可得過去自性離未來現在自性亦離如是諸離亦不可得諸佛自性非離諸佛自性非不離諸佛土自性非離諸佛土自性非不離諸法自性非離諸法自性非不離善思當知如是之行名順正理無取不取能護正法爾時善思菩薩讚最勝天王言善哉善哉大士正士能如是說甚深般若波羅蜜多無取無著無文無字滅諸戲論離能分別及所分別爾時衆中有一天子名曰賢德從座而起頂禮佛足偏覆左肩右膝著地合掌恭敬而白佛言世尊最勝天王所說無分別者爲是何法佛告賢德天子當知無分別者是寂靜法所以者何能取所取俱不可得不生不滅離我我所如是名爲無分別法若菩薩摩訶薩如是觀者能護正法不見能護及所護法說此法時十千苾芻心得解脫二千天子遠塵離垢生淨法眼爾時善思菩薩問最勝天王言何等辯才能說如是甚深之法最勝答言一切煩惱習氣無者所得辯才能說如是甚深之法過語言道不可思量勝義妙智如是辯才能說如是甚深之法善思菩薩問賢德天子言云何無生法中以辯才說賢德天子答善思言若菩薩摩訶薩不住無生無滅法者則無辯才說甚深法何以故遠離戲論不見所緣不見能緣心無所住是故能說不住我法不住此彼唯住清淨勝義諦中是故能說善思菩薩即白佛言甚奇世尊賢德天子實爲希有乃能通達甚深之

法辯才無盡佛言善思賢德天子從妙喜界不動佛所而來至此堪忍世界聽深般若波羅蜜多汝等當知賢德天子已於無量百千億劫修習希有陀羅尼門經劫說法亦不窮盡善思菩薩復白佛言何謂希有陀羅尼門佛言善思此希有者名衆法不入陀羅尼門此陀羅尼門過諸文字言不能入心不能量内外法中皆不可得善思當知無有少法能入此者是故名爲衆法不入陀羅尼門所以者何此法平等無高無下無入無出無一文字從外而入無一文字從内而出無一文字住此法中亦無文字共相見者亦不分别法非法異是諸文字說亦無減不說無增從本際來都無起作及壞滅者如諸文字心亦如是如心一切法亦如是何以故法離言語亦離思量從本際來無生無滅故無入出由此名爲衆法不入陀羅尼門若能通達此法門者辯才無盡所以者何通達不斷無盡法故若有人能入虛空者則能入此陀羅尼門善思當知若菩薩摩訶薩能通達此陀羅尼門心得清淨身語亦爾所行順理般若堅固諸惡魔軍無能嬈者一切外道不敢對揚諸煩惱業莫之能壞身力堅固心離怯弱凡所演說辯才無盡能宣深妙諸聖諦門智慧多聞猶如大海安住寂定喻妙高山如師子王處衆無畏世法不染猶淨蓮華饒益有情譬之大地洗除垢穢喻如大水成熟世間方諸大火增長善法同彼大風清涼悅意類之朗月能破衆暗其猶烈日摧煩惱怨如威勇士心性調伏猶大象王能震法雷大龍爲喻普雨

衆法譬之大雲如大良醫除煩惱病猶大國主善御世間如四天王護有情類及護正法如天帝釋於人天中富貴最勝心得自在如大梵王於堪忍界主領自在身得無礙如揭路茶示教有情如世間父能流法寶如毗沙門能出世間種種珍寶福德智慧之所莊嚴有情見者無不蒙益諸佛世尊之所稱讚天龍等衆咸擁護之善思當知諸菩薩摩訶薩若得如是陀羅尼門即能自在饒益有情方便說法而不窮盡心無疲倦不徇利譽法施平等無有慳嫉受持淨戒三業無愆安忍清淨離諸恚惱精進清淨所作成立靜慮清淨善調伏心般若清淨永無疑惑具四無量如大梵王能善修行等持等至入出自在勝諸世間修大覺因具諸福慧受灌頂位得大自在佛說如是總持門時衆中六萬四千菩薩得不退轉三萬菩薩得無生忍二萬天人遠塵離垢生淨法眼無量無邊人天等衆俱發無上正等覺心

第六分陀羅尼品第十三

爾時曼殊室利菩薩摩訶薩即從座起頂禮佛足偏覆左肩右膝著地合掌恭敬而白佛言甚奇世尊如來所說諸菩薩摩訶薩若得如是衆法不入陀羅尼門成就無量無邊功德佛告曼殊室利菩薩言善男子如是功德假使如來百千年說亦未能盡爾時衆中有一菩薩名寂靜慧即白曼殊室利菩薩摩訶薩言若菩薩摩訶薩證得如是陀羅尼門爲佛世尊之所稱歎如是菩薩善得大利自行化彼皆悉不空時曼殊室利菩薩報寂靜慧

菩薩言善男子勝義諦中無法可讚無色無相無色相者有何可讚無可讚故於何歡喜時寂靜慧復作是言我聞如來契經中說諸法自性無我我所無能令喜亦無令嗔此法平等菩薩應學譬如大地依止水輪若鑿井池得水受用其不鑿者無由致之如是聖智法平等境徧一切法若有勤修般若巧便即便證得其不修者云何得之是故菩薩欲求無上正等菩提不應懈怠若勤精進如是所說法平等境則現在前如生盲人不能見色如是煩惱所盲有情於平等法不能得見如人有眼無外光明不能覩見所有色像如是行人雖有智慧若無善友不能見法如有天眼不假外明自能見色如是菩薩預法流者自然勝進譬如世間處胎藏者雖漸增長而不自見如是菩薩勤精進者衆行漸增亦不自見而能成辦一切佛法如雪山中有妙藥樹枝條莖榦不枯不折如是菩薩勤修精進所有勝行不退不失如轉輪王出現於世具七財寶如是菩薩發菩提心具七法寶所謂布施淨戒安忍精進靜慮般若巧便如轉輪王遊四洲界於有情類其心平等如是菩薩以四攝事饒益有情心常平等如轉輪王隨所在處則無諍訟如是菩薩如實說法亦無諍論譬如三千大千世界初成即有妙高山王及以大海如是菩薩初發無上正等覺心即有般若及以大悲譬如日出諸山高者其光先照如是菩薩得般若炬諸有高行根熟菩薩先蒙光照譬如大地普能荷負一切草木華果藥樹皆悉平等如是菩薩證得如是

陀羅尼門於諸有情其心平等爾時佛讚寂靜慧言善哉善哉如汝所説諸菩薩摩訶薩若得如是陀羅尼門諸有所説一文一字無非佛語如是所説遠離色聲香味觸法何以故此所説法非世俗故無盡無邊能引一切身心輕利假使百千佛前説者亦不怯弱所以者何是菩薩摩訶薩佛加持故心無所著謂不著我不著有情不著諸法由此證得清淨眞如清淨法界清淨實際得法無盡文字無盡辯説無盡爾時即生殊勝歡喜得妙慧故得妙智故無疑網故當佛説此總持門時八千菩薩俱得如是衆法不入陀羅尼門復有一萬二千菩薩得不退轉五千菩薩得無生忍一萬六千諸天子衆遠塵離垢生淨法眼無量無邊諸有情類俱發無上正等覺心

爾時佛告寂靜慧言此陀羅尼能伏魔衆摧諸外道壞嫉法人然般若燈滅煩惱火護説法者令至涅槃調伏内心善化外衆容儀整肅見者歡喜爲正行人平等説法如實觀察有情根性授法應時非前非後佛説如是諸功德時於此三千大千世界一切大海妙高山王大地諸山皆悉震動爾時天雨微妙音華大微妙音華妙靈瑞華大妙靈瑞華嗢鉢羅華拘某陀華鉢特摩華奔荼利華迦末羅華諸天空中作衆妓樂世尊復告寂靜慧言善男子過去無量無數無邊難思議劫有佛出世名爲寶月十號具足國名無毀劫名喜讚聲聞弟子三十二億菩薩弟子無量無邊然彼如來先無苦行及降魔事而證菩提時彼衆中有一菩薩名寶功德具妙辯才能爲

有情種種說法時諸大衆請彼如來不入涅槃久住於世時寶功德告大衆言諸佛世尊無生無滅何用勸請不入涅槃若太虛空入涅槃者如來乃可入般涅槃若有眞如法界實際不思議界入涅槃者如來乃可入般涅槃所以者何如來之法無成無壞無染無淨非世間非出世間非有爲非無爲非常非斷假令一口而有十舌是一一舌復生百舌是一一舌復生千舌亦不能說如來成壞乃至不能說有常斷云何大衆勸請如來不入涅槃久住於世彼寶功德說此法時八萬六千諸菩薩衆得不退轉七千菩薩摩訶薩衆俱得無邊功德陀羅尼門悅意陀羅尼門無礙陀羅尼門歡喜陀羅尼門大悲陀羅尼門月愛陀羅尼門月光陀羅尼門日愛陀羅尼門日光陀羅尼門妙高山王陀羅尼門深廣大海陀羅尼門功德寶王陀羅尼門三萬六千人天大衆遠塵離垢生淨法眼世尊復告寂靜慧言昔寶功德今汝身是由此因緣汝能說是陀羅尼門種種功德時曼殊室利菩薩摩訶薩而說頌言

總持猶妙藥　能療衆惑病　亦如天甘露
服者常安樂

時功德華王菩薩摩訶薩復說頌言

總持無文字　文字顯總持　由般若大悲
離言以言說

爾時珊覩史多天王即從座起頂禮佛足偏覆左肩右膝著地合掌恭敬而白佛言諸佛功德不可思議諸佛所說不可思議諸大菩薩所行勝行所說妙法不可思議我等諸天

宿世所植善根深厚得值如來聞説如是甚深妙法即以無量天妙華香奉散如來而爲供養爾時佛告彼天王言天王當知諸欲供養佛世尊者當修三法一者發菩提心二者護持正法三者如教修行天王當知若能修學此三法者乃得名爲真供養佛假使如來一劫住世説此供養所獲功德亦不能盡是故天王若欲供養佛世尊者具此三法名真供養天王當知若有護佛一四句頌則爲擁護過去未來現在諸佛所證無上正等菩提何以故諸佛世尊所證無上正等菩提從法生故法供養者名真供養諸供養中最爲第一資財供養所不能比天王當知我念過去無量無數難思議劫精勤修學菩薩道時聞虚空中天説頌曰

二人遠離王賊等　所不能侵大寶藏
百千萬劫法難聞　得聞不持不施等
大菩提心護正法　如教修行心寂靜
自利利他心平等　是則名真供養佛

天王當知我於過去初聞此頌即爲他説時有八千諸有情類俱發無上正等覺心是故天王以法供養最爲第一何以故諸佛無上正等菩提從法生故

第六分勸誡品第十四之一

爾時曼殊室利菩薩復從座起頂禮佛足偏覆左肩右膝著地合掌恭敬而白佛言如來所説甚深般若波羅蜜多頗有有情於當來世正法將滅時分轉時能信受不若善男子善女人等聞説是經信受不謗如此人等成何功德佛告曼殊室利菩薩言善男子於當

來世正法將滅時分轉時有善男子善女人等曾於無量無邊佛所修行淨戒靜慮般若是佛眞子能信此經所致功德不可稱計諸勝善法從般若生若有人能信受不謗我今爲汝略以喻説曼殊室利此贍部洲周帀七千踰繕那量北廣南狹形如車箱其中人面亦復如是假使充滿此贍部洲預流一來不還阿羅漢獨覺如粟稻麻竹荻蘆葦甘蔗林等中無間隙有善男子善女人等盡彼聖衆壽量短長以諸世間上妙飲食衣服卧具及醫藥等起殷淨心奉施供養般涅槃後各收馱都起窣堵波嚴飾供養或以七寶滿贍部洲積至梵宮於諸聖衆各别奉施爾所七寶畢自壽量晝夜三十年呼栗多相續不斷曼殊室利於意云何是善男子善女人等由此因緣獲福多不曼殊室利即白佛言甚多世尊甚多善逝佛告曼殊室利菩薩若善男子善女人等能於此經信受不謗所獲福聚於前施福百倍爲勝千倍爲勝乃至鄔波尼殺曇倍亦復爲勝曼殊室利東勝身洲周帀八千踰繕那量形如半月人面亦爾假使充滿東勝身洲預流一來不還阿羅漢獨覺如粟稻麻竹荻蘆葦甘蔗林等中無間隙有善男子善女人等盡彼聖衆壽量短長以諸世間上妙飲食衣服卧具及醫藥等起殷淨心奉施供養般涅槃後各收馱都起窣堵波嚴飾供養或以七寶滿勝身洲積至梵宮於諸聖衆各别奉施爾所七寶畢自壽量晝夜三十年呼栗多相續不斷曼殊室利於意云何是善男子善女人等由此因緣獲福多不曼殊

室利即白佛言甚多世尊甚多善逝佛告曼殊室利菩薩若善男子善女人等能於此經信受不謗所獲福聚於前施福百倍爲勝千倍爲勝乃至鄔波尼殺曇倍亦復爲勝曼殊室利西牛貨洲周帀九千踰繕那量形如滿月人面亦爾假使充滿西牛貨洲預流一來不還阿羅漢獨覺如粟稻麻竹荻蘆葦甘蔗林等中無間隙有善男子善女人等盡彼聖衆壽量短長以諸世間上妙飲食衣服卧具及醫藥等起殷淨心奉施供養般涅槃後各收馱都起窣堵波嚴飾供養或以七寶滿牛貨洲積至梵宮於諸聖衆各别奉施爾所七寶畢自壽量晝夜三十年呼粟多相續不斷曼殊室利於意云何是善男子善女人等由此因緣獲福多不曼殊室利即白佛言甚多世尊甚多善逝佛告曼殊室利菩薩若善男子善女人等能於此經信受不謗所獲福聚於前施福百倍爲勝千倍爲勝乃至鄔波尼殺曇倍亦復爲勝曼殊室利北俱盧洲周帀十千踰繕那量其形方正人面亦爾假使充滿北俱盧洲預流一來不還阿羅漢獨覺如粟稻麻竹荻蘆葦甘蔗林等中無間隙有善男子善女人等盡彼聖衆壽量短長以諸世間上妙飲食衣服卧具及醫藥等起殷淨心奉施供養般涅槃後各收馱都起窣堵波嚴飾供養或以七寶滿俱盧洲積至梵宮於諸聖衆各别奉施爾所七寶畢自壽量晝夜三十年呼粟多相續不斷曼殊室利於意云何是善男子善女人等由此因緣獲福多不曼殊室利即白佛言甚多世尊甚多善逝佛告

曼殊室利菩薩若善男子善女人等能於此經信受不謗所獲福聚於前施福百倍爲勝千倍爲勝乃至鄔波尼殺曇倍亦復爲勝

大般若波羅蜜多經卷第五百七十二

音釋

殑伽(梵語也此云天堂來河名也以從高處來故殑其陵其極二切伽求迦切)珊覩史多(亦云兜率陀此云知足珊音山)隙(乞逆切釁隙也)馱都(梵語也此云堅實乃如來體骨舍利之異名馱唐佐切)窣堵波(梵語也此云方墳又云圓塚窣蘇沒切堵音覩)牟呼栗多(梵語也此云須臾三十牟乎栗多爲一晝夜栗力質切)鄔波尼殺曇(梵語也此謂數之極鄔安古切曇徒南切)

大般若波羅蜜多經卷第五百七十三

唐三藏法師玄奘奉　詔譯

第六分勸誡品第十四之二

佛告曼殊室利菩薩假使碎此三千大千堪忍世界悉爲極微一一極微爲一聖者有善男子善女人等盡彼聖衆壽量短長以諸世間上妙飲食衣服卧具及醫藥等起殷淨心奉施供養般涅槃後各收馱都起窣堵波嚴飾供養或以七寶滿如前說爾所極微大千世界上復積至色究竟天於彼聖者各别奉施爾所大千世界七寶畢自壽量晝夜三十年呼栗多相續不斷曼殊室利於意云何是善男子善女人等由此因緣獲福多不曼殊室利即白佛言甚多世尊甚多善逝前說施福尚難思議何況於此所獲福量佛告曼殊室利菩薩若善男子善女人等受持此經流通演說所獲福聚於前施福百倍爲勝千倍爲勝乃至鄔波尼殺曇倍亦復爲勝曼殊室利如是功德若不迴求佛菩提者應經爾所極微數劫當作他化自在天王復經爾所極微數劫當作樂變化天王復經爾所極微數劫當作覩史多天王復經爾所極微數劫當作夜摩天王復經爾所極微數劫作天帝釋況轉輪王以彼迴求一切智故能得成辦甚深般若波羅蜜多方便善巧當證無上正等菩提曼殊室利假使充滿此贍部洲預流一來不還阿羅漢獨覺如粟稻麻竹荻蘆葦甘蔗林等中無間隙有暴惡人起極嗔恚皆悉殺害爾所聖者曼殊室利於意云何彼人由斯獲罪多不曼殊室利即白佛言甚多世尊

甚多善逝殺一聖者尚墮無間大地獄中一劫受苦何況殺害爾所聖者彼所獲罪不可稱計佛告曼殊室利菩薩若有毀謗此經典者其罪過前百倍千倍乃至鄔波尼殺曇倍曼殊室利假使充滿東勝身洲預流一來不還阿羅漢獨覺如粟稻麻竹荻蘆葦甘蔗林等中無間隙有暴惡人起極嗔恚皆悉殺害爾所聖者曼殊室利於意云何彼人由斯獲罪多不曼殊室利即白佛言甚多世尊甚多善逝殺一聖者尚墮無間大地獄中一劫受苦何況殺害爾所聖者彼所獲罪不可稱計佛告曼殊室利菩薩若有毀謗此經典者其罪過前百倍千倍乃至鄔波尼殺曇倍曼殊室利假使充滿西牛貨洲預流一來不還阿羅漢獨覺如粟稻麻竹荻蘆葦甘蔗林等中無間隙有暴惡人起極嗔恚皆悉殺害爾所聖者曼殊室利於意云何彼人由斯獲罪多不曼殊室利即白佛言甚多世尊甚多善逝殺一聖者尚墮無間大地獄中一劫受苦何況殺害爾所聖者彼所獲罪不可稱計佛告曼殊室利菩薩若有毀謗此經典者其罪過前百倍千倍乃至鄔波尼殺曇倍曼殊室利假使充滿北俱盧洲預流一來不還阿羅漢獨覺如粟稻麻竹荻蘆葦甘蔗林等中無間隙有暴惡人起極嗔恚皆悉殺害爾所聖者曼殊室利於意云何彼人由斯獲罪多不曼殊室利即白佛言甚多世尊甚多善逝殺一聖者尚墮無間大地獄中一劫受苦何況殺害爾所聖者彼所獲罪不可稱計佛告曼殊室利菩薩若有毀謗此經典者其罪過前百

倍千倍乃至鄔波尼殺曇倍曼殊室利假使碎此四大洲界悉爲極微一一極微各爲一佛有一極惡邪見衆生起毒害心殺爾所佛劫奪一切法財資財破滅世間法王法藥曼殊室利於意云何彼惡衆生獲罪多不曼殊室利即白佛言甚多世尊甚多善逝彼所獲罪無量無邊不可思議不可稱計我於彼事尚不忍聞況能說其獲罪多少若害一佛猶墮無間大地獄中多劫受苦況殺爾所諸佛世尊如是衆生定受無間大地獄苦無有出期佛告曼殊室利菩薩若有毀謗障礙此經不令演說流通供養其罪過前百倍千倍乃至鄔波尼殺曇倍曼殊室利假使三千大千世界一切有情各經百千無數大劫備修種種諸菩薩行皆證無上正等菩提彼惡衆生罪業重故猶未能出大地獄苦曼殊室利彼惡衆生於十方界無間地獄無一不經多劫受苦況餘地獄傍生鬼界何以故彼愚癡者毀壞十方三世諸佛法身母故設彼經前極微數劫受重苦已出三惡趣來生人中得大惡疾一切醫藥所不能救復經爾所極微數劫生便無舌或無手等各經爾所極微數劫曼殊室利我以神力住世一劫或一劫餘說彼衆生毀謗障礙此經罪報亦不能盡曼殊室利諸有智者欲得現在未來安樂勿於此經毀謗障礙

第六分二行品第十五

佛告曼殊室利菩薩言善男子若菩薩摩訶薩行深般若波羅蜜多宜應成就前後般若波羅蜜多何以故諸菩薩摩訶薩有二種行

成就般若化導有情爾時曼殊室利菩薩便白佛言世尊云何諸菩薩摩訶薩成就般若化導有情佛告曼殊室利菩薩言善男子若菩薩摩訶薩從初般若乃至後際離功用心說法無盡中無間隙爲脱有情惡趣三有令住善趣或令證得三乘聖果曼殊室利是名菩薩摩訶薩衆行深般若波羅蜜多化導有情曼殊室利若菩薩摩訶薩行深般若波羅蜜多成就無邊無爲般若是名菩薩摩訶薩衆自行般若何以故此能圓滿一切德故曼殊室利復白佛言諸菩薩摩訶薩行深般若波羅蜜多修何法行能與一切智相應佛告曼殊室利菩薩言善男子若菩薩摩訶薩行深般若波羅蜜多修一切智眞實之法遠離思議微妙無相甚深理趣不可觀察極難通達常住寂靜清涼徧滿無有分別無著無礙隨順正理不可執取極靜大寂一切法中無上無等曼殊室利諸菩薩摩訶薩行深般若波羅蜜多修此法行能與一切智相應曼殊室利復白佛言諸菩薩摩訶薩於何境界行深般若波羅蜜多佛告曼殊室利菩薩言善男子諸菩薩摩訶薩決定應於甚深境界廣大境界功德境界行深般若波羅蜜多曼殊室利甚深境者體是無爲不著二邊亦不相離自性清淨諸障解脱不可思議不可稱計不共一切聲聞獨覺曼殊室利廣大境者諸佛如來一切功德大悲般若二法爲性離分別相無功用心利樂有情無時暫捨諸所說法皆稱彼意曼殊室利功德境者諸菩薩摩訶薩行深般若波羅蜜多所與相應一切功

德三十二相八十隨好隨諸有情根欲性行所樂種種形相差別佛威神力悉能示現所謂或現昇覩史多或現從天下生贍部或現處胎或現初生或現童子或現遊戲或現出家或現苦行或現往詣菩提樹下或現證得無上菩提或現轉法輪或現般涅槃如是示現諸相差別皆爲有情解脫生死曼殊室利如是名爲諸菩薩摩訶薩甚深般若波羅蜜多所行境界曼殊室利便白佛言希有世尊菩薩如是甚深般若波羅蜜多是佛境界不可思議佛告曼殊室利菩薩如是如是如汝所說甚深般若波羅蜜多是不共法不可思議何以故一切異生聲聞獨覺不能通達非其境故除佛世尊無能得者何以故諸法眞如義甚深故自在不動無漏界攝令有情類利樂圓滿是故名爲諸佛境界過語言道勝義諦攝遠離尋伺分別思議非世間法所能比喻一切法中最爲上品不在生死不住涅槃曼殊室利諸菩薩摩訶薩行深般若波羅蜜多凡有五事不可思議一者自性二者方處三者諸住四者一異五者利樂曼殊室利云何自性不可思議即色眞如求不可得離色眞如求不可得受想行識亦復如是即眼眞如求不可得離眼眞如求不可得耳鼻舌身意亦如是即色眞如求不可得離色眞如求不可得聲香味觸法亦如是即眼識眞如求不可得離眼識眞如求不可得耳鼻舌身意識亦爾即地界眞如求不可得離地界眞如求不可得水火風空識界亦爾有法眞如求不可得無法眞如求不可得是故自性不

可思議曼殊室利云何方處不可思議如是真如若在欲界不可思議若離欲界不可思議色無色界亦復如是若在東方不可思議若離東方不可思議南西北方四維上下亦復如是是故方處不可思議曼殊室利云何諸住不可思議若安樂住不可思議若寂靜住不可思議若有心住不可思議若無心住不可思議是故諸住不可思議曼殊室利云何一異不可思議三世如來同在一處自性清淨無漏界攝若一若異不可思議是故一異不可思議曼殊室利云何利樂不可思議智慧神力同一法界般若方便二相平等能作有情無量利樂不可宣說過語言境而順有情根性差別作種種說種種示現三十二相八十隨好隨有情心皆能示現曼殊室利白言世尊何等名爲三十二相八十隨好佛告曼殊室利菩薩言善男子如來相好無量無邊我若廣說不可窮盡但隨世間所樂略說三十二相八十隨好曼殊室利云何名爲三十二相如來足下有平滿相妙善安住猶如奩底地雖高下隨足所蹈皆悉坦然無不等觸是爲第一如來足下千輻輪文輞轂衆相無不圓滿是爲第二如來手足悉皆柔輭如覩羅綿勝過一切是爲第三如來手足指皆纖長圓妙過人以表長壽是爲第四如來手足一一指間猶如鴈王咸有鞔網金色交絡文同綺畫是爲第五如來足跟廣長圓滿與趺相稱勝餘有情是爲第六如來足趺脩高充滿柔輭妙好與跟相稱是爲第七如來雙腨漸次纖圓如醫泥耶仙鹿王腨是爲第

八如來雙臂脩直𦟛圓如象王鼻平立摩膝是爲第九如來陰相勢峯藏密其猶龍馬亦如象王是爲第十如來毛孔各一毛生柔潤紺青右旋宛轉是第十一如來髮毛端皆上靡右旋宛轉柔潤紺青嚴金色身甚可愛樂是第十二如來身皮細薄潤滑塵垢水等皆所不住是第十三如來身皮皆真金色光潔晃耀如妙金臺衆寶莊嚴衆所樂見是第十四如來兩足二手掌中頸及雙肩七處充滿光淨柔軟甚可愛樂是第十五如來肩項圓滿殊妙是第十六如來髆腋悉皆充實是第十七如來容儀洪滿端直是第十八如來身相脩廣端嚴是第十九如來體相縱廣量等周帀圓滿如諾瞿陀是第二十如來頷臆并身上半威容廣大如師子王是二十一如來身光面各一尋是二十二如來齒相四十齊平淨密根深白踰珂雪是二十三如來四牙鮮白鋒利是二十四如來常得味中上味喉脉直故能引身中千支節脉所有上味是二十五如來舌相薄淨廣長能覆面輪至耳毛際是二十六如來梵音詞韻弘雅隨衆多少無不等聞其聲洪震猶如天鼓發言婉約如頻迦音是二十七如來眼睫猶若牛王紺青齊整不相雜亂是二十八如來眼睛紺青鮮白紅環間飾皎潔分明是二十九如來面輪其猶滿月眉相皎淨如天帝弓是第三十如來眉間有白毫相右旋柔軟如覩羅綿鮮白光淨踰珂雪等是三十一如來頂上烏瑟膩沙高顯周圓猶如天蓋是三十二是名如來三十二相曼殊室利云何名爲八十隨好如

來指爪狹長薄潤光潔鮮淨如華赤銅是爲第一如來手足指圓纖長傭直柔輭節骨不現是爲第二如來手足各等無差於諸指間悉皆充密是爲第三如來手足圓滿如意輭淨光澤色如蓮華是爲第四如來筋脉盤結堅固深隱不現是爲第五如來兩踝俱隱不現是爲第六如來行步直進詳審如龍象王是爲第七如來行步威容齊肅如師子王是爲第八如來行步安平庠序不過不減猶若牛王是爲第九如來行步進止威儀譬如鵝王是爲第十如來迴顧必皆右旋如龍象王舉身隨轉是第十一如來支節漸次傭圓妙善安布是第十二如來骨節交結無隙猶若龍盤是第十三如來膝輪妙善安布堅固圓滿是第十四如來隱處其文妙好威勢具足圓滿清淨是第十五如來身支潤滑柔輭光悅鮮淨塵垢不著是第十六如來身容敦肅無畏常不怯弱是第十七如來身支堅固稠密善相屬著是第十八如來身支安定敦重常不掉動圓滿無壞是第十九如來身相猶若仙王周帀端嚴光淨離翳是第二十如來身有周帀圓光於行等時恒自照耀是二十一如來腹形方正無欠柔輭不現衆相莊嚴是二十二如來齊深右旋圓妙清淨光澤是二十三如來齊厚不凹不凸周帀妙好是二十四如來皮膚遠離疥癬亦無黶點疣贅等過是二十五如來手掌充滿柔輭足下安平是二十六如來手文深長明直潤澤無斷是二十七如來脣色光潤丹暉如頻婆果上下相稱是二十八如來面門不長不短不大不

小如量端嚴是二十九如來舌相軟薄廣長如赤銅色是第三十如來發聲威震深遠如象王吼明朗清徹是三十一如來音韻美妙具足如深谷響是三十二如來鼻高脩而且直其孔不現是三十三如來諸齒方整鮮白是三十四如來諸牙圓白光潔漸次鋒利是三十五如來目淨青白分明是三十六如來眼相脩廣譬如青蓮華葉甚可愛樂是三十七如來眼睫上下齊整稠密不白是三十八如來雙眉長而不白緻而細軟是三十九如來雙眉綺靡順次紺瑠璃色是第四十如來雙眉高顯光潤形如初月是四十一如來耳厚廣大脩長輪埵成就是四十二如來兩耳綺麗齊平離諸過失是四十三如來容儀能令見者無損無染皆生愛敬是四十四如來額廣圓滿平正形相殊妙是四十五如來身分上半圓滿如師子王威嚴無對是四十六如來首髮脩長紺青稠密不白是四十七如來首髮香潔細軟潤澤旋轉是四十八如來首髮齊整無亂亦不交雜是四十九如來首髮堅固不斷永無㐌落是第五十如來身分堅固充實踰那羅延是五十一如來身體長大端直是五十二如來身分光滑殊妙塵垢不著是五十三如來衆竅清淨圓好是五十四如來身支勢力殊勝無與等者是五十五如來身相衆所樂觀常無猒足是五十六如來面輪脩廣得所皎潔光淨如秋滿月是五十七如來顔色舒泰光顯含笑先言有向無背是五十八如來面貌光澤熈怡遠離顰蹙青赤等過是五十九如來身支清淨無垢常

無臭穢是第六十如來所有諸毛孔中常出如意微妙之香是六十一如來面門常出最上殊勝之香是六十二如來首相周圓妙好如末達那亦猶天蓋是六十三如來身毛紺青光淨如孔雀項紅輝綺飾色類赤銅是六十四如來法音隨衆大小不增不減應理無著是六十五如來頂相無能見者是六十六如來手足指約分明莊嚴妙好如赤銅色是六十七如來行時其足去地如四指量而現印文是六十八如來自持不待他持身無傾動亦不逶迤是六十九如來威德遠震一切惡心聞喜恐怖見安是第七十如來音聲不高不下隨衆生意和悅與言是七十一如來能隨諸有情類言音意樂而爲說法是七十二如來一音演說正法隨有情類各令得解是七十三如來說法咸依次第必有因緣言無不善是七十四如來等觀諸有情類讚善毀惡而無愛憎是七十五如來所爲先觀後作軌範具足令識善淨是七十六如來相好一切有情無能觀盡是七十七如來頂骨堅實圓滿是七十八如來顏容常少不老好巡舊處是七十九如來手足及智臆前皆有吉祥喜旋德相文同綺畫色類朱丹是第八十是名如來八十隨好

第六分讚歎品第十六

爾時曼殊室利菩薩即從座起頂禮佛足偏覆左肩右膝著地合掌恭敬而白佛言如來功德希有無等不可思議過去未來現在諸佛皆無有異若見如來或聞功德此有情類亦難思議今重見佛轉大法輪得未曾有歡

喜踊躍作是語已即昇虛空七多羅樹合掌讃曰

一切有情類　唯佛最爲尊　尚無有等者
況復當有勝　我法二俱空　妙理無等等
唯我佛世尊　能等無等等　煩惱并習氣
俱盡永無餘　能知一切法　無不皆明了
若智若說法　無能及佛者　三千大千界
唯佛獨爲尊　十力無畏等　定有非虛妄
帝釋與梵王　咸所不能得　世尊大恩德
普洽諸有情　此事難思議　定無能及者
能以微妙慧　及方便善巧　化導諸有情
皆令得利樂

爾時會中有一天子名曰妙色即從座起頂禮佛足偏覆左肩右膝著地合掌向佛以頌讃曰

有說世間等佛者　彼言非實爲虛誑
若說法王最極尊　此言非妄爲諦語
人天之儔正問難　無有能折我大師
善逝降魔伏外道　將導世間至解脫
清淨四辯無窮說　甘露妙藥施有情
徧觀諸法智無礙　一切剎那不滅失
大悲平等視有情　清淨之心世不染
善能了知根欲性　隨所樂聞而應說
煩惱差別非一種　爲示無量對治門
唯佛巧說彼因緣　專爲利樂有情故
值佛聞法不得聖　如是有情度極難
如來大名應渴仰　若得見者無限善
佛智能令心清淨　得聞正教出生死
聞佛名號大吉祥　常念世尊恒喜樂
發心詣佛生慧解　如教勤修成種智

戒品清淨無垢濁　靜慮第一心澂明
智慧最勝難傾動　法海清淨如甘露
一切有情喜放逸　諸佛專精離世間
等慈有情如一子　恩德深厚無能報
先說能破結賊法　乆摧天魔幻化軍
世尊已說三有過　廣示涅槃無量德
百千大劫甚難聞　故我至誠今讚禮

爾時會中有一天子名曰善名即從座起頂禮佛足偏覆左肩右膝著地合掌向佛以頌讚曰

如來平等行大慈　設可度智與他者
尚令天授最前得　況復其餘有情類
我今不愜爲空過　修持大行報佛恩
有唯自證無漏滅　彼於佛恩未爲報
若有修行佛深教　乃得名爲佛眞子
佛乆勤苦爲有情　無上大恩罕能報
大慈開顯眞妙法　令衆修行兼化他
若佛不出於世間　一切有情受大苦
則無人天唯惡趣　但聞種種苦音聲
諸趣受苦無能免　煩惱繫縛有情故
佛欲解脫諸毒結　翻爲大悲之所縈
如來是世大福田　依教正修離惡趣
若違佛教不修行　彼定不得生人天
有於佛所起惡心　或復不樂聞深法
是等有情甚可愍　決定永當處黑暗
如佛世尊自知智　其等如來乃能了
佛智非我所測量　稽首敬禮十方佛
無畏智力不共法　唯佛世尊獨圓備
相好莊嚴微妙香　觀者無猒超衆色
三種開敷不暫息　清淨佛華我今禮

唯佛善知無上覺　能永出離諸險難
佛爲第一最無上　稽首歸命兩足尊
佛以功德正法水　普能洗除諸垢穢
世尊本來内外淨　我今頂禮眞淨身

爾時堪忍界主大梵天王即從座起頂禮佛足偏覆左肩右膝著地合掌向佛以頌讚言

如來具足勝福慧　利樂有情無暫息
常雨甘露濟飢渴　我今稽首能利他
世間最勝可敬者　彼類猶來供養佛
諸惡斯盡衆善備　我今稽首無等尊
普爲濟拔諸有情　靡有一行不修學
令度生死得安樂　我今稽首救世師
稽首微妙金色身　稽首所説甘露法
稽首清淨無垢智　稽首一切功德林

爾時佛告大梵天言善哉善哉如汝所讚如來此事是實非虛何以故諸佛世尊於無量劫修集種種福德智慧由斯果位無不備足所以者何如來具足布施淨戒安忍精進靜慮般若波羅蜜多身語意三無不清淨故能通達眞如實際住實際故所言不虛時大梵王頂禮佛足合掌恭敬復白佛言惟願世尊以神通力令此般若波羅蜜多久住世間利樂一切爾時佛告大梵天王十方三世一切如來以大神通咸共護念甚深般若波羅蜜多久住世間利樂一切天魔梵志外道沙門皆無有能滅壞障礙何以故我念過去有佛名曰寶月如來十號圓滿國名無毁劫名喜讚彼佛有二苾芻弟子作大法師善説深法一名智盛二名諦授常隨彼佛轉正法輪經一劫中宣説如是甚深般若波羅蜜多三千

大千百億魔衆悉皆受化發菩提心是故此經諸天魔等皆無有力滅壞障礙爾時寂靜慧菩薩摩訶薩即從座起頂禮佛足偏覆左肩右膝著地合掌恭敬而白佛言寶月如來住在何所爲猶住世爲已涅槃爾時世尊告寂靜慧言善男子東方去此過十千億諸佛世界曾有世界名曰無毀其中如來壽十千劫彼佛世界常說如是甚深般若波羅蜜多彼諸天魔及外道等於此經典不能障礙皆發無上正等覺心智盛苾芻即是今者最殊室利諦授苾芻即是今者最勝天王此二菩薩方便善巧種種擁護甚深般若波羅蜜多令久住世十方佛國若說如是甚深般若波羅蜜多此二菩薩即往聽受如我今者說是法門放大光明尋光來集

第六分付囑品第十七

爾時佛告阿難陀言汝可受持甚深般若波羅蜜多勿令忘失時阿難陀即從座起頂禮佛足偏覆左肩右膝著地合掌恭敬而白佛言云何受持如是經典於是佛告阿難陀言受持此經有十種法一者書寫二者供養三者施他四者諦聽五者披讀六者受持七者廣說八者諷誦九者思惟十者修習依斯十法受持此經譬如世間一切草木華果藥等皆依大地如是一切殊勝善法皆依般若波羅蜜多如轉輪王若住在世七寶常現甚深般若波羅蜜多亦復如是若住在世三寶不滅爾時大衆瞻仰尊顔異口同音俱傷歎曰如來滅後誰能荷擔如是世尊大法重擔謂於無量無邊大劫修集所得無上菩提爾時

衆中便有一萬二千菩薩爲護此法即從座起頂禮佛足偏覆左肩右膝著地合掌恭敬而説頌言

我等捨身命　不求未來福　護持佛所説　此甚深法要

爾時衆中五百天子賢王爲首復從座起頂禮佛足偏覆左肩右膝著地合掌恭敬而説頌言

爲度諸有情　成大悲願力　護持佛所説　此甚深法要

時天帝釋持髻梵王毗沙門王皆從座起頂禮佛足偏覆左肩右膝著地合掌恭敬而説頌言

能療一切病　世尊今所説　般若微妙藥　我等頂戴持

執金剛神亦從座起頂禮佛足偏覆左肩右膝著地合掌恭敬而説頌言

法本無名字　佛以名字説　大悲眞教法　我今頂戴持

爾時佛告持髻梵言梵天當知佛讃三事最爲無上何等爲三一者發菩提心二者護持正法三者如教修行如是三法最爲無上能修行者眞供養佛我若住世一劫或一劫餘説此功德亦不能盡護持如來一四句頌所獲功德尚不可盡況能護持三世佛母甚深般若波羅蜜多何以故三世諸佛皆因般若波羅蜜多而得生故以法供養眞供養佛若以資財非眞供養故法供養最爲第一若有護持佛正法者當知彼類三世安樂是故梵天常應擁護甚深般若波羅蜜多汝由護法

已當得見賢劫千佛悉爲請主梵天當知於此穢土護持正法須臾之間勝淨土中若經一劫或一劫餘所獲功德故應精勤護持正法世尊復告天帝釋言憍尸迦甚深般若波羅蜜多隨所在處當知即是如來生處得菩提處轉法輪處入涅槃處何以故憍尸迦一切菩薩一切善法一切如來皆從此生若有法師宣說如是甚深般若波羅蜜多此地即爲佛所行處諸有情類於法師所當生善友尊重佛心恭敬歡喜供養讚歎若我住世一劫或一劫餘說此法師流傳此經所獲功德亦不能盡憍尸迦若此法師所行之處善男子等有能刺血灑地供養未足爲多何以故無上法輪難受持故時天帝釋白言世尊未來世中說此經處我及眷屬皆當擁護彼地方所及說法師若見此經所在之處即生前說四種處心爾時世尊讚天帝釋汝能如是善哉善哉吾以此經付囑於汝宜於來世擁護流通時天帝釋即白佛言我等諸天得生善趣皆由般若波羅蜜多發菩提心亦復由此是故我等不顧身命擁護世尊如是深法時佛復讚天帝釋言善哉善哉如說能作時薄伽梵說是經已最勝天王及十方界諸大菩薩一切聲聞天龍藥叉健達縛阿素洛揭路荼緊捺洛莫呼洛伽人非人等聞佛所說皆大歡喜信受奉行

大般若波羅蜜多經卷第五百七十三

音釋

奩底 奩音廉匣也鏡奩也謂佛足下如奩底之平也

蹈 音盜踐也

輻輪 輻音福輪轑也輪中木之直指者曰輻

輞轂 輞音罔車輞也轂音穀輻所湊者

鞔網 鞔謨官切鞔網謂佛指間相連如鵝鴈掌也

腨 市兖切腓腸也

臃圓 臃丑容切圓直也

紺青 紺古暗切含也謂青而含赤色也

頸 居郢切頭莖也

髆腋 髆補各切肩髆也腋夷益切方右肘脇之間曰腋

諾瞿 梵語正云諾瞿陀亦云尼拘律此云無節亦云縱廣諾奴各切

頷臆 頷謂感切口下曰頷臆乙力切胷臆也

婉約 婉委遠切約乙却切婉約謂語言婉順簡約也

眼睫 睫音接目旁毛也

烏瑟膩沙 梵語也此云佛頂膩女利切

兩踝 踝戶瓦切足骨也腿兩旁曰內外踝

臍 前西切肚臍也

凹 么交切不平也

凸 徒結切高起也

黶點 黶么琰切面有黑子也

疣贅 疣音尤贅朱芮切疣贅結肉也又丘也謂出皮上聚高如地之有丘也

緻 直利切密也

陁落 陁丈爾切崩也壞也

顰蹙 顰毗賓切蹙子六切愁貌謂顰眉蹙頞也

竅 苦弔切穴也

逶迤 逶於危切迤余支唐何二切逶迤行貌又耶去貌

荷擔 荷下可切擔都監切荷擔謂荷負擔任也

重擔 擔都濫切

重擔謂大法重擔也

大般若經第七會曼殊室利分序

唐西明寺沙門 玄則 製

聞夫即相無覩挺眞如之壯觀即慮無知成種智之默識但二塵且落時逐見以輕濃五翳將披復因疑而聚散是以驟明空道給孤總旋憩之場歷選時徒妙吉昇對揚之重忽無覲以瞻仰俄不聆以餐悟旣泯修而造修亦絕學而趨學狀其區別則菩提萬流斷其混茫則涅槃一相一相則不見生死萬流則無非佛法不壞假名之繁總而開實相之汭寥正明如來法無況菩薩法菩薩法無況二乘法二乘法無況凡夫法法尚不有何有菩提尚無菩提云何可趣尚無可趣何有證得尚無證得何有證者是故有之斯殊無之斯貫洞之斯遠沮之斯局豁爾夷蕩而無懈熾然翹勵而不精惱祲與慈滲分華劒林將王毫比色皆其所也何以易諸觀其假言路以便便仰眞宗而止止奕奕珠轉泠泠玉振起予聖旨莫尚於茲睎體法王不亦宜矣然則探其義也發祕藏之玄扃味其談也包密語之殊轍詞婉而旨密即舊文殊般若矣雖雙軸成部而警策備彰廣七衆所歸較然無遠

大般若波羅蜜多經卷第五百七十四

唐三藏法師玄奘奉詔譯

第七曼殊室利分之一

如是我聞一時薄伽梵在室羅筏住逝多林給孤獨園與大苾芻衆百千人俱皆阿羅漢唯阿難陀猶居學地舍利子等而爲上首復與菩薩摩訶薩衆十千人俱皆不退轉功德甲冑而自莊嚴慈氏菩薩妙吉祥菩薩無礙辯菩薩不捨善軛菩薩而爲上首曼殊室利童子菩薩明相現時出自住處詣如來所在外而立具壽舍利子大迦多衍那大迦葉波大採菽氏滿慈子執大藏如是一切大聲聞僧亦於此時各從住處詣如來所在外而立爾時世尊知諸大衆皆來集已從住處出敷如常座結跏趺坐告舍利子汝今何故於晨朝時在門外立時舍利子白言世尊曼殊室利童子菩薩先來住此我等後來爾時世尊知而故問曼殊室利言善男子汝實先來至此住處爲欲觀禮親近佛耶曼殊室利前白佛言如是世尊如是善逝何以故我於如來觀禮親近常無猒足爲欲利樂諸有情故實先來此世尊我今來至此處親近禮敬觀如來者專爲利樂一切有情非爲證得佛菩提故非爲樂觀如來身故非爲擾動眞法界故非爲分別諸法性故亦不爲餘種種事故我觀如來即眞如相無動無作無所分別無異分別非即方處非離方處非有非無非常非斷非即三世非離三世無生無滅無去無來無染不染無二不二心言路絶若以此等眞如之相觀於如來名眞見佛亦名禮敬親近

如來實於有情爲利樂故佛告曼殊室利童子汝作是觀爲何所見曼殊室利白言世尊我作是觀都無所見於諸法相亦無所取佛言善哉善哉童子汝能如是觀於如來於一切法心無所取亦無不取非集非散時舍利子謂曼殊室利言仁能如是親近禮敬觀於如來甚爲希有雖常慈愍一切有情而於有情都無所得雖能化導一切有情令趣涅槃而無所執雖爲利樂諸有情故擐大甲冑而於其中不起積集散壞方便時曼殊室利白舍利子言如是如是如尊所說我爲利樂諸有情故擐大甲冑令趣涅槃實於有情及涅槃界所化所證無得無執又舍利子非我實欲利樂有情擐大甲冑所以者何諸有情界無增無減假使於此一佛土中有如殑伽沙數諸佛一一皆住爾所大劫晝夜常說爾所法門一一法門各能度脫爾所佛土諸有情類悉皆令入無餘涅槃如此佛土有如是事餘十方面各如殑伽沙等世界亦復如是雖有爾所諸佛世尊經爾所時說爾所法度脫爾所諸有情類皆令證入無餘涅槃而有情界亦無增減何以故以諸有情自性離故無邊際故不可增減舍利子言曼殊室利若諸有情自性離故無邊際故無增減者何緣菩薩求大菩提欲爲有情常說妙法曼殊室利言舍利子我說有情都不可得何有菩薩求大菩提欲爲有情常說妙法何以故舍利子諸法畢竟不可得故佛告曼殊室利童子若諸有情都不可得云何施設諸有情界曼殊室利白言世尊有情界者但假施設曼殊室

利設有問汝有情界者爲有幾何汝得彼問當云何答世尊我當作如是答如佛法數彼界亦爾曼殊室利設復問汝有情界者其量云何汝得彼問復云何答世尊我當作如是答有情界量如諸佛境曼殊室利設有問言諸有情界爲何所屬汝得彼問復云何答世尊我當作如是答彼界所屬如佛難思曼殊室利設有問言有情界者爲何所住汝得彼問復云何答世尊我當作如是答若離染際所應住法即有情界所應住法曼殊室利汝修般若波羅蜜多爲何所住世尊我修甚深般若波羅蜜多都無所住曼殊室利無所住者云何能修甚深般若波羅蜜多世尊我由無所住故能修般若波羅蜜多曼殊室利汝修般若波羅蜜多於善於惡何增何減世尊我修甚深般若波羅蜜多於善於惡無增無減世尊我修甚深般若波羅蜜多於一切法亦無增減世尊般若波羅蜜多出現世間不爲增減一切法故世尊修學甚深般若波羅蜜多不爲棄捨異生等法不爲攝受一切佛法所以者何甚深般若波羅蜜多不爲捨法得法故起世尊修學甚深般若波羅蜜多不爲猒離生死過失不爲欣樂涅槃功德所以者何修此法者不見生死況有猒離不見涅槃況有欣樂世尊修學甚深般若波羅蜜多不見諸法有劣有勝有失有得可捨可取世尊修學甚深般若波羅蜜多不得諸法可增可減所以者何非眞法界有增有減世尊若能如是修者名眞修學甚深般若波羅蜜多復次世尊若修般若波羅蜜多於一切法不

增不减名眞修學甚深般若波羅蜜多若修般若波羅蜜多於一切法不生不滅名眞修學甚深般若波羅蜜多若修般若波羅蜜多於一切法不見增減名眞修學甚深般若波羅蜜多若修般若波羅蜜多於一切法不見生滅名眞修學甚深般若波羅蜜多復次世尊若修般若波羅蜜多於一切法無所思惟若多若少俱無希願能所希願及希願者皆不取著名眞修學甚深般若波羅蜜多若修般若波羅蜜多不見諸法有好有醜有髙有下名眞修學甚深般若波羅蜜多復次世尊善男子等若修般若波羅蜜多於諸法中不得勝劣謂都不見此勝此劣是眞般若波羅蜜多所以者何眞如法界法性實際無勝無劣若如是修名眞修學甚深般若波羅蜜多

佛告曼殊室利童子諸佛妙法豈亦不勝曼殊室利白言世尊諸佛妙法不可取故亦不可言是勝是劣如來豈不證諸法空世尊答言如是童子曼殊室利復白佛言諸法空中何有勝劣世尊讃曰善哉善哉如是如是如汝所說曼殊室利佛法豈不是無上耶如是世尊一切佛法雖實無上而於其中無法可得故不可說佛法無上復次世尊善男子等若修般若波羅蜜多不欲住持一切佛法不欲調伏異生法等甚深般若波羅蜜多於諸佛法異生法等不欲增長及調伏故於一切法無分別故若如是修名眞修學甚深般若波羅蜜多復次世尊善男子等若修般若波羅蜜多不見諸法有可思惟可分別者曼殊室利汝於佛法豈不思惟不也世尊我若見

有眞實佛法應可思惟然我不見世尊般若波羅蜜多不爲分别諸法故起謂不分别是異生法是聲聞法是獨覺法是菩薩法是如來法善男子等精勤修學甚深般若波羅蜜多於諸法中都無所得亦無所說謂不說有異生法性亦不說有聲聞乃至如來法性所以者何此諸法性皆畢竟空不可見故若如是修名眞修學甚深般若波羅蜜多復次世尊善男子等勤修般若波羅蜜多不作是念此是欲界此是色界此無色界此是滅界所以者何甚深般若波羅蜜多不見有法是可滅者若如是修名眞修學甚深般若波羅蜜多復次世尊若修般若波羅蜜多於一切法不作恩怨何以故甚深般若波羅蜜多不爲住持一切佛法不爲棄捨異生等法所以者何善男子等勤修般若波羅蜜多於佛法中不欲證得不欲滅壞異生等法達一切法性平等故若如是修名眞修學甚深般若波羅蜜多爾時世尊即便讚曰曼殊室利善哉善哉汝今乃能說甚深法與諸菩薩摩訶薩衆作眞法印亦與聲聞及獨覺等增上慢者作大法印令如實知先所通達非眞究竟曼殊室利若善男子善女人等聞是深法心不沉没亦不驚怖當知是人非於一佛乃至千佛種諸善根定於無量無邊佛所種諸善根乃能聞是甚深般若波羅蜜多心不沉没亦不驚怖爾時曼殊室利童子合掌恭敬復白佛言我欲更說甚深般若波羅蜜多惟願開許佛告曼殊室利童子汝欲說者隨汝意說曼殊室利便白佛言世尊若修甚深般若波羅

蜜多於法不得是可住者亦復不得是不可住當知如是甚深般若波羅蜜多不緣法住何以故以一切法無所緣故世尊若能如是修者名眞修學甚深般若波羅蜜多於一切法不取相故復次世尊應觀如是甚深般若波羅蜜多不現前觀諸法性相謂於佛法尚不現觀況菩薩法於菩薩法尚不現觀況獨覺法於獨覺法尚不現觀況聲聞法於聲聞法尚不現觀況異生法何以故以一切法性相離故復次世尊依修如是甚深般若波羅蜜多於諸法中無所分別謂不分別是可思議不可思議法性差別當知菩薩摩訶薩衆修行般若波羅蜜多於諸法中都無分別復次世尊依修如是甚深般若波羅蜜多一切法中都不見有此是佛法此非佛法此可思議此不可思議以一切法無差別性故若諸有情能修如是甚深般若波羅蜜多觀一切法皆是佛法順菩提故觀一切法皆不思議畢竟空故是諸有情已曾親近供養恭敬多百千佛種諸善根乃能如是修行般若波羅蜜多復次世尊若善男子善女人等聞說如是甚深般若波羅蜜多心不沉沒亦不驚怖當知過去已曾親近供養恭敬多百千佛種諸善根乃能如是復次世尊應觀如是甚深般若波羅蜜多若能勤修則於諸法不見雜染不見清淨雖無所見而能勤修甚深般若波羅蜜多於一切時心無猒倦復次世尊若修如是甚深般若波羅蜜多於諸異生聲聞獨覺菩薩佛法無差別想了此等法畢竟空故若能如是名眞修學甚深般若波羅蜜多

佛告曼殊室利童子汝已親近供養幾佛曼殊室利白言世尊我已親近供養佛數量同幻士心心所法以一切法皆如幻故曼殊室利汝於佛法豈不趣求世尊我今不見有法非佛法者何所趣求曼殊室利汝於佛法已成就耶世尊我今都不見法可名佛法何所成就曼殊室利汝豈不得無著性耶世尊我今即無著性豈無著性復得無著曼殊室利汝不當坐菩提座耶世尊諸佛於菩提座尚無坐義況我能坐何以故以一切法皆用實際爲定量故於實際中座及坐者俱不可得曼殊室利言實際者是何增語世尊實際當知即是僞身增語曼殊室利云何僞身可名實際世尊實際無去無來非眞非僞身非身相俱不可得僞身亦爾是故僞身即是實際

時舍利子便白佛言若諸菩薩聞說如是甚深般若波羅蜜多心不沉沒亦不驚怖是諸菩薩定趣菩提不復退轉慈氏菩薩復白佛言若諸菩薩聞說如是甚深般若波羅蜜多心不沉沒亦不驚怖是諸菩薩已近無上正等菩提何以故是諸菩薩現覺法性離一切分別如大菩提故曼殊室利亦白佛言若諸菩薩聞說如是甚深般若波羅蜜多心不沉沒亦不驚怖是諸菩薩如佛世尊堪受世間供養恭敬何以故於一切法覺實性故時有女人名無緣慮合掌恭敬白言世尊若諸有情聞說如是甚深般若波羅蜜多心不沉沒亦不驚怖是諸有情於異生法若聲聞法若獨覺法若菩薩法若如來法皆不緣慮所以者何達一切法都無所有能所緣慮俱不可

得爾時佛告舍利子等如是如是如汝所說若善男子善女人等聞說如是甚深般若波羅蜜多心不沉没亦不驚怖是善男子善女人等當知已住不退轉地定趣菩提不復退轉舍利子等若諸有情聞說如是甚深般若波羅蜜多心不沉没亦不驚怖歡喜信樂聽聞受持轉爲他說心無猒倦是諸有情能爲一切眞實廣大殊勝施主能施一切無上財寶具足布施波羅蜜多是諸有情淨戒圓滿具眞淨戒具勝淨戒淨戒功德皆已圓滿具足淨戒波羅蜜多是諸有情安忍圓滿具眞安忍具勝安忍安忍功德皆已圓滿具足安忍波羅蜜多是諸有情精進圓滿具眞精進具勝精進精進功德皆已圓滿具足精進波羅蜜多是諸有情靜慮圓滿具眞靜慮具勝靜慮靜慮功德皆已圓滿具足靜慮波羅蜜多是諸有情般若圓滿具眞般若具勝般若般若功德皆已圓滿具足般若波羅蜜多是諸有情成就眞勝慈悲喜捨亦能爲他宣說開示甚深般若波羅蜜多佛告曼殊室利童子汝觀何義欲證無上正等菩提曼殊室利白言世尊我於無上正等菩提尚無住心況當欲證我於菩提無求趣意所以者何菩提即我我即菩提如何求趣佛言善哉善哉童子汝能巧說甚深義處汝於先佛多植善根久發大願能依無得修行種種清淨梵行曼殊室利便白佛言若於諸法有所得者可依無得修淨梵行我都不見有法可得及無所得如何可言能依無得修淨梵行佛告曼殊室利童子汝今見我聲聞德耶世尊我見佛

言童子汝云何見世尊我今見諸聲聞非異生非聖者非有學非無學非可見非不可見非見者非不見者非多非少非小非大非已調伏非未調伏我如是見而無見想時舍利子便問彼言於聲聞乘既如是見復云何見正等覺乘大德我今不見菩薩亦復不見諸菩薩法不見菩提亦復不見趣菩提法亦不見有趣菩提行亦不見有證菩提法不見有能證菩提者我如是見正等覺乘謂於其中都無所見時舍利子復問彼言汝於如來當云何見大德止止勿於如來大龍象王而興言論曼殊室利所言佛者是何增語今問大德所言我者復何增語舍利子言我者但有假立名字是空增語大德當知佛之增語即我增語我之與佛俱畢竟空但隨世間假立名字菩提名字亦是假立不可尋此求實菩提菩提相空不可表示何以故名字菩提二俱空故名字空故言說亦空不可以空表示空法菩提空故佛亦是空故所言佛是空增語復次大德所言佛者無來無去無生無滅無所證得無所成就無名無相不可分別無言無說不可表示唯微妙智自内證知謂諸如來覺一切法畢竟空寂證大菩提隨順世間假立名字故稱爲佛非爲實有若有若無不可得故復次大德如來所證微妙智慧說名菩提成就菩提故名爲佛菩提空故佛亦是空由此佛名是空增語時舍利子便白佛言曼殊室利所說深法非初學者所能了知爾時曼殊室利童子即白具壽舍利子言我所說者非唯初學不能解了所作已辦阿羅

漢等亦不能知非我所說有能知者所以者何菩提之相非識所識無見無聞無得無念無生無滅不可說示不可聽受知是菩提性相空寂諸大菩薩尚未能知何況二乘所知解了菩提性相尚不可得況當有實證菩提者舍利子言曼殊室利佛於法界豈不證耶不也大德所以者何佛即法界法界即佛法界不應還證法界又舍利子一切法空說爲法界即此法界說爲菩提法界菩提俱離性相由斯故說一切法空一切法空菩提法界皆是佛境無二無別無二無別故不可了知不可了知故則無言說無言說故不可施設有爲無爲有非有等又舍利子一切法性亦無二無別無二無別故不可了知不可了知故則無言說無言說故不可施設所以者何

諸法本性都無所有不可施設在此在彼此物彼物又舍利子若造無間當知即造不可思議亦造實際何以故舍利子不可思議與五無間俱即實際性無差別既無有能造實際者是故無間不可思議亦不可造由斯理趣造無間者非墮地獄不思議者非得生天造無間者亦非長夜沉淪生死不思議者亦非究竟能證涅槃何以故舍利子不可思議與五無間皆住實際性無差別無生無滅無去無來非因非果非善非惡非招惡趣非感人天非證涅槃非沒生死何以故以眞法界非善非惡非高非下無前後故又舍利子犯重苾芻非墮地獄淨持戒者非得生天犯重苾芻非沉生死淨持戒者非證涅槃犯重苾芻非應毀呰淨持戒者非應讚歎犯重苾芻

非應輕蔑淨持戒者非應恭敬犯重苾芻非應乖諍淨持戒者非應和合犯重苾芻非應遠離淨持戒者非應親近犯重苾芻非應損減淨持戒者非應增益犯重苾芻非不應供淨持戒者非定應供犯重苾芻非增長漏淨持戒者非損減漏犯重苾芻非不清淨淨持戒者非定清淨犯重苾芻非無淨信淨持戒者非有淨信犯重苾芻非不應受清淨信施淨持戒者非定應受清淨信施何以故舍利子眞法界中若持若犯其性平等無差別故又舍利子諸異生類名和合者漏盡苾芻名不和合曼殊室利汝依何義作如是說大德異生與生因合名和合者諸阿羅漢無如是義名不和合我依此義作如是說又舍利子諸異生類名超怖者漏盡苾芻名不超怖曼殊室利汝依何義作如是說大德異生於可怖法不生怖畏名超怖者諸阿羅漢知可怖法實無所有無怖可超我依此義作如是說又舍利子諸異生類得無滅忍諸菩薩衆得無生忍曼殊室利汝依何義作如是說大德異生不樂寂滅名得無滅忍諸菩薩衆不見法生名得無生忍我依此義作如是說又舍利子諸異生類名調伏者漏盡苾芻名不調伏曼殊室利汝依何義作如是說大德異生未調伏故應可調伏名調伏者諸阿羅漢漏結已盡不復須調名不調伏我依此義作如是說又舍利子諸異生類名增上心超越行者漏盡苾芻名心下劣非超越行曼殊室利汝依何義作如是說大德異生其心高舉行違法界名增上心超越行者諸阿羅漢其心

謙下行順法界名心下劣非超越行我依此義作如是說時舍利子讚曼殊室利言善哉善哉善能爲我解蜜語義曼殊室利報言如是如是大德我非但能解蜜語義我亦即是一切漏盡眞阿羅漢何以故我於聲聞獨覺樂欲皆永不起故名漏盡眞阿羅漢佛告曼殊室利童子頗有因緣可說菩薩坐菩提座不證無上正等菩提曼殊室利白言世尊亦有因緣可說菩薩坐菩提座不證無上正等菩提謂菩提中無有少法可名無上正等菩提然眞菩提性無差別非坐可得不坐便捨由此因緣可說菩薩坐菩提座不證菩提無相菩提不可證故曼殊室利復白佛言無上菩提即五無間彼五無間即此菩提所以者何菩提無間俱假施設非眞實有菩提之性非可證得非可修習非可現見彼五無間亦復如是又一切法本性畢竟不可現見於中無覺無覺者無見無見者無知無知者無分別無分別者離相平等名爲菩提五無間性亦復如是由此菩提非可證得言可證得修習現見大菩提者是增上慢佛告曼殊室利童子汝今謂我是如來耶不也世尊不也善逝我不謂佛是實如來所以者何夫如來者以微妙智證會眞如妙智眞如二俱離相眞如離相非謂眞如妙智亦然非謂妙智既無妙智及無眞如是故如來亦非眞實何以故眞如妙智俱假施設如來亦爾非二不二是故妙智眞如如來但有假名而無一實故不謂佛是實如來佛告曼殊室利童子汝非疑惑於如來耶不也世尊不也善逝何以故我

觀如來實不可得無生無滅故無所疑佛告曼殊室利童子如來豈不出現世間不也世尊不也善逝若眞法界出現世間可言如來出現於世非眞法界出現世間是故如來亦不出現曼殊室利汝謂殑伽沙數諸佛入涅槃不世尊豈不見諸佛如來同不思議一境界相曼殊室利如是如是如汝所說諸佛如來同不思議一境界相曼殊室利復白佛言今佛世尊現住世不佛言如是曼殊室利便白佛言若佛世尊現住世者殑伽沙等諸佛世尊亦應住世何以故一切如來同不思議一境相故不思議相無生無滅如何諸佛有入涅槃是故世尊若未來佛當有出世一切如來皆當出世若過去佛已入涅槃一切如來皆已滅度若現在佛現證菩提一切如來皆應現證何以故不思議中去來現在所有諸佛無差別故然諸世間迷謬執著種種戲論謂佛世尊有生有滅有證菩提佛告曼殊室利童子汝所說法唯有如來不退菩薩大阿羅漢所能解了餘不能知何以故唯如來等聞是深法如實了達不讚不毀知心非心不可得故所以者何一切法性皆悉平等心及非心俱不可得由此於法無讚無毀曼殊室利即白佛言於是深法誰當讚毀佛言童子愚夫異生彼如是心非實心性同佛心性不可思議曼殊室利復白佛言愚夫異生心非心性同佛心性不思議耶佛告曼殊室利童子如是如是如汝所說何以故佛有情心及一切法皆悉平等不思議故曼殊室利復白佛言佛有情心及一切法若皆平等不可

思議今諸聖賢求涅槃者勤行精進豈不唐捐所以者何不思議性與涅槃性既無差別何用更求若有說言此異生法此聖者法有差別相當知彼人未曾親近眞淨善友作如是說令諸有情執二法異沉淪生死不得涅槃佛告曼殊室利童子汝願如來於有情類最爲勝不世尊若有眞實有情我願如來於彼最勝然有情類實不可得佛告曼殊室利童子汝願佛成就不思議法耶世尊若有不思議法實可成就我願如來成就彼法然無是事佛告曼殊室利童子汝願如來說法調伏弟子衆不世尊若有說法調伏眞如法界我願如來說法調伏諸弟子衆然佛世尊出現於世於有情類都無恩德所以者何諸有情類皆住無雜眞如法界於此界中異生聖者能說能受俱不可得佛告曼殊室利童子汝願如來是世無上眞福田不曼殊室利白言世尊若諸福田是實有者我亦願佛於彼無上然諸福田實不可得是故諸佛皆非福田非非福田以福非福及一切法性平等故然世間田能無盡者世共說彼名無上田諸佛世尊證無盡福是故可說無上福田又世間田無轉變者世共說彼名無上田諸佛世尊證無變福是故可說無上福田又世間田用難思者世共說彼名無上田諸佛世尊證難思福是故可說無上福田諸佛福田雖實無上而植福者無減無增佛告曼殊室利童子汝依何義作如是說曼殊室利白言世尊佛福田相不可思議若有於中而植福者即便能了平等法性達一切法無減無增故佛

福田最爲無上爾時大地以佛世尊神力法力六返變動時衆會中有十六億大苾芻衆諸漏永盡心得解脫七百苾芻尼三千鄔波索迦四萬鄔波斯迦六十俱胝那庾多數欲界天衆遠塵離垢生淨法眼時阿難陀即從座起頂禮佛足偏覆左肩右膝著地合掌恭敬白言世尊何因何緣今此大地六返變動爾時佛告阿難陀言由妙吉祥說福田相我今印許故現斯瑞過去諸佛亦於此處說福田相令大地動故於今時現如是事

大般若波羅蜜多經卷第五百七十四

音釋

七會曼殊室利分序

挻待鼎切超拔也　憩去例切息也　造修造七到切詣也進也　泬寥泬呼決切泬寥空貌　翹勵翹祈堯切企也勵力制切勉力也翹勵翹企勵勉也　惱祲惱乃老切祲子鴆切惱祲謂煩惱氛祲也　慈渰渰衣檢切雲興貌渰謂慈雲也

經

室羅筏梵語也亦云舍婆提此云聞物國名筏音伐　擐音患貫也

大般若波羅蜜多經卷第五百七十五

唐三藏法師玄奘奉　詔譯

第七曼殊室利分之二

爾時舍利子白佛言世尊曼殊室利不可思議所以者何曼殊室利所説法相不可思議佛告曼殊室利童子汝之所説實難思議誠如具壽舍利子説曼殊室利即白佛言我所説法不可説可思議亦不可説不可思議所以者何不可思議可思議性俱無所有但有音聲一切音聲亦不可説不可思議可思議性以一切法自性離故作是説者乃名爲説不可思議佛告曼殊室利童子汝今現入不可思議三摩地耶曼殊室利白言世尊我不現入此三摩地所以者何我都不見此三摩地性異於我不見有心能思惟我及此定故不可思議三摩地者心非心性俱不能入云何可言我入此定復次世尊我昔初學作意現入此三摩地非於今時復更作意現入此定如善射夫初學射業注心麤的方乃發箭久習成就能射毛端不復注心在彼麤的隨所欲射發箭便中如是我先初學定位要先繫念在不思議然後乃能現入此定久習成就於此定中不復繫心任運能住所以者何我於諸定已得善巧任運入出不復作意時舍利子便白佛言觀此曼殊室利童子未可保信所以者何於此定中似不恒住然無餘定微妙寂靜同此定者曼殊室利便白具壽舍利子言大德寧知更無餘定寂靜同此舍利子言豈更有定寂靜同此曼殊室利報言大德若此可得可言餘定寂靜同此然不可

得舍利子言曼殊室利豈今此定亦不可得大德此定實不可得所以者何謂一切定可思議者有相可得不思議者無相可得此定既曰不可思議是故定應實不可得又舍利子不思議定一切有情無不得者所以者何一切心性皆離心性離心性者皆即名爲不思議定故有情類無不得者佛讚曼殊室利童子善哉善哉曼殊室利汝於過去無量佛所多植善根久發大願所修梵行皆依無得發言皆説甚深義處曼殊室利汝豈不以住深般若波羅蜜多能一切時説甚深義曼殊室利即白佛言若我由住甚深般若波羅蜜多能如是説便住我想及住有想能如是説若住我想及住有想能如是説則深般若波羅蜜多亦有所住若深般若波羅蜜多有所住者則深般若波羅蜜多亦以我想及以有想爲所住處然深般若波羅蜜多遠離二想住無所住如諸佛住微妙寂靜無起無作無動無轉以爲所住甚深般若波羅蜜多不住有法不住無法故此所住不可思議甚深般若波羅蜜多於一切法皆不現行甚深般若波羅蜜多當知即是不思議界不思議界即是法界法界即是不現行界不現行界當知即是不思議界不思議界當知即是甚深般若波羅蜜多甚深般若波羅蜜多我界法界無二無别無二無别即是法界法界即是不現行界不現行界當知即是甚深般若波羅蜜多甚深般若波羅蜜多當知即是不思議界不思議界當知即是不現行界不現行界當知即是無所有界無所有界當知即是無

生滅界無生滅界當知即是不思議界不思議界與如來界我界法界無二無别是故世尊若能如是修行般若波羅蜜多於大菩提更不求證何以故甚深般若波羅蜜多即菩提故世尊若有實知我界即知無著若知無著即知無法若知無法即是佛智佛智即是不思議智當知佛智無法可知名不知法所以者何此智自性都無所有無所有法云何能於眞法界轉此智自性旣無所有即無所著若無所著即體非智若體非智即無境界若無境界即無所依若無所依即無所住若無所住即無生滅若無生滅即不可得若不可得即無所趣旣無所趣此智不能作諸功德亦復不能作非功德所以者何此無思慮我作功德作非功德無思慮智不可思議不可思議即是佛智是故此智於一切法無取不取亦非前際中際後際非先已生非先未生無出無沒非常非斷更無餘智類此智者由是此智不可思議同於虛空不可比類無此無彼非好非醜旣無餘智類此可得是故此智無等不等由此故名無等等智又無餘智對此可得是故此智無對不對由此故名無對對智佛告曼殊室利童子如是妙智不可動耶曼殊室利白言世尊如是妙智性不可動如鍛金師燒鍊金璞旣得精熟秤量無動此智亦爾久修成熟無作無證無生無盡無起無沒安固不動佛告曼殊室利童子誰能信解如是妙智曼殊室利白言世尊若能不行般涅槃法於生死法亦能不行於薩迦耶行寂滅行於般涅槃行無動行不斷貪欲

嗔恚愚癡亦非不斷所以者何如是三毒自性遠離非盡不盡於生死法不起不墮於諸聖道不離不修彼於此智能深信解佛讚曼殊室利童子善哉善哉善說此事爾時具壽大迦葉波前白佛言當來之世誰能於此法毗柰耶甚深義趣信解修學佛告具壽大迦葉波今此會中苾芻等衆當來之世於此所說法毗柰耶甚深義趣能生信解聽受修學亦能爲他演說流布如大長者失無價珠苦惱纏心愁憂不樂後時還得踴躍歡喜今此會中苾芻等衆亦復如是聞深般若波羅蜜多信解修學後不聞說如是法門苦惱纏心愁憂不樂咸作是念我等何時當更得聞如是深法後時若得聞此法門踴躍歡喜復作是念我今得聞如是經典即爲見佛親近供養如圓生樹苞初出時三十三天踊躍歡喜此樹不久華必開敷香氣氛氳我等遊集苾芻等衆亦復如是聞深般若波羅蜜多信受修行應生歡喜一切佛法不久開敷飲光當知未來之世苾芻等衆若聞如是甚深般若波羅蜜多信解修行心不沉没必於此會已得聽聞歡喜受持演說流布當知彼類由聞是法歡喜踊躍信受修行不久開敷一切佛法如來滅後若有受持演說流布此經典者當知皆是佛威神力之所加護令彼事成飲光當知若有聞是甚深般若波羅蜜多歡喜受持彼於過去無量佛所多植善根已得聽聞非適今也如穿珠者忽然遇得無價末尼生大歡喜當知彼類曾見此珠故生歡喜非今創見如是當來諸苾芻等深心愛樂聽聞

正法忽遇般若波羅蜜多歡喜聽聞信受修學當知彼類已於往昔無量佛所曾聞是經非於今時創聞能爾飲光當知若善男子善女人等聞妙吉祥所說般若波羅蜜多歡喜踊躍樂聞無猒數復慇懃重請演說是善男子善女人等過去已從曼殊室利聞說般若波羅蜜多歡喜受持信解修學亦曾親近曼殊室利供養恭敬故能如是譬如有人遇入城邑其中一切園林池沼舍宅人物無不悉見後至餘處聞人讚說此城邑中所有勝事深生歡喜請其重說若更得聞倍復歡喜彼由往昔皆曾見故如是當來諸善男子善女人等聞妙吉祥所說般若波羅蜜多歡喜樂聞甞無猒足慇懃固請重說深義聞已讚歎倍生歡喜當知此等皆由往昔已曾親近曼殊室利供養恭敬聽受斯法故於今時能成是事爾時具壽大迦葉波便白佛言如來善說現在當來善男子等聞深般若波羅蜜多信解修行諸行狀相佛言如是如汝所說我已善說彼行狀相曼殊室利即白佛言現在當來善男子等聞是深法諸行狀相當知即非諸行狀相以所聞法微妙寂靜諸行狀相皆不可得云何如來作如是說我已善說彼行狀相佛告曼殊室利童子如是如是如汝所說現在當來善男子等聞是深法諸行狀相彼實皆非諸行狀相以所聞法微妙寂靜諸行狀相皆不可得然彼聞說甚深法時歡喜受持信解修學必於過去已曾得聞歡喜受行故能如是此行狀相依世俗說非勝義中有如是事曼殊室利當知顯了甚深般若

波羅蜜多即爲顯了一切佛法通達眞實不思議事曼殊室利我本修學菩薩行時所集善根皆由修學甚深般若波羅蜜多方得成滿欲住菩薩不退轉地欲證無上正等菩提亦由修學甚深般若波羅蜜多乃能成辦曼殊室利若善男子善女人等欲集菩薩所集善根當學如是甚深般若波羅蜜多曼殊室利若善男子善女人等欲住菩薩不退轉地當學如是甚深般若波羅蜜多曼殊室利若善男子善女人等欲證無上正等菩提當學如是甚深般若波羅蜜多曼殊室利若善男子善女人等欲善通達一切法界平等之相當學如是甚深般若波羅蜜多曼殊室利若善男子善女人等欲善了知一切有情心行平等當學如是甚深般若波羅蜜多曼殊室利若善男子善女人等欲疾證得一切佛法當學如是甚深般若波羅蜜多曼殊室利若善男子善女人等欲知佛說如來不能現覺諸法祕密義趣當學如是甚深般若波羅蜜多何以故所覺諸法及能覺者不可得故曼殊室利若善男子善女人等欲知佛說如來不能證諸佛法祕密義趣當學如是甚深般若波羅蜜多何以故所證佛法及能證者不可得故曼殊室利若善男子善女人等欲知佛說如來不能證得無上正等菩提相好威儀無不具足祕密義趣當學如是甚深般若波羅蜜多何以故所證無上正等菩提相好威儀及能證者不可得故曼殊室利若善男子善女人等欲知佛說如來不成一切功德不能化導一切有情祕密義趣當學如是甚

深般若波羅蜜多何以故一切功德所化有情及諸如來不可得故曼殊室利若善男子善女人等欲於諸法得無礙解當學如是甚深般若波羅蜜多何以故甚深般若波羅蜜多不見諸法有少真實若淨若染生滅等故曼殊室利若善男子善女人等欲知諸法非去來今及無爲相當學如是甚深般若波羅蜜多何以故以真法界非去來今及無爲故諸法皆入真法界故曼殊室利若善男子善女人等欲於諸法得無疑惑當學如是甚深般若波羅蜜多曼殊室利若善男子善女人等欲能三轉十二行相無上法輪及於其中都無執著當學如是甚深般若波羅蜜多曼殊室利若善男子善女人等欲得慈心普覆一切而於其中無有情想當學如是甚深般若波羅蜜多曼殊室利若善男子善女人等欲與世間同入法性無諸諍論而於世間及諸諍論都無所得當學如是甚深般若波羅蜜多曼殊室利若善男子善女人等欲徧了達處非處境都無罣礙當學如是甚深般若波羅蜜多曼殊室利若善男子善女人等欲得如來力無畏等無邊佛法當學如是甚深般若波羅蜜多爾時曼殊室利童子即白佛言我觀如是甚深般若波羅蜜多無相無爲無諸功德無生無滅無力無能無去無來無入無出無損無益無知無見無體無用非造作者亦不能令諸法生滅不令諸法爲一爲異無成無壞非慧非境非異生法非聲聞法非獨覺法非菩薩法非如來法非證不證非得不得非盡不盡不入生死不出生死不入

涅槃不出涅槃於諸佛法不成不壞於一切法非作不作非可思議不可思議離諸分別絶諸戲論如是般若波羅蜜多都無功德云何如來勸有情類精勤修學佛告曼殊室利童子如是所說即是般若波羅蜜多眞實功德善男子等若如是知此即名爲眞實修學甚深般若波羅蜜多復次曼殊室利童子若菩薩摩訶薩欲學菩薩勝三摩地欲成菩薩勝三摩地欲住如是三摩地中見一切佛知佛名字及見如是諸佛世界能證能說諸法實相無障無礙當學如是甚深般若波羅蜜多晝夜精勤勿生猒倦曼殊室利即白佛言何故名爲甚深般若波羅蜜多佛告曼殊室利童子甚深般若波羅蜜多無相無名無邊無際無歸依處非思量境非罪非福非暗非

明如淨虛空等眞法界分齊數量都不可得由如是等種種因緣是故名爲甚深般若波羅蜜多復次曼殊室利童子甚深般若波羅蜜多是諸菩薩甚深行處若諸菩薩能行是處於諸境界悉能通達如是行處非一切乘之所行處所以者何如是行處無名無相非所分別是故名爲非所行處曼殊室利復白佛言諸菩薩摩訶薩修行何法疾證無上正等菩提佛告曼殊室利童子若菩薩摩訶薩行深般若波羅蜜多心無懈倦疾證無上正等菩提復次曼殊室利童子若菩薩摩訶薩能正修行一相莊嚴三摩地者疾證無上正等菩提曼殊室利復白佛言云何名爲一相莊嚴三摩地諸菩薩衆云何修行佛告曼殊室利童子此三摩地以法界相而爲莊嚴是

故名爲一相莊嚴三摩地若菩薩摩訶薩欲入如是勝三摩地先應聽聞請問修學甚深般若波羅蜜多然後能入此三摩地曼殊室利若菩薩摩訶薩不動法界知眞法界不應動揺不可思議不可戲論如是能入一相莊嚴三摩地曼殊室利若善男子善女人等欲入如是三摩地者應處空閑離諸諠雜結跏趺坐不思衆相爲欲利樂一切有情於一如來專心繫念審取名字善想容儀隨所在方端身正向相續繫念此一如來即爲普觀三世諸佛所以者何曼殊室利一佛所有無量無邊功德辯才等一切佛三世諸佛乘一眞如證大菩提無差別故曼殊室利若善男子善女人等精勤修學得入如是一相莊嚴三摩地者普能了達無量無邊殑伽沙等諸佛法界無差別相亦能總持無量無數殑伽沙等諸佛菩薩已轉未轉無上法輪如阿難陀多聞智慧於諸佛教得念總持聲聞衆中雖最爲勝而所持教猶有分限若得如是一相莊嚴三摩地者多聞智慧念總持力不可思議普能受持無量無數殑伽沙等諸佛菩薩無上法輪一一法門皆能了達甚深義趣宣說開示辯才無盡勝阿難陀多百千倍曼殊室利即白佛言彼菩薩乘善男子等云何得此三摩地時便獲無邊功德勝利佛言童子彼菩薩乘善男子等精勤修學一相莊嚴三摩地者常作是念我當云何能普通達諸佛法界受持一切無上法輪與諸有情作大饒益由斯得此三摩地時便獲無邊功德勝利曼殊室利彼菩薩乘善男子等先聞如是一

相莊嚴三摩地功德發勤精進繫念思惟如如思惟此定功德如是如是功德相現既見此相如先所聞深生歡喜轉勤修習漸次得入此三摩地功德勝利不可思議若諸有情毀謗正法不信善惡業障重者彼於此定不能證得曼殊室利譬如有人遇得寶珠示治寶者言我此寶價直無量然其形色未甚光鮮汝當爲我如法磨瑩但令鮮淨勿壞形色其治寶者隨彼所言依法專心如如磨瑩如是如是光色漸發乃至究竟映徹表裏既修治已價直無量曼殊室利彼菩薩乘善男子等漸次修學此三摩地亦復如是乃至得此三摩地時便獲無邊功德勝利曼殊室利譬如日輪普放光明作大饒益如是若得一相莊嚴三摩地時普照法界亦能了達一切法門爲諸有情作大饒益功德勝利不可思議曼殊室利如我所說種種法門皆同一味謂遠離味解脫味寂滅味無所乖違彼菩薩乘善男子等若得如是三摩地時所演法門亦同一味謂遠離味解脫味寂滅味無所乖違彼菩薩乘善男子等若得如是三摩地時隨演法門辯說無盡速能成滿菩提分法是故曼殊室利童子若菩薩摩訶薩能正修行一相莊嚴三摩地者疾證無上正等菩提復次曼殊室利童子若菩薩摩訶薩不見法界種種差別及一相者疾證無上正等菩提若菩薩乘善男子等忍菩薩法不應修行忍大菩提不應求趣達一切法本性空故彼由此忍疾證無上正等菩提若菩薩乘善男子等信一切法皆是佛法聞一切空心不驚疑由此

因故疾證無上正等菩提若菩薩乘善男子等聞說諸法無不皆空心不迷悶亦無疑惑彼於佛法常不捨離疾證無上正等菩提爾時曼殊室利童子聞是語已即白佛言諸佛無上正等菩提定由因緣而證得不佛言不爾曼殊室利復白佛言諸佛無上正等菩提不由因緣而證得不佛言不爾所以者何不思議界不由因緣及非因緣而可證得諸佛無上正等菩提當知即是不思議界曼殊室利若善男子善女人等聞如是說心不驚怖我說彼於無量佛所已發大願多種善根是故苾芻苾芻尼等聞說如是甚深般若波羅蜜多心不驚疑亦不迷悶彼爲眞實隨佛出家若近事男近事女等聞說如是甚深般若波羅蜜多心不驚疑亦不迷悶彼爲眞實歸佛法僧若菩薩乘善男子等不學如是甚深般若波羅蜜多彼不名爲眞實修學菩薩乘者曼殊室利譬如世間卉木叢林藥物種子一切皆依大地生長如是菩薩世出世間一切善根及餘勝事無不皆依甚深般若波羅蜜多而得生長當知如是甚深般若波羅蜜多所攝受法皆於無上正等菩提隨順證得無所乖諍爾時曼殊室利童子聞佛所說便白佛言此贍部洲當來之世於何城邑聚落處所演說開示甚深般若波羅蜜多人多信受佛告曼殊室利童子今此衆中善男子等聞說般若波羅蜜多信受修行歡喜發願我當來隨所生處常聞般若波羅蜜多隨彼當來所生之處宿願力故即有如是甚深般若波羅蜜多演說開示人多信受曼殊室利

善男子等聞說般若波羅蜜多歡喜踊躍深信受者我說彼類久植善根秉宿願力乃能如是曼殊室利有欲聽受甚深般若波羅蜜多汝應告言善男子等隨意聽受勿生驚怖疑惑不信反增謗毀今此般若波羅蜜多甚深經中不顯有法謂不顯有若異生法若聲聞法若獨覺法若菩薩法若如來法成壞可得曼殊室利即白佛言若有苾芻苾芻尼等來至我所作是問言云何如來爲衆宣說甚深般若波羅蜜多我當答言佛說諸法無違諍相所以者何都無有法能與法諍亦無有情於佛所說能生信解所以者何諸有情類都不可得復次世尊我當告彼如來常說諸法實際所以者何諸法平等無不皆是實際所攝此中不說阿羅漢等能逮勝法所以者何阿羅漢等所證得法與異生法無差別相復次世尊我當告彼佛所說法不令有情於般涅槃已正當得何以故以諸有情畢竟空故復次世尊善男子等來至我所作是問言仁與如來甞所談論甚深般若波羅蜜多請爲說之今希聽受我當告彼汝等欲聞勿起聽心勿專繫念當起如幻如化等心如是乃能解我所說汝等若欲聽我法者當起是心今所聞法如空鳥跡如石女兒如是乃能聽我所說汝等若欲聞我法者勿起二想所以者何我所說法遠離二想汝等今應不壞我想不起諸見於諸佛法無所希求異生法中不樂遷動何以故二法相空無取捨故世尊諸有請我宣說甚深般若波羅蜜多我先如是教誡教授以無相印印定諸法令求聽者

離取著心然後爲說甚深般若波羅蜜多相應之法佛讚曼殊室利童子善哉善哉汝能善說我所說法及說方便曼殊室利若善男子善女人等欲見如來欲親近佛供養恭敬應學如是甚深般若波羅蜜多若諸有情欲請諸佛爲大師者應學如是甚深般若波羅蜜多若諸有情欲證無上正等菩提或不欲證應學如是甚深般若波羅蜜多若諸有情於一切定欲得善巧應學如是甚深般若波羅蜜多若諸有情於一切定欲自在起應學如是甚深般若波羅蜜多所以者何諸三摩地要知諸法無生無滅無作無爲方自在起何以故達諸法空無罣礙故若諸有情欲達諸法皆有出離無有一法無出離者應學如是甚深般若波羅蜜多若諸有情欲達諸法但假施設無眞實者應學如是甚深般若波羅蜜多若欲了知諸有情類雖趣無上正等菩提而無有情趣菩提者亦無退沒應學如是甚深般若波羅蜜多何以故達一切法即菩提故若欲了達一切有情行菩提行無不行者亦無退沒應學如是甚深般若波羅蜜多所以者何菩提即是諸法實性一切有情皆行諸法無捨法者諸行皆空故無退沒若欲了達一切法性即是菩提一切菩提即是法界此即實際實際即空心無退沒應學如是甚深般若波羅蜜多曼殊室利甚深般若波羅蜜多顯示諸佛難思作用饒益有情亦是如來所遊戲處所以者何甚深般若波羅蜜多不可示現不可宣說是無隨法唯有如來如實覺了方便善巧爲有情說曼殊室利

若有苾芻苾芻尼等於深般若波羅蜜多下至受持一四句頌爲他演說定趣菩提住佛境界況能如說而修行者當知是人不墮惡趣疾證無上正等菩提曼殊室利若諸有情聞說如是甚深般若波羅蜜多心不沉沒亦不驚怖歡喜信受當知此輩於諸佛法定當證得一切如來皆所印可開許領受爲弟子衆曼殊室利若善男子善女人等信受如來無上法印謂深般若波羅蜜多獲無量福如是法印一切如來應正等覺共所護念諸阿羅漢菩薩智者及諸天神皆共守衛若菩薩乘善男子等此印所印超諸惡趣聲聞獨覺定當證得無上菩提時天帝釋即與無量三十三天諸天子等各取種種天妙華香嗢鉢羅華拘某陀華鉢特摩華奔荼利華微妙音華妙靈瑞華栴檀香末供養般若波羅蜜多奉散如來曼殊室利一切菩薩及聲聞等復奏種種天諸音樂歌讚妙法而爲供養復發願言願我等輩常聞如是甚深般若波羅蜜多無上法印時天帝釋復發願言願贍部洲諸有情類常聞般若波羅蜜多歡喜受持成辦佛法我等天衆常衛護之令受持者無諸留難諸有情類少用功力而得聽聞受持讀誦當知皆是諸天威力爾時佛讚天帝釋言天主汝今能發是願若有聞此歡喜受持於諸佛法定能成辦疾趣無上正等菩提曼殊室利即白佛言惟願如來以神通力護持般若波羅蜜多久住世間饒益一切佛時即現大神通力令此三千大千世界諸山大地六反震動復現微笑放大光明普照三千大千

世界曼殊室利便白佛言此即如來現神通力護持般若波羅蜜多久住世間饒益之相佛言如是如汝所說我以神力護持般若波羅蜜多無上法印令久住世饒益有情諸佛世尊說勝法已法爾皆起大神通力護持此法令住世間使諸天魔不能得便諸惡人輩不能謗毀一切外道深心怖畏若有精勤學此法者一切障難無不殄滅時薄伽梵說是經已一切菩薩摩訶薩衆曼殊室利而爲上首及苾芻等四部大衆天龍藥叉阿素洛等一切衆會聞佛所說皆大歡喜信受奉行

大般若波羅蜜多經卷第五百七十五

音釋

鍛 都玩切冶金曰鍛　秤量 秤蚩陵切銓也量呂張切度也謂銓度輕重也　分齊 分符問切齊才詣切分齊限量也

大般若經第八會那伽室利分序

唐西明寺沙門玄則製

載惟清規外滌乃照晉於襟靈神理內康俄發揮於事業若不訊諸動寂將或謬以隨迎是故妙祥資舍衞之禀龍祥扣分衞之節挫舉下而迂足措屈伸而矯手慮不慮以思惟行無行以發趣食夫幻食反類懸匏資以無資翻同洌井俄而縱觀空術澄襟海定孕生靈爲水性鑿功德爲珍府晏六動而不揺走三乘以終駐無宰不宰黜心王而利見無親不親愜善友而遝集是令近事取鉢駭循臂之不存應供投襟兀撫心其已滅譬蜃樓切景知積氣以忘躋鸞鏡含姿悟唯空而輟攬故能自近而鑒遠由真以立俗識危生之露集知幻質之泡浮電倏青紫之輝雲空軒蓋之影文約理贍昔祕今傳雖一軸且單譯而三復固多重味矣

大般若波羅蜜多經卷第五百七十六

唐三藏法師玄奘奉　詔譯

第八那伽室利分

如是我聞一時薄伽梵在室羅筏住誓多林給孤獨園爲諸大衆宣揚正法爾時妙吉祥菩薩摩訶薩於日初分著衣持鉢漸次將入室羅筏城時有菩薩名龍吉祥見已問言尊者何所往妙吉祥曰我欲入此室羅筏城巡行乞食爲欲利樂多衆生故哀愍世間大衆生故利益安樂諸天人故龍吉祥言唯然尊者今於食想猶未破耶妙吉祥曰吾於食想都不見有知何所破所以者何以一切法本性空寂猶若虛空無壞無斷我何能破諸天魔梵世間沙門婆羅門等亦不能破所以者何諸法自性等虛空界畢竟皆空不可動摇無能破者又一切法如太虛空無有天魔梵沙門等諸有情類可能攝受所以者何以一切法性遠離故非所攝受龍吉祥言若如所說云何菩薩與魔戰諍妙吉祥曰菩薩未嘗與擊大鼓魔軍戰諍菩薩爾時亦不見法有少眞實可依入定所以者何菩薩見彼雖擊鼓等而無怖畏譬如幻師幻作怨敵雖現擾惱而不生怖如是菩薩知法性空皆如幻等都無怖畏若時菩薩有怖畏者非天人等所應供養然諸菩薩解空無怖堪爲一切眞淨福田龍吉祥言頗有能證菩提者不妙吉祥曰亦有能證龍吉祥言誰爲證者妙吉祥曰若無名姓施設語言彼爲能證龍吉祥言彼既如是云何能證妙吉祥曰彼心無生不念菩提及菩提座亦不愍念一切有情以無表

心無見心等能證無上正等菩提龍吉祥言若爾尊者以何心等當得菩提妙吉祥曰我無所趣亦非能趣都無所學非我當來詣菩提樹坐金剛座證大菩提轉妙法輪拔濟生死所以者何諸法無動不可破壞不可攝受畢竟空寂我以如是非趣心等當得菩提龍吉祥言尊者所說皆依勝義令諸有情信解是法解脱煩惱若諸有情煩惱解脱便能畢竟破魔羂網妙吉祥曰魔之羂網不可破壞所以者何魔者不異菩提增語何以故魔及魔軍性俱非有都不可得是故我說魔者不異菩提增語龍吉祥言菩提何謂妙吉祥曰言菩提者徧諸時處一切法中譬如虛空都無障礙於時處法無所不在菩提亦爾無障礙故徧在一切時處法中如是菩提最爲無

上仁今欲證何等菩提龍吉祥言欲證無上妙吉祥曰汝今應證無上菩提非可證法汝欲證者便行戲論何以故無上菩提離相寂滅仁今欲取成戲論故譬如有人作如是說我令幻士坐菩提座證幻無上正等菩提如是所言極成戲論以諸幻士尚不可得豈令能證幻大菩提幻於幻法非合非散無取無捨自性俱空諸佛世尊說一切法不可分別皆如幻事汝今欲證無上菩提豈不便成分別幻法然一切法皆不可取亦不可捨無成無壞非法於法能有造作及有滅壞無法於法能有和合及有別離所以者何以一切法非合非散自性皆空離我我所等虛空界無說無示無讚無毀無高無下無損無益不可想像不可戲論本性虛寂皆畢竟空如幻如

夢無對無比寧可於彼起分别心龍吉祥言善哉尊者我今由此定得菩提何以故由尊爲我說深法故妙吉祥曰吾於今者曾未爲汝有所宣說若顯若密若深若淺云何令汝能得菩提所以者何諸法自性皆不可說汝謂我說甚深法者爲行戲論然我實非能說法者諸法自性亦不可說如有人言我能辯說幻士識相謂諸幻士識有如是如是差别彼由此說害自實言所以者何夫幻士者尚非所識况有識相汝今謂我說甚深法令汝證得無上菩提亦復如是以一切法皆如幻事畢竟性空尚不可知况有宣說爾時無能勝菩薩摩訶薩來至其所聞已讚言善哉善哉正士大士能共辯說甚深法門時妙吉祥詰無能勝言正士大士爲說何法夫爲菩薩

不作是念我是菩薩正士大士能爲有情說甚深法作是念者便行戲論又無能勝頗有谷響自性實有能發語言衆生聞者識詮諸法不時無能勝答曰不也妙吉祥言如是諸法一切非實皆如谷響無名無相無所取著於斯有執便行戲論若行戲論流轉生死彼於如響一切法中不如實知起諸乖諍乖諍起故心則動揺心動揺時多諸迷謬迷謬增故諸趣輪迴是故世尊親於晝夜教誡教授諸苾芻言汝等苾芻勿行戲論於我所說寂滅法中常應思惟審諦觀察精勤修習無得法忍如是能寂大聖法王說諸法空本性寂静無染無得無所依住能如實知解脱生死定當證得菩提涅槃時龍吉祥聞是語已因即復問妙吉祥言尊者從何生死解脱妙吉

祥曰仁謂如來從何生死而得解脱十力世尊常説過去未來現在爲生死法龍吉祥言世尊豈不説一切法皆如幻化既爾有情應本已證無上菩提寧有生死所以者何尊者亦説諸法非實皆如幻化妙吉祥曰我從昔來於法性相曾未宣説亦不分別取著造作所以者何諸法性相不可表示不可分別不可取著不可造作一切有情設能如實了達諸法皆如幻化應本已證無上菩提然由有情於一切法不能通達皆如幻化故於諸趣生死輪迴如工幻師隨依何物幻作種種所幻化事所謂世間天魔梵釋沙門梵志諸龍藥叉阿素洛等人非人衆諸愚癡類迷執實有智者幻師知無實性但有種種虛妄相現如是諸法雖如幻化而有情類愚癡不了非有謂有無常計常於諸法中種種分別或分別色或分別心有爲無爲有漏無漏如是等類種種分別由此分別於諸法中不如實知皆如幻化由不知故生死輪迴設諸有情於一切法如實了知皆如幻化則於佛法不復增長所以者何諸有情類本來皆有諸佛妙法一切已有無退佛智故諸有情咸可安立於佛妙法覺慧無動知法性空無名無相無依無住無取無執無礙無著猶如虛空無阿賴耶無尼延底無上寂靜最極寂靜無生無滅無染無淨無成無壞非有非無由此於中成甚深忍常不遠離諸佛妙法所以者何諸佛妙法離性離相不可施設不可宣説不可表示徧有情類猶若虛空時龍吉祥聞甚深法歡喜踊躍讚妙吉祥善哉善哉尊者所説

甚深微妙不可思議說諸有情常不遠離諸佛妙法誰能信解妙吉祥曰諸佛眞子皆能信解謂隨信行若隨法行若第八若預流若一來若不還若阿羅漢若諸獨覺若諸菩薩已得不退於諸白法無動無轉已善安住畢竟空法無所得法能深信解所以者何是諸菩薩妙菩提座已現在前能對世間天魔梵釋沙門梵志阿素洛等人非人前大師子吼我於此座結跏趺坐乃至未得無上菩提終不中間暫解斯坐何以故是諸菩薩已善安住畢竟空法無所得法不可動故譬如帝杙極善安固諸牛王等不能動搖如是菩薩已善安住畢竟空法無所得法一切有情不能傾動令離覺所覺及菩提座處龍吉祥言覺所覺處菩提座處何所謂耶時妙吉祥還詰

彼曰云何名爲如來變化云何如來變化之處云何如來變化所依云何如來變化證法由此說爲如來變化說法示導龍吉祥言我尚不見有實如來況當見有如來變化及變化處變化所依變化證法由此可說如來變化說法示導妙吉祥曰善哉善哉所說所知甚爲如理汝已起證於一切法無所得忍能作是說覺所覺等應知亦然龍吉祥言非一切法無所得忍有起有壞所以者何以一切法空無自性自相亦空如是諸法無相無對無色無見與虛空等云何得起於一切法無所得忍若一切法無所得忍有可起義則谷響忍若光影忍若聚沫忍若浮泡忍若陽焰忍若芭蕉忍若幻事忍若夢境忍若變化忍若鏡像忍若尋香城忍若虛空界忍應有起

義所以者何虛空等忍有起義者必無是處若菩薩摩訶薩聞如是法不驚不怖無惑無疑心不沉沒即是菩薩無上法忍妙吉祥言諸菩薩衆無得法忍豈無差別龍吉祥曰若菩薩衆於少分法有執著者是則名爲行有所得若諸菩薩作是念言我於甚深悉能解了是則名爲行有所得若諸菩薩作是念言我是成就甚深忍者是則名爲行有所得若諸菩薩作是念言我於甚深悉能信受是則名爲行有所得若諸菩薩作是念言我於諸義悉能解了是則名爲行有所得若諸菩薩作是念言我於諸法悉能覺了是則名爲行有所得若諸菩薩作是念言我能解了諸法本性是則名爲行有所得若諸菩薩作是念言我能修行諸菩薩道是則名爲行有所得若諸菩薩作是念言我能嚴淨種種佛土是則名爲行有所得若諸菩薩作是念言我能成熟諸有情類是則名爲行有所得若諸菩薩作是念言我於菩提決定當證是則名爲行有所得若諸菩薩作是念言我定能轉無上法輪是則名爲行有所得若諸菩薩作是念言我能濟拔諸有情類是則名爲行有所得若諸菩薩作是念言我有所行我有所證是則名爲行有所得若諸菩薩作是念言我能修行布施淨戒安忍精進靜慮般若波羅蜜多是則名爲行有所得若諸菩薩作是念言我能修行四念住等三十七種菩提分法是則名爲行有所得若諸菩薩作是念言我能修行靜慮無量等持等至陀羅尼門是則名爲行有所得若諸菩薩作是念言我能趣

證如來十力四無所畏四無礙解大慈大悲大喜大捨并十八佛不共法等無量無邊諸佛妙法是則名爲行有所得菩薩不行有所得故無得無得法忍非有差別妙吉祥言若爾菩薩云何修學趣菩提行龍吉祥曰若菩薩衆於諸法中無所取著是爲修學趣菩提行若菩薩衆於諸法中無所恃怙是爲修學趣菩提行若菩薩衆現觀諸法依託衆緣空無自性離我我所是爲修學趣菩提行若菩薩衆雖有所行而無行想是爲修學趣菩提行妙吉祥言如是如是誠如所說如人夢中雖謂遊止種種方所而無去來行住坐卧亦無眞實遊止處所菩薩亦爾雖住寤時有所修行而無行想觀所行行本性皆空於諸法中無所取著達一切法無狀無相無阿賴耶無尼延底與虛空等本性空寂若諸菩薩能如是行無所執取離諸戲論是天人等眞淨福田堪受世間恭敬供養爾時龍吉祥菩薩摩訶薩聞是語已歡喜踊躍而作是言唯然尊者我今欲往室羅筏城爲有情故巡行乞食妙吉祥曰隨汝意往然於行時勿得舉足勿得下足勿屈勿伸勿起於心勿興戲論勿生路想勿生城邑聚落之想勿生小大男女之想勿生街巷園林舍宅戶牖等想所以者何菩提遠離諸所有想無高無下無卷無舒心絕動揺言亡戲論無有數量是爲菩薩所趣菩提仁今若能如是行者隨意所往而行乞食時龍吉祥旣承教授教誡威力入海喻定譬如大海其水廣深盈滿湛然豐諸珍寶含育種種水族生命如是此定威力廣深神用難

思三業安靜具功德寶攝養舍識時有菩薩名曰善思爲欲令彼速出定故設大加行觸動其身雖令三千大千世界諸山大地六反變動而龍吉祥身心宴寂安固不動如妙高山所以者何彼由此定令身語意安住無動後從定起雨諸香華向誓多林曲躬合掌至誠恭敬而作是言歸命如來應正等覺所證所說無不甚深自性皆空無染無得能令聞者獲斯勝定善思菩薩便問彼言仁在定中覺地動不龍吉祥曰善思當知若諸身心有動轉者見大地等亦有傾揺諸佛世尊不退菩薩及大獨覺大阿羅漢身心安靜遠離動揺於諸法中不見不覺有動有轉有傾有揺所以者何以常安住無動無轉無傾揺法謂空無相無願寂靜證相本空性遠離法由住

此法身心無動時妙吉祥見聞此已歡喜讚歎龍吉祥言善哉善哉能成是事今者隨意入城乞食龍吉祥曰我今已證海喻勝定無上法食於諸段食不復希求我今唯求布施淨戒安忍精進靜慮般若方便善巧妙願力智波羅蜜多及餘無邊菩薩勝行疾證無上正等菩提轉妙法輪拔有情類生死大苦令住究竟清淨涅槃我今欣求棄捨諸行不欲資養雜穢身心令我由尊眞淨善友哀愍我力證獲勝定我今頂禮殊妙吉祥無邊吉祥勇猛吉祥廣大吉祥妙法吉祥勝慧吉祥難思吉祥大仙善友眞淨善友妙吉祥言善哉仁者能得如是海喻勝定了達諸法如響如像如夢如幻如陽焰如光影如變化事如尋香城汝今應求如來十力四無所畏四無礙

解大慈大悲大喜大捨并十八佛不共法等無量無邊無上法食用自資益解脱法身一切如來應正等覺皆由此食能經無量無數無邊不可思議殑伽沙等大劫而住所以者何如是法食無漏無繫能永解脱執著世間不出離法亦能永滅一切憍慢無阿賴耶無戹延底無諸戲論本性空寂一切菩薩摩訶薩衆皆希此食汝亦當求勿求世間下劣法食龍吉祥曰我今聽尊所讃如斯無上法食即已爲充足況得食耶我若當來得斯法食以無食而爲方便自充足已復持充足一切有情妙吉祥言汝能充足虚空界不答曰不能妙吉祥言汝能充足響像夢幻陽焰光影諸變化事尋香城不答曰不能妙吉祥言汝頗能以衆流充足諸大海不答曰不能妙吉祥言諸法亦爾云何汝欲充足一切汝欲一切皆充足者則欲充足太虚空界亦欲充足響像夢等亦欲充足一切大海亦欲充足一切法空無相無願無造無作無生無滅亦欲充足遠離寂靜離染涅槃畢竟解脱亦欲充足無色無見無對一相與虚空等不可執取眞如法界龍吉祥言如尊所説食及食者無不皆空則諸有情應不資食妙吉祥曰如是如是一切有情皆不資食設佛化爲殑伽沙等諸有情類無不須食汝令誰造爾所食耶龍吉祥言化無所食何假爲造妙吉祥曰法及有情皆如幻化是故一切無資食者若諸有情不能如實了達諸法皆如幻化則於諸趣生死輪迴虚妄執爲有所資持然彼資持都不可得如實觀察法及有情自性俱空無

少真實則於諸食無所資持龍吉祥言我今欲住斷除飢渴妙吉祥曰飢渴尚無何有能斷譬如幻士作如是言我今欲求陽焰中水斷除飢渴汝今亦然所以者何以一切法皆如陽焰一切有情皆如幻士云何欲住斷除飢渴虚妄分别所作法中能斷所斷俱不可得既無飢渴除斷者誰諸法本來自性充足都無飢渴何所除斷愚夫於此不如實知謂我飢渴欲求除斷諸有智者能如實知飢渴本無不求除斷既能了達諸法性空不復輪迴生死諸趣遠離戲論無所分别於一切法住無所住無依無染無入無出畢竟解脱分别永無龍吉祥言如如尊者説諸法要如是如是法界出現妙吉祥曰非眞法界有出有没有屈有伸所以者何眞法界者離相寂然無出無没不可分别不可戲論無依無住無取無捨無動無轉無染無淨如虚空界無動無轉無取無捨無依無住不可戲論不可分别無出無没諸法亦爾自相本空性亦非有相不可得若諸法相有可得者已般涅槃佛應可得故一切法無阿賴耶無尼延底無色無見無對無相本來寂滅是故諸佛如殑伽沙雖已般涅槃而無一法滅謂無色藴滅及受想行識藴滅亦無眼處滅及耳鼻舌身意處滅亦無色處滅及聲香味觸法處滅亦無眼界滅及耳鼻舌身意界滅亦無色界滅及聲香味觸法界滅亦無眼識界滅及耳鼻舌身意識界滅亦無眼觸滅及耳鼻舌身意觸滅亦無眼觸爲緣所生諸受滅及耳鼻舌身意觸爲緣所生諸受滅亦無地界滅及水火

風空識界滅如是諸佛雖般涅槃而無一法般涅槃者諸有欲令般涅槃位有法滅者即爲欲令太虛空界彼位亦滅所以者何一切法性本來寂滅自性寂靜最極寂靜不可更滅諸愚夫類不如實知般涅槃時方起滅想謂我我所今時乃滅彼由執著我及有情廣說乃至知者見者及由執有無自性法般涅槃時一切永滅我說彼類皆不能解脫生老病死愁歎苦憂惱所以者何彼愚癡類於法本性不知不覺由不知覺法本性故與佛世尊及大弟子不退菩薩於甚深法有深信解恒樂受行無所得行於過去佛多種善根有大神通具大勢力眞淨商主無上天仙常有違諍以違諍故彼諸愚夫長夜沉淪不淨臭穢一切賢聖咸遠避之智者共訶鄙惡生死如近城邑村落糞壤如如晝夜人畜往來如是如是增長不淨可惡臭穢便利等物如是愚夫於法本性不能覺了增長極惡生臭爛臭不淨生死聖賢訶毀智者遠離我說彼類不能解脫生老病等種種過患時龍吉祥問言尊者云何於法能如實知妙吉祥曰諸有能以無分別心隨順遠離趣向遠離臨至遠離如是於法能如實知龍吉祥言誰於幻事而能遠離妙吉祥曰即此能於幻事遠離爾時善現來到其所言二大士何所談論時妙吉祥語言大德今說何法名爲大士我等不見有少實法可名大士而共談論大聖法王亦未曾說有少實法名大士者諸法如響皆非眞實其響豈能有所談論具壽善現聞是語已入無所得三摩地門經須臾間還從定

起合掌恭敬向誓多林作如是言我今歸佛所證所説無不甚深微妙寂靜難見難覺非所尋思超尋思境永害執取斷諸纏縛如是妙法不可思議令諸有情聞獲利樂若諸菩薩已得不退曼殊室利而爲上首乃至或有最初發心趣大菩提諸菩薩衆皆共於此甚深法中展轉相親作斯談論妙吉祥曰大德當知此中無親無不親者亦無迷謬不迷謬者又無展轉共談論事所以者何無有少法能與少法爲親怨等何以故以一切法無所有故具壽善現復言向者見二大士共論深法云何而言無談論事妙吉祥曰大德頗聞幻士夢境響像陽焰光影變化及尋香城展轉共論深法義不答言不也妙吉祥言諸法如幻夢境響等云何可言見共談論豈有幻士聞化佛説甚深法義信解受持取相思惟名身等事爾時善現聞是語已於此方所便入滅定時舍利子來至其處問妙吉祥大士頗知善現今者入何等定妙吉祥言唯舍利子大德善現不違少法由此常入不違法定無所住定無依法定無執藏定害執藏定非住此中有言有説有來有往有住有卧何以故大德善現信解諸法自性皆空不可得故時舍利子復問諸法以何爲性妙吉祥言諸法皆以無性爲性如是無性亦不可得善現爾時便從定起妙吉祥曰食時將至宜速入城巡行乞食善現對曰大士當知我今不復入城乞食所以者何我已遠離一切城邑村落等想亦已遠離諸色聲香味觸法想妙吉祥曰大德善現若以遠離一切想者云何現

有遊履往來善現詰言如來變化云何現有色受想行識等諸法云何現有遊履往來屈伸顧視妙吉祥曰善哉善哉大德善現佛之真子是故如來常說善現得無諍住最爲第一復言大德且止斯事我欲入城巡行乞食飯食事訖詣如來所我當奉請令諸大德設希有食令獲善利舍利子言大士今者欲爲我輩設何等食妙吉祥曰大德我今所設食者不可分段不可呑咽非香味觸非三界攝亦非不繫大德當知如是妙食是如來食非餘食也舍利子言今我等輩聞大士說希有食名悉已飽滿況當得食妙吉祥曰我此食者肉天慧眼皆不能見爾時善現及舍利子聞如是語俱入滅定時善思菩薩問妙吉祥言今二上人食何等食入何等定妙吉祥言此二尊者食無漏食入無所依無雜染定諸食此食住此定者畢竟不復食三界食爾時善現及舍利子俱從定起與妙吉祥及諸菩薩聲聞等衆互相慶慰各各入城隨意所往巡行乞食具壽善現隨入一家空靜之所默然而住有近事女見已問言大德住斯爲何所欲善現報曰姊妹當知爲乞食故我來住此近事女言聖者善現今於食想未徧知耶善現報言我從本際所有食想皆已徧知所以者何一切食想前中後際皆自然空近事女言唯然聖者應自伸手我當奉食具壽善現便伸其手近事女言聖者善現阿羅漢手今此是耶善現報言阿羅漢手非所能見亦不可伸譬如幻士問幻士曰何等名爲幻士之手吾今欲見請爲伸之姊妹當 知彼幻士

手頗有能見及可伸耶近事女言不也大德善現報曰如是姊妹佛說一切如幻皆空故不可言阿羅漢手實有可見及有可伸時彼女人聞如是說尋即不見善現之手遂經淹久不得施食欲置鉢中鉢復不現彼近事女繞善現身循環覓手竟不能得瞬息之間身亦不現即便恭敬讚善現言善哉善哉聖者聖者乃能如是身亦不住相亦不現實爲希有是故如來常說善現得無諍住最爲第一時近事女即於是處永斷我見獲預流果具壽善現便現其身讚言善哉善哉姊妹遂能如是成丈夫業爾時女人踊躍歡喜以所持食奉施善現善現受已出還食之時妙吉祥與諸菩薩聲聞等衆各飯食已俱詣佛所頂禮雙足右繞三帀退坐一面以如上事具白世尊爾時如來聞其所述即便讚曰善哉善哉汝等乃能成斯勝事當知皆是佛之神力具壽善現亦以所經化近事女得初果事以白於佛爾時世尊亦讚歎彼善巧方便時妙吉祥謂善現曰彼近事女所斷我見即非我見是故如來說名我見如是大德諸有發趣菩薩乘者於一切法應知應見應深信解云何信解謂如其法不住於想所以者何大德善現夫法想者即非法想是故如來說名法想大德當知若菩薩摩訶薩無數世界盛滿七寶持用布施有善男子善女人等於此般若波羅蜜多乃至受持一四句頌爲他開示無開示想是善男子善女人等所獲福聚甚多於前爾時世尊而說頌曰

如星翳燈幻　露泡夢電雲　於一切有爲

應作如是觀

時薄伽梵説是經已一切菩薩及諸苾芻世間天人阿素洛等一切衆會聞佛所説皆大歡喜信受奉行

大般若波羅蜜多經卷第五百七十六

音釋

八會那伽室利分序

滌亭歷切洗滌也　訊思晉切問也　謬靡幼切誤也　挫祖卧千卧二切折挫也　匏蒲交切瓠也　洌良薛切清也　黜尺律切貶黜也　蜃樓蜃是忍切蚌屬大蛤也雉入海爲蜃又蛇化爲蜃似蛟無足蜃樓謂海旁蜃氣象樓臺也　輟攬輟朱劣切止也攬魯敢切撮持也又與覽同觀也

經

羂網羂古泫切罥也亦網也　詰欺訖切問也　杙夷益切橛也　瞬息瞬音舜動目爲瞬息悉即切一呼一吸爲一息

大般若經第九會能斷金剛分序

唐西明寺沙門玄則製

竊尋浩汗其源者必總靈怪之儲紛糺其峯者自動鬱㝠之觀況沖照倬存逸韻遐舉規眞附體紐玄立極根大衍於初會華小成於後心蓄靈蘊福信哉宜矣故其承開語要三問桀其標節理情塗兩如肅其致窮非想以布想弘不濟之大勳攝衆度以檀度勵無行之廣德顧侔皦日格虛空而未量信異隨風汎聲香而不住忘法身於相好豈見如來分刹土於微塵誰爲世界河沙數非多之多福山王比非大之大身法性絶言謂有說而便謗菩提離取知無授而乃成皆所以拂靄疑津剪萌心徑賞觸類而不極恪緣情而必盡然金剛之銳賞二物之可銷對除之猛雖一念其無里詞必舉凡故寧言每約理好鉤賾故屬意多迷前聖由之著論後賢所以殷學非直有緣震旦實亦見重昌期廣略二本前後五譯無新無故逾鍊逾明然經卷所在則爲有佛故受持之跡其驗若神傳之物聽具如別録爾其剗蕩二邊彰明九觀雲飄絲鬢愁舍變滅之影電轉珠目榮遷倏忽之光星夜編而曉落則邪見難保露陰泫而陽晞則色蘊方促以有爲之若此加無相之如彼寧不荷付囑之遥恩躬受行之美證矣

大般若波羅蜜多經卷第五百七十七

唐三藏法師玄奘奉　詔譯

第九能斷金剛分

如是我聞一時薄伽梵在室羅筏住誓多林給孤獨園與大苾芻衆千二百五十人俱爾時世尊於日初分整理裳服執持衣鉢入室羅筏大城乞食時薄伽梵於其城中行乞食已出還本處飯食訖收衣鉢洗足已於食後時敷如常座結跏趺坐端身正願住對面念時諸苾芻來詣佛所到已頂禮世尊雙足右繞三帀退坐一面具壽善現亦於如是衆會中坐爾時衆中具壽善現從座而起偏袒一肩右膝著地合掌恭敬而白佛言希有世尊乃至如來應正等覺能以最勝攝受攝受諸菩薩摩訶薩乃至如來應正等覺能以最勝付囑付囑諸菩薩摩訶薩世尊諸有發趣菩薩乘者應云何住云何修行云何攝伏其心作是語已爾時世尊告具壽善現曰善哉善哉善現如是如是如汝所說乃至如來應正等覺能以最勝攝受攝受諸菩薩摩訶薩乃至如來應正等覺能以最勝付囑付囑諸菩薩摩訶薩是故善現汝應諦聽極善作意吾當爲汝分別解說諸有發趣菩薩乘者應如是住如是修行如是攝伏其心具壽善現白佛言如是世尊願樂欲聞佛言善現諸有發趣菩薩乘者應當發起如是之心所有諸有情有情攝所攝若卵生若胎生若濕生若化生若有色若無色若有想若無想若非有想非無想乃至有情界施設所施設如是一切我當皆令於無餘依妙涅槃界而般涅槃雖

度如是無量有情令滅度已而無有情得滅度者何以故善現若諸菩薩摩訶薩有情想轉不應說名菩薩摩訶薩所以者何善現若諸菩薩摩訶薩不應說言有情想轉如是命者想士夫想補特伽羅想意生想摩納婆想作者想受者想轉當知亦爾何以故善現無有少法名爲發趣菩薩乘者復次善現菩薩摩訶薩不住於事應行布施都無所住應行布施不住於色應行布施不住聲香味觸法應行布施善現如是菩薩摩訶薩如不住相想應行布施何以故善現若菩薩摩訶薩都無所住而行布施其福德聚不可取量佛告善現於汝意云何東方虛空可取量不善現答言不也世尊善現如是南西北方四維上下周徧十方一切世界虛空可取量不善現答言不也世尊佛言善現如是如是若菩薩摩訶薩都無所住而行布施其福德聚不可取量亦復如是善現菩薩如是如不住相想應行布施佛告善現於汝意云何可以諸相具足觀如來不善現答言不也世尊不應以諸相具足觀於如來何以故如來說諸相具足即非諸相具足說是語已佛復告具壽善現言善現乃至諸相具足皆是虛妄乃至非相具足皆非虛妄如是以相非相應觀如來說是語已具壽善現復白佛言世尊頗有有情於當來世後時後分後五百歲正法將滅時分轉時聞說如是色經典句生實想不佛告善現勿作是說頗有有情於當來世後時後分後五百歲正法將滅時分轉時聞說如是色經典句生實想不然復善現有菩薩摩

訶薩於當來世後時後分後五百歲正法將滅時分轉時具足尸羅具德具慧復次善現彼菩薩摩訶薩非於一佛所承事供養非於一佛所種諸善根然復善現彼菩薩摩訶薩於其非一百千佛所承事供養於其非一百千佛所種諸善根乃能聞說如是色經典句當得一淨信心善現如來以其佛智悉已知彼如來以其佛眼悉已見彼善現如來悉已覺彼一切有情當生無量無數福聚當攝無量無數福聚何以故善現彼菩薩摩訶薩無我想轉無有情想無命者想無士夫想無補特伽羅想無意生想無摩納婆想無作者想無受者想轉善現彼菩薩摩訶薩無法想轉無非法想轉無想轉亦無非想轉所以者何善現若菩薩摩訶薩有法想轉彼即應有我執有情執命者執補特伽羅等執若有非法想轉彼亦應有我執有情執命者執補特伽羅等執何以故善現不應取法不應取非法是故如來密意而說筏喻法門諸有智者法尚應斷何況非法佛復告具壽善現言善現於汝意云何頗有少法如來應正等覺證得阿耨多羅三藐三菩提耶頗有少法如來應正等覺是所說耶善現答言世尊如我解佛所說義者無有少法如來應正等覺證得阿耨多羅三藐三菩提亦無有少法是如來應正等覺所說何以故世尊如來應正等覺所證所說所思惟法皆不可取不可宣說非法非非法何以故以諸賢聖補特伽羅皆是無爲之所顯故佛告善現於汝意云何若善男子或善女人以此三千大千世界盛滿七寶

持用布施是善男子或善女人由此因緣所生福聚寧爲多不善現答言甚多世尊甚多善逝是善男子或善女人由此因緣所生福聚其量甚多何以故世尊福德聚福德聚者如來說爲非福德聚是故如來說名福德聚福德聚佛復告善現言善現若善男子或善女人以此三千大千世界盛滿七寶持用布施若善男子或善女人於此法門乃至四句伽陀受持讀誦究竟通利及廣爲他宣說開示如理作意由是因緣所生福聚甚多於前無量無數何以故一切如來應正等覺阿耨多羅三藐三菩提皆從此經出諸佛世尊皆從此經生所以者何善現諸佛法諸佛法者如來說爲非諸佛法是故如來說名諸佛法諸佛法佛告善現於汝意云何諸預流者頗

作是念我能證得預流果不善現答言不也世尊諸預流者不作是念我能證得預流之果何以故世尊諸預流者無少所預故名預流不預色聲香味觸法故名預流世尊若預流者作如是念我能證得預流之果即爲執我有情命者士夫補特伽羅等佛告善現於汝意云何諸一來者頗作是念我能證得一來果不善現答言不也世尊諸一來者不作是念我能證得一來之果何以故世尊以無少法證一來性故名一來佛告善現於汝意云何諸不還者頗作是念我能證得不還果不善現答言不也世尊諸不還者不作是念我能證得不還之果何以故世尊以無少法證不還性故名不還佛告善現於汝意云何諸阿羅漢頗作是念我能證得阿羅漢不善

現答言不也世尊諸阿羅漢不作是念我能證得阿羅漢性何以故世尊以無少法名阿羅漢由是因緣名阿羅漢世尊若阿羅漢作如是念我能證得阿羅漢性即爲執我有情命者士夫補特伽羅等所以者何世尊如來應正等覺説我得無諍住最爲第一世尊我雖是阿羅漢永離貪欲而我未曾作如是念我得阿羅漢永離貪欲世尊我若作如是念我得阿羅漢永離貪欲者如來不應記説我言善現善男子得無諍住最爲第一以都無所住是故如來説名無諍住無諍住佛告善現於汝意云何如來昔在然燈如來應正等覺所頗於少法有所取不善現答言不也世尊如來昔在然燈如來應正等覺所都無少法而有所取佛告善現若有菩薩作如是言我當成辦佛土功德莊嚴如是菩薩非眞實語何以故善現佛土功德莊嚴佛土功德莊嚴者如來説非莊嚴是故如來説名佛土功德莊嚴佛土功德莊嚴是故善現菩薩如是都無所住應生其心不住於色應生其心不住非色應生其心不住聲香味觸法應生其心不住非聲香味觸法應生其心都無所住應生其心佛告善現如有士夫具身大身其色自體假使譬如妙高山王善現於汝意云何彼之自體爲廣大不善現答言彼之自體廣大世尊廣大善逝何以故世尊彼之自體如來説非彼體故名自體非以彼體故名自體佛告善現於汝意云何乃至殑伽河中所有沙數假使有如是沙等殑伽河是諸殑伽河沙寧爲多不善現答言甚多世尊甚多善

逝諸殑伽河尚多無數何況其沙佛言善現吾今告汝開覺於汝假使若善男子或善女人以妙七寶盛滿爾所殑伽河沙等世界奉施如來應正等覺善現於汝意云何是善男子或善女人由此因緣所生福聚寧爲多不善現答言甚多世尊甚多善逝是善男子或善女人由此因緣所生福聚其量甚多佛復告善現若以七寶盛滿爾所沙等世界奉施如來應正等覺若善男子或善女人於此法門乃至四句伽陀受持讀誦究竟通利及廣爲他宣說開示如理作意由此因緣所生福聚甚多於前無量無數復次善現若地方所於此法門乃至爲他宣說開示四句伽陀此地方所尚爲世間諸天及人阿素洛等之所供養如佛靈廟何況有能於此法門具足究竟書寫受持讀誦究竟通利及廣爲他宣說開示如理作意如是有情成就最勝希有功德此地方所大師所住或隨一一尊重處所若諸有智同梵行者說是語已具壽善現復白佛言世尊當何名此法門我當云何奉持作是語已佛告善現言具壽今此法門名爲能斷金剛般若波羅蜜多如是名字汝當奉持何以故善現如是般若波羅蜜多如來說爲非般若波羅蜜多是故如來說名般若波羅蜜多佛告善現於汝意云何頗有少法如來可說不善現答言不也世尊無有少法如來可說佛告善現乃至三千大千世界大地微塵寧爲多不善現答言此地微塵甚多世尊甚多善逝佛言善現大地微塵如來說非微塵是故如來說名大地微塵諸世界如來

說非世界是故如來說名世界佛告善現於汝意云何應以三十二大士夫相觀於如來應正等覺不善現答言不也世尊不應以三十二大士夫相觀於如來應正等覺何以故世尊三十二大士夫相如來說爲非相是故如來說名三十二大士夫相佛復告善現言假使若有善男子或善女人於日日分捨施殑伽河沙等自體如是經殑伽河沙等劫數捨施自體復有善男子或善女人於此法門乃至四句伽陀受持讀誦究竟通利及廣爲他宣說開示如理作意由是因緣所生福聚甚多於前無量無數爾時具壽善現聞法威力悲泣墮淚俛仰捫淚而白佛言甚奇希有世尊最極希有善逝如來今者所說法門普爲發趣最上乘者作諸義利普爲發趣最勝乘者作諸義利世尊我昔生智以來未曾得聞如是法門世尊若諸有情聞說如是甚深經典生眞實想當知成就最勝希有何以故世尊諸眞實想眞實想者如來說爲非想是故如來說名眞實想眞實想世尊我今聞說如是法門領悟信解未爲希有若諸有情於當來世後時後分後五百歲正法將滅時分轉時當於如是甚深法門領悟信解受持讀誦究竟通利及廣爲他宣說開示如理作意當知成就最勝希有何以故世尊彼諸有情無我想轉無有情想無命者想無士夫想無補特伽羅想無意生想無摩納婆想無作者想無受者想轉所以者何世尊諸我想即是非想諸有情想命者想士夫想補特伽羅想意生想摩納婆想作者想受者想即是非想

何以故諸佛世尊離一切想作是語已爾時世尊告具壽善現言如是如是善現若諸有情聞説如是甚深經典不驚不懼無有怖畏當知成就最勝希有何以故善現如來説最勝波羅蜜多謂般若波羅蜜多善現如來所説最勝波羅蜜多無量諸佛世尊所共宣説故名最勝波羅蜜多如來説最勝波羅蜜多即非波羅蜜多是故如來説名最勝波羅蜜多復次善現如來説忍辱波羅蜜多即非波羅蜜多是故如來説名忍辱波羅蜜多何以故善現我昔過去世曾爲羯利王斷支節肉我於爾時都無我想或有情想或命者想或士夫想或補特伽羅想或意生想或摩納婆想或作者想或受者想我於爾時都無有想亦非無想何以故善現我於爾時若有我想即於爾時應有恚想我於爾時若有有情想命者想士夫想補特伽羅想意生想摩納婆想作者想受者想即於爾時應有恚想何以故善現我憶過去五百生中曾爲自號忍辱仙人我於爾時都無我想無有情想無命者想無士夫想無補特伽羅想無意生想無摩納婆想無作者想無受者想我於爾時都無有想亦非無想是故善現菩薩摩訶薩遠離一切想應發阿耨多羅三藐三菩提心不住於色應生其心不住非色應生其心不住聲香味觸法應生其心不住非聲香味觸法應生其心都無所住應生其心何以故善現諸有所住則爲非住是故如來説諸菩薩應無所住而行布施不應住色聲香味觸法而行布施復次善現菩薩摩訶薩爲諸有情作義

利故應當如是棄捨布施何以故善現諸有情想即是非想一切有情如來即說爲非有情善現如來是實語者諦語者如語者不異語者復次善現如來現前等所證法或所說法或所思法即於其中非諦非妄善現譬如士夫入於暗室都無所見當知菩薩若墮於事謂墮於事而行布施亦復如是善現譬如明眼士夫過夜曉已日光出時見種種色當知菩薩不墮於事謂不墮事而行布施亦復如是復次善現若善男子或善女人於此法門受持讀誦究竟通利及廣爲他宣說開示如理作意則爲如來以其佛智悉知是人則爲如來以其佛眼悉見是人則爲如來悉覺是人如是有情一切當生無量福聚復次善現假使善男子或善女人日初時分以殑伽

河沙等自體布施日中時分復以殑伽河沙等自體布施日後時分亦以殑伽河沙等自體布施由此法門經於俱胝那庾多百千劫以自體布施若有聞說如是法門不生誹謗由此因縁所生福聚尚多於前無量無數何況能於如是法門具足畢竟書寫受持讀誦究竟通利及廣爲他宣說開示如理作意復次善現如是法門不可思議不可稱量應當希冀不可思議所感異熟善現如來宣說如是法門爲欲饒益趣最上乘諸有情故爲欲饒益趣最勝乘諸有情故善現若有於此法門受持讀誦究竟通利及廣爲他宣說開示如理作意即爲如來以其佛智悉知是人即爲如來以其佛眼悉見是人則爲如來悉覺是人如是有情一切成就無量福聚皆當成

就不可思議不可稱量無邊福聚善現如是一切有情其肩荷擔如來無上正等菩提何以故善現如是法門非諸下劣信解有情所能聽聞非諸我見非諸有情見非諸命者見非諸士夫見非諸補特伽羅見非諸意生見非諸摩納婆見非諸作者見非諸受者見所能聽聞此等若能受持讀誦究竟通利及廣爲他宣說開示如理作意無有是處復次善現若地方所聞此經典此地方所當爲世間諸天及人阿素洛等之所供養禮敬右繞如佛靈廟復次善現若善男子或善女人於此經典受持讀誦究竟通利及廣爲他宣說開示如理作意若遭輕毀極遭輕毀所以者何善現是諸有情宿生所造諸不淨業應感惡趣以現法中遭輕毀故宿生所造諸不淨業皆悉消盡當得無上正等菩提何以故善現我憶過去於無數劫復過無數於然燈如來應正等覺先復過先曾值八十四俱胝那庾多百千諸佛我皆承事既承事已皆無違犯善現我於如是諸佛世尊皆得承事既承事已皆無違犯若諸有情後時後分後五百歲正法將滅時分轉時於此經典受持讀誦究竟通利及廣爲他宣說開示如理作意善現我先福聚於此福聚百分計之所不能及如是千分若百千分若俱胝百千分若俱胝那庾多百千分若數分若計分若算分若喻分若鄔波尼殺曇分亦不能及善現我若具說當於爾時是善男子或善女人所生福聚乃至是善男子是善女人所攝福聚有諸有情則便迷悶心惑狂亂是故善現如來宣說如

是法門不可思議不可稱量應當希冀不可思議所感異熟爾時具壽善現復白佛言世尊諸有發趣菩薩乘者應云何住云何修行云何攝伏其心佛告善現諸有發趣菩薩乘者應當發起如是之心我當皆令一切有情於無餘依妙涅槃界而般涅槃雖度如是一切有情令滅度已而無有情得滅度者何以故善現若諸菩薩摩訶薩有情想轉不應説名菩薩摩訶薩所以者何若諸菩薩摩訶薩不應説言有情想轉如是命者想士夫想補特伽羅想意生想摩納婆想作者想受者想轉當知亦爾何以故善現無有少法名爲發趣菩薩乘者佛告善現於汝意云何如來昔於然燈如來應正等覺所頗有少法能證阿耨多羅三藐三菩提不作是語已具壽善現白佛言世尊如我解佛所説義者如來昔於然燈如來應正等覺所無有少法能證阿耨多羅三藐三菩提説是語已佛告具壽善現言如是如是善現如來昔於然燈如來應正等覺所無有少法能證阿耨多羅三藐三菩提何以故善現如來昔於然燈如來應正等覺所若有少法能證阿耨多羅三藐三菩提者然燈如來應正等覺不應授我記言汝摩納婆於當來世名釋迦牟尼如來應正等覺善現以如來無有少法能證阿耨多羅三藐三菩提是故然燈如來應正等覺授我記言汝摩納婆於當來世名釋迦牟尼如來應正等覺所以者何善現言如來者即是眞實眞如增語言如來者即是無生法性增語言如來者即是求斷道路增語言如來者即是畢

竟不生增語何以故善現若實無生即最勝義善現若如是說如來應正等覺能證阿耨多羅三藐三菩提者當知此言爲不眞實所以者何善現由彼謗我起不實執何以故善現無有少法如來應正等覺能證阿耨多羅三藐三菩提善現如來現前等所證法或所說法或所思法即於其中非諦非妄是故如來說一切法皆是佛法善現一切法一切法者如來說非一切法是故如來說名一切法一切法佛告善現譬如士夫具身大身具壽善現即白佛言世尊如來所說士夫具身大身如來說爲非身是故說名具身大身佛言善現如是如是若諸菩薩作如是言我當滅度無量有情是則不應說名菩薩何以故善現頗有少法名菩薩不善現答言不也世尊無有少法名爲菩薩佛告善現有情有情者如來說非有情故名有情是故如來說一切法無有有情無有命者無有士夫無有補特伽羅等善現若諸菩薩作如是言我當成辦佛土功德莊嚴亦如是說何以故善現佛土功德莊嚴佛土功德莊嚴者如來說非莊嚴是故如來說名佛土功德莊嚴佛土功德莊嚴善現若諸菩薩於無我法無我法深信解者如來應正等覺說爲菩薩佛告善現於汝意云何如來等現有肉眼不善現答言如是世尊如來等現有肉眼佛言善現於汝意云何如來等現有天眼不善現答言如是世尊如來等現有天眼佛言善現於汝意云何如來等現有慧眼不善現答言如是世尊如來等現有慧眼佛言善現於汝意云何如來等

現有法眼不善現答言如是世尊如來等現有法眼佛言善現於汝意云何如來等現有佛眼不善現答言如是世尊如來等現有佛眼佛告善現於汝意云何乃至殑伽河中所有諸沙如來說是沙不善現答言如是世尊如是善逝如來說是沙佛言善現於汝意云何乃至殑伽河中所有沙數假使有如是等殑伽河乃至是諸殑伽河中所有沙數假使有如是等世界是諸世界寧爲多不善現答言如是世尊如是善逝是諸世界其數甚多佛言善現乃至爾所諸世界中所有有情彼諸有情各有種種其心流注我悉能知何以故善現心流注心流注者如來說非流注是故如來說名心流注心流注所以者何善現過去心不可得未來心不可得現在心不可得佛告善現於汝意云何若善男子或善女人以此三千大千世界盛滿七寶奉施如來應正等覺是善男子或善女人由是因緣所生福聚寧爲多不善現答言甚多世尊甚多善逝佛言善現如是如是彼善男子或善女人由此因緣所生福聚其量甚多何以故善現若有福聚如來不說福聚福聚佛告善現於汝意云何可以色身圓實觀如來不善現答言不也世尊不可以色身圓實觀於如來何以故世尊色身圓實色身圓實者如來說非圓實是故如來說名色身圓實色身圓實佛告善現於汝意云何可以諸相具足觀如來不善現答言不也世尊不可以諸相具足觀於如來何以故世尊諸相具足諸相具足者如來說爲非相具足是故如來說名諸相

具足諸相具足佛告善現於汝意云何如來頗作是念我當有所說法耶善現汝今勿當作如是觀何以故善現若言如來有所說法即爲謗我爲非善取何以故善現說法說法者無法可得故名說法爾時具壽善現白佛言世尊於當來世後時後分後五百歲正法將滅時分轉時頗有有情聞說如是色類法已能深信不佛言善現彼非有情非不有情何以故善現一切有情者如來說非有情故名一切有情佛告善現於汝意云何頗有少法如來應正等覺現證無上正等菩提耶具壽善現白佛言世尊如我解佛所說義者無有少法如來應正等覺現證無上正等菩提佛言善現如是如是於中少法無有無得故名無上正等菩提復次善現是法平等於其中間無不平等故名無上正等菩提以無我性無有情性無命者性無士夫性無補特伽羅等性平等故名無上正等菩提一切善法無不現證一切善法無不妙覺善現善法善法者如來一切說爲非法是故如來說名善法善法復次善現若善男子或善女人集七寶聚量等三千大千世界其中所有妙高山王持用布施若善男子或善女人於此般若波羅蜜多經中乃至四句伽陀受持讀誦究竟通利及廣爲他宣說開示如理作意善現前說福聚於此福聚百分計之所不能及如是千分若百千分若俱胝百千分若俱胝那庾多百千分若數分若計分若算分若喻分若鄔波尼殺曇分亦不能及佛告善現於汝意云何如來頗作是念我當度脫諸有情耶

善現汝今勿當作如是觀何以故善現無少有情如來度者善現若有有情如來度者如來即應有其我執有有情執有命者執有士夫執有補特伽羅等執善現我等執者如來說爲非執故名我等執而諸愚夫異生强有此執善現愚夫異生者如來說爲非生故名愚夫異生佛告善現於汝意云何可以諸相具足觀如來不善現答言如我解佛所說義者不應以諸相具足觀於如來佛言善現善哉善哉如是如是如汝所說不應以諸相具足觀於如來善現若以諸相具足觀如來者轉輪聖王應是如來是故不應以諸相具足觀於如來如是應以諸相非相觀於如來爾時世尊而說頌曰

諸以色觀我　以音聲尋我　彼生履邪斷
不能當見我　應觀佛法性　即導師法身
法性非所識　故彼不能了

佛告善現於汝意云何如來應正等覺以諸相具足現證無上正等覺耶善現汝今勿當作如是觀何以故善現如來應正等覺不以諸相具足現證無上正等菩提復次善現如是發趣菩薩乘者頗施設少法若壞若斷耶善現汝今勿當作如是觀諸有發趣菩薩乘者終不施設少法若壞若斷復次善現若善男子或善女人以殑伽河沙等世界盛滿七寶奉施如來應正等覺若有菩薩於諸無我無生法中獲得堪忍由是因緣所生福聚甚多於彼復次善現菩薩不應攝受福聚具壽善現即白佛言世尊云何菩薩不應攝受福聚佛言善現所應攝受不應攝受是故說名

所應攝受復次善現若有說言如來若去若來若住若坐若卧是人不解我所說義何以故善現言如來者即是真實真如增語都無所去無所從來故名如來應正等覺復次善現若善男子或善女人乃至三千大千世界大地極微塵量等世界即以如是無數世界色像爲量如極微聚善現於汝意云何是極微聚寧爲多不善現答言是極微聚甚多世尊甚多善逝何以故世尊若極微聚是實有者佛不應說爲極微聚所以者何如來說極微聚即爲非聚故名極微聚如來說三千大千世界即非世界故名三千大千世界何以故世尊若世界是實有者即爲一合執如來說一合執即爲非執故名一合執佛言善現此一合執不可言說不可戲論然彼一切愚夫異生强執是法何以故善現若作是言如來宣說我見有情見命者見士夫見補特伽羅見意生見摩納婆見作者見受者見於汝意云何如是所說爲正語不善現答言不也世尊不也善逝如是所說非爲正語所以者何如來所說我見有情見命者見士夫見補特伽羅見意生見摩納婆見作者見受者見即爲非見故名我見乃至受者見佛告善現諸有發趣菩薩乘者於一切法應如是知應如是見應如是信解如不住法想何以故善現法想法想者如來說爲非想是故如來說名法想法想復次善現若菩薩摩訶薩以無量無數世界盛滿七寶奉施如來應正等覺若善男子或善女人於此般若波羅蜜多經中乃至四句伽陀受持讀誦究竟通利如理

作意及廣爲他宣說開示由此因緣所生福聚甚多於前無量無數云何爲他宣說開示如不爲他宣說開示故名爲他宣說開示爾時世尊而說頌曰

諸和合所爲　如星翳燈幻　露泡夢電雲
應作如是觀

時薄伽梵說是經已尊者善現及諸苾芻苾芻尼鄔波索迦鄔波斯迦并諸世間天人阿素洛健達縛等聞薄伽梵所說經已皆大歡喜信受奉行

大般若波羅蜜多經卷第五百七十七

九會能斷金剛分序

音釋

儲音除積聚也　紛紇紛數文切紛亂也紇舉有切線戾也　倬竹角切著大也　紐女九切系也結也　皦吉了切明也　汎芳梵切浮也　靄倚亥

切雲集貌　鈞賾鈞居侯切鈞致也賾士革切幽深難見也　刷所劣切掃也拭除也　泫胡犬切露光也　晞音希曝乾也

經

捫淚捫音門手摸也

大般若經第十會般若理趣分序

唐西明寺沙門玄則製

般若理趣分者蓋乃褰諸會之旨歸綰積篇之宗緒眇詞筌而動眷燭意象以興言是以瞬德寶之所叢則金剛之慧爲極睎觀照之攸炫則圓鏡之智居尊所以上集天宫因自在而爲心表傍開寶殿寄摩尼而作説標明般若之勝規乃庡行之淵府故能長驅大地抗策上乘既得一以儀眞且吹萬以甄俗行位兼積犨德山而秀峙句義畢圓吞教海而澄廓爾其攝眞淨器入廣大輪性印磊以成文智冠嶷以騰質然後即灌頂位披總持門以寂滅心住平等性滌除戲論説無所説絶棄妄想思不可思足使愉忿共情親怨等觀名字斯假同法界之甚深障漏未銷均菩提之逺離信乎心凝旨奥義皎詞明言理則理邃環中談趣則趣冲域表雖一軸單譯而具談諸分若不留連此旨咀詠斯文何能指晤迷津捜奇窬藏矣

大般若波羅蜜多經卷第五百七十八

唐三藏法師玄奘奉　詔譯

第十般若理趣分

如是我聞一時薄伽梵妙善成就一切如來金剛住持平等性智種種希有殊勝功德已能善獲一切如來灌頂寶冠超過三界已能善得一切如來徧金剛智大觀自在已得圓滿一切如來決定諸法大妙智印已善圓證一切如來畢竟空寂平等性印於諸能作所作事業皆得善巧成辦無餘一切有情種種希願隨其無罪皆能滿足已善安住三世平等常無斷盡廣大徧照身語心性猶若金剛等諸如來無動無壞是薄伽梵住欲界頂他化自在天王宮中一切如來常所遊處咸共稱美大寶藏殿其殿無價末尼所成種種珍奇間雜嚴飾衆色交映放大光明寶鐸金鈴處處懸列微風吹動出和雅音綺蓋繒旛花幢綵拂寶珠瓔珞半滿月等種種雜飾而用莊嚴賢聖天仙之所愛樂與八千億大菩薩俱一切皆具陀羅尼門三摩地門無礙妙辯如是等類無量功德設經多劫讚不能盡其名曰金剛手菩薩摩訶薩觀自在菩薩摩訶薩虛空藏菩薩摩訶薩金剛拳菩薩摩訶薩妙吉祥菩薩摩訶薩大空藏菩薩摩訶薩發心即轉法輪菩薩摩訶薩摧伏一切魔怨菩薩摩訶薩如是上首有八百萬大菩薩衆前後圍繞宣說正法初中後善文義巧妙純一圓滿清白梵行爾時世尊爲諸菩薩說一切法甚深微妙般若理趣清淨法門此門即是菩薩句義云何名爲菩薩句義謂極妙樂清

淨句義是菩薩句義諸見永寂清淨句義是菩薩句義微妙適悅清淨句義是菩薩句義渴愛永息清淨句義是菩薩句義胎藏超越清淨句義是菩薩句義衆德莊嚴清淨句義是菩薩句義意極猗適清淨句義是菩薩句義得大光明清淨句義是菩薩句義身善安樂清淨句義是菩薩句義語善安樂清淨句義是菩薩句義意善安樂清淨句義是菩薩句義色蘊空寂清淨句義是菩薩句義受想行識蘊空寂清淨句義是菩薩句義眼處空寂清淨句義是菩薩句義耳鼻舌身意處空寂清淨句義是菩薩句義色處空寂清淨句義是菩薩句義聲香味觸法處空寂清淨句義是菩薩句義眼界空寂清淨句義是菩薩句義耳鼻舌身意界空寂清淨句義是菩薩

句義色界空寂清淨句義是菩薩句義聲香味觸法界空寂清淨句義是菩薩句義眼識界空寂清淨句義是菩薩句義耳鼻舌身意識界空寂清淨句義是菩薩句義眼觸空寂清淨句義是菩薩句義耳鼻舌身意觸空寂清淨句義是菩薩句義眼觸爲緣所生諸受空寂清淨句義是菩薩句義耳鼻舌身意觸爲緣所生諸受空寂清淨句義是菩薩句義地界空寂清淨句義是菩薩句義水火風空識界空寂清淨句義是菩薩句義苦聖諦空寂清淨句義是菩薩句義集滅道聖諦空寂清淨句義是菩薩句義因緣空寂清淨句義是菩薩句義等無間緣所緣緣增上緣空寂清淨句義是菩薩句義無明空寂清淨句義是菩薩句義行識名色六處觸受愛取有生

老死空寂清淨句義是菩薩句義布施波羅蜜多空寂清淨句義是菩薩句義淨戒安忍精進靜慮般若波羅蜜多空寂清淨句義是菩薩句義眞如空寂清淨句義是菩薩句義法界法性不虛妄性不變異性平等性離生性法定法住實際虛空界不思議界空寂清淨句義是菩薩句義四靜慮空寂清淨句義是菩薩句義四無量四無色定空寂清淨句義是菩薩句義四念住空寂清淨句義是菩薩句義四正斷四神足五根五力七等覺支八聖道支空寂清淨句義是菩薩句義空解脫門空寂清淨句義是菩薩句義無相無願解脫門空寂清淨句義是菩薩句義八解脫空寂清淨句義是菩薩句義八勝處九次第定十徧處空寂清淨句義是菩薩句義極喜地空寂清淨句義是菩薩句義離垢地發光地焰慧地極難勝地現前地遠行地不動地善慧地法雲地空寂清淨句義是菩薩句義淨觀地空寂清淨句義是菩薩句義種性地第八地具見地薄地離欲地已辦地獨覺地菩薩地如來地空寂清淨句義是菩薩句義一切陀羅尼門空寂清淨句義是菩薩句義一切三摩地門空寂清淨句義是菩薩句義五眼空寂清淨句義是菩薩句義六神通空寂清淨句義是菩薩句義如來十力空寂清淨句義是菩薩句義四無所畏四無礙解大慈大悲大喜大捨十八佛不共法空寂清淨句義是菩薩句義三十二相空寂清淨句義是菩薩句義八十隨好空寂清淨句義是菩薩句義無忘失法空寂清淨句義是菩薩句

義恒住捨性空寂清淨句義是菩薩句義一切智空寂清淨句義是菩薩句義道相智一切相智空寂清淨句義是菩薩句義一切菩薩摩訶薩行空寂清淨句義是菩薩句義諸佛無上正等菩提空寂清淨句義是菩薩句義一切異生法空寂清淨句義是菩薩句義一切預流一來不還阿羅漢獨覺菩薩如來法空寂清淨句義是菩薩句義一切善非善法空寂清淨句義是菩薩句義一切有記無記法有漏無漏法有爲無爲法世間出世間法空寂清淨句義是菩薩句義所以者何以一切法自性空故自性遠離由遠離故自性寂靜由寂靜故自性清淨由清淨故甚深般若波羅蜜多最勝清淨如是般若波羅蜜多當知即是菩薩句義諸菩薩衆皆應修學佛

說如是菩薩句義般若理趣清淨法已告金剛手菩薩等言若有得聞此一切法甚深微妙般若理趣清淨法門深信受者乃至當坐妙菩提座一切障蓋皆不能染謂煩惱障業障報障雖多積集而不能染雖造種種極重惡業而易消滅不墮惡趣若能受持日日讀誦精勤無間如理思惟彼於此生定得一切法平等性金剛等持於一切法皆得自在恒受一切勝妙喜樂當經十六大菩薩生定得如來執金剛性疾證無上正等菩提爾時世尊復依徧照如來之相爲諸菩薩宣說般若波羅蜜多一切如來寂靜法性甚深理趣現等覺門謂金剛平等性現等覺門以大菩提堅實難壞如金剛故義平等性現等覺門以大菩提其義一故法平等性現等覺門以大

菩提自性淨故一切法平等性現等覺門以大菩提於一切法無分別故佛說如是寂靜法性般若理趣現等覺已告金剛手菩薩等言若有得聞如是四種般若理趣現等覺門信解受持讀誦修習乃至當坐妙菩提座雖造一切極重惡業而能超越一切惡趣疾證無上正等菩提爾時世尊復依調伏一切惡法釋迦牟尼如來之相爲諸菩薩宣說般若波羅蜜多攝受一切法平等性甚深理趣普勝法門謂貪欲性無戲論故嗔恚性亦無戲論嗔恚性無戲論故愚癡性亦無戲論愚癡性無戲論故猶預性亦無戲論猶預性無戲論故諸見性亦無戲論諸見性無戲論故憍慢性亦無戲論憍慢性無戲論故諸纏性亦無戲論諸纏性無戲論故煩惱垢性亦無戲論煩惱垢性無戲論故諸惡業性亦無戲論諸惡業性無戲論故諸果報性亦無戲論諸果報性無戲論故雜染法性亦無戲論雜染法性無戲論故清淨法性亦無戲論清淨法性無戲論故一切法性亦無戲論一切法性無戲論故當知般若波羅蜜多亦無戲論佛說如是調伏衆惡般若理趣普勝法已告金剛手菩薩等言若有得聞如是般若波羅蜜多甚深理趣信解受持讀誦修習假使殺害三界所攝一切有情而不由斯墮於地獄傍生鬼界以能調伏一切煩惱及隨煩惱惡業等故常生善趣受勝妙樂修諸菩薩摩訶薩行疾證無上正等菩提爾時世尊復以性淨如來之相爲諸菩薩宣說般若波羅蜜多一切法平等性觀自在妙智印甚深理趣清淨

法門謂一切貪欲本性清淨極照明故能令世間嗔恚清淨一切嗔恚本性清淨極照明故能令世間愚癡清淨一切愚癡本性清淨極照明故能令世間疑惑清淨一切疑惑本性清淨極照明故能令世間見趣清淨一切見趣本性清淨極照明故能令世間憍慢清淨一切憍慢本性清淨極照明故能令世間纏結清淨一切纏結本性清淨極照明故能令世間垢穢清淨一切垢穢本性清淨極照明故能令世間惡法清淨一切惡法本性清淨極照明故能令世間生死清淨一切生死本性清淨極照明故能令世間諸法清淨以一切法本性清淨極照明故能令世間有情清淨一切有情本性清淨極照明故能令世間一切智清淨以一切智本性清淨極照明故能令世間甚深般若波羅蜜多最勝清淨佛說如是平等智印般若理趣清淨法已告金剛手菩薩等言若有得聞如是般若波羅蜜多清淨理趣信解受持讀誦修習雖住一切貪嗔癡等客塵煩惱垢穢聚中而猶蓮華不爲一切客塵垢穢過失所染常能修習菩薩勝行疾證無上正等菩提爾時世尊復依一切三界勝主如來之相爲諸菩薩宣說般若波羅蜜多一切如來和合灌頂甚深理趣智藏法門謂以世間灌頂位施當得三界法王位果以出世間無上義施當得一切希願滿足以出世間無上法施於一切法當得自在若以世間財食等施當得一切身語心樂若以種種財法等施能令布施波羅蜜多速得圓滿受持種種清淨禁戒能令淨戒波羅

蜜多速得圓滿於一切事修學安忍能令安忍波羅蜜多速得圓滿於一切時修習精進能令精進波羅蜜多速得圓滿於一切境修行靜慮能令靜慮波羅蜜多速得圓滿於一切法常修妙慧能令般若波羅蜜多速得圓滿佛說如是灌頂法門般若理趣智藏法已告金剛手菩薩等言若有得聞如是灌頂甚深理趣智藏法門信解受持讀誦修習速能滿足諸菩薩行疾證無上正等菩提爾時世尊復依一切如來智印持一切佛祕密法門如來之相爲諸菩薩宣說般若波羅蜜多一切如來住持智印甚深理趣金剛法門謂具攝受一切如來金剛身印當證一切如來法身若具攝受一切如來金剛語印於一切法當得自在若具攝受一切如來金剛心印於

一切定當得自在若具攝受一切如來金剛智印能得最上妙身語心猶若金剛無動無壞佛說如是如來智印般若理趣金剛法已告金剛手菩薩等言若有得聞如是智印甚深理趣金剛法門信解受持讀誦修習一切事業皆能成辦常與一切勝事和合所欲修行一切勝智諸勝福業皆速圓滿當獲最勝淨身語心猶若金剛不可破壞疾證無上正等菩提爾時世尊復依一切無戲論法如來之相爲諸菩薩宣說般若波羅蜜多甚深理趣輪字法門謂一切法空無自性故一切法無相離衆相故一切法無願無所願故一切法遠離無所著故一切法寂靜永寂滅故一切法無常性常無故一切法無樂非可樂故一切法無我不自在故一切法無淨離淨相

故一切法不可得推尋其性不可得故一切法不思議思議其性無所有故一切法無所有衆緣和合假施設故一切法無戲論本性空寂離言說故一切法本性淨甚深般若波羅蜜多本性淨故佛說如是離諸戲論般若理趣輪字法已告金剛手菩薩等言若有得聞此無戲論般若理趣輪字法門信解受持讀誦修習於一切法得無礙智疾證無上正等菩提爾時世尊復依一切如來輪攝如來之相爲諸菩薩宣說般若波羅蜜多入廣大輪甚深理趣平等性門謂入金剛平等性能入一切如來性輪故入義平等性能入一切菩薩性輪故入法平等性能入一切法性輪故入蘊平等性能入一切蘊性輪故入處平等性能入一切處性輪故入界平等性能入一切界性輪故入諦平等性能入一切諦性輪故入緣起平等性能入一切緣起性輪故入寶平等性能入一切寶性輪故入食平等性能入一切食性輪故入善法平等性能入一切善法性輪故入非善法平等性能入一切非善法性輪故入有記法平等性能入一切有記法性輪故入無記法平等性能入一切無記法性輪故入有漏法平等性能入一切有漏法性輪故入無漏法平等性能入一切無漏法性輪故入有爲法平等性能入一切有爲法性輪故入無爲法平等性能入一切無爲法性輪故入世間法平等性能入一切世間法性輪故入出世間法平等性能入一切出世間法性輪故入異生法平等性能入一切異生法性輪故入聲聞法平等性能

入一切聲聞法性輪故入獨覺法平等性能入一切獨覺法性輪故入菩薩法平等性能入一切菩薩法性輪故入如來法平等性能入一切如來法性輪故入有情平等性能入一切有情性輪故入一切平等性能入一切性輪故佛說如是入廣大輪般若理趣平等性已告金剛手菩薩等言若有得聞如是輪性甚深理趣平等性門信解受持讀誦修習能善悟入諸平等性疾證無上正等菩提爾時世尊復依一切廣受供養眞淨器田如來之相爲諸菩薩宣說般若波羅蜜多一切供養甚深理趣無上法門謂發無上正等覺心於諸如來廣設供養攝護正法於諸如來廣設供養修行一切波羅蜜多於諸如來廣設供養修行一切菩提分法於諸如來廣設供養修行一切總持等持於諸如來廣設供養修行一切五眼六通於諸如來廣設供養修行一切靜慮解脫於諸如來廣設供養修行一切慈悲喜捨於諸如來廣設供養修行一切佛不共法於諸如來廣設供養觀一切法若常若無常皆不可得於諸如來廣設供養觀一切法若樂若苦皆不可得於諸如來廣設供養觀一切法若我若無我皆不可得於諸如來廣設供養觀一切法若淨若不淨皆不可得於諸如來廣設供養觀一切法若空若不空皆不可得於諸如來廣設供養觀一切法若有相若無相皆不可得於諸如來廣設供養觀一切法若有願若無願皆不可得於諸如來廣設供養觀一切法若遠離若不遠離皆不可得於諸如來廣設供養觀一切

法若寂靜若不寂靜皆不可得於諸如來廣設供養於深般若波羅蜜多書寫聽聞受持讀誦思惟修習廣爲有情宣說流布或自供養或轉施他於諸如來廣設供養佛說如是眞淨供養甚深理趣無上法已告金剛手菩薩等言若有得聞如是供養般若理趣無上法門信解受持讀誦修習速得圓滿諸菩薩行疾證無上正等菩提爾時世尊復依一切能善調伏如來之相爲諸菩薩宣說般若波羅蜜多攝受智藏調伏有情甚深理趣智藏法門爲一切有情平等性即忿平等性一切有情調伏性即忿調伏性一切有情眞法性即忿眞法性一切有情眞如性即忿眞如性一切有情法界性即忿法界性一切有情離生性即忿離生性一切有情實際性即忿實際性一切有情本空性即忿本空性一切有情無相性即忿無相性一切有情無願性即忿無願性一切有情遠離性即忿遠離性一切有情寂靜性即忿寂靜性一切有情不可得性即忿不可得性一切有情無所有性即忿無所有性一切有情難思議性即忿難思議性一切有情無戲論性即忿無戲論性一切有情如金剛性即忿如金剛性所以者何一切有情眞調伏性即是無上正等菩提亦是般若波羅蜜多亦是諸佛一切智智佛說如是能善調伏甚深理趣智藏法已告金剛手菩薩等言若有得聞如是調伏般若理趣智藏法門信解受持讀誦修習能自調伏忿恚等過亦能調伏一切有情常生善趣受諸妙樂現世怨敵皆起慈心能善修行諸菩薩

行疾證無上正等菩提爾時世尊復依一切能善建立性平等法如來之相爲諸菩薩宣說般若波羅蜜多一切法性甚深理趣最勝法門謂一切有情性平等故甚深般若波羅蜜多亦性平等一切法性平等故甚深般若波羅蜜多亦性平等一切有情性調伏故甚深般若波羅蜜多亦性調伏一切法性調伏故甚深般若波羅蜜多亦性調伏一切有情有實義故甚深般若波羅蜜多亦有實義一切法有實義故甚深般若波羅蜜多亦有實義一切有情即眞如故甚深般若波羅蜜多亦即眞如一切法即眞如故甚深般若波羅蜜多亦即眞如一切有情即法界故甚深般若波羅蜜多亦即法界一切法即法界故甚深般若波羅蜜多亦即法界一切有情即法性故甚深般若波羅蜜多亦即法性一切法即法性故甚深般若波羅蜜多亦即法性一切有情即實際故甚深般若波羅蜜多亦即實際一切法即實際故甚深般若波羅蜜多亦即實際一切有情即本空故甚深般若波羅蜜多亦即本空一切法即本空故甚深般若波羅蜜多亦即本空一切有情即無相故甚深般若波羅蜜多亦即無相一切法即無相故甚深般若波羅蜜多亦即無相一切有情即無願故甚深般若波羅蜜多亦即無願一切法即無願故甚深般若波羅蜜多亦即無願一切有情即遠離故甚深般若波羅蜜多亦即遠離一切法即遠離故甚深般若波羅蜜多亦即遠離一切有情即寂靜故甚深般若波羅蜜多亦即寂靜一切法即寂靜故

甚深般若波羅蜜多亦即寂靜一切有情不可得故甚深般若波羅蜜多亦不可得一切法不可得故甚深般若波羅蜜多亦不可得一切有情無所有故甚深般若波羅蜜多亦無所有一切法無所有故甚深般若波羅蜜多亦無所有一切有情不思議故甚深般若波羅蜜多亦不思議一切法不思議故甚深般若波羅蜜多亦不思議一切有情無戲論故甚深般若波羅蜜多亦無戲論一切法無戲論故甚深般若波羅蜜多亦無戲論一切有情無邊際故甚深般若波羅蜜多亦無邊際一切法無邊際故甚深般若波羅蜜多亦無邊際一切有情有業用故當知般若波羅蜜多亦有業用一切法有業用故當知般若波羅蜜多亦有業用佛說如是性平等性甚深理趣最勝法已告金剛手菩薩等言若有得聞如是平等般若理趣最勝法門信解受持讀誦修習則能通達平等法性甚深般若波羅蜜多於諸有情心無罣礙疾證無上正等菩提爾時世尊復依一切住持藏法如來之相爲諸菩薩宣說般若波羅蜜多一切有情住持徧滿甚深理趣勝藏法門謂一切有情皆如來藏普賢菩薩自體徧故一切有情皆金剛藏以金剛藏所灌灑故一切有情皆正法藏一切皆隨正語轉故一切有情皆妙業藏一切事業加行依故佛說如是有情住持甚深理趣勝藏法已告金剛手菩薩等言若有得聞如是徧滿般若理趣勝藏法門信解受持讀誦修習則能通達勝藏法性疾證無上正等菩提爾時世尊復依究竟無邊際

法如來之相爲諸菩薩宣説般若波羅蜜多究竟住持法義平等金剛法門謂甚深般若波羅蜜多無邊故一切如來亦無邊甚深般若波羅蜜多無際故一切如來亦無際甚深般若波羅蜜多一味故一切法亦一味甚深般若波羅蜜多究竟故一切法亦究竟佛説如是無邊無際究竟理趣金剛法已告金剛手菩薩等言若有得聞如是究竟般若理趣金剛法門信解受持讀誦修習一切障法皆悉消除定得如來執金剛性疾證無上正等菩提爾時世尊復依徧照如來之相爲諸菩薩宣説般若波羅蜜多得諸如來祕密法性及一切法無戲論性大樂金剛不空神呪金剛法門初中後位最勝第一甚深理趣無上法門謂大貪等最勝成就令大菩薩大樂最勝成就大樂最勝成就令大菩薩一切如來大覺最勝成就一切如來大覺最勝成就令大菩薩降伏一切大魔最勝成就降伏一切大魔最勝成就令大菩薩普大三界自在最勝成就普大三界自在最勝成就令大菩薩能無遺餘拔有情界利益安樂一切有情畢竟大樂最勝成就所以者何乃至生死流轉住處有勝智者齊此常能以無等法饒益有情不入寂滅又以般若波羅蜜多方便善巧成立勝智善辦一切清淨事業能令諸有皆得清淨又以貪等調伏世間普徧恒時乃至諸有皆令清淨自然調伏又如蓮華形色光淨不爲一切穢物所染如是貪等饒益世間住徧有過常不能染又大貪等能得清淨大樂大財三界自在常能堅固饒益有情爾時

如來即說神呪
納慕薄伽筏帝一鉢剌壞波囉弭多曳二薄
底丁履切下同筏擦七葛切羅曳三罨跛履弭多寠
拏曳四薩縛怛他揭多跛履布視多曳五薩
縛怛他揭多奴壤多奴壤多郯壤多曳六怛
姪他七鉢剌呬一第切下同鉢剌呬八莫訶鉢剌
呬九鉢剌壤娑娑羯囇十鉢剌壤路迦羯囇
十一案馱迦囉毗談末泥十二悉逓十三蘇悉逓十四
悉殿都漫薄伽筏底十五薩防伽孫達囇十六薄
底筏擦囇十七鉢剌娑履多喝悉帝十八參磨濕
嚩羯娑囇十九勃陀勃陀二十悉陀悉陀二十一劒
波劒波二十二浙羅浙羅二十三曷邏嚩曷邏嚩
二十四阿揭車阿揭車二十五薄伽筏底二十六麼
毗濫婆二十七莎訶二十八
如是神呪三世諸佛皆共宣說同所護念能
受持者一切障滅隨心所欲無不成辦疾證
無上正等菩提爾時如來復說神呪
納慕薄伽筏帝一鉢剌壞波囉弭多曳二怛
姪他三牟尼達讖四僧揭洛訶達讖五遏奴
揭洛訶達讖六毗目底達讖七薩馱奴揭洛
訶達讖八吠室洛末拏達讖九參漫多奴跛
履筏剌怛那達讖十寠拏僧揭洛訶達讖十一
薩縛迦羅跛履波剌那達讖十二莎訶
如是神呪是諸佛母能誦持者一切罪滅常
見諸佛得宿住智疾證無上正等菩提爾時
如來復說神呪
納慕薄伽筏帝一鉢剌壞波囉弭多曳二怛
姪他三室麗曳四室囇曳五室囇曳六室囇
曳細七莎訶八
如是神呪具大威力能受持者業障消除所

聞正法總持不忘疾證無上正等菩提爾時世尊說是呪已告金剛手菩薩等言若諸有情於每日旦至心聽誦如是般若波羅蜜多甚深理趣最勝法門無間斷者諸惡業障皆得消滅諸勝喜樂常現在前大樂金剛不空神呪現身必得究竟成滿一切如來金剛祕密最勝成就不久當得大執金剛及如來性若有情類未多佛所植衆善根久發大願於此般若波羅蜜多甚深理趣最勝法門不能聽聞書寫讀誦供養恭敬思惟修習要多佛所殖衆善根久發大願乃能於此甚深理趣最勝法門下至聽聞一句一字況能具足讀誦受持若諸有情供養恭敬尊重讚歎八十殑伽沙等俱胝那庾多佛乃能具足聞此般若波羅蜜多甚深理趣若地方所流行此經一切天人阿素洛等皆應供養如佛制多有置此經在身或手諸天人等皆應禮敬若有情類受持此經多俱胝劫得宿住智常勤精進修諸善法惡魔外道不能稽留四大天王及餘天衆常隨擁衛未曾暫捨終不橫死枉遭衰患諸佛菩薩常共護持令一切時善增惡滅於諸佛土隨願往生乃至菩提不墮惡趣諸有情類受持此經定獲無邊勝利功德我今略說如是少分時薄伽梵說是經已金剛手等諸大菩薩及餘天衆聞佛所說皆大歡喜信受奉行

大般若波羅蜜多經卷第五百七十八

音釋

十會般若理趣分序

覈胡華切考也綰烏版切繫也筌俱緣切取魚器倏炫炫缺絹切明也甄音堅甄陶也峙丈几切山屹立也嶷魚力切山貌愉忿愉雲俱切樂也忿房粉切怒也敻呼正切遠也咀慈呂切吹咀含味也

大般若經第十一會布施波羅蜜多分序

唐西明寺沙門玄則製

蓋萬德相照統之者三身萬行相資都之者六度若沖虛之六翮伺塵之六情矣故每因別會各彰其分爲至如利物之基捨著之漸詳其要也無出施乎但施有淪昇良資誘折所以室羅復集檀那肇唱欲令三堅失守十度成津即當躡四誓之修期排七空之祕鍵轢二乘之直上推三輪以遐騖紆以唯識何國城之可依斥以假名豈頭目之爲我推之以隨喜則不植而自滋矣終之以迴向則不勸而自覃矣控之以菩提則不遷而自致矣權之以方便則不念而自融矣故不患物之少也患夫用心之不弘不患施之難也患夫忘取之不易其有嚴心以爲淨是未臻其嚴矣趣寂以爲眞是未會其寂矣又況名譽福樂之求王賊水火之慮其於致極不亦彌遠然則大覺之士弘願所歸其財施也畢生品以充足其法施也罄含識而出離然後忘其所以爲之失其所以利之泊乎無感矣巍乎有成矣惟斯文之允被欣此念之方恢雖盧至之不拔卜商之難假亦冀慈音漸染鄙恪推移自此而還孰能無變其文句贍溢誨喻殷明凡勒成五卷非重譯矣

大般若波羅蜜多經卷第五百七十九

唐三藏法師玄奘奉　詔譯

第十一布施波羅蜜多分之一

如是我聞一時薄伽梵在室羅筏住誓多林給孤獨園與大苾芻衆千二百人俱爾時世尊告舍利子諸菩薩摩訶薩修行布施波羅蜜多時經久如方得圓滿時舍利子便白佛言無上正法佛爲根本佛爲導首佛爲所依唯願世尊宣說開示令苾芻衆聞已受持世尊爾時再三命勸舍利子言汝今應爲諸菩薩摩訶薩宣說布施波羅蜜多爾時具壽舍利子蒙佛再三慇懃命勸承佛神力先以布施波羅蜜多教誡教授諸菩薩摩訶薩言若菩薩摩訶薩欲證無上正等菩提應緣一切智智以大悲爲上首修行布施波羅蜜多若菩薩摩訶薩緣一切智智大悲爲上首修行布施波羅蜜多是菩薩摩訶薩則能攝受一切智智疾證無上正等菩提復次諸菩薩摩訶薩寧以無記心行於布施或不行施終不以迴向二乘地心而行布施何以故諸菩薩摩訶薩應怖聲聞獨覺地故爾時滿慈子問舍利子言何因何緣諸菩薩摩訶薩應怖聲聞及獨覺地舍利子言勿謂菩薩摩訶薩衆謂一切智與二乘等故我令怖時滿慈子復問具壽舍利子言諸菩薩施與聲聞施有何差別舍利子言聲聞行施迴向涅槃阿羅漢果菩薩行施迴向菩提一切智智是謂差別又滿慈子如有二人俱行布施一緣王位而求勝果彼行施時作如是念願我由此作大國王統令八方皆得自在彼隨此願後得爲

王臣化世間自在安樂一緣臣位而求勝果彼行施時作如是念願我由此得作大臣王所愛念委任驅策隨王所欲皆得成辦彼由此願終不爲王雖此二人俱行布施而隨所願果有勝劣菩薩聲聞行施亦爾謂諸菩薩行布施時緣一切智智大悲爲上首以所修行與有情共迴向無上正等菩提由此能得一切智智若聲聞衆行布施時緣聲聞果自求解脫不求無上正等菩提菩薩聲聞雖俱行施而隨意願果有勝劣一由施故得一切智智一由施故得聲聞果是謂差別又滿慈子譬如有人修行布施求作長者或作居士復有一人修行布施願爲長者居士僮僕當知菩薩聲聞行施勝劣意願亦復如是爾時滿慈子讚舍利子言所說譬喻甚爲希有善能開顯二施差別我亦當說二施譬喻謂如有人持百千寶詣巨富者作如是言今以此物奉上仁者願相攝受作親僮僕所有事業我皆能辦諸聲聞衆行施亦然願作如來親近弟子菩薩不爾是謂差別又舍利子如有女人捨王宮樂持百千寶竊詣長者或商主家而語彼言今奉此寶願相納受以爲妻室畢身承事終不虧違如是聲聞修行布施但欲求作如來弟子菩薩不然是謂差別時舍利子便讚具壽滿慈子言善能辯說二施譬喻甚爲希有謂諸聲聞無巧方便所行布施取聲聞果若諸菩薩有巧方便所行布施普爲攝受一切有情得一切智又滿慈子若菩薩摩訶薩欲證無上正等菩提一切行中應先行施作如是念我今所造此惠施業施十

方界一切有情令永解脱惡趣生死未發無上菩提心者令速發心已發無上菩提心者令永不退若於無上正等菩提已不退者令速圓滿一切智智如是菩薩思惟外境不離内心攝諸善根令其漸次皆得增長是諸菩薩若時若時攝受善根護令不退此諸菩薩爾時爾時展轉鄰近一切智智是諸菩薩若時若時漸得鄰近一切智智此諸菩薩爾時爾時善根圓滿趣向無上正等菩提能盡未來利樂一切又滿慈子諸菩薩摩訶薩修行布施作是思惟若諸有情眼所照處願彼一切皆得如是我所惠捨飲食等物若諸有情受我所施飲食等物隨已所須少分受用持餘轉施他諸有情彼諸有情少分受用復持轉施諸餘有情如是展轉盡有情界皆同受用我所施物我由如是布施因緣攝受善根量無邊際復持如是無量善根普施十方諸有情類皆求解脱惡趣生死未發無上菩提心者令速發心已發無上菩提心者令永不退若於無上正等菩提已不退者令速圓滿一切智智是諸菩薩若時若時攝受善根展轉增長此諸菩薩爾時爾時攝受一切波羅蜜多是諸菩薩若時若時攝受一切波羅蜜多此諸菩薩爾時爾時展轉鄰近一切智智當知如是諸菩薩衆方便善巧雖施少物而獲無量布施善根何以故滿慈子以布施心境無分限迴向證得一切智故又滿慈子諸菩薩摩訶薩修行布施生如是心我施善根勿招餘果唯證無上正等菩提能盡未來利樂一切如是迴向無上菩提非餘果者乃名

布施波羅蜜多普令一切波羅蜜多皆得圓滿若無後心緣一切智迴向無上正等菩提雖行布施而非布施波羅蜜多亦不能令餘所修習波羅蜜多速得圓滿亦不能得一切智智又滿慈子諸菩薩摩訶薩雖少布施若能迴向無上菩提當知彼施其量深廣定能證得一切智故諸菩薩摩訶薩雖多布施若不迴向無上菩提當知彼施其量淺狹不能證得一切智故又滿慈子若菩薩摩訶薩修行布施不起後心迴向無上正等菩提亦不緣於一切智智是菩薩摩訶薩雖行布施而非布施波羅蜜多能招生死非一切智若菩薩摩訶薩修行布施能起後心迴向無上正等菩提亦復緣於一切智智是菩薩摩訶薩所行布施名爲布施波羅蜜多不招生死得

一切智又滿慈子若菩薩摩訶薩雖行布施而不執著雖能迴向無上菩提亦不執著雖能緣於一切智智亦不執著是菩薩摩訶薩方便善巧修行布施波羅蜜多速得圓滿亦令一切波羅蜜多究竟圓滿疾證無上正等菩提能盡未來利樂一切爾時滿慈子問舍利子言尊者所說如是法要爲自辯才爲承佛力舍利子言我承佛力說是法要非自辯才時舍利子復告具壽滿慈子言假使十方無量無數無邊世界一切有情爲欲證得阿羅漢果經如殑伽沙數大劫以諸財物或施無量無數異生或施無量無數聲聞或施無量無數獨覺彼所獲福無量無數不可思議有菩薩摩訶薩緣彼布施作是念言彼諸有情所獲福聚我皆隨喜是菩薩摩訶薩復持

如是隨喜俱行諸福業事所有善根普施十方諸有情類願彼一切皆永解脱惡趣生死未發無上菩提心者令速發心已發無上菩提心者令永不退若於無上正等菩提已不退者令速圓滿一切智智是菩薩摩訶薩由此隨喜迴向善根一切智智速得圓滿是菩薩摩訶薩所有隨喜迴向善根於前有情布施福聚百倍爲勝千倍爲勝乃至鄔波尼殺曇倍亦復爲勝如是菩薩所有隨喜迴向之心超勝世間諸有情類所行施福是爲菩薩方便善巧雖少用功而福無量又滿慈子假使十方無量無數無邊世界一切有情住如殑伽沙數大劫恒以無量無邊供具奉施諸佛及苾芻僧彼由此緣獲福無量有菩薩摩訶薩緣彼福聚深心隨喜作是念言彼十方界諸有情類能於如是真淨福田恭敬供養身心無倦善哉善哉我於彼福深生隨喜是菩薩摩訶薩因隨喜心所生福聚於十方界一切有情施佛及僧所有功德百倍爲勝千倍爲勝乃至鄔波尼殺曇倍亦復爲勝如是菩薩隨喜之心超諸世間所行施福如四洲界所有珠寶火藥等光雖能照曜而彼一切皆爲月輪所發光明之所映奪如是十方諸有情類所行施福雖無量無邊而爲菩薩隨喜之心所引善根之所映奪如四洲界所有光明皆爲日光之所映奪如是十方諸有情類所行施福皆爲菩薩隨喜善根之所映奪又滿慈子如多百千迦遮末尼聚在一處雖有種種雜色光明若有持一吠瑠璃寶置其聚上令彼一切雜色光明悉皆隱沒如是十

方諸有情類雖住無量殑伽沙劫恒以種種上妙樂具施有情類或施佛僧而一菩薩於彼福聚起隨喜心所獲功德勝彼福聚百倍千倍乃至鄔波尼殺曇倍又滿慈子如多百千世間凡馬集在一處輪王馬寶若入其中令彼一切威光隱沒如是十方諸有情類雖住無量殑伽沙劫修行布施集諸善根而一菩薩於彼善根深心隨喜所獲功德勝彼善根百倍千倍乃至鄔波尼殺曇倍如是菩薩隨喜俱心映奪世間施福業事是故菩薩欲證無上正等菩提於諸有情所作功德應深隨喜又滿慈子諸菩薩摩訶薩應持所起隨喜心俱諸福業事施十方界一切有情願彼十方諸有情類皆永解脫惡趣生死未發無上菩提心者令速發心已發無上菩提心者令永不退若於無上正等菩提已不退者令速圓滿一切智智是諸菩薩若時若時捨諸善根施有情類此諸菩薩爾時爾時展轉鄰近一切智智是諸菩薩若時若時於已善根不執我所此諸菩薩爾時爾時能以善根迴施有情願皆離苦得永安樂是諸菩薩若時若時捨已善根施有情類此諸菩薩爾時爾時雖不修習菩提資糧而能鄰近一切智智是諸菩薩若時若時於已善根不執我所施十方界一切有情願皆離苦得永安樂此諸菩薩爾時爾時善根增進鄰近無上正等菩提能疾證得一切智智是諸菩薩若時若時於已善根不執我所此諸菩薩爾時爾時攝受無量殊勝善根何以故滿慈子此菩薩心境無分限迴向證得一切智故如是菩薩隨

喜俱心方便善巧雖持隨喜所引善根迴施有情而於善根及有情類都無所執雖願有情解脱惡趣及生死苦而於惡趣及生死苦都無所執雖願攝受諸有情類令發無上正等覺心而於發心都無所執雖願攝受諸有情類令於無上正等菩提永不退轉而於此位都無所執雖願攝受諸有情類令菩薩行速得圓滿疾能證得一切智智而於此位都無所執雖願自得一切智智而於此智亦無所執如是菩薩無所執見當知是爲方便善巧如是菩薩隨喜迴向俱行之心皆有方便善巧力故能普任持諸餘菩薩摩訶薩衆令獲殊勝利益安樂及自攝受一切智智疾證無上正等菩提又滿慈子設十方界一切有情住如殑伽沙數大劫恒以種種上妙供具奉施諸佛及苾芻僧供養恭敬尊重讚歎修諸福業有一菩薩持一鉢飯施佛及僧其福勝彼百倍千倍乃至鄔波尼殺曇倍所以者何以此菩薩不見施者不見受者不見施物雖觀諸法本性皆空而行施時常不遠離迴向發願謂持施福與有情共迴向無上正等菩提願同證得一切智智是故菩薩行布施時於諸有情所行施福百倍爲勝千倍爲勝乃至鄔波尼殺曇倍亦復爲勝由斯定證無上菩提利益安樂諸有情類又滿慈子諸菩薩摩訶薩修行布施應起是心我今惠捨如是財物諸所引發殊勝善根普施十方諸有情類在地獄者速出地獄住傍生者速脱傍生居鬼界者速離鬼界人天趣中有憂苦者願彼一切憂苦永息猒生死者速出三界十

方無量無邊有情未發無上菩提心者令速發心已發無上菩提心者令永不退若於無上正等菩提已不退者令速圓滿一切智智是諸菩薩若時若時捨諸善根施有情類此諸菩薩爾時爾時攝受布施波羅蜜多是諸菩薩若時若時攝受布施波羅蜜多此諸菩薩爾時爾時增長一切波羅蜜多是諸菩薩若時若時增長一切波羅蜜多此諸菩薩爾時爾時攝受無量殊勝善根是諸菩薩若時若時攝受無量殊勝善根此諸菩薩爾時爾時展轉親近一切智智如是菩薩方便善巧雖少用功而獲多福是故菩薩欲證無上正等菩提常應勤修方便善巧又滿慈子是諸菩薩若時若時於己善根不執我所此諸菩薩爾時爾時攝受無量無邊善根所以者何此諸菩薩欲令無量無邊有情咸疾證得一切智智如是菩薩能捨一切於他善根尚能迴捨施餘無量無邊有情況自善根而不能捨尚能惠捨所有善根況餘珍財而不能捨如是菩薩能捨一切色非色物能捨一切自他所有殊勝善根乃至能捨一切智智施諸有情令同證得如是菩薩大師子吼我於諸法都無所見我於一切有色無色內外諸物亦無所見雖無所見而皆能捨如是菩薩作是念言我都不見若法若物而不能捨施諸有情如是菩薩當證無上正等覺時以所證得一切智智觀察世間大師子吼我於諸法都無所見我於一切有色無色內外諸物亦無所見雖無所見而皆能捨謂不見有若法若物於諸有情而不能施如是菩薩常作是

念我當證得無上覺時於一切法都無所見雖無所見而於諸法無不現證無不徧知由諸菩薩能捨一切是故證得無上覺時於一切法能究竟捨由捨究竟於一切法無不現證無不徧知如如於法無所不捨如是如是都不見法如如於法都無所見如是如是於一切法無不現證無不徧知如是菩薩若內若外皆悉能捨於內外法悉能捨故都無所見由於諸法無所見故證得無上正等覺時於一切法無不現證無不徧知能盡未來利樂一切又滿慈子諸菩薩衆應如是學清淨布施波羅蜜多若諸菩薩能如是學清淨布施波羅蜜多乃得名爲眞淨菩薩常不遠離一切智心若時菩薩常不遠離一切智心是時菩薩一切惡魔尚不得便況餘藥叉畢舍遮等能得其便若諸有情能得如是菩薩便者必無是處所以者何若地方所有諸菩薩修行布施波羅蜜多作意思惟一切智智時無暫捨此地方所人及非人皆不得便何以故滿慈子若常思惟一切智智如是作意不可思議廣大甚深世間希有以一切智不可思議廣大甚深難測量故又滿慈子若諸菩薩能如是學大菩提行於諸有情有大恩德能善養育一切有情謂令世間諸有情類無諸災難斷惡修善由此因緣諸菩薩衆在菩薩位常能利樂一切異生聲聞獨覺若諸菩薩當證無上正等覺時亦於有情有大恩德能善養育一切有情謂說正法令斷煩惱由斯無量無邊有情皆得涅槃畢竟安樂是故菩薩當證無上正等覺時普於異生聲聞獨

覺爲最爲勝爲尊爲高爲妙爲微妙爲上爲無上無等無等等般涅槃後亦於有情有大恩德能善養育一切有情謂於如來窣堵波所供養恭敬尊重讚歎奉施種種上妙花鬘塗散等香衣服瓔珞寶幢旛蓋妓樂燈明由此因緣彼有情類種植無量殊勝善根或聞如來涅槃法要精勤修學證般涅槃若於如來窣堵波所下至奉獻一香一花世尊記彼皆當離欲多有畢竟得般涅槃如是菩薩住菩薩位於諸有情有大恩德能善養育一切有情證得無上正等覺時亦於有情有大恩德能善養育一切有情般涅槃後亦於有情有大恩德能善養育一切有情以諸菩薩常於有情有大恩德能善養育一切有情故於世間最尊最勝唯除諸佛無能及者又滿慈子若諸菩薩成就如是殊勝功德是諸菩薩常於有情作大饒益譬如眞金常能饒益一切有情謂未燒鍊或已燒鍊未作嚴具已作嚴具若未轉易或已轉易常能饒益一切有情如是菩薩修菩提行住菩薩位能於有情作大饒益證得無上正等覺時亦於有情作大饒益般涅槃後亦於有情作大饒益又滿慈子如日月輪巡四洲界與諸有情作大饒益謂四洲界一切有情由日月輪光明照燭作諸事業又能了知若晝若夜半月滿月時年等異又諸花果苗稼草木因日月輪光明照故生長成熟資養有情如是菩薩修菩提行住菩薩位於諸有情作大饒益證得無上正等覺時亦於有情作大饒益般涅槃後亦於有情作大饒益又滿慈子諸菩薩衆成就

如是廣大功德常與有情作大饒益譬如商主多有珍財能令百千商侶眷屬皆得充足諸資生具乃至死後諸有情類由彼珍財亦得豐樂如是菩薩行菩提行住菩薩位尚能利樂無量有情況得菩提般涅槃後具大勢力而不能令諸弟子等利益安樂又滿慈子如是菩薩常能利樂一切有情謂菩薩位若成正覺若般涅槃常於有情作大饒益未曾暫捨如有善士具善士相能自安樂亦能安樂諸餘有情善攝珍財善能分布故名善士如是菩薩善攝種種功德珍財在菩薩位善能利樂無量有情證得無上正等覺時亦善利樂無量有情般涅槃後亦善利樂無量有情謂涅槃後功德勢力亦善利樂諸弟子等又滿慈子如是菩薩若菩薩位若得菩提若涅槃後常能利樂一切有情無時暫捨如彼善士具善士相能令自他俱得安樂遠離種種不如意事諸菩薩衆亦復如是能令自他常得安樂遠離種種惡業煩惱不墮惡趣生死輪迴得般涅槃畢竟安樂或成正覺饒益一切又滿慈子如刹帝利灌頂王種堪紹王位若爲太子若作王時安樂一切沙門梵志及餘有情若命終後亦能安樂國土有情令無衰惱謂由彼王功德餘勢國土豐樂無慈賊等如是菩薩行菩提行住菩薩位已能安樂一切有情證得無上正等覺時亦能安樂一切有情般涅槃後亦能安樂一切有情謂涅槃後無量有情於窣堵波供養恭敬尊重讚歎獲無量福聽聞正法受持讀誦如理思惟爲他演説亦得無邊功德勝利諸有情類

於佛世尊般涅槃後若念如來所有戒蘊定蘊慧蘊解脱蘊解脱知見蘊彼有情類由此因緣不墮惡趣生天人中恒受快樂或有證得三乘涅槃能令自他畢竟安樂彼有情類於現身中人非人等不能爲害諸怖畏事不能侵惱何以故滿慈子念佛功德能滅世間人非人等怖畏事故爾時佛讃舍利子言善哉善哉如汝所説若有情類能念如來所有戒蘊定蘊慧蘊解脱蘊解脱知見蘊彼有情類能滅世間人非人等諸怖畏事時舍利子便白佛言希有世尊如來成就如是清淨廣大妙法爾時世尊告舍利子應知菩薩亦有成就如是清淨廣大妙法舍利子言何謂菩薩所成清淨廣大妙法佛言菩薩所成清淨廣大妙法謂發無上正等覺心不復退轉何以故舍利子最極清淨廣大妙法謂如來性自然覺性無上正等菩提之性若諸菩薩巳發無上正等覺心不復退轉定當成就如是清淨廣大妙法時舍利子復告具壽滿慈子言諸菩薩衆應起是心若諸有情來至我所求索種種資生之具我當發起決定施心不應發起無資具心設我現無所索資具要當方便求覔施與終不發起如是之心我旣現無所索資具不應方便爲彼求覔若餘有情自施彼者我當隨喜若不欲施我當種種方便勸發要令求者所願滿足如是菩薩或施有情所須資具或自供侍師長病者所作福業皆與有情平等共有迴向無上正等菩提欲盡未來利樂一切令脱惡趣或生死苦令得涅槃或一切智若諸有情自行布施修餘

福業菩薩勸彼迴向無上正等菩提如是菩薩所獲福聚於餘有情布施福業百倍爲勝千倍爲勝乃至鄔波尼殺曇倍亦復爲勝所以者何菩薩勸發迴向之心能令自身及有情類俱證無上正等菩提又滿慈子諸菩薩衆修行布施波羅蜜多先應修習方便善巧隨所修習方便善巧修行布施隨所修行布施福業迴向無上正等菩提願諸有情皆同證得一切智智如是菩薩方便善巧能令自他俱獲勝利若諸菩薩修行布施不先修習方便善巧設經殑伽沙數劫住修行布施不能發心與有情共迴向菩提不能攝受所修布施波羅蜜多不能證得本所希求一切智智又滿慈子設諸有情持廣大器量等三千大千世界至菩薩所語菩薩言我等今須滿此器物願疾施與菩薩於彼不起異心但起是心定當施與謂終不起瞋恨之心如是有情輕觸於我亦復不起不施與心謂我如何施彼多物亦復不起無財寶心謂我云何能辦爾許種種財寶滿彼有情所持量等大千界器但作是念我今爲彼修勝神通種種方便集諸財寶必令求者所願滿足菩薩爾時熾然精進作大加行求勝神通欲集珍財施來求者攝受精進波羅蜜多既得神通多集財寶施來求者令滿所願攝受布施波羅蜜多如是名爲諸菩薩衆修行布施波羅蜜多發廣大心常無猒倦由斯疾證無上菩提能盡未來利樂一切又滿慈子諸菩薩摩訶薩應愍有情而行布施應住慈心與有情樂而行布施應住悲心拔有情苦而行布施應住

喜心慶有情類離苦得樂而行布施應住捨心於有情類平等饒益而行布施如是施已應生是心我所作福及所作善普施十方諸有情類令永解脫惡趣生死未發無上菩提心者令速發心已發無上菩提心者令永不退若於無上正等菩提已不退者令速圓滿一切智智是諸菩薩若時若時捨福善根施有情類此諸菩薩爾時爾時善根增長是諸菩薩若時若時以所修善與有情共迴向無上正等菩提願同證得一切智智此諸菩薩爾時爾時善根增益又滿慈子譬如眞金若時若時鎔鍊燒打爾時爾時光色轉盛若時若時光色轉盛爾時爾時展轉調柔堪爲器具如是菩薩若時若時以所作善與有情共迴向無上正等菩提願同證得一切智智爾時爾時善根轉盛若時若時善根轉盛爾時爾時展轉鄰近一切智智又滿慈子如有女人磨瑩鏡面若時若時加功磨瑩爾時爾時鏡轉明淨若時若時鏡轉明淨爾時爾時鏡面無垢衆像皆現如是菩薩若時若時以所作福及所作善決定迴向一切智智爾時爾時能普施與十方世界一切有情令永解脫惡趣生死未發無上菩提心者令速發心已發無上菩提心者令永不退若於無上正等菩提已不退者令速圓滿一切智智此諸菩薩若時若時捨已善根施有情類爾時爾時善根轉盛若時若時善根轉盛爾時爾時展轉鄰近一切智智如是菩薩方便善巧迴向所求一切智智令諸功德漸漸增長疾證無上正等菩提能盡未來饒益一切又滿慈子

云何菩薩多行布施攝受少福云何菩薩少行布施攝受多福云何菩薩少行布施攝受少福云何菩薩多行布施攝受多福若諸菩薩雖經殑伽沙數大劫恒捨無量無數珍財普施十方諸有情類而不迴向無上菩提願與有情皆同證得一切智智如是菩薩多行布施攝受少福若諸菩薩雖經少時施有情類少分財物而能迴向無上菩提願與有情皆同證得一切智智如是菩薩少行布施攝受多福若諸菩薩經於少時施有情類少分財物不能迴向無上菩提願與有情皆同證得一切智智如是菩薩少行布施攝受少福若諸菩薩經於殑伽沙數大劫恒捨無量無數珍財普施十方諸有情類復能迴向無上菩提願與有情皆同證得一切智智如是菩薩多行布施攝受多福是故菩薩摩訶薩衆欲證無上正等菩提應以善根與有情共迴向無上正等菩提願與有情皆同證得一切智智若菩薩摩訶薩欲能攝受無量福蘊與諸有情作大饒益疾能證得一切智智常應不離一切智智相應作意修行布施波羅蜜多若菩薩摩訶薩常不遠離一切智智相應作意修行布施波羅蜜多是菩薩摩訶薩便能攝受無量福蘊疾證無上正等菩提與諸有情作大饒益何以故滿慈子若諸菩薩常不遠離一切智智相應作意修行布施波羅蜜多是諸菩薩剎那剎那功德善根漸漸增長由斯疾證無上菩提能盡未來利樂一切是故菩薩欲與有情常作利益安樂事者一切行中常勤修習方便善巧迴向無上正等

菩提願與有情作大饒益

大般若波羅蜜多經卷第五百七十九

音釋

十一會布施波羅蜜多分序

翮胡革切鳥羽之勁也　鍵巨展切户鑰曰鍵　轢郎狄切車所踐也　鶩亡暮切馳鶩也　糺舉有切彈也　洎奇寄切及也

大般若波羅蜜多經卷第五百八十

唐三藏法師玄奘奉　詔譯

第十一布施波羅蜜多分之二

復次滿慈子菩薩摩訶薩欲證無上正等菩提一切行中最初應學無染布施波羅蜜多何以故滿慈子若學布施波羅蜜多無始世來所習慳垢即便遠離身心相續漸能親近一切智智是故菩薩若時若時一切智智相應作意相續現前爾時爾時漸次能近一切智智若時若時漸次能近一切智智爾時爾時漸遠聲聞及獨覺地若時若時漸遠聲聞及獨覺地爾時爾時漸復鄰近一切智智又滿慈子如天雨時置甕迥處承水漸滿如是滿時由諸雨滴長時連注匪唯初後如是菩薩求一切智非初心起即能證得亦非後時

坐菩提座最後心起獨能證得然由初心相續乃至坐菩提座最後心起展轉相資得一切智求一切智初中後心無不皆能引一切智證得無上正等菩提要由諸心展轉相續伏斷障法方成辦故又滿慈子若諸菩薩欲疾證得無上菩提不應令心有所間雜時滿慈子便問具壽舍利子言齊何名爲諸菩薩衆心無間雜舍利子言若諸菩薩非理作意現在前時能正觀察此能隨順一切智智非爲違逆此諸菩薩能如實知我今所起非理作意於一切智能爲助伴謂我所起非理作意能引有身令於生死相續久住饒益有情我身若無非理作意資引令住即便斷滅尚不能令自行圓滿豈能饒益他諸有情齊此名爲諸菩薩衆心無間雜又滿慈子若諸菩

薩能觀諸法若順若違皆能助引一切智智此諸菩薩方便善巧觀一切法皆能隨順所求無上正等菩提不爲順違心所間雜能於違境心不生瞋於順境中心不起愛若違若順皆能正知爲資助緣引一切智如是菩薩於一切時一切境中心無間雜又滿慈子譬如有人爲他囚執將詣殺處其人惶怖更無餘想唯作是念我今不久定當爲他之所殺害諸菩薩衆亦復如是若常思惟一切智智無餘作意於中間起是諸菩薩於一切時不爲餘心之所間雜又滿慈子譬如有人多賫珍財入於曠野其中多有凶暴劫賊彼人爾時更無餘想唯作是念我於何時當出如斯險難之處得至豐樂安隱國土諸菩薩衆亦復如是若常思惟一切智智諸餘作意無容得起是諸菩薩身意清淨不爲餘心之所間雜又滿慈子譬如有人曾行劫盜王所訪括其人惶恐竄入市鄽於雜鬧處欲自藏隱正值其中摇鈴聲鼓宣王教令欲相掩捉彼人爾時更無餘想唯作是念勿我今時爲他識知而見擒縶諸菩薩衆亦復如是欲證無上正等菩提若常思惟一切智智諸餘作意無容間起是諸菩薩於修行時不爲餘心之所間雜又滿慈子譬如金師有持百金求授其手語言此物王遣付汝令造種種妙莊嚴具宜急用意一月使成如期不成或復麤惡當斬汝首定不相赦金師聞已身心戰怖晝夜精勤竭思營造未曾暫起諸餘作意唯作是念我當云何如王所期嚴具成辦其人乃至嚴具未成中間雖有飲食等事而都不作飲

食等想但於金所心心相續思搆變易作莊嚴具何以故滿慈子彼極愛重自身命故於是金師如期成辦妙莊嚴具持至王所而白王言王所遣作妙莊嚴具今已總成王見歡喜慰喻彼言汝大勤勞能隨我勑應十二月營搆乃成汝一月中即能總辦遂以多物而賞賜之諸菩薩衆亦復如是從初發心乃至最後金剛喻定將現在前中間曾無異心間雜唯求引發一切智智如彼金師惜身命故乃至嚴具未得總成於其中間曾無異想間雜營造莊嚴具心菩薩亦然重菩提故乃至未證無上菩提心常思惟一切智智無餘作意於中間起齊此名爲心無間雜若諸菩薩求一切智能如是住無間雜心精進修行趣菩提行能速圓滿菩提資粮餘菩薩衆經無數劫有間雜心修菩薩行乃得無上正等菩提資粮圓滿此菩薩衆不經百劫即能圓滿何以故滿慈子是諸菩薩求一切智諸餘作意無容暫起於中間雜大菩提心故無雜心修菩薩行不經百劫即能圓滿證得無上菩提資粮有間雜心多時相續不能成辦菩提資粮無間雜心少時相續即能成辦菩提資粮剎那剎那常增進故如是菩薩欲求無上正等菩提能引資粮速圓滿者應勤方便無倒引發無間雜心若得此心則易證得一切智智爾時滿慈子問舍利子言無間雜心以何爲性何等作意能間雜心由彼此心名有間雜諸菩薩衆云何避之舍利子言若諸菩薩方便善巧求一切智無餘作意於中間雜無間雜心以此爲性若聲聞乘相應作意若

獨覺乘相應作意皆能間雜大菩提心俱名菩薩非理作意所以者何二乘作意違害無上正等菩提若起彼心現在前者不能圓滿菩提資粮欣樂涅槃猒背生死菩薩於彼應遠避之作是思惟二乘作意違一切智順般涅槃我心不應爲彼間雜是故菩薩應作是念貪瞋癡等相應之心於大菩提雖爲障礙而能隨順菩提資粮於菩薩心非極間雜如求獨覺聲聞地心所以者何貪瞋癡等能令生死諸有相續助諸菩薩引一切智謂菩薩衆方便善巧起諸煩惱受後有身與諸有情作大饒益依之修學布施淨戒安忍精進靜慮般若波羅蜜多令得圓滿依之修學四靜慮四無量四無色定令得圓滿依之修學四念住四正斷四神足五根五力七等覺支八聖道支令得圓滿依之修學空無相無願解脫門令得圓滿依之修學陀羅尼門三摩地門令得圓滿依之修學諸菩薩地五眼六神通令得圓滿依之修學如來十力四無所畏四無礙解大慈大悲大喜大捨及十八佛不共法等無量無邊諸佛功德令得圓滿如是煩惱能助菩薩令證無上正等菩提非諸聲聞獨覺作意由彼作意障大菩提亦礙資粮令不圓滿是故菩薩摩訶薩衆起彼作意間雜心時無上菩提則爲更遠是故間雜諸菩薩心無如聲聞獨覺作意諸菩薩衆求大菩提應遠避之無令暫起煩惱作意順諸有身於菩薩心非極間雜何以故滿慈子諸菩薩衆求大菩提爲度有情被精進鎧久住生死作大饒益不應速斷煩惱作意由此作意現

在前時令諸有身長時相續依之引攝布施淨戒安忍精進靜慮般若波羅蜜多及餘無量無邊佛法皆得圓滿如是煩惱相應作意順後有身助諸菩薩引發無上正等菩提未證菩提不應求斷乃至未坐妙菩提座於此作意不應永滅是故菩薩摩訶薩衆若起煩惱現在前時不應於中極生猒惡何以故滿慈子諸菩薩衆於諸煩惱起有恩想作是思惟我由彼故引發種種菩提資粮令速圓滿故彼於我有大恩德所以者何如餘善法於我有益應愛重之煩惱亦然不應猒惡如是菩薩方便善巧於諸煩惱及彼境界亦深愛敬如佛世尊所以者何是諸菩薩方便善巧作是思惟由諸有結未永斷故我能修行布施淨戒安忍精進靜慮般若波羅蜜多及餘無量無邊佛法皆得圓滿因斯引發一切智智若時若時布施淨戒安忍精進靜慮般若波羅蜜多及餘無量無邊佛法修漸圓滿爾時爾時令諸有結展轉微薄乃至都盡便證無上正等菩提譬如商人以車重載種種財寶遠趣大城若時若時其車運轉漸漸前進爾時爾時轂輞軸等漸漸鈋鈋如是展轉得入大城車遂一時衆分散壞所爲既辦主無顧惜如是菩薩方便善巧以結攝受所依有身若時若時由結攝受有身相續爾時爾時布施淨戒安忍精進靜慮般若波羅蜜多及餘無量無邊佛法漸次圓滿若時若時布施淨戒安忍精進靜慮般若波羅蜜多及餘無量無邊佛法漸次圓滿爾時爾時令諸有結漸次衰減若時若時令諸有結漸次衰減爾

時爾時漸得鄰近一切智智若時菩薩證大菩提爾時所依身結俱盡所作已辦不須身結如已入城車無復用如是煩惱於大菩提雖爲障礙而於能引菩提資粮有能助力是故菩薩乃至未坐妙菩提座不永滅除若得菩提一切頓斷若有情類至菩薩所先極訶毀後乞財法菩薩爾時歡喜施與作如是念今此有情來至我所施大恩德令我成就布施安忍由斯證得一切智智我緣彼故發增上心趣大菩提勝餘境界由是菩薩諸作意中唯除二乘相應作意諸餘作意皆不猒捨以於證得一切智智無不皆有助伴之力時滿慈子便問具壽舍利子言豈不二乘於一切智亦有助力謂諸聲聞亦能教授教誡菩薩令勤修學布施淨戒安忍精進靜慮般若波羅蜜多及餘無量無邊佛法若諸獨覺亦爲福田諸菩薩衆施彼衣食疾能證得一切智智云何可言聲聞獨覺相應作意於一切智及此資粮無能助力時舍利子即報具壽滿慈子言如是如是聲聞獨覺於一切智及此資粮俱有助力謂諸聲聞亦能教授教誡菩薩令勤修學布施淨戒安忍精進靜慮般若波羅蜜多亦能教授教誡菩薩令勤修學內空外空內外空空空大空勝義空有爲空無爲空畢竟空無際空散空無變異空本性空自相空共相空一切法空不可得空無性空自性空無性自性空亦能教授教誡菩薩令勤修學四靜慮四無量四無色定亦能教授教誡菩薩令勤修學四念住四正斷四神足五根五力七等覺支八聖道支亦能教授

教誡菩薩令勤修學八解脱八勝處九次第定十徧處亦能教授教誡菩薩令勤修學空無相無願解脱門亦能教授教誡菩薩令勤修學極喜地離垢地發光地焰慧地極難勝地現前地遠行地不動地善慧地法雲地亦能教授教誡菩薩令勤修學淨觀地種性地第八地具見地薄地離欲地已辦地獨覺地菩薩地如來地亦能教授教誡菩薩令勤修學陀羅尼門三摩地門亦能教授教誡菩薩令勤修學五眼六神通亦能教授教誡菩薩令勤修學如來十力四無所畏四無礙解大慈大悲大喜大捨十八佛不共法亦能教授教誡菩薩令勤修學三十二大士相八十隨好亦能教授教誡菩薩令勤修學無忘失法恒住捨性亦能教授教誡菩薩令勤修學一

切智道相智一切相智亦能教授教誡菩薩令勤修學一切菩薩摩訶薩行亦能教授教誡菩薩令勤修學諸佛無上正等菩提是故聲聞於一切智及此資粮亦有助力若諸獨覺能爲福田受菩薩施謂諸菩薩緣彼福田施資身具迴向無上正等菩提是故獨覺於一切智及此資粮亦有助力然諸聲聞獨覺作意於一切智及此資粮俱無助力所以者何聲聞獨覺相應作意於二乘地有勝助力於諸菩薩所求無上正等菩提及此資粮極不隨順謂猒生死欣般涅槃捨大菩提及有情類故制菩薩定不應起獨覺聲聞相應作意由彼作意於諸菩薩所求佛果所益有情俱不隨順又滿慈子諸聲聞乘於諸菩薩摩訶薩衆所求無上正等菩提有大恩德謂爲

菩薩摩訶薩衆宣說一切波羅蜜多及餘勝行相應教法教授教誡令勤修學速得圓滿亦與菩薩作淨福田受菩薩施令諸菩薩疾得圓滿菩提資粮由此聲聞於諸菩薩有大恩德是故菩薩方便善巧觀諸有情及一切法於一切智及此資粮無不皆有隨順恩德諸阿羅漢若智若心於菩薩乘亦有恩德謂若無彼則無所遮云何可言諸菩薩衆不應發起阿羅漢心亦不應修阿羅漢智由遮彼故菩薩引發菩提資粮速得圓滿疾能證得一切智智故阿羅漢若智若心於菩薩乘亦有恩德謂令菩薩得一切智窮未來際利樂有情一切獨覺若智若心於菩薩乘亦有恩德謂若無彼則無所遮云何可言諸菩薩衆不應發起獨覺乘心亦不應修獨覺乘智由遮彼故菩薩引發菩提資粮速得圓滿疾能證得一切智智故諸獨覺若智若心於菩薩乘亦有恩德謂令菩薩得一切智窮未來際利樂有情又觀二乘心智下劣菩薩修學增上心智若無二乘下劣心智菩薩不應修增上者如諸菩薩若心若智有漏無漏唯除如來應正等覺若心若智於餘一切爲最爲勝爲尊爲高爲妙爲微妙爲上爲無上無等無等等是故一切聲聞獨覺若智若心於一切智亦有少分隨順勢力如是菩薩方便善巧觀諸有情及一切法於一切智及此資粮無不皆有隨順勢力故於一切心無猒捨又滿慈子諸菩薩摩訶薩修行布施波羅蜜多雖有棄捨珍財等事而於彼事無取相想謂若棄捨一切法相迴向無上正等菩提欲爲有

情作大饒益便能證得一切智智若不捨相迴向菩提欲爲有情作大饒益終不能得一切智智若諸菩薩能獲種種金銀等寶雖名得利而未名爲能得大利若諸菩薩能捨種種金銀等寶乃可名爲能得大利若諸菩薩能捨衆相迴向無上正等菩提欲爲有情作大饒益乃名能得無上善利若諸菩薩作轉輪王統四洲界得大自在雖名得利而未名爲能得大利若諸菩薩捨四洲界轉輪王位乃可名爲能得大利若諸菩薩能捨衆相迴向無上正等菩提欲爲有情作大饒益乃名能得無上善利若諸菩薩作欲界王統攝欲界得大自在雖名得利而未名爲能得大利若諸菩薩能捨欲界自在王位乃可名爲能得大利若諸菩薩能捨衆相迴向無上正等菩提欲爲有情作大饒益乃名能得無上善利若諸有情棄捨衆相得預流果或一來果或不還果或阿羅漢果或獨覺菩提雖名得利而未名爲能得大利若諸有情棄捨衆相迴向無上正等菩提欲爲有情作大饒益乃名能得無上善利若得無上正等菩提於諸利中最上最勝無能及者所以者何諸菩薩衆所求無上正等菩提能爲有情作大饒益聲聞獨覺及諸異生無此事故若諸菩薩普緣十方一切如來應正等覺及弟子衆想作種種上妙飲食衣服卧具病緣醫藥房舍資財華香等物奉施供養雖名得利而未名爲得無上利若諸菩薩能捨衆相迴向無上正等菩提欲爲有情作大饒益乃名能得無上善利所以者何飲食等物皆有衆相諸有相

法皆有數量有數量法有分限故緣彼不能證無分限一切智智若諸菩薩方便善巧緣十方界一切如來應正等覺及弟子衆具無量種希有功德而不取相雖想無邊上妙飲食衣服卧具病緣醫藥房舍資財花香等物奉施供養而不取相雖能迴向無上菩提欲爲有情作大饒益而不取相由此證得一切智智窮未來際饒益有情當知名爲得無上利於一切利最爲第一若諸菩薩能作如是方便善巧修行布施乃得名爲居頂菩薩決定當得一切智智所以者何一切智智甚難可得如是菩薩能捨内外一切種相心無所著求證如是一切智智於諸菩薩最爲上首當得如頂無上菩提過去未來現在菩薩已當現得一切智智無不皆由如是所起方便善巧而能證得時滿慈子便問具壽舍利子言云何菩薩得入居頂諸菩薩數舍利子言若諸菩薩方便善巧不取法相是諸菩薩得入居頂諸菩薩數滿慈子言是諸菩薩於何等法不取何相舍利子言是諸菩薩於色蘊不取常無常相於受想行識蘊亦不取常無常相於色蘊不取樂無樂相於受想行識蘊亦不取樂無樂相於色蘊不取我無我相於受想行識蘊亦不取我無我相於色蘊不取淨不淨相於受想行識蘊亦不取淨不淨相於色蘊不取遠離不遠離相於受想行識蘊亦不取遠離不遠離相於色蘊不取寂靜不寂靜相於受想行識蘊亦不取寂靜不寂靜相是諸菩薩於眼處不取常無常相於耳鼻舌身意處亦不取常無常相於眼處不取樂

無樂相於耳鼻舌身意處亦不取樂無樂相於眼處不取我無我相於耳鼻舌身意處亦不取我無我相於眼處不取淨不淨相於耳鼻舌身意處亦不取淨不淨相於眼處不取遠離不遠離相於耳鼻舌身意處亦不取遠離不遠離相於眼處不取寂靜不寂靜相於耳鼻舌身意處亦不取寂靜不寂靜相是諸菩薩於色處不取常無常相於聲香味觸法處亦不取常無常相於色處不取樂無樂相於聲香味觸法處亦不取樂無樂相於色處不取我無我相於聲香味觸法處亦不取我無我相於色處不取淨不淨相於聲香味觸法處亦不取淨不淨相於色處不取遠離不遠離相於聲香味觸法處亦不取遠離不遠離相於色處不取寂靜不寂靜相於聲香味觸法處亦不取寂靜不寂靜相是諸菩薩於眼界不取常無常相於耳鼻舌身意界亦不取常無常相於眼界不取樂無樂相於耳鼻舌身意界亦不取樂無樂相於眼界不取我無我相於耳鼻舌身意界亦不取我無我相於眼界不取淨不淨相於耳鼻舌身意界亦不取淨不淨相於眼界不取遠離不遠離相於耳鼻舌身意界亦不取遠離不遠離相於眼界不取寂靜不寂靜相於耳鼻舌身意界亦不取寂靜不寂靜相是諸菩薩於色界不取常無常相於聲香味觸法界亦不取常無常相於色界不取樂無樂相於聲香味觸法界亦不取樂無樂相於色界不取我無我相於聲香味觸法界亦不取我無我相於色界不取淨不淨相於聲香味觸法界亦不取淨

不淨相於色界不取遠離不遠離相於聲香味觸法界亦不取遠離不遠離相於色界不取寂靜不寂靜相於聲香味觸法界亦不取寂靜不寂靜相是諸菩薩於眼識界不取常無常相於耳鼻舌身意識界亦不取常無常相於眼識界不取樂無樂相於耳鼻舌身意識界亦不取樂無樂相於眼識界不取我無我相於耳鼻舌身意識界亦不取我無我相於眼識界不取淨不淨相於耳鼻舌身意識界亦不取淨不淨相於眼識界不取遠離不遠離相於耳鼻舌身意識界亦不取遠離不遠離相於眼識界不取寂靜不寂靜相於耳鼻舌身意識界亦不取寂靜不寂靜相是諸菩薩於眼觸不取常無常相於耳鼻舌身意觸亦不取常無常相於眼觸不取樂無樂相於耳鼻舌身意觸亦不取樂無樂相於眼觸不取我無我相於耳鼻舌身意觸亦不取我無我相於眼觸不取淨不淨相於耳鼻舌身意觸亦不取淨不淨相於眼觸不取遠離不遠離相於耳鼻舌身意觸亦不取遠離不遠離相於眼觸不取寂靜不寂靜相於耳鼻舌身意觸亦不取寂靜不寂靜相是諸菩薩於眼觸爲緣所生諸受不取常無常相於耳鼻舌身意觸爲緣所生諸受亦不取常無常相於眼觸爲緣所生諸受不取樂無樂相於耳鼻舌身意觸爲緣所生諸受亦不取樂無樂相於眼觸爲緣所生諸受不取我無我相於耳鼻舌身意觸爲緣所生諸受亦不取我無我相於眼觸爲緣所生諸受不取淨不淨相於耳鼻舌身意觸爲緣所生諸受亦不取淨

不淨相於眼觸爲緣所生諸受不取遠離不遠離相於耳鼻舌身意觸爲緣所生諸受亦不取遠離不遠離相於眼觸爲緣所生諸受不取寂靜不寂靜相於耳鼻舌身意觸爲緣所生諸受亦不取寂靜不寂靜相是諸菩薩於地界不取常無常相於水火風空識界亦不取常無常相於地界不取樂無樂相於水火風空識界亦不取樂無樂相於地界不取我無我相於水火風空識界亦不取我無我相於地界不取淨不淨相於水火風空識界亦不取淨不淨相於地界不取遠離不遠離相於水火風空識界亦不取遠離不遠離相於地界不取寂靜不寂靜相於水火風空識界亦不取寂靜不寂靜相是諸菩薩於因緣不取常無常相於等無間緣所緣緣增上緣亦不取常無常相於因緣不取樂無樂相於等無間緣所緣緣增上緣亦不取樂無樂相於因緣不取我無我相於等無間緣所緣緣增上緣亦不取我無我相於因緣不取淨不淨相於等無間緣所緣緣增上緣亦不取淨不淨相於因緣不取遠離不遠離相於等無間緣所緣緣增上緣亦不取遠離不遠離相於因緣不取寂靜不寂靜相於等無間緣所緣緣增上緣亦不取寂靜不寂靜相是諸菩薩於無明不取常無常相於行識名色六處觸受愛取有生老死亦不取常無常相於無明不取樂無樂相於行識名色六處觸受愛取有生老死亦不取樂無樂相於無明不取我無我相於行識名色六處觸受愛取有生老死亦不取我無我相於無明不取淨不淨

相於行識名色六處觸受愛取有生老死亦不取淨不淨相於無明不取遠離不遠離相於行識名色六處觸受愛取有生老死亦不取遠離不遠離相於無明不取寂靜不寂靜相於行識名色六處觸受愛取有生老死亦不取寂靜不寂靜相是諸菩薩於欲界不取常無常相於色無色界亦不取常無常相於欲界不取樂無樂相於色無色界亦不取樂無樂相於欲界不取我無我相於色無色界亦不取我無我相於欲界不取淨不淨相於色無色界亦不取淨不淨相於欲界不取遠離不遠離相於色無色界亦不取遠離不遠離相於欲界不取寂靜不寂靜相於色無色界亦不取寂靜不寂靜相若諸菩薩能作如是方便善巧不取法相修行布施波羅蜜多是諸菩薩得入居頂諸菩薩數能得如頂一切智智又滿慈子若諸菩薩知一切法皆非實有遠離衆相而行布施波羅蜜多是諸菩薩得入居頂諸菩薩數能得如頂一切智智亦能教化一切有情令依如是一切智智發願趣求亦能證得又滿慈子若諸有情於無相法不起勝解則不能發一切智心若不能發一切智心則不能修諸菩薩行若不能修諸菩薩行則不能得一切智智若諸有情於無相法能起勝解則能發起一切智心若能發起一切智心則能修行諸菩薩行若能修行諸菩薩行則能證得一切智智又滿慈子若諸菩薩發心趣求一切智已隨所捨事皆能了知空無所有而行布施波羅蜜多謂如實知諸所捨事皆如幻化非如我等無始時

來所取諸相由能知故於諸所有皆能棄捨不取諸相諸有情類不如實知諸法非有皆如幻化故於諸事起堅執著由堅執著不能棄捨由不棄捨攝受慳悋由慳悋故身壞命終墮諸惡趣受貧窮苦隨有所得不能棄捨復於其中增長慳悋由斯復隨諸惡趣中受種種苦如是受苦皆由取相若諸菩薩方便善巧知法非有皆如幻化既如幻化皆應棄捨幻化非我及我所故於一切事皆能棄捨所以者何我我所事既不可得不應執著無執著故皆能棄捨由能棄捨於佛世尊所說正法深生愛樂謂作是念希有世尊善說諸法皆如幻化我依佛教一切能捨謂能棄捨如幻化法令我當得如幻無相無上菩提是諸菩薩作如是念諸佛世尊能作難作謂教菩薩如實了知諸法非有皆如幻化由了知故不生執著少用功力能捨一切疾證無上正等菩提是故菩薩欲證無上正等菩提應如是知諸法非有皆如幻化捨離衆相以無相心勤求如頂一切智智汝滿慈子勿謂我說如是法要是自辯才此皆如來威神之力

爾時佛告阿難陀言今舍利子諸有所說皆佛神力汝應受持我涅槃後當廣流布

大般若波羅蜜多經卷第五百八十

音釋

甕（烏貢切罋也汲水瓶也）擒縶（擒渠金切捉也縶音執絆也）銚銳（銚吾禾切刓方為圓曰銚銳俞芮切細小也）

大般若波羅蜜多經卷第五百八十一

唐三藏法師玄奘奉　詔譯

第十一布施波羅蜜多分之三

爾時滿慈子白佛言世尊若一切法皆非實有諸菩薩衆行布施時爲何所捨佛言菩薩行布施時都無所捨時滿慈子復白佛言若諸菩薩行布施時都無所捨是諸菩薩當證無上正等覺時爲何所得佛言菩薩如布施時於一切法都無所捨當證無上正等覺時於一切法亦無所得如菩薩衆行布施時於一切法都無所損如是菩薩當證無上正等覺時於一切法亦無所益損益二門相待立故又滿慈子如諸菩薩行布施時知一切法皆如幻化無實可捨如是菩薩當證無上正等覺時知一切法亦如幻化無實可得若諸菩薩行布施時於一切法實有所捨是諸菩薩當證無上正等覺時亦應於法實有所得然諸菩薩行布施時於一切法實無所捨是故菩薩當證無上正等覺時於一切法實無所得又滿慈子如二幻師戲爲交易一幻價直一化美團此中二事俱非實有如是菩薩行布施時捨如幻化非實有物當證無上正等覺時得如幻化非實有法是諸菩薩如布施時實無所損當證無上正等覺時亦無實益是諸菩薩行布施時雖似有損而實無損當證無上正等覺時雖似有益而實無益如彼幻師捨幻價直雖似有損而實無損如是菩薩行布施時捨非實物雖似有損而實無損如彼幻師得化美團雖似有益而實無益如是菩薩當證無上正等覺時雖似有益而

實無益如是法喻因果相稱諸有智者應正了知又滿慈子如巧幻師或彼弟子在四衢道化作女人忽現懷孕尋見生子其子俄爾便復命終於意云何彼女於子生時有喜死有憂耶滿慈子言彼女及子俱是幻有實無死生誰復於誰可生憂喜佛言如是如汝所說諸菩薩衆亦復如是行布施時無捨無損當證無上正等覺時無得無益是故菩薩行布施時雖有所捨而不生憂當證無上正等覺時雖有所得而亦無喜知所捨得如幻化故又滿慈子於意云何汝謂如來於諸善法有大欲不滿慈子言不也世尊不也善逝何以故如來所證諸法皆空如來能證諸法亦空空中都無欲所欲故佛言如是如汝所說如來觀見一切法空故善法中亦無大欲如

我今者於一切法都無欲心昔菩薩時雖行布施而於諸法都無所捨了達諸法畢竟空故諸佛世尊於一切法無愛無恚所以者何通達諸法皆非實有本性空寂愛恚斷故時滿慈子便白佛言甚奇世尊希有善逝諸菩薩摩訶薩如如於法能有所捨如是如是了達皆空虛妄不實性不堅固無自在用無所執著如我解佛所說義者諸菩薩摩訶薩雖以殑伽沙數世界盛滿珍寶施諸有情而於其中不作是念我能捨施爾所珍寶雖於其中無所執著而令布施波羅蜜多疾得圓滿如是菩薩能以布施所集善根與有情共迴向無上正等菩提作是事已起如是念菩薩法應一切皆捨我今雖捨所應捨物而所捨物皆如幻化若菩薩摩訶薩能如是知是菩

薩摩訶薩入菩薩數雖捨一切而無所捨雖得一切而無所得若諸菩薩不能如是如實了知非眞菩薩於諸財法不能捨施於大菩提不能證得爾時舍利子問滿慈子言諸菩薩摩訶薩以何等心應行布施滿慈子言唯舍利子先爲我等解說是義我於此義亦當少說時舍利子便謂具壽滿慈子言若菩薩摩訶薩欲證無上正等菩提是菩薩摩訶薩先應思惟一切法性畢竟空寂次應思惟一切智智具勝功德後應慇念一切有情貧乏珍財受諸苦惱作是念已便捨一切若有執受若無執受若內若外所有珍財施諸有情心無所著亦以正法施諸有情亦以無邊上妙供具恭敬供養佛法僧寶如是菩薩摩訶薩衆行布施時緣一切智心無所著應行布施如是布施隨順菩提疾能證得一切智智與諸有情作大饒益爾時世尊告舍利子如是如是如汝所說諸菩薩摩訶薩欲證無上正等菩提應觀法空緣一切智具勝功德慇念有情而行布施心無所著若能如是修行布施疾證無上正等菩提與諸有情作大饒益又舍利子汝今欲見十方世界菩薩施不舍利子言唯然欲見時舍利子及諸大衆承佛神力便見東方過百世界大蘊如來應正等覺聲聞菩薩大衆圍繞宣說布施波羅蜜多具勝功德能獲大果彼有菩薩名曰無礙雖處居家而無所著捨諸所有布施一切積珍寶聚其量如山隨諸有情所須皆施勸有情類自受用已復轉施他心無所礙如是行施無所染著晝夜精勤常無猒倦如是積集

衣服卧具飲食等物量各如山隨諸有情所須皆施勸有情類自受用已復轉施他心無所礙如是行施無所染著晝夜精勤常無猒倦時舍利子及諸大衆一切復見無礙菩薩七寶莊飾百千金車是一一車載一女寶形貌端正種種莊嚴一一女寶百女侍從各乘一車衆寶嚴飾一一車上置百千金及諸資緣無不具足置於市肆高聲唱言誰有須者隨意將去如是行施無所染著晝夜精勤常無猒倦爾時佛告舍利子言汝見東方無礙菩薩心無染著而行施不時舍利子便白佛言見已世尊見已善逝佛言菩薩求大菩提皆應如是修行布施又舍利子於意云何無礙菩薩施廣大不舍利子曰廣大世尊廣大善逝無礙菩薩布施善根量無邊際佛言如是如汝所說若有菩薩能觀法空緣一切智具勝功德慇念有情隨有所施於彼東方無礙菩薩所獲施福百倍爲勝千倍爲勝乃至鄔波尼殺曇倍亦復爲勝時舍利子及諸大衆承佛神力復見東方百千世界一一世界無量菩薩各捨所有布施一切積珍寶聚其量如山隨諸有情所須皆施勸有情類自受用已復轉施他心無所礙如是行施無所染著晝夜精勤常無猒倦如是積集衣服卧具飲食等物量各如山隨諸有情所須皆施勸有情類自受用已復轉施他心無所礙如是行施無所染著晝夜精勤常無猒倦爾時佛告舍利子言汝見東方百千世界一一世界無量菩薩心無染著而行施不時舍利子便白佛言見已世尊見已善逝佛言菩薩求大

菩提皆應如是修行布施又舍利子於意云何彼諸菩薩施廣大不舍利子曰廣大世尊廣大善逝彼諸菩薩布施善根量無邊際佛言如是如汝所説若有菩薩能觀法空緣一切智具勝功德愍念有情隨有所施於彼東方百千世界一一世界無量菩薩所獲施福百倍爲勝千倍爲勝乃至鄔波尼殺曇倍亦復爲勝時舍利子及諸大衆承佛神力復見東方殑伽沙等諸佛世界一一世界無量菩薩各捨所有布施一切積珍寶聚其量如山隨諸有情所須皆施勸有情類自受用已復轉施他心無所礙如是行施無所染著晝夜精勤常無猒倦如是積集衣服卧具飲食等物量各如山隨諸有情所須皆施勸有情類自受用已復轉施他心無所礙如是行施無所染著晝夜精勤常無猒倦爾時佛告舍利子言汝見東方殑伽沙等諸佛世界一一世界無量菩薩心無染著而行施不時舍利子便白佛言見已世尊見已善逝佛言菩薩求大菩提皆應如是修行布施又舍利子於意云何彼諸菩薩施廣大不舍利子曰廣大世尊廣大善逝彼諸菩薩布施善根量無邊際佛言如是如汝所説若有菩薩能觀法空緣一切智具勝功德愍念有情隨有所施於彼東方殑伽沙等諸佛世界一一世界無量菩薩所獲施福百倍爲勝千倍爲勝乃至鄔波尼殺曇倍亦復爲勝時舍利子及諸大衆承佛神力復見東方如十殑伽沙數世界一一世界無量菩薩各捨所有布施一切積珍寶聚其量如山隨諸有情所須皆施勸有情類

自受用已復轉施他心無所礙如是行施無所染著晝夜精勤常無猒倦如是積集衣服卧具飲食等物量各如山隨諸有情所須皆施勸有情類自受用已復轉施他心無所礙如是行施無所染著晝夜精勤常無猒倦爾時佛告舍利子言汝見東方如十殑伽沙數世界一一世界無量菩薩心無染著而行施不時舍利子便白佛言見已世尊見已善逝佛言菩薩求大菩提皆應如是修行布施又舍利子於意云何彼諸菩薩施廣大不舍利子曰廣大世尊廣大善逝彼諸菩薩布施善根量無邊際佛言如是如汝所說若有菩薩能觀法空緣一切智具勝功德愍念有情隨有所施於彼東方如十殑伽沙數世界一一世界無量菩薩所獲施福百倍爲勝千倍爲勝乃至鄔波尼殺曇倍亦復爲勝時舍利子及諸大衆承佛神力復見東方如百殑伽沙數世界一一世界無量菩薩各捨所有布施一切積珍寶聚其量如山隨諸有情所須皆施勸有情類自受用已復轉施他心無所礙如是行施無所染著晝夜精勤常無猒倦如是積集衣服卧具飲食等物量各如山隨諸有情所須皆施勸有情類自受用已復轉施他心無所礙如是行施無所染著晝夜精勤常無猒倦爾時佛告舍利子言汝見東方如百殑伽沙數世界一一世界無量菩薩心無染著而行施不時舍利子便白佛言見已世尊見已善逝佛言菩薩求大菩提皆應如是修行布施又舍利子於意云何彼諸菩薩施廣大不舍利子曰廣大世尊廣大善逝彼諸

菩薩布施善根量無邊際佛言如是如汝所說若有菩薩能觀法空緣一切智具勝功德愍念有情隨有所施於彼東方如百殑伽沙數世界一一世界無量菩薩所獲施福百倍爲勝千倍爲勝乃至鄔波尼殺曇倍亦復爲勝時舍利子及諸大衆承佛神力復見東方如千殑伽沙數世界一一世界無量菩薩各捨所有布施一切積珍寶聚其量如山隨諸有情所須皆施勸有情類自受用已復轉施他心無所礙如是行施無所染著晝夜精勤常無猒倦如是積集衣服卧具飲食等物量各如山隨諸有情所須皆施勸有情類自受用已復轉施他心無所礙如是行施無所染著晝夜精勤常無猒倦爾時佛告舍利子言汝見東方如千殑伽沙數世界一一世界無量菩薩心無染著而行施不時舍利子便白佛言見已世尊見已善逝佛言菩薩求大菩提皆應如是修行布施又舍利子於意云何彼諸菩薩施廣大不舍利子曰廣大世尊廣大善逝彼諸菩薩布施善根量無邊際佛言如是如汝所說若有菩薩能觀法空緣一切智具勝功德愍念有情隨有所施於彼東方如千殑伽沙數世界一一世界無量菩薩所獲施福百倍爲勝千倍爲勝乃至鄔波尼殺曇倍亦復爲勝時舍利子及諸大衆承佛神力復見東方百千殑伽沙數世界一一世界無量菩薩各施所有布施一切積珍寶聚其量如山隨諸有情所須皆施勸有情類自受用已復轉施他心無所礙如是行施無所染著晝夜精勤常無猒倦如是積集衣服卧具

飲食等物量各如山隨諸有情所須皆施勸有情類自受用已復轉施他心無所礙如是行施無所染著晝夜精勤常無猒倦爾時佛告舍利子言汝見東方百千殑伽沙數世界一一世界無量菩薩心無染著而行施不時舍利子便白佛言見已世尊見已善逝佛言菩薩求大菩提皆應如是修行布施又舍利子於意云何彼諸菩薩施廣大不舍利子曰廣大世尊廣大善逝彼諸菩薩布施善根量無邊際佛言如是如汝所說若有菩薩能觀法空緣一切智具勝功德慇念有情隨有所施於彼東方百千殑伽沙數世界一一世界無量菩薩所獲施福百倍爲勝千倍爲勝乃至鄔波尼殺曇倍亦復爲勝時舍利子及諸大衆承佛神力復見東方無數殑伽沙數世

界一一世界無量菩薩各捨所有布施一切積珍寶聚其量如山隨諸有情所須皆施勸有情類自受用已復轉施他心無所礙如是積行施無所染著晝夜精勤常無猒倦如是積集衣服卧具飲食等物量各如山隨諸有情所須皆施勸有情類自受用已復轉施他心無所礙如是行施無所染著晝夜精勤常無猒倦爾時佛告舍利子言汝見東方無數殑伽沙數世界一一世界無量菩薩心無染著而行施不時舍利子便白佛言見已世尊見已善逝佛言菩薩求大菩提皆應如是修行布施又舍利子於意云何彼諸菩薩施廣大不舍利子曰廣大世尊廣大善逝彼諸菩薩布施善根量無邊際佛言如是如汝所說若有菩薩能觀法空緣一切智具勝功德慇念

有情隨有所施於彼東方無數殑伽沙數世界一一世界無量菩薩所獲施福百倍爲勝千倍爲勝乃至鄔波尼殺曇倍亦復爲勝時舍利子及諸大衆承佛神力復見南方百千世界如是乃至復見南方無數殑伽沙數世界一一世界無量菩薩各捨所有布施一切積珍寶聚其量如山隨諸有情所須皆施勸有情類自受用已復轉施他心無所礙如是行施無所染著晝夜精勤常無猒倦如是積集衣服卧具飲食等物量各如山隨諸有情所須皆施勸有情類自受用已復轉施他心無所礙如是行施無所染著晝夜精勤常無猒倦爾時佛告舍利子言汝見南方百千世界如是乃至無數殑伽沙數世界一一世界無量菩薩心無染著而行施不時舍利子便白佛言見已世尊見已善逝佛言菩薩求大菩提皆應如是修行布施又舍利子於意云何彼諸菩薩施廣大不舍利子曰廣大世尊廣大善逝彼諸菩薩布施善根量無邊際佛言如是如汝所說若有菩薩能觀法空緣一切智具勝功德愍念有情隨有所施於彼南方百千世界如是乃至無數殑伽沙數世界一一世界無量菩薩所獲施福百倍爲勝千倍爲勝乃至鄔波尼殺曇倍亦復爲勝時舍利子及諸大衆承佛神力復見西方百千世界如是乃至復見西方無數殑伽沙數世界一一世界無量菩薩各捨所有布施一切積珍寶聚其量如山隨諸有情所須皆施勸有情類自受用已復轉施他心無所礙如是行施無所染著晝夜精勤常無猒倦如是積集

衣服卧具飲食等物量各如山隨諸有情所須皆施勸有情類自受用已復轉施他心無所礙如是行施無所染著晝夜精勤常無猒倦爾時佛告舍利子言汝見西方百千世界如是乃至無數殑伽沙數世界一一世界無量菩薩心無染著而行施不時舍利子便白佛言見已世尊見已善逝佛言菩薩求大菩提皆應如是修行布施又舍利子於意云何彼諸菩薩施廣大不舍利子曰廣大世尊廣大善逝彼諸菩薩布施善根量無邊際佛言如是如汝所說若有菩薩能觀法空緣一切智具勝功德愍念有情隨有所施於彼西方百千世界如是乃至無數殑伽沙數世界一一世界無量菩薩所獲施福百倍爲勝千倍爲勝乃至鄔波尼殺曇倍亦復爲勝時舍利子及諸大衆承佛神力復見北方百千世界如是乃至復見北方無數殑伽沙數世界一一世界無量菩薩各捨所有布施一切積珍寶聚其量如山隨諸有情所須皆施勸有情類自受用已復轉施他心無所礙如是行施無所染著晝夜精勤常無猒倦如是積集衣服卧具飲食等物量各如山隨諸有情所須皆施勸有情類自受用已復轉施他心無所礙如是行施無所染著晝夜精勤常無猒倦爾時佛告舍利子言汝見北方百千世界如是乃至無數殑伽沙數世界一一世界無量菩薩心無染著而行施不時舍利子便白佛言見已世尊見已善逝佛言菩薩求大菩提皆應如是修行布施又舍利子於意云何彼諸菩薩施廣大不舍利子曰廣大世尊廣大

善逝彼諸菩薩布施善根量無邊際佛言如是如汝所説若有菩薩能觀法空緣一切智具勝功德愍念有情隨有所施於彼北方百千世界如是乃至無數殑伽沙數世界一一世界無量菩薩所獲施福百倍爲勝千倍爲勝乃至鄔波尼殺曇倍亦復爲勝時舍利子及諸大衆承佛神力復見東南方百千世界如是乃至復見東南方無數殑伽沙數世界一一世界無量菩薩各捨所有布施一切積珍寶聚其量如山隨諸有情所須皆施勸有情類自受用已復轉施他心無所礙如是行施無所深著晝夜精勤常無猒倦如是積集衣服卧具飲食等物量各如山隨諸有情所須皆施勸有情類自受用已復轉施他心無所礙如是行施無所深著晝夜精勤常無猒倦爾時佛告舍利子言汝見東南方百千世界如是乃至無數殑伽沙數世界一一世界無量菩薩心無染著而行施不時舍利子便白佛言見已世尊見已善逝佛言菩薩求大菩提皆應如是修行布施又舍利子於意云何彼諸菩薩施廣大不舍利子曰廣大世尊廣大善逝彼諸菩薩布施善根量無邊際佛言如是如汝所説若有菩薩能觀法空緣一切智具勝功德愍念有情隨有所施於彼東南方百千世界如是乃至無數殑伽沙數世界一一世界無量菩薩所獲施福百倍爲勝千倍爲勝乃至鄔波尼殺曇倍亦復爲勝時舍利子及諸大衆承佛神力復見西南方百千世界如是乃至復見西南方無數殑伽沙數世界一一世界無量菩薩各捨所有布施

一切積珍寶聚其量如山隨諸有情所須皆施勸有情類自受用已復轉施他心無所礙如是行施無所染著晝夜精勤常無猒倦如是積集衣服卧具飲食等物量各如山隨諸有情所須皆施勸有情類自受用已復轉施他心無所礙如是行施無所染著晝夜精勤常無猒倦爾時佛告舍利子言汝見西南方百千世界如是乃至無數殑伽沙數世界一一世界無量菩薩心無染著而行施不時舍利子便白佛言見已世尊見已善逝佛言菩薩求大菩提皆應如是修行布施又舍利子於意云何彼諸菩薩施廣大不舍利子曰廣大世尊廣大善逝彼諸菩薩布施善根量無邊際佛言如是如汝所説若有菩薩能觀法空縁一切智具勝功德慇念有情隨有所施

於彼西南方百千世界如是乃至無數殑伽沙數世界一一世界無量菩薩所獲施福百倍爲勝千倍爲勝乃至鄔波尼殺曇倍亦復爲勝時舍利子及諸大衆承佛神力復見西北方百千世界如是乃至復見西北方無數殑伽沙數世界一一世界無量菩薩各捨所有布施一切積珍寶聚其量如山隨諸有情所須皆施勸有情類自受用已復轉施他心無所礙如是行施無所染著晝夜精勤常無猒倦如是積集衣服卧具飲食等物量各如山隨諸有情所須皆施勸有情類自受用已復轉施他心無所礙如是行施無所染著晝夜精勤常無猒倦爾時佛告舍利子言汝見西北方百千世界如是乃至無數殑伽沙數世界一一世界無量菩薩心無染著而行施

不時舍利子便白佛言見已世尊見已善逝佛言菩薩求大菩提皆應如是修行布施又舍利子於意云何彼諸菩薩施廣大不舍利子曰廣大世尊廣大善逝彼諸菩薩布施善根量無邊際佛言如是如汝所說若有菩薩能觀法空緣一切智具勝功德愍念有情隨有所施於彼西北方百千世界如是乃至無數殑伽沙數世界一一世界無量菩薩所獲施福百倍爲勝千倍爲勝乃至鄔波尼殺曇倍亦復爲勝時舍利子及諸大衆承佛神力復見東北方百千世界如是乃至復見東北方無數殑伽沙數世界一一世界無量菩薩各捨所有布施一切積珍寶聚其量如山隨諸有情所須皆施勸有情類自受用已復轉施他心無所礙如是行施無所染著晝夜精勤常無猒倦如是積集衣服卧具飲食等物量各如山隨諸有情所須皆施勸有情類自受用已復轉施他心無所礙如是行施無所染著晝夜精勤常無猒倦爾時佛告舍利子言汝見東北方百千世界如是乃至無數殑伽沙數世界一一世界無量菩薩心無染著而行施不時舍利子便白佛言見已世尊見已善逝佛言菩薩求大菩提皆應如是修行布施又舍利子於意云何彼諸菩薩施廣大不舍利子曰廣大世尊廣大善逝彼諸菩薩布施善根量無邊際佛言如是如汝所說若有菩薩能觀法空緣一切智具勝功德愍念有情隨有所施於彼東北方百千世界如是乃至無數殑伽沙數世界一一世界無量菩薩所獲施福百倍爲勝千倍爲勝乃至鄔波

尼殺曇倍亦復爲勝時舍利子及諸大衆承佛神力復見下方百千世界如是乃至復見下方無數殑伽沙數世界一一世界無量菩薩各捨所有布施一切積珍寶聚其量如山隨諸有情所須皆施勸有情類自受用已復轉施他心無所礙如是行施無所染著晝夜精勤常無猒倦如是積集衣服卧具飲食等物量各如山隨諸有情所須皆施勸有情類自受用已復轉施他心無所礙如是行施無所染著晝夜精勤常無猒倦爾時佛告舍利子言汝見下方百千世界如是乃至無數殑伽沙數世界一一世界無量菩薩心無染著而行施不時舍利子便白佛言見已世尊見已善逝佛言菩薩求大菩提皆應如是修行布施又舍利子於意云何彼諸菩薩施廣大不舍利子曰廣大世尊廣大善逝彼諸菩薩布施善根量無邊際佛言如是如汝所說若有菩薩能觀法空緣一切智具勝功德慇念有情隨有所施於彼下方百千世界如是乃至無數殑伽沙數世界一一世界無量菩薩所獲施福百倍爲勝千倍爲勝乃至鄔波尼殺曇倍亦復爲勝時舍利子及諸大衆承佛神力復見上方百千世界如是乃至復見上方無數殑伽沙數世界一一世界無量菩薩各捨所有布施一切積珍寶聚其量如山隨諸有情所須皆施勸有情類自受用已復轉施他心無所礙如是行施無所染著晝夜精勤常無猒倦如是積集衣服卧具飲食等物量各如山隨諸有情所須皆施勸有情類自受用已復轉施他心無所礙如是行施無所

染著晝夜精勤常無猒倦爾時佛告舍利子言汝見上方百千世界如是乃至無數殑伽沙數世界一一世界無量菩薩心無染著而行施不時舍利子便白佛言見已世尊見已善逝佛言菩薩求大菩提皆應如是修行布施又舍利子於意云何彼諸菩薩施廣大不舍利子曰廣大世尊廣大善逝彼諸菩薩布施善根量無邊際佛言如是如汝所說若有菩薩能觀法空緣一切智具勝功德慇念有情隨有所施於彼上方百千世界如是乃至無數殑伽沙數世界一一世界無量菩薩所獲施福百倍爲勝千倍爲勝乃至鄔波尼殺曇倍亦復爲勝復次舍利子菩薩摩訶薩欲疾證得一切智智窮未來際利樂有情應觀法空緣一切智具勝功德慇念有情受貧匱苦應行布施波羅蜜多持此善根普施一切令脫惡趣生死衆苦作是願言十方世界諸有情類由我善根功德威力未發無上菩提心者令速發心已發無上菩提心者令永不退若於無上正等菩提已不退者令速圓滿一切智智

大般若波羅蜜多經卷第五百八十一

音釋

殑伽　梵語也此云天堂來河名也以從高處來故殑其陵切伽求迦切

鄔波泥殺曇　梵語也此謂數之極鄔安古切曇徒南切

貧匱　匱求位切乏也竭也

大般若波羅蜜多經卷第五百八十二

唐三藏法師玄奘奉　詔譯

第十一布施波羅蜜多分之四

爾時舍利子白佛言世尊云何菩薩最初發心云何菩薩第二發心云何菩薩住不退地云何菩薩坐菩提座惟願世尊哀愍爲説爾時佛告舍利子言若諸菩薩最初發心超阿羅漢應受一切世間天人阿素洛等妙供養故若諸菩薩第二發心超獨覺地普覺一切我空法空所顯平等眞法界故若諸菩薩住不退地超未受記不定菩薩定當證得大菩提故不爲煩惱閒雜心故若諸菩薩坐菩提座不起定得一切智智以諸菩薩坐菩提座若未證得一切智智無處無容起斯座故又舍利子過去未來現在菩薩坐菩提座定無未得一切智智於其中間起兹座者又舍利子汝等應知若時菩薩坐菩提座即是如來坐菩提座所以者何如是菩薩定證無上正等菩提號爲如來應正等覺如實利樂諸有情故時舍利子及諸大衆佛神力故即見東方無量殑伽沙等世界無數菩薩坐菩提座無數菩薩證大菩提無數菩薩以正信心出趣非家修菩薩行無數菩薩以無染心現處居家修菩薩行佛神力故復見東方無量殑伽沙等世界無數菩薩能捨種種難捨珍寶施諸有情無數菩薩斬自身首施諸有情無數菩薩劓鼻割耳施諸有情無數菩薩刖足截手施諸有情無數菩薩刺身出血施諸有情無數菩薩析骨出髓施諸有情無數菩薩分解支節施諸有情無數菩薩捨愛妻子施

諸有情無數菩薩捨上田宅施諸有情無數菩薩捨象馬等種種禽獸施諸有情無數菩薩捨諸奴婢僮僕作使施諸有情無數菩薩捨妙飲食衣服卧具種種財物施諸有情佛神力故復見東方無量殑伽沙等世界無數菩薩作轉輪王行菩薩道無數菩薩作天帝釋行菩薩道無數菩薩生覩史多天爲諸天衆說種種妙法無數菩薩從彼天沒來入母胎化有情類無數菩薩初生即能爲諸有情說微妙法無數菩薩爲欲拔濟諸有情故受種種苦佛神力故復見東方無量殑伽沙等世界無數菩薩爲欲化度少分有情以足履地百踰繕那或足履地二百三百四百五百或復乃至千踰繕那若復過此隨至其所種種方便殷勤勸誨少分有情令漸受持十善業道無數菩薩爲欲化度少分有情以足履地百踰繕那或足履地二百三百四百五百或復乃至千踰繕那若復過此隨至其所種種方便殷勤勸誨少分有情令彼歸依佛法僧寶無數菩薩爲欲化度少分有情以足履地百踰繕那或足履地二百三百四百五百或復乃至千踰繕那若復過此隨至其所種種方便殷勤勸誨少分有情令漸受持八近住戒無數菩薩爲欲化度少分有情以足履地百踰繕那或足履地二百三百四百五百或復乃至千踰繕那若復過此隨至其所種種方便殷勤勸誨少分有情令漸受持五近事戒無數菩薩爲欲化度少分有情以足履地百踰繕那或足履地二百三百四百五百或復乃至千踰繕那若復過此隨至其所種

種方便殷勤勸誨少分有情令彼受持諸出家戒無數菩薩爲欲化度少分有情以足履地百踰繕那或足履地二百三百四百五百或復乃至千踰繕那若復過此隨至其所種種方便殷勤勸誨少分有情令彼發心趣聲聞果精勤修學聲聞乘行無數菩薩爲欲化度少分有情以足履地百踰繕那或足履地二百三百四百五百或復乃至千踰繕那若復過此隨至其所種種方便殷勤勸誨少分有情令彼發心趣獨覺果精勤修學獨覺乘行無數菩薩爲欲化度少分有情以足履地百踰繕那或足履地二百三百四百五百或復乃至千踰繕那若復過此隨至其所種種方便殷勤勸誨少分有情令彼發心趣無上果精勤修學無上乘行佛神力故復見東方無量殑伽沙等世界無數菩薩爲欲化度少分有情以神通力往一世界或十或百或千或萬乃至或往無量世界隨至其所種種方便示現教導讚勵慶喜令勤修學或四靜慮或四無量或四無色定無數菩薩爲欲化度少分有情以神通力往一世界或十或百或千或萬乃至或往無量世界隨至其所種種方便示現教導讚勵慶喜令勤修學或四念住或四正斷或四神足或五根或五力或七等覺支或八聖道支無數菩薩爲欲化度少分有情以神通力往一世界或十或百或千或萬乃至或往無量世界隨至其所種種方便示現教導讚勵慶喜令勤修學布施淨戒安忍精進靜慮般若波羅蜜多無數菩薩爲欲化度少分有情以神通力往一世界或十

或百或千或萬乃至或徃無量世界隨至其所種種方便示現教導讃勵慶喜令勤修學內空外空內外空空空大空勝義空有爲空無爲空畢竟空無際空散空無變異空本性空自相空共相空一切法空不可得空無性空自性空無性自性空無數菩薩爲欲化度少分有情以神通力徃一世界或十或百或千或萬乃至或徃無量世界隨至其所種種方便示現教導讃勵慶喜令勤修學眞如法界法性不虚妄性不變異性平等性離生性法定法住實際虚空界不思議界無數菩薩爲欲化度少分有情以神通力徃一世界或十或百或千或萬乃至或徃無量世界隨至其所種種方便示現教導讃勵慶喜令勤修學空無相無願解脫門無數菩薩爲欲化度

少分有情以神通力徃一世界或十或百或千或萬乃至或徃無量世界隨至其所種種方便示現教導讃勵慶喜令勤修學或八解脫或八勝處或九次第定或十遍處無數菩薩爲欲化度少分有情以神通力徃一世界或十或百或千或萬乃至或徃無量世界隨至其所種種方便示現教導讃勵慶喜令勤修學淨觀地種性地第八地具見地薄地離欲地已辦地獨覺地菩薩地如來地無數菩薩爲欲化度少分有情以神通力徃一世界或十或百或千或萬乃至或徃無量世界隨至其所種種方便示現教導讃勵慶喜令勤修學極喜地離垢地發光地焰慧地極難勝地現前地遠行地不動地善慧地法雲地無數菩薩爲欲化度少分有情以神通力徃一

世界或十或百或千或萬乃至或往無量世界隨至其所種種方便示現教導讚勵慶喜令勤修學或五眼或六神通無數菩薩爲欲化度少分有情以神通力往一世界或十或百或千或萬乃至或往無量世界隨至其所種種方便示現教導讚勵慶喜令勤修學或陀羅尼門或三摩地門無數菩薩爲欲化度少分有情以神通力往一世界或十或百或千或萬乃至或往無量世界隨至其所種種方便示現教導讚勵慶喜令勤修學或如來十力或四無所畏或四無礙解或大慈大悲大喜大捨或十八佛不共法或三十二大士相或八十隨好或無忘失法或恒住捨性或餘無量無邊佛法佛神力故復見東方無量殑伽沙等世界無數菩薩外道法中出家修行不聞不見波羅蜜多相應法故多百千劫流轉生死不能證得一切智智無數菩薩於佛法中出家修行數聞數見波羅蜜多相應法故受持讀誦如理思惟爲他演說疾能證得一切智智無數菩薩雖勤精進無間訪求波羅蜜多相應之法無方便故而不能得無數菩薩精進訪求波羅蜜多相應之法有方便故雖少用功而便獲得無數菩薩修行種種難行苦行無數菩薩棄捨苦行修學中道無數菩薩詣菩提樹無數菩薩坐金剛座無數菩薩降伏無量天魔怨敵令退散已證得無上正等菩提佛神力故復見東方無量殑伽沙等世界無數如來應正等覺爲諸菩薩摩訶薩衆宣說色蘊常無常相不可得宣說受想行識蘊常無常相亦不可得宣說色蘊

樂無樂相不可得宣說受想行識蘊樂無樂相亦不可得宣說色蘊我無我相不可得宣說受想行識蘊我無我相亦不可得宣說色蘊淨不淨相不可得宣說受想行識蘊淨不淨相亦不可得宣說色蘊遠離不遠離相不可得宣說受想行識蘊遠離不遠離相亦不可得宣說色蘊寂靜不寂靜相不可得宣說受想行識蘊寂靜不寂靜相亦不可得無數如來應正等覺爲諸菩薩摩訶薩衆宣說眼處常無常相不可得宣說耳鼻舌身意處常無常相亦不可得宣說眼處樂無樂相不可得宣說耳鼻舌身意處樂無樂相亦不可得宣說眼處我無我相不可得宣說耳鼻舌身意處我無我相亦不可得宣說眼處淨不淨相不可得宣說耳鼻舌身意處淨不淨相亦不可得宣說眼處遠離不遠離相不可得宣說耳鼻舌身意處遠離不遠離相亦不可得宣說眼處寂靜不寂靜相不可得宣說耳鼻舌身意處寂靜不寂靜相亦不可得無數如來應正等覺爲諸菩薩摩訶薩衆宣說色處常無常相不可得宣說聲香味觸法處常無常相亦不可得宣說色處樂無樂相不可得宣說聲香味觸法處樂無樂相亦不可得宣說色處我無我相不可得宣說聲香味觸法處我無我相亦不可得宣說色處淨不淨相不可得宣說聲香味觸法處淨不淨相亦不可得宣說色處遠離不遠離相不可得宣說聲香味觸法處遠離不遠離相亦不可得宣說色處寂靜不寂靜相不可得宣說聲香味觸法處寂靜不寂靜相亦不可得無數如來

應正等覺爲諸菩薩摩訶薩衆宣說眼界常無常相不可得宣說耳鼻舌身意界常無常相亦不可得宣說眼界樂無樂相不可得宣說耳鼻舌身意界樂無樂相亦不可得宣說眼界我無我相不可得宣說耳鼻舌身意界我無我相亦不可得宣說眼界淨不淨相不可得宣說耳鼻舌身意界淨不淨相亦不可得宣說眼界遠離不遠離相不可得宣說耳鼻舌身意界遠離不遠離相亦不可得宣說眼界寂靜不寂靜相不可得宣說耳鼻舌身意界寂靜不寂靜相亦不可得無數如來應正等覺爲諸菩薩摩訶薩衆宣說色界常無常相不可得宣說聲香味觸法界常無常相亦不可得宣說色界樂無樂相不可得宣說聲香味觸法界樂無樂相亦不可得宣說色界我無我相不可得宣說聲香味觸法界我無我相亦不可得宣說色界淨不淨相不可得宣說聲香味觸法界淨不淨相亦不可得宣說色界遠離不遠離相不可得宣說聲香味觸法界遠離不遠離相亦不可得宣說色界寂靜不寂靜相不可得宣說聲香味觸法界寂靜不寂靜相亦不可得無數如來應正等覺爲諸菩薩摩訶薩衆宣說眼識界常無常相不可得宣說耳鼻舌身意識界常無常相亦不可得宣說眼識界樂無樂相不可得宣說耳鼻舌身意識界樂無樂相亦不可得宣說眼識界我無我相不可得宣說耳鼻舌身意識界我無我相亦不可得宣說眼識界淨不淨相不可得宣說耳鼻舌身意識界淨不淨相亦不可得宣說眼識界遠離不遠離

相不可得宣說耳鼻舌身意識界遠離不遠離相亦不可得宣說眼識界寂靜不寂靜相不可得宣說耳鼻舌身意識界寂靜不寂靜相亦不可得無數如來應正等覺爲諸菩薩摩訶薩衆宣說眼觸常無常相不可得宣說耳鼻舌身意觸常無常相亦不可得宣說眼觸樂無樂相不可得宣說耳鼻舌身意觸樂無樂相亦不可得宣說眼觸我無我相不可得宣說耳鼻舌身意觸我無我相亦不可得宣說眼觸淨不淨相不可得宣說耳鼻舌身意觸淨不淨相亦不可得宣說眼觸遠離不遠離相不可得宣說耳鼻舌身意觸遠離不遠離相亦不可得宣說眼觸寂靜不寂靜相不可得宣說耳鼻舌身意觸寂靜不寂靜相亦不可得無數如來應正等覺爲諸菩薩摩

訶薩衆宣說眼觸爲緣所生諸受常無常相不可得宣說耳鼻舌身意觸爲緣所生諸受常無常相亦不可得宣說眼觸爲緣所生諸受樂無樂相不可得宣說耳鼻舌身意觸爲緣所生諸受樂無樂相亦不可得宣說眼觸爲緣所生諸受我無我相不可得宣說耳鼻舌身意觸爲緣所生諸受我無我相亦不可得宣說眼觸爲緣所生諸受淨不淨相不可得宣說耳鼻舌身意觸爲緣所生諸受淨不淨相亦不可得宣說眼觸爲緣所生諸受遠離不遠離相不可得宣說耳鼻舌身意觸爲緣所生諸受遠離不遠離相亦不可得宣說眼觸爲緣所生諸受寂靜不寂靜相不可得宣說耳鼻舌身意觸爲緣所生諸受寂靜不寂靜相亦不可得無數如來應正等覺爲諸

菩薩摩訶薩衆宣說地界常無常相不可得宣說水火風空識界常無常相亦不可得宣說地界樂無樂相不可得宣說水火風空識界樂無樂相亦不可得宣說地界我無我相不可得宣說水火風空識界我無我相亦不可得宣說地界淨不淨相不可得宣說水火風空識界淨不淨相亦不可得宣說地界遠離不遠離相不可得宣說水火風空識界遠離不遠離相亦不可得宣說地界寂靜不寂靜相不可得宣說水火風空識界寂靜不寂靜相亦不可得無數如來應正等覺爲諸菩薩摩訶薩衆宣說因緣常無常相不可得宣說等無間緣所緣緣增上緣常無常相亦不可得宣說因緣樂無樂相不可得宣說等無間緣所緣緣增上緣樂無樂相亦不可得宣說因緣我無我相不可得宣說等無間緣所緣緣增上緣我無我相亦不可得宣說因緣淨不淨相不可得宣說等無間緣所緣緣增上緣淨不淨相亦不可得宣說因緣遠離不遠離相不可得宣說等無間緣所緣緣增上緣遠離不遠離相亦不可得宣說因緣寂靜不寂靜相不可得宣說等無間緣所緣緣增上緣寂靜不寂靜相亦不可得無數如來應正等覺爲諸菩薩摩訶薩衆宣說無明常無常相不可得宣說行識名色六處觸受愛取有生老死常無常相亦不可得宣說無明樂無樂相不可得宣說行識名色六處觸受愛取有生老死樂無樂相亦不可得宣說無明我無我相不可得宣說行識名色六處觸受愛取有生老死我無我相亦不可得宣說無

明淨不淨相不可得宣說行識名色六處觸受愛取有生老死淨不淨相亦不可得宣說無明遠離不遠離相不可得宣說行識名色六處觸受愛取有生老死遠離不遠離相亦不可得宣說無明寂靜不寂靜相不可得宣說行識名色六處觸受愛取有生老死寂靜不寂靜相亦不可得無數如來應正等覺爲諸大衆宣說種種有無有等差別法門佛神力故復見東方無量殑伽沙等世界無數如來應正等覺爲欲饒益諸菩薩故多俱胝劫不般涅槃未發無上菩提心者令其發心已發無上菩提心者令永不退若於無上正等菩提已不退者令其圓滿一切智智無數如來應正等覺爲欲饒益諸聲聞故經多劫住方便成熟未發心者化令發心已發心者令勤修行已修行者令其證得阿羅漢果無數如來應正等覺爲欲饒益諸獨覺故經多劫住方便成熟未發心者化令發心已發心者令勤修行已修行者令其證得獨覺菩提無數如來應正等覺爲欲饒益諸有情故經多劫住方便成熟或令無量殑伽沙等諸有情類隨其種性得般涅槃或令無量殑伽沙等諸有情類脫惡趣苦得人天樂無數如來應正等覺以神通力往餘無量無邊世界方便善巧利益安樂無量有情時舍利子見如是事歡喜踊躍便白佛言甚奇世尊希有善逝成就如是大威神力能令我等得見東方無量殑伽沙等世界無數菩薩摩訶薩衆行菩薩行種種差別無數如來應正等覺種種方便饒益有情甚奇世尊希有善逝諸佛成就

廣大妙法能令菩薩發心趣求諸佛所成廣大妙法所謂無上正等菩提爾時世尊告舍利子如是如是如汝所說諸佛成就廣大妙法能令菩薩發心趣求諸佛所成廣大妙法所謂無上正等菩提由此能修資粮圓滿疾能證得一切智智時舍利子及諸大衆佛神力故復見南方無量殑伽沙等世界無數菩薩坐菩提座廣說乃至無數菩薩降伏無量天魔怨敵令退散已證得無上正等菩提佛神力故復見南方無量殑伽沙等世界無數如來應正等覺爲諸菩薩摩訶薩衆宣說色蘊常無常相不可得宣說受想行識蘊常無常相亦不可得廣說乃至無數如來應正等覺以神通力往餘無量無邊世界方便善巧利益安樂無量有情時舍利子見如是事歡喜踊躍便白佛言甚奇世尊希有善逝成就如是大威神力能令我等得見南方無量殑伽沙等世界無數菩薩摩訶薩衆行菩薩行種種差別無數如來應正等覺種種方便饒益有情甚奇世尊希有善逝諸佛成就廣大妙法能令菩薩發心趣求諸佛所成廣大妙法所謂無上正等菩提爾時世尊告舍利子如是如是如汝所說諸佛成就廣大妙法能令菩薩發心趣求諸佛所成廣大妙法所謂無上正等菩提由此能修資粮圓滿疾能證得一切智智時舍利子及諸大衆佛神力故復見西方無量殑伽沙等世界無數菩薩坐菩提座廣說乃至無數菩薩降伏無量天魔怨敵令退散已證得無上正等菩提佛神力故復見西方無量殑伽沙等世界無數如來

應正等覺爲諸菩薩摩訶薩衆宣說色蘊常無常相不可得宣說受想行識蘊常無常相亦不可得廣說乃至無數如來應正等覺以神通力往餘無量無邊世界方便善巧利益安樂無量有情時舍利子見如是事歡喜踊躍便白佛言甚奇世尊希有善逝成就如是大威神力能令我等得見西方無量殑伽沙等世界無數菩薩摩訶薩衆行菩薩行種種差別無數如來應正等覺種種方便饒益有情甚奇世尊希有善逝諸佛成就廣大妙法能令菩薩發心趣求諸佛所成廣大妙法所謂無上正等菩提爾時世尊告舍利子如是如是如汝所說諸佛成就廣大妙法能令菩薩發心趣求諸佛所成廣大妙法所謂無上正等菩提由此能修資粮圓滿疾能證得一切智智時舍利子及諸大衆佛神力故復見北方無量殑伽沙等世界無數菩薩坐菩提座廣說乃至無數菩薩降伏無量天魔怨敵令退散已證得無上正等菩提佛神力故復見北方無量殑伽沙等世界無數如來應正等覺爲諸菩薩摩訶薩衆宣說色蘊常無常相不可得宣說受想行識蘊常無常相亦不可得廣說乃至無數如來應正等覺以神通力往餘無量無邊世界方便善巧利益安樂無量有情時舍利子見如是事歡喜踊躍便白佛言甚奇世尊希有善逝成就如是大威神力能令我等得見北方無量殑伽沙等世界無數菩薩摩訶薩衆行菩薩行種種差別無數如來應正等覺種種方便饒益有情甚奇世尊希有善逝諸佛成就廣大妙法能令

菩薩發心趣求諸佛所成廣大妙法所謂無上正等菩提爾時世尊告舍利子如是如是如汝所說諸佛成就廣大妙法能令菩薩發心趣求諸佛所成廣大妙法所謂無上正等菩提由此能修資粮圓滿疾能證得一切智智時舍利子及諸大衆佛神力故復見東南方無量殑伽沙等世界無數菩薩坐菩提座廣說乃至無數菩薩降伏無量天魔怨敵令退散已證得無上正等菩提佛神力故復見東南方無量殑伽沙等世界無數如來應正等覺爲諸菩薩摩訶薩衆宣說色蘊常無常相不可得宣說受想行識蘊常無常相亦不可得廣說乃至無數如來應正等覺以神通力往餘無量無邊世界方便善巧利益安樂無量有情時舍利子見如是事歡喜踊躍便白佛言甚奇世尊希有善逝成就如是大威神力能令我等得見東南方無量殑伽沙等世界無數菩薩摩訶薩衆行菩薩行種種差别無數如來應正等覺種種方便饒益有情甚奇世尊希有善逝諸佛成就廣大妙法能令菩薩發心趣求諸佛所成廣大妙法所謂無上正等菩提爾時世尊告舍利子如是如是如汝所說諸佛成就廣大妙法能令菩薩發心趣求諸佛所成廣大妙法所謂無上正等菩提由此能修資粮圓滿疾能證得一切智智時舍利子及諸大衆佛神力故復見西南方無量殑伽沙等世界無數菩薩坐菩提座廣說乃至無數菩薩降伏無量天魔怨敵令退散已證得無上正等菩提佛神力故復見西南方無量殑伽沙等世界無數如來應

正等覺爲諸菩薩摩訶薩衆宣說色蘊常無常相不可得宣說受想行識蘊常無常相亦不可得廣說乃至無數如來以神通力往餘無量無邊世界方便善巧利益安樂無量有情時舍利子見如是事歡喜踊躍便白佛言甚奇世尊希有善逝成就如是大威神力能令我等得見西南方無量殑伽沙等世界無數菩薩摩訶薩衆行菩薩行種種差別無數如來應正等覺種種方便饒益有情甚奇世尊希有善逝諸佛成就廣大妙法能令菩薩發心趣求諸佛所成廣大妙法所謂無上正等菩提爾時世尊告舍利子如是如是如汝所說諸佛成就廣大妙法能令菩薩發心趣求諸佛所成廣大妙法所謂無上正等菩提由此能修資糧圓滿疾能證得一切智智時

舍利子及諸大衆佛神力故復見西北方無量殑伽沙等世界無數菩薩坐菩提座廣說乃至無數菩薩降伏無量天魔怨敵令退散已證得無上正等菩提佛神力故復見西北方無量殑伽沙等世界無數如來應正等覺爲諸菩薩摩訶薩衆宣說色蘊常無常相不可得宣說受想行識蘊常無常相亦不可得廣說乃至無數如來應正等覺以神通力往餘無量無邊世界方便善巧利益安樂無量有情時舍利子見如是事歡喜踊躍便白佛言甚奇世尊希有善逝成就如是大威神力能令我等得見西北方無量殑伽沙等世界無數菩薩摩訶薩衆行菩薩行種種差別無數如來應正等覺種種方便饒益有情甚奇世尊希有善逝諸佛成就廣大妙法能令菩

薩發心趣求諸佛所成廣大妙法所謂無上正等菩提爾時世尊告舍利子如是如是如汝所說諸佛成就廣大妙法能令菩薩發心趣求諸佛所成廣大妙法所謂無上正等菩提由此能修資粮圓滿疾能證得一切智智時舍利子及諸大衆佛神力故復見東北方無量殑伽沙等世界無數菩薩坐菩提座廣說乃至無數菩薩降伏無量天魔怨敵令退散已證得無上正等菩提佛神力故復見東北方無量殑伽沙等世界無數如來應正等覺爲諸菩薩摩訶薩衆宣說色蘊常無常相不可得宣說受想行識蘊常無常相亦不可得廣說乃至無數如來應正等覺以神通力往餘無量無邊世界方便善巧利益安樂無量有情時舍利子見如是事歡喜踊躍便白佛言甚奇世尊希有善逝成就如是大威神力能令我等得見東北方無量殑伽沙等世界無數菩薩摩訶薩衆行菩薩行種種差别無數如來應正等覺種種方便饒益有情甚奇世尊希有善逝諸佛成就廣大妙法能令菩薩發心趣求諸佛所成廣大妙法所謂無上正等菩提爾時世尊告舍利子如是如是如汝所說諸佛成就廣大妙法能令菩薩發心趣求諸佛所成廣大妙法所謂無上正等菩提由此能修資粮圓滿疾能證得一切智智時舍利子及諸大衆佛神力故復見下方無量殑伽沙等世界無數菩薩坐菩提座廣說乃至無數菩薩降伏無量天魔怨敵令退散已證得無上正等菩提佛神力故復見下方無量殑伽沙等世界無數如來應正等覺

爲諸菩薩摩訶薩衆宣說色蘊常無常相不可得宣說受想行識蘊常無常相亦不可得廣說乃至無數如來應正等覺以神通力往餘無量無邊世界方便善巧利益安樂無量有情時舍利子見如是事歡喜踴躍便白佛言甚奇世尊希有善逝成就如是大威神力能令我等得見下方無量殑伽沙等世界無數菩薩摩訶薩衆行菩薩行種種差別無數如來應正等覺種種方便饒益有情甚奇世尊希有善逝諸佛成就廣大妙法能令菩薩發心趣求諸佛所成廣大妙法所謂無上正等菩提爾時世尊告舍利子如是如是如汝所說諸佛成就廣大妙法能令菩薩發心趣求諸佛所成廣大妙法所謂無上正等菩提由此能修資粮圓滿疾能證得一切智智時舍利子及諸大衆佛神力故復見上方無量殑伽沙等世界無數菩薩坐菩提座廣說乃至無數菩薩降伏無量天魔怨敵令退散已證得無上正等菩提佛神力故復見上方無量殑伽沙等世界無數如來應正等覺爲諸菩薩摩訶薩衆宣說色蘊常無常相不可得宣說受想行識蘊常無常相亦不可得廣說乃至無數如來應正等覺以神通力往餘無量無邊世界方便善巧利益安樂無量有情時舍利子見如是事歡喜踴躍便白佛言甚奇世尊希有善逝成就如是大威神力能令我等得見上方無量殑伽沙等世界無數菩薩摩訶薩衆行菩薩行種種差別無數如來應正等覺種種方便饒益有情甚奇世尊希有善逝諸佛成就廣大妙法能令菩薩發心

趣求諸佛所成廣大妙法所謂無上正等菩提爾時世尊告舍利子如是如是如汝所說諸佛成就廣大妙法能令菩薩發心趣求諸佛所成廣大妙法所謂無上正等菩提由此能修資粮圓滿疾能證得一切智智時舍利子便白佛言若有欲得人趣增上無動轉者應修感彼殊勝善業如轉輪王若有欲得天趣增上無動轉者應修感彼殊勝善根如天帝釋若有欲攝壽量長遠無動轉者應修能感彼殊勝定如生非想非非想處如是菩薩摩訶薩衆若有欲作世間第一眞淨福田及作三千大千世界最大法師亦作如來應正等覺無動轉者應定發心求一切智爾時佛告舍利子言如是如是如汝所說若定發心求一切智彼必當作世間第一眞淨福田及作三千大千世界最大法師亦作如來應正等覺利益安樂一切有情

大般若波羅蜜多經卷第五百八十二

音釋

劓 牛例切刑鼻也 刖 魚厥切斷足也 踰繕那 梵語也亦名由旬此云限量如此方一驛地踰音俞繕時戰切 讚勵 讚則時切稱美也勵力制切勉勵也 怨敵 怨於袁切讎也敵亭歷切仇也 俱胝 梵語也此云百億胝張尼切 踴躍 踴尹竦切跳也躍弋約切騰躍也

大般若波羅蜜多經卷第五百八十三

唐三藏法師玄奘奉　詔譯

第十一布施波羅蜜多分之五

爾時舍利子白佛言世尊頗有初心勝後心不世尊告曰善哉善哉能問如來如是深義汝應諦聽當爲汝說亦有初心勝後心義謂阿羅漢諸無漏心雖離自身一切煩惱而不能化無量有情皆令發心捨諸煩惱菩薩初發大菩提心雖於自身煩惱未斷而能普化無量有情皆令發心捨諸煩惱展轉饒益無量有情是謂初心勝後心義復有獨覺諸無漏心雖離自身一切煩惱而不能化無量有情皆令發心捨諸煩惱菩薩初發大菩提心雖於自身煩惱未斷而能普化無量有情皆令發心捨諸煩惱展轉饒益無量有情是謂初心勝後心義又舍利子菩薩所發大菩提心若習若修若多所作能具引發布施淨戒安忍精進靜慮般若波羅蜜多及餘無量無邊佛法疾能證得一切智智由斯化度無量有情令得聲聞獨覺乘果或證無上正等菩提或修人天殊勝善業得人天樂捨惡趣苦聲聞獨覺諸無漏心雖令自身證涅槃樂而不能引布施淨戒安忍精進靜慮般若波羅蜜多及餘無量無邊佛法亦不能得一切智智不能化度無量有情令得聲聞獨覺乘果或證無上正等菩提或修人天殊勝善業得人天樂捨惡趣苦是謂初心勝後心義又舍利子菩薩所發大菩提心威力殊勝若善修習疾證無上正等菩提能授有情無顛倒記謂記如是如是有情於當來世經爾所劫流

轉生死修菩薩行當證無上正等菩提與諸有情作大饒益或記如是如是有情於當來世經爾所劫流轉生死修獨覺行於人天中遇緣證得獨覺菩提具六神通自在安樂或記如是如是有情於當來世經爾所劫流轉生死修聲聞行於人天中得聲聞果或記如是如是有情於當來世作善惡業經爾所劫生人天趣或墮惡趣生死流轉非諸獨覺能授有情無顛倒記謂不能記諸菩薩言汝於未來經爾所劫當得作佛號某名等亦不能記如是有情於當來世經爾所劫決定當得獨覺菩提或聲聞果或善惡趣受諸苦樂亦非聲聞能授他記設有能記皆從佛聞是謂初心勝後心義又舍利子菩薩既發大菩提心欲盡未來饒益一切爾時大地諸山大海六返變動魔王驚怖諸天龍神皆大歡喜咸言菩薩當證無上正等菩提拔濟我等生死大苦令得安樂聲聞獨覺安住最後無漏心時無如是事是謂初心勝後心義又舍利子假使教化一切有情皆住獨覺阿羅漢果不能攝受波羅蜜多及一切智若有教授教誡菩薩令發無上正等覺心即能攝受布施淨戒安忍精進靜慮般若波羅蜜多及一切智所以者何聲聞獨覺不能成辦無上菩提以所發心極羸劣故要諸菩薩乃能成辦無上菩提是謂初心勝後心義是故欲證無上菩提皆應發心求一切智時舍利子復白佛言云何應知諸菩薩相修何等行得菩薩名爾時世尊告舍利子若有能發大菩提心精進修行布施淨戒安忍精進靜慮般若波羅蜜

多心無猒倦雖遇種種惡反退緣而不退屈是菩薩相具此相者名爲菩薩又舍利子若諸有情修諸善法心無猒倦受持淨戒終不毀犯常樂利樂一切有情雖遇苦緣而無怯弱隨所修學願與有情同證菩提畢竟安樂是爲菩薩摩訶薩相具此相者名爲菩薩時舍利子復白佛言云何解佛所說深義謂菩薩心勝諸獨覺及阿羅漢無漏之心惟願世尊爲解斯義令我等解無倒受持爾時世尊告舍利子汝謂菩薩心尚有貪有瞋有癡及有慢等隨煩惱不舍利子言如是世尊如是善逝我謂菩薩心尚有貪有瞋有癡及有慢等諸隨煩惱世尊復告舍利子言汝謂獨覺及阿羅漢心已離貪離瞋離癡及離慢等隨煩惱不舍利子言如是世尊如是善逝我謂獨覺及阿羅漢心已離貪離瞋離癡及離慢等諸隨煩惱世尊復告舍利子言汝謂獨覺及阿羅漢諸漏永盡有時能入慈悲無量普緣無量無邊有情欲令得樂及離衆苦彼頗能令諸有情類眞實得樂及離苦不舍利子言不爾世尊不爾善逝彼諸獨覺及阿羅漢其心都無方便善巧云何能入慈悲無量普緣無量無邊有情實令有情得樂離苦唯暫假想作如是觀諸菩薩衆發菩提心決定趣求一切智智爲欲利樂一切有情窮未來際常無間斷是故菩薩入慈悲定欲令無量無邊有情皆得安樂及離衆苦無重障者即此剎那實皆得樂及離衆苦況得無上正等覺時而不能令諸有情類實皆得樂及離衆苦由此因緣若言菩薩實能利樂一切有情常

無間斷斯有是處若言獨覺及阿羅漢滿贍部洲具八解脱同時現入慈無量定欲令無量無邊有情皆得安樂於中有一實得樂者無有是處爾時佛告舍利子言如是如是如汝所説由此縁故諸菩薩心於諸獨覺及阿羅漢無漏之心爲最爲勝爲尊爲高爲妙爲微妙爲上爲無上又舍利子假使十方一切有情皆盡諸漏成阿羅漢具六神通八解脱等種種功德一一化作百億魔軍此諸魔軍寧爲多不舍利子曰甚多世尊甚多善逝諸阿羅漢其數尚多況彼一一復能化作百億魔軍是諸魔軍寧可知量世尊復告舍利子言如是無邊諸阿羅漢所化無量無數魔軍頗有力能暫時令一不退菩薩心轉變不舍利子言不也世尊不也善逝如是無量無數魔軍不能令一不退菩薩心有轉變世尊復告舍利子言於意云何如是一切永盡諸漏阿羅漢心與一不退菩薩之心威神勢力何者爲勝舍利子言如我解佛所説義者不退菩薩心力爲勝非無數量阿羅漢心佛言如是如汝所説汝今應觀如是無量永離貪欲瞋恚愚癡及憍慢等諸阿羅漢無漏之心一一復能化作百億勇健魔軍此諸魔軍盡其神力不能令一有貪瞋癡慢等煩惱菩薩心變由此應知菩薩心力勝諸漏盡阿羅漢心又舍利子於意云何誰於如是離貪瞋癡慢等煩惱阿羅漢心爲最爲勝爲尊爲高爲妙爲微妙爲上爲無上舍利子言諸不退轉菩薩之心雖有貪欲瞋恚愚癡慢等煩惱而於無漏阿羅漢心爲最爲勝爲尊爲高爲妙爲

微妙爲上爲無上所以者何如是無漏無量無邊阿羅漢心及所化者盡其神力不能令一具貪瞋癡慢等煩惱不退菩薩心轉變故爾時佛告舍利子言我今問汝隨汝意答於意云何若有積聚迦遮末尼其中置一吠瑠璃寶迦遮末尼光彩價直頗能映奪吠瑠璃不舍利子言不也世尊不也善逝一吠瑠璃光彩價直普能映奪大迦遮聚所以者何吠瑠璃寶內外明淨迦遮末尼則不如是吠瑠璃寶光彩潤澤迦遮末尼則不如是吠瑠璃寶本色紺青迦遮末尼則不如是吠瑠璃寶族類殊勝迦遮末尼則不如是吠瑠璃寶威德廣大迦遮末尼則不如是吠瑠璃寶價直無量迦遮末尼則不如是吠瑠璃寶尊貴有情業增上力生大海渚迦遮末尼若貴若賤同所受用工業所造故吠瑠璃光彩價直映奪一切迦遮末尼爾時世尊告舍利子不退菩薩摩訶薩心亦復如是普能映奪一切獨覺聲聞之心如吠瑠璃映迦遮聚我觀此義作如是說不退菩薩摩訶薩心於諸聲聞及諸獨覺永離煩惱無漏之心爲最爲勝爲尊爲高爲妙爲微妙爲上爲無上不退菩薩慈悲俱心能使有情得樂離苦聲聞獨覺慈悲俱心但有假想而無實用又舍利子有阿羅漢永盡諸漏具六神通八解脫等種種功德能以神力擲此世界置於餘方而不能令不退菩薩心有轉變又舍利子有阿羅漢永盡諸漏具六神通八解脫等種種功德能以神力涸大海水而不能令不退菩薩心有轉變又舍利子有阿羅漢永盡諸漏具六神通八

解脱等種種功德能以神力吹碎殑伽沙數世界其中一切妙高山王皆如灰粉而不能令不退菩薩心有轉變又舍利子有阿羅漢永盡諸漏具六神通八解脱等種種功德以神通力能吹殑伽沙數世界大劫火聚猛焰熾然皆令頓滅而不能令不退菩薩心有轉變由此緣故我作是説不退菩薩摩訶薩心於諸聲聞及諸獨覺永離煩惱無漏之心爲最爲勝爲尊爲高爲妙爲微妙爲上爲無上時舍利子便白佛言甚奇世尊希有善逝不退菩薩摩訶薩心具足如是大威神力聲聞獨覺不能轉變爾時佛告舍利子言如是如是如汝所説何以故舍利子諸佛世尊其言無二佛所説義皆實不虚汝應受持廣爲他説又舍利子十方世界諸有情類無量無邊假使十方無量無數殑伽沙等諸世界中諸殑伽沙一一皆變爲爾所諸有情類假使十方無量無數無邊世界地水火風碎爲極微一一皆變爲爾所諸有情類是諸有情寧爲多不舍利子曰甚多世尊甚多善逝佛言如是一切有情假使一時成阿羅漢永盡諸漏具六神通八解脱等種種功德成就廣大自在神通一切皆如大採菽氏如是一一大阿羅漢皆能化作爾所惡魔一一惡魔復能化作爾所勇健象軍馬軍車軍步軍如是諸軍可知數不舍利子曰不也世尊不也善逝佛言假使有善男子或善女人量等三千大千世界能知其數以神通力破諸魔軍皆令退散於意云何此善男子或善女人神通威力爲廣大不舍利子曰廣大世尊廣大善

逝此善男子或善女人神通威力不可當敵不可思議佛言假使如是所説男子女人如前所説諸有情數如是一一男子女人各如十方無量無數無邊世界殑伽沙等大劫而住念念化作如前所説無量惡魔一一惡魔各復化作如前所説無量勇健象馬軍等亦不能令不退菩薩心有轉變又舍利子於意云何爾所有情成阿羅漢一一化作爾所惡魔一一惡魔具大神力如是神力與不退轉一菩薩心所有神力何者爲勝舍利子言不退菩薩摩訶薩心所有神力於彼爲勝所以者何不退菩薩摩訶薩心所有神力無量無數不可思議不可宣説世尊復告舍利子言於意云何不退菩薩摩訶薩心所有神力於前所説無量無邊具大神通諸阿羅漢所有神力誰能説彼爲最爲勝爲尊爲高爲妙爲微妙爲上爲無上舍利子言如我解佛所説義者唯佛世尊乃能説彼不退菩薩摩訶薩心所有神力於前所説無量無邊具大神通諸阿羅漢所有神力爲最爲勝爲尊爲高爲妙爲微妙爲上爲無上所以者何不退菩薩摩訶薩心所有神力除一切智智相應之心所有神力無能及者由此因緣不退菩薩摩訶薩心所有神力唯佛能知唯佛能説於餘神力爲最爲勝爲尊爲高爲妙爲微妙爲上爲無上爾時佛告舍利子言如是如是如汝所説何以故舍利子不退菩薩摩訶薩心無餘有情能令轉變亦無如實知者説者唯有如來應正等覺知彼菩薩不退轉心爲諸有情如實宣説爾時滿慈子問舍利子言何因

緣故不退菩薩摩訶薩心不可轉變舍利子言如諸菩薩行布施時無不皆緣一切智智其心堅固不可傾動如是證得不退轉時心不隨緣而有轉變又滿慈子譬如有人善解斷事曾於無量長者居士商賈衆中數數斷事有匱乏故頻於長者居士等所借便財物恐他來索無力酬還遂依附王兾免拘縶時諸債主怖畏王故不敢牽掣挫辱彼人所以者何彼所依附王力甚大難可當敵如是菩薩若初發心若不退轉皆由依附一切智智有大神力一切獨覺及阿羅漢皆不能令心有變動又滿慈子如人依王雖極貧匱而不被辱如是菩薩依一切智智二乘惡魔不能傾動而能降伏一切惡魔於彼二乘爲最爲勝爲尊爲高爲妙爲微妙爲上爲無上是故菩薩欲不退轉常應依止一切智智修菩薩行勿樂餘乘滿慈子言何等菩薩爲諸獨覺聲聞所勝舍利子言若諸菩薩聞說獨覺聲聞勝事心生欣慕作是念言我當云何得如是法亦深樂著讚二乘教是諸菩薩由起如斯非理作意便爲一切獨覺聲聞之所勝伏時滿慈子便問具壽舍利子言何緣說此菩薩作意名非理耶舍利子言此能障礙一切智智令能引發一切智心漸微漸遠故名菩薩非理作意如瑜伽師欲證實際欣樂趣入正性離生若貪瞋癡遇緣現起令能引發阿羅漢心有障有礙漸微漸遠是故說爲非理作意如是菩薩求大菩提若起二乘相應作意障一切智損菩提心是故名爲非理作意若諸菩薩有此作意便爲二乘之所勝伏時

滿慈子便白具壽舍利子言若諸菩薩發起二乘相應作意便爲二乘之所勝伏當知不入諸菩薩數何以故舍利子夫爲菩薩唯求無上正等菩提若起二乘相應作意違本所欲不能證得一切智故如預流者煩惱現行便違所求若智若斷勤求智斷故名預流非煩惱行有勤求義何以故舍利子夫預流者求二遍知一智遍知二斷遍知煩惱現行二求俱壞故預流者常應精勤求智遍知滅諸煩惱如是菩薩若起二乘相應作意便違菩薩本所希求一切智智若諸菩薩遠離希求一切智智心及心所則不名爲眞實菩薩何以故舍利子夫菩薩者要常希求一切智智心無間斷若諸菩薩住菩薩心二乘惡魔不能勝伏而能勝伏二乘惡魔如善射夫住所習處不爲一切怨敵所伏能伏怨敵離諸怖畏如是菩薩住菩薩心一切惡緣所不能壞能壞一切衆魔事業若聞宣説二乘法教便作是念我當證得無上菩提爲諸有情亦當宣説如是法教如今世尊能寂如來應正等覺爲諸獨覺聲聞種性補特伽羅宣説二乘相應法教我未來世得作佛時亦爲如是諸有情類説如是教令獲利樂如是菩薩方便善巧住菩薩心雖聞二乘相應法教而無所損謂雖聞彼相應法教而於二乘無所貪染如是菩薩住菩薩心不爲二乘惡魔勝伏而能勝伏二乘惡魔如瑜伽師於境及定俱得善巧不可勝伏所以者何心於境定已善修治得自在故如是菩薩住菩薩心二乘惡魔不能勝伏所以者何是諸菩薩於菩薩心常

不離故爾時舍利子問滿慈子言一切菩薩若初發心若已得不退若坐菩提座皆不可勝伏耶滿慈子言一切菩薩若初發心若已得不退若坐菩提座當知一切不可勝伏何以故舍利子是諸菩薩一切惡緣不能令捨本誓願故謂諸菩薩發菩提心於諸有情欲常饒益如是二事誓願堅牢一切惡緣不能傾動若諸菩薩安住此心二乘惡魔不能勝伏又舍利子如諸如來若初成佛若已成佛住百千歲俱不捨離一切智心於一切時成一切智如是菩薩若初發心若已得不退若坐菩提座於一切時緣一切智求證作意未嘗暫捨舍利子言若如是者菩薩諸位有何差別滿慈子言菩薩諸位心無差別但有成佛遲速不同謂菩薩心初中後位皆求引發無上菩提安住此心常無退轉又舍利子如阿羅漢終不退失阿羅漢心謂無漏心必無退轉菩薩亦爾終不退失大菩提心又舍利子於意云何若阿羅漢心有退失彼是真實阿羅漢不舍利子言不也具壽若阿羅漢心有退失當知彼爲增上慢者決定未得阿羅漢果滿慈子言菩薩亦爾若有菩薩退菩提心當知彼先自稱菩薩非真菩薩是增上慢汙菩薩衆如穢蜾蝸汙澄清水不堪飲用舍利子言如是如是當知彼類無知蔽心自稱菩薩實未得入真菩薩數但有虛名譬如丈夫男根成就有根缺者自稱丈夫彼有虛言而無實義菩薩亦爾退菩提心但有虛名非真菩薩如缺根者名半擇迦退菩提心名僞菩薩是故菩薩初中後位決定不退大菩提

心若退此心便非菩薩爾時滿慈子問舍利子言若諸菩薩欲證無上正等菩提當起何等相應作意舍利子言若諸菩薩欲證無上正等菩提應正發起一切智智相應作意一切菩薩法應安住如是作意若諸菩薩住此作意修行布施是諸菩薩即能迴向一切智智若諸菩薩如是迴向一切智智是諸菩薩攝受布施波羅蜜多若諸菩薩不能迴向一切智智是諸菩薩所行布施不名布施波羅蜜多又滿慈子若諸菩薩行布施時作是思惟我捨少分不捨少分我捨此物不捨此物我施彼類不施彼類是諸菩薩由此思惟障一切智經久乃能得一切智多時布施波羅蜜多乃得圓滿是故菩薩欲不障礙一切智智欲疾證得一切智智欲令布施波羅蜜多疾得圓滿應離如是分別思惟應捨一切分應施一切物於一切類應平等施又滿慈子若諸菩薩欲證無上正等菩提應住布施波羅蜜多應於布施波羅蜜多如是而住若諸菩薩於日初分能以種種上妙飲食供養殑伽沙數有情既供養已復施上妙黃金色衣於日中分亦以種種上妙飲食供養殑伽沙數有情既供養已復施上妙黃金色衣於日後分亦以種種上妙飲食供養殑伽沙數有情既供養已復施上妙黃金色衣於夜三分亦復如是如是布施經於殑伽沙數大劫常無間斷是諸菩薩如是施已若不迴求一切智智雖名布施而非布施波羅蜜多若能迴求一切智智乃名布施波羅蜜多謂布施時不作分限隨多隨少發廣大心普緣有情總

施一切如是菩薩行布施時雖不捨多布施一切而成布施波羅蜜多所以者何爲欲證得無量佛法而行布施波羅蜜多若布施時心有限量定不能證無量佛法若諸菩薩心有限量而行布施是諸菩薩定不能證一切智智定於布施波羅蜜多不能圓滿是故菩薩欲證無量一切智智應當發起無限量心而行布施若諸菩薩有限量心而行布施是諸菩薩攝受慳悋不能永捨不能攝受一切智智與此相違乃能證得一切智智圓滿布施波羅蜜多又滿慈子諸菩薩衆欲行布施應起是心我當修行無限量施乃至未證無上菩提於諸有情且行財施若證無上正等菩提於諸有情當行法施謂若未證無上菩提且於有情以財攝受令離貧苦得世間樂若證無上正等菩提當於有情以法攝受令離煩惱得出世樂如人事王先得衣食養活妻子後得王意多獲珍財自身妻子俱受富貴安隱快樂如是菩薩求證無上正等菩提修多百千難行苦行先以財施攝受有情令離世間諸貧窮苦後證無上正等覺時以無淙法教誡教授諸有情類令其解脱生死衆苦又滿慈子如多百千諸有情類奉事王子晝夜精勤王子爾時隨分資給衣服飲食卧具等事後登王位隨昔勤勞量所堪任重賜爵禄或主事業或主川原或主大城或主關防或主村邑或主軍戎如是菩薩求一切智未證無上正等覺時先以資財攝有情類後證無上正等覺時隨諸有情覺慧差别以無上法教誡教授令其安住阿羅漢果或不還

果或一來果或預流果或十善業道或菩薩勝位又滿慈子是諸菩薩求大菩提行菩薩行未證無上正等覺時於諸有情作大饒益若證無上正等覺時亦於有情作大饒益般涅槃後亦於無量無邊有情作大饒益譬如王子未紹王位與諸有情作大饒益若紹王位亦與有情作大饒益若命終後亦與有情作大饒益又滿慈子如人事王如如精勤經時漸久如是如是爵禄漸增如是菩薩求一切智如如精勤經時漸久如是如是功德漸增又滿慈子是諸菩薩未證無上正等覺時於諸有情以財攝受謂以種種衣服飲食臥具醫藥及餘資財方便善巧攝受饒益若證無上正等覺時於諸有情以法攝受謂以種種布施淨戒安忍精進靜慮般若波羅蜜多及餘無量無邊佛法攝受饒益或以種種念住正斷神足根力覺支道支及餘無量無邊佛法攝受饒益或以種種施福業事戒福業事修福業事及餘無量世間善法攝受饒益般涅槃後亦於無量無邊有情作大饒益謂供養佛設利羅故或於如來無上正法受持讀誦如說修行皆得無邊廣大饒益謂人天樂或般涅槃或大菩提究竟安樂爾時滿慈子謂舍利子言如是如是誠如所說仁者所說無不如義是故如來應正等覺常說仁者聲聞衆中智慧辯才最爲第一又舍利子譬如真金常與有情作大饒益謂未出礦若出礦時若轉變成諸莊嚴具若復出賣轉買餘物皆與無量無邊有情隨其所應作大饒益如是菩薩修菩薩行未證無上正等覺時與

諸有情作大饒益謂以財法隨其所應方便善巧攝受饒益若證無上正等覺時轉妙法輪作大饒益謂宣說色蘊常無常等不可得宣說受想行識蘊常無常等亦不可得宣說眼處常無常等不可得宣說耳鼻舌身意處常無常等亦不可得宣說色處常無常等不可得宣說聲香味觸法處常無常等亦不可得宣說眼界常無常等不可得宣說耳鼻舌身意界常無常等亦不可得宣說色界常無常等不可得宣說聲香味觸法界常無常等亦不可得宣說眼識界常無常等不可得宣說耳鼻舌身意識界常無常等亦不可得宣說眼觸常無常等不可得宣說耳鼻舌身意觸常無常等亦不可得宣說眼觸爲緣所生諸受常無常等不可得宣說耳鼻舌身意觸爲緣所生諸受常無常等亦不可得宣說地界常無常等不可得宣說水火風空識界常無常等亦不可得宣說因緣常無常等不可得宣說等無間緣所緣緣增上緣常無常等亦不可得宣說無明常無常等不可得宣說行識名色六處觸受愛取有生老死常無常等亦不可得宣說我常無常等不可得宣說有情命者生者養者士夫補特伽羅意生儒童作者受者知者見者常無常等亦不可得宣說欲界常無常等不可得宣說色無色界常無常等亦不可得如是宣說種種法門與諸有情作大饒益般涅槃後正法像法及設利羅與諸有情作大饒益聲聞獨覺無如是事是故菩薩摩訶薩衆修菩薩行常與有情作大饒益由斯故說諸菩薩衆於彼二乘爲

最爲勝爲尊爲高爲妙爲微妙爲上爲無上

爾時佛告阿難陀言汝應受持舍利子等所說菩薩摩訶薩衆被大願鎧趣大菩提具勝善巧增上意樂修行布施波羅蜜多捨法捨財無染無著時薄伽梵說是經已具壽舍利子具壽滿慈子具壽阿難陀及餘聲聞諸菩薩衆幷餘世間天龍藥叉健達縛阿素洛揭路茶緊捺洛莫呼洛伽人非人等一切大衆聞佛所說皆大歡喜信受奉行

大般若波羅蜜多經卷第五百八十三

音釋

羸劣 羸倫爲切瘦也劣龍輟切弱也 怯弱 怯乞業切畏懦也弱日灼切劣弱也 紺 古暗切含也謂青而含赤色也 擲 直炙切投也拋也 涸 曷各切水竭也 商賈 商尸羊切行賣曰商賈公土切坐販曰賈 數數 色角切頻也屢也 斷事 斷都玩切決也 拘縶 拘恭于切執也止也縶陟立切維絆也

債 側賣切負也貸財也 牽掣 牽輕烟切引也連也掣尺制切曳也拖也 螺蝸 螺盧戈切蝸公蛙切螺蝸即蝸螺負殼蜒蚰也 半擇迦 梵語也此云變謂今生變作也 設利羅 梵語也亦云室利羅又云舍利此云骨身又云靈骨 礦 古猛切銅鐵樸石也謂金鐵之生多連石也 鎧 可亥切甲也 揭路茶 梵語也亦云迦樓羅此云金翅鳥揭居謁切茶同都切 緊捺洛 梵語也亦云緊那羅此云疑神又云人非人捺乃八切

大般若經第十二會淨戒波羅蜜多分序

唐西明寺沙門　玄則　製

夫欲儲淨法先滌身器將越愛流前鵂行檝居其選也特有戒焉所以復指名區更申玄集切身口而流訓則一言一行斯佛事矣因動靜以研機則擧足下足斯道場矣誠嶮道之夷隥闇室之凝釭度疾之仙丸出苦之神馭鑒德者之明鏡嚴心者之寶鬘涉象季之大師處塵俗之善友雖目之無朕搏之不觸而芬郁布寫類迷迭之盈空潔映澄華比醍醐之洞色含靈所以埏埴法界所以彌綸善逝法王抗之以爲明足具壽尊者養之而爲淨命但簡以行處或非處而難遵格以正乘或他乘而致爽十七群之喧俗尚動王譏五百生之掉影仍貽佛誡矧復嗅蓮餟而爲盜分釧響以成婬涅槃爲求保專精而尚犯菩提入願受欲樂而猶持輕嫌與重性同科意防與身遮共品諦故住故能行所行導以隨喜融以法性豈止草繫情殷木叉義遠毒龍卷毒怖鴿忘怖將被之黎蠢棲之常樂使八寒流煦五熱浮涼薜荔失其炎河輪圍發其闇渚行門允備種智克圓其五軸單譯一如施分凡息心之士豈不諷焉

大般若波羅蜜多經卷第五百八十四

唐三藏法師玄奘奉　詔譯

第十二淨戒波羅蜜多分之一

如是我聞一時薄伽梵在室羅筏住誓多林給孤獨園與大苾芻衆千二百五十人俱爾時世尊告具壽舍利子汝今應爲欲證無上正等菩提諸菩薩摩訶薩宣說淨戒波羅蜜多時舍利子蒙佛教敕承佛神力先以淨戒波羅蜜多教誡教授諸菩薩摩訶薩時滿慈子便問具壽舍利子言云何應知菩薩持戒云何應知菩薩犯戒云何菩薩所應行處云何菩薩非所行處時舍利子便答具壽滿慈子言若諸菩薩安住聲聞獨覺作意是名菩薩非所行處若諸菩薩安住此處應知是爲菩薩犯戒若諸菩薩行於非處是諸菩薩決定不能攝受淨戒波羅蜜多若諸菩薩決定不能攝受淨戒波羅蜜多是諸菩薩捨本誓願若諸菩薩捨本誓願應知是爲菩薩犯戒又滿慈子若諸菩薩修行布施迴向聲聞或獨覺地是名菩薩行於非處若諸菩薩行於非處應知是爲菩薩犯戒若諸菩薩安住居家受妙五欲應知非爲菩薩犯戒若諸菩薩行布施時迴向聲聞或獨覺地不求無上正等菩提應知是爲菩薩犯戒譬如王子應受父王所有教令應學王子所應學法謂諸王子皆應善學諸工巧處及事業處所爲乘象乘馬乘車及善持御弓弩排穳刀矟鉤輪奔走跳躑書印算數聲因論等及餘種種工巧事業若諸王子能勤習學如是等類順益王法雖受五欲種種嬉戲而不爲王之所訶責

如是菩薩勤求無上正等菩提雖處居家受妙五欲種種嬉戲而不違逆一切智智若諸菩薩行布施時迴向聲聞或獨覺地是諸菩薩行於非處於一切智便爲非田若時若時於一切智已成非田爾時爾時不能攝受菩薩淨戒波羅蜜多若時若時不能攝受菩薩淨戒波羅蜜多爾時爾時遠離所求一切智智若時若時遠離所求一切智智爾時爾時行於非處若時若時行於非處爾時爾時犯菩薩戒又滿慈子若諸菩薩雖復出家受持淨戒而不迴向無上菩提是諸菩薩定不成就菩薩淨戒若諸菩薩定不成就菩薩淨戒是諸菩薩但有虛名都無實義應知彼類不名菩薩若諸菩薩雖處居家而受三歸深信三寶迴向無上正等菩提是諸菩薩雖復受用五欲樂具而於菩薩所行淨戒波羅蜜多常不遠離亦名眞實持淨戒者亦名安住菩薩淨戒若諸菩薩住菩薩戒是諸菩薩常不遠離菩薩淨戒波羅蜜多若諸菩薩常不遠離菩薩淨戒波羅蜜多是諸菩薩常不遠離一切智智若諸菩薩雖多發起五欲相應非理作意而起一念無上菩提相應之心即能摧滅如多積集迦遮末尼一吠瑠璃能總映奪吠瑠璃寶光彩價直映奪一切迦遮末尼如是菩薩雖多發起五欲相應非理作意若起一念無上菩提相應之心普能摧滅如迦遮聚一吠瑠璃普能映奪令失光彩又滿慈子若諸菩薩執著諸相而行布施是諸菩薩行於非處若諸菩薩行於非處是諸菩薩應知名爲犯菩薩戒菩薩不應執著諸相而行

布施亦復不應執著無上正等菩提而行布施何以故滿慈子諸佛無上正等菩提遠離衆相所以者何如來十力四無所畏四無礙解大慈大悲大喜大捨及十八佛不共法等無量無邊諸佛妙法皆離衆相如是菩薩於所行施不應執著若諸菩薩於所行施能無執著是諸菩薩則能攝受菩薩淨戒波羅蜜多疾能證得一切智智時滿慈子便問具壽舍利子言若諸菩薩求一切智智而修行布施是諸菩薩豈不執著一切智智若諸菩薩起心執著一切智智成戒禁取云何名爲持菩薩戒舍利子言一切智智遠離衆相非方處攝一切智智非色蘊不離色蘊非受想行識蘊不離受想行識蘊一切智智非眼處不離眼處非耳鼻舌身意處不離耳鼻舌身意處一切智智非色處不離色處非聲香味觸法處不離聲香味觸法處一切智智非眼界不離眼界非耳鼻舌身意界不離耳鼻舌身意界一切智智非眼識界不離眼識界非耳鼻舌身意識界不離耳鼻舌身意識界一切智智非眼觸不離眼觸非耳鼻舌身意觸不離耳鼻舌身意觸一切智智非眼觸爲緣所生諸受不離眼觸爲緣所生諸受一切智智非耳鼻舌身意觸爲緣所生諸受不離耳鼻舌身意觸爲緣所生諸受一切智智非地界不離地界非水火風空識界不離水火風空識界一切智智非因緣不離因緣非等無間緣所緣緣增上緣不離等無間緣所緣緣增上緣一切智智非無明不離無明非行識名色六處觸受愛取有生老死不離行識名色

六處觸受愛取有生老死一切智智非布施波羅蜜多不離布施波羅蜜多非淨戒安忍精進靜慮般若波羅蜜多不離淨戒安忍精進靜慮般若波羅蜜多一切智智非內空不離內空非外空內外空空空大空勝義空有爲空無爲空畢竟空無際空散空無變異空本性空自相空共相空一切法空不可得空無性空自性空無性自性空不離外空內外空空空大空勝義空有爲空無爲空畢竟空無際空散空無變異空本性空自相空共相空一切法空不可得空無性空自性空無性自性空一切智智非眞如不離眞如非法界法性不虛妄性不變異性平等性離生性法定法住實際虛空界不思議界不離法界法性不虛妄性不變異性平等性離生性法定法住實際虛空界不思議界一切智智非苦聖諦不離苦聖諦非集滅道聖諦不離集滅道聖諦一切智智非四靜慮不離四靜慮非四無量四無色定不離四無量四無色定一切智智非四念住不離四念住非四正斷四神足五根五力七等覺支八聖道支不離四正斷四神足五根五力七等覺支八聖道支一切智智非空解脫門不離空解脫門非無相無願解脫門不離無相無願解脫門一切智智非八解脫不離八解脫非八勝處九次第定十遍處不離八勝處九次第定十遍處一切智智非陀羅尼門不離陀羅尼門非三摩地門不離三摩地門一切智智非淨觀地不離淨觀地非種性地第八地具見地薄地離欲地已辦地獨覺地菩薩地如來地不離

種性地第八地具見地薄地離欲地已辦地獨覺地菩薩地如來地一切智智非極喜地不離極喜地非離垢地發光地焰慧地極難勝地現前地遠行地不動地善慧地法雲地不離離垢地發光地焰慧地極難勝地現前地遠行地不動地善慧地法雲地一切智智非五眼不離五眼非六神通不離六神通一切智智非佛十力不離佛十力非四無所畏四無礙解大慈大悲大喜大捨十八佛不共法不離四無所畏四無礙解大慈大悲大喜大捨十八佛不共法一切智智非三十二大士相不離三十二大士相非八十隨好不離八十隨好一切智智非無忘失法不離無忘失法非恒住捨性不離恒住捨性一切智智非一切智不離一切智非道相智一切相智不離道相智一切相智一切智智非預流果不離預流果非一來果不還果阿羅漢果獨覺菩提不離一來果不還果阿羅漢果獨覺菩提一切智智非諸菩薩摩訶薩行不離諸菩薩摩訶薩行非諸佛無上正等菩提不離諸佛無上正等菩提一切智智非有色法不離有色法非無色法不離無色法一切智智非有見法不離有見法非無見法不離無見法一切智智非有對法不離有對法非無對法不離無對法一切智智非有漏法不離有漏法非無漏法不離無漏法一切智智非有為法不離有為法非無為法不離無為法一切智智非有量法不離有量法非無量法不離無量法一切智智非過去法不離過去法非未來現在法不離未來現在法一切智智

非善法不離善法非不善無記法不離不善無記法一切智智非欲界繫法不離欲界繫法非色無色界繫法不離色無色界繫法一切智智非見所斷法不離見所斷法非修所斷無斷法不離修所斷無斷法一切智智非學法不離學法非無學非學非無學法不離無學非學非無學法一切智智遠離如是諸法相故不可執取一切智智遠離衆相無法可得無所得故不可執取一切智智既非有法亦非無法由此因緣不可執取是故菩薩修行布施受持淨戒迴向無上正等菩提雖求證得一切智智而不名爲戒禁取攝若諸菩薩修行布施受持淨戒迴向聲聞或獨覺地執取淨戒是諸菩薩失菩薩戒應知名爲犯戒菩薩爾時滿慈子問舍利子言若諸菩薩修行布施受持淨戒迴向聲聞或獨覺地違犯菩薩所受戒已是諸菩薩爲有因緣可還淨不舍利子言若彼菩薩迴向聲聞獨覺地已未見聖諦未證實際或有因緣易可還淨若見聖諦證實際已異見深重難可還淨時滿慈子復問具壽舍利子言若諸菩薩求證無上正等菩提不應令彼證實際耶舍利子言如是如是若諸菩薩求證無上正等菩提不應令彼證於實際滿慈子言何因緣故若諸菩薩求證無上正等菩提不應令彼證於實際舍利子言有諸菩薩求證無上正等菩提若速令彼證於實際是諸菩薩或遇因緣住於聲聞或獨覺地難可令起一切智心若遇如來正法隱沒不求證得一切智智爾時便證獨覺菩提入無餘依般涅槃界畢竟

不證無上菩提由此因緣若諸菩薩求趣無上正等菩提不應令彼速證實際乃至未坐妙菩提座不應令彼證於實際若時已坐妙菩提座將證無上正等菩提乃可令其證於實際斷一切障證大菩提又滿慈子若諸菩薩修行淨戒波羅蜜多不應受持二乘淨戒由彼淨戒不能攝受一切智智不能引發一切智智不能攝受菩薩淨戒波羅蜜多不能圓滿菩薩淨戒波羅蜜多又滿慈子若諸菩薩心作分限饒益有情修行布施受持淨戒是諸菩薩不能攝受菩薩淨戒波羅蜜多不能圓滿菩薩淨戒波羅蜜多何以故滿慈子菩薩淨戒波羅蜜多無分限故若諸菩薩心無分限饒益有情修行布施受持淨戒是諸菩薩乃能攝受菩薩淨戒波羅蜜多亦能圓滿菩薩淨戒波羅蜜多是諸菩薩由此因緣名爲成就菩薩淨戒爾時滿慈子問舍利子言云何名爲菩薩持戒舍利子言若諸菩薩隨所行施一切迴向無上菩提與諸有情作大饒益窮未來際無間無斷應知是爲菩薩持戒若諸菩薩隨所護戒一切迴向無上菩提與諸有情作大饒益窮未來際無間無斷應知是爲菩薩持戒若諸菩薩雖經殑伽沙數大劫修行淨戒令得圓滿而不迴向無上菩提與諸有情作大饒益窮未來際無間無斷是諸菩薩不能攝受菩薩淨戒波羅蜜多不能圓滿菩薩淨戒波羅蜜多若諸菩薩雖經殑伽沙數大劫修行淨戒令得圓滿而心迴向聲聞獨覺是諸菩薩不能攝受菩薩淨戒波羅蜜多不能圓滿菩薩淨戒波羅蜜多

若諸菩薩雖不受持二乘淨戒而不名爲犯淨戒者若諸菩薩迴向聲聞或獨覺地雖多受持二乘淨戒而可名爲犯淨戒者何以故滿慈子若諸菩薩迴向聲聞或獨覺地應知名爲行於非處言非處者即二乘地非諸菩薩所行處故爾時滿慈子問舍利子言云何名爲菩薩行處舍利子言布施淨戒安忍精進靜慮般若波羅蜜多相應作意應知是爲菩薩行處又滿慈子內空外空內外空空空大空勝義空有爲空無爲空畢竟空無際空散空無變異空本性空自相空共相空一切法空不可得空無性空自性空無性自性空相應作意應知是爲菩薩行處又滿慈子眞如法界法性不虛妄性不變異性平等性離生性法定法住實際虛空界不思議界相應作意應知是爲菩薩行處又滿慈子菩薩所學四靜慮四無量四無色定相應作意應知是爲菩薩行處又滿慈子菩薩所學四念住四正斷四神足五根五力七等覺支八聖道支相應作意應知是爲菩薩行處又滿慈子菩薩所學空無相無願解脫門相應作意應知是爲菩薩行處又滿慈子菩薩所學八解脫八勝處九次第定十遍處相應作意應知是爲菩薩行處又滿慈子極喜地離垢地發光地焰慧地極難勝地現前地遠行地不動地善慧地法雲地相應作意應知是爲菩薩行處又滿慈子一切陀羅尼門一切三摩地門相應作意應知是爲菩薩行處又滿慈子菩薩所學五眼六神通相應作意應知是爲菩薩行處又滿慈子如來十力四無所畏四

無礙解大慈大悲大喜大捨十八佛不共法乃至一切智智相應作意應知是爲菩薩行處若諸菩薩諦故住故行此行處應知是爲菩薩持戒又滿慈子若諸菩薩雖經殑伽沙數大劫安處居家受妙五欲而不發起趣向聲聞獨覺地心是諸菩薩應知不名犯菩薩戒何以故滿慈子是諸菩薩增上意樂無退壞故何等名爲增上意樂謂定趣求一切智智譬如有人於他財物實不劫盜枉禁囹圄雖經多時而勝意樂常無退壞於他財物無劫盜心雖與惡人同禁囹圄而不名賊如是菩薩雖處居家經於殑伽沙數大劫受妙五欲而勝意樂常不退壞謂常趣求一切智智曾不發起二乘之心是故不名犯菩薩戒若諸菩薩雖經殑伽沙數大劫修行梵行而起迴向二乘地心應知不名持淨戒者何以故滿慈子彼捨淨戒波羅蜜多安住聲聞獨覺乘戒若諸菩薩安住聲聞獨覺乘戒不名菩薩所以者何是諸菩薩遠離淨戒波羅蜜多無心趣求一切智智定不能證無上菩提又滿慈子若諸菩薩起如是心我當精勤經爾所劫流轉生死定當引起一切智智是諸菩薩由起此心不能證得一切智智時滿慈子便問具壽舍利子言若諸菩薩心作分限我當精勤經爾所劫定當證得一切智智如是期心有何過失而不能得一切智智舍利子言是諸菩薩猒怖生死速求菩提由心速故便作分限由作分限不能成熟殊勝善根由怖生死或求聲聞獨覺乘果非作分限而能饒益無量有情非作分限而能圓滿無量希

施波羅蜜多非不圓滿無量布施波羅蜜多而能證得一切智智若諸菩薩心作分限設經殑伽沙數大劫修行布施波羅蜜多而亦不能圓滿布施波羅蜜多菩薩布施波羅蜜多無邊際故一切智智亦無邊際若不圓滿菩薩布施波羅蜜多而能證得一切智智無有是處是故菩薩欲求無上正等菩提不應起心定作分限速求證得一切智智又滿慈子若諸菩薩求證無上正等菩提是諸菩薩決定不應心作分限修行布施乃至般若波羅蜜多若時若時久處生死修菩薩行爾時爾時所修布施乃至般若波羅蜜多漸善成熟堪能證得一切智智如新瓦器盛滿清水置於日中如如多時水所滋潤如是如是器轉堅牢如是菩薩若時若時久處生死修菩薩行爾時爾時所修布施乃至般若波羅蜜多漸善成熟堪能證得一切智智又滿慈子如新瓦瓶盛滿酥油如如經久如是如是津膩漸潤由斯堅密有所堪能如是菩薩若時若時久處生死修菩薩行爾時爾時漸遇多佛及佛弟子信敬供養若時若時漸遇多佛及佛弟子信敬供養爾時爾時漸蒙多佛及佛弟子教誡教授若時若時漸蒙多佛及佛弟子教誡教授爾時爾時漸得聞說布施淨戒安忍精進靜慮般若波羅蜜多若時若時漸得聞說布施淨戒安忍精進靜慮般若波羅蜜多爾時爾時漸能修習布施淨戒安忍精進靜慮般若波羅蜜多若時若時漸能修習布施淨戒安忍精進靜慮般若波羅蜜多爾時爾時漸復圓滿布施淨戒安忍精進靜

慮般若波羅蜜多若時若時漸復圓滿布施淨戒安忍精進靜慮般若波羅蜜多爾時爾時漸得隣近一切智智若時若時漸得隣近一切智智爾時爾時漸斷諸障證得無上正等菩提又滿慈子諸菩薩摩訶薩若時若時起一切智相應之心爾時爾時無容間起緣餘境心若時若時無容間起緣餘境心爾時爾時布施淨戒安忍精進靜慮般若波羅蜜多熏心相續漸得圓滿由心相續漸圓滿故名能引發一切智心此心相續無間無斷乃至證得一切智智如貯酥瓶如如經久如是如是酥氣熏遍不受餘氣之所熏著如是菩薩摩訶薩衆起一切智相應之心緣餘境心不能間雜由無間雜布施淨戒安忍精進靜慮般若波羅蜜多熏習圓滿諸惡魔軍欲伺其便終不能得何以故滿慈子若於此境魔伺其便是諸菩薩即於此境起一切智相應之心由此惡魔不能得便如是菩薩若時若時久處生死修行布施乃至般若波羅蜜多爾時爾時漸事多佛及諸弟子若時若時漸事多佛及諸弟子爾時爾時聞說布施乃至般若波羅蜜多若時若時聞說布施乃至般若波羅蜜多爾時爾時能勤精進如理思惟所說布施乃至般若波羅蜜多若時若時能勤精進如理思惟所說布施乃至般若波羅蜜多爾時爾時能勤精進無倒修習所說布施乃至般若波羅蜜多若時若時能勤精進無倒修習所說布施乃至般若波羅蜜多爾時爾時於心相續布施淨戒安忍精進靜慮般若波羅蜜多漸得圓滿若時若時於心相

續布施淨戒安忍精進靜慮般若波羅蜜多漸得圓滿爾時爾時漸得鄰近一切智智由斯速證無上菩提與諸有情作大饒益又滿慈子若諸菩薩欲勸導他受持淨戒是諸菩薩先應自起淨戒相應心心所法然後勸他受持淨戒既勸導他受持戒已復令迴向一切智智如是菩薩自修善根迴向所求一切智智復能勸導他諸有情起清淨心受持淨戒受持戒已復令迴向一切智智乃可名爲於善男子善女人等能善化導若諸菩薩教誡教授趣聲聞乘補特伽羅令勤修學菩薩淨戒波羅蜜多迴向趣求一切智智是諸菩薩勝聲聞乘補特伽羅若聲聞人教誡教授趣菩薩乘補特伽羅令勤修學菩薩淨戒波羅蜜多迴向趣求一切智智是聲聞人不勝菩薩補特伽羅乃爲菩薩轉勝於彼如有男子負眞金人遠適他國此眞金人光彩顏貌勝彼男子如是設有殑伽沙數聲聞乘人教誡教授趣菩薩乘補特伽羅令勤修學菩薩淨戒波羅蜜多迴向趣求一切智智此一菩薩勝彼一切聲聞乘人又如男子負頗胝迦人遠適他國此頗胝迦人光彩顏貌勝彼男子如是三千大千世界殑伽沙數聲聞乘人教誡教授趣菩薩乘補特伽羅令勤修學菩薩淨戒波羅蜜多迴向趣求一切智智此一菩薩勝彼一切聲聞乘人何以故滿慈子諸聲聞人若時若時教誡教授此一菩薩爾時爾時轉勝一切聲聞乘人設經殑伽沙數劫住諸聲聞人教誡教授此一菩薩令勤修學菩薩淨戒波羅蜜多迴向趣求一切智智此

一菩薩功德善根晝夜增長又滿慈子譬如真金數數燒煉光色轉盛菩薩亦爾若時若時諸聲聞眾教誡教授令勤修學菩薩淨戒波羅蜜多迴向趣求一切智智爾時爾時菩薩淨戒波羅蜜多轉得明淨若時若時菩薩淨戒波羅蜜多轉得明淨爾時爾時轉勝一切聲聞乘人所有功德由彼功德迴向涅槃不能趣求一切智智又滿慈子如吠瑠璃若時若時匠者瑩拭爾時爾時光色轉淨如是菩薩若時若時諸聲聞眾教誡教授令勤修學菩薩淨戒波羅蜜多迴向趣求一切智智爾時爾時菩薩淨戒波羅蜜多轉得明淨若時若時菩薩淨戒波羅蜜多轉得明淨爾時爾時轉勝一切聲聞乘人所有功德由彼功德迴向涅槃不能趣求一切智智又滿慈子如巧畫師以眾綵色畫作人像如如先以一色作模於後後時填布眾綵若時若時以眾綵色漸次填布爾時爾時容貌形色展轉殊妙勝彼畫師百千萬倍如是菩薩若時若時諸聲聞眾教誡教授令勤修學菩薩淨戒波羅蜜多迴向趣求一切智智爾時爾時菩薩淨戒波羅蜜多轉得明淨若時若時菩薩淨戒波羅蜜多轉得明淨爾時爾時轉勝一切聲聞乘人所有功德由彼功德迴向涅槃不能趣求一切智智而此菩薩由諸聲聞教誡教授所修種種功德善根晝夜增長又滿慈子如人種樹隨時溉灌守護修理若時若時溉灌此樹守護修理爾時爾時其樹增長量漸高大如是菩薩無量聲聞教誡教授令勤修學菩薩淨戒波羅蜜多迴向趣求一切智

智而此菩薩若時若時無量聲聞教誡教授令勤修學菩薩淨戒波羅蜜多迴向趣求一切智智爾時爾時菩薩淨戒波羅蜜多漸次增長若時若時菩薩淨戒波羅蜜多漸次增長爾時爾時普勝一切聲聞獨覺菩薩淨戒波羅蜜多轉明轉盛漸次鄰近本所願求一切智智由斯普勝聲聞獨覺又滿慈子譬如有人持小火燋燒乾草木若時若時火依草木爾時爾時火漸增長若時若時火漸增長爾時爾時火焰轉大展轉能照多踰繕那多百多千乃至無量如是菩薩無量聲聞教誡教授令勤修學菩薩淨戒波羅蜜多迴向趣求一切智智而此菩薩若時若時無量聲聞教誡教授令勤修學菩薩淨戒波羅蜜多迴向趣求一切智智爾時爾時菩薩淨戒波羅蜜多漸次明盛若時若時菩薩淨戒波羅蜜多漸次明盛爾時爾時勝彼無量教誡教授聲聞乘人所有功德由彼功德迴向涅槃不能趣求一切智智又滿慈子譬如有人銷礦出金出已轉賣所得價直貴賣彼人多百千倍如是菩薩若時若時無量聲聞教誡教授令勤修學菩薩淨戒波羅蜜多迴向趣求一切智智爾時爾時菩薩淨戒波羅蜜多勝彼聲聞所有功德多百千倍由彼功德迴向涅槃不能趣求一切智智菩薩淨戒波羅蜜多決定趣求一切智智與有情類作大饒益爾時滿慈子白舍利子言菩薩成就廣大妙法謂諸菩薩教誡教授趣聲聞乘補特伽羅令勤修學菩薩淨戒波羅蜜多迴向趣求一切智智是諸菩薩勝聲聞乘補特伽羅若聲聞

人敎誡敎授趣菩薩乘補特伽羅令勤修學菩薩淨戒波羅蜜多迴向趣求一切智智是聲聞人不勝菩薩補特伽羅乃爲菩薩轉勝於彼時舍利子便印具壽滿慈子言如是如是菩薩成就廣大妙法普勝獨覺及諸聲聞

大般若波羅蜜多經卷第五百八十四

音釋　十二會淨戒波羅蜜多分序

儲陳如切積聚也　滌亭歷切洗也　行檝行胡孟切德行也小曰行大曰德檝即涉切舟櫂也又謂之橈　夷隥隥丁鄧切登陟之道也　凝釭凝疑陵切定也釭古雙切正作釭燈也唐人謂燈爲銀釭　馭魚據切車馬也　鬘莫班

切　眹直忍切幾微萌兆謂之眹　搏伯各切手擊也　醍醐醍音提醐音胡醍醐酥味之上者也　埏埴埏夷然切埴丞職切埏埴黏土也　掉徒弔切搖　貽盈之切遺也　嗅許救切以鼻攝氣也　釧響釧樞絹切臂鐶也　鴿葛合切鳩屬　蠢尺尹切蠢蠢擾動也　煦吁句切烝也溫也　薜荔梵語具云薜荔多此云餓鬼薜蒲計切荔郎計切　諏將侯切咨事爲諏

經

室羅筏梵語也亦云舍婆提此云聞物國名也筏音伐　苾芻苾薄密切芻楚俱切草名含五義一體性柔軟二引蔓旁布三馨香遠聞四能療疼痛五不背日光以比比丘之德似之故名比丘爲苾芻　弩煖五切弓有臂者曰弩　穳祖管切鋋也又矛戟柄底鋭者曰穳　矟色角切矛丈八者謂之矟　跳躑跳田聊切躍也躑直隻切住足也　囹圄囹郎丁切圄魚許切囹圄周之獄名　胒女利切肥膩也　頻胝迦梵語具云塞頗胝迦亦云頻棃此云水精頗普禾切胝張尼切　瑩拭瑩縈定切玉瑩也潔也拭設職切揩拭也　模莫胡切規範也　填亭年切塞也滿也　溉灌溉居代切亦灌也灌古玩切澆也　𤏳音曹

大般若波羅蜜多經卷第五百八十五

唐三藏法師玄奘奉詔譯

第十二淨戒波羅蜜多分之二

時舍利子復告具壽滿慈子言若諸菩薩修行淨戒波羅蜜多見有少法名爲作者當知雖住菩薩法中而名棄捨諸菩薩法是爲菩薩非理作意若起如是非理作意應知名爲犯戒菩薩時滿慈子便白具壽舍利子言若諸菩薩不見少法名爲作者是諸菩薩受持淨戒波羅蜜多無所違犯何法於此菩薩淨戒波羅蜜多爲益爲損舍利子言無法於此菩薩淨戒波羅蜜多爲益爲損若見少法於此淨戒波羅蜜多爲益爲損當知執取菩薩淨戒若諸菩薩見有少法於此淨戒波羅蜜多爲益爲損是諸菩薩不能攝受菩薩淨戒波羅蜜多若諸菩薩不見少法名爲作者是諸菩薩能正攝受菩薩淨戒波羅蜜多若諸菩薩受持淨戒迴向趣求一切智智乃名淨戒波羅蜜多若諸菩薩受持淨戒不能迴求一切智智應知此戒雖得戒名而非淨戒波羅蜜多或求二乘世間果故又滿慈子若諸菩薩隨所行施無不皆用大悲爲首常能發起隨順迴向一切智智相應之心應知是名具戒菩薩又滿慈子若諸菩薩隨所護戒無不皆用大悲爲首常能發起隨順迴向一切智智相應之心應知名爲具戒菩薩又滿慈子若諸菩薩於諸有情若打若罵誹謗凌辱輕弄等事隨所修忍無不皆用大悲爲首常能發起隨順迴向一切智智相應之心應知是名具戒菩薩又滿慈子若諸菩薩爲欲拔

濟一切有情惡趣生死種種苦惱隨行精進無不皆用大悲爲首常能發起隨順迴向一切智智相應之心應知是名具戒菩薩又滿慈子若諸菩薩隨起靜慮作是思惟我應引發殊勝靜慮由斯發起殊勝神通知諸有情心行差別說授法藥令脫惡趣生死衆苦又爲調伏自身煩惱與有情類作淨福田堪任引發一切智智如是思惟隨修靜慮一切皆用大悲爲首常能發起隨順迴向一切智智相應之心應知是名具戒菩薩又滿慈子若諸菩薩隨所修行甚深妙慧皆爲於法遠離顛倒得諸善巧謂蘊善巧若界善巧若處善巧若諦善巧若緣起善巧若是處非處善巧云何名爲於蘊善巧謂諸菩薩如實了知所有色蘊種種自相如實了知所有受想行識蘊種種自相如是名爲於蘊善巧又諸菩薩如實了知所有色蘊種種自相皆不可得如實了知所有受想行識蘊種種自相皆不可得如是名爲於蘊善巧又諸菩薩如實了知所有色蘊種種共相如實了知所有受想行識蘊種種共相如是名爲於蘊善巧又諸菩薩如實了知所有色蘊種種共相皆不可得如實了知所有受想行識蘊種種共相皆不可得如是名爲於蘊善巧又諸菩薩如實了知所有色蘊若常若無常皆不可得如實了知所有受想行識蘊若常若無常皆不可得如是名爲於蘊善巧又諸菩薩如實了知所有色蘊若樂若苦皆不可得如實了知所有受想行識蘊若樂若苦皆不可得如是名爲於蘊善巧又諸菩薩如實了知所有色蘊若

我若無我皆不可得如實了知所有受想行識蘊若我若無我皆不可得如是名爲於蘊善巧又諸菩薩如實了知所有色蘊若淨若不淨皆不可得如實了知所有受想行識蘊若淨若不淨皆不可得如是名爲於蘊善巧又諸菩薩如實了知所有色蘊若空若不空皆不可得如實了知所有受想行識蘊若空若不空皆不可得如是名爲於蘊善巧又諸菩薩如實了知所有色蘊若有相若無相皆不可得如實了知所有受想行識蘊若有相若無相皆不可得如是名爲於蘊善巧又諸菩薩如實了知所有色蘊若有願若無願皆不可得如實了知所有受想行識蘊若有願若無願皆不可得如是名爲於蘊善巧又諸菩薩如實了知所有色蘊若寂靜若不寂靜皆不可得如實了知所有受想行識蘊若寂靜若不寂靜皆不可得如是名爲於蘊善巧又諸菩薩如實了知所有色蘊若遠離若不遠離皆不可得如實了知所有受想行識蘊若遠離若不遠離皆不可得如是名爲於蘊善巧云何名爲於界善巧謂諸菩薩如實了知所有眼界種種自相如實了知所有耳鼻舌身意界種種自相如是名爲於界善巧又諸菩薩如實了知所有眼界種種自相皆不可得如實了知所有耳鼻舌身意界種種自相皆不可得如是名爲於界善巧又諸菩薩如實了知所有眼界種種共相如實了知所有耳鼻舌身意界種種共相如是名爲於界善巧又諸菩薩如實了知所有眼界種種共相皆不可得如實了知所有耳鼻舌身意界

種種共相皆不可得如是名爲於界善巧又諸菩薩如實了知所有眼界若常若無常皆不可得如實了知所有耳鼻舌身意界若常若無常皆不可得如是名爲於界善巧又諸菩薩如實了知所有眼界若樂若苦皆不可得如實了知所有耳鼻舌身意界若樂若苦皆不可得如是名爲於界善巧又諸菩薩如實了知所有眼界若我若無我皆不可得如實了知所有耳鼻舌身意界若我若無我皆不可得如是名爲於界善巧又諸菩薩如實了知所有眼界若淨若不淨皆不可得如實了知所有耳鼻舌身意界若淨若不淨皆不可得如是名爲於界善巧又諸菩薩如實了知所有眼界若空若不空皆不可得如實了知所有耳鼻舌身意界若空若不空皆不可得如是名爲於界善巧又諸菩薩如實了知所有眼界若有相若無相皆不可得如實了知所有耳鼻舌身意界若有相若無相皆不可得如是名爲於界善巧又諸菩薩如實了知所有眼界若有願若無願皆不可得如實了知所有耳鼻舌身意界若有願若無願皆不可得如是名爲於界善巧又諸菩薩如實了知所有眼界若寂靜若不寂靜皆不可得如實了知所有耳鼻舌身意界若寂靜若不寂靜皆不可得如是名爲於界善巧又諸菩薩如實了知所有眼界若遠離若不遠離皆不可得如實了知所有耳鼻舌身意界若遠離若不遠離皆不可得如是名爲於界善巧又諸菩薩如實了知所有色界種種自相如實了知所有聲香味觸法界種種自相如是

名爲於界善巧又諸菩薩如實了知所有色界種種自相皆不可得如實了知所有聲香味觸法界種種自相皆不可得如是名爲於界善巧又諸菩薩如實了知所有色界種種共相如實了知所有聲香味觸法界種種共相如是名爲於界善巧又諸菩薩如實了知所有色界種種共相皆不可得如實了知所有聲香味觸法界種種共相皆不可得如是名爲於界善巧又諸菩薩如實了知所有色界若常若無常皆不可得如實了知所有聲香味觸法界若常若無常皆不可得如是名爲於界善巧又諸菩薩如實了知所有色界若樂若苦皆不可得如實了知所有聲香味觸法界若樂若苦皆不可得如是名爲於界善巧又諸菩薩如實了知所有色界若我若無我皆不可得如實了知所有聲香味觸法界若我若無我皆不可得如是名爲於界善巧又諸菩薩如實了知所有色界若淨若不淨皆不可得如實了知所有聲香味觸法界若淨若不淨皆不可得如是名爲於界善巧又諸菩薩如實了知所有色界若空若不空皆不可得如實了知所有聲香味觸法界若空若不空皆不可得如是名爲於界善巧又諸菩薩如實了知所有色界若有相若無相皆不可得如實了知所有聲香味觸法界若有相若無相皆不可得如是名爲於界善巧又諸菩薩如實了知所有色界若有願若無願皆不可得如實了知所有聲香味觸法界若有願若無願皆不可得如是名爲於界善巧又諸菩薩如實了知所有色界若寂靜若

不寂靜皆不可得如實了知所有聲香味觸法界若寂靜若不寂靜皆不可得如是名爲於界善巧又諸菩薩如實了知所有色界若遠離若不遠離皆不可得如實了知所有聲香味觸法界若遠離若不遠離皆不可得如是名爲於界善巧又諸菩薩如實了知所有眼識界種種自相如實了知所有耳鼻舌身意識界種種自相如是名爲於界善巧又諸菩薩如實了知所有眼識界種種自相皆不可得如實了知所有耳鼻舌身意識界種種自相皆不可得如是名爲於界善巧又諸菩薩如實了知所有眼識界種種共相如實了知所有耳鼻舌身意識界種種共相如是名爲於界善巧又諸菩薩如實了知所有眼識界種種共相皆不可得如實了知所有耳鼻舌身意識界種種共相皆不可得如是名爲於界善巧又諸菩薩如實了知所有眼識界若常若無常皆不可得如實了知所有耳鼻舌身意識界若常若無常皆不可得如是名爲於界善巧又諸菩薩如實了知所有眼識界若樂若苦皆不可得如實了知所有耳鼻舌身意識界若樂若苦皆不可得如是名爲於界善巧又諸菩薩如實了知所有眼識界若我若無我皆不可得如實了知所有耳鼻舌身意識界若我若無我皆不可得如是名爲於界善巧又諸菩薩如實了知所有眼識界若淨若不淨皆不可得如實了知所有耳鼻舌身意識界若淨若不淨皆不可得如是名爲於界善巧又諸菩薩如實了知所有眼識界若空若不空皆不可得如實了知所有

耳鼻舌身意識界若空若不空皆不可得如是名爲於界善巧又諸菩薩如實了知所有眼識界若有相若無相皆不可得如實了知所有耳鼻舌身意識界若有相若無相皆不可得如是名爲於界善巧又諸菩薩如實了知所有眼識界若有願若無願皆不可得如實了知所有耳鼻舌身意識界若有願若無願皆不可得如是名爲於界善巧又諸菩薩如實了知所有眼識界若寂靜若不寂靜皆不可得如實了知所有耳鼻舌身意識界若寂靜若不寂靜皆不可得如是名爲於界善巧又諸菩薩如實了知所有眼識界若遠離若不遠離皆不可得如實了知所有耳鼻舌身意識界若遠離若不遠離皆不可得如是名爲於界善巧又諸菩薩如實了知所有眼觸種種自相如實了知所有耳鼻舌身意觸種種自相如是名爲於界善巧又諸菩薩如實了知所有眼觸種種自相皆不可得如實了知所有耳鼻舌身意觸種種自相皆不可得如是名爲於界善巧又諸菩薩如實了知所有眼觸種種共相如實了知所有耳鼻舌身意觸種種共相如是名爲於界善巧又諸菩薩如實了知所有眼觸種種共相皆不可得如實了知所有耳鼻舌身意觸種種共相皆不可得如是名爲於界善巧又諸菩薩如實了知所有眼觸若常若無常皆不可得如實了知所有耳鼻舌身意觸若常若無常皆不可得如是名爲於界善巧又諸菩薩如實了知所有眼觸若樂若苦皆不可得如實了知所有耳鼻舌身意觸若樂若苦皆不可得

如是名爲於界善巧又諸菩薩如實了知所有眼觸若我若無我皆不可得如實了知所有耳鼻舌身意觸若我若無我皆不可得如是名爲於界善巧又諸菩薩如實了知所有眼觸若淨若不淨皆不可得如實了知所有耳鼻舌身意觸若淨若不淨皆不可得如是名爲於界善巧又諸菩薩如實了知所有眼觸若空若不空皆不可得如實了知所有耳鼻舌身意觸若空若不空皆不可得如是名爲於界善巧又諸菩薩如實了知所有眼觸若有相若無相皆不可得如實了知所有耳鼻舌身意觸若有相若無相皆不可得如是名爲於界善巧又諸菩薩如實了知所有眼觸若有願若無願皆不可得如實了知所有耳鼻舌身意觸若有願若無願皆不可得如是名爲於界善巧又諸菩薩如實了知所有眼觸若寂靜若不寂靜皆不可得如實了知所有耳鼻舌身意觸若寂靜若不寂靜皆不可得如是名爲於界善巧又諸菩薩如實了知所有眼觸若遠離若不遠離皆不可得如實了知所有耳鼻舌身意觸若遠離若不遠離皆不可得如是名爲於界善巧又諸菩薩如實了知所有眼觸爲緣所生諸受種種自相如實了知所有耳鼻舌身意觸爲緣所生諸受種種自相如是名爲於界善巧又諸菩薩如實了知所有眼觸爲緣所生諸受種種自相皆不可得如實了知所有耳鼻舌身意觸爲緣所生諸受種種自相皆不可得如是名爲於界善巧又諸菩薩如實了知所有眼觸爲緣所生諸受種種共相如實了知所有

耳鼻舌身意觸爲緣所生諸受種種共相如是名爲於界善巧又諸菩薩如實了知所有眼觸爲緣所生諸受種種共相皆不可得如實了知所有耳鼻舌身意觸爲緣所生諸受種種共相皆不可得如是名爲於界善巧又諸菩薩如實了知所有眼觸爲緣所生諸受若常若無常皆不可得如實了知所有耳鼻舌身意觸爲緣所生諸受若常若無常皆不可得如是名爲於界善巧又諸菩薩如實了知所有眼觸爲緣所生諸受若樂若苦皆不可得如實了知所有耳鼻舌身意觸爲緣所生諸受若樂若苦皆不可得如是名爲於界善巧又諸菩薩如實了知所有眼觸爲緣所生諸受若我若無我皆不可得如實了知所有耳鼻舌身意觸爲緣所生諸受若我若無我皆不可得如是名爲於界善巧又諸菩薩如實了知所有眼觸爲緣所生諸受若淨若不淨皆不可得如實了知所有耳鼻舌身意觸爲緣所生諸受若淨若不淨皆不可得如是名爲於界善巧又諸菩薩如實了知所有眼觸爲緣所生諸受若空若不空皆不可得如實了知所有耳鼻舌身意觸爲緣所生諸受若空若不空皆不可得如是名爲於界善巧又諸菩薩如實了知所有眼觸爲緣所生諸受若有相若無相皆不可得如實了知所有耳鼻舌身意觸爲緣所生諸受若有相若無相皆不可得如是名爲於界善巧又諸菩薩如實了知所有眼觸爲緣所生諸受若有願若無願皆不可得如實了知所有耳鼻舌身意觸爲緣所生諸受若有願若無願皆不

可得如是名爲於界善巧又諸菩薩如實了知所有眼觸爲緣所生諸受若寂靜若不寂靜皆不可得如實了知所有耳鼻舌身意觸爲緣所生諸受若寂靜若不寂靜皆不可得如是名爲於界善巧又諸菩薩如實了知所有眼觸爲緣所生諸受若遠離若不遠離皆不可得如實了知所有耳鼻舌身意觸爲緣所生諸受若遠離若不遠離皆不可得如是名爲於界善巧又諸菩薩如實了知所有地界種種自相如實了知所有水火風空識界種種自相如是名爲於界善巧又諸菩薩如實了知所有地界種種自相皆不可得如實了知所有水火風空識界種種自相皆不可得如是名爲於界善巧又諸菩薩如實了知所有地界種種共相如實了知所有水火風空識界種種共相如是名爲於界善巧又諸菩薩如實了知所有地界種種共相皆不可得如實了知所有水火風空識界種種共相皆不可得如是名爲於界善巧又諸菩薩如實了知所有地界若常若無常皆不可得如實了知所有水火風空識界若常若無常皆不可得如是名爲於界善巧又諸菩薩如實了知所有地界若樂若苦皆不可得如實了知所有水火風空識界若樂若苦皆不可得如是名爲於界善巧又諸菩薩如實了知所有地界若我若無我皆不可得如實了知所有水火風空識界若我若無我皆不可得如是名爲於界善巧又諸菩薩如實了知所有地界若淨若不淨皆不可得如實了知所有水火風空識界若淨若不淨皆不可得如是

名爲於界善巧又諸菩薩如實了知所有地界若空若不空皆不可得如實了知所有水火風空識界若空若不空皆不可得如是名爲於界善巧又諸菩薩如實了知所有地界若有相若無相皆不可得如實了知所有水火風空識界若有相若無相皆不可得如是名爲於界善巧又諸菩薩如實了知所有地界若有願若無願皆不可得如實了知所有水火風空識界若有願若無願皆不可得如是名爲於界善巧又諸菩薩如實了知所有地界若寂靜若不寂靜皆不可得如實了知所有水火風空識界若寂靜若不寂靜皆不可得如是名爲於界善巧又諸菩薩如實了知所有地界若遠離若不遠離皆不可得如實了知所有水火風空識界若遠離若不遠離皆不可得如是名爲於界善巧云何名爲於處善巧謂諸菩薩如實了知所有眼處種種自相如實了知所有耳鼻舌身意處種種自相如是名爲於處善巧又諸菩薩如實了知所有眼處種種自相皆不可得如實了知所有耳鼻舌身意處種種自相皆不可得如是名爲於處善巧又諸菩薩如實了知所有眼處種種共相如實了知所有耳鼻舌身意處種種共相如是名爲於處善巧又諸菩薩如實了知所有眼處種種共相皆不可得如實了知所有耳鼻舌身意處種種共相皆不可得如是名爲於處善巧又諸菩薩如實了知所有眼處若常若無常皆不可得如實了知所有耳鼻舌身意處若常若無常皆不可得如是名爲於處善巧又諸菩薩如實了知

所有眼處若樂若苦皆不可得如實了知所有耳鼻舌身意處若樂若苦皆不可得如是名爲於處善巧又諸菩薩如實了知所有眼處若我若無我皆不可得如實了知所有耳鼻舌身意處若我若無我皆不可得如是名爲於處善巧又諸菩薩如實了知所有眼處若淨若不淨皆不可得如實了知所有耳鼻舌身意處若淨若不淨皆不可得如是名爲於處善巧又諸菩薩如實了知所有眼處若空若不空皆不可得如實了知所有耳鼻舌身意處若空若不空皆不可得如是名爲於處善巧又諸菩薩如實了知所有眼處若有相若無相皆不可得如實了知所有耳鼻舌身意處若有相若無相皆不可得如是名爲於處善巧又諸菩薩如實了知所有眼處若有願若無願皆不可得如實了知所有耳鼻舌身意處若有願若無願皆不可得如是名爲於處善巧又諸菩薩如實了知所有眼處若寂靜若不寂靜皆不可得如實了知所有耳鼻舌身意處若寂靜若不寂靜皆不可得如是名爲於處善巧又諸菩薩如實了知所有眼處若遠離若不遠離皆不可得如實了知所有耳鼻舌身意處若遠離若不遠離皆不可得如是名爲於處善巧又諸菩薩如實了知所有色處種種自相如實了知所有聲香味觸法處種種自相如是名爲於處善巧又諸菩薩如實了知所有色處種種自相皆不可得如實了知所有聲香味觸法處種種自相皆不可得如是名爲於處善巧又諸菩薩如實了知所有色處種種共相如實了知

所有聲香味觸法處種種共相如是名爲於處善巧又諸菩薩如實了知所有色處種種共相皆不可得如實了知所有聲香味觸法處種種共相皆不可得如是名爲於處善巧又諸菩薩如實了知所有色處若常若無常皆不可得如實了知所有聲香味觸法處若常若無常皆不可得如是名爲於處善巧又諸菩薩如實了知所有色處若樂若苦皆不可得如實了知所有聲香味觸法處若樂若苦皆不可得如是名爲於處善巧又諸菩薩如實了知所有色處若我若無我皆不可得如實了知所有聲香味觸法處若我若無我皆不可得如是名爲於處善巧又諸菩薩如實了知所有色處若淨若不淨皆不可得如實了知所有聲香味觸法處若淨若不淨皆不可得如是名爲於處善巧又諸菩薩如實了知所有色處若空若不空皆不可得如實了知所有聲香味觸法處若空若不空皆不可得如是名爲於處善巧又諸菩薩如實了知所有色處若有相若無相皆不可得如實了知所有聲香味觸法處若有相若無相皆不可得如是名爲於處善巧又諸菩薩如實了知所有色處若有願若無願皆不可得如實了知所有聲香味觸法處若有願若無願皆不可得如是名爲於處善巧又諸菩薩如實了知所有色處若寂靜若不寂靜皆不可得如實了知所有聲香味觸法處若寂靜若不寂靜皆不可得如是名爲於處善巧又諸菩薩如實了知所有色處若遠離若不遠離皆不可得如實了知所有聲香味觸法處若

遠離若不遠離皆不可得如是名爲於處善巧云何名爲於諦善巧謂諸菩薩如實了知所有苦聖諦種種自相如實了知所有集滅道聖諦種種自相如是名爲於諦善巧又諸菩薩如實了知所有苦聖諦種種自相皆不可得如實了知所有集滅道聖諦種種自相皆不可得如是名爲於諦善巧又諸菩薩如實了知所有苦聖諦種種共相如實了知所有集滅道聖諦種種共相如是名爲於諦善巧又諸菩薩如實了知所有苦聖諦種種共相皆不可得如實了知所有集滅道聖諦種種共相皆不可得如是名爲於諦善巧又諸菩薩如實了知所有苦聖諦若常若無常皆不可得如實了知所有集滅道聖諦若常若無常皆不可得如是名爲於諦善巧又諸菩薩如實了知所有苦聖諦若樂若苦皆不可得如實了知所有集滅道聖諦若樂若苦皆不可得如是名爲於諦善巧又諸菩薩如實了知所有苦聖諦若我若無我皆不可得如實了知所有集滅道聖諦若我若無我皆不可得如是名爲於諦善巧又諸菩薩如實了知所有苦聖諦若淨若不淨皆不可得如實了知所有集滅道聖諦若淨若不淨皆不可得如是名爲於諦善巧又諸菩薩如實了知所有苦聖諦若空若不空皆不可得如實了知所有集滅道聖諦若空若不空皆不可得如是名爲於諦善巧又諸菩薩如實了知所有苦聖諦若有相若無相皆不可得如實了知所有集滅道聖諦若有相若無相皆不可得如是名爲於諦善巧又諸菩薩如實了知

所有苦聖諦若有願若無願皆不可得如實了知所有集滅道聖諦若有願若無願皆不可得如是名爲於諦善巧又諸菩薩如實了知所有苦聖諦若寂靜若不寂靜皆不可得如實了知所有集滅道聖諦若寂靜若不寂靜皆不可得如是名爲於諦善巧又諸菩薩如實了知所有苦聖諦若遠離若不遠離皆不可得如實了知所有集滅道聖諦若遠離若不遠離皆不可得如是名爲於諦善巧

大般若波羅蜜多經卷第五百八十五

大般若波羅蜜多經卷第五百八十六

唐三藏法師玄奘奉　詔譯

第十二淨戒波羅蜜多分之三

云何名爲緣起善巧謂諸菩薩如實了知所有因緣種種自相如實了知所有等無間緣所緣緣增上緣及從諸緣所生諸法種種自相如是名爲緣起善巧又諸菩薩如實了知所有因緣種種自相皆不可得如實了知所有等無間緣所緣緣增上緣及從諸緣所生諸法種種自相皆不可得如是名爲緣起善巧又諸菩薩如實了知所有因緣種種共相如實了知所有等無間緣所緣緣增上緣及從諸緣所生諸法種種共相如是名爲緣起善巧又諸菩薩如實了知所有因緣種種共相皆不可得如實了知所有等無間緣所緣緣增上緣及從諸緣所生諸法種種共相皆不可得如是名爲緣起善巧又諸菩薩如實了知所有因緣若常若無常皆不可得如實了知所有等無間緣所緣緣增上緣及從諸緣所生諸法若常若無常皆不可得如是名爲緣起善巧又諸菩薩如實了知所有因緣若樂若苦皆不可得如實了知所有等無間緣所緣緣增上緣及從諸緣所生諸法若樂若苦皆不可得如是名爲緣起善巧又諸菩薩如實了知所有因緣若我若無我皆不可得如實了知所有等無間緣所緣緣增上緣及從諸緣所生諸法若我若無我皆不可得如是名爲緣起善巧又諸菩薩如實了知所有因緣若淨若不淨皆不可得如實了知所有等無間緣所緣緣增上緣及從諸緣所生

諸法若淨若不淨皆不可得如是名爲緣起善巧又諸菩薩如實了知所有因緣若空若不空皆不可得如實了知所有等無間緣所緣緣增上緣及從諸緣所生諸法若空若不空皆不可得如是名爲緣起善巧又諸菩薩如實了知所有因緣若有相若無相皆不可得如實了知所有等無間緣所緣緣增上緣及從諸緣所生諸法若有相若無相皆不可得如是名爲緣起善巧又諸菩薩如實了知所有因緣若有願若無願皆不可得如實了知所有等無間緣所緣緣增上緣及從諸緣所生諸法若有願若無願皆不可得如是名爲緣起善巧又諸菩薩如實了知所有因緣若寂靜若不寂靜皆不可得如實了知所有等無間緣所緣緣增上緣及從諸緣所生諸法若寂靜若不寂靜皆不可得如是名爲緣起善巧又諸菩薩如實了知所有因緣若遠離若不遠離皆不可得如實了知所有等無間緣所緣緣增上緣及從諸緣所生諸法若遠離若不遠離皆不可得如是名爲緣起善巧又諸菩薩如實了知所有無明種種自相如實了知所有行識名色六處觸受愛取有生老死種種自相如是名爲緣起善巧又諸菩薩如實了知所有無明種種自相皆不可得如實了知所有行識名色六處觸受愛取有生老死種種自相皆不可得如是名爲緣起善巧又諸菩薩如實了知所有無明種種共相如實了知所有行識名色六處觸受愛取有生老死種種共相如是名爲緣起善巧又諸菩薩如實了知所有無明種種共相皆

不可得如實了知所有行識名色六處觸受愛取有生老死種種共相皆不可得如是名爲緣起善巧又諸菩薩如實了知所有無明若常若無常皆不可得如實了知所有行識名色六處觸受愛取有生老死若常若無常皆不可得如是名爲緣起善巧又諸菩薩如實了知所有無明若樂若苦皆不可得如實了知所有行識名色六處觸受愛取有生老死若樂若苦皆不可得如是名爲緣起善巧又諸菩薩如實了知所有無明若我若無我皆不可得如實了知所有行識名色六處觸受愛取有生老死若我若無我皆不可得如是名爲緣起善巧又諸菩薩如實了知所有無明若淨若不淨皆不可得如實了知所有行識名色六處觸受愛取有生老死若淨若不淨皆不可得如是名爲緣起善巧又諸菩薩如實了知所有無明若空若不空皆不可得如實了知所有行識名色六處觸受愛取有生老死若空若不空皆不可得如是名爲緣起善巧又諸菩薩如實了知所有無明若有相若無相皆不可得如實了知所有行識名色六處觸受愛取有生老死若有相若無相皆不可得如是名爲緣起善巧又諸菩薩如實了知所有無明若有願若無願皆不可得如實了知所有行識名色六處觸受愛取有生老死若有願若無願皆不可得如是名爲緣起善巧又諸菩薩如實了知所有無明若寂靜若不寂靜皆不可得如實了知所有行識名色六處觸受愛取有生老死若寂靜若不寂靜皆不可得如是名爲緣起善巧又

諸菩薩如實了知所有無明若遠離若不遠離皆不可得如實了知所有行識名色六處觸受愛取有生老死若遠離若不遠離皆不可得如是名爲緣起善巧云何名爲是處非處善巧謂諸菩薩如實了知所有是處種種自相如實了知所有非處種種自相如是名爲是處非處善巧又諸菩薩如實了知所有是處種種自相皆不可得如實了知所有非處種種自相皆不可得如是名爲是處非處善巧又諸菩薩如實了知所有是處種種共相如實了知所有非處種種共相如是名爲是處非處善巧又諸菩薩如實了知所有是處種種共相皆不可得如實了知所有非處種種共相皆不可得如是名爲是處非處善巧又諸菩薩如實了知所有是處若常若無常皆不可得如實了知所有非處若常若無常皆不可得如是名爲是處非處善巧又諸菩薩如實了知所有是處若樂若苦皆不可得如實了知所有非處若樂若苦皆不可得如是名爲是處非處善巧又諸菩薩如實了知所有是處若我若無我皆不可得如實了知所有非處若我若無我皆不可得如是名爲是處非處善巧又諸菩薩如實了知所有是處若淨若不淨皆不可得如實了知所有非處若淨若不淨皆不可得如是名爲是處非處善巧又諸菩薩如實了知所有是處若空若不空皆不可得如實了知所有非處若空若不空皆不可得如是名爲是處非處善巧又諸菩薩如實了知所有是處若有相若無相皆不可得如實了知所有非處若有相

若無相皆不可得如是名爲是處非處善巧又諸菩薩如實了知所有是處若有願若無願皆不可得如實了知所有非處若有願若無願皆不可得如是名爲是處非處善巧又諸菩薩如實了知所有是處若寂靜若不寂靜皆不可得如實了知所有非處若寂靜若不寂靜皆不可得如是名爲是處非處善巧又諸菩薩如實了知所有是處若遠離若不遠離皆不可得如實了知所有非處若遠離若不遠離皆不可得如是名爲是處非處善巧如是菩薩於諸蘊等應修善巧由善巧故爲諸有情如應說法令永斷滅有情想等菩薩如是起殊勝心爲利自他修諸妙慧一切皆用大悲爲首常能發起隨順迴向一切智智相應之心應知是名具戒菩薩當知具足無上淨戒若諸菩薩欲求無上正等菩提應勤修習布施淨戒安忍精進靜慮般若波羅蜜多迴向趣求一切智智若諸菩薩以此六種波羅蜜多迴向趣求一切智智是諸菩薩由此淨戒普勝一切聲聞獨覺又滿慈子初發無上正等覺心一菩薩戒一切有情皆所成就十善業道此戒於彼百倍爲勝千倍爲勝乃至鄔波尼殺曇倍亦復爲勝又滿慈子假使世間一切有情皆具成就十善業道彼所有戒於發無上正等覺心諸菩薩衆初發心時一菩薩戒百分不及一千分不及一乃至鄔波尼殺曇分亦不及一又滿慈子假使世間一切有情皆具成就前五神通彼所有戒於發無上正等覺心諸菩薩衆初發心時一菩薩戒百分不及一千分不及一乃至鄔

波尼殺曇分亦不及一又滿慈子假使世間一切有情皆具安住慈悲喜捨彼所有戒於發無上正等覺心諸菩薩衆初發心時一菩薩戒百分不及一千分不及一乃至鄔波尼殺曇分亦不及一又滿慈子假使世間一切有情皆具成就隨順空忍彼所有戒於發無上正等覺心諸菩薩衆初發心時一菩薩戒百分不及一千分不及一乃至鄔波尼殺曇分亦不及一又滿慈子假使世間一切有情皆具成就順無相忍彼所有戒於發無上正等覺心諸菩薩衆初發心時一菩薩戒百分不及一千分不及一乃至鄔波尼殺曇分亦不及一又滿慈子假使世間一切有情皆具成就順無願忍彼所有戒於發無上正等覺心諸菩薩衆初發心時一菩薩戒百分不及一千分不及一乃至鄔波尼殺曇分亦不及一又滿慈子假使世間一切有情皆具成就第八者法彼所有戒於發無上正等覺心諸菩薩衆初發心時一菩薩戒百分不及一千分不及一乃至鄔波尼殺曇分亦不及一爾時滿慈子白舍利子言我今欲問尊者第八所有義趣頗見開許爲我解釋此義趣耶舍利子言隨意發問我既聞已當爲解釋滿慈子言爲即色蘊是第八耶舍利子言不也具壽滿慈子言爲離色蘊有第八耶舍利子言不也具壽滿慈子言爲即受想行識蘊是第八耶舍利子言不也具壽滿慈子言爲離受想行識蘊有第八耶舍利子言不也具壽滿慈子言爲即眼處是第八耶舍利子言不也具壽滿慈子言爲離眼處有第八耶舍利子

言不也具壽滿慈子言爲即耳鼻舌身意處
是第八耶舍利子言不也具壽滿慈子言爲
離耳鼻舌身意處有第八耶舍利子言不也
具壽滿慈子言爲即色處是第八耶舍利子
言不也具壽滿慈子言爲離色處有第八耶
舍利子言不也具壽滿慈子言爲即聲香味
觸法處是第八耶舍利子言不也具壽滿慈
子言爲離聲香味觸法處有第八耶舍利子
言不也具壽滿慈子言爲即眼界是第八耶
舍利子言不也具壽滿慈子言爲離眼界有
第八耶舍利子言不也具壽滿慈子言爲即
耳鼻舌身意界是第八耶舍利子言不也具
壽滿慈子言爲離耳鼻舌身意界有第八耶
舍利子言不也具壽滿慈子言爲即色界是
第八耶舍利子言不也具壽滿慈子言爲離
色界有第八耶舍利子言不也具壽滿慈子
言爲即聲香味觸法界是第八耶舍利子言
不也具壽滿慈子言爲離聲香味觸法界有
第八耶舍利子言不也具壽滿慈子言爲即
眼識界是第八耶舍利子言不也具壽滿慈
子言爲離眼識界有第八耶舍利子言不也
具壽滿慈子言爲即耳鼻舌身意識界是第
八耶舍利子言不也具壽滿慈子言爲離耳
鼻舌身意識界有第八耶舍利子言不也具
壽滿慈子言爲即眼觸是第八耶舍利子言
不也具壽滿慈子言爲離眼觸有第八耶舍
利子言不也具壽滿慈子言爲即耳鼻舌身
意觸是第八耶舍利子言不也具壽滿慈子
言爲離耳鼻舌身意觸有第八耶舍利子言
不也具壽滿慈子言爲即眼觸爲緣所生諸

受是第八耶舍利子言不也具壽滿慈子言爲離眼觸爲緣所生諸受有第八耶舍利子言不也具壽滿慈子言爲即耳鼻舌身意觸爲緣所生諸受是第八耶舍利子言不也具壽滿慈子言爲離耳鼻舌身意觸爲緣所生諸受有第八耶舍利子言不也具壽滿慈子言爲即地界是第八耶舍利子言不也具壽滿慈子言爲離地界有第八耶舍利子言不也具壽滿慈子言爲即水火風空識界是第八耶舍利子言不也具壽滿慈子言爲離水火風空識界有第八耶舍利子言不也具壽滿慈子言若爾尊者說何等法名爲第八云何令我了知尊者所說義趣如理受持舍利子言若於諸法平等性中以如實智知平等性證平等性由此智故所作已息我於此中不見第八亦復不見知平等智此中無我無我所故云何於中可相徵詰滿慈子言云何尊者前後所說非互相違謂前說言一切第八所有淨戒於發無上正等覺心諸菩薩衆初發心時一菩薩戒百分不及一千分不及一乃至鄔波尼殺曇分亦不及一今復說言我於此中都不見有第八及智舍利子言我先所說爲初學者不爲已入平等性者我先所說欲使有情趣入正法不爲已入平等性者我先所說欲使有情知大乘行出過二乘不說諸法平等實性我先所說欲使有情如實覺了佛乘大乘淨戒殊勝故作是說假使世間一切有情皆具成就第八者法彼所有戒於發無上正等覺心諸菩薩衆初發心時一菩薩戒百分不及一千分不及一乃至鄔

波尼殺曇分亦不及一不說諸法平等實性離我我所何所相違又滿慈子一切預流一來不還及阿羅漢獨覺淨戒於發無上正等覺心諸菩薩衆初發心時一菩薩戒百分不及一千分不及一乃至鄔波尼殺曇分亦不及一具壽當知諸有欲令聲聞獨覺所有淨戒勝菩薩戒彼爲欲令聲聞獨覺所有淨戒勝如來戒當知彼類欲與如來共諍勝劣譬如有人與王子諍當知彼人欲與王諍如是若有欲令聲聞獨覺淨戒勝菩薩戒則爲欲令聲聞獨覺所有淨戒勝如來戒當知彼類欲與如來共諍勝劣何以故滿慈子諸菩薩法不可勝故菩薩是眞法王子故又滿慈子譬如有人無手無足而作是說我能度至大海彼岸彼有虛言而無實義由增上慢作如是說如是若有聲聞獨覺作如是言我所有戒勝菩薩戒當知彼言都無實義何以故滿慈子菩薩功德如大海故如彼愚人實無手足而言我能越度大海如是有趣二乘之人實無菩薩殊勝功德而言我勝菩薩淨戒無有是處何以故滿慈子菩薩淨戒無邊際故時滿慈子便問具壽舍利子言何緣故說菩薩淨戒無邊際耶舍利子言菩薩淨戒普能解脫無量有情犯戒惡故普能安立無量有情清淨戒故時滿慈子復問具壽舍利子言尊者所說犯戒惡者是何增語舍利子言我我所執及餘煩惱名犯戒惡謂任持想若我想若有情想若命者想若生者想若養者想若士夫想若補特伽羅想若有想若無想如是諸想及餘煩惱是犯戒惡增語所顯菩薩

淨戒普能解脱無量有情如是所説犯戒惡故量無邊際又諸菩薩所有淨戒普能安立無量有情令住淨戒是故菩薩安住大乘所得淨戒量無邊際聲聞獨覺所不能及普勝聲聞獨覺淨戒又滿慈子諸菩薩名普勝一切聲聞獨覺謂修淨戒波羅蜜多迴向趣求一切智智爾時滿慈子問舍利子言云何菩薩有漏淨戒能勝二乘無漏淨戒舍利子言聲聞獨覺無漏淨戒唯求自利迴向涅槃菩薩淨戒普爲度脱無量有情迴向無上正等菩提是故菩薩所有淨戒能勝二乘無漏淨戒又滿慈子若諸菩薩心作分限饒益有情引發淨戒是諸菩薩所起淨戒不勝二乘無漏淨戒不名淨戒波羅蜜多然諸菩薩心無分限普爲度脱無量有情求大菩提引發淨戒是故菩薩所起淨戒能勝二乘無漏淨戒名爲淨戒波羅蜜多又滿慈子如日輪出放大光明螢火等光悉皆隱没如是菩薩修行淨戒波羅蜜多迴向趣求一切智智普勝一切聲聞獨覺迴向涅槃所有淨戒又滿慈子如月輪出放大光明一切星光皆被映奪如是菩薩修行淨戒波羅蜜多迴向趣求一切智智普勝一切聲聞獨覺迴向涅槃所有淨戒又滿慈子若時菩薩隨念如來迴向趣求一切智智由起殊勝相應心力引得淨戒波羅蜜多爾時名爲行自行處普勝一切聲聞獨覺時滿慈子便問具壽舍利子言若時菩薩不現發起一切智心爾時菩薩名爲何等舍利子言若時菩薩不現發起一切智心爾時菩薩名無記心相續而住是時菩薩應知

猶名具戒菩薩於菩薩戒未名毀犯不名棄捨菩薩淨戒若時菩薩不現發起一切智心爾時菩薩迴向聲聞或獨覺地是時菩薩捨菩薩地失自行處若諸菩薩隨爾所時迴向聲聞或獨覺地是諸菩薩即爾所時於無上乘應知名死雖非實死而得死名如工幻師或彼弟子執小兒手引上高梯幻解身支分分墮落時彼眷屬咸謂命終傷嘆悲號生大苦惱如何此子倏忽滅亡我等親族無由重見菩薩亦爾捨大菩提退住聲聞或獨覺地失一切智應知如死如彼小兒雖不失命而彼親屬起於死想又滿慈子於意云何菩薩淨戒與諸異生聲聞獨覺所有淨戒有何差別滿慈子言如是諸戒眞如法性實無差別舍利子言如是諸戒眞如法性雖無差別而亦可說有差別相此差別相應說云何滿慈子言如諸菩薩求證無上正等菩提異生聲聞獨覺不爾如是菩薩所有淨戒與彼諸戒說有差別舍利子言由此菩薩所有淨戒勝諸異生聲聞獨覺所有淨戒謂菩薩戒迴向趣求一切智智名爲淨戒波羅蜜多餘戒不爾是謂差別何以故滿慈子菩薩淨戒普勝三千大千世界及餘無量無邊有情除佛世尊所有淨戒於餘淨戒最勝第一所以者何菩薩淨戒能引無量無邊有情解脫生死及諸惡趣由此因緣菩薩淨戒於諸異生聲聞獨覺所有淨戒爲最爲勝爲尊爲高爲妙爲微妙爲上爲無上又滿慈子如雪山王具山王德餘山不具若具德者得山王名若不具德不立王號如是菩薩所有淨戒迴向無上

正等菩提不離趣求一切智智故名淨戒波羅蜜多獨覺聲聞異生淨戒不欲迴向無上菩提遠離所求一切智智不名淨戒波羅蜜多又滿慈子諸菩薩衆所有淨戒普勝異生聲聞獨覺所有淨戒時滿慈子便問具壽舍利子言何緣菩薩摩訶薩衆所有淨戒普勝異生聲聞獨覺所有淨戒舍利子言菩薩淨戒普爲利樂一切有情迴向趣求一切智智異生聲聞獨覺不爾是故菩薩所有淨戒普勝異生聲聞獨覺所有淨戒時滿慈子便讚具壽舍利子言善哉善哉如是如是誠如所說如是讚說菩薩淨戒令菩薩衆轉復精勤受持菩薩所有淨戒尊者定應承佛神力說諸菩薩所有淨戒普勝異生聲聞獨覺所有淨戒爾時佛告阿難陀言汝應受持諸菩薩衆所有淨戒波羅蜜多相應法教如舍利子與滿慈子共所演說如是演說定不虛妄假使有取妙高山王上昇梵世投之於下彼適投已發誠諦言若菩薩戒普勝異生聲聞獨覺諸淨戒者令此山王虛空中住言已便住必不墮落何以故阿難陀諸菩薩戒除如來戒於餘淨戒若有漏若無漏爲最爲勝爲尊爲高爲妙爲微妙爲上爲無上時舍利子佛神力故便見東方有一佛土去此佛土過百千界其中如來現爲無量人天等衆宣說正法爾時佛告舍利子言汝見東方過百千界有一佛土現有如來爲無量衆說正法不舍利子言唯然已見未知彼界彼佛何名爾時世尊告舍利子彼佛世界名曰明燈其中如來應正等覺現說法者號爲月光彼佛有一

聲聞弟子名爲有頂神通第一以神通力往餘世界右手拔取妙高山王上昇梵世投之於下彼適投已發誠諦言若菩薩戒除如來戒於餘淨戒若有漏若無漏爲最爲勝爲尊爲高爲妙爲微妙爲上爲無上如是所說不虛妄者令此山王虛空中住言已便住更不復下爾時世尊告舍利子汝復見彼妙高山王住虛空中更不下不時舍利子白言已見世尊復告舍利子言令彼山王住虛空者由依菩薩所有淨戒除如來戒發誠諦言普勝異生聲聞等戒是故我說決定不虛彼佛衆中聲聞弟子以神通力往餘世界右手拔取妙高山王上昇梵世投之於下投已復發誠諦之言言已山王住虛空者爲證我說定不虛妄時彼如來聲聞弟子依菩薩戒發誠諦言令彼山王還住本處時舍利子見已讚言甚奇世尊所言誠諦諸菩薩戒威力難思一切世間無能及者時舍利子便白佛言若有欲勝菩薩戒者當知彼欲勝如來戒所以者何除如來戒定無能勝菩薩戒者若修菩薩淨戒圓滿即名如來應正等覺是故菩薩戒不可勝時滿慈子便問具壽舍利子言有退菩薩所有淨戒豈難勝耶舍利子言定無菩薩住菩薩心有退轉者若有退轉便非菩薩如善射師箭不中的應知彼類非善射師菩薩亦爾若不能發一切智智相應之心雖復勤修布施淨戒安忍精進靜慮般若波羅蜜多而不迴向一切智智當知彼非具戒菩薩又滿慈子若有菩薩修諸功德不解云何菩薩迴向一切智智而緣聲聞或獨覺地所有

功德謂是所求一切智智當知彼類猶得名爲具戒菩薩何以故滿慈子彼無菩薩方便善巧不解迴向一切智智緣二乘地所有功德謂是所求一切智智意樂不壞故亦名爲具戒菩薩持菩薩戒由有迴向一切智智故得名爲持菩薩戒攝受淨戒波羅蜜多彼於後時若遇善友能緣眞實一切智智迴向無上正等菩提定當證得一切智智

大般若波羅蜜多經卷第五百八十六

音釋

徵詰 徵知陵切驗也詰契吉切問也 **梯** 天黎切木階也 **幻解** 幻胡慣切妖術也解舉蟹切分析也 **分分** 並符問切分段也 **號** 胡刀切哭聲也 **倏忽** 倏式竹切忽呼骨切倏忽急疾也 **中的** 中陟仲切的丁歷切中的謂射注於侯之中也

大般若波羅蜜多經卷第五百八十七

唐三藏法師玄奘奉　詔譯

第十二淨戒波羅蜜多分之四

又滿慈子有二菩薩俱證無上正等菩提一有菩薩有方便善巧故疾證無上正等菩提二有菩薩無方便善巧故遲證無上正等菩提具壽當知寧爲菩薩遲證無上正等菩提不墮聲聞或獨覺地若諸菩薩速求無上正等菩提應知此中容有二事一者若無方便善巧便證實際墮二乘地二者若有方便善巧疾證無上正等菩提如火宅中有衆寶聚有人求寶入此宅中其人爾時容有二事一者若無方便善巧死於火宅二者若有方便善巧持寶而出如是菩薩速求無上正等菩提應知此中容有二事一者若無方便善巧便證實際墮二乘地如死火宅二者若有方便善巧疾證無上正等菩提如持寶出是故當知寧爲菩薩遲證無上正等菩提不爲速求墮二乘地時滿慈子便問具壽舍利子言速證實際豈非菩薩方便善巧舍利子言速證實際非爲菩薩方便善巧所以者何墮二乘地非爲方便善巧等流乃是無方便善巧等流果退失所求大菩提故夫爲菩薩求大菩提饒益有情不求實際故證實際非巧便果又滿慈子若諸菩薩作是思惟我能行施非餘菩薩是諸菩薩行於非處行非處故戒有毀缺不名布施波羅蜜多又滿慈子若諸菩薩作是思惟我能護戒非餘菩薩是諸菩薩行於非處行非處故戒有毀缺不名淨戒波羅蜜多又滿慈子若諸菩薩作是思惟我

能修忍非餘菩薩是諸菩薩行於非處行非處故戒有毀缺不名安忍波羅蜜多又滿慈子若諸菩薩作是思惟我能精進非餘菩薩是諸菩薩行於非處行非處故戒有毀缺不名精進波羅蜜多又滿慈子若諸菩薩作是思惟我能修定非餘菩薩是諸菩薩行於非處行非處故戒有毀缺不名靜慮波羅蜜多又滿慈子若諸菩薩作是思惟我能修慧非餘菩薩是諸菩薩行於非處行非處故戒有毀缺不名般若波羅蜜多又滿慈子若諸菩薩作是思惟我能行内空非餘菩薩是諸菩薩行於非處行非處故戒有毀缺不能究竟行於内空又滿慈子若諸菩薩作是思惟我能行外空内外空空空大空勝義空有爲空無爲空畢竟空無際空散空無變異空本性空自相空共相空一切法空不可得空無性空自性空無性自性空非餘菩薩是諸菩薩行於非處行非處故戒有毀缺不能究竟行於外空乃至無性自性空又滿慈子若諸菩薩作是思惟我能觀無明非餘菩薩是諸菩薩行於非處行非處故戒有毀缺不能究竟觀於無明又滿慈子若諸菩薩作是思惟我能觀行識名色六處觸受愛取有生老死非餘菩薩是諸菩薩行於非處行非處故戒有毀缺不能究竟觀行乃至老死又滿慈子若諸菩薩作是思惟我能觀苦聖諦非餘菩薩是諸菩薩行於非處行非處故戒有毀缺不能究竟觀苦聖諦又滿慈子若諸菩薩作是思惟我能觀集滅道聖諦非餘菩薩是諸菩薩行於非處行非處故戒有毀缺不能究竟

觀集滅道聖諦又滿慈子若諸菩薩作是思惟我能修行四靜慮非餘菩薩是諸菩薩行於非處行非處故戒有毀缺不能圓滿修四靜慮又滿慈子若諸菩薩作是思惟我能修行四無量四無色定非餘菩薩是諸菩薩行於非處行非處故戒有毀缺不能圓滿修四無量四無色定又滿慈子若諸菩薩作是思惟我能修行四念住非餘菩薩是諸菩薩行於非處行非處故戒有毀缺不能圓滿修四念住又滿慈子若諸菩薩作是思惟我能修行四正斷四神足五根五力七等覺支八聖道支非餘菩薩是諸菩薩行於非處行非處故戒有毀缺不能圓滿修四正斷乃至八聖道支又滿慈子若諸菩薩作是思惟我能修行空解脫門非餘菩薩是諸菩薩行於非處行非處故戒有毀缺不能圓滿修空解脫門又滿慈子若諸菩薩作是思惟我能修行無相無願解脫門非餘菩薩是諸菩薩行於非處行非處故戒有毀缺不能圓滿修無相無願解脫門又滿慈子若諸菩薩作是思惟我能修行八解脫非餘菩薩是諸菩薩行於非處行非處故戒有毀缺不能圓滿修八解脫又滿慈子若諸菩薩作是思惟我能修行八勝處九次第定十遍處非餘菩薩是諸菩薩行於非處行非處故戒有毀缺不能圓滿修八勝處九次第定十遍處又滿慈子若諸菩薩作是思惟我能修行淨觀地智非餘菩薩是諸菩薩行於非處行非處故戒有毀缺不能圓滿修淨觀地智又滿慈子若諸菩薩作是思惟我能修行種性地第八地具見地薄

地離欲地已辦地獨覺地菩薩地如來地智非餘菩薩是諸菩薩行於非處行非處故戒有毁缺不能圓滿修種性地智乃至如來地智又滿慈子若諸菩薩作是思惟我能修行極喜地非餘菩薩是諸菩薩行於非處行非處故戒有毁缺不能圓滿修極喜地又滿慈子若諸菩薩作是思惟我能修行離垢地發光地焰慧地極難勝地現前地遠行地不動地善慧地法雲地非餘菩薩是諸菩薩行於非處行非處故戒有毁缺不能圓滿修離垢地乃至法雲地又滿慈子若諸菩薩作是思惟我能修行一切陀羅尼門非餘菩薩是諸菩薩行於非處行非處故戒有毁缺不能圓滿修一切陀羅尼門又滿慈子若諸菩薩作是思惟我能修行一切三摩地門非餘菩薩是諸菩薩行於非處行非處故戒有毁缺不能圓滿修一切三摩地門又滿慈子若諸菩薩作是思惟我能修行五眼非餘菩薩是諸菩薩行於非處行非處故戒有毁缺不能圓滿修於五眼又滿慈子若諸菩薩作是思惟我能修行六神通非餘菩薩是諸菩薩行於非處行非處故戒有毁缺不能圓滿修六神通又滿慈子若諸菩薩作是思惟我能修行如來十力非餘菩薩是諸菩薩行於非處行非處故戒有毁缺不能圓滿修行如來十力又滿慈子若諸菩薩作是思惟我能修行四無所畏四無礙解大慈大悲大喜大捨十八佛不共法非餘菩薩是諸菩薩行於非處行非處故戒有毁缺不能圓滿修四無所畏乃至十八佛不共法又滿慈子若諸菩薩作是

思惟我能修行三十二相非餘菩薩是諸菩薩行於非處行非處故戒有毀缺不能圓滿修三十二相又滿慈子若諸菩薩作是思惟我能修行八十隨好非餘菩薩是諸菩薩行於非處行非處故戒有毀缺不能圓滿修八十隨好又滿慈子若諸菩薩作是思惟我能修行無忘失法非餘菩薩是諸菩薩行於非處行非處故戒有毀缺不能圓滿修無忘失法又滿慈子若諸菩薩作是思惟我能修行恒住捨性非餘菩薩是諸菩薩行於非處行非處故戒有毀缺不能圓滿修恒住捨性又滿慈子若諸菩薩作是思惟我能修行一切智非餘菩薩是諸菩薩行於非處行非處故戒有毀缺不能圓滿修一切智又滿慈子若諸菩薩作是思惟我能修行道相智一切相智非餘菩薩是諸菩薩行於非處行非處故戒有毀缺不能圓滿修道相智一切相智又滿慈子若諸菩薩作是思惟我能修行一切菩薩摩訶薩行非餘菩薩是諸菩薩行於非處行非處故戒有毀缺不能圓滿修一切菩薩摩訶薩行又滿慈子若諸菩薩作是思惟我能修行諸佛無上正等菩提非餘菩薩是諸菩薩行於非處行非處故戒有毀缺不能圓滿修諸佛無上正等菩提又滿慈子若諸菩薩作是思惟我能嚴淨佛土非餘菩薩是諸菩薩行於非處行非處故戒有毀缺不能圓滿嚴淨佛土又滿慈子若諸菩薩作是思惟我能成熟有情非餘菩薩是諸菩薩行於非處行非處故戒有毀缺不能圓滿成熟有情又滿慈子若諸菩薩作是思惟我能隨喜

他諸功德非餘菩薩是諸菩薩行於非處行非處故戒有毁缺不能圓滿隨喜他諸功德又滿慈子若諸菩薩作是思惟我能迴向一切智智非餘菩薩是諸菩薩行於非處行非處故戒有毁缺不能圓滿迴向一切智智又滿慈子若諸菩薩作是思惟我能以一食施所獲功德勝餘菩薩住經殑伽沙數大劫捨轉輪王上妙飲食布施一切所獲功德是諸菩薩行於非處行非處故戒有毁缺不能圓滿修行布施又滿慈子若諸菩薩作是思惟我能一心集諸功德勝餘菩薩住經殑伽沙數大劫集諸功德是諸菩薩行於非處行非處故戒有毁缺不能圓滿集諸功德又滿慈子若諸菩薩作是思惟我能修行方便善巧非餘菩薩是諸菩薩行於非處行非處故戒有毁缺不能圓滿修方便善巧具壽當知若諸菩薩方便善巧修諸功德若起如是種種思惟應知彼非方便善巧何以故滿慈子菩薩不應欲勝菩薩菩薩不應輕慢菩薩菩薩不應降伏菩薩菩薩於餘諸菩薩所供養恭敬應如供養恭敬如來爾時滿慈子問舍利子言菩薩爲但應恭敬菩薩爲亦應恭敬諸餘有情舍利子言諸菩薩衆應普恭敬一切有情謂諸菩薩如敬如來如是亦應敬餘菩薩如敬菩薩如是亦應敬餘有情心無差別何以故滿慈子諸菩薩衆於諸有情心應謙下應深恭敬應與自在應離憍慢如是菩薩於諸有情深心恭敬如佛菩薩如是菩薩應作是念我證無上正等覺時當爲有情說深法要令斷煩惱得般涅槃或得菩提究竟安

樂或令解脱諸惡趣苦又滿慈子如是菩薩於有情類應起慈心於諸有情心離憍慢作如是念我當修學方便善巧令諸有情一切皆得最第一性所以者何第一性者所謂佛性我當方便令諸有情皆得成佛如是菩薩於有情類皆起慈心欲使有情一切皆得居法王位此法王位最勝最尊於法有情俱得自在是故菩薩摩訶薩衆應普恭敬一切有情慈心遍滿無簡別故如來法身遍一切故時滿慈子便問具壽舍利子言云何菩薩作如是念我當恭敬一切有情我證無上正等覺已教誡教授一切有情皆令證得最第一性一切皆得居法王位如工幻師或彼弟子於四衢道幻作大王及四種軍勇健難敵此中幻王不作是念我今具有四種勇軍勢力難敵四種幻軍不作是念我等一切皆屬大王隨王意轉何以故舍利子此中一切若王若軍皆非實有都無自性實有自性皆所不攝如世尊説諸法如幻一切有情亦復如是既皆如幻誰恭敬誰誰復令誰得第一性居法王位説何等法舍利子言如是如是有情及法一切如幻當知此中如幻菩薩恭敬一切如幻有情方便善巧教誡教授令得第一如幻佛性居法王位説如幻法然諸菩薩雖作是念而於其中都無所執若諸菩薩於諸法中少有所見是諸菩薩非行般若波羅蜜多若時菩薩於諸法中都無所見是時菩薩不離般若波羅蜜多如是菩薩方便善巧雖行精進波羅蜜多教化有情令得成佛而於諸法都無所見謂不見有少分法性實能令

他得第一性亦不見有少分法性實能令他居法王位雖無所見而不退轉當知菩薩能著廣大精進甲胄都無所執謂諸菩薩知法王位雖皆如幻都非實有而能精勤求趣不退雖勤精進求趣佛果而於諸法都無所見雖無所見而不退轉如是菩薩雖知天人阿素洛等皆悉敗壞而於其中無敗壞想達一切種皆如幻故如是菩薩方便善巧求證無上正等菩提欲爲有情說寂靜法謂雖種種名句文身方便宣說一切法性而法本性皆不可說又滿慈子一切法性不可顯示不可宣說菩薩證得大菩提時雖爲有情說諸法性而作是念我於菩提都無所得亦常於法不爲有情有所宣說我雖證得無上菩提而此菩提實不可證我雖宣說一切法性而諸法性實不可說能說所說俱無自性能證所證亦不可得是故菩薩摩訶薩衆欲證無上正等菩提於諸法中不應執著雖無執著而不退轉由無退轉心不沉沒由不沉没攝受精進是爲精進波羅蜜多復以精進波羅蜜多迴向趣求一切智智圓滿淨戒波羅蜜多復以淨戒波羅蜜多迴向趣求一切智智令此淨戒波羅蜜多轉勝轉增轉明轉淨如是菩薩修學淨戒波羅蜜多速得圓滿增勝明淨皆由菩薩迴向趣求一切智智時滿慈子便問具壽舍利子言若一切法皆如幻事都非實有云何菩薩迴向趣求一切智智而得成立舍利子言若一切法少分實有非如幻事則諸菩薩畢竟不能迴向趣求一切智智以一切法無少實有皆如幻事故諸菩薩迴

向趣求一切智智如是菩薩有所堪能迴向趣求一切智智精勤無倦皆由了達諸法非實如幻如化有所堪能當知即是菩薩精進波羅蜜多滿慈子言如是菩薩有所堪能迴向趣求一切智智精勤無倦是何法業而說堪能即是精進如何修學如是堪能舍利子言堪能即是方便善巧之所作業菩薩要依方便善巧知一切法皆如幻事菩薩安住方便善巧不怖法空不墮實際譬如有人住高山頂兩手堅執輕固傘蓋臨山峯仞翹足引頸俯觀巖下險絕深坑傘蓋承風力所持御雖臨險岸而不墮落如是菩薩方便善巧大悲般若力所任持雖如實觀諸法如幻虛妄顯現本性空寂而心都無下劣怖畏於法實際亦不證入何以故滿慈子是諸菩薩方便善巧大悲般若力所任持不怖法空不證實際如持傘蓋俯峻峯巖觀險絕坑無怖無墮如是菩薩摩訶薩衆被戴堅固甲冑攝受方便善巧成就第一圓滿淨戒波羅蜜多爲所依止雖求無上正等菩提而不見法已證當證應知如是菩薩淨戒波羅蜜多一切皆由方便善巧所攝受故能至無上正等菩提如是菩薩方便善巧所攝受故常不遠離所學六種波羅蜜多是諸菩薩由不遠離所學六種波羅蜜多漸次隣近一切智智超勝一切聲聞獨覺何以故滿慈子是諸菩薩專意趣求如無價寶一切智故又滿慈子如有二人作大方便入深山窟求無價寶彼入未久便見兩邊有諸少價金銀等寶俱見不取漸次前行復見兩邊有多價寶一見貪著荷負而

還一見不取更復前進至極勝處獲無價寶恣意持還多所饒益如是菩薩作大方便求證無上正等菩提欲爲有情作大饒益趣入佛法略有二種一有菩薩無方便善巧故雖聞世間種種善法心不貪染而聞二乘所有功德心便愛味由愛味故精勤攝受遠離所求一切智智退失無上正等覺心如彼初人見少價寶雖不貪著而見多價貪著持還失無價寶二有菩薩有方便善巧故初聞世間種種善法心不貪染次聞二乘所有功德亦不愛味由不愛味便不思惟由不思惟便不修習既不修習方便猒捨所以者何此諸菩薩知世善法多諸過患不能究竟自利利他障礙所求一切智智聲聞獨覺功德善根雖出世間而但自利不能普利一切有情亦障所求一切智智故不愛味亦不思惟於彼善根不樂修習由斯超越彼二乘地勤求無上正等菩提漸次證得一切智智如彼後人見少價寶及多價寶俱不貪著漸次深入至極勝處獲無價寶恣意持還與諸有情作大饒益如是菩薩方便善巧既不貪染世間善法於二乘法亦不愛味由斯漸次趣大菩提修多百千難行苦行供養恭敬無量如來成熟有情嚴淨佛土至極圓滿得一切智利益安樂無量有情如無價寶多所饒益如是菩薩方便善巧雖聞二乘種種功德而能了達皆非究竟雖能取證而深猒捨雖深猒捨而能巧說方便饒益彼類有情令善修行證涅槃樂如是菩薩方便善巧能不攝受二乘功德精進修行諸菩薩行趣證無上正等菩提作

諸有情利益安樂爾時滿慈子問舍利子言若諸菩薩住不退位於何等行不應味著舍利子言彼於六種波羅蜜多不應味著何以故滿慈子若深味著布施淨戒安忍精進靜慮般若波羅蜜多心便雜染不能如實利樂有情亦復不能嚴淨佛土由斯經久乃能證得所求無上正等菩提故彼菩薩應作是念我於六種波羅蜜多雖應精勤勇猛修習時無間斷如救頭然而於其中不應味著又滿慈子彼諸菩薩不應味著種種空觀何以故滿慈子若深味著內空外空內外空空空大空勝義空有爲空無爲空畢竟空無際空散空無變異空本性空自相空共相空一切法空不可得空無性空自性空無性自性空觀心便雜染不能如實利樂有情亦復不能嚴淨佛土由斯經久乃能證得所求無上正等菩提故彼菩薩應作是念我於如是種種空觀雖應精勤勇猛修習時無間斷如救頭然而於其中不應味著又滿慈子彼諸菩薩不應味著眞如等觀何以故滿慈子若深味著諸法眞如法界法性不虛妄性不變異性平等性離生性法定法住實際虛空界不思議界觀心便雜染不能如實利樂有情亦復不能嚴淨佛土由斯經久乃能證得所求無上正等菩提故彼菩薩應作是念我於如是眞如等觀雖應精勤勇猛修習時無間斷如救頭然而於其中不應味著又滿慈子彼諸菩薩不應味著諸緣起觀何以故滿慈子若深味著無明緣行行緣識識緣名色名色緣六處六處緣觸觸緣受受緣愛愛緣取取緣有

有緣生生緣老死無明滅故行滅乃至生滅故老死滅觀心便雜染不能如實利樂有情亦復不能嚴淨佛土由斯經久乃能證得所求無上正等菩提故彼菩薩應作是念我於如是諸緣起觀雖應精勤勇猛修習時無間斷如救頭然而於其中不應味著又滿慈子彼諸菩薩不應味著諸聖諦觀何以故滿慈子若深味著苦集滅道四聖諦觀心便雜染不能如實利樂有情亦復不能嚴淨佛土由斯經久乃能證得所求無上正等菩提故彼菩薩應作是念我於如是諸聖諦觀雖應精勤勇猛修習時無間斷如救頭然而於其中不應味著又滿慈子彼諸菩薩不應味著助菩提分何以故滿慈子若深味著四念住四正斷四神足五根五力七等覺支八聖道支心便雜染不能如實利樂有情亦復不能嚴淨佛土由斯經久乃能證得所求無上正等菩提故彼菩薩應作是念我於如是助菩提分雖應精勤勇猛修習時無間斷如救頭然而於其中不應味著又滿慈子彼諸菩薩不應味著三解脫門何以故滿慈子若深味著空無相無願解脫門心便雜染不能如實利樂有情亦復不能嚴淨佛土由斯經久乃能證得所求無上正等菩提故彼菩薩應作是念我於如是三解脫門雖應精勤勇猛修習時無間斷如救頭然而於其中不應味著又滿慈子彼諸菩薩不應味著陀羅尼門三摩地門何以故滿慈子若深味著陀羅尼門三摩地門心便雜染不能如實利樂有情亦復不能嚴淨佛土由斯經久乃能證得所求無

上正等菩提故彼菩薩應作是念我於如是陀羅尼門三摩地門雖應精勤勇猛修習時無間斷如救頭然而於其中不應味著又滿慈子彼諸菩薩不應味著靜慮無量等至解脫何以故滿慈子若深味著靜慮無量等至解脫心便雜染不能如實利樂有情亦復不能嚴淨佛土由斯經久乃能證得所求無上正等菩提故彼菩薩應作是念我於如是靜慮無量等至解脫雖應精勤勇猛修習時無間斷如救頭然而於其中不應味著又滿慈子彼諸菩薩不應味著勝處遍處九次第定何以故滿慈子若深味著勝處遍處九次第定心便雜染不能如實利樂有情亦復不能嚴淨佛土由斯經久乃能證得所求無上正等菩提故彼菩薩應作是念我於如是勝處遍處九次第定雖應精勤勇猛修習時無間斷如救頭然而於其中不應味著又滿慈子彼諸菩薩不應味著修諸地智何以故滿慈子若深味著修諸地智心便雜染不能如實利樂有情亦復不能嚴淨佛土由斯經久乃能證得所求無上正等菩提故彼菩薩應作是念我於如是修諸地智雖應精勤勇猛修習時無間斷如救頭然而於其中不應味著又滿慈子彼諸菩薩不應味著五眼六神通何以故滿慈子若深味著五眼六神通心便雜染不能如實利樂有情亦復不能嚴淨佛土由斯經久乃能證得所求無上正等菩提故彼菩薩應作是念我於如是五眼六神通雖應精勤勇猛修習時無間斷如救頭然而於其中不應味著又滿慈子彼諸菩薩不應

味著如來十力四無所畏四無礙解何以故滿慈子若深味著如來十力四無所畏四無礙解心便雜染不能如實利樂有情亦復不能嚴淨佛土由斯經久乃能證得所求無上正等菩提故彼菩薩應作是念我於如是如來十力四無所畏四無礙解雖應精勤勇猛修習時無間斷如救頭然而於其中不應味著又滿慈子彼諸菩薩不應味著大慈大悲大喜大捨何以故滿慈子若深味著大慈大悲大喜大捨心便雜染不能如實利樂有情亦復不能嚴淨佛土由斯經久乃能證得所求無上正等菩提故彼菩薩應作是念我於如是大慈大悲大喜大捨雖應精勤勇猛修習時無間斷如救頭然而於其中不應味著又滿慈子彼諸菩薩不應味著十八佛不共法何以故滿慈子若深味著十八佛不共法心便雜染不能如實利樂有情亦復不能嚴淨佛土由斯經久乃能證得所求無上正等菩提故彼菩薩應作是念我於如是十八佛不共法雖應精勤勇猛修習時無間斷如救頭然而於其中不應味著又滿慈子彼諸菩薩不應味著無忘失法恒住捨性何以故滿慈子若深味著無忘失法恒住捨性心便雜染不能如實利樂有情亦復不能嚴淨佛土由斯經久乃能證得所求無上正等菩提故彼菩薩應作是念我於如是無忘失法恒住捨性雖應精勤勇猛修習時無間斷如救頭然而於其中不應味著又滿慈子彼諸菩薩不應味著一切智道相智一切相智何以故滿慈子若深味著一切智道相智一切相智

心便雜涂不能如實利樂有情亦復不能嚴淨佛土由斯經久乃能證得所求無上正等菩提故彼菩薩應作是念我於如是一切智道相智一切相智雖應精勤勇猛修習時無間斷如救頭然而於其中不應味著又滿慈子若諸菩薩欲證無上正等菩提不應現行如是分別我由如是菩薩淨戒攝受諸相及諸隨好若諸菩薩現行如是分別心者應知名爲犯菩薩戒是故菩薩不應貪求諸相隨好求趣無上正等菩提若諸菩薩取著相好受持淨戒應知名爲取著淨戒有所毀犯若諸菩薩取著淨戒有所毀犯定不能證所求無上正等菩提

大般若波羅蜜多經卷第五百八十七

音釋

毀缺毀虎委切壞也破也缺傾雪切虧也冑直又切兜鍪也傘蘇旱切蓋也仞而振切八尺曰仞翹祁堯切舉也頸居郢切頭莖也峻須閏切高也險峭也

大般若波羅蜜多經卷第五百八十八

唐三藏法師玄奘奉　詔譯

第十二淨戒波羅蜜多分之五

爾時世尊告舍利子汝能如是安住妙智謂如實知如是菩薩取著淨戒有所毀犯如是菩薩不取著戒無所毀犯時舍利子便白佛言我信如來應正等覺所說妙法起如是智非我自能作如是說如我解佛所說義者諸菩薩衆若暫起心欣讚聲聞或獨覺地應知毀犯菩薩淨戒諸菩薩衆若暫起心猒毀聲聞或獨覺地應知毀犯菩薩淨戒所以者何若諸菩薩欣讚聲聞或獨覺地便於彼地心生愛著不能趣求一切智智於菩薩戒有所毀犯若諸菩薩猒毀聲聞或獨覺地便於彼地心生輕蔑即障所求一切智智於菩薩戒有所毀犯是故菩薩於二乘地不應欣讚亦不猒毀若諸菩薩於二乘地心不恭敬或生愛著當知皆是行於非處若諸菩薩行於非處當知名爲犯戒菩薩亦名取著淨戒相者不能證得一切智智是故菩薩於二乘地但應遠離不應讚毀若諸菩薩於二乘地不遠離者定不能得所求無上正等菩提復次世尊若諸菩薩緣五欲境起味著心雖復名爲非理作意而不礙其無上菩提所以者何非理作意墮煩惱數由彼煩惱令諸菩薩受彼彼生若時若時諸菩薩衆於彼彼趣受彼彼身爾時爾時布施淨戒安忍精進靜慮般若波羅蜜多及餘無量無邊佛法漸學圓滿若時若時布施淨戒安忍精進靜慮般若波羅蜜多及餘無量無邊佛法漸學圓滿爾時爾時

時是諸菩薩漸得鄰近一切智智是故世尊我謂煩惱於諸菩薩有大恩德謂能隨順一切智智若諸菩薩能觀煩惱能助引發一切智智於菩薩衆有大恩德是諸菩薩應知已證於一切事方便善巧如是菩薩應知安住菩薩淨戒波羅蜜多應知如是諸菩薩衆於菩薩戒無所毀犯亦不取著菩薩淨戒爾時佛讚舍利子言善哉善哉如是如是汝能善說諸菩薩衆有於淨戒有所取著有所毀犯有於淨戒無所取著無所毀犯汝顯如來是實語者是法語者是善記說法隨法者又舍利子若菩薩摩訶薩安住淨戒波羅蜜多作是思惟十方無量無邊世界無量有情由我所住菩薩淨戒波羅蜜多增上威力無淨戒者皆得淨戒有惡戒者皆得遠離由我所學菩薩淨戒波羅蜜多增上威力攝受如是諸有情類皆得殊勝利益安樂是菩薩摩訶薩當知成就方便善巧若時若時以自淨戒波羅蜜多迴施無量無邊世界無量有情爾時爾時所住淨戒波羅蜜多漸次增長若時若時所住淨戒波羅蜜多漸次增長爾時爾時復能攝受無量淨戒波羅蜜多若時若時復能攝受無量淨戒波羅蜜多爾時爾時復能攝受無量無數微妙佛法由斯疾得一切智智又舍利子若菩薩摩訶薩安住淨戒波羅蜜多作是思惟十方無量無邊世界無量有情由我所住菩薩淨戒波羅蜜多增上威力未發無上菩提心者皆能發心已發無上菩提心者皆永不退若於無上正等覺心已不退者速能圓滿一切智智是菩薩摩訶薩方

便善巧緣諸菩薩迴施淨戒波羅蜜多若時若時迴施淨戒波羅蜜多爾時爾時能不遠離一切智心若時若時能不遠離一切智心爾時爾時漸次鄰近一切智智是菩薩摩訶薩由此善根增上威力復能攝受無量淨戒波羅蜜多令漸增廣亦能攝受無量無數微妙佛法令漸圓滿又舍利子若菩薩摩訶薩安住淨戒波羅蜜多以自所住菩薩淨戒波羅蜜多施一菩薩所獲福聚勝施殑伽沙數世界犯戒有情皆令圓滿受持淨戒若菩薩摩訶薩安住淨戒波羅蜜多以自所住菩薩淨戒波羅蜜多迴施十方諸有情類令住淨戒遠離毀犯所獲福聚無量無邊有菩薩摩訶薩安住淨戒波羅蜜多以自所住菩薩淨戒波羅蜜多施一菩薩所獲福聚於前菩薩所獲福聚百倍爲勝千倍爲勝乃至鄔波尼殺曇倍亦復爲勝何以故舍利子是菩薩摩訶薩以自所住菩薩淨戒波羅蜜多施一菩薩令其攝受一切智智亦令任持一切智智此一菩薩既能攝受一切智智復能任持一切智智則能攝受任持無量無邊世界無量有情皆令安住所有淨戒離諸毀犯如是展轉多所饒益譬如大舍一柱十間無量衆生於中止住共相嬉戲歡娛受樂有暴惡人欲伐其柱時有善士告惡人言令此舍中多諸族類共相嬉戲歡娛受樂若伐此柱其舍崩摧損害此中無量生命如是善士爲欲利樂其中止住無量有情遮彼惡人不令伐柱時有男子讚善士言善哉善哉汝今已施無量生類壽命安樂如是菩薩欲證無上正等菩

提應以大乘布施淨戒安忍精進靜慮般若波羅蜜多及餘無量無邊佛法敎誡敎授令證無上正等菩提與諸有情作大饒益若以獨覺及聲聞乘功德善根敎誡敎授便障無量無邊有情阿羅漢等殊勝功德若有菩薩欲證無上正等菩提能以大乘布施淨戒安忍精進靜慮般若波羅蜜多及餘無量無邊佛法敎誡敎授令其攝受一切智智亦令任持一切智智既令攝受一切智智亦令任持一切智智即施無量無邊有情阿羅漢等殊勝功德如是菩薩欲證無上正等菩提能以大乘布施淨戒安忍精進靜慮般若波羅蜜多及餘無量無邊佛法敎誡敎授即爲敎誡敎授無量無邊有情令行種種安樂妙行如是菩薩安住淨戒波羅蜜多作是思惟由我所住菩薩淨戒波羅蜜多願諸有情皆具淨戒遠離毀犯願以如是迴施善根一切有情皆得正念由正念故皆生喜樂彼諸有情聞此語已心離毀犯受持淨戒復有菩薩安住淨戒波羅蜜多能起一心以所住戒施一菩薩於前功德百倍爲勝千倍爲勝乃至鄔波尼殺曇倍亦復爲勝如是菩薩若時若時爲有情故以所住戒迴施菩薩爾時爾時菩薩淨戒波羅蜜多漸次增長疾能證得一切智智如是菩薩安住淨戒波羅蜜多迴施有情所獲福聚種種差別爾時舍利子白佛言世尊如是菩薩云何應知如是菩薩經幾劫數當得出離如是菩薩發趣大乘已經久如爾時佛告舍利子言應知如是菩薩能以布施淨戒安忍精進靜慮般若波羅蜜多敎誡敎

授諸有情類令發無上正等覺心無倒修行諸菩薩行疾證無上正等菩提與諸有情作大饒益應知如是菩薩能以布施淨戒安忍精進靜慮般若波羅蜜多爲諸有情迴向願得一切智智謂作是念願我迴此所修布施波羅蜜多施諸有情令慳貪者皆能布施願我迴此所修淨戒波羅蜜多施諸有情令犯戒者皆得淨戒願我迴此所修安忍波羅蜜多施諸有情令瞋忿者皆得安忍願我迴此所修精進波羅蜜多施諸有情令懈怠者皆得精進願我迴此所修靜慮波羅蜜多施諸有情令亂心者皆得靜慮願我迴此所修般若波羅蜜多施諸有情令惡慧者皆得妙慧時舍利子復白佛言如是菩薩迴已善根施有情類經幾劫數修行大乘當得出離爾時佛告舍利子言如是菩薩迴已善根施有情類五百大劫修行大乘當得出離又舍利子如是菩薩或有成就方便善巧欲疾證得一切智智彼即於此賢劫之中願成如來應正等覺隨千佛數證得無上正等菩提如慈氏佛空諸惡趣初會說法百千俱胝諸聲聞衆成阿羅漢如是菩薩我說已於二千劫中修菩提行求證無上正等菩提欲爲有情作大饒益諸餘菩薩若具如前諸行狀相當知彼經五百大劫修學大乘當知出離如是菩薩當知已住不退轉位時舍利子復白佛言若諸菩薩聞說如是波羅蜜多相應法教應生歡喜所以者何若諸菩薩聞說如是波羅蜜多相應法教生歡喜者定不捨離諸佛世尊諸佛世尊亦不捨彼爾時佛告舍利子言如

是如是如汝所說若諸菩薩聞說如是波羅蜜多相應法教經一晝夜深心歡喜相續住者是諸菩薩當知已久發趣大乘若諸菩薩聞說如是波羅蜜多相應法教經二晝夜深心歡喜相續住者是諸菩薩當知復久發趣大乘若諸菩薩聞說如是波羅蜜多相應法教經三晝夜展轉乃至經七晝夜深心歡喜相續住者是諸菩薩當知更久乃至甚久發趣大乘時舍利子便白佛言如我解佛所說義者是諸菩薩發趣大乘已經百劫或二百劫或三百劫展轉乃至或七百劫是諸菩薩修行大乘經七百劫當得出離是諸菩薩由此因緣功德善根漸次增長是諸菩薩方便善巧聞說如是波羅蜜多相應法教雖深歡喜而無染著是諸菩薩本性清淨聞說大乘深心歡喜爾時佛告舍利子言如是如是如汝所說汝承佛力能說如是波羅蜜多相應法教若諸菩薩摩訶薩衆具如前說諸行狀相當知已久發趣大乘如是菩薩摩訶薩衆已於菩提心不退轉若諸菩薩聞說如是波羅蜜多相應法教不生歡喜是諸菩薩發趣大乘當知未久我於如是新趣大乘諸菩薩衆亦爲宣說波羅蜜多相應法教令勤修學漸當證得一切智智爾時舍利子白佛言世尊甚奇如來應正等覺於諸菩薩皆不棄捨爾時佛告舍利子言汝謂如來應正等覺唯不棄捨諸菩薩耶汝今不應作如是見何以故舍利子一切如來應正等覺皆不棄捨一切有情一切如來應正等覺皆深愍念一切有情於諸有情常作是念以何方便令彼有

情於生死苦速得解脫又舍利子汝等當知諸佛世尊其心平等如於佛所起純淨心安住慈悲與樂拔苦如是愍念一切有情平等欲令離苦得樂又舍利子若諸如來應正等覺於諸佛所住別異心於諸菩薩住別異心於諸獨覺住別異心於阿羅漢住別異心於不還者住別異心於一來者住別異心於預流者住別異心於隨法行住別異心於隨信行住別異心於外五通住別異心於諸成就別解脫戒住別異心於諸成就十善業道住別異心於諸成就十惡業道住別異心於旃荼羅補羯娑等住別異心則諸如來應正等覺心有差別隨欲而行應非如來應正等覺又舍利子然諸如來應正等覺如於佛所起純淨心安住慈悲與樂拔苦於菩薩所亦復如是如於菩薩起純淨心安住慈悲與樂拔苦於獨覺所亦復如是如於獨覺起純淨心安住慈悲與樂拔苦於阿羅漢亦復如是如於阿羅漢起純淨心安住慈悲與樂拔苦於不還者亦復如是如於不還者起純淨心安住慈悲與樂拔苦於一來者亦復如是如於一來者起純淨心安住慈悲與樂拔苦於預流者亦復如是如於預流者起純淨心安住慈悲與樂拔苦於隨法行亦復如是如於隨法行起純淨心安住慈悲與樂拔苦於隨信行亦復如是如於隨信行起純淨心安住慈悲與樂拔苦於外五通亦復如是如於外五通起純淨心安住慈悲與樂拔苦於諸成就別解脫戒亦復如是如於成就別解脫戒起純淨心安住慈悲與樂拔苦於諸成就十善

業道亦復如是如於成就十善業道起純淨心安住慈悲與樂拔苦於諸成就十惡業道亦復如是如於成就十惡業道起純淨心安住慈悲與樂拔苦於旃荼羅補羯娑等亦復如是由此如來應正等覺心無差別不隨欲行故名如來應正等覺是故諸佛具大悲慧住一切法平等性中於諸有情皆不棄捨又舍利子我都不見諸佛世尊於所緣境及於少事起愛恚者若諸如來應正等覺於所緣事起愛恚等無有是處何以故舍利子諸佛世尊於愛恚等一切煩惱皆永斷故又舍利子然諸如來應正等覺於諸菩薩最不棄捨何以故舍利子以諸如來應正等覺般涅槃後有諸菩薩精進修行布施淨戒安忍精進靜慮般若波羅蜜多漸次圓滿精勤修學內

空外空內外空空空大空勝義空有爲空無爲空畢竟空無際空散空無變異空本性空自相空共相空一切法空不可得空無性空自性空無性自性空無顛倒智漸次圓滿精勤修學諸法眞如法界法性不虛妄性不變異性平等性離生性法定法住實際虛空界不思議界無顛倒智漸次圓滿精勤修學無明緣行行緣識識緣名色名色緣六處六處緣觸觸緣受受緣愛愛緣取取緣有有緣生生緣老死無顛倒智漸次圓滿精勤修學無明滅故行滅行滅故識滅識滅故名色滅名色滅故六處滅六處滅故觸滅觸滅故受滅受滅故愛滅愛滅故取滅取滅故有滅有滅故生滅生滅故老死滅無顛倒智漸次圓滿精勤修學苦集滅道聖諦無顛倒智漸次圓

滿精勤修學四靜慮四無量四無色定漸次圓滿精勤修學四念住四正斷四神足五根五力七等覺支八聖道支漸次圓滿精勤修學空無相無願解脫門漸次圓滿精勤修學八解脫八勝處九次第定十遍處漸次圓滿精勤修學淨觀地種性地第八地具見地薄地離欲地已辦地獨覺地菩薩地如來地無顛倒智漸次圓滿精勤修學極喜地離垢地發光地焰慧地極難勝地現前地遠行地不動地善慧地法雲地漸次圓滿精勤修學一切陀羅尼門一切三摩地門漸次圓滿精勤修學五眼六神通漸次圓滿精勤修學如來十力四無所畏四無礙解大慈大悲大喜大捨十八佛不共法漸次圓滿精勤修學三十二大士相八十隨好漸次圓滿精勤修學無忘失法恒住捨性漸次圓滿精勤修學一切智道相智一切相智漸次圓滿精勤修學預流向預流果一來向一來果不還向不還果阿羅漢向阿羅漢果獨覺因道獨覺菩提無顛倒智漸次圓滿精勤修學一切菩薩摩訶薩行漸次圓滿精勤修學諸佛無上正等菩提漸次圓滿精勤修學離斷生命離不與取離欲邪行離虛誑語離麤惡語離離間語離雜穢語離貪欲離瞋恚離邪見業道漸次圓滿精勤修學施設種種法門妙智漸次圓滿與諸世間作法明照度脫無量無邊有情離生死苦證涅槃樂諸佛世尊觀如是義教誡教授如是菩薩由此因緣最不棄捨諸菩薩衆以諸菩薩於諸如來應正等覺般涅槃後證得無上正等菩提與諸世間作法明照令

修正行獲大饒益故於菩薩最不棄捨時舍利子便白佛言如是世尊如是善逝誠如聖教於諸如來般涅槃後十方世界有菩薩摩訶薩證得無上正等菩提與諸世間作法明照譬如大樹多諸果葉枯滅之後小樹續生莖幹枝條漸高漸廣周帀蔭影一踰繕那無量衆生止息於下得免風雨寒熱等難採摘果葉而受用之諸有智人咸共稱讚如是大樹果葉蔭影利樂有情不異於昔唯諸愚者不解依趣如是菩薩於佛世尊般涅槃後漸次修學布施淨戒安忍精進靜慮般若波羅蜜多及餘無邊諸佛妙法漸次圓滿各於三千大千世界證得無上正等菩提紹先如來應正等覺如實利樂無量有情種種佛事令不斷絕謂爲無邊諸有情類方便宣說十善業道施戒修等種種法門令勤修學脫惡趣苦生天人中受諸快樂或爲無邊諸有情類方便宣說蘊處界等無我有情命者生者養者士夫補特伽羅意生儒童作者受者知者見者令勤精進無倒觀察苦集滅道四種聖諦修四念住四正斷四神足五根五力七等覺支八聖道支三解脫門及餘善法斷諸煩惱得般涅槃或爲無邊諸有情類方便宣說所有色蘊常無常性皆不可得所有受想行識蘊常無常性亦不可得方便宣說所有色蘊樂無樂性皆不可得所有受想行識蘊樂無樂性亦不可得方便宣說所有色蘊我無我性皆不可得所有受想行識蘊我無我性亦不可得方便宣說所有色蘊淨不淨性皆不可得所有受想行識蘊淨不淨性亦不可

得方便宣說所有色蘊寂靜不寂靜性皆不可得所有受想行識蘊寂靜不寂靜性亦不可得方便宣說所有色蘊遠離不遠離性皆不可得所有受想行識蘊遠離不遠離性亦不可得方便宣說所有眼處常無常性皆不可得所有耳鼻舌身意處常無常性亦不可得方便宣說所有眼處樂無樂性皆不可得所有耳鼻舌身意處樂無樂性亦不可得方便宣說所有眼處我無我性皆不可得所有耳鼻舌身意處我無我性亦不可得方便宣說所有眼處淨不淨性皆不可得所有耳鼻舌身意處淨不淨性亦不可得方便宣說所有眼處寂靜不寂靜性皆不可得所有耳鼻舌身意處寂靜不寂靜性亦不可得方便宣說所有眼處遠離不遠離性皆不可得所有耳鼻舌身意處遠離不遠離性亦不可得方便宣說所有色處常無常性皆不可得所有聲香味觸法處常無常性亦不可得方便宣說所有色處樂無樂性皆不可得所有聲香味觸法處樂無樂性亦不可得方便宣說所有色處我無我性皆不可得所有聲香味觸法處我無我性亦不可得方便宣說所有色處淨不淨性皆不可得所有聲香味觸法處淨不淨性亦不可得方便宣說所有色處寂靜不寂靜性皆不可得所有聲香味觸法處寂靜不寂靜性亦不可得方便宣說所有色處遠離不遠離性皆不可得所有聲香味觸法處遠離不遠離性亦不可得方便宣說所有眼界常無常性皆不可得所有耳鼻舌身意界常無常性亦不可得方便宣說所有眼

界樂無樂性皆不可得所有耳鼻舌身意界
樂無樂性亦不可得方便宣說所有眼界我
無我性皆不可得所有耳鼻舌身意界我無
我性亦不可得方便宣說所有眼界淨不淨
性皆不可得所有耳鼻舌身意界淨不淨性
亦不可得方便宣說所有眼界寂靜不寂靜
性皆不可得所有耳鼻舌身意界寂靜不寂
靜性亦不可得方便宣說所有眼界遠離不
遠離性皆不可得所有耳鼻舌身意界遠離
不遠離性亦不可得方便宣說所有色界常
無常性皆不可得所有聲香味觸法界常無
常性亦不可得方便宣說所有色界樂無樂
性皆不可得所有聲香味觸法界樂無樂性
亦不可得方便宣說所有色界我無我性皆
不可得所有聲香味觸法界我無我性亦不
可得方便宣說所有色界淨不淨性皆不可
得所有聲香味觸法界淨不淨性亦不可得
方便宣說所有色界寂靜不寂靜性皆不可
得所有聲香味觸法界寂靜不寂靜性亦不
可得方便宣說所有色界遠離不遠離性皆
不可得所有聲香味觸法界遠離不遠離性
亦不可得方便宣說所有眼識界常無常性
皆不可得所有耳鼻舌身意識界常無常性
亦不可得方便宣說所有眼識界樂無樂性
皆不可得所有耳鼻舌身意識界樂無樂性
亦不可得方便宣說所有眼識界我無我性
皆不可得所有耳鼻舌身意識界我無我性
亦不可得方便宣說所有眼識界淨不淨性
皆不可得所有耳鼻舌身意識界淨不淨性
亦不可得方便宣說所有眼識界寂靜不寂

靜性皆不可得所有耳鼻舌身意識界寂靜不寂靜性亦不可得方便宣說所有眼識界遠離不遠離性皆不可得所有耳鼻舌身意識界遠離不遠離性亦不可得方便宣說所有苦聖諦常無常性皆不可得所有集滅道聖諦常無常性亦不可得方便宣說所有苦聖諦樂無樂性皆不可得所有集滅道聖諦樂無樂性亦不可得方便宣說所有苦聖諦我無我性皆不可得所有集滅道聖諦我無我性亦不可得方便宣說所有苦聖諦淨不淨性皆不可得所有集滅道聖諦淨不淨性亦不可得方便宣說所有苦聖諦寂靜不寂靜性皆不可得所有集滅道聖諦寂靜不寂靜性亦不可得方便宣說所有苦聖諦遠離不遠離性皆不可得所有集滅道聖諦遠離不遠離性亦不可得方便宣說如是等類無量法門令勤精進方便善巧無倒觀察離諸戲論方便修行布施淨戒安忍精進靜慮般若波羅蜜多及餘無量無邊佛法究竟證得一切智智諸有情類有覺慧者聞如是法精進修行隨其所應得甘露味或暫或永利益安樂唯有愚癡諸外道等不能聽受沉淪諸趣諸佛世尊觀如是義偏於菩薩教誡教授以諸菩薩於諸如來應正等覺般涅槃後修菩薩行漸次圓滿證得無上正等菩提與諸世間作法明照譬如大樹多所蔭影利益安樂無量有情時舍利子復白佛言如我解佛所說義者教誡教授聲聞乘人若百若千乃至無數皆令安住阿羅漢果不如為一菩薩乘人方便善巧說深法要所謂六種波羅蜜

多相應之法令彼聞已發起一念與一切智相應之心如是法要於前教法爲最爲勝爲尊爲高爲妙爲微妙爲上爲無上以所發心於聲聞等所有功德最爲勝故爾時佛讃舍利子言善哉善哉如汝所說汝能爲佛作眞弟子聽叡明了謂善無畏教誡教授菩薩乘人令勤修行諸菩薩行疾證無上正等菩提與諸有情作大饒益爾時佛告阿難陀言汝應受持如舍利子所說菩薩摩訶薩衆所修淨戒波羅蜜多勿令忘失阿難陀曰唯然世尊我已受持如舍利子所說菩薩摩訶薩衆所修淨戒波羅蜜多必不忘失令諸菩薩未發無上菩提心者速能發心已發無上菩提心者令永不退若於無上正等菩提已不退者令速圓滿一切智智時薄伽梵說是經已具壽舍利子具壽滿慈子具壽阿難陀及餘聲聞諸菩薩衆并餘一切天龍藥叉人非人等聞佛所說皆大歡喜信受奉行

大般若波羅蜜多經卷第五百八十八

音釋

輕蔑 蔑莫結切輕蔑謂輕易相陵蔑也　旃荼羅 梵語也亦云旃陀羅此云屠者旃諸延切荼同都切　莖幹 莖何耕切小枝也幹居寄切木旁者爲枝正出者爲幹　採摘 採比宰切捋取也摘陟革切手取也　聰叡 聰倉紅切耳徹也能聽也叡俞芮切深明也　唯然 唯愈水切諾也又恭應之詞也

大般若經第十三會安忍波羅蜜多分序

唐西明寺沙門玄則製

惟夫擅等覺之靈根膺廣慈之奧主馮閻海而利往籠蒼品以遐征則忍波羅蜜爲無與競是以玄朋踵萃神謨繼闡將夷道梗爲沮心怨播親親於蠢徒闢蕩蕩於情路雖毀甚矛箭害窮齏粉必當内蠲我想外抵人相目鄰虛之有間投刃曷傷念機關之無主觸舟奚若我無自我物復誰物譬夫大浸稽空而空無溺懼積涔歸澤而澤無垢忿況巳謝之聲毀譽一貫旣遷之色損益同科本欲饒之以樂豈復加之以苦不有來損則攝受之路無從不有往慈則菩提之行無主翻爲善友更領深恩聞詈劇絲竹之娛得捶踰捧戴之悅太子之二目兼喪曾靡二心仙人之七分支解方酬七覺其感通也則百矛集體百福之相開萬惱嬰身萬德之基立其致用也則逺契無生俯逺塵於證淨遥資大捨均左塗於右割比慙愧而爲衣則龍衮不侔其麗禦煩惱而成鎧則犀渠有謝其堅語其大力則拔山無以喻談其無畏則賁勇弗之倫始即事而爲三卒階行而成五莫不具依方便斯著圓音詞旨殷勤理義詳覈一軸單譯比於勤分規弱之美不其要歟

大般若波羅蜜多經卷第五百八十九

唐三藏法師玄奘奉　詔譯

第十三安忍波羅蜜多分

如是我聞一時薄伽梵在室羅筏住誓多林給孤獨園與大苾芻衆千二百五十人俱爾時世尊告具壽滿慈子汝今應爲欲證無上正等菩提諸菩薩摩訶薩宣說安忍波羅蜜多時滿慈子蒙佛教勑承佛神力便白佛言若菩薩摩訶薩欲證無上正等菩提於他有情種種訶罵毀謗言說應深忍受不應發起忿恚恨心應起慈悲報彼恩德如是菩薩應於安忍波羅蜜多深心信樂隨所發起安忍之心迴向趣求一切智智是菩薩摩訶薩能住安忍波羅蜜多時舍利子便問具壽滿慈子言諸菩薩衆所修安忍與聲聞衆所修安忍有何差別滿慈子言諸聲聞衆所修安忍名爲少分行相所緣非極圓滿諸菩薩衆所修安忍名爲具分行相所緣最極圓滿謂諸菩薩安忍無量爲欲利樂無量有情被安忍鎧作是誓言我當度脫無量有情皆令離苦證涅槃樂是故菩薩安忍無量聲聞安忍唯爲捨棄自身煩惱非爲有情是故名爲少分安忍非如菩薩摩訶薩衆安忍無量以諸菩薩不離安忍波羅蜜多是故名爲具分安忍若於菩薩起不清淨不能含忍損害之心當知彼人獲無量罪非於聲聞獨覺乘等是故菩薩安忍最勝又舍利子諸菩薩摩訶薩如爲如來應正等覺之所訶責心無忿恨如是若爲或旃荼羅或補羯娑或餘下賤諸有情類訶罵謗毀亦不應起忿恚嫌恨加報之心

經剎那頃如是菩薩攝受安忍波羅蜜多疾得圓滿不久證得一切智智如是菩薩修學安忍波羅蜜多漸次究竟疾證無上正等菩提若菩薩摩訶薩如是安住攝受安忍波羅蜜多堪受他人訶罵謗毀其心不動如妙高山功德善根增長難壞速證無上正等菩提普爲世間作大饒益時舍利子復問具壽滿慈子言若菩薩摩訶薩修安忍時有二人來至菩薩所一善心故以旃檀塗一惡心故以火燒身菩薩於彼應起何心滿慈子言是菩薩摩訶薩欲證無上正等菩提於第一人不應起愛於第二人不應起恚應於彼二起平等心俱欲畢竟利益安樂如是菩薩摩訶薩衆能行安忍波羅蜜多能住安忍波羅蜜多若菩薩摩訶薩能行安忍波羅蜜多能住安忍波羅蜜多是菩薩摩訶薩能無倒行菩薩行處能無倒住菩薩淨土如是菩薩摩訶薩衆於有情類不應發起忿恚之心不應發起嫌恨之心不應發起報怨之心如是菩薩摩訶薩衆於有情類安忍圓滿稱讚圓滿柔和圓滿意樂圓滿無忿無恨於一切處皆起慈心如是菩薩摩訶薩衆他諸有情來至其所起怨害心欲打欲縛毀辱訶責皆能安忍無心加報如是菩薩摩訶薩衆他諸有情來至其所欲興鬬諍作不饒益菩薩於彼起和好心耎言愧謝令毒心息爾時菩薩作是思惟如是有情來至我所欲興鬬諍作不饒益我證無上正等覺時當爲宣揚甚深空法令永息滅一切鬬諍謂爲宣揚所有色蘊皆如幻化畢竟性空畢竟空中無所諍競令彼聞已

闘諍心息亦爲宣揚所有受想行識蘊皆如幻化畢竟性空畢竟空中無所諍競令彼聞已闘諍心息或爲宣揚所有眼處皆如幻化畢竟性空畢竟空中無所諍競令彼聞已闘諍心息亦爲宣揚所有耳鼻舌身意處皆如幻化畢竟性空畢竟空中無所諍競令彼聞已闘諍心息或爲宣揚所有色處皆如幻化畢竟性空畢竟空中無所諍競令彼聞已闘諍心息亦爲宣揚所有聲香味觸法處皆如幻化畢竟性空畢竟空中無所諍競令彼聞已闘諍心息或爲宣揚所有眼界皆如幻化畢竟性空畢竟空中無所諍競令彼聞已闘諍心息亦爲宣揚所有耳鼻舌身意界皆如幻化畢竟性空畢竟空中無所諍競令彼聞已闘諍心息或爲宣揚所有色界皆如幻化畢竟性空畢竟空中無所諍競令彼聞已闘諍心息亦爲宣揚所有聲香味觸法界皆如幻化畢竟性空畢竟空中無所諍競令彼聞已闘諍心息或爲宣揚所有眼識界皆如幻化畢竟性空畢竟空中無所諍競令彼聞已闘諍心息亦爲宣揚所有耳鼻舌身意識界皆如幻化畢竟性空畢竟空中無所諍競令彼聞已闘諍心息或爲宣揚所有眼觸皆如幻化畢竟性空畢竟空中無所諍競令彼聞已闘諍心息亦爲宣揚所有耳鼻舌身意觸皆如幻化畢竟性空畢竟空中無所諍競令彼聞已闘諍心息或爲宣揚所有眼觸爲緣所生諸受皆如幻化畢竟性空畢竟空中無所諍競令彼聞已闘諍心息亦爲宣揚所有耳鼻舌身意觸爲緣所生諸受皆如幻化畢

竟性空畢竟空中無所諍競令彼聞已鬪諍心息或爲宣揚所有地界皆如幻化畢竟性空畢竟空中無所諍競令彼聞已鬪諍心息亦爲宣揚所有水火風空識界皆如幻化畢竟性空畢竟空中無所諍競令彼聞已鬪諍心息或爲宣揚所有因緣皆如幻化畢竟性空畢竟空中無所諍競令彼聞已鬪諍心息亦爲宣揚所有等無間緣所緣緣增上緣及從諸緣所生諸法皆如幻化畢竟性空畢竟空中無所諍競令彼聞已鬪諍心息或爲宣揚所有無明皆如幻化畢竟性空畢竟空中無所諍競令彼聞已鬪諍心息亦爲宣揚所有行識名色六處觸受愛取有生老死皆如幻化畢竟性空畢竟空中無所諍競令彼聞已鬪諍心息或爲宣揚所有欲界皆如幻化畢竟性空畢竟空中無所諍競令彼聞已鬪諍心息亦爲宣揚所有色界若無色界若無漏界皆如幻化畢竟性空畢竟空中無所諍競令彼聞已鬪諍心息如是菩薩作是思惟我證無上正等覺時爲諸有情說如是法令其永滅一切鬪諍其心平等猶若虛空不相伺求種種瑕隙由斯感得大士夫相所莊嚴身一切有情見者歡喜互相饒益乃至證得清淨涅槃離諸戲論畢竟安樂爾時舍利子問滿慈子言菩薩聲聞二種安忍應知何者廣大微妙清淨殊勝時滿慈子便謂具壽舍利子言今以現事詰問尊者隨意爲答舍利子言隨意詰問我當爲答滿慈子言世間鞞鐵與贍部金二種光彩應知何者廣大微妙清淨殊勝舍利子言世間鞞鐵所有光彩難

可方比贍部眞金謂贍部金所有光彩廣大微妙清淨殊勝滿慈子言聲聞安忍如世鏵鐵所有光彩菩薩安忍如贍部金所有光彩應知二種安忍勝劣差別之相何以故舍利子聲聞乘人所有安忍唯觀色蘊乃至識蘊無我有情命者生者養者士夫補特伽羅意生儒童作者受者知者見者之所引發菩薩乘人所有安忍亦觀色蘊乃至識蘊都無自性無生無滅無染無淨無增無減本來寂靜之所引發是故菩薩所有安忍廣大微妙清淨殊勝過諸聲聞所有安忍聲聞乘人所有安忍唯觀眼處乃至意處無我有情命者生者養者士夫補特伽羅意生儒童作者受者知者見者之所引發菩薩乘人所有安忍亦觀眼處乃至意處都無自性無生無滅無染無淨無增無減本來寂靜之所引發是故菩薩所有安忍廣大微妙清淨殊勝過諸聲聞所有安忍聲聞乘人所有安忍唯觀色處乃至法處無我有情命者生者養者士夫補特伽羅意生儒童作者受者知者見者之所引發菩薩乘人所有安忍亦觀色處乃至法處都無自性無生無滅無染無淨無增無減本來寂靜之所引發是故菩薩所有安忍廣大微妙清淨殊勝過諸聲聞所有安忍聲聞乘人所有安忍唯觀眼界乃至意界無我有情命者生者養者士夫補特伽羅意生儒童作者受者知者見者之所引發菩薩乘人所有安忍亦觀眼界乃至意界都無自性無生無滅無染無淨無增無減本來寂靜之所引發是故菩薩所有安忍廣大微妙清淨殊勝過

諸聲聞所有安忍聲聞乘人所有安忍唯觀色界乃至法界無我有情命者生者養者士夫補特伽羅意生儒童作者受者知者見者之所引發菩薩乘人所有安忍亦觀色界乃至法界都無自性無生無滅無染無淨無增無減本來寂靜之所引發是故菩薩所有安忍廣大微妙清淨殊勝過諸聲聞所有安忍聲聞乘人所有安忍唯觀眼識界乃至意識界無我有情命者生者養者士夫補特伽羅意生儒童作者受者知者見者之所引發菩薩乘人所有安忍亦觀眼識界乃至意識界都無自性無生無滅無染無淨無增無減本來寂靜之所引發是故菩薩所有安忍廣大微妙清淨殊勝過諸聲聞所有安忍聲聞乘人所有安忍唯觀眼觸乃至意觸無我有情命者生者養者士夫補特伽羅意生儒童作者受者知者見者之所引發菩薩乘人所有安忍亦觀眼觸乃至意觸都無自性無生無滅無染無淨無增無減本來寂靜之所引發是故菩薩所有安忍廣大微妙清淨殊勝過諸聲聞所有安忍聲聞乘人所有安忍唯觀眼觸爲緣所生諸受乃至意觸爲緣所生諸受無我有情命者生者養者士夫補特伽羅意生儒童作者受者知者見者之所引發菩薩乘人所有安忍亦觀眼觸爲緣所生諸受乃至意觸爲緣所生諸受都無自性無生無滅無染無淨無增無減本來寂靜之所引發是故菩薩所有安忍廣大微妙清淨殊勝過諸聲聞所有安忍聲聞乘人所有安忍唯觀地界乃至識界無我有情命者生者養者士

夫補特伽羅意生儒童作者受者知者見者之所引發菩薩乘人所有安忍亦觀地界乃至識界都無自性無生無滅無染無淨無增無減本來寂靜之所引發是故菩薩所有安忍廣大微妙清淨殊勝過諸聲聞所有安忍聲聞乘人所有安忍唯觀無明乃至老死無我有情命者生者養者士夫補特伽羅意生儒童作者受者知者見者之所引發菩薩乘人所有安忍亦觀無明乃至老死都無自性無生無滅無染無淨無增無減本來寂靜之所引發是故菩薩所有安忍廣大微妙清淨殊勝過諸聲聞所有安忍又舍利子若菩薩摩訶薩欲證無上正等菩提若怨賊來解身支節是菩薩摩訶薩應作是念殑伽河沙可知數量身之數量難可得知若所解身若能解者俱色攝故分數難知所解身支分數極少如何緣此應生忿恚是菩薩摩訶薩觀如是義雖遭怨賊解身支節而能忍受都無瞋忿怨恨之心是諸菩薩摩訶薩衆隨所發起安忍之心迴向趣求一切智智攝受安忍波羅蜜多如是菩薩摩訶薩衆應知安忍波羅蜜多能一切時常不捨離又舍利子若菩薩摩訶薩欲證無上正等菩提若有人來捶打訶罵是菩薩摩訶薩應作是念殑伽河沙可知數量我身過患難可得知謂無始來發起種種煩惱惡業違害理事諸佛賢聖共所訶毀今此人來捶打訶罵百分千分乃至鄔波尼殺曇分未得其一如何緣此應生忿恚是菩薩摩訶薩觀如是義雖有人來捶打訶罵而能忍受都無瞋忿怨恨之心是諸菩薩摩

訶薩衆隨所發起安忍之心迴向趣求一切智智攝受安忍波羅蜜多如是菩薩摩訶薩衆應知安忍波羅蜜多能一切時常不捨離又舍利子若菩薩摩訶薩欲證無上正等菩提若怨賊來劫奪財寶是菩薩摩訶薩應作是念如是財寶本性皆空無所繫屬如何緣此應生忿恚是菩薩摩訶薩觀如是義雖遭怨賊劫奪財寶而心都無瞋忿怨恨是諸菩薩摩訶薩衆隨所發起安忍之心迴向趣求一切智智攝受安忍波羅蜜多如是菩薩摩訶薩衆應知安忍波羅蜜多能一切時常不捨離又舍利子若菩薩摩訶薩欲證無上正等菩提應修其心令與地水火風空等舍利子言云何菩薩摩訶薩衆欲證無上正等菩提應修其心令與地水火風空等滿慈子言若諸菩薩摩訶薩衆欲證無上正等菩提應修其心令如大地大水大火大風虛空無所分別舍利子言云何菩薩摩訶薩衆欲證無上正等菩提應修其心令如大地無所分別滿慈子言譬如大地雖以可愛色香味觸擲置其中而都不生高欣喜愛雖以非愛色香味觸擲置其中而都不生下慼憂恚如是菩薩摩訶薩衆雖遇種種可愛所緣而不應生高欣喜愛雖遇種種不可愛緣而不應生下慼憂恚安忍淨信常現在前猶如大地平等而轉故說菩薩摩訶薩衆欲證無上正等菩提應修其心令如大地無所分別舍利子言云何菩薩摩訶薩衆欲證無上正等菩提應修其心令如大水無所分別滿慈子言譬如大水雖以可愛色香味觸擲置其中而都不

生高欣喜愛雖以非愛色香味觸擲置其中而都不生下慼憂恚如是菩薩摩訶薩衆雖遇種種可愛所緣而不應生高欣喜愛雖遇種種不可愛緣而不應生下慼憂恚安忍淨信常現在前猶如大水平等而轉故說菩薩摩訶薩衆欲證無上正等菩提應修其心令如大水無所分別舍利子言云何菩薩摩訶薩衆欲證無上正等菩提應修其心令如大火無所分別滿慈子言譬如大火雖以可愛色香味觸擲置其中而都不生高欣喜愛雖以非愛色香味觸擲置其中而都不生下慼憂恚如是菩薩摩訶薩衆雖遇種種可愛所緣而不應生高欣喜愛雖遇種種不可愛緣而不應生下慼憂恚安忍淨信常現在前猶如大火平等而轉故說菩薩摩訶薩衆欲證

無上正等菩提應修其心令如大火無所分別舍利子言云何菩薩摩訶薩衆欲證無上正等菩提應修其心令如大風無所分別滿慈子言譬如大風雖以可愛色香味觸擲置其中而都不生高欣喜愛雖以非愛色香味觸擲置其中而都不生下慼憂恚如是菩薩摩訶薩衆雖遇種種可愛所緣而不應生高欣喜愛雖遇種種不可愛緣而不應生下慼憂恚安忍淨信常現在前猶如大風平等而轉故說菩薩摩訶薩衆欲證無上正等菩提應修其心令如大風無所分別舍利子言云何菩薩摩訶薩衆欲證無上正等菩提應修其心令如虛空無所分別滿慈子言譬如虛空雖以可愛色香味觸擲置其中而都不生高欣喜愛雖以非愛色香味觸擲置其中而

都不生下慼憂恚如是菩薩摩訶薩衆雖遇種種可愛所緣而不應生高欣喜愛雖遇種種不可愛緣而不應生下慼憂恚安忍淨信常現在前猶如虛空平等而轉故說菩薩摩訶薩衆欲證無上正等菩提應修其心令如虛空無所分別時舍利子便問具壽滿慈子言虛空無爲諸菩薩衆豈無爲攝滿慈子言非菩薩衆是無爲攝然諸菩薩修行般若波羅蜜多方便善巧觀察身心與虛空等令於境界無所分別堪修安忍波羅蜜多謂諸菩薩摩訶薩衆方便善巧觀察身心無性無礙與虛空等堪受種種刀杖等觸如是菩薩摩訶薩衆方便善巧依止般若波羅蜜多觀察身心與虛空等攝受安忍波羅蜜多假使恒時地獄猛火地獄刀杖及餘苦具逼迫其身亦能忍受其心平等無動無變如是菩薩摩訶薩衆修行般若波羅蜜多攝受般若波羅蜜多觀察身心與虛空等堪受衆苦無動無變如是菩薩摩訶薩衆堪受衆苦無動無變即是安忍波羅蜜多如是菩薩摩訶薩衆修行般若波羅蜜多重苦觸時便作是念我從無始生死已來雖受身心猛利衆苦而由此苦尚不能得若預流果若一來果若不還果若阿羅漢果若獨覺菩提況由此苦能證無上正等菩提今我身心所受衆苦既爲利益諸有情故定證無上正等菩提是故我今應歡喜受如是菩薩摩訶薩衆觀此義故雖受衆苦而能發生增上猛利歡喜忍受又舍利子譬如有人食百味食身心適悅生勝歡喜如是菩薩見乞者來或求資財或求身分或

因捨施受種種苦歡喜忍受身心適悅過前適悅多百千倍又舍利子如阿羅漢若見如來應正等覺雖漏已盡而生殊勝信敬喜心如是菩薩摩訶薩衆見來求者或乞資財或乞身分心生殊勝信敬歡喜能深忍受彼所加害訶罵毀謗種種重苦隨所發起安忍心時迴向趣求一切智智如是菩薩摩訶薩衆由隨發起安忍心時迴向趣求一切智智常不遠離所修安忍波羅蜜多與諸有情作大饒益恒無間斷又舍利子諸菩薩摩訶薩欲證無上正等菩提於諸有情應修安忍打不報打罵不報罵謗不報謗瞋不報瞋訶不報訶忿不報忿怒不報怒害不報害於諸惡事皆能忍受何以故舍利子是諸菩薩摩訶薩衆恒不捨離一切智心於諸有情欲饒益故若諸菩薩摩訶薩衆恒不捨離一切智心於諸有情欲作饒益假使身受百千鉾䂎而無一念報害之心於彼常生淨信安忍如是菩薩摩訶薩衆修行安忍波羅蜜多於諸有情欲作饒益定當獲得眞金色身相好莊嚴見者歡喜是故舍利子菩薩摩訶薩皆應精勤修安忍力忍受一切加害等苦若菩薩摩訶薩修安忍力忍受衆苦攝受安忍波羅蜜多是菩薩摩訶薩遠離生死近一切智能與有情作大饒益若菩薩摩訶薩愛樂聲聞或獨覺地是菩薩摩訶薩當知退失菩薩安忍波羅蜜多所以者何諸菩薩摩訶薩寧以自身具受生死無邊大苦而不愛著聲聞獨覺自利衆善何以故舍利子若菩薩摩訶薩愛著聲聞或獨覺地是菩薩摩訶薩當知退失自

所行處行他行處時舍利子便問具壽滿慈子言云何菩薩摩訶薩行他行處滿慈子言若菩薩摩訶薩住聲聞地或獨覺地是菩薩摩訶薩行他行處若菩薩摩訶薩起聲聞作意或獨覺作意是菩薩摩訶薩行他行處若菩薩摩訶薩樂著聲聞相應法教或樂獨覺相應言論是菩薩摩訶薩行他行處又舍利子若菩薩摩訶薩樂觀色蘊若常若無常樂觀受想行識蘊若常若無常是菩薩摩訶薩行他行處若菩薩摩訶薩樂觀色蘊若樂若苦樂觀受想行識蘊若樂若苦是菩薩摩訶薩行他行處若菩薩摩訶薩樂觀色蘊若我若無我樂觀受想行識蘊若我若無我是菩薩摩訶薩行他行處若菩薩摩訶薩樂觀色蘊若淨若不淨樂觀受想行識蘊若淨若不淨是菩薩摩訶薩行他行處又舍利子若菩薩摩訶薩樂觀眼處若常若無常樂觀耳鼻舌身意處若常若無常是菩薩摩訶薩行他行處若菩薩摩訶薩樂觀眼處若樂若苦樂觀耳鼻舌身意處若樂若苦是菩薩摩訶薩行他行處若菩薩摩訶薩樂觀眼處若我若無我樂觀耳鼻舌身意處若我若無我是菩薩摩訶薩行他行處若菩薩摩訶薩樂觀眼處若淨若不淨樂觀耳鼻舌身意處若淨若不淨是菩薩摩訶薩行他行處又舍利子若菩薩摩訶薩樂觀色處若常若無常樂觀聲香味觸法處若常若無常是菩薩摩訶薩行他行處若菩薩摩訶薩樂觀色處若樂若苦樂觀聲香味觸法處若樂若苦是菩薩摩訶薩行他行處若菩薩摩訶薩樂觀色處若我

若無我樂觀聲香味觸法處若我若無我是菩薩摩訶薩行他行處若菩薩摩訶薩樂觀色處若淨若不淨樂觀聲香味觸法處若淨若不淨是菩薩摩訶薩行他行處又舍利子若菩薩摩訶薩樂觀眼界若常若無常樂觀耳鼻舌身意界若常若無常是菩薩摩訶薩行他行處若菩薩摩訶薩樂觀眼界若樂若苦樂觀耳鼻舌身意界若樂若苦是菩薩摩訶薩行他行處若菩薩摩訶薩樂觀眼界若我若無我樂觀耳鼻舌身意界若我若無我是菩薩摩訶薩行他行處若菩薩摩訶薩樂觀眼界若淨若不淨樂觀耳鼻舌身意界若淨若不淨是菩薩摩訶薩行他行處又舍利子若菩薩摩訶薩樂觀色界若常若無常樂觀聲香味觸法界若常若無常是菩薩摩訶薩行他行處若菩薩摩訶薩樂觀色界若樂若苦樂觀聲香味觸法界若樂若苦是菩薩摩訶薩行他行處若菩薩摩訶薩樂觀色界若我若無我樂觀聲香味觸法界若我若無我是菩薩摩訶薩行他行處若菩薩摩訶薩樂觀色界若淨若不淨樂觀聲香味觸法界若淨若不淨是菩薩摩訶薩行他行處又舍利子若菩薩摩訶薩樂觀眼識界若常若無常樂觀耳鼻舌身意識界若常若無常是菩薩摩訶薩行他行處若菩薩摩訶薩樂觀眼識界若樂若苦樂觀耳鼻舌身意識界若樂若苦是菩薩摩訶薩行他行處若菩薩摩訶薩樂觀眼識界若我若無我樂觀耳鼻舌身意識界若我若無我是菩薩摩訶薩行他行處若菩薩摩訶薩樂觀眼識界若淨若不淨

樂觀耳鼻舌身意識界若淨若不淨是菩薩摩訶薩行他行處時舍利子復問具壽滿慈子言云何菩薩摩訶薩行自行處滿慈子言若菩薩摩訶薩修行六種波羅蜜多一切智智相應作意是菩薩摩訶薩行自行處若菩薩摩訶薩修行六種波羅蜜多一切惡魔不能得便譬如野干於諸龜鼈不能得便不得便故所行自在如是菩薩摩訶薩衆修行六種波羅蜜多一切惡魔不能得便不得便故所行自在又舍利子假使惡魔普化三千大千世界諸有情類皆爲惡魔一一惡魔各有爾所魔軍眷屬前後圍遶來至菩薩摩訶薩所是菩薩摩訶薩修行六種波羅蜜多彼諸惡魔不能得便不得便故所行自在譬如野干於諸龜鼈不能得便不得便故所行自在

是故舍利子菩薩摩訶薩應如是學我心不應遠離六種波羅蜜多若心不離如是六種波羅蜜多一切惡魔不能得便不得便故所行自在時舍利子復問具壽滿慈子言云何菩薩摩訶薩於諸魔事應如實知滿慈子言若菩薩摩訶薩不樂聽聞波羅蜜多相應法敎當知是爲諸惡魔事又舍利子若菩薩摩訶薩不樂受持波羅蜜多相應法敎當知是爲諸惡魔事又舍利子若菩薩摩訶薩不樂讀誦波羅蜜多相應法敎當知是爲諸惡魔事又舍利子若菩薩摩訶薩不樂思惟波羅蜜多相應法敎當知是爲諸惡魔事又舍利子若菩薩摩訶薩不樂修行波羅蜜多相應法行當知是爲諸惡魔事諸菩薩摩訶薩覺此事已作是思惟定是惡魔方便障礙我心

所求一切智智我今不應隨彼所欲應勤修學波羅蜜多是菩薩摩訶薩於彼惡魔不應忿恚亦不應起不堪忍心若如是行即爲安忍波羅蜜多此菩薩摩訶薩應作是念我證無上正等覺時當爲有情說能永斷貪瞋癡法是故今者於彼惡魔不應忿恚若時菩薩摩訶薩得如是念爾時菩薩摩訶薩勝諸惡魔自在修行布施淨戒安忍精進靜慮般若波羅蜜多若時菩薩摩訶薩一切智智相應作意不現在前是時菩薩摩訶薩應作是念我於今者勿行非處令我不憶一切智智如是菩薩應自責心我於今者虛費時日時舍利子便問具壽滿慈子言齊何名爲虛費時日滿慈子言若菩薩摩訶薩於此六種波羅蜜多隨一現行不能憶念一切智智不能迴向一切智智是菩薩摩訶薩虛費時日損時日果若菩薩摩訶薩於此六種波羅蜜多隨一現行或第二日或第三日乃至憶念一切智智及能迴向一切智智是菩薩摩訶薩雖有所犯而得名爲有時日果爾時舍利子問滿慈子言菩薩安忍與阿羅漢所有安忍有何差別滿慈子言今問尊者妙高山王與小芥子大小高下輕重何別舍利子言無量差別滿慈子言菩薩安忍與阿羅漢所有安忍亦復如是不應爲問又舍利子於意云何大海中水一毛端水何者爲多舍利子言大海中水一毛端水百分千分乃至鄔波尼殺曇分亦未能比其量多少滿慈子言菩薩安忍與阿羅漢所有安忍亦復如是百分千分乃至鄔波尼殺曇分亦未能比其量多少是故

不應作如是問爾時佛讚滿慈子言善哉善
哉如汝所說汝承佛力善說安忍波羅蜜多
若取菩薩摩訶薩忍其量大小校量聲聞獨
覺忍者則爲欲取如來之忍其量大小校量
聲聞獨覺等忍所以者何諸菩薩衆所成就
忍其量無邊不應校量聲聞等忍爾時佛告
阿難陀言汝應受持如滿慈子所說菩薩摩
訶薩衆所修安忍波羅蜜多勿令忘失阿難
陀曰唯然世尊我已受持如滿慈子所說菩
薩摩訶薩衆所修安忍波羅蜜多必不忘失
時薄伽梵說是經已具壽滿慈子具壽舍利
子具壽阿難陀及餘聲聞諸菩薩衆并餘一
切天龍藥叉阿素洛等聞佛所說皆大歡喜
信受奉行

大般若波羅蜜多經卷第五百八十九

音釋

十三會安忍波羅蜜多分序

擅 時戰切專也又據也 馮 皮氷切徒涉也 闇 烏紺切冥也不明也 踵萃 踵主勇切足跟也又往來貌萃秦醉切聚也踵萃猶言繼踵而萃聚也 梗 古杏切荒也塞也 沮 在呂切遏也隔也 矛 迷浮切鉤兵長二丈 齏 牋西切碎也細切爲齏 蠲 圭玄切除也潔也 抵 典禮切擲也 洿 汪胡切濁水也 詈 力智切罵也正斥曰罵旁及曰詈 劇 竭戟切甚也 衮 古本切衮龍衣也 禦 魚據切扞也拒也 犀渠 犀先齊切渠求於切犀渠甲也 賈勇 賈果五切勇余隴切賈勇謂賈賣其勇敢也 規弼 規均窺切正圓之器也又王君曰規弼薄蜜切輔也

經

忿恚 忿房粉切怒也恚於避切恨怒也 耎 乳兖切柔軟也 瑕隙 瑕何加切玷也隙乞逆切釁也 鏵 胡瓜切與鋘同鍫也 鉾鑽 鉾迷浮切古矛字也鉤兵長二丈鑽祖管切鋋也又矛戟柄底銳者曰鑽

大般若經第十四會精進波羅蜜多分序

唐西明寺沙門玄則製

觀夫至運無動妙警伊寂梵輪寘退轉之規慈航虛下濟之影斯進德所以爲貴勤音所由而作也其有揭情區而遠荷指覺地以高驤比擐甲之精堅同策駟之逸夙則必任善以爲軏引之無窮之路委身而作隷驅之罔極之期微五欲之宴安乃三塗之酖毒從四修之勞悴實萬德之光敷惟夫淺溜穿石小滴盈器鑽燧之勤斷幹之漸皆積微不已故在著可觀羸弱質而飲泉蠏壯容而寄穴肆鑣怠矣駑駕先之翔乎摩訶衍心波羅蜜行其於勉刻豈忘動靜故能千界如燬詢一句以投之萬流方割拯一命而泝之假使駐補處以三祇終競勇於初發雖復濬即空於萬行乃均熾於昔耽不端俔其所欲行不翅佇其所當證撫塵劫之修如瞬仍如渴日視砂界之赴若鄰猶殷夙夜故精進之於諸度也若衙捶之在群馭焉正勤之於道品也若鹽梅之資列鼎焉正法源底由之而至聖人能事於茲而畢然後聞舍利之談覺支則輟賞無地憶底沙之流讚頌則勃興斯在三練之業允該六意之修奚極緬惟景躅豈遑寧處載詠玄章益荷昭趣文乃單卷事非重譯庶將貿寸陰以尺璧甘夕死於朝聞矣

大般若波羅蜜多經卷第五百九十

唐三藏法師玄奘奉　詔譯

第十四精進波羅蜜多分

如是我聞一時薄伽梵在室羅筏住誓多林給孤獨園與大苾芻衆千二百五十人俱爾時具壽滿慈子白佛言世尊若菩薩摩訶薩欲證無上正等菩提云何方便安住精進波羅蜜多爾時世尊告滿慈子若菩薩摩訶薩欲證無上正等菩提初發心時應作是念我諸所有若身若心先應爲他作饒益事當令一切所願滿足譬如僮僕應作是念行住坐卧皆當任主不應自在而有所作欲從其舍往市鄽等先諮問主然後方出所須飲食許乃受用諸有所爲皆隨主欲如是菩薩摩訶薩衆欲證無上正等菩提最初發心應作是念我之所有若身若心皆不應令自在而轉隨他所有饒益事業一切皆當爲其成辦如是菩薩摩訶薩衆依止精進波羅蜜多不離精進波羅蜜多誓爲有情作所應作諸菩薩摩訶薩皆於精進波羅蜜多應如是住譬如馬寶若人乘御便作是念我今不應令乘御人身支揺動疲倦勞苦或損嚴具盤迴去住遲速任人將護其人不令緣我起瞋忿等種種過失如是菩薩摩訶薩衆欲行精進波羅蜜多不隨己心而有所作隨他意樂爲作饒益仍將護彼令於我身不起一切煩惱惡業彼於菩薩摩訶薩衆雖先無恩而諸菩薩摩訶薩衆作報恩想爲彼成辦種種事業如是菩薩摩訶薩衆爲成精進波羅蜜多將護他心隨他意轉爲作種種利益安樂如是菩薩

摩訶薩衆攝受精進波羅蜜多作諸有情利益安樂如已事業常無猒倦是爲菩薩摩訶薩衆安住精進波羅蜜多又滿慈子若菩薩摩訶薩爲疾證得一切智智與諸有情作大饒益常勤修學布施淨戒安忍精進靜慮般若波羅蜜多心無退轉是菩薩摩訶薩安住精進波羅蜜多若菩薩摩訶薩爲疾證得一切智智與諸有情作大饒益常勤修學内空外空内外空空空大空勝義空有爲空無爲空畢竟空無際空散空無變異空本性空自相空共相空一切法空不可得空無性空自性空無性自性空觀心無退轉是菩薩摩訶薩安住精進波羅蜜多若菩薩摩訶薩爲疾證得一切智智與諸有情作大饒益常勤修學諸法眞如法界法性不虛妄性不變異性平等性離生性法定法住實際虛空界不思議界觀心無退轉是菩薩摩訶薩安住精進波羅蜜多若菩薩摩訶薩爲疾證得一切智智與諸有情作大饒益常勤修學無明緣行行緣識識緣名色名色緣六處六處緣觸觸緣受受緣愛愛緣取取緣有有緣生生緣老死愁歎苦憂惱觀心無退轉是菩薩摩訶薩安住精進波羅蜜多若菩薩摩訶薩爲疾證得一切智智與諸有情作大饒益常勤修學無明滅故行滅行滅故識滅識滅故名色滅名色滅故六處滅六處滅故觸滅觸滅故受滅受滅故愛滅愛滅故取滅取滅故有滅有滅故生滅生滅故老死愁歎苦憂惱滅觀心無退轉是菩薩摩訶薩安住精進波羅蜜多若菩薩摩訶薩爲疾證得一切智智與諸有

情作大饒益常勤修學若苦若無常若空若
無我若聖諦觀若因若集若生若緣集聖諦
觀若滅若靜若妙若離滅聖諦觀若道若如
若行若出道聖諦觀心無退轉是菩薩摩訶
薩安住精進波羅蜜多若菩薩摩訶薩爲疾
證得一切智智與諸有情作大饒益常勤修
學四靜慮四無量四無色定心無退轉是菩
薩摩訶薩安住精進波羅蜜多若菩薩摩訶
薩爲疾證得一切智智與諸有情作大饒益
常勤修學四念住四正斷四神足五根五力
七等覺支八聖道支心無退轉是菩薩摩訶
薩安住精進波羅蜜多若菩薩摩訶薩爲疾
證得一切智智與諸有情作大饒益常勤修
學空無相無願解脫門心無退轉是菩薩摩
訶薩安住精進波羅蜜多若菩薩摩訶薩爲
疾證得一切智智與諸有情作大饒益常勤
修學八解脫八勝處九次第定十遍處心無
退轉是菩薩摩訶薩安住精進波羅蜜多若
菩薩摩訶薩爲疾證得一切智智與諸有情
作大饒益常勤修學一切陀羅尼門一切三
摩地門心無退轉是菩薩摩訶薩安住精進
波羅蜜多若菩薩摩訶薩爲疾證得一切智
智與諸有情作大饒益常勤修學淨觀地種
性地第八地具見地薄地離欲地已辦地獨
覺地菩薩地如來地智心無退轉是菩薩摩
訶薩安住精進波羅蜜多若菩薩摩訶薩爲
疾證得一切智智與諸有情作大饒益常勤
修學若勝解行地若極喜地若離垢地若發
光地若焰慧地若極難勝地若現前地若遠
行地若不動地若善慧地若法雲地若等覺

地心無退轉是菩薩摩訶薩安住精進波羅蜜多若菩薩摩訶薩爲疾證得一切智智與諸有情作大饒益常勤修學清淨五眼六勝神通心無退轉是菩薩摩訶薩安住精進波羅蜜多若菩薩摩訶薩爲疾證得一切智智與諸有情作大饒益常勤修學如來十力四無所畏四無礙解大慈大悲大喜大捨及十八佛不共法等無邊佛法心無退轉是菩薩摩訶薩安住精進波羅蜜多又滿慈子若菩薩摩訶薩爲令佛土最極嚴淨久處生死修諸功德心無退轉是菩薩摩訶薩安住精進波羅蜜多若菩薩摩訶薩爲多成熟諸有情類久處生死修諸功德心無退轉是菩薩摩訶薩安住精進波羅蜜多若菩薩摩訶薩初發無上正等覺心假使三千大千世界諸有

情類皆成菩薩或一生所繫或二生所繫或三生所繫或四生所繫當得成佛作如是言汝應精勤修菩薩行先證無上正等菩提然後我當證無上覺爾時菩薩隨彼所言精勤勇猛心無怯懼是菩薩摩訶薩安住精進波羅蜜多若菩薩摩訶薩或一生所繫或二生所繫或三生所繫或四生所繫當得成佛假使三千大千世界諸有情類初發無上正等覺心作如是言汝當待我先證無上正等菩提然後乃應證無上覺爾時菩薩隨彼所言久住生死心無退屈是菩薩摩訶薩安住精進波羅蜜多若菩薩摩訶薩見乞者來有所求索面不顰蹙眼無瞋相但作是念如是有情順我所求一切智智速作方便勤求施與是菩薩摩訶薩安住精進波羅蜜多若菩薩

摩訶薩爲一有情得安樂故或經一劫或一劫餘大地獄中受諸劇苦身無動轉心不退屈是菩薩摩訶薩安住精進波羅蜜多若菩薩摩訶薩假使晝夜量同大劫積此晝夜復成大劫設經如是殑伽沙數大劫時分處大地獄受諸劇苦由受斯苦令一有情得出地獄生於善趣菩薩爾時歡喜爲受是菩薩摩訶薩安住精進波羅蜜多若菩薩摩訶薩聞說是事踊躍歡喜誓能爲受心無退屈當知名爲精進菩薩安住精進波羅蜜多若菩薩摩訶薩聞如是事其心怯弱不生歡喜欲受行心當知名爲懈怠菩薩若菩薩摩訶薩聞諸善事心心相續愛樂受行當知名爲精進菩薩安住精進波羅蜜多若菩薩摩訶薩聞諸善事不能繫念相續受行當知名爲懈怠

菩薩又滿慈子若菩薩摩訶薩假使於此贍部洲地從一處掃漸至餘方周帀掃已還至本處若生是念我久離此當知名爲懈怠菩薩若菩薩摩訶薩爲此事已作是念言我極速疾還來至此當知名爲精進菩薩安住精進波羅蜜多若菩薩摩訶薩於窣堵波營構修理經一日已作是念言云何此日時極長久當知名爲懈怠菩薩若菩薩摩訶薩爲此事已作是念言云何此日如彈指頃當知名爲精進菩薩安住精進波羅蜜多若菩薩摩訶薩於僧伽藍營構修理經一日已作是念言云何此日時極長久當知名爲懈怠菩薩若菩薩摩訶薩爲此事已作是念言云何此日如彈指頃當知名爲精進菩薩安住精進波羅蜜多若菩薩摩訶薩觀經半年所作事

業生長久想當知名爲懈怠菩薩若菩薩摩訶薩觀經半年所作事業謂如一日所作事業當知名爲精進菩薩安住精進波羅蜜多若菩薩摩訶薩觀經一年所作事業生長久想當知名爲懈怠菩薩若菩薩摩訶薩觀經一年所作事業謂如一日所作事業當知名爲精進菩薩安住精進波羅蜜多若菩薩摩訶薩觀經半劫所作事業生長久想當知名爲懈怠菩薩若菩薩摩訶薩觀經半劫所作事業謂如一日所作事業當知名爲精進菩薩安住精進波羅蜜多若菩薩摩訶薩觀經一劫所作事業生長久想當知名爲懈怠菩薩若菩薩摩訶薩觀經一劫所作事業謂如一日所作事業當知名爲精進菩薩安住精進波羅蜜多又滿慈子諸菩薩摩訶薩修菩提行不應思惟劫數多少謂我經於爾所劫數當證無上正等菩提若菩薩摩訶薩思惟劫數而作分限精勤勇猛修菩提行求證無上正等菩提當知名爲懈怠菩薩若菩薩摩訶薩作是思惟設經無量無邊大劫精進勇猛修菩提行方證無上正等菩提我定不應心生退屈勤求無上正等菩提當知名爲精進菩薩安住精進波羅蜜多修行精進波羅蜜多令速圓滿遠離生死疾能證得一切智智與諸有情作大饒益若菩薩摩訶薩思惟劫數而作分限雖極勇猛常勤修學布施淨戒安忍精進靜慮般若波羅蜜多而亦名爲懈怠菩薩若菩薩摩訶薩作是思惟設經無量無邊大劫最極勇猛常勤修學布施淨戒安忍精進靜慮般若波羅蜜多乃得圓滿方

證無上正等菩提我定不應心生退屈當知名爲精進菩薩安住精進波羅蜜多疾能證得一切智智若菩薩摩訶薩思惟劫數而作分限雖極勇猛常勤修學内空外空内外空空空大空勝義空有爲空無爲空畢竟空無際空散空無變異空本性空自相空共相空一切法空不可得空無性空自性空無性自性空智而亦名爲懈怠菩薩若菩薩摩訶薩作是思惟設經無量無邊大劫最極勇猛常勤修學内空乃至無性自性空智乃得圓滿方證無上正等菩提我定不應心生退屈當知名爲精進菩薩安住精進波羅蜜多疾能證得一切智智若菩薩摩訶薩思惟劫數而作分限雖極勇猛常勤修學諸法眞如法界法性不虚妄性不變異性平等性離生性法定法住實際虚空界不思議界智而亦名爲懈怠菩薩若菩薩摩訶薩作是思惟設經無量無邊大劫最極勇猛常勤修學諸法眞如乃至不思議界智乃得圓滿方證無上正等菩提我定不應心生退屈當知名爲精進菩薩安住精進波羅蜜多疾能證得一切智智若菩薩摩訶薩思惟劫數而作分限雖極勇猛常勤修學無明緣行行緣識識緣名色名色緣六處六處緣觸觸緣受受緣愛愛緣取取緣有有緣生生緣老死智而亦名爲懈怠菩薩若菩薩摩訶薩作是思惟設經無量無邊大劫最極勇猛常勤修學無明緣行乃至生緣老死智乃得圓滿方證無上正等菩提我定不應心生退屈當知名爲精進菩薩安住精進波羅蜜多疾能證得一切智智若菩

薩摩訶薩思惟刧數而作分限雖極勇猛常勤修學無明滅故行滅行滅故識滅識滅故名色滅名色滅故六處滅六處滅故觸滅觸滅故受滅受滅故愛滅愛滅故取滅取滅故有滅有滅故生滅生滅故老死滅智而亦名爲懈怠菩薩若菩薩摩訶薩作是思惟設經無量無邊大刧最極勇猛常勤修學無明滅故行滅乃至生滅故老死滅智乃得圓滿方證無上正等菩提我定不應心生退屈當知名爲精進菩薩安住精進波羅蜜多疾能證得一切智智若菩薩摩訶薩思惟刧數而作分限雖極勇猛常勤修學若苦若無常若空若無我苦聖諦智若因若集若生若緣集聖諦智若滅若靜若妙若離滅聖諦智若道若如若行若出道聖諦智而亦名爲懈怠菩薩若菩薩摩訶薩作是思惟設經無量無邊大刧最極勇猛常勤修學若苦若無常若空若無我苦聖諦智乃至若道若如若行若出道聖諦智乃得圓滿方證無上正等菩提我定不應心生退屈當知名爲精進菩薩安住精進波羅蜜多疾能證得一切智智若菩薩摩訶薩思惟刧數而作分限雖極勇猛常勤修學四靜慮四無量四無色定而亦名爲懈怠菩薩若菩薩摩訶薩作是思惟設經無量無邊大刧最極勇猛常勤修學四靜慮四無量四無色定乃得圓滿方證無上正等菩提我定不應心生退屈當知名爲精進菩薩安住精進波羅蜜多疾能證得一切智智若菩薩摩訶薩思惟刧數而作分限雖極勇猛常勤修學四念住四正斷四神足五根五力七等

覺支八聖道支而亦名爲懈怠菩薩若菩薩摩訶薩作是思惟設經無量無邊大劫最極勇猛常勤修學四念住乃至八聖道支乃得圓滿方證無上正等菩提我定不應心生退屈當知名爲精進菩薩安住精進波羅蜜多疾能證得一切智智若菩薩摩訶薩思惟劫數而作分限雖極勇猛常勤修學三解脫門而亦名爲懈怠菩薩若菩薩摩訶薩作是思惟設經無量無邊大劫最極勇猛常勤修學三解脫門乃得圓滿方證無上正等菩提我定不應心生退屈當知名爲精進菩薩安住精進波羅蜜多疾能證得一切智智若菩薩摩訶薩思惟劫數而作分限雖極勇猛常勤修學八解脫八勝處九次第定十遍處而亦名爲懈怠菩薩若菩薩摩訶薩作是思惟設經無量無邊大劫最極勇猛常勤修學八解脫乃至十遍處乃得圓滿方證無上正等菩提我定不應心生退屈當知名爲精進菩薩安住精進波羅蜜多疾能證得一切智智若菩薩摩訶薩思惟劫數而作分限雖極勇猛常勤修學陀羅尼門三摩地門而亦名爲懈怠菩薩若菩薩摩訶薩作是思惟設經無量無邊大劫最極勇猛常勤修學陀羅尼門三摩地門乃得圓滿方證無上正等菩提我定不應心生退屈當知名爲精進菩薩安住精進波羅蜜多疾能證得一切智智若菩薩摩訶薩思惟劫數而作分限雖極勇猛常勤修學諸菩薩地及諸地智而亦名爲懈怠菩薩若菩薩摩訶薩作是思惟設經無量無邊大劫最極勇猛常勤修學諸菩薩地及諸地智

乃得圓滿方證無上正等菩提我定不應心生退屈當知名爲精進菩薩安住精進波羅蜜多疾能證得一切智智若菩薩摩訶薩思惟劫數而作分限雖極勇猛常勤修學清淨五眼六勝神通而亦名爲懈怠菩薩若菩薩摩訶薩作是思惟設經無量無邊大劫最極精進常勤修學清淨五眼六勝神通乃得圓滿方證無上正等菩提我定不應心生退屈當知名爲精進菩薩安住精進波羅蜜多疾能證得一切智智若菩薩摩訶薩思惟劫數而作分限雖極勇猛常勤修學如來十力四無所畏四無礙解而亦名爲懈怠菩薩若菩薩摩訶薩作是思惟設經無量無邊大劫最極勇猛常勤修學如來十力四無所畏四無礙解乃得圓滿方證無上正等菩提我定不應心生退屈當知名爲精進菩薩安住精進波羅蜜多疾能證得一切智智若菩薩摩訶薩思惟劫數而作分限雖極勇猛常勤修學大慈大悲大喜大捨十八佛不共法而亦名爲懈怠菩薩若菩薩摩訶薩作是思惟設經無量無邊大劫最極勇猛常勤修學大慈大悲大喜大捨十八佛不共法乃得圓滿方證無上正等菩提我定不應心生退屈當知名爲精進菩薩安住精進波羅蜜多疾能證得一切智智若菩薩摩訶薩思惟劫數而作分限雖極勇猛常勤修學無忘失法恒住捨性而亦名爲懈怠菩薩若菩薩摩訶薩作是思惟設經無量無邊大劫最極勇猛常勤修學無忘失法恒住捨性乃得圓滿方證無上正等菩提我定不應心生退屈當知名爲精進

菩薩安住精進波羅蜜多疾能證得一切智智若菩薩摩訶薩思惟劫數而作分限雖極勇猛常勤修學一切智道相智一切相智而亦名爲懈怠菩薩若菩薩摩訶薩作是思惟設經無量無邊大劫最極勇猛常勤修學一切智道相智一切相智乃得圓滿方證無上正等菩提我定不應心生退屈當知名爲精進菩薩安住精進波羅蜜多疾能證得一切智智若菩薩摩訶薩思惟劫數而作分限雖極勇猛常勤修學一切菩薩摩訶薩行而亦名爲懈怠菩薩若菩薩摩訶薩作是思惟設經無量無邊大劫最極勇猛常勤修學一切菩薩摩訶薩行乃得圓滿方證無上正等菩提我亦不應心生退屈當知名爲精進菩薩安住精進波羅蜜多疾能證得一切智智又

滿慈子若菩薩摩訶薩有勸請言汝當爲我一日析破妙高山王若反問言山王何量汝遣我析爲幾分耶當知名爲懈怠菩薩若作是念妙高山王隨量大小我能一日爲汝析破量同芥子或如極微雖經多時乃能析破而彼意謂如彈指頃當知名爲精進菩薩若菩薩摩訶薩作是思惟假使殑伽沙數大劫爲一晝夜積此晝夜復成大劫設經如是無量大劫修菩薩行乃證無上正等菩提我於此中心尚無退況無是事而不勤求當知名爲精進菩薩若菩薩摩訶薩聞說如是精進相時歡喜踊躍心無怯懼當知名爲精進菩薩若菩薩摩訶薩聞說如是精進相時其心退沒深生恐怖當知名爲懈怠菩薩不能疾得一切智智若菩薩摩訶薩聞說精進波羅

蜜多作是思惟何時成就如是難證殊勝功德當知名爲懈怠菩薩若菩薩摩訶薩聞說精進波羅蜜多作是思惟如是功德我皆具有我定應修令至彼岸當知名爲精進菩薩若菩薩摩訶薩有來乞手或足或頭便作是念我若施彼便爲無手無足無頭當知名爲懈怠菩薩若菩薩摩訶薩有來乞手或足或頭便作是念我捨與彼當得天人阿素洛等無上微妙手足及頭當知名爲精進菩薩若菩薩摩訶薩有乞眼耳便作是念我施與之便無眼耳當知名爲懈怠菩薩若菩薩摩訶薩有乞眼耳便作是念我施與彼當得天人阿素洛等無上眼耳猶如勝智當知名爲精進菩薩遠離二乘近一切智若菩薩摩訶薩有乞身分種種支節便作是念我若施彼便闕身分種種支節當知名爲懈怠菩薩若菩薩摩訶薩有乞身分種種支節便作是念我若施彼當得天人阿素洛等無上佛法一切智法身分支節當知名爲精進菩薩若菩薩摩訶薩諸乞者來種種求索便作是念乞者甚多如何皆令意願滿足當知名爲懈怠菩薩若菩薩摩訶薩諸乞者來種種求索便作是念此未爲多假使殑伽沙數世界諸有情類於一日中俱至我所種種求索我當方便求覓珍財普施與之皆令滿足況今爾許而不能施當知名爲精進菩薩所以者何諸菩薩摩訶薩爲欲引顯無量佛法一切智法非以有量精進布施可能引顯無量佛法一切智法要被無量精進布施廣大甲冑乃能引顯無量佛法一切智法譬如有人欲度大海

要先備辦多踰繕那多百踰繕那多千踰繕那多百千踰繕那種種資粮然後能度如是菩薩摩訶薩衆欲證無上正等菩提要經無量百千俱胝那庾多劫修集資粮然後乃證若菩薩摩訶薩作是思惟我當有量有邊大劫求證無上正等菩提當知名爲懈怠菩薩若菩薩摩訶薩作是思惟我當無量無邊大劫求證無上正等菩提當知名爲精進菩薩

爾時滿慈子白佛言世尊諸菩薩摩訶薩如是精進豈名爲難世尊告言汝謂菩薩摩訶薩衆如是精進非爲難耶滿慈子言諸菩薩摩訶薩如是精進我謂非難所以者何佛説諸法皆如幻事樂受苦受及助受法既如幻事菩薩已能通達如是諸法實性精進何難

爾時世尊告滿慈子當知菩薩摩訶薩衆雖知諸法皆如幻事而能發起身心精進安住精進波羅蜜多求大菩提常無萎歇由此菩薩摩訶薩衆如是精進最極爲難時滿慈子便白佛言甚奇世尊希有善逝善説菩薩摩訶薩衆精進甚難當知菩薩摩訶薩衆能爲難事雖知諸法都無所有而求無上正等菩提欲爲無邊諸有情類説能永斷無智正法然諸無智實無所有亦無實法能令無智取之爲我及爲我所亦無有情能作是念此是眞實我及我所如是無智緣合故生而實無生緣離故滅而實無滅若菩薩摩訶薩雖如是知而心無退是菩薩摩訶薩安住精進波羅蜜多當知名爲精進菩薩若菩薩摩訶薩作如是念諸法皆空我今何爲發起精進波羅蜜多當知名爲懈怠菩薩若菩薩摩訶薩

作如是念以一切法畢竟空故我求無上正等菩提覺諸法空爲有情說令脫五趣生死衆苦當知名爲精進菩薩若菩薩摩訶薩作如是念生死無際我豈能令皆得滅度當知名爲懈怠菩薩若菩薩摩訶薩作如是念生死無始而容有終我寧不能皆令滅度假使精進求大菩提如無始來所經劫數然後乃證我尚應求況當不經爾所劫數復作是念若諸菩薩愛樂修習一切智智相應作意如發心頃已度晝夜半月一月時年雙等不覺不知若諸菩薩愛樂修習布施淨戒安忍精進靜慮般若波羅蜜多令心清淨都不作意覺爾所時已度晝夜半月一月時年雙等是故菩提求甚易得不應怖畏精進長時當知名爲精進菩薩譬如長者求多珍財晝夜精勤思惟方便常作是念我於何時多獲珍財遂本所願由斯無暇求諸飲食如是菩薩摩訶薩衆欲令六種波羅蜜多心得清淨精勤修習一切智智相應作意如發心頃已度晝夜半月一月時年雙等常作是念何時當得一切智寶饒益有情時滿慈子便白佛言諸菩薩衆能被如是大精進甲勤求無上佛功德寶饒益有情實如世尊常所宣說一切菩薩能爲難事爾時佛告滿慈子言我觀世間天人等衆無有成就希有功德如諸菩薩摩訶薩衆唯除如來應正等覺時滿慈子便從座起偏覆左肩右膝著地合掌恭敬作如是言東南西北四維上下無邊世界住菩薩乘諸有情類未發無上菩提心者願速發心已發無上菩提心者願永不退若於無上正等

菩提已不退者願速圓滿一切智智爾時佛告滿慈子言汝觀何義願諸菩薩速當圓滿一切智智滿慈子言若無菩薩則無諸佛出現世間若無諸佛出現世間則無菩薩及聲聞衆要有菩薩修菩薩行乃有諸佛出現世間以有諸佛出現世間便有菩薩及聲聞衆譬如大樹由有根莖便有枝葉由有枝葉便有華果由有華果復生大樹如是世間由有菩薩便有諸佛出現世間由有諸佛出現世間便有菩薩及聲聞衆由有菩薩修菩薩行復有如來應正等覺出現世間作大饒益爾時佛讚滿慈子言善哉善哉如汝所說爾時佛告阿難陀言汝應受持諸菩薩衆被精進甲所修精進波羅蜜多勿令忘失阿難陀曰唯然世尊我已受持諸菩薩衆被精進甲所修精進波羅蜜多必不忘失時薄伽梵說是經已具壽滿慈子具壽舍利子具壽阿難陀及餘聲聞諸菩薩衆并餘一切天龍藥叉阿素洛等聞佛所說皆大歡喜信受奉行

大般若波羅蜜多經卷第五百九十

音釋

十四會精進波羅蜜多分序

擐 音患貫也　遄 淳沿切速也疾也　酖 直禁切酒有鴆毒爲鴆　勞悴 悴秦醉切勞悴謂勞苦頓悴也　溜 力救切水溜也　鑽燧 鑽祖官切燧徐醉切鑽燧謂鑽木取火也　斷幹 斷杜管切絕也幹音寒井上木欄也　驊鑣 驊胡瓜切驊騮駿馬也鑣悲嬌切馬銜也　駑 農都切駑駘下乘也　燬 虎委切焚也　拯 之庱切救也援也　耽 都含切樂也　翹佇 翹祁堯切企也佇丈呂切久立也　瞬 音舜目動也　輟 林劣切止也歇也　緬 彌兗切遠也又綢繆友覆也　景躅 景舉影切光也大也躅廚玉切迹也軌躅也景躅謂前賢之光大軌躅也

經

鄽澄延切市物邸舍曰鄽又民居區域之稱也 怯乞業切畏懦也 顰蹙顰紕民切顰眉也蹙子六切蹙頞也顰蹙愁貌也 劇竭戟切甚也 構居候切蓋也架也 析先的切分判也 萎於危切蔫也 暇亥駕切閑暇也

大般若經第十五會靜慮波羅蜜多分序

唐西明寺沙門　玄則製

夫心之用也其大矣哉動之則舛競聿興靜之則衆變幾息大之則充乎法界細之則入於隣虛故海嶽褱區心之影也形骸耳目心之候也生死邅迴心之迷也菩提昭曠心之悟也三界唯此寔曰難調一處制之斯無不辦所以仍給孤之勝集開等持之妙門明夫定品克遷心源允晏沉掉雙斥止觀兩澄朋棲欲界之表孤騫有頂之外境焰滅而逾明因枝蒻而更肅湛乎累盡動與德會故統之則一如權之則二相敞之則三脫依之則四神行之則五印檢之則六念聚之則七善流之則八解階之則九次肆之則十遍其餘四念四等之儔五根五力之類莫不亘諸禪地蒨藁乎根本儲之定瀲磊砢乎邊際譬泥之在均金之在鍛唯所用耳豈有限哉故能力味精通神妙揮忽日月上掩川嶽下搓身遍十方聲覃六趣水火交質金土易形殫變化之塗出思議之表具微妙定不受快已之勝生關惡趣門而甘利他之獄苦至有八禪分用三昧異名日旋星光月愛花德遊戲奮迅清淨照明或百或千難階難極咸資說力具啓詞編凡勒成兩卷亦未經再譯罕入禪祕其誰捨諸

大般若波羅蜜多經卷第五百九十一

唐三藏法師玄奘奉　詔譯

第十五靜慮波羅蜜多分之一

如是我聞一時薄伽梵住王舍城鷲峯山中與大苾芻衆千二百五十人俱爾時具壽舍利子白佛言世尊若菩薩摩訶薩欲證無上正等菩提云何方便安住靜慮波羅蜜多爾時世尊告舍利子若菩薩摩訶薩欲證無上正等菩提應先入初靜慮既入如是初靜慮已應作是念我從無際生死已來數數曾入如是靜慮作所應作身心寂靜故此靜慮於我有恩今復應入作所應作此爲一切功德所依次復應入第二靜慮既入如是第二靜慮已應作是念我從無際生死以來數數曾入如是靜慮作所應作身心寂靜故此靜慮於我有恩今復應入作所應作此爲一切功德所依次復應入第三靜慮既入如是第三靜慮已應作是念我從無際生死以來數數曾入如是靜慮作所應作身心寂靜故此靜慮於我有恩今復應入作所應作此爲一切功德所依次復應入第四靜慮既入如是第四靜慮已應作是念我從無際生死已來數數曾入如是靜慮作所應作身心寂靜故此靜慮於我有恩今復應入作所應作此爲一切功德所依此菩薩摩訶薩既入如是四靜慮已復應思惟此四靜慮於諸菩薩摩訶薩衆有大恩德與諸菩薩摩訶薩衆爲所依止謂諸菩薩摩訶薩衆將得無上正等覺時皆漸次入此四靜慮既入如是四靜慮已依第四靜慮引發五神通降伏魔軍成無上覺此

菩薩摩訶薩應作是念往昔菩薩摩訶薩衆皆修靜慮波羅蜜多我亦應修往昔菩薩摩訶薩衆皆學靜慮波羅蜜多我亦應學往昔菩薩摩訶薩衆皆依靜慮波羅蜜多隨意所樂引發般若波羅蜜多我亦應依如是靜慮波羅蜜多隨意所樂引發般若波羅蜜多又舍利子一切菩薩摩訶薩衆無不皆依第四靜慮方便趣入正性離生證會真如捨異生性一切菩薩摩訶薩衆無不皆依第四靜慮方便引發金剛喻定永盡諸漏證如來智是故當知第四靜慮於諸菩薩摩訶薩衆有大恩德能令菩薩摩訶薩衆最初趣入正性離生證會真如捨異生性最後證得所求無上正等菩提由此菩薩摩訶薩衆應數現入第四靜慮如是菩薩摩訶薩衆雖能現入此四靜慮而不味著四靜慮樂及此等流勝妙生處又舍利子一切菩薩摩訶薩衆安住如是四種靜慮爲勝方便引諸功德如是菩薩摩訶薩衆依第四靜慮起空無邊處想引空無邊處定如是菩薩摩訶薩衆依空無邊處定起識無邊處想引識無邊處定如是菩薩摩訶薩衆依識無邊處定起無所有處想引無所有處定如是菩薩摩訶薩衆依無所有處定起非有想非無想處想引非想非非想處定如是菩薩摩訶薩衆雖能現入四無色定而不味著四無色定及此所得勝妙生處爾時舍利子白佛言世尊諸菩薩摩訶薩觀何義故雖能現入滅受想定而不現入爾時佛告舍利子言諸菩薩摩訶薩怖墮聲聞及獨覺地故不現入滅受想定勿著此定寂滅安

樂便欣證入阿羅漢果或獨覺果入般涅槃諸菩薩摩訶薩觀如是義雖能現入滅受想定而不現入時舍利子便白佛言諸菩薩摩訶薩甚爲希有能爲難事謂雖現入如是諸定而於諸定不生味著又雖現入如是諸定能起勝用而不離染佛言如是如汝所說諸菩薩摩訶薩甚爲希有能爲難事又舍利子諸菩薩摩訶薩最極希有謂雖現入四種靜慮四無色定寂靜安樂而不味著亦不離染我今爲汝略說譬喻令於此義得圓滿解如有生此贍部洲人雖於欲界未得離染而或得往北俱盧洲因見彼洲女無繫屬形容端正遊戲自在又見彼洲衣服嚴具鮮淨殊妙皆依樹生又見彼洲有香粳米其味甘美不種自生又見彼洲觸處皆有種種珍寶甚可愛翫見彼洲人於如是類隨意受用無定繫屬正受用時非極躭染既受用已捨而無戀贍部洲人雖未離染具觀見彼種種勝事而不貪著捨棄還歸當知是人甚爲希有如是菩薩摩訶薩衆雖復現入四種靜慮四無色定寂靜安樂歷觀其中所起種種微妙寂靜殊勝功德而不味著還入欲界方便善巧依欲界身精勤修學布施淨戒安忍精進靜慮般若波羅蜜多精勤修學內空外空內外空空空大空勝義空有爲空無爲空畢竟空無際空散空無變異空本性空自相空共相空一切法空不可得空無性空自性空無性自性空觀精勤修學諸法眞如法界法性不虛妄性不變異性平等性離生性法定法住實際虛空界不思議界觀精勤修學無明緣行

行緣識識緣名色名色緣六處六處緣觸觸緣受受緣愛愛緣取取緣有有緣生生緣老死觀精勤修學無明滅故行滅行滅故識滅識滅故名色滅名色滅故六處滅六處滅故觸滅觸滅故受滅受滅故愛滅愛滅故取滅取滅故有滅有滅故生滅生滅故老死滅觀精勤修學若苦若無常若空若無我苦聖諦觀精勤修學若因若集若生若緣集聖諦觀精勤修學若滅若靜若妙若離滅聖諦觀精勤修學若道若如若行若出道聖諦觀精勤修學慈悲喜捨四無量觀精勤修學四念住四正斷四神足五根五力七等覺支八聖道支精勤修學八解脫八勝處九次第定十遍處精勤修學空無相無願解脫門精勤修學淨觀地種性地第八地具見地薄地離欲地已辦地獨覺地菩薩地如來地智精勤修學極喜地離垢地發光地焰慧地極難勝地現前地遠行地不動地善慧地法雲地精勤修學陀羅尼門三摩地門精勤修學清淨五眼六勝神通精勤修學如來十力四無所畏四無礙解精勤修學大慈大悲大喜大捨十八佛不共法精勤修學三十二大士相八十隨好精勤修學無忘失法恒住捨性精勤修學一切智道相智一切相智精勤修學分別預流一來不還阿羅漢果獨覺菩提諸善巧智精勤修學一切菩薩摩訶薩行精勤修學諸佛無上正等菩提亦勸有情修諸善法如是等事甚爲希有爾時舍利子白佛言世尊何緣如來應正等覺許諸菩薩摩訶薩衆捨勝定地寂靜安樂還受下劣欲界之身爾時世

尊告舍利子諸佛法爾不許菩薩摩訶薩衆生長壽天何以故舍利子勿謂菩薩摩訶薩衆生長壽天遠離所修布施淨戒安忍精進靜慮般若波羅蜜多及餘無邊菩提分法由斯遲證所求無上正等菩提是故如來應正等覺許諸菩薩摩訶薩衆捨勝定地寂靜安樂還受下劣欲界之身不許菩薩摩訶薩衆生長壽天失本所願時舍利子便白佛言諸菩薩摩訶薩甚爲希有能爲難事謂捨勝定寂靜安樂還受下劣雜穢地身譬如有人未離欲染遇見女寶在空林中形貌端嚴甚可愛樂雖具觀見種種身支而能制心不行放逸後於餘處遇見女人形貌麤醜鄙穢下賤返生貪愛遂行放逸如是菩薩摩訶薩衆雖數安住微妙寂靜四種靜慮及四無色而能棄捨還受欲界種種雜穢下劣之身故甚希有能爲難事爾時佛告舍利子言如是菩薩摩訶薩衆棄捨勝地受欲界身當知是爲方便善巧何以故舍利子是諸菩薩摩訶薩衆勤求無上正等菩提捨勝地身還生欲界起勝作意方便善巧雖觀色蘊常無常性都不可得及觀受想行識蘊常無常性亦不可得而不棄捨一切智智雖觀色蘊樂無樂性都不可得及觀受想行識蘊樂無樂性亦不可得而不棄捨一切智智雖觀色蘊我無我性都不可得及觀受想行識蘊我無我性亦不可得而不棄捨一切智智雖觀色蘊淨不淨性都不可得及觀受想行識蘊淨不淨性亦不可得而不棄捨一切智智雖觀色蘊空不空性都不可得及觀受想行識蘊空不空性

亦不可得而不棄捨一切智智雖觀色蘊相無相性都不可得及觀受想行識蘊相無相性亦不可得而不棄捨一切智智雖觀色蘊願無願性都不可得及觀受想行識蘊願無願性亦不可得而不棄捨一切智智雖觀色蘊遠離不遠離性都不可得及觀受想行識蘊遠離不遠離性亦不可得而不棄捨一切智智雖觀色蘊寂靜不寂靜性都不可得及觀受想行識蘊寂靜不寂靜性亦不可得而不棄捨一切智智雖觀眼處常無常性都不可得及觀耳鼻舌身意處常無常性亦不可得而不棄捨一切智智雖觀眼處樂無樂性都不可得及觀耳鼻舌身意處樂無樂性亦不可得而不棄捨一切智智雖觀眼處我無我性都不可得及觀耳鼻舌身意處我無我

性亦不可得而不棄捨一切智智雖觀眼處淨不淨性都不可得及觀耳鼻舌身意處淨不淨性亦不可得而不棄捨一切智智雖觀眼處空不空性都不可得及觀耳鼻舌身意處空不空性亦不可得而不棄捨一切智智雖觀眼處相無相性都不可得及觀耳鼻舌身意處相無相性亦不可得而不棄捨一切智智雖觀眼處願無願性都不可得及觀耳鼻舌身意處願無願性亦不可得而不棄捨一切智智雖觀眼處遠離不遠離性都不可得及觀耳鼻舌身意處遠離不遠離性亦不可得而不棄捨一切智智雖觀眼處寂靜不寂靜性都不可得及觀耳鼻舌身意處寂靜不寂靜性亦不可得而不棄捨一切智智雖觀色處常無常性都不可得及觀聲香味觸

法處常無常性亦不可得而不棄捨一切智智雖觀色處樂無樂性都不可得及觀聲香味觸法處樂無樂性亦不可得而不棄捨一切智智雖觀色處我無我性都不可得及觀聲香味觸法處我無我性亦不可得而不棄捨一切智智雖觀色處淨不淨性都不可得及觀聲香味觸法處淨不淨性亦不可得而不棄捨一切智智雖觀色處空不空性都不可得及觀聲香味觸法處空不空性亦不可得而不棄捨一切智智雖觀色處相無相性都不可得及觀聲香味觸法處相無相性亦不可得而不棄捨一切智智雖觀色處願無願性都不可得及觀聲香味觸法處願無願性亦不可得而不棄捨一切智智雖觀色處遠離不遠離性都不可得及觀聲香味觸法處遠離不遠離性亦不可得而不棄捨一切智智雖觀色處寂靜不寂靜性都不可得及觀聲香味觸法處寂靜不寂靜性亦不可得而不棄捨一切智智雖觀眼界常無常性都不可得及觀耳鼻舌身意界常無常性亦不可得而不棄捨一切智智雖觀眼界樂無樂性都不可得及觀耳鼻舌身意界樂無樂性亦不可得而不棄捨一切智智雖觀眼界我無我性都不可得及觀耳鼻舌身意界我無我性亦不可得而不棄捨一切智智雖觀眼界淨不淨性都不可得及觀耳鼻舌身意界淨不淨性亦不可得而不棄捨一切智智雖觀眼界空不空性都不可得及觀耳鼻舌身意界空不空性亦不可得而不棄捨一切智智雖觀眼界相無相性都不可得及觀耳鼻

舌身意界相無相性亦不可得而不棄捨一切智智雖觀眼界願無願性都不可得及觀耳鼻舌身意界願無願性亦不可得而不棄捨一切智智雖觀眼界遠離不遠離性都不可得及觀耳鼻舌身意界遠離不遠離性亦不可得而不棄捨一切智智雖觀眼界寂靜不寂靜性都不可得及觀耳鼻舌身意界寂靜不寂靜性亦不可得而不棄捨一切智智雖觀色界常無常性都不可得及觀聲香味觸法界常無常性亦不可得而不棄捨一切智智雖觀色界樂無樂性都不可得及觀聲香味觸法界樂無樂性亦不可得而不棄捨一切智智雖觀色界我無我性都不可得及觀聲香味觸法界我無我性亦不可得而不棄捨一切智智雖觀色界淨不淨性都不可得及觀聲香味觸法界淨不淨性亦不可得而不棄捨一切智智雖觀色界空不空性都不可得及觀聲香味觸法界空不空性亦不可得而不棄捨一切智智雖觀色界相無相性都不可得及觀聲香味觸法界相無相性亦不可得而不棄捨一切智智雖觀色界願無願性都不可得及觀聲香味觸法界願無願性亦不可得而不棄捨一切智智雖觀色界遠離不遠離性都不可得及觀聲香味觸法界遠離不遠離性亦不可得而不棄捨一切智智雖觀色界寂靜不寂靜性都不可得及觀聲香味觸法界寂靜不寂靜性亦不可得而不棄捨一切智智雖觀眼識界常無常性都不可得及觀耳鼻舌身意識界常無常性亦不可得而不棄捨一切智智雖觀眼識

界樂無樂性都不可得及觀耳鼻舌身意識界樂無樂性亦不可得而不棄捨一切智智雖觀眼識界我無我性都不可得及觀耳鼻舌身意識界我無我性亦不可得而不棄捨一切智智雖觀眼識界淨不淨性都不可得及觀耳鼻舌身意識界淨不淨性亦不可得而不棄捨一切智智雖觀眼識界空不空性都不可得及觀耳鼻舌身意識界空不空性亦不可得而不棄捨一切智智雖觀眼識界相無相性都不可得及觀耳鼻舌身意識界相無相性亦不可得而不棄捨一切智智雖觀眼識界願無願性都不可得及觀耳鼻舌身意識界願無願性亦不可得而不棄捨一切智智雖觀眼識界遠離不遠離性都不可得及觀耳鼻舌身意識界遠離不遠離性亦不可得而不棄捨一切智智雖觀眼識界寂靜不寂靜性都不可得及觀耳鼻舌身意識界寂靜不寂靜性亦不可得而不棄捨一切智智雖觀眼觸常無常性都不可得及觀耳鼻舌身意觸常無常性亦不可得而不棄捨一切智智雖觀眼觸樂無樂性都不可得及觀耳鼻舌身意觸樂無樂性亦不可得而不棄捨一切智智雖觀眼觸我無我性都不可得及觀耳鼻舌身意觸我無我性亦不可得而不棄捨一切智智雖觀眼觸淨不淨性都不可得及觀耳鼻舌身意觸淨不淨性亦不可得而不棄捨一切智智雖觀眼觸空不空性都不可得及觀耳鼻舌身意觸空不空性亦不可得而不棄捨一切智智雖觀眼觸相無相性都不可得及觀耳鼻舌身意觸相無

相性亦不可得而不棄捨一切智智雖觀眼觸願無願性都不可得及觀耳鼻舌身意觸願無願性亦不可得而不棄捨一切智智雖觀眼觸遠離不遠離性都不可得及觀耳鼻舌身意觸遠離不遠離性亦不可得而不棄捨一切智智雖觀眼觸寂靜不寂靜性都不可得及觀耳鼻舌身意觸寂靜不寂靜性亦不可得而不棄捨一切智智雖觀眼觸爲緣所生諸受常無常性都不可得及觀耳鼻舌身意觸爲緣所生諸受常無常性亦不可得而不棄捨一切智智雖觀眼觸爲緣所生諸受樂無樂性都不可得及觀耳鼻舌身意觸爲緣所生諸受樂無樂性亦不可得而不棄捨一切智智雖觀眼觸爲緣所生諸受我無我性都不可得及觀耳鼻舌身意觸爲緣所生諸受我無我性亦不可得而不棄捨一切智智雖觀眼觸爲緣所生諸受淨不淨性都不可得及觀耳鼻舌身意觸爲緣所生諸受淨不淨性亦不可得而不棄捨一切智智雖觀眼觸爲緣所生諸受空不空性都不可得及觀耳鼻舌身意觸爲緣所生諸受空不空性亦不可得而不棄捨一切智智雖觀眼觸爲緣所生諸受相無相性都不可得及觀耳鼻舌身意觸爲緣所生諸受相無相性亦不可得而不棄捨一切智智雖觀眼觸爲緣所生諸受願無願性都不可得及觀耳鼻舌身意觸爲緣所生諸受願無願性亦不可得而不棄捨一切智智雖觀眼觸爲緣所生諸受遠離不遠離性都不可得及觀耳鼻舌身意觸爲緣所生諸受遠離不遠離性亦不可得

而不棄捨一切智智雖觀眼觸爲緣所生諸受寂靜不寂靜性都不可得及觀耳鼻舌身意觸爲緣所生諸受寂靜不寂靜性亦不可得而不棄捨一切智智雖觀地界常無常性都不可得及觀水火風空識界常無常性亦不可得而不棄捨一切智智雖觀地界樂無樂性都不可得及觀水火風空識界樂無樂性亦不可得而不棄捨一切智智雖觀地界我無我性都不可得及觀水火風空識界我無我性亦不可得而不棄捨一切智智雖觀地界淨不淨性都不可得及觀水火風空識界淨不淨性亦不可得而不棄捨一切智智雖觀地界空不空性都不可得及觀水火風空識界空不空性亦不可得而不棄捨一切智智雖觀地界相無相性都不可得及觀水火風空識界相無相性亦不可得而不棄捨一切智智雖觀地界願無願性都不可得及觀水火風空識界願無願性亦不可得而不棄捨一切智智雖觀地界遠離不遠離性都不可得及觀水火風空識界遠離不遠離性亦不可得而不棄捨一切智智雖觀地界寂靜不寂靜性都不可得及觀水火風空識界寂靜不寂靜性亦不可得而不棄捨一切智智雖觀因緣常無常性都不可得及觀等無間緣所緣緣增上緣并從緣所生法常無常性亦不可得而不棄捨一切智智雖觀因緣樂無樂性都不可得及觀等無間緣所緣緣增上緣并從緣所生法樂無樂性亦不可得而不棄捨一切智智雖觀因緣我無我性都不可得及觀等無間緣所緣緣增上緣并從

緣所生法我無我性亦不可得而不棄捨一切智智雖觀因緣淨不淨性都不可得及觀等無間緣所緣緣增上緣并從緣所生法淨不淨性亦不可得而不棄捨一切智智雖觀因緣空不空性都不可得及觀等無間緣所緣緣增上緣并從緣所生法空不空性亦不可得而不棄捨一切智智雖觀因緣相無相性都不可得及觀等無間緣所緣緣增上緣并從緣所生法相無相性亦不可得而不棄捨一切智智雖觀因緣願無願性都不可得及觀等無間緣所緣緣增上緣并從緣所生法願無願性亦不可得而不棄捨一切智智雖觀因緣遠離不遠離性都不可得及觀等無間緣所緣緣增上緣并從緣所生法遠離不遠離性亦不可得而不棄捨一切智智雖觀因緣寂靜不寂靜性都不可得及觀等無間緣所緣緣增上緣并從緣所生法寂靜不寂靜性亦不可得而不棄捨一切智智爾時滿慈子問舍利子言何緣如來應正等覺許諸菩薩摩訶薩衆入四靜慮四無色定不許菩薩摩訶薩衆久住其中心生染著舍利子言勿謂菩薩摩訶薩衆於四靜慮四無色定心生染著生長壽天是故如來應正等覺不許菩薩摩訶薩衆於四靜慮四無色定心生染著久住其中何以故滿慈子若生欲界速能圓滿一切智智生色無色無斯用故時滿慈子便白具壽舍利子言諸菩薩衆甚爲希有能爲難事謂諸菩薩住勝定已還棄捨之受下劣法譬如有人遇見伏藏手執珍寶還棄捨之彼於後時見貝珠等伸手執取持入

舍中如是菩薩摩訶薩衆入四靜慮四無色定寂靜安樂隨意遊止後棄捨之還生欲界攝受種種下劣身心依之修行布施淨戒安忍精進靜慮般若波羅蜜多及餘無邊菩提分法佛觀此義應許菩薩摩訶薩衆生長壽天長時修行布施淨戒安忍精進靜慮般若波羅蜜多及餘無邊菩提分法由斯疾得一切智智時滿慈子便白佛言我對世尊作如是說豈不顯佛是實語者是法語者能正宣說法隨法者爾時佛告滿慈子言汝今對我作如是說非顯如來是實語者是法語者能正宣說法隨法者何以故滿慈子若諸菩薩生長壽天不能修行如是功德不能疾得一切智智又滿慈子若諸菩薩入四靜慮四無色定寂靜安樂是諸菩薩不作是念我由此定生色無色亦不思惟我由靜慮及無色定超色無色是諸菩薩入四靜慮四無色定寂靜安樂但欲引發自在神通與諸有情作大饒益亦欲調伏麤重身心令有堪能修諸功德是諸菩薩摩訶薩衆入諸勝定寂靜安樂方便善巧受欲界身於諸勝定亦無退失是故菩薩摩訶薩衆不超三界亦不染著方便善巧受欲界身饒益有情親近諸佛疾能證得一切智智時滿慈子復白佛言豈不如來應正等覺一切智智超過三界佛言如是如汝所說如來所得一切智智超過三界非三界攝一切如來應正等覺不許菩薩摩訶薩衆安住靜慮波羅蜜多於三界法究竟出離時滿慈子便白佛言一切如來應正等覺觀何義故許諸菩薩摩訶薩衆求證無上正等

菩提安住靜慮波羅蜜多不許菩薩摩訶薩衆於三界法究竟出離爾時佛告滿慈子言若菩薩摩訶薩求證無上正等菩提安住靜慮波羅蜜多如來若許超過三界彼便退失菩薩誓願安住聲聞或獨覺地一切如來應正等覺觀如是義許諸菩薩摩訶薩衆求證無上正等菩提安住靜慮波羅蜜多不許菩薩摩訶薩衆於三界法究竟出離勿捨菩薩本所誓願退住聲聞或獨覺地又滿慈子若時菩薩摩訶薩衆坐菩提座衆行圓滿爾時菩薩摩訶薩衆方乃究竟捨三界法由斯證得一切智智是故我說一切智智超過三界非三界攝又滿慈子若菩薩摩訶薩隨所生起布施淨戒安忍精進靜慮般若波羅蜜多及餘無邊菩提分法隨所觀察内空外空内外空空空大空勝義空有爲空無爲空畢竟空無際空散空無變異空本性空自相空共相空一切法空不可得空無性空自性空無性自性空及真如等甚深理趣一一皆發無染著心迴向趣求一切智智是菩薩摩訶薩由此因緣於三界法漸捨漸遠展轉鄰近一切智智

大般若波羅蜜多經卷第五百九十一

音釋

十五會靜慮波羅蜜多分序

舛尺兗切錯亂也　聿以律切遂也　邅迴邅張連切迍也又直碾切轉也迴胡隈切回旋也　騫丘虔切舉也　亘居鄧切竟也　蒨蒹蒨倉甸切蒹郎殿切蒨蒹草盛貌　儲音除積聚也　瀲力驗切泛瀲水滿貌　磊砢磊魯猥切砢來可切磊砢衆石貌　鍛都玩切椎也打鐵也又冶金曰鍛　覃徒含切及也又延也　殫音丹極也盡也　奮迅奮方問切揚也迅思晋切疾也

又奮迅舉翼欲飛貌

經

苾芻苾薄密切芻楚俱切草名含五義一體性柔輭二引蔓旁布三馨香遠聞四能療疼痛五不背日光以比丘之德似之故名比丘為苾芻

鄙穢鄙補靡切陋也又猒薄之也穢烏廢切汙也惡也

大般若波羅蜜多經卷第五百九十二

唐三藏法師玄奘奉詔譯

第十五靜慮波羅蜜多分之二

爾時滿慈子白佛言世尊云何菩薩摩訶薩衆安住靜慮波羅蜜多攝受般若波羅蜜多於諸靜慮及靜慮支不生味著亦無退轉於諸靜慮及靜慮支不起我想分别執著復持如是相應善根迴向趣求一切智智爾時佛告滿慈子言若諸菩薩摩訶薩衆安住靜慮波羅蜜多於諸靜慮及靜慮支發起無著無常想等復持如是相應善根迴向趣求一切智智如是菩薩摩訶薩衆安住靜慮波羅蜜多攝受般若波羅蜜多於諸靜慮及靜慮支不生味著亦無退轉時滿慈子復白佛言云何菩薩摩訶薩衆安住靜慮波羅蜜多攝受精進波羅蜜多爾時佛告滿慈子言若諸菩薩摩訶薩衆安住靜慮波羅蜜多超過欲界諸雜染法方便趣入四種靜慮四無色定寂靜安樂還復棄捨受欲界身精進修行布施淨戒安忍精進靜慮般若波羅蜜多及餘無邊菩提分法如是菩薩摩訶薩衆安住靜慮波羅蜜多攝受精進波羅蜜多時滿慈子復白佛言云何菩薩摩訶薩衆安住靜慮波羅蜜多攝受安忍波羅蜜多爾時佛告滿慈子言若諸菩薩摩訶薩衆修學成就大慈大悲於諸有情欲作饒益安住靜慮波羅蜜多遇諸違緣心無雜穢如是菩薩摩訶薩衆安住靜慮波羅蜜多攝受安忍波羅蜜多時滿慈子復白佛言云何菩薩摩訶薩衆安住靜慮波羅蜜多攝受淨戒波羅蜜多爾時佛告滿

慈子言若諸菩薩摩訶薩衆安住靜慮波羅蜜多於諸聲聞及獨覺地不生取著如是菩薩摩訶薩衆安住靜慮波羅蜜多攝受淨戒波羅蜜多時滿慈子復白佛言云何菩薩摩訶薩衆安住靜慮波羅蜜多攝受布施波羅蜜多爾時佛告滿慈子言若諸菩薩摩訶薩衆安住靜慮波羅蜜多於諸有情起大悲念誓不棄捨一切有情欲令解脱生死苦故求證無上正等菩提作是念言我當決定以大法施攝受有情常爲有情宣説永斷一切煩惱眞淨法要如是菩薩摩訶薩衆安住靜慮波羅蜜多攝受布施波羅蜜多爾時滿慈子白佛言世尊若菩薩摩訶薩成就如是方便善巧是菩薩摩訶薩應知名爲何等菩薩爾時佛告滿慈子言是菩薩摩訶薩應知名爲不退菩薩時滿慈子便白佛言如是菩薩摩訶薩衆甚爲希有能爲難事已住如是諸勝定中寂靜安樂復能棄捨還受欲界相應劣法方便善巧饒益有情爾時世尊告滿慈子如是如是如汝所説如是菩薩摩訶薩衆甚爲希有能爲難事應知如是諸菩薩衆爲度無量無邊有情被戴堅牢大願甲冑恒作是念我當度脱無量無數無邊有情令入無餘般涅槃界我當令佛清淨法眼常無間斷利益安樂一切有情雖作是事而無執著謂無有情得涅槃者或得無上正等菩提所以者何諸法無我亦無我所衆苦生時唯有苦生無能生者衆苦滅時唯有苦滅無能滅者當知亦無能證能得清淨法者由此因緣應知菩薩摩訶薩衆甚爲希有能爲難事時滿慈

子便白佛言如是世尊如是善逝當知菩薩摩訶薩衆甚爲希有能爲難事所以者何雖實無法有生有滅或般涅槃或證無上正等菩提而諸菩薩摩訶薩衆爲度無量無邊有情精進修行諸菩薩行求證無上正等菩提欲爲有情宣說永斷貪瞋癡法令勤修學得般涅槃或爲有情宣說菩薩摩訶薩道令勤修學疾證無上正等菩提爾時世尊告滿慈子若菩薩摩訶薩心無散亂相續安住一切智智相應作意是菩薩摩訶薩應知名爲安住靜慮波羅蜜多若菩薩摩訶薩住聲聞地相應作意或獨覺地相應作意是菩薩摩訶薩應知名爲心常散亂何以故滿慈子若菩薩摩訶薩修學二乘相應作意障礙無上正等菩提令菩提心恒散亂故又滿慈子諸菩薩摩訶薩雖緣色聲香味觸境發起種種非理作意擾亂菩薩布施等心而不障礙菩薩所求一切智智若法不能障礙菩薩一切智智雖現在前而於菩薩摩訶薩衆所修靜慮波羅蜜多應知不名極違逆法非永退失菩薩定地爾時滿慈子白佛言世尊一切如來應正等覺觀何義故讚諸菩薩摩訶薩衆所有功德不讚聲聞爾時世尊告滿慈子我今問汝隨汝意答於意云何日輪與此贍部洲人作光明事螢能作不滿慈子曰不也世尊不也善逝佛言如是如汝所說一切菩薩摩訶薩衆所能作事亦復如是非諸聲聞所能成辦時滿慈子復白佛言云何應知唯諸菩薩摩訶薩衆能作是念我當度脫無量無數無邊有情令入無餘般涅槃界我當令佛清

淨法眼無間無斷利益安樂一切有情云何應知唯諸菩薩摩訶薩衆能作如是殊勝事業非諸聲聞爾時世尊告滿慈子汝今觀此聲聞衆中有一苾芻能如菩薩摩訶薩衆作如是念辦斯事不滿慈子曰不也世尊不也善逝我今觀此聲聞衆中無一苾芻能如菩薩摩訶薩衆作如是念亦無能辦此事業者爾時佛告滿慈子言是故如來應正等覺唯讚菩薩不讚聲聞觀此衆中諸阿羅漢無如是念亦不能成如是事業當知一切聲聞乘人無如菩薩摩訶薩衆所作事業是故我說譬如日輪與贍部洲作光明事螢不能辦所謂日輪放無量光普照贍部諸有情類螢光唯照自身非餘如是菩薩摩訶薩衆調伏自身煩惱惡業亦能度脱無量有情令離一切煩惱惡業入無餘依般涅槃界或證無上正等菩提聲聞乘人唯能調伏自身所有煩惱惡業不能饒益無量有情故聲聞人非如菩薩所有事業皆悉殊勝又滿慈子如善射夫於所學法已作加行身手弓仗皆善調習學諸武技已至究竟已百千歲食王封禄王與怨敵欲戰諍時象馬等軍及諸兵仗皆悉委任令其指麾冀殄凶徒無所損失如是菩薩摩訶薩衆已發無上正等覺心已修菩薩摩訶薩行於能調伏諸有情類貪瞋癡行已得善巧是故如來應正等覺偏讚菩薩摩訶薩衆教誡教授令勤修習能正引發菩提資粮令速圓滿所發大願疾證無上正等菩提爲諸有情説能永斷貪瞋癡等清淨法要是故菩薩摩訶薩衆被戴甲胄所作事業聲聞獨

覺俱不能爲由此如來應正等覺讚勵菩薩非諸聲聞爾時滿慈子白佛言世尊如我解佛所說義者應知菩薩摩訶薩衆諸有所作無不定心謂諸菩薩摩訶薩衆若住布施波羅蜜多當知爾時心亦在定若住淨戒波羅蜜多當知爾時心亦在定若住安忍波羅蜜多當知爾時心亦在定若住精進波羅蜜多當知爾時心亦在定若住靜慮波羅蜜多當知爾時心亦在定若住般若波羅蜜多當知爾時心亦在定若住諸餘菩提分法當知爾時心亦在定如吠琉璃隨所在處於自寶色終不棄捨謂彼若在金器銀器頗胝迦器銅鐵瓦等常不棄捨吠琉璃色如是菩薩摩訶薩衆若住布施波羅蜜多若住淨戒波羅蜜多若住安忍波羅蜜多若住精進波羅蜜多若住靜慮波羅蜜多若住般若波羅蜜多若住諸餘菩提分法當知爾時心常在定我如是解佛所說義爾時佛讚滿慈子言善哉善哉如是如是又滿慈子若諸菩薩摩訶薩衆離欲惡不善法有尋有伺離生喜樂初靜慮具足住安住如是初靜慮已若樂聲聞或獨覺地當知名爲亂心菩薩當知彼住非定地心又滿慈子若諸菩薩摩訶薩衆尋伺寂靜内等淨心一趣性無尋無伺定生喜樂第二靜慮具足住安住如是第二靜慮已若樂聲聞或獨覺地當知名爲亂心菩薩當知彼住非定地心又滿慈子若諸菩薩摩訶薩衆離喜住捨具念正知受身受樂唯諸聖者能說能捨具念樂住第三靜慮具足住安住如是第三靜慮已若樂聲聞或獨覺地當知名爲

亂心菩薩當知彼住非定地心又滿慈子若諸菩薩摩訶薩衆斷樂斷苦先喜憂沒不苦不樂捨念清淨第四靜慮具足住安住如是第四靜慮已若樂聲聞或獨覺地當知名爲亂心菩薩當知彼住非定地心爾時滿慈子白佛言世尊齊何應知菩薩心定爾時佛告滿慈子言若諸菩薩摩訶薩衆隨見彼彼諸有情時便作是念我當精勤修菩薩行證得無上正等覺時決定當令彼有情類入無餘依般涅槃界或證無上正等菩提齊此應知菩薩心定又滿慈子若諸菩薩摩訶薩衆勸有情類受持三歸彼諸有情住三歸已即持如是所集善根迴向趣求一切智智齊此應知菩薩心定又滿慈子若諸菩薩摩訶薩衆勸有情類受持五戒彼諸有情住五戒已即持如是所集善根迴向趣求一切智智齊此應知菩薩心定又滿慈子若諸菩薩摩訶薩衆勸有情類受持八戒彼諸有情住八戒已即持如是所集善根迴向趣求一切智智齊此應知菩薩心定又滿慈子若諸菩薩摩訶薩衆勸有情類受持十戒彼諸有情住十戒已即持如是所集善根迴向趣求一切智智齊此應知菩薩心定又滿慈子若諸菩薩摩訶薩衆勸有情類受持十善業道彼諸有情住十善業道已即持如是所集善根迴向趣求一切智智齊此應知菩薩心定又滿慈子若諸菩薩摩訶薩衆勸有情類受持具戒彼諸有情住具戒已即持如是所集善根迴向趣求一切智智齊此應知菩薩心定又滿慈子若諸菩薩摩訶薩衆勸有情類受持菩薩

戒彼諸有情住菩薩戒已即持如是所集善根廻向趣求一切智智齊此應知菩薩心定又滿慈子若諸菩薩摩訶薩衆方便勸導諸善男子善女人等修行布施波羅蜜多彼善男子善女人等安住布施波羅蜜多已即持如是所集善根廻向趣求一切智智齊此應知菩薩心定又滿慈子若諸菩薩摩訶薩衆方便勸導諸善男子善女人等修行淨戒波羅蜜多彼善男子善女人等安住淨戒波羅蜜多已即持如是所集善根廻向趣求一切智智齊此應知菩薩心定又滿慈子若諸菩薩摩訶薩衆方便勸導諸善男子善女人等修行安忍波羅蜜多彼善男子善女人等安住安忍波羅蜜多已即持如是所集善根廻向趣求一切智智齊此應知菩薩心定又滿

慈子若諸菩薩摩訶薩衆方便勸導諸善男子善女人等修行精進波羅蜜多彼善男子善女人等安住精進波羅蜜多已即持如是所集善根廻向趣求一切智智齊此應知菩薩心定又滿慈子若諸菩薩摩訶薩衆方便勸導諸善男子善女人等修行靜慮波羅蜜多彼善男子善女人等安住靜慮波羅蜜多已即持如是所集善根廻向趣求一切智智齊此應知菩薩心定又滿慈子若諸菩薩摩訶薩衆方便勸導諸善男子善女人等修行般若波羅蜜多彼善男子善女人等安住般若波羅蜜多已即持如是所集善根廻向趣求一切智智齊此應知菩薩心定又滿慈子若諸菩薩摩訶薩衆方便勸導諸善男子善女人等修行四靜慮四無量四無色定彼善

男子善女人等安住此巳即持如是所集善根迴向趣求一切智智齊此應知菩薩心定又滿慈子若諸菩薩摩訶薩衆方便勸導諸善男子善女人等修行四念住四正斷四神足五根五力七等覺支八聖道支彼善男子善女人等安住此巳即持如是所集善根迴向趣求一切智智齊此應知菩薩心定又滿慈子若諸菩薩摩訶薩衆方便勸導諸善男子善女人等修行八解脫八勝處九次第定十遍處彼善男子善女人等安住此巳即持如是所集善根迴向趣求一切智智齊此應知菩薩心定又滿慈子若諸菩薩摩訶薩衆方便勸導諸善男子善女人等修行空無相無願解脫門彼善男子善女人等安住此巳即持如是所集善根迴向趣求一切智智齊此應知菩薩心定又滿慈子若諸菩薩摩訶薩衆方便勸導諸善男子善女人等修行一切陀羅尼門三摩地門彼善男子善女人等安住此巳即持如是所集善根迴向趣求一切智智齊此應知菩薩心定又滿慈子若諸菩薩摩訶薩衆方便勸導諸善男子善女人等修行淨觀地種性地第八地具見地薄地離欲地巳辦地獨覺地菩薩地如來地彼善男子善女人等安住此巳即持如是所集善根迴向趣求一切智智齊此應知菩薩心定又滿慈子若諸菩薩摩訶薩衆方便勸導諸善男子善女人等修行極喜地離垢地發光地焰慧地極難勝地現前地遠行地不動地善慧地法雲地彼善男子善女人等安住此巳即持如是所集善根迴向趣求一切智智

齊此應知菩薩心定又滿慈子若諸菩薩摩訶薩衆方便勸導諸善男子善女人等修行五眼及六神通彼善男子善女人等安住此已即持如是所集善根迴向趣求一切智智齊此應知菩薩心定又滿慈子若諸菩薩摩訶薩衆方便勸導諸善男子善女人等修行如來十力四無所畏四無礙解彼善男子善女人等安住此已即持如是所集善根迴向趣求一切智智齊此應知菩薩心定又滿慈子若諸菩薩摩訶薩衆方便勸導諸善男子善女人等修行大慈大悲大喜大捨十八佛不共法彼善男子善女人等安住此已即持如是所集善根迴向趣求一切智智齊此應知菩薩心定又滿慈子若諸菩薩摩訶薩衆方便勸導諸善男子善女人等修行無忘失法恒住捨性彼善男子善女人等安住此已即持如是所集善根迴向趣求一切智智齊此應知菩薩心定又滿慈子若諸菩薩摩訶薩衆方便勸導諸善男子善女人等修行一切智道相智一切相智彼善男子善女人等安住此已即持如是所集善根迴向趣求一切智智齊此應知菩薩心定又滿慈子若諸菩薩摩訶薩衆方便勸導諸善男子善女人等修行預流果若一來果若不還果若阿羅漢果若獨覺菩提彼善男子善女人等安住此已即持如是所集善根迴向趣求一切智智齊此應知菩薩心定又滿慈子若諸菩薩摩訶薩衆方便勸導諸善男子善女人等修行一切菩薩摩訶薩行彼善男子善女人等安住此已即持如是所集善根迴向趣求一

切智智齊此應知菩薩心定又滿慈子若諸菩薩摩訶薩衆方便勸導諸善男子善女人等修行諸佛無上正等菩提彼善男子善女人等安住此已即持如是所集善根迴向趣求一切智智齊此應知菩薩心定又滿慈子若諸菩薩摩訶薩衆方便勸導諸善男子善女人等嚴淨佛土成熟有情彼善男子善女人等安住此已即持如是所集善根迴向趣求一切智智齊此應知菩薩心定又滿慈子若諸菩薩摩訶薩衆於他所修布施等善深心隨喜迴向趣求一切智智齊此應知菩薩心定若諸菩薩摩訶薩衆於一切處心得定已應知名爲安住靜慮波羅蜜多何以故滿慈子是諸菩薩摩訶薩衆常不遠離一切智智勝作意故若諸菩薩摩訶薩衆常不遠離一切智智勝作意者應知名爲安住靜慮波羅蜜多如是菩薩摩訶薩衆安住靜慮波羅蜜多引發無邊殊勝功德疾證無上正等菩提應知如來應正等覺安住不動第四靜慮捨諸壽行現入無餘般涅槃界是故靜慮波羅蜜多於諸菩薩摩訶薩衆所求無上正等菩提有大恩德是故菩薩摩訶薩衆所住靜慮波羅蜜多除如來定於諸餘定爲最爲勝爲尊爲高爲妙爲微妙爲上爲無上何以故滿慈子菩薩靜慮波羅蜜多常不遠離一切智智相應作意二乘靜慮決定遠離一切智智相應作意故於菩薩靜慮爲劣菩薩靜慮於彼爲勝時滿慈子便白佛言若諸聲聞住此靜慮證得法性成聲聞果即諸菩薩住此靜慮證得法性離諸執著得成如來應正等

覺云何可說聲聞靜慮決定遠離一切智智相應作意菩薩靜慮常不遠離一切智智相應作意爾時世尊告滿慈子我今問汝隨汝意答於意云何諸聲聞人住此靜慮證得法性成聲聞果即諸菩薩住此靜慮證得法性離諸執著得成如來應正等覺彼聲聞人名如來不滿慈子曰不也世尊爾時世尊告滿慈子吾當爲汝更說譬喻諸有智者因斯譬喻於甚深義易得解了譬如凡人輙陞王座其人即得名爲王不滿慈子曰不也世尊所以者何彼人無福無王相故佛言如是諸聲聞人雖能現入四種靜慮四無色定證得法性成聲聞果而無如來力無畏等殊勝功德及諸相好不名如來由斯遠離一切智智相應作意由無佛德說名聲聞不爾如何彼不名佛又滿慈子諸聲聞人所住靜慮無勝德故其性下劣於諸菩薩所住靜慮百分不及一千分不及一乃至鄔波尼殺曇分亦不及一何以故滿慈子菩薩靜慮波羅蜜多常不遠離一切智智嚴淨佛土成熟有情引發無邊殊勝功德由斯菩薩所住勝定聲聞獨覺皆不能知時滿慈子便白佛言何等名爲菩薩勝定如是勝定復有何名爾時世尊告滿慈子菩薩勝定名不思議何以故滿慈子如是勝定威力難思速能證得一切智故如是勝定亦名利樂一切世間諸有情類何以故滿慈子諸菩薩摩訶薩爲欲利樂無量有情方便善巧入此定故如是勝定若現在前能引無邊微妙勝定疾證無上正等菩提與諸有情作大饒益如是勝定若現在前引發無

邊方便善巧教誡教授無量有情皆令引發無漏靜慮證眞法性斷諸煩惱入無餘依般涅槃界或證無上正等菩提由此因緣菩薩勝定亦名利樂一切世間諸有情類是故菩薩摩訶薩衆欲證無上正等菩提應學靜慮波羅蜜多若學靜慮波羅蜜多速能引發一切智智爾時滿慈子白佛言世尊我謂聲聞所得諸定勝菩薩定所以者何聲聞具得九次第定菩薩於中唯得前八菩薩不得滅受想定故聲聞定勝諸菩薩爾時世尊告滿慈子菩薩亦得滅受想定謂於此定已得自在但不現入所以者何如來不許諸菩薩衆現入此定勿由現入退墮聲聞或獨覺地又滿慈子吾當爲汝更說譬喻諸有智者由譬喻故於甚深義易得解了如轉輪王雖於邊地諸小國邑皆得自在而不自往彼國邑中豈轉輪王不往彼處說於彼處不得自在如是菩薩摩訶薩衆雖不現入滅受想定而於此定已得自在由自在故亦名爲得又滿慈子非諸菩薩常不現入滅受想定乃至未坐妙菩提座諸佛世尊不許現入若時得坐妙菩提座諸佛世尊亦許現入何以故滿慈子勿謂菩薩由入此定便墮聲聞或獨覺地或謂諸佛與二乘等故佛世尊不許現入又滿慈子如刹帝利灌頂大王欲入市中飲凡人酒時有智臣諫大王曰今此時處王不應飲若須飲者待至宫中於意云何王於市酒豈不能飲而彼智臣殷勤諫諍不令王飲然刹帝利灌頂大王非處非時法不應飲雖不應飲而於市中酒等諸物皆得自在所以者何王

於一切國土城邑所有人物皆自在故如是菩薩有殊勝智由此智故能數現入滅受想定但佛不許故不現入所以者何菩薩若入滅受想定便非時處若時菩薩坐菩提座永害一切虚妄相想證甘露界爾時方入滅受想定後證無上正等菩提轉妙法輪具三十二相利益安樂無量有情爾時滿慈子白佛言世尊諸菩薩摩訶薩甚爲希有能作難作謂雖有力引漏盡智而爲有情不證漏盡所以者何以諸菩薩於有情所長夜思惟利益安樂增上意樂恒現在前爾時世尊告滿慈子如是如是如汝所説是諸菩薩於有情所長夜思惟利益安樂增上意樂恒現在前又滿慈子是諸菩薩觀此義利雖能具入九次第定而不具入所以者何是諸菩薩方便善巧於一切定雖得自在而能不入又滿慈子一切菩薩若初發心若已不退皆應安住如是靜慮波羅蜜多若諸菩薩常能安住如是靜慮波羅蜜多於諸有情能作饒益速能引發一切智智時滿慈子便白佛言當知菩薩摩訶薩衆具大勢力能爲有情作饒益事亦能引發一切智智疾證無上正等菩提佛言如是如汝所説爾時舍利子白佛言世尊云何菩薩摩訶薩衆安住靜慮波羅蜜多云何方便還從定起爾時世尊告舍利子諸菩薩摩訶薩離欲惡不善法有尋有伺離生喜樂入初靜慮乃至非想非非想處具足而住於色無色靜慮等至順逆次第超越串習極善純熟遊戲自在復入欲界非等引心所以者何勿由定力生色無色長壽天故勿色無色

靜慮等至引起彼地續生之心爲護彼心令不現起還入欲界非等引心由起此心還生欲界親近供養諸佛世尊引發無邊菩提分法生色無色無如是能上二界生身心鈍故由斯菩薩方便善巧先習上定令善純熟後起下心還生欲界修集無量菩提資粮至圓滿已超過三界證得無上正等菩提譬如有人作如是念設何方便得入王宫與王后妃竊爲戲樂令王不覺身命得存作是念已求諸妙藥服使男形或隱或顯得斯藥已方便事王王旣識知便服隱藥遂白王曰我今無形請爲大王守禁宫室王令檢已委任中宫其人爾時入王宫内與諸妃后恣意交通荏苒時經一二三月恐王知覺喪失身命便服顯藥而白王言我今男形欻然復現請從今去不入中宫而王讃言此眞善士自能進退不違我法厚賜爵禄委任外事當知是人方便善巧能滿已願身命得存復蒙彼王厚賜財位如是菩薩方便善巧入四靜慮及四無色次第超越得善巧已復起下心還生欲界親近供養諸佛世尊引發無邊菩提分法乃至未滿不證實際何以故舍利子是諸菩薩方便善巧不捨有情一切智故如是菩薩方便善巧修行靜慮波羅蜜多於實際中能不作證亦不現入滅受想定乃至未滿菩提資粮受欲界身修菩薩行爾時佛告阿難陀言汝應受持諸菩薩衆所學靜慮波羅蜜多勿令忘失阿難陀曰唯然世尊我已受持諸菩薩衆所學靜慮波羅蜜多必無忘失時薄伽梵説是經已具壽舍利子具壽滿慈子具壽

阿難陀及餘聲聞諸菩薩衆并餘一切天龍藥义健達縛阿素洛揭路荼緊捺洛莫呼洛伽人非人等一切大衆聞佛所說皆大歡喜信受奉行

大般若波羅蜜多經卷第五百九十二

音釋

胄 直又切兜鍪也 指麾 麾吁爲切旗屬旌旗所以指麾也又手指撝也 殄 徒典切殄滅也 讚勵 讚則汗切稱美也勵音例勉勵也 頞胝迦 梵語具云塞頞胝迦亦云頞黎此云水精頞普禾切胝張尼切 伺 相吏切察也 鄔波尼殺曇 梵語也此謂數之極鄔安古切曇徒南切 荏苒 荏忍甚切苒而琰切荏苒猶侵尋也又展轉也 歘然 歘許勿切歘然猶卒然也 健達縛 梵語也亦云乾闥婆此云香陰帝釋樂神也健渠建切 阿素洛 梵語也亦云阿脩羅此云無酒又名非天 揭路荼 梵語也亦云迦樓羅此云金翅鳥揭居謁切荼同都切 緊捺洛 梵語也亦云緊那羅此云疑神又云人非人捺乃八切 莫呼洛伽 梵語也亦云摩睺羅伽正言牟呼洛迦此云大蟒神

大般若經第十六會般若波羅蜜多分序

唐西明寺沙門玄則製

尋夫理殊湊以司方坦一歸而揆務何嘗不鎔想眞際弭執幻塵雖檀戒之崇嚴忍進之調銳卒怙寵於實慧假道於眞詮將開象觸之迷復有鷲池之會所以光導五之迹昇第一之乘甄陶二邊洞希微而睠睇擬議四句仰崒寂以韜音剪諸見之萌則翳蘂星落褰積疑之網則障縠雲披了性空而常修悟生假而恒利四魔由之亂轍六度因而彙征施以之不捐而難捨能捨戒以之不檢而難護能護忍以之無受而堪於不堪進以之無行而發於不發定以之亡靜而三相不相慧以之亡照而三輪不輪故體之則動而逾寂謬之則寂而彌動法不即離於非法行豈一異於無行其覺證也眞心混而一觀其出生也法寶駢而萬區故有二智焉三身焉四辯焉五眼焉六通焉七覺焉八正焉九定焉十力焉加十八不共八十隨相十二緣智二十空心皆挻以四多成之羅若聚以玉毫之表流之金吻之誨勸成八卷元非再譯則以不敏謬齒譯徒緬諸會之昌筵嗟旣往而莫奉眷言殊奬載表遺音本慈吹以紛騰囙聖期而頂戴將使家傳妙寶人握靈珠洗客塵於八區霈玄滋於萬葉福庇宸極帝后延齡慶洽黎蒸法教增闡庶狹中之士擺疑於驚怖之辰上慢之賓輟謗於充詘之際自非恒沙歷奉宿代累聞何能啓篇投憺忘言入賞者哉悲夫

大般若波羅蜜多經卷第五百九十三

唐三藏法師玄奘奉　詔譯

第十六般若波羅蜜多分之一

如是我聞一時薄伽梵住王舍城竹林園中白鷺池側與大苾芻衆千二百五十人俱菩薩摩訶薩無量無數從種種佛土俱來集會皆是一生所繫菩薩爾時世尊多百千衆恭敬圍繞而爲說法時大衆中有菩薩摩訶薩名善勇猛從座而起頂禮佛足偏覆左肩右膝著地合掌恭敬而白佛言欲問如來應正等覺少分深義惟願世尊哀愍我等許問垂答於是佛告善勇猛言如來今者恣汝所問隨問而答令汝心喜爾時善勇猛菩薩摩訶薩便白佛言世尊處處爲諸菩薩摩訶薩衆宣說般若波羅蜜多何謂般若波羅蜜多云何菩薩摩訶薩修行般若波羅蜜多云何菩薩摩訶薩修行般若波羅蜜多令速圓滿云何菩薩摩訶薩修行般若波羅蜜多一切惡魔不能得便所有魔事皆能覺知云何菩薩摩訶薩安住般若波羅蜜多速能圓滿一切智法爾時世尊讚善勇猛菩薩摩訶薩言善哉善哉善男子汝今乃能請問如來應正等覺甚深般若波羅蜜多汝爲菩薩摩訶薩衆得義利故欲令衆生得利益故亦爲衆生得安樂故哀愍世間大衆生故利益安樂諸天人故欲爲現在未來菩薩摩訶薩等作照明故請問如來應正等覺甚深般若波羅蜜多世尊于時知而復問善勇猛菩薩摩訶薩言善男子汝觀何義請問如來應正等覺甚深般若波羅蜜多善勇猛菩薩摩訶薩言我今

哀愍一切有情爲作利益安樂事故請問如來應正等覺甚深般若波羅蜜多何以故甚深般若波羅蜜多通攝聲聞獨覺菩薩及正等覺一切法故惟願世尊哀愍我等爲具宣說如來境智若有情類於聲聞乘性決定者聞此法已速能證得自無漏地若有情類於獨覺乘性決定者聞此法已速依自乘而得出離若有情類於無上乘性決定者聞此法已速證無上正等菩提若有情類雖未已入正性離生而於三乘性不定者聞此法已皆發無上正等覺心惟願如來應正等覺爲答所問甚深般若波羅蜜多令諸有情善根生長復次世尊我今不爲下劣信解諸有情故請問如來應正等覺甚深般若波羅蜜多亦復不爲守貧窮心諸有情故請問如來應正等覺甚深般若波羅蜜多亦復不爲成貧窮乘諸有情故請問如來應正等覺甚深般若波羅蜜多亦復不爲懈怠懶惰諸有情故請問如來應正等覺甚深般若波羅蜜多亦復不爲怠惰所蔽諸有情故請問如來應正等覺甚深般若波羅蜜多亦復不爲陷惡見泥諸有情故請問如來應正等覺甚深般若波羅蜜多亦復不爲魔羂所縶諸有情故請問如來應正等覺甚深般若波羅蜜多亦復不爲無慚無愧諸有情故請問如來應正等覺甚深般若波羅蜜多亦復不爲性不廉儉諸有情故請問如來應正等覺甚深般若波羅蜜多亦復不爲忘失正念諸有情故請問如來應正等覺甚深般若波羅蜜多亦復不爲心常迷亂諸有情故請問如來應正等覺甚

深般若波羅蜜多亦復不爲没欲淤泥諸有情故請問如來應正等覺甚深般若波羅蜜多亦復不爲多行諂曲諸有情故請問如來應正等覺甚深般若波羅蜜多亦復不爲多行誑惑諸有情故請問如來應正等覺甚深般若波羅蜜多亦復不爲不知報恩諸有情故請問如來應正等覺甚深般若波羅蜜多亦復不爲成就惡欲諸有情故請問如來應正等覺甚深般若波羅蜜多亦復不爲樂行惡行諸有情故請問如來應正等覺甚深般若波羅蜜多亦復不爲毀壞尸羅諸有情故請問如來應正等覺甚深般若波羅蜜多亦復不爲戒不清淨諸有情故請問如來應正等覺甚深般若波羅蜜多亦復不爲毀壞正見諸有情故請問如來應正等覺甚深般若

波羅蜜多亦復不爲樂行魔境諸有情故請問如來應正等覺甚深般若波羅蜜多亦復不爲好自稱譽諸有情故請問如來應正等覺甚深般若波羅蜜多亦復不爲好譏毀他諸有情故請問如來應正等覺甚深般若波羅蜜多亦復不爲愛重利養諸有情故請問如來應正等覺甚深般若波羅蜜多亦復不爲貪著衣鉢諸有情故請問如來應正等覺甚深般若波羅蜜多亦復不爲潛行矯詐諸有情故請問如來應正等覺甚深般若波羅蜜多亦復不爲好綺謬語諸有情故請問如來應正等覺甚深般若波羅蜜多亦復不爲詐現異相諸有情故請問如來應正等覺甚深般若波羅蜜多亦復不爲激發求索諸有情故請問如來應正等覺甚深般若波羅蜜

多亦復不爲以利規利諸有情故請問如來應正等覺甚深般若波羅蜜多世尊我今不爲此等種種穢惡諸有情故請問如來應正等覺甚深般若波羅蜜多復次世尊若諸有情深心欣樂一切智智無著智自然智無等等智無上智我今爲彼請問如來應正等覺甚深般若波羅蜜多若諸有情於自所有尚無所得況自稱譽我今爲彼請問如來應正等覺甚深般若波羅蜜多若諸有情於他所有尚無所得況譏毀他我今爲彼請問如來應正等覺甚深般若波羅蜜多若諸有情摧伏憍慢如折角獸我今爲彼請問如來應正等覺甚深般若波羅蜜多若諸有情求拔種種煩惱毒箭我今爲彼請問如來應正等覺甚深般若波羅蜜多若諸有情其心謙下如

旃荼羅子我今爲彼請問如來應正等覺甚深般若波羅蜜多若諸有情其心平等如四大虛空我今爲彼請問如來應正等覺甚深般若波羅蜜多若菩薩摩訶薩於一切法尚無所得亦無執著況於非法我今爲彼請問如來應正等覺甚深般若波羅蜜多若菩薩摩訶薩意樂清淨無諂無誑其性質直我今爲彼請問如來應正等覺甚深般若波羅蜜多若菩薩摩訶薩其心平等哀愍利樂一切有情我今爲彼請問如來應正等覺甚深般若波羅蜜多若菩薩摩訶薩常於善法示現勸導讃勵慶喜一切有情我今爲彼請問如來應正等覺甚深般若波羅蜜多若菩薩摩訶薩能荷大擔能乘大乘能建大事我今爲彼請問如來應正等覺甚深般若波羅蜜多

若菩薩摩訶薩以慈悲心引發一切有情利樂我今爲彼請問如來應正等覺甚深般若波羅蜜多若菩薩摩訶薩於諸有情能爲引導勝導徧導我今爲彼請問如來應正等覺甚深般若波羅蜜多若菩薩摩訶薩於一切法無所依住我今爲彼請問如來應正等覺甚深般若波羅蜜多若菩薩摩訶薩於一切處無所希求我今爲彼請問如來應正等覺甚深般若波羅蜜多若菩薩摩訶薩解脫一切惡魔羂網我今爲彼請問如來應正等覺甚深般若波羅蜜多若菩薩摩訶薩有大樂欲具大精進常無放逸我今爲彼請問如來應正等覺甚深般若波羅蜜多若菩薩摩訶薩欲到諸法究竟彼岸我今爲彼請問如來應正等覺甚深般若波羅蜜多若菩薩摩訶薩欲善斷滅一切疑網我今爲彼請問如來應正等覺甚深般若波羅蜜多若菩薩摩訶薩於證佛智尚無憍慢無執無著况於餘智我今爲彼請問如來應正等覺甚深般若波羅蜜多若菩薩摩訶薩超越一切憍慢執著能住正道能行正道能説正道我今爲彼請問如來應正等覺甚深般若波羅蜜多若菩薩摩訶薩恒爲饒益一切有情能爲利益能爲安樂能令安隱我今爲彼請問如來應正等覺甚深般若波羅蜜多復次世尊我爲普施一切有情無染安樂無上安樂無勝安樂涅槃安樂諸佛安樂無爲安樂請問如來應正等覺甚深般若波羅蜜多我爲永斷一切有情種種疑網煩惱纏結請問如來應正等覺甚深般若波羅蜜多我爲自斷種種疑網

煩惱纏結請問如來應正等覺甚深般若波羅蜜多若我疑網煩惱纏結自永斷者乃能如實爲諸有情説斷疑網煩惱纏結種種法要所以者何一切有情皆欣安樂並猒危苦一切有情皆設方便追求安樂我都不見有餘少分安樂可求唯除般若波羅蜜多我都不見有餘少分安樂可求唯除菩薩摩訶薩乘我都不見有餘少分安樂可求唯除大乘我今觀見如是義利欲施有情微妙安樂請問如來應正等覺甚深般若波羅蜜多我今觀見一切菩薩摩訶薩衆如是義利請問如來應正等覺甚深般若波羅蜜多惟願世尊哀愍爲答爾時世尊告善勇猛菩薩摩訶薩言善哉善哉善男子汝能哀愍大生等衆請問如來應正等覺甚深般若波羅蜜多汝由此緣功德無量汝應諦聽極善思惟吾當爲汝分別解説善勇猛言善哉世尊惟願爲説我等樂聞佛告善勇猛菩薩摩訶薩汝先所問世尊處處爲諸菩薩摩訶薩衆宣説般若波羅蜜多何謂般若波羅蜜多者汝等當知實無少法可名般若波羅蜜多甚深般若波羅蜜多超過一切名言道故何以故善勇猛甚深般若波羅蜜多實不可説此是般若波羅蜜多亦不可説屬彼般若波羅蜜多亦不可説由彼般若波羅蜜多亦不可説從彼般若波羅蜜多何以故善勇猛慧能遠達諸法實性故名般若波羅蜜多如來智慧尚不可得況得般若波羅蜜多善勇猛般若者謂解諸法及知諸法故名般若善勇猛云何般若解知諸法謂諸法異名言亦異然一切法不

離名言若解諸法若知諸法俱不可說然順有情所知而說故名般若善勇猛般若者謂假施設由假施設說為般若然一切法不可施設不可動轉不可宣說不可示現如是知者名如實知善勇猛般若者非知非不知非此非餘處故名般若復次善勇猛般若者謂智所行非智所行非非智境亦非智境以智遠離一切境故若智是境即應非智不從非智而得有智亦不從智而有非智不從非智而有非智亦不從智而得有智不由非智說名為智亦不由智說名非智不由非智說名非智亦不由智說名為智然即非智說名為智由斯即智說名非智此中智者不可示現此名為智不可示現此智所屬不可示現此智所由不可示現此智所從是故智中無實智性亦無實智住智性中智與智性俱不可得非智與性亦復如是決定不由非智名智若由非智說名智者一切愚夫皆應有智若有如實於智非智俱無所得於智非智如實徧知是名為智然智實性非如所說所以者何以智實性離名言故智非智境非非智境以智超過一切境故不可說是智非智境善勇猛是名如實宣說智相如是智相實不可說不可示現然順有情所知說示其能知者亦不可說智境尚無況有智者若能如是如實了知如實隨覺是名般若復次善勇猛若能如是現觀作證是則名為出世般若如是所說出世般若亦不可說所以者何世尚非有況有出世所出尚無況有能出由斯出世般若亦無所以者何以都不得世及出世能

出所出故得說名出世般若若有所得則不名爲出世般若此般若性亦不可得離有無等可得性故又善勇猛世名假立非假立世實有可出然出諸假故名出世又出世者非實於世有出不出所以者何此中都無所出能出少法可得故名出世又出世者無世無出世無出無不出故名出世若能如是如實了知是則名爲出世般若如是般若非如所說所以者何出世般若超過一切名言道故雖名出世而無所出雖名般若而無所知所出所知不可得故能出能知亦不可得如是如實知名出世般若由此般若無所不出是故名爲出世般若復次善勇猛此亦名爲通達般若如是般若何所通達謂此般若無所通達若此般若有所通達即是假立若是假立則不名爲通達般若謂於此中都無所有無此無彼亦無中間無能通達無所通達無通達處無通達時無通達者故名通達又於此中都無所有無能行者無所行處無此無彼亦無中間故名通達又通達慧名通達者此通達慧都無所有無上無下無遲無速無進無退無往無來故名通達又善勇猛通達慧者何所通達謂有所見皆悉通達由何通達謂由般若如是般若云何通達謂假立相而有通達諸假立相一切非相如是非相名假立相又善勇猛諸有成就如是般若即能如實通達三界云何如實通達三界謂非三界說名三界所以者何此中無界而可通達通達三界即爲非界由能如是通達三界故名成就通達般若云何成就通達般若謂無

少事不善通達於一切事皆善通達是故名爲通達般若如是般若於一切事皆悉超越若有成就如是般若諸所見聞齅甞覺了皆悉通達云何通達謂無常故苦故癰故病故箭故空故礙故害故他故壞故壞法故動故速滅故無我故無生故無滅故無相故如是等善勇猛若能通達是則名爲清涼離箭如有良藥名曰離箭隨所著處衆箭皆除毒藥於中無得住者此藥威力所逼遣故如是若有諸苾芻等成就此法清涼離箭所謂成就通達般若具六恒性通達般若遠離一切三界染著超越一切惡魔羂網又善勇猛譬如金剛爲鑽物故隨所鑽處無不通達如是若有諸苾芻等金剛喻定由通達慧之所攝受隨所觀法無不通達此通達慧金剛喻定之所攝受隨所觀法無不通達若有成就此通達慧能出世間正盡衆苦趣衆苦盡無所染著此通達慧亦名三明善勇猛言明者謂求息滅無明增語即此亦説無明遍知亦名能息苦蘊增語譬如良醫聰明博達隨有所作皆善觀察成就觀察微妙慧故善識諸藥善達病因善知病相能救衆苦隨所療疾無不除愈所以者何彼善通達藥病因相和合等方是故能除一切病苦如是若有成第三明能滅諸無明能息一切苦能除一切生老病死及諸愁歎苦憂惱法是名出世通達般若復次善勇猛我依此義密意説言一切世間慧爲最勝謂能通達諸法實性由此正知令有生盡有生盡者是何增語謂善通達出沒增語云何名爲通達出沒謂善通達諸有集

法皆有滅法如是名爲通達出没善勇猛出者謂生增語没者謂滅增語雖作是說而不如說有出有没又善勇猛諸所有集非實出法何以故善勇猛集謂等出非等有出亦非有證等隨起故說名爲集等隨起者非於此中有出有證如是自體自然破壞即名爲滅此中無物說名爲滅謂無間滅非於此生即於此滅說名爲滅即無生故說名爲滅如是通達若出若没無生無滅故名通達若出若没復次善勇猛言通達者謂能遍知所有緣起由諸緣故諸法得起故名緣起如是緣起都無所有如是名爲通達緣起即此名爲遍知緣起謂能顯示如實無起以無起故說名緣起平等無起故名緣起謂於是處起尚非有況當有滅隨覺緣起若順若違皆不可得

無等起故說名緣起若無等起則無有生若無有生則無過去亦無已生若無過去亦無已生則無有滅若無有滅即無生智由無生智更不復生亦不證滅由無生故即亦無滅由有生故施設有滅既無有生是故無滅於一切法如是知見通達作證說名盡智善勇猛盡智者謂盡無知故名盡智由何名盡謂由無盡故名爲盡不見有法可名爲盡然離無知說名盡智即盡無知說名盡智遍知一切無知法故名盡無知由盡無知說名盡智非無知法有盡不盡然離無知故名盡智如實遍知此無知法都無所有故名爲離由如是智知無知法無別可得名離無知然無知法實不可得智尚非有況有無知若能於盡得解脱者名爲盡智雖作是說而不如說所

有盡智都不可説但假名説名盡無知亦名盡智若以如是無盡盡智觀察諸法盡智亦無若如是知便離盡智至無盡際此無盡際即是無際亦涅槃際雖作是説而不如説以一切法皆是無際亦涅槃際諸際永斷名涅槃際雖作是説而不如説以涅槃際永離名言一切名言於中永滅又善勇猛如來雖説有涅槃界而不如説以涅槃界都不可説超一切説涅槃界中諸説永斷若如是説涅槃界相即名爲説出世通達般若之相又善勇猛非涅槃界可説方處在此在彼是故涅槃實不可説復次善勇猛此中何謂甚深般若波羅蜜多善勇猛非此般若波羅蜜多有遠彼岸少分可得善勇猛若此般若波羅蜜多有遠彼岸少分可得如來應説甚深般若波羅蜜多有遠彼岸善勇猛非此般若波羅蜜多有遠可得是故不説此有彼岸又善勇猛此名般若波羅蜜多者謂妙智作業到一切法究竟彼岸故名般若波羅蜜多雖作是説而不如説所以者何非語非業能至般若波羅蜜多何以故善勇猛甚深般若波羅蜜多不可説故又善勇猛甚深般若波羅蜜多隨覺諸法若能隨覺即違覺悟所以者何此中無物可名隨覺隨覺無故覺悟亦無即於諸法無通達義隨覺通達平等法性是菩提故隨覺諸法故名菩提云何此能隨覺諸法此中無物可名菩提故於此中亦無隨覺何以故善勇猛若有菩提少分可得即菩提内應得菩提然菩提中菩提非有應作如是現證菩提非隨覺故非通達故説名覺悟雖作是

說而不如說以一切法不可隨覺不可通達又法非法俱無自性由覺此理故名菩提何以故善勇猛非諸如來應正等覺能得菩提非諸如來應正等覺能了菩提如實菩提不可了故不可表故非諸如來應正等覺生起菩提菩提無生無起性故又善勇猛言菩提者無所繫屬非菩提內有少有情有情施設於菩提內旣無有情有情施設云何可說此是菩提所有薩埵此是菩提薩埵般若波羅蜜多又善勇猛非菩提中菩提可得非菩提中薩埵可得何以故善勇猛菩提超越菩提無生菩提無起菩提無相非菩提中有薩埵性非菩提中薩埵可得非由薩埵施設菩提非由菩薩施設薩埵隨覺薩埵無自性故說名菩提無菩提中實無薩埵是故說名菩提薩埵何以故善勇猛菩提薩埵非薩埵想之所顯示除薩埵想故名菩薩雖作是說而不如說所以者何菩提薩埵離名言故菩提薩埵離薩埵性菩提薩埵離薩埵想知菩提故說名菩薩云何菩薩能知菩提謂知菩提超越一切菩提無作菩提無生菩提無滅非菩提性能了菩提亦非菩提是所顯了不可顯了不可施設不可引轉故名菩提若能無倒隨覺通達無所分別分別永斷是故說名菩提薩埵雖作是說而不如說何以故善勇猛菩提薩埵不可得故若有菩提薩埵可得即應可得此是菩提此屬菩提此是薩埵此屬薩埵然不可說此是菩提此屬菩提亦不可說此是薩埵此屬薩埵以能隨覺實無薩埵無薩埵性離薩埵性故名菩薩由無薩埵除

薩埵想故名菩薩何以故善勇猛有情界者即是無實有情增語非有情中有有情性有情無故名有情界若有情中有有情性則不應說爲有情界有情界者即顯無界以有情界無界性故若有情界即界性有則應實有命者即身若有情界離界性有則應實有命者異身然有情界無實界性但由世俗假說爲界非有情界中可有界性亦非界性中有有情界非即界性是有情界非離界性有有情界以一切法無界性故復次善勇猛我依此義密意說言諸有情界不可施設有減有滿所以者何以有情界非有性故諸有情界離有情故如有情界不可施設有減有滿諸法亦爾不可施設有減有滿以一切法皆無實性故不可言有減有滿若能如是隨覺諸法是則名爲隨覺佛法我依此義密意說言如有情界不可施設有減有滿諸法亦爾不可施設有減有滿若一切法無減無滿以無眞實而爲方便即是佛法無減無滿如是隨覺一切法故即名佛法無減無滿以一切法無減滿故說名佛法佛法即非佛法增語非諸佛法有物能令或減或滿所以者何以即隨覺一切法故若能隨覺一切法性此中無法或減或滿一切法者當知即是法界增語非彼法界有減有滿所以者何以彼法界無邊際故非有情界及彼法界差別可得非有情界及彼法界或減或滿或得或有如是隨覺即名菩提由此故言非諸佛法可得施設有減有滿又善勇猛無減滿性若能如實無分別者當知名爲如實見者非於此中能有

取捨如是隨覺說名菩提善勇猛菩提者即是佛相云何佛相謂一切相畢竟無相即是佛相何以故善勇猛畢竟無相與菩提相自性離故如是隨覺說名菩提雖作是說而不如說何以故善勇猛要能隨覺如是法故說名菩薩若有菩薩實不了知如是法性而謂我能如實隨覺自稱菩薩當知彼類遠菩薩地遠菩薩法以菩薩名誑惑天人阿素洛等又善勇猛若但虛言自稱菩薩成菩薩者則一切有情皆應是菩薩又善勇猛非但虛言入菩薩地得菩薩法非由語故能證無上正等菩提非由語業自稱名故便得菩提亦非由語自稱名故入菩薩地得菩薩法又善勇猛一切有情行菩提行不知不覺諸法實性不名菩薩所以者何不知有情非有情故若知有情非有情性行菩提行應成菩薩然諸有情由顛倒故不能覺了自行自境自所行處若於自行如實了知則不復行有分別行由分別行一切愚夫緣虛妄境起顛倒行亦緣菩提而起慢執彼緣妄境起倒慢行分別行故尚不能得諸菩薩法況得菩提若能了知如是法者則不復起緣虛妄行亦不復緣諸法起慢是名菩薩行於無行菩薩不應由分別故起分別行若於是處無所分別非於此處而有所行若於是處不起分別非於此處復有所行諸佛菩薩於一切行無所分別而修行故一切憍慢畢竟不起菩薩如是知一切法於一切法不復攀緣不復分別不遊不履如是名爲真菩薩行以無所行爲方便故若諸菩薩能如是行是則名爲真菩薩行

何以故善勇猛以能如是隨覺諸法通達諸法名菩薩故復次善勇猛無有情者當知即是菩薩增語以能遣除一切想故所以者何以能了達一切有情非實有情一切有情皆非有情一切有情皆是顛倒執著有情一切有情皆是遍計所執有情一切有情皆是虛妄所緣有情一切有情皆是敗壞自行有情一切有情皆是無明緣行有情何以故善勇猛若法一切有情非有諸有情類造作彼法是名無明緣行有情何法非有謂所執我所執我所我我所執所執所恃彼法非有若有彼法一切有情皆執為我執為我所我我所執所執所恃皆應實有不名虛妄以無彼法而諸有情妄執為我執為我所我我所執所執所恃皆非實有皆是虛妄故作是說一切有情非實有情一切有情皆是無明緣行有情又善勇猛非有情名有少實法可執為我或為我所或為二執所執所恃以無實法是故可說一切有情非實有情非有情者當知即是非實增語言非實者當知即非有情增語又如非實有情想中一切有情妄執為實故作是說一切有情非實有情又善勇猛言非實者謂於此中無實無起以一切法皆無真實亦無起故此中有情虛妄執著而自纏繫是故可說一切有情皆是虛妄所緣有情彼於自行不能了知是故可說非實有情即是於中無遍覺義若於諸行有遍覺者當知彼類可名菩薩

大般若波羅蜜多經卷第五百九十三

音釋

十六會般若波羅蜜多分序

湊千候切趣也　揆巨癸切度也　鎔音容鎔鑄也銷也　弭毋婢切止也息也　銳于芮切利也　甄陶甄之人稽延二切陶徒刀切甄陶燒瓦器之窯也　睠睇睠音眷顧念也睇大計切小視也　涔寂涔音岑涔涔雨多貌又慘謂之涔寂前歷切靜也　韜他刀切藏也　翳蘙翳於計切蔽也隱也蘙如累切草木叢生貌　褰苦堅切摳衣也褰裳也　縠胡谷切羅縠也　轍直列切車轍也　彙于貴切類也　謬靡幼切誤也又戾也　駢蒲眠切駢聯也　挻尸連切引也又取物而逆曰挻也　呬虛器切　吻武粉切口唇邊曰吻　握乙角切持也　霈普蓋切霶霈也　庇必至切廕庇也　齡盧經切年齡也　洽胡夾切浹洽也謂霑被周徧也　闡齒善切闡也顯也　狹胡夾切隘也　擺補買切撥也又排而振之也　輟陟劣切止也歇也　充詘詘曲勿切辭塞也又充詘喜失節貌　悋良刃切悔恨也

經

罥古泫切罥也網也　縶陟立切絆維也　淤泥淤依據切淤泥謂澱滓濁泥也　諂曲諂丑琰切佞言曰諂曲區玉切不直也　矯詐矯舉夭切矯揉也妄也詐則駕切偽也　齅許又切以鼻擸氣也　癰於容切癰疽也　鑽祖官切穿也　薩埵梵語也此云成衆生謂用佛道成衆生也埵音朶

大般若波羅蜜多經卷第五百九十四

唐三藏法師玄奘奉詔譯

第十六般若波羅蜜多分之二

復次善勇猛菩薩摩訶薩若能於法如是覺知乃可名爲眞實菩薩言菩薩者謂能隨覺有情無實無生增語又菩薩者於一切法亦能如實如佛而知云何菩薩如佛而知謂如實知一切法性無實無生亦無虛妄又諸菩薩於諸法性非如愚夫異生所執非如愚夫異生所得如實而知故名菩薩何以故善勇猛夫菩提者無所執著無所分別無所積集無所得故又善勇猛非諸如來應正等覺於菩提性少有所得以一切法不可得故於法無得說名菩提諸佛菩提應如是說而不如說離諸相故又善勇猛若諸菩薩發菩提心作如是念我於今者發菩提心此是菩提我今爲趣此菩提故發修行心是諸菩薩有所得故不名菩薩但可名爲狂亂薩埵何以故善勇猛由彼菩薩決定執有發起性故決定執有所發心故決定執有菩提性故若諸菩薩發菩提心有所執著但可名爲於菩提心有執薩埵不名眞淨發心菩薩彼由造作發菩提心是故復名造作薩埵不名菩薩彼由加行發菩提心是故復名加行薩埵不名菩薩何以故善勇猛彼諸菩薩由有所取發菩提心但可名爲發心薩埵不名菩薩又善勇猛無實能發菩提心者以菩提心不可發故菩提無生亦無心故彼諸菩薩唯執發心不了菩提無生心義又善勇猛若生平等性即實平等性若實平等性即心平等性若心平

等性即是菩提若於此中有如實性即於此中無所分別若有分別心及菩提彼便執著心及菩提由此二種發菩提心當知不名眞發心者又善勇猛菩提與心非各有異非於心内有實菩提非菩提内得有實心菩提與心如實如理俱不可說是覺是心由如實覺菩提與心俱不可得無生不生故名菩薩亦名摩訶薩及如實有情所以者何以如實知非實有性如實知誰非實有性謂諸世間皆非實有非實所攝非實有生但假安立云何世間非實有生但假安立非實有者無實生故以無實生及非實有故說諸法無實無性由如實知非實有性故亦可說如實有情於實有中亦不執實有故復可說隨如實有情雖作是說而不如說所以者何非如實理有少有情或摩訶薩何以故善勇猛以證入大乘名摩訶薩故復次善勇猛何謂大乘謂一切智說名大乘云何一切智謂諸所有智若有爲智若無爲智若世間智若出世間智若能證入如是等智名摩訶薩所以者何以能遠離大有情想名摩訶薩又能遠離大無明蘊名摩訶薩又能遠離大諸行蘊名摩訶薩又能遠離大無知蘊名摩訶薩又能遠離大衆苦蘊名摩訶薩又善勇猛若能遠離大有情想名摩訶薩彼於一切心及心所法雖無所得而能了知心之本性彼於菩提及菩提分法雖無所得而能了知菩提本性彼由此智非於心内見有菩提亦非離心見有菩提非於菩提内見有實心亦非離菩提見有實心如是除遣無所修習無所除遣於所修習

及所除遣俱無所得無所恃怙無所執著雖不見有菩提心性而能發起大菩提心若能如是發菩提心乃可名爲眞實菩薩彼雖如是發菩提心而於菩提無所引發何以故善勇猛彼已安住大菩提故若能如是無所執著都不見有心及菩提生滅差別亦不見有發心趣向大菩提者無見無執無所分別當知已住無上菩提若能如是無所執著發起勝解及解脱心當知名爲眞實菩薩又善勇猛若諸菩薩不離心想及菩提想發菩提心彼遠菩提非近菩提又善勇猛若諸菩薩不見菩提有遠有近當知彼近無上菩提亦名眞發菩提心者我依此義密意説言若能自知無二相者彼如實知一切佛法所以者何彼能證會我及有情俱無自性即能遍知諸法無二由能遍知諸法無二定能了達我及有情與一切法皆以無性而爲自性理無差別若能了知諸法無二即能了知一切佛法若能遍知諸法無二即能遍知一切佛法若能遍知我即遍知三界又善勇猛若遍知我彼便能到諸法彼岸云何名爲諸法彼岸謂一切法平等實性若不得此亦不執此若不得彼岸亦不執彼岸彼名遍知到彼岸者雖作是説而不如説又善勇猛諸菩薩衆應如是趣諸菩薩地應如是證諸菩薩地當知即是菩薩般若波羅蜜多謂於此中無有少法可趣可證以於此中不可施設有往來故爾時慶喜便白佛言諸增上慢行有相者於佛所説勿懷恐怖時舍利子語慶喜言非增上慢行有相者所行之境彼何恐怖所以者何

懷恐怖者離增上慢惡友所攝聞甚深法不能測量恐失所求便生恐怖復次慶喜諸有爲欲斷增上慢行正行者容有怖畏諸有爲欲斷增上慢勤精進者亦有怖畏所以者何彼既能了增上慢失求無慢性及求斷慢聞甚深法不能測量恐失所求便生怖畏復次慶喜若有於慢不得不見無恃無執彼於諸法無恐無怖復次慶喜如來不爲增上慢者說如是法故彼無容於此恐怖諸有爲欲斷增上慢勤修行者聞如是法能正了知亦無恐怖復次慶喜增上慢名當知顯示增益勝法若有現行增上慢者彼必現行增益勝法以行增益非平等行彼設樂行平等行者於此深法心懷猶豫不生恐怖亦不信受復次慶喜若於平等不平等中俱無所得若於平等不平等中俱無所恃若於平等不平等中俱無所執彼於諸法不驚不恐不怖不畏復次慶喜此甚深法非諸愚夫異生行處此甚深法非諸愚夫異生境界此甚深法非諸愚夫異生所了超過一切愚夫異生所行所攝所覺事故諸有趣向聲聞乘者雖行深法而此深法非彼所行諸有趣向獨覺乘者雖行深法而此深法非彼所行諸有趣向菩薩乘者若行有相遠離善友惡友所攝彼於如是無染著法亦不能行非彼境故慶喜當知唯除見諦求大菩提聲聞乘等及菩薩乘善友所攝於此深法能生信解於此深法能隨順行於此深法能深證會復次慶喜若諸菩薩遠離衆相安住無相行無差別於甚深法畢竟出離種種疑網分別執著隨其所欲皆能

成辦於心菩提俱無所得於諸法性無差别解亦復不起差别之行隨有所趣皆能悟入彼於如是甚深法門皆能受持心無疑惑所以者何彼於諸法皆隨順住無所違逆若有於法起彼彼問皆能隨順作彼彼答和會此彼令不相違佛爲彼故說此深法爾時佛告具壽慶喜汝應受持舍利子說彼如是說與我無異慶喜當知增上慢者於此法教不能悟入以非彼境非彼地故慶喜當知如是法教順諸法性順佛菩提於佛菩提能爲助伴下劣信解諸有情類於此甚深廣大佛法心不悟入不能受行慶喜當知下劣信解增上慢者於佛菩提及甚深法違逆而住諸有所爲隨增上慢不能信受此甚深法慶喜當知今此衆會最勝清淨遠離雜染曾多佛所發

弘誓願種植無量殊勝善根奉事無邊過去諸佛於甚深法久生信解於甚深行已熟修行故今如來應正等覺委信此衆無所猜疑所說法門皆悉明了無所護惜爲說法要慶喜當知今此衆會堅固清淨無如瓦礫鹹鹵等者已曾供養多百千佛於諸佛法堅固安住慶喜當知如瓦礫者即是愚夫異生增語於甚深法無容納義鹹鹵等者當知顯示諸增上慢有情增語不能生長甚深行故慶喜當知今此衆會離增上慢廣大善根之所集起是深法器復次慶喜譬如無熱大池龍王有因緣故生大歡喜於自宮中受五欲樂以歡喜故復於自宮降澍大雨具八功德時彼諸子各往自宮亦復歡娱受五欲樂和合遊戲降大甘雨如是如來應正等覺爲諸衆會

降大法雨時有無量長子菩薩摩訶薩衆聞已結集或即於此堪忍界中對自如來應正等覺爲諸衆會雨大法雨或往彼彼自佛土中對諸如來應正等覺各於自衆雨大法雨復次慶喜如海龍王有時歡悦於自宫内降澍大雨宫中所有舊住諸龍隨所降澍皆歡喜受於此大雨善知分齊彼諸龍子亦各歡悦堪受父王所降大雨所以者何有餘龍等於所降雨不知分齊亦復不能歡喜忍受如是如來應正等覺處大衆會雨深法寶有佛長子大菩薩衆久殖無量殊勝善根甚深法門之所生長成就種種廣大意樂堪受如來大法門雨聞已歡喜善知分齊爲此義故今者如來清淨衆中大師子吼雨大法雨作大饒益復次慶喜如轉輪王多有諸子母族清淨形貌端嚴其王有時多集寶藏總命諸子分布與之其心都無誑惑偏黨時諸王子既獲衆珍倍於父王深生敬愛各作是念我等今者審知父王與我同利如是如來應正等覺是大法主爲大法王自然召集諸佛眞子以大法藏分布與之其心都無誑惑偏黨時諸佛子既獲妙法倍於如來深生敬愛各作是念我等今者審知如來與我同利我等今應熾然精進紹隆佛種令不斷絶復次慶喜如是法寶微妙甚深非餘有情所能信受劣信解者增上慢者行惡見者行有相者行有所得者我慢所壞者爲貪瞋癡所摧伏者越路行者諸如是等名餘有情於此法門不能信受慶喜當知下劣信解諸有情類不能敬愛輪王財寶要輪王子方生敬愛慶喜當知

貧窮下劣諸有情類豈貪輪王所有輪寶象
寶馬寶珠寶女寶主藏臣寶主兵將寶及餘
種種上妙衣服末尼眞珠金銀珊瑚吠瑠璃
等多價財寶彼貧窮人設遇獲得自懷慙耻
不能受用設復轉賣不知價直所索至微隨
酬便與或由於寶無鑒別故心便厭賤而棄
捨之慶喜當知彼貧窮者非唯不了寶之價
直亦復不知寶之名字如是慶喜唯有如來
應正等覺法身之子或已見諦求大菩提諸
聲聞等或諸菩薩眞淨善友之所攝持乃能
信受此法寶藏彼深敬愛不可得空相應法
寶亦能受用眞淨佛法相應理教亦能修行
於一切法無執無著諸菩薩行慶喜當知貧
窮下劣諸有情類謂闕正聞壞正聞者愚癡
無眼豈能希求正法寶藏設遇獲得不知敬
重於他有情輕而衒賣或心厭賤而棄捨之
復次慶喜若旃荼羅若補羯娑若諸工匠若
餘貧賤惡活命者終不能求多價珍寶設遇
獲得不自受用隨得少價即賣與他或復厭
之而便棄捨慶喜當知旃荼羅等即是一切
外道增語亦是外道諸弟子衆諸餘貧賤惡
活命者即諸愚夫異生增語彼常陷没惡見
淤泥於一切時行有所得樂相縛著行有相
行諸有所趣越路而行不能欣求聖法財寶
設遇獲得不能受用或深厭棄或賤與他慶
喜當知若諸佛子行佛行處爲欲住持如來
十力四無畏等無邊佛法令不斷盡求得如
是深法寶藏彼於如是深法寶藏起眞寶想
深心愛重善能受用精勤守護令不壞失慶
喜當知非師子吼野干能學要師子王所生

之子能學斯吼慶喜當知言野干者喻諸邪見愚夫異生彼定不能精勤方便學正等覺大師子吼要諸佛子從正等覺自然智生乃能精勤學正等覺大師子吼如是佛子於正等覺無上法財善能受用爾時舍利子白佛言世尊甚奇如來應正等覺能集如是清淨衆會希有如來應正等覺能集如是最勝衆會自然衆會難伏衆會猶若金剛無動無轉無擾衆會爲說般若波羅蜜多爾時世尊告舍利子汝善能讚衆會功德時舍利子便白佛言衆會功德非我能讚所以者何今此衆會成就無量無邊功德如妙高山讚不能盡於是佛告舍利子言如是如是如汝所說今此衆會成就無邊清淨希有殊勝功德諸佛世尊稱揚讚歎尚不能盡况餘有情又舍利子今此衆會非佛世尊力所令集亦非如來於此衆會有所欣樂而令其集但由此衆自善根力得聞我名而來集會又此大衆非爲佛來亦非如來神通召命但由此衆自善根力之所覺發而來至此又法應爾若佛世尊欲說如斯甚深妙法定有如是諸大菩薩從諸佛國而來集會又舍利子諸佛世尊若去來今若十方界將欲開示斷一切疑微妙甚深菩薩藏法必有如是無量無邊最勝清淨功德衆集若有如是無量無邊最勝清淨功德衆集必說如是斷一切疑微妙甚深菩薩藏法爾時世尊告善勇猛菩薩摩訶薩言我於處處爲諸菩薩摩訶薩衆宣說般若波羅蜜多令勤修學云何菩薩摩訶薩衆所學般若波羅蜜多若能遠達諸法實性是謂般若

波羅蜜多如是般若波羅蜜多微妙甚深實不可說今隨汝等所知境界世俗文句方便演說甚深般若波羅蜜多令諸菩薩摩訶薩衆聞已方便精勤修學善勇猛即色蘊非般若波羅蜜多即受想行識蘊亦非般若波羅蜜多離色蘊非般若波羅蜜多離受想行識蘊亦非般若波羅蜜多何以故善勇猛色蘊彼岸非即色蘊受想行識蘊彼岸亦非即受想行識蘊如色蘊彼岸色蘊亦爾如受想行識蘊彼岸受想行識蘊亦爾善勇猛此中色蘊彼岸非即色蘊者說色蘊離繫受想行識蘊彼岸亦非即受想行識蘊者說受想行識蘊離繫如色蘊彼岸色蘊亦爾者說色蘊自性如是即說色蘊如所有性本性不可得如受想行識蘊彼岸受想行識蘊亦爾者說受想行識蘊自性如是即說受想行識蘊如所有性本性不可得如色蘊如所有性本性不可得當知般若波羅蜜多亦復如是如受想行識蘊如所有性本性不可得當知般若波羅蜜多亦復如是善勇猛即眼處非般若波羅蜜多即耳鼻舌身意處亦非般若波羅蜜多離眼處非般若波羅蜜多離耳鼻舌身意處亦非般若波羅蜜多何以故善勇猛眼處彼岸非即眼處耳鼻舌身意處彼岸亦非即耳鼻舌身意處如眼處彼岸眼處亦爾如耳鼻舌身意處彼岸耳鼻舌身意處亦爾善勇猛此中眼處彼岸非即眼處者說眼處離繫耳鼻舌身意處彼岸亦非即耳鼻舌身意處者說耳鼻舌身意處離繫如眼處彼岸眼處亦爾者說眼處自性如是即說眼處如所有

性本性不可得如耳鼻舌身意處彼岸耳鼻舌身意處亦爾者説耳鼻舌身意處自性如是即説耳鼻舌身意處如所有性本性不可得如眼處如所有性本性不可得當知般若波羅蜜多亦復如是如耳鼻舌身意處如所有性本性不可得當知般若波羅蜜多亦復如是善勇猛即色處非般若波羅蜜多即聲香味觸法處亦非般若波羅蜜多離色處非般若波羅蜜多離聲香味觸法處亦非般若波羅蜜多何以故善勇猛色處彼岸非即色處聲香味觸法處彼岸亦非即聲香味觸法處如色處彼岸色處亦爾如聲香味觸法處彼岸聲香味觸法處亦爾善勇猛此中色處彼岸非即色處者説色處離繫聲香味觸法處彼岸亦非即聲香味觸法處者説聲香味觸法處離繫如色處彼岸色處亦爾者説色處自性如是即説色處如所有性本性不可得如聲香味觸法處彼岸聲香味觸法處亦爾者説聲香味觸法處自性如是即説聲香味觸法處如所有性本性不可得如色處如所有性本性不可得當知般若波羅蜜多亦復如是如聲香味觸法處如所有性本性不可得當知般若波羅蜜多亦復如是善勇猛即眼界非般若波羅蜜多即耳鼻舌身意界亦非般若波羅蜜多離眼界非般若波羅蜜多離耳鼻舌身意界亦非般若波羅蜜多何以故善勇猛眼界彼岸非即眼界耳鼻舌身意界彼岸亦非即耳鼻舌身意界如眼界彼岸眼界亦爾如耳鼻舌身意界彼岸耳鼻舌身意界亦爾善勇猛此中眼界彼岸非即眼

界者說眼界離繫耳鼻舌身意界彼岸非即耳鼻舌身意界者說耳鼻舌身意界離繫如眼界彼岸眼界亦爾者說眼界自性如是即說眼界如所有性本性不可得如耳鼻舌身意界彼岸耳鼻舌身意界亦爾者說耳鼻舌身意界自性如是即說耳鼻舌身意界如所有性本性不可得如眼界如所有性本性不可得當知般若波羅蜜多亦復如是如耳鼻舌身意界如所有性本性不可得當知般若波羅蜜多亦復如是善勇猛即色界非般若波羅蜜多即聲香味觸法界亦非般若波羅蜜多離色界非般若波羅蜜多離聲香味觸法界亦非般若波羅蜜多何以故善勇猛色界彼岸非即色界聲香味觸法界彼岸亦非即聲香味觸法界如色界彼岸色界亦爾如聲香味觸法界彼岸聲香味觸法界亦爾善勇猛此中色界彼岸非即色界者說色界離繫聲香味觸法界彼岸非即聲香味觸法界者說聲香味觸法界離繫如色界彼岸色界亦爾者說色界自性如是即說色界如所有性本性不可得如聲香味觸法界彼岸聲香味觸法界亦爾者說聲香味觸法界自性如是即說聲香味觸法界如所有性本性不可得如色界如所有性本性不可得當知般若波羅蜜多亦復如是如聲香味觸法界如所有性本性不可得當知般若波羅蜜多亦復如是善勇猛即眼識界非般若波羅蜜多即耳鼻舌身意識界亦非般若波羅蜜多離眼識界非般若波羅蜜多離耳鼻舌身意識界亦非般若波羅蜜多何以故善勇猛眼識界

彼岸非即眼識界耳鼻舌身意識界彼岸亦非即耳鼻舌身意識界如眼識界彼岸眼識界亦爾如耳鼻舌身意識界彼岸耳鼻舌身意識界亦爾善勇猛此中眼識界彼岸非即眼識界者說眼識界離繫耳鼻舌身意識界彼岸非即耳鼻舌身意識界者說耳鼻舌身意識界離繫如眼識界彼岸眼識界亦爾者說眼識界自性如是即說眼識界如所有性本性不可得如耳鼻舌身意識界彼岸耳鼻舌身意識界亦爾者說耳鼻舌身意識界自性如是即說耳鼻舌身意識界如所有性本性不可得如眼識界如所有性本性不可得當知般若波羅蜜多亦復如是如耳鼻舌身意識界如所有性本性不可得當知般若波羅蜜多亦復如是善勇猛即一切法非般若

波羅蜜多離一切法亦非般若波羅蜜多何以故善勇猛一切法彼岸非即一切法如一切法彼岸一切法亦爾善勇猛此中一切法彼岸非即一切法者說一切法離繫如一切法彼岸一切法亦爾者說一切法自性如是即說一切法如所有性本性不可得如一切法如所有性本性不可得當知般若波羅蜜多亦復如是復次善勇猛如是般若波羅蜜多不依色蘊亦不依受想行識蘊如是般若波羅蜜多不依眼處亦不依耳鼻舌身意處如是般若波羅蜜多不依色處亦不依聲香味觸法處如是般若波羅蜜多不依眼界亦不依耳鼻舌身意界如是般若波羅蜜多不依色界亦不依聲香味觸法界如是般若波羅蜜多不依眼識界亦不依耳鼻舌身意識

界如是般若波羅蜜多於一切法都無所依復次善勇猛如是般若波羅蜜多不在色蘊内不在色蘊外不在兩間遠離而住亦不在受想行識蘊内不在受想行識蘊外不在兩間遠離而住如是般若波羅蜜多不在眼處内不在眼處外不在兩間遠離而住亦不在耳鼻舌身意處内不在耳鼻舌身意處外不在兩間遠離而住如是般若波羅蜜多不在色處内不在色處外不在兩間遠離而住亦不在聲香味觸法處内不在聲香味觸法處外不在兩間遠離而住如是般若波羅蜜多不在眼界内不在眼界外不在兩間遠離而住亦不在耳鼻舌身意界内不在耳鼻舌身意界外不在兩間遠離而住如是般若波羅蜜多不在色界内不在色界外不在兩間遠離而住亦不在聲香味觸法界内不在聲香味觸法界外不在兩間遠離而住如是般若波羅蜜多不在眼識界内不在眼識界外不在兩間遠離而住亦不在耳鼻舌身意識界内不在耳鼻舌身意識界外不在兩間遠離而住如是般若波羅蜜多不在一切法内不在一切法外不在兩間遠離而住復次善勇猛如是般若波羅蜜多與色蘊非相應非不相應與受想行識蘊亦非相應非不相應如是般若波羅蜜多與眼處非相應非不相應與耳鼻舌身意處亦非相應非不相應如是般若波羅蜜多與色處非相應非不相應與聲香味觸法處亦非相應非不相應如是般若波羅蜜多與眼界非相應非不相應與耳鼻舌身意界亦非相應非不相應如是般若

波羅蜜多與色界非相應非不相應與聲香味觸法界亦非相應非不相應如是般若波羅蜜多與眼識界非相應非不相應與耳鼻舌身意識界亦非相應非不相應如是般若波羅蜜多與一切法非相應非不相應復次善勇猛色蘊眞如不虛妄性不變異性如所有性是謂般若波羅蜜多受想行識蘊眞如不虛妄性不變異性如所有性是謂般若波羅蜜多眼處眞如不虛妄性不變異性如所有性是謂般若波羅蜜多耳鼻舌身意處眞如不虛妄性不變異性如所有性是謂般若波羅蜜多色處眞如不虛妄性不變異性如所有性是謂般若波羅蜜多聲香味觸法處眞如不虛妄性不變異性如所有性是謂般若波羅蜜多眼界眞如不虛妄性不變異性如所有性是謂般若波羅蜜多耳鼻舌身意界眞如不虛妄性不變異性如所有性是謂般若波羅蜜多色界眞如不虛妄性不變異性如所有性是謂般若波羅蜜多聲香味觸法界眞如不虛妄性不變異性如所有性是謂般若波羅蜜多眼識界眞如不虛妄性不變異性如所有性是謂般若波羅蜜多耳鼻舌身意識界眞如不虛妄性不變異性如所有性是謂般若波羅蜜多一切法眞如不虛安性不變異性如所有性是謂般若波羅蜜多復次善勇猛色蘊者離色蘊性所以者何非色蘊中有色蘊性此無所有是謂般若波羅蜜多受想行識蘊者離受想行識蘊性所以者何非受想行識蘊中有受想行識蘊性此無所有是謂般若波羅蜜多眼處者離眼

處性所以者何非眼處中有眼處性此無所有是謂般若波羅蜜多耳鼻舌身意處者離耳鼻舌身意處性所以者何非耳鼻舌身意處中有耳鼻舌身意處性此無所有是謂般若波羅蜜多色處者離色處性所以者何非色處中有色處性此無所有是謂般若波羅蜜多聲香味觸法處者離聲香味觸法處性所以者何非聲香味觸法處中有聲香味觸法處性此無所有是謂般若波羅蜜多眼界者離眼界性所以者何非眼界中有眼界性此無所有是謂般若波羅蜜多耳鼻舌身意界者離耳鼻舌身意界性所以者何非耳鼻舌身意界中有耳鼻舌身意界性此無所有是謂般若波羅蜜多色界者離色界性所以者何非色界中有色界性此無所有是謂般若波羅蜜多聲香味觸法界者離聲香味觸法界性所以者何非聲香味觸法界中有聲香味觸法界性此無所有是謂般若波羅蜜多眼識界者離眼識界性所以者何非眼識界中有眼識界性此無所有是謂般若波羅蜜多耳鼻舌身意識界者離耳鼻舌身意識界性所以者何非耳鼻舌身意識界中有耳鼻舌身意識界性此無所有是謂般若波羅蜜多一切法者離一切法性所以者何非一切法中有一切法性此無所有是謂般若波羅蜜多復次善勇猛色蘊自性離色蘊受想行識蘊自性離受想行識蘊此離自性是謂般若波羅蜜多眼處自性離眼處耳鼻舌身意處自性離耳鼻舌身意處此離自性是謂般若波羅蜜多色處自性離色處聲香味觸

法處自性離聲香味觸法處此離自性是謂般若波羅蜜多眼界自性離眼界耳鼻舌身意界自性離耳鼻舌身意界此離自性是謂般若波羅蜜多色界自性離色界聲香味觸法界自性離聲香味觸法界此離自性是謂般若波羅蜜多眼識界自性離眼識界耳鼻舌身意識界自性離耳鼻舌身意識界此離自性是謂般若波羅蜜多一切法自性離一切法此離自性是謂般若波羅蜜多復次善勇猛色蘊無色蘊自性受想行識蘊無受想行識蘊自性此無自性是謂般若波羅蜜多眼處無眼處自性耳鼻舌身意處無耳鼻舌身意處自性此無自性是謂般若波羅蜜多色處無色處自性聲香味觸法處無聲香味觸法處自性此無自性是謂般若波羅蜜多眼界無眼界自性耳鼻舌身意界無耳鼻舌身意界自性此無自性是謂般若波羅蜜多色界無色界自性聲香味觸法界無聲香味觸法界自性此無自性是謂般若波羅蜜多眼識界無眼識界自性耳鼻舌身意識界無耳鼻舌身意識界自性此無自性是謂般若波羅蜜多一切法無一切法自性此無自性是謂般若波羅蜜多

大般若波羅蜜多經卷第五百九十四

音釋

恃怙　恃音市賴也依也怙音户亦恃也
猜疑　猜倉才切測也疑也疑魚其切惑也
瓦礫　礫音歷小石也
鹹鹵　鹹胡巖切鹽味也鹵龍五切鹽鹵也天生曰鹵人生曰鹽又地不生物曰鹵
旃荼羅　梵語也此云屠者旃諸延切荼同都切
補羯娑　梵語也此謂舁死屍等之賤類羯居謁切

大般若波羅蜜多經卷第五百九十五

唐三藏法師玄奘奉詔譯

第十六般若波羅蜜多分之三

復次善勇猛色蘊非色蘊所行受想行識蘊亦非受想行識蘊所行善勇猛色蘊非色蘊所行故無知無見若於色蘊無知無見是謂般若波羅蜜多善勇猛受想行識蘊亦非受想行識蘊所行故無知無見若於受想行識蘊無知無見是謂般若波羅蜜多善勇猛眼處非眼處所行耳鼻舌身意處亦非耳鼻舌身意處所行善勇猛眼處非眼處所行故無知無見若於眼處無知無見是謂般若波羅蜜多善勇猛耳鼻舌身意處亦非耳鼻舌身意處所行故無知無見若於耳鼻舌身意處無知無見是謂般若波羅蜜多善勇猛色處非色處所行聲香味觸法處亦非聲香味觸法處所行善勇猛色處非色處所行故無知無見若於色處無知無見是謂般若波羅蜜多善勇猛聲香味觸法處亦非聲香味觸法處所行故無知無見若於聲香味觸法處無知無見是謂般若波羅蜜多善勇猛眼界非眼界所行耳鼻舌身意界亦非耳鼻舌身意界所行善勇猛眼界非眼界所行故無知無見若於眼界無知無見是謂般若波羅蜜多善勇猛耳鼻舌身意界亦非耳鼻舌身意界所行故無知無見若於耳鼻舌身意界無知無見是謂般若波羅蜜多善勇猛色界非色界所行聲香味觸法界亦非聲香味觸法界所行善勇猛色界非色界所行故無知無見若於色界無知無見是謂般若波羅蜜多善

勇猛聲香味觸法界所行故無知無見若於聲香味觸法界無知無見是謂般若波羅蜜多善勇猛眼識界非眼識界所行耳鼻舌身意識界亦非耳鼻舌身意識界所行善勇猛眼識界非眼識界所行故無知無見若於眼識界無知無見是謂般若波羅蜜多善勇猛耳鼻舌身意識界亦非耳鼻舌身意識界所行故無知無見若於耳鼻舌身意識界無知無見是謂般若波羅蜜多善勇猛一切法非一切法所行善勇猛一切法非一切法所行故無知無見若於一切法無知無見是謂般若波羅蜜多復次善勇猛色蘊不捨色蘊自性受想行識蘊亦不捨受想行識蘊自性若於自性如是遍知是謂般若波羅蜜多善勇猛眼處不捨眼處自性耳鼻舌身意處亦不捨耳鼻舌身意處自性若於自性如是徧知是謂般若波羅蜜多善勇猛色處不捨色處自性聲香味觸法處亦不捨聲香味觸法處自性若於自性如是遍知是謂般若波羅蜜多善勇猛眼界不捨眼界自性耳鼻舌身意界亦不捨耳鼻舌身意界自性若於自性如是遍知是謂般若波羅蜜多善勇猛色界不捨色界自性聲香味觸法界亦不捨聲香味觸法界自性若於自性如是遍知是謂般若波羅蜜多善勇猛眼識界不捨眼識界自性耳鼻舌身意識界亦不捨耳鼻舌身意識界自性若於自性如是遍知是謂般若波羅蜜多善勇猛一切法不捨一切法自性若於自性如是遍知是謂般若波羅蜜多復次善勇猛色蘊與色蘊非合非

離受想行識蘊與受想行識蘊亦非合非離如是色蘊非合非離是謂般若波羅蜜多如是受想行識蘊亦非合非離是謂般若波羅蜜多善勇猛眼處與眼處非合非離耳鼻舌身意處與耳鼻舌身意處亦非合非離如是眼處非合非離是謂般若波羅蜜多如是耳鼻舌身意處亦非合非離是謂般若波羅蜜多善勇猛色處與色處非合非離聲香味觸法處與聲香味觸法處亦非合非離如是色處非合非離是謂般若波羅蜜多如是聲香味觸法處亦非合非離是謂般若波羅蜜多善勇猛眼界與眼界非合非離耳鼻舌身意界與耳鼻舌身意界亦非合非離如是眼界非合非離是謂般若波羅蜜多如是耳鼻舌身意界亦非合非離是謂般若波羅蜜多善勇猛色界與色界非合非離聲香味觸法界與聲香味觸法界亦非合非離如是色界非合非離是謂般若波羅蜜多如是聲香味觸法界亦非合非離是謂般若波羅蜜多善勇猛眼識界與眼識界非合非離耳鼻舌身意識界與耳鼻舌身意識界亦非合非離如是眼識界非合非離是謂般若波羅蜜多如是耳鼻舌身意識界亦非合非離是謂般若波羅蜜多善勇猛一切法與一切法非合非離如是一切法非合非離是謂般若波羅蜜多

復次善勇猛色蘊非滅非增受想行識蘊亦非滅非增如是色蘊非滅非增是謂般若波羅蜜多如是受想行識蘊亦非滅非增是謂般若波羅蜜多善勇猛眼處非滅非增耳鼻舌身意處亦非滅非增如是眼處非滅非增

是謂般若波羅蜜多如是耳鼻舌身意處亦非減非增是謂般若波羅蜜多善勇猛色處非減非增聲香味觸法處亦非減非增如是色處非減非增是謂般若波羅蜜多如是聲香味觸法處亦非減非增是謂般若波羅蜜多善勇猛眼界非減非增耳鼻舌身意界亦非減非增如是眼界非減非增是謂般若波羅蜜多如是耳鼻舌身意界亦非減非增是謂般若波羅蜜多善勇猛色界非減非增聲香味觸法界亦非減非增如是色界非減非增是謂般若波羅蜜多如是聲香味觸法界亦非減非增是謂般若波羅蜜多善勇猛眼識界非減非增耳鼻舌身意識界亦非減非增如是眼識界非減非增是謂般若波羅蜜多如是耳鼻舌身意識界亦非減非增是謂般若波羅蜜多善勇猛一切法非減非增如是一切法非減非增是謂般若波羅蜜多復次善勇猛色蘊非染非淨受想行識蘊亦非染非淨如是色蘊非染非淨是謂般若波羅蜜多如是受想行識蘊亦非染非淨是謂般若波羅蜜多善勇猛眼處非染非淨耳鼻舌身意處亦非染非淨如是眼處非染非淨是謂般若波羅蜜多如是耳鼻舌身意處亦非染非淨是謂般若波羅蜜多善勇猛色處非染非淨聲香味觸法處亦非染非淨如是色處非染非淨是謂般若波羅蜜多如是聲香味觸法處亦非染非淨是謂般若波羅蜜多善勇猛眼界非染非淨耳鼻舌身意界亦非染非淨如是眼界非染非淨是謂般若波羅蜜多如是耳鼻舌身意界亦非染非淨是謂

般若波羅蜜多善勇猛色界非染非淨聲香味觸法界亦非染非淨如是色界非染非淨是謂般若波羅蜜多如是聲香味觸法界亦非染非淨是謂般若波羅蜜多善勇猛眼識界非染非淨耳鼻舌身意識界亦非染非淨如是眼識界非染非淨是謂般若波羅蜜多如是耳鼻舌身意識界亦非染非淨是謂般若波羅蜜多善勇猛一切法非染非淨如是一切法非染非淨是謂般若波羅蜜多復次善勇猛色蘊非有淨法非有不淨法受想行識蘊亦非有淨法非有不淨法如是五蘊非有淨法非有不淨法是謂般若波羅蜜多善勇猛眼處非有淨法非有不淨法耳鼻舌身意處亦非有淨法非有不淨法如是內六處非有淨法非有不淨法是謂般若波羅蜜多

善勇猛色處非有淨法非有不淨法聲香味觸法處亦非有淨法非有不淨法如是外六處非有淨法非有不淨法是謂般若波羅蜜多善勇猛眼界非有淨法非有不淨法耳鼻舌身意界亦非有淨法非有不淨法如是內六界非有淨法非有不淨法是謂般若波羅蜜多善勇猛色界非有淨法非有不淨法聲香味觸法界亦非有淨法非有不淨法如是外六界非有淨法非有不淨法是謂般若波羅蜜多善勇猛眼識界非有淨法非有不淨法耳鼻舌身意識界亦非有淨法非有不淨法如是六識界非有淨法非有不淨法是謂般若波羅蜜多善勇猛一切法非有淨法非有不淨法如是一切法非有淨法非有不淨法是謂般若波羅蜜多復次善勇猛色蘊非

移轉非趣入受想行識蘊亦非移轉非趣入如是五蘊非移轉非趣入是謂般若波羅蜜多善勇猛眼處非移轉非趣入耳鼻舌身意處亦非移轉非趣入如是內六處非移轉非趣入是謂般若波羅蜜多善勇猛色處非移轉非趣入聲香味觸法處亦非移轉非趣入如是外六處非移轉非趣入是謂般若波羅蜜多善勇猛眼界非移轉非趣入耳鼻舌身意界亦非移轉非趣入如是內六界非移轉非趣入是謂般若波羅蜜多善勇猛色界非移轉非趣入聲香味觸法界亦非移轉非趣入如是外六界非移轉非趣入是謂般若波羅蜜多善勇猛眼識界非移轉非趣入耳鼻舌身意識界亦非移轉非趣入如是六識界非移轉非趣入是謂般若波羅蜜多善勇猛

一切法非移轉非趣入如是一切法非移轉非趣入是謂般若波羅蜜多復次善勇猛色蘊非繫非離繫受想行識蘊亦非繫非離繫如是五蘊非繫非離繫是謂般若波羅蜜多善勇猛眼處非繫非離繫耳鼻舌身意處亦非繫非離繫如是內六處非繫非離繫是謂般若波羅蜜多善勇猛色處非繫非離繫聲香味觸法處亦非繫非離繫如是外六處非繫非離繫是謂般若波羅蜜多善勇猛眼界非繫非離繫耳鼻舌身意界亦非繫非離繫如是內六界非繫非離繫是謂般若波羅蜜多善勇猛色界非繫非離繫聲香味觸法界亦非繫非離繫如是外六界非繫非離繫是謂般若波羅蜜多善勇猛眼識界非繫非離繫耳鼻舌身意識界亦非繫非離繫如是六

識界非繫非離繫是謂般若波羅蜜多善勇
猛一切法非繫非離繫如是一切法非繫非
離繫是謂般若波羅蜜多復次善勇猛色蘊
非死非生受想行識蘊亦非死非生如是五
蘊非死非生是謂般若波羅蜜多善勇猛眼
處非死非生耳鼻舌身意處亦非死非生如
是內六處非死非生是謂般若波羅蜜多善
勇猛色處非死非生聲香味觸法處亦非死
非生如是外六處非死非生是謂般若波羅
蜜多善勇猛眼界非死非生耳鼻舌身意界
亦非死非生如是內六界非死非生是謂般
若波羅蜜多善勇猛色界非死非生聲香味
觸法界亦非死非生如是外六界非死非生
是謂般若波羅蜜多善勇猛眼識界非死非
生耳鼻舌身意識界亦非死非生如是六識

界非死非生是謂般若波羅蜜多善勇猛一
切法非死非生如是一切法非死非生是謂
般若波羅蜜多復次善勇猛色蘊非生非死
受想行識蘊亦非生非死如是五蘊非生非
死是謂般若波羅蜜多善勇猛眼處非生非
死耳鼻舌身意處亦非生非死如是內六處
非生非死是謂般若波羅蜜多善勇猛色處
非生非死聲香味觸法處亦非生非死如是
外六處非生非死是謂般若波羅蜜多善勇
猛眼界非生非死耳鼻舌身意界亦非生非
死如是內六界非生非死是謂般若波羅蜜
多善勇猛色界非生非死聲香味觸法界亦
非生非死如是外六界非生非死是謂般若
波羅蜜多善勇猛眼識界非生非死耳鼻舌
身意識界亦非生非死如是六識界非生非

死是謂般若波羅蜜多善勇猛一切法非生非死如是一切法非生非死是謂般若波羅蜜多復次善勇猛色蘊非流轉非有流轉法受想行識蘊亦非流轉非有流轉法如是五蘊非流轉非有流轉法是謂般若波羅蜜多善勇猛眼處非流轉非有流轉法耳鼻舌身意處亦非流轉非有流轉法如是內六處非流轉非有流轉法是謂般若波羅蜜多善勇猛色處非流轉非有流轉法聲香味觸法處亦非流轉非有流轉法如是外六處非流轉非有流轉法是謂般若波羅蜜多善勇猛眼界非流轉非有流轉法耳鼻舌身意界亦非流轉非有流轉法如是內六界非流轉非有流轉法是謂般若波羅蜜多善勇猛色界非流轉非有流轉法聲香味觸法界亦非流轉非有流轉法如是外六界非流轉非有流轉法是謂般若波羅蜜多善勇猛眼識界非流轉非有流轉法耳鼻舌身意識界亦非流轉非有流轉法如是六識界非流轉非有流轉法是謂般若波羅蜜多善勇猛一切法非流轉非有流轉法如是一切法非流轉非有流轉法是謂般若波羅蜜多復次善勇猛色蘊非盡非有盡法受想行識蘊亦非盡非有盡法如是五蘊非盡非有盡法是謂般若波羅蜜多善勇猛眼處非盡非有盡法耳鼻舌身意處亦非盡非有盡法如是內六處非盡非有盡法是謂般若波羅蜜多善勇猛色處非盡非有盡法聲香味觸法處亦非盡非有盡法如是外六處非盡非有盡法是謂般若波羅蜜多善勇猛眼界非盡非有盡法耳鼻舌

身意界亦非盡非有盡法如是內六界非盡非有盡法是謂般若波羅蜜多善勇猛色界非盡非有盡法聲香味觸法界亦非盡非有盡法如是外六界非盡非有盡法是謂般若波羅蜜多善勇猛眼識界非盡非有盡法耳鼻舌身意識界亦非盡非有盡法如是六識界非盡非有盡法是謂般若波羅蜜多善勇猛一切法非盡非有盡法如是一切法非盡非有盡法是謂般若波羅蜜多復次善勇猛色蘊非有集法非有滅法受想行識蘊亦非有集法非有滅法如是五蘊非有集法非有滅法是謂般若波羅蜜多善勇猛眼處非有集法非有滅法耳鼻舌身意處亦非有集法非有滅法如是內六處非有集法非有滅法是謂般若波羅蜜多善勇猛色處非有集法

非有滅法聲香味觸法處亦非有集法非有滅法如是外六處非有集法非有滅法是謂般若波羅蜜多善勇猛眼界非有集法非有滅法耳鼻舌身意界亦非有集法非有滅法如是內六界非有集法非有滅法是謂般若波羅蜜多善勇猛色界非有集法非有滅法聲香味觸法界亦非有集法非有滅法如是外六界非有集法非有滅法是謂般若波羅蜜多善勇猛眼識界非有集法非有滅法耳鼻舌身意識界亦非有集法非有滅法如是六識界非有集法非有滅法是謂般若波羅蜜多善勇猛一切法非有集法非有滅法如是一切法非有集法非有滅法是謂般若波羅蜜多復次善勇猛色蘊非有起法非有盡法受想行識蘊亦非有起法非有盡法如是

五蘊非有起法非有盡法是謂般若波羅蜜多善勇猛眼處非有起法非有盡法耳鼻舌身意處亦非有起法非有盡法如是內六處非有起法非有盡法是謂般若波羅蜜多善勇猛色處非有起法非有盡法聲香味觸法處亦非有起法非有盡法如是外六處非有起法非有盡法是謂般若波羅蜜多善勇猛眼界非有起法非有盡法耳鼻舌身意界亦非有起法非有盡法如是內六界非有起法非有盡法是謂般若波羅蜜多善勇猛色界非有起法非有盡法聲香味觸法界亦非有起法非有盡法如是外六界非有起法非有盡法是謂般若波羅蜜多善勇猛眼識界非有起法非有盡法耳鼻舌身意識界亦非有起法非有盡法如是六識界非有起法非有盡法是謂般若波羅蜜多善勇猛一切法非有起法非有盡法如是一切法非有起法非有盡法是謂般若波羅蜜多復次善勇猛色蘊非有變壞法非無變壞法受想行識蘊亦非有變壞法非無變壞法如是五蘊非有變壞法非無變壞法是謂般若波羅蜜多善勇猛眼處非有變壞法非無變壞法耳鼻舌身意處亦非有變壞法非無變壞法如是內六處非有變壞法非無變壞法是謂般若波羅蜜多善勇猛色處非有變壞法非無變壞法聲香味觸法處亦非有變壞法非無變壞法如是外六處非有變壞法非無變壞法是謂般若波羅蜜多善勇猛眼界非有變壞法非無變壞法耳鼻舌身意界亦非有變壞法非無變壞法如是內六界非有變壞法非無變

壞法是謂般若波羅蜜多善勇猛色界非有變壞法非無變壞法聲香味觸法界亦非有變壞法非無變壞法如是外六界非有變壞法非無變壞法是謂般若波羅蜜多善勇猛眼識界非有變壞法非無變壞法耳鼻舌身意識界亦非有變壞法非無變壞法如是六識界非有變壞法非無變壞法是謂般若波羅蜜多善勇猛一切法非有變壞法非無變壞法如是一切法非有變壞法非無變壞法是謂般若波羅蜜多復次善勇猛色蘊非常非無常非樂非苦非我非無我非淨非不淨受想行識蘊亦非常非無常非樂非苦非我非無我非淨非不淨如是五蘊非常非無常非樂非苦非我非無我非淨非不淨是謂般若波羅蜜多善勇猛眼處非常非無常非樂非苦非我非無我非淨非不淨耳鼻舌身意處亦非常非無常非樂非苦非我非無我非淨非不淨如是內六處非常非無常非樂非苦非我非無我非淨非不淨是謂般若波羅蜜多善勇猛色處非常非無常非樂非苦非我非無我非淨非不淨聲香味觸法處亦非常非無常非樂非苦非我非無我非淨非不淨如是外六處非常非無常非樂非苦非我非無我非淨非不淨是謂般若波羅蜜多善勇猛眼界非常非無常非樂非苦非我非無我非淨非不淨耳鼻舌身意界亦非常非無常非樂非苦非我非無我非淨非不淨如是內六界非常非無常非樂非苦非我非無我非淨非不淨是謂般若波羅蜜多善勇猛色界非常非無常非樂非苦非我非無我非淨

非不淨聲香味觸法界亦非常非無常非樂非苦非我非無我非淨非不淨如是外六界非常非無常非樂非苦非我非無我非淨非不淨是謂般若波羅蜜多善勇猛眼識界非常非無常非樂非苦非我非無我非淨非不淨耳鼻舌身意識界亦非常非無常非樂非苦非我非無我非淨非不淨如是六識界非常非無常非樂非苦非我非無我非淨非不淨是謂般若波羅蜜多善勇猛一切法非常非無常非樂非苦非我非無我非淨非不淨如是一切法非常非無常非樂非苦非我非無我非淨非不淨是謂般若波羅蜜多復次善勇猛色蘊非有貪瞋癡法非離貪瞋癡法受想行識蘊亦非有貪瞋癡法非離貪瞋癡法如是五蘊非有貪瞋癡法非離貪瞋癡法是謂般若波羅蜜多善勇猛眼處非有貪瞋癡法非離貪瞋癡法耳鼻舌身意處亦非有貪瞋癡法非離貪瞋癡法如是內六處非有貪瞋癡法非離貪瞋癡法是謂般若波羅蜜多善勇猛色處非有貪瞋癡法非離貪瞋癡法聲香味觸法處亦非有貪瞋癡法非離貪瞋癡法如是外六處非有貪瞋癡法非離貪瞋癡法是謂般若波羅蜜多善勇猛眼界非有貪瞋癡法非離貪瞋癡法耳鼻舌身意界亦非有貪瞋癡法非離貪瞋癡法如是內六界非有貪瞋癡法非離貪瞋癡法是謂般若波羅蜜多善勇猛色界非有貪瞋癡法非離貪瞋癡法聲香味觸法界亦非有貪瞋癡法非離貪瞋癡法如是外六界非有貪瞋癡法非離貪瞋癡法是謂般若波羅蜜多善勇猛

眼識界非有貪瞋癡法非離貪瞋癡法耳鼻舌身意識界亦非有貪瞋癡法非離貪瞋癡法如是六識界非有貪瞋癡法非離貪瞋癡法是謂般若波羅蜜多善勇猛一切法非有貪瞋癡法非離貪瞋癡法如是一切法非有貪瞋癡法非離貪瞋癡法是謂般若波羅蜜多復次善勇猛色蘊非作者非使作者非起者非等起者非了者非使了者非受者非使受者非知見者受想行識蘊亦非作者非使作者非起者非等起者非了者非使了者非受者非使受者非知見者如是五蘊非作者非使作者非起者非等起者非了者非使了者非受者非使受者非知見者是謂般若波羅蜜多善勇猛眼處非作者非使作者非起者非等起者非了者非使了者非受者非使受者非知見者耳鼻舌身意處亦非作者非使作者非起者非等起者非了者非使了者非受者非使受者非知見者如是內六處非作者非使作者非起者非等起者非了者非使了者非受者非使受者非知見者是謂般若波羅蜜多善勇猛色處非作者非使作者非起者非等起者非了者非使了者非受者非使受者非知見者聲香味觸法處亦非作者非使作者非起者非等起者非了者非使了者非受者非使受者非知見者如是外六處非作者非使作者非起者非等起者非了者非使了者非受者非使受者非知見者是謂般若波羅蜜多善勇猛眼界非作者非使作者非起者非等起者非了者非使了者非受者非使受者非知見者耳鼻舌身意界亦

非作者非使作者非起者非等起者非了者
非使了者非受者非使受者非起者非等起者
内六界非作者非使作者非受者非知見者如是
者是謂般若波羅蜜多善勇猛色界非作者
非了者非使了者非受者非使受者非等起者
者非受者非使受者非知見者聲香味觸法
界亦非作者非使作者非起者非等起者非
了者非使了者非受者非使受者非知見者
知見者是謂般若波羅蜜多善勇猛眼識界
起者非了者非使了者非受者非使受者非
如是外六界非作者非使作者非起者非等
了者非使了者非受者非使受者非知見者
界亦非作者非使作者非起者非等起者非

等起者非了者非使了者非受者非使受者
非知見者如是六識界非作者非使作者非
起者非等起者非了者非使了者非受者非
使受者非知見者是謂般若波羅蜜多善勇
猛一切法非作者非使作者非起者非等起
見者如是一切法非作者非使作者非起者
非等起者非了者非使了者非受者非使受
者非知見者是謂般若波羅蜜多復次善勇
蘊亦非斷非常非有邊非無邊如是五蘊非
猛色蘊非斷非常非有邊非無邊受想行識
斷非常非有邊非無邊是謂般若波羅蜜多
善勇猛眼處非斷非常非有邊非無邊耳鼻
舌身意處亦非斷非常非有邊非無邊如是
内六處非斷非常非有邊非無邊是謂般若

波羅蜜多善勇猛色處非斷非常非有邊非
無邊聲香味觸法處亦非斷非常非有邊非
無邊如是外六處非斷非常非有邊非無邊
是謂般若波羅蜜多善勇猛眼界非斷非常
非有邊非無邊耳鼻舌身意界亦非斷非常
非有邊非無邊是謂般若波羅蜜多善勇猛
色界非斷非常非有邊非無邊聲香味觸法
界亦非斷非常非有邊非無邊是謂般若波
羅蜜多善勇猛眼識界非斷非常非有邊非
無邊耳鼻舌身意識界亦非斷非常非有邊
非無邊如是六識界非斷非常非有邊非無
邊是謂般若波羅蜜多善勇猛一切法非斷
非常非有邊非無邊如是一切法非斷非常
非有邊非

是謂般若波羅蜜多復次善勇猛色蘊
非見趣非見趣斷非愛非愛斷受想行識蘊
亦非見趣非見趣斷非愛非愛斷如是五蘊
非見趣非見趣斷非愛非愛斷是謂般若波
羅蜜多善勇猛眼處非見趣非見趣斷非愛
非愛斷耳鼻舌身意處非見趣非見趣斷非
愛非愛斷是謂般若波羅蜜多善勇猛色處
非見趣非見趣斷非愛非愛斷聲香味觸
法處亦非見趣非見趣斷非愛非愛斷如是
外六處非見趣非見趣斷非愛非愛斷是謂
般若波羅蜜多善勇猛眼界非見趣非見趣
斷非愛非愛斷耳鼻舌身意界亦非見趣非
見趣斷非愛非愛斷如是內六界非見趣非
見趣斷非愛非愛斷是謂般若波羅蜜多善

勇猛色界非見趣非見趣斷非愛非愛斷聲香味觸法界亦非見趣非見趣斷非愛非愛斷如是外六界非見趣非見趣斷非愛非愛斷是謂般若波羅蜜多善勇猛眼識界非見趣非見趣斷非愛非愛斷耳鼻舌身意識界亦非見趣非見趣斷非愛非愛斷如是六識界非見趣非見趣斷非愛非愛斷是謂般若波羅蜜多善勇猛一切法非見趣非見趣斷非愛非愛斷如是一切法非見趣非見趣斷非愛非愛斷是謂般若波羅蜜多復次善勇猛色蘊非善非非善受想行識蘊亦非善非非善如是五蘊非善非非善是謂般若波羅蜜多善勇猛眼處非善非非善耳鼻舌身意處亦非善非非善如是內六處非善非非善是謂般若波羅蜜多善勇猛色處[illegible]善聲香味觸法處亦非善非非善如是外六處非善非非善是謂般若波羅蜜多善勇猛眼界非善非非善耳鼻舌身意界亦非善非非善如是內六界非善非非善是謂般若波羅蜜多善勇猛色界非善非非善聲香味觸法界亦非善非非善如是外六界非善非非善是謂般若波羅蜜多善勇猛眼識界非善非非善耳鼻舌身意識界亦非善非非善如是六識界非善非非善是謂般若波羅蜜多善勇猛一切法非善非非善如是一切法非善非非善是謂般若波羅蜜多

[illegible]般若波羅蜜多經卷第五百九十五

非有邊非
無邊